ハヤカワ文庫SF

〈SF2055〉

あまたの星、宝冠のごとく

ジェイムズ・ティプトリー・ジュニア

伊藤典夫・小野田和子訳

JN170375

早川書房

7721

あまたの星、宝冠のごとく

目次

アングリ降臨

Second Going

小野田和子訳

こんなふうにはじめるつもりじゃなかったんです。ほんとうは公文書の、きちんとした正式な補遺とか付録の形にしたかった。『人類の異星人とのファースト・コンタクトに関する報告書：実際はなにが起きたのか』という感じで。

　でも、大統領執務室まで探したのに、ちゃんと装丁された『白書』は一冊も見つかりませんでした。あったのはだれかがマスタードをぶちまけた断片と、ネズミに齧られた断片だけ。もしかしたら、完成しなかったのではないかと、うすうすそんな気がしています。けっきょく空っぽのケースがいくつか見つかっただけだったので、ディスクはそれに入れることにします。そうすれば、だれが見ても重要なものだとわかるでしょうから。

　なにはともあれ、わたしは正式な公文書保管人です——ハッティがいってしまったときに、昇進辞令を自分でタイプしたので。わたしはシオドラ・タントン、NASA公文書保管主任。けさ、七十六歳になったところ。みんな年寄りばかり——つまり、覚えている人はみんな。

だったら、だれが聞くのか？　六本指の人とか、頭が二つある人とか？

　でも、あなたたちは必ずもどってくる。かれらはそう請け合ったのです。わたしたちはけっして自爆するような真似はしないだろうって。そういうふうに手を打ったからって。わたしはかれらの言葉を信じています。これは必ずしもかれらを信じているからではなくて、かれらがいつかまたもどってきて、ただの廃墟以上のものを見つける気でいるんじゃないかと思うからです。

　ちなみに、かれらはわたしたちに、核兵器を使ってはいけないとは命じませんでした。これはたぶん、かれらもいいかげん学んでいたからだと思います。なにしろ、〝あのリンゴを食べてはいけない〟とか〝この箱をあけてはいけない〟とか神が命じると、人間はなにはさておき、リンゴを食べ、箱をあけていたんですから。（ついでにいうと、それをうまいこと女のせいにしていたのよね。でも、これは本題からそれちゃうわね。）

　そう、かれらは「そういうふうに手を打った」といったんです。その頃にはロシア人も自分たちがなにをしたのか、気がついたんじゃないかしら。イスラエル人も。ペンタゴンの残党は恐ろしさが身に沁みて、それ以上やる気にはならなかったし。というわけで、子孫のみなさん、ハロー。

　これは実際にはなにが起きたのか、『白書』につけ加えるためのものです。もし『白書』が見つかっていればですが――あらら、ネズミ。わたしはネズミ対策にコールマン社のランタンとホッケーのスティックを用意してます。

まずは、ファースト・コンタクトから。

ファースト・コンタクトがあったのは火星で、当事者は第一次火星ミッションの乗員たち。乗員たちというのは着陸した二人のことで、司令船パイロットのペリー・ダンフォース師は軌道を回りながら火星を見おろして、特異な出来事を見ていただけです。火星でかれらに出会ったということで、いっとき混乱がつづきました。かれらは火星人ではなかったので。

出会いの話でいちばんいいのはミッション・コントロールの人のものなので、当時、まだ子どもでミッション・コントロールで使い走り《ゴーファー》のようなことをしていた人を探しだしました。宇宙関係のテレビ番組を見ていると百万回も登場する、端末だらけのあの広い部屋で雑用係をしていた少年。というわけで、この冒頭部分は、ケヴィン・(〝レッド〟)・ブレイクさんに生で語ってもらったものになります。御年、九十九・五歳です。

でもそのまえに、全体の雰囲気がどうだったのか、わたしからひとことお話ししておきます。きわめて正常。不吉な空気とかドラマチックな雰囲気はいっさいなし。ゆっくり、とてもゆっくり片側に傾《かし》いでいく船に乗っているようなもので、だれも指摘しなければ気づかないという感じ。すべて裏に隠された話。ただ、小さなことから明るみに出てしまうんですね。着陸前のことを語ってくれたケヴィンの話のようにね——。

長旅でした。そう、二年以上。乗員は全員、〈マーズ・イーグル〉という司令船に乗っていました。指揮官ジェイムズ・アルッパ、そしてトッド・フィスクと、着陸はしない予定のペリー師。（個人的には、もしわたしがペリーだったら、自分が着陸できるように、トッドの腕を折るとかしていたでしょうね。だって、すぐそばまでいってるのよ――それなのにほかの人が火星に降りているあいだ、一週間もその上をぐるぐる飛んでるだけなんて！　でも彼はよろこんでその役割を完璧につとめたんです。「史上いちばん高額の係員つき駐車サービス」なんて冗談までいって。ものすごく協力的で、ひとりはみんなのために、の師です。彼がなんの〝師〟なのかは、けっきょくわからなかったけど。もしかしたら、ただのニックネームなのかも。）

とにかく、出発して五、六カ月たった頃、本来なら熟睡しているはずの時間に、かれらがミッション・コントロールに呼びかけてきたそうです。「そちらに異常はないか？」「ああ、すべて正常だ。なにかあったのか？」

閃光が見えたというのです。岩の反射のいたずらか、でなければ光の炸裂を引き起こすような現象か、なにかそういうものが、まさに地球の位置に。それでかれらはミサイルだと思った、つまり、第三次世界大戦がはじまったと……当時は、だれもがそう思ったでしょうね。それが裏に隠された思い、ということです。でも悲観的なことはだれも口にしない、おおっぴらにはね。

もちろん、裏に隠されたものは人それぞれで、それが積み重なって〈終末〉になった。でもいまは昔話にうつつを抜かしているときではありません。すっかり変わってしまいましたからね。そういうこと。では、ケヴィンの登場です――

「きのうのことのように覚えてるさ。トッドとジム・アルッパが乗った着陸船が降下して平らな場所を見つけるのに、午前中いっぱいかかったな。いろんなものを運びこみながら、人のまえに頭を突っこんでスクリーンをちらちら見てたもんだから、コントロールルームからつまみだされそうになってな。あのNASAの連中が飲み干すコーヒーの量といったら！　食事するのもいて、ひとりで卵サンド七つたいらげたり、みんな、とんでもなく興奮してたよ。わかったわかった、脱線はここまでだ。なにが聞きたいかは承知してる。

それで、その頃には火星は真っ暗になる寸前で、着陸船の明かりだけが、石ころだらけの、ひび割れた地表を照らしていた。コンピュータは赤く色づけしてたと思うな、たしか。ミッション・コントロールは、そのときはかれらが外に出るのを許さなかった。またすっかり明るくなるまで睡眠をとれと指示したんだ。十時間も……考えてもみなさい、火星で最初の夜を寝てすごすなんてなあ！

そして寝る前に入ってきたのが、司令船にいるペリーからの、東の地平線に光が見えたという報告だった。月の出じゃない——月のひとつが出るのは、もうみんな見ていたんだ。小さな緑色がかった三日月で、すごい勢いで昇っていったな。

それでペリーは夜っぴて、東のほうでなにが光ったのか調べたらしい——火山とか、な？ところが、その場所が見えるところまで回っていったときには、光は薄れてほとんどなにも見えなくなっていたし、もう一度回ってきたときには、まるでなにも見えなかったんだ。

このときミッション・コントロールでは交代要員がモニターのまえにすわっていたんだが、隣の部屋で寝ているはずの連中も入れ代わり立ち代わりきては、何分か、スクリーンを見つめてたな。見えるのは、ぼやけたジグザグの地平線だけで、その先は星空がひろがっていた。

夜明けはこっちの時間で午前五時五十分てことになっていた――（ほら、しっかり数字も覚えてるだろ！）――だからそれまでには日勤の職員もひとり残らず部屋にもどってきていて、全員いっしょくたになって、みんなコーヒーとデニッシュをほしがってたな。

スクリーンに映っている空がちっとずつ明るくなっていって、地平線がだんだんくっきり、黒っぽくなっていって、山脈の手前の平野に、いきなりかすかな光が射した。そしてついに、絶対に忘れられない瞬間がやってきた。部屋中が息を詰めたみたいになって、暗いスクリーンのまわりはささやき声だか、カサコソ動く音だかしか聞こえなかった。そして卵男のストーンが大声で、はっきりと叫んだ。

『なにかある！　でかいぞ！　なんてことだ！』

それでおおっぴらに話ができるようになった。目の利く連中が、見えていると思いながら信じられずにいたものが、公式に認められたものになったんだ。みんないっせいにしゃべりだしたな。そしてそのすべてを貫いて宇宙飛行士たちの声が入ってきた。例の四分半の遅れがあるからな。その〈物体〉が明かりもつけず、じっと動かずに正面に腰をすえているようすを伝えてきたんだ。どうやってそこにきたのか、這ってきたのか飛んできたのか、それとも地面を掘って出てきたのか、なんの手がかりもないといってた。もちろん、かれらはそれが火星人だと思っていたわけだ。

どんなふうだったかというと、ものすごくでかい、そうだな長さ五十メートルもあるダンベル型のものが、着陸船の正面の窓から百メートルぐらいのところにあったんだな。でかい野球のボールというか六面なんとかいうやつが二つ、ぶっとい一本の棒でつながっていて――ほんとにダンベルみたいなもんだわな。そのつなぎの棒には、まんなかにだけ、小部屋があった。幅も奥行も三メートルくらいの小部屋だ。正面の側がでかいガルウィング型のドアみたいに内側に開いたんで、なかが見えたんだよ。内側はクッション材で覆われているみたいだったな。コンピュータは、クッション材はライトブルーで、床にクッション・シートみたいな形の錆色のコブが二つあるといってた。

それから左右のでかいダンベル型の小部屋には、どっちも、ぐるりと窓みたいなものが並んでいたな。

そして、こっちに近い方の端の窓は、なかが見えて、窓いっぱいに、なにか動いていたというか、かすかにちらちらちら瞬いていたんだ。きらきら光る、淡いブルーのものだった。それがなんなのかわかるまでに一、二秒かかったよ。なにしろ大きさがな――ほぼまんまるで、長さが一メートル以上あったんだから。

そいつは目玉だった。とにかくばかでかい、生きてる目だ。青くて、縁が白かった。そしてこっちを見ていた。

その目の持ち主はかなりのでかさだから、コンパートメントにくるんとまるまって入っていて、目をガラスに押しつけてたんだな。どういうわけか、こっちは最初から、その動物だか生き物だかなんだかにには、まんなかにひとつ、目があるだけだと、ぴんときたわけだ。

その目はこっちを——というか、ほとんどの時間、カメラを——見ていただけでなく、くるくる動いて、着陸船やその周囲を調べていた。

そして興奮が渦巻くさなか、着陸船のトッドとジムはこっちになにか伝えようとしていた。そのへんのことは詳しくはわからないんだが、音声交信担当のそばにいくたびに、『われわれは狂ってなんかいない！　狂っていないといってるだろう。そいつが頭のなかでしゃべっているんだ。そうとも、英語でだ。非常にクリアに聞きとれる言葉が二つある——平和と歓迎だ。何度も何度も。われわれは正気を失っているわけではない。この声を通信にのせることができれば、そちらにもちゃんと聞いてもらえるんだが——』みたいな話が聞こえてな。

聞けば聞くほど狂ってるとしか思えなかった。ミッション・コントロールは二人を相当、苦しめてたと思うな。とくにストライター将軍あたりは、ソヴィエト共産党の謀略だときめこんでいたから。いや、もちろん、心のなかで聞こえる声をアンテナでとらえるなんてことはだれにもできやしないさ。ところがそのとき、異星人みずからが、問題をきれいさっぱり解決してくれたんだ。ジムが自分は狂っていない、コーヒーを飲みすぎてもいないと十回もくりかえした頃、通信状態が一分間ばかりおかしくなって、それから例のばかでかい、落ち着き払った声が、なにもかも呑みこんでしまったんだ。

『平和』と、その声はいった。そして**『歓迎！』**と。

その声の調子には、どこかこう、ミッション・コントロールをいっとき——うーん、大聖堂みたいなものに変えてしまうような、そんな響きがあったな。**『平和！……歓迎！……平**

和……友だち……』

　そして、こうつけ加えたんだ、なんともおだやかに、荘厳に、『きなさい……きなさい……』とな。

　ミッション・コントロールは、トッドとジムが着陸船から出る準備をしているのに気がついた。

　たちまち修羅場だ！

　まあ、このミッション・コントロールが二人に船内にとどまれと命じたくだりは、はしょろうかな。手一本、出すなだの、スーツを脱げだの――といってもジムとトッドは冷静にスーツを着てたんだが――とにかく考えついたことを片端から命令していたし、ストライター将軍は、火星だろうが地球だろうが、見える範囲にいるものは全員、軍法会議にかけろと命令する始末でな――けっきょくベッドに入っていた大統領を現場にひっぱりだして、じかに呼びもどしてもらう騒ぎにまでなったんだ。あとでわかったんだが、大統領は気の毒にすっかり混乱していて、宇宙飛行士たちが火星の地表に出るのを拒否しているから、外に出ろと命じるために呼ばれたと思ってたんだと！　それがぜんぶ、四分半のタイムラグがあるわけだし、そのあいだずっと、シーッ、静かにといってるみたいな、『平和……歓迎……』という荘厳な、なにもかもぼやけさせてしまうような声が流れていてな。

　そしてついに、将軍でさえ、もう手の打ちようがないと悟るときがきた。四千四百万マイル彼方で二人の地球人が火星の地表に踏みだして、異星人と対峙するときが」

（シオドラです。ここでちょっとひとこと挟ませてください。火星には地衣類のようなもの以上に発達した生命体はいないとだれもが確信していたので、大型の知覚生物に、ましてやテレパシーで意思疎通する生物に出会った場合の指示なんてものは、まったく考えられていなかったんです。）

「さあ、空気を抜いて、いよいよ二人が梯子をおりるというときだ。ジム・アルッパがトッドの腕をつかんだ。そしてヘルメットのなかでこういうのが聞こえたんだ。『忘れたのか、おまえ！　拍子をとるんだ、せえの！』

　みんな、どういうことなのかわからなかったんだが、二人のあいだで約束ができていたんだな。長いこといっしょにいるあいだに、ジムは〝火星に降りた最初の人間〟という栄光をひとり占めするのはよそうという気になっていたんだ。ジムはトッドにこんなふうにいった。『月に二番めに降り立ったのはだれだ？』トッドは二度めでやっと当てたが、ほかにはだれも知っている者はいなかった。ジムは、またそんなふうにはしたくないと思ったんだ。そこでジムはトッドに、自分といっしょに歩調をそろえて梯子をおりて、完全に同時に、火星に第一歩をしるすようにと命令したわけだ。この一件は、それから二年間、ミッション・コントロールを活気づけるささやかな口論の種になった。たいしたやつだよ、ジムは。

　というわけで、二人は歩調を合わせて梯子をおり、火星の大地に立った――火星だぞ、おい！――そして百ヤード先では、異星の生き物が二人を見つめていた。

　二人はゆっくりと慎重に、四方八方に目を配りながら、そいつに近づいていった。例の目は二人の姿を追っていた。そいつがどうやってそこにやってきたのかを示す痕跡は、すごく軽やかに飛んできたような感じのものしか見当たらなかった。ところが機械装置はいっさいなくて、例の窓がついた六角形が集まってできた球状体が二つ、あるだけだった。それと、あいだの小部屋とだな。ジムが最初に送信してきた言葉は、『全体的に金属製ではないようだ。プラスチックでもない。しいていえば――なんというか、なめらかで光沢のある乾いた莢という感じだ。それに窓がついている。窓枠も非金属だ』

　それから二人は遠いほうの球の窓が見えるところに移動した――すると、なんとそこからも目が外をのぞいて二人を見ていたんだ！

　最初の目とほとんどおなじだったが、ちょっとだけ大きくて、色も薄めだった。目のまわりの肉は、やっぱり青で、そうそう――睫毛みたいなものはなかったな。

で、ジムとトッドが二人そろって、その目がウインクしたといったもんだから、ミッション・コントロールはまた二人は狂ってるといいだしてな。

　そのあと正面のドアのあいた小部屋のところにもどった二人は、なにか聞こえるというような合図を送ってよこした。すると、無線でこっちが聞いていた声も調子が変わってな。『きなさい』と、大いなる親しみのこもった声でいうんだ。『きなさい……さあ、なかへ。いっしょにきなさい。友よ、挨拶を』

　まあ、それでミッション・コントロールは痙攣発作みたいに逆の命令を出しまくったんだが、そのあいだに二人はカメラを三脚で地面に固定して、あいている入り口から異星人の構造物のなかへ入っていってしまった。クッション材の入った床で少しはずんでたな。そして二人はくるりとこっちを向いて、クッション・シートみたいなものに腰をおろした。すると、上にあがっていたドアがするするとおりてきて、二人はなかに閉じこめられてしまったんだ。ドアには窓があって――というか、ほとんどドア全体が窓だった。ところが、それにたいしてだれもなにも考えられずにいるうちに、ドアが半分あがって、トッドとジムが出てきたんだ。四分半後に聞こえてきたのは、『一日分の食料をもってこいといわれた』という言葉だった。

それで二人は食料をとりに、また着陸船に乗りこんだ。

そのふつうさというか、なるほどと思わせる気配りみたいなものに、怒り狂っていた連中も出鼻をくじかれたという感じでな。

『水は必要ない、といってる』と、着陸船からおりながら、ジム・アルッパがいった。『しかし、念のため少しもっていくことにする。まさかタブ(コカコーラ社のダイエット清涼飲料)の缶を見てうれしいと思う日がくるとは思わなかったよ』といって、ジムはにやりと笑いながら、キャンプ用の小さいボウルをもちあげて見せた。『でも、少なくともこれで手を洗うことはできる』『ああ、こりゃもう最悪のピクニックみたいになってきてるじゃないか!』渦巻く怒号の上に卵男ストーンの声が轟いた。

さあ、そしてドアがさっとあがって、また閉じた。窓ごしに二人が手をふっているのが見えた。するとな、あれが静かに浮きあがって、魔法みたいにカメラに向かって飛んできて、カメラを越え、着陸船を越え、それっきり、こっちは姿をとらえられなくなってしまったんだ。で、それから延々、三十六時間――

――どうだろう、ミズ・タントン、二人がもどってきたときになにをいったか、テープがあるかな？　もう、これ以上はひとこともしゃべれんよ」

というわけで、ひと息入れます。このあとの部分は、ジムとトッドの報告を記録したテープ、プラス、《ニューヨーク・タイムズ》に載った公式に整理されたバージョンから、わたしがまとめたものです。記録テープのコピーの山は、管理人室で見つけました。

でもその前に、ペリー師が火星の上空で多忙をきわめていたということを話しておかなくてはと思います。ミッション・コントロールにとっては、少なくともひとりは、ちゃんと指示を聞いてくれる宇宙飛行士がいたわけですから、彼に、その〝物体〟が夜のあいだにどこからやってきたのか調べろと命じたのです。彼は観測機器やセンサーを駆使して調査に専念し、ジムとトッドが食料をとりにもどってくるまでに、報告書をまとめあげていました。火星の建物、もしくは構造物は、〝泡が集まった塚のようなもの〟で、東にそびえるエリューセラ山のふもとにありました。でも、都市としては奇妙なものでした――郊外といえるものも、街路もないし、内側の区分もはっきりしない、どこかへ通じる道路もない。（けっきょく船だったんですから、もちろんそんなもの、あるわけないんですけどね。）

というわけで空飛ぶダンベルが二人の人間を乗せてＮＡＳＡのカメラのまえから姿を消しても、ペリーにはどこを探せばいいか見当がついていたわけです。ところで、ペリーは指示にしたがってはいたものの、おかしな行動をとるようになっていたんです。自分からはなにもいわなかったけれど、単刀直入に聞かれると、頭のなかで声が聞こえると認めたんです——

——最初は〝耳鳴りがする〟というようなことをいっていて——それから異星人の声が無線の周波数にのってくると、ペリーはひざまずいて、NASAも彼が泣きながら祈ろうとしているのだと悟りました。でもNASAは、さほどあわてはしませんでした——ほかで起きていることを考えればねえ——というのもペリー師がなにか格別な宇宙の驚異に出会うたびに短いお祈りを捧げることはみんな知っていたし、幸運に恵まれたときも必ず短い感謝の祈りを捧げていましたからね。まったくの無意識でやっていたことだし、仕事の効率に支障がでることもなかったから、NASAは彼を連れていけばいろいろ危険が防げると考えていたのかもしれないわね。ストライター将軍が、大丈夫かとたずねました。

　するとペリーは、「このことについては、いまはこれ以上お話しするつもりはありません、将軍」と答えたんです。「われわれのミッションの現在の局面においては、ふさわしくないと考えるからです。しかし、わたしは心から信じています。われわれは……〝より高位の存在〟と遭遇したのです。もしわれわれが価値ある存在だと証明されれば、とてつもなくすばらしいことが起こりますよ」

　ストライターはこれを黙って受け入れました。彼はペリーが自分と同類の共産党嫌いだと知っていたので、ペリーも突然の〈物体〉の出現を〝赤《レッド》〟の陰謀だと考えているだろうと期待していたんです。ところが、ペリーはべつの路線をいく気らしい。でも将軍はペリーにそこそこ敬意を抱いていたので、好きなように考えさせておくことにしたんです。

というわけで、トッドとジムの話にもどります。二人は音もなく魔法のように火星の大地の上を飛んでいました。二人は大きな窓のようなドアのところにいました。離陸は大変スムーズで、ジムは、外を見ていなかったら動いたかどうかわからなかっただろうといっていました。これで二人とも、クッション材で覆われた小部屋にストラップとか身体を押さえておくようなものがなくても安心できたそうです。

二人は当然、都市とか街とか、でなければせめてトンネルの入り口とか、そういうものを探していたので、ペリーが報告した〝泡が集まった塚〟には二人とも度肝を抜かれました。塚のてっぺん近くには、球体がひとつ二つ、くりぬかれたような開口部があって、その上にきたとたんに、ダンベル型の船体がそこにぴったりはまるんだとわかったそうです。前進する動きが静かに止まって、やわらかい、非金属がこすれるような音とともに、二人を乗せた船はぽっかりあいた溝におさまりました。トッドはそこでピンときました。「おい、これはひとつの巨大な船だ――われわれが乗っているのは艦載艇なんだ！」彼の精神は正しい図を送信していました――「はあい！」と異星人たちが声を合わせていったのです。「われわれの船！」

まだなかを見もしないうちに、二人がいる小部屋の横にある窓があいて、淡いブルーの皮革のような、消火用ホースくらいの太さの幹というか触腕があらわれました。「ハロー！」という声が二人の頭のなかにはっきりと響きわたりました。

「ハロー」二人は声に出していいました。

触腕がジムのほうにのびてきました。ジムは思わずあとずさりました。「ハロー？　ハロー？　友だち！」無音の声がいいました。「触れる？」

ジムがおずおずと手をさしだすと、驚いたことに、いくらか困惑気味ではあったものの、異星人が望んでいた接触が達成されたのです。

「握手をしたがってるんだ！」ジムが大声でトッドにいいました。

「はい！　友だち！　握手！」すると反対側の壁にある窓があいて、もうひとりの異星人が姿をあらわしました。その触腕はもうひとりのより大きくて、しわが多くて、色が薄めでした。「友だち？」

熱烈な握手がひとしきりくりかえされると、二人めの異星人が握手以上のものを求めてきました。触腕の先がトッドの手袋をぎごちなく、でもそっと引っ張ったのです。そしてトッドは、手袋をはずして話す、というわけのわからないメッセージを受けとりました。

トッドは手袋をはずして、素手で異星人の身体をつかみました。そしてあえぎ、よろめきそうになったのです。

「どうしたんだ？　トッド？」

「大丈夫――大丈夫だが、すごく――やってみろ」

ジムも手袋をはずして異星人の触腕の先端をつかみました。そしてやはりあえぎ声をあげました――接触したとたん、情報が洪水のように押しよせてきたのです。言葉も映像も。そのなかには過去の出来事の一幕や断片もあれば、現在のやりとりも、推測やイメージ――そこには彼自身の姿もありました――そしてこれからのプランや疑問もありました――彼は異星人の心のなかに入りこんだようなものだったのです！

　このいくら探ってもきりのないあたらしい世界が面白くて、二人とも笑っていました――そしてクッション材を張りめぐらした壁面の向こう側からは、クスクス笑う声がこだまになって返ってきました。エアフィルターからは、シナモンのような爽やかな香りも漂ってきました。二人は、この異星人が興奮したり好奇心をくすぐられたりしたときに発散する匂いを嗅いだ初の人類となったのです。

「これは練習が必要だな」ジムがあえぎながらそういって、握っている青い触腕を通してその考えを異星人に伝えてみると、同意する感覚がしっかりと返ってきました。異星人が彼の手のなかで触腕を微妙に動かして、一定の表面だけが彼の手と並列するように調整すると、どっと押しよせていた精神の奔流がすうっと静まりました。

　異星人は、こんどは彼のてのひらを軽く叩きはじめました。それが「あなたに教えたい／見せたいものがある」という意味だと、彼にはすぐにわかりました。そして彼は気がつくと、筋の通った一貫性のある〝映画〟を見ていたのです。それは異星人の泡宇宙船が地球に接近して空中を飛びかう通信を――無線も映像も――サンプリングしてから、北米大陸を選んでその近くにとどまっていたときの映像でした。「ぜんぶおなじ言語」とジムの頭のなかで声がいいました。「たくさんの映画――たくさんの教え」そしてかれらがどんなものから学んだのか、サンプルが示されました——断片だけでもはっきりそれとわかったのは『ダラス』、『オール・マイ・チルドレン』、『セサミ・ストリート』、あとは延々つづく広告、広告、広告。「ほとんどわからない」

フーッ！　ジムは止めようとしましたが、映像は流れつづけました。そこから判断すると、米空軍基地は異星人にたいして数回、敵対的反応を示したようでした。また異星人たちは、地球には集団間に大規模な敵対的関係が存在していることも早々に学んでいました。実際、かれらはいまにも立ち去ろうとしていたのです——「もっといい惑星、探す」ということで——けれど、そのとき火星ミッションのことを知ったのです。これは人類と遭遇するには理想的な場所、理想的な方法ではないかと、かれらは考えました。というわけで、かれらは火星にやってきた、そして二人の宇宙飛行士もやってきた——そして、二人はあたらしい友人の姿も顔も見ないままに、打ち解けて話をするまでになったのです。（どうやら二人は最初から、遭遇は友好的に進行すると信じて疑わず、友情が刻々と育っていると確信していたようです。）

「ほかの人にもハローといいたい？　そしてもっと話したい？」

「ああ、ぜひとも」

二人が頭のなかの映像で学んで準備をととのえると、二人がいる小部屋のうしろの壁全体が虹彩シャッターのようにくるりと開いて、やわらかく光る広々とした空間があらわれました。そこへ入っていくと、〝泡の塚〟は実際には、大きく開けた中心部のまわりの殻だということがわかりました――泡はすべて、広大な共有スペースに面していて、そこには用途も意味もまったく見当のつかない構造物がいくつかありました。壁、天井、床、すべてに面して、二人がいたのとおなじ小部屋が並んでいて、明々と照明がついているのもあれば、薄暗いところも、真っ暗なところもあり、全体として大きな講堂とか会議場のような感じになっていました。ほとんどの小部屋の入り口には異星人がひとりか二人、あるいはそれ以上いて、その全員の大きなひとつ目が、好奇心いっぱいに二人のほうに向けられました。

ここでちょっと間をおくというか、アステリスクをつけるというか、お気づきのとおり、これまで触れずにきたこと――そう、異星人の姿――について、これからお話しするので、心の準備をお願いします。

色はもちろんご存知ですよね――だいたいがスカイブルーで、あちらこちら、灰色に近いスレート色からピーコックブルーまで、泡立つ海の淡いブルーから深い大洋の色まで、さまざまな色味があります。そして目は小型トランクくらいの大きさがありますが、形は人間の目そっくりです。それから、さっきお話しした触腕――これには吸盤がずらりと並んでいますが、持ち主が吸いつこうと思わないかぎり勝手に吸いついたりはしないようです。

みなさんがまだご存じないのは、全体の形ですよね。

ひとつ、ひとつだけ、地球の生物でかれらに似ているものがあります。かなりよく似ています。早い話、異星人は巨大な空色のタコみたいな姿をしているんです。

イメージ的には、当然、よくないですよね。

英語の複数形の綴りが何種類もあるという問題もあるし、昔ながらのぞっとしない絵柄もあれこれ浮かんでしまうし。でも、否定しようがありません――かれらは、事実、空気呼吸する大きなタコそのものなのです。あとでわかったことですが、かれらは故郷の惑星の海で進化し、海が干上がるにつれて、ゆっくりと陸地に適応していったのです。外套膜は推進機能を失い、うしろ側の触腕四本は陸地を歩くのに適した肢に進化し、残る四本は手・腕に相当する能力と、テレパシー交信ができる能力を獲得しました。

ひとつだけの目の上の頭は大きくて、つるんとして、光っていて、人間なら顎にあたる位置から外套膜がはじまり、鼻とか口とか、くちばしとか、なんにせよ、そういったものは外套膜の下に隠れていて見えません。また、外套膜の縁は波打っていて、その陰にちらりと濃いブルーの塊が見えます。毛皮のようなもので覆われた器官で、そのなかにすごく小さくて繊細な触腕があるのですが、なにに使うのかはわかりません。

総じていえば、ほんとうに美しい色と、匂いと、表情豊かで友好的な大きな目がなければ、人類にとって、かれらの第一印象は恐怖に近い嫌悪感を催すものになっていたことでしょう。

地球のメディアは、当然、大騒ぎになりました――『**火星に巨大な青いタコ！**』冷静をもってなる人びとも悲鳴をあげる』タコ！――その言葉だけで最悪のPRになってしまいました。だからわたしは、単純にニュース記事から引用するのはやめて、予備的にいろいろなことをお話ししたのです。

写真がくると、事態は少しましになりました。かれらのとるポーズが融通無碍《ゆうずうむげ》で、とても優雅だったからです。かれらの身体は基本的に放射状ですが、それがあきらかに左右対称のシンメトリカルな形に移行しつつあったのです――四本の〝うしろ〟肢／触腕は、まえの四本よりずっと大きくて長くて、まえの四本を自由に使えるようになっていました。実際、もし小柄な異星人がフードつきの長いローブを着て、目の上のつるつるの光る頭を隠してしまえば――のちには、そういうこともあったのですが――大柄な、いくらか頭でっかちな人間の姿で通用しそうでした。かれらはほとんどの時間、直立していましたから、どちらかというと腕がたくさんあるインドの神さまのようで、匂いもとても心地よいものでした。というわけで、地球側がかれらを数多く目にするようになると同時に、最初の〝SF〟ホラー的イメージはばかげている、適切でないということになり、忘れられていきました。

トッドとジムが聴衆の性質を理解し、またその逆がおこなわれているあいだに、あらたな友人たちはそれぞれの小部屋のうしろの壁をめくって、クッションを正面の端まで引っ張ってきました。

「わたしたちは、こうしてひとりが全員に話しかける。いま、あなたたちに見せる」そういって、かれらはトッドとジムにクッションにすわるよう、身ぶりでうながしました。「落ちる、怖くない。みんな、受けとめる」

そしてかれらは左右に陣取り、伝達触腕をトッドとジムの肩に置いて、聞き耳をたてていました。

「だめ。服、厚すぎる。脱いでくれるか？　ここ、空気、よい」ということで、トッドとジムはまず慎重にヘルメットをはずし——どっと押しよせるカーネーションの香りを受けとめつつ——服を脱いでいきました。熱心に見つめる大勢の異星人の目のまえで裸になるのは妙な気分でしたが、なに、かまうものか、異星人にとって自分らの身体を見ることは、自分らがウォンバットを見るのとなんら変わらないのだから、と二人は考えていました。裸になってふたたび腰をおろすと、触腕がもどってきました。「あああ！　すばらしい！」

そういうと同時に、二人の大きな異星人は、べつの伝達触腕を隣の小部屋の異星人へとのばし、隣の異星人たちもおなじように周囲の仲間へと触腕をのばしていき、一分後には円形会議場全体が、トッドとジムを焦点として、レース編みのように精緻に結ばれていました。

その最中のこと、トッドは脛《すね》が引っ張られるのを感じました。下を見ると、かれらの下にある小部屋から濃いブルーの触腕がのびてきていたのです。そしてクスクス笑いでしかありえないものが聞こえた、というか感じられたと思うと、つぎの瞬間、三つの生きいきした大きなまるい目が床の縁からあらわれたのです。三つの目は彼を見あげていて、強い関心を示すスパイシーな香りがふわりと立ちのぼってきました。

すると彼の隣にいる異星人が、叱責するような声を発して、あいている触腕でその三つの目を叩いたのです。「おまえたち！」トッドとジムが下をのぞくと、下の小部屋に三人の小柄な異星人が寄り集まっていました。どうやらネットワークに近道でつながろうとしていたようなのです。「大丈夫」とトッドはいいました。「われわれにはなんの問題もない」

それで、おとなの友人たち二人も、子どもらがこっそり触腕をのばしてトッドとジムの脛や足に触れるのを見逃してやることにしました。

「それでは……あなたから？」ジムの隣にいる異星人がいいました。「ああ、待って――われわれの名前はアングリ。アン・グリ」異星人は声に出してくりかえしました。「あなた、名前は？」

「ハロー、アングリ！」ジムは二人に向かっていいました。「われわれ、名前、ニン・ゲン。しかし」――彼は異星人を指差して――「あなたには、あなただけの特別な名前があるのですか？」

これが、かれらが最初に出会った精神話法のむずかしさ――精神話法で質問するというのは、とてもむずかしいものなのです。かれらが個々を見分けるには何分もかかったのですが、それでも正しく見分けられているかどうか自信はもてませんでした。ジムがいいました。

「ここではみんな、瞬間的に個人の全体的イメージなり、目なり、なにかそれぞれの特徴を思い浮かべるのが一般的なやり方のようだ。言葉で表現する名前はあまり使われていないんじゃないかな。しかし、この友人たちは、適切かどうかわからないが、ユリゼルとアザゼル（見張り役として人間界に降りてきた天使。禁を犯して人間の娘を妻にし、堕天使となる）みたいなところがある。ここはひとつ、その名前で呼んで、反応を試してみようじゃないか」ジムはそういってトッドに腕を回しました。「われわれ集まると、ニン・ゲン。しかし彼ひとりだと」――トッドを指して――「トッド。わたし――こっちのわたし――はジム。トッド……ジム。ジム……トッド。わかるかな？」

「わたしジェーン、あなたターザン」トッドがつぶやきました。

「黙れ、愚かものめ、ふざけている場合か……かれらにジョークがわかるのかどうかも、たしかめなくちゃならんな……まあ、いい。ユリゼル、アザゼル、そしてすべてのアングリ諸君――われわれ人間のことでまず知りたいのは、どんなことかな？」

こうして史上もっともすばらしい「見せてお話」（子どもが珍しいものをもってきて説明する発表会）方式の人類学の授業がはじまったのです。

驚いたことに二人の友人はすぐにこの方式に慣れて、交互に質問を投げかけてくるようになりました。最初の一連の質問は経済についてものでしたが、これはかれらが見ていたテレビ番組の内容を考えれば、驚くには当たらないことでした。「〝お金〟とはなにか？」という質問に答える光栄に浴したのはトッドでした。彼は懸命に、人間の世界で手から手へ受け渡されて交換される媒体を思い描きました。さいわいなことにアングリの世界にもおなじようなものがあるようでした――ジムが受けとったイメージは、茶色い毛皮で覆われた生き物が、穴のあいた大きな四角いものを尻尾にたくさん通している、というものでした。その扱いにくそうな四角いものが、コインだろうと思われました。

「うわあ、大金持ちはどうするんだろう？」トッドは答えを期待してはいませんでしたが、アングリはその問いかけの趣旨をつかんでくれたようで、きどったようすの茶色い異星人のうしろに、ぴんと立てた長い尻尾の先端まで大きな円盤を重ねたコイン運び専門の生き物がぞろぞろとつきしたがう格式ばった行列のイメージが返ってきました。

人間からもアングリからも笑いが巻き起こりました。

「〝お金〟、どうする？」アザゼルがたずねました。ジムは大きく息を吸って、銀行の窓口係と金庫室と小切手帳を視覚化しようと努めました。

「世界規模の銀行システムを正しく伝えられていない気がする」とジムはトッドにいいました。「でも、かまうもんか、われわれのシステムのほうが尻尾で金を運ぶより理にかなっているのはまちがいない！」

「なんだかわからなくなってきたな」ふとトッドがつぶやきました。「いやいや」彼はアザゼルに向かっていいました。「たいしたことじゃないんだ」

人類が、アングリが出会った最初の種属でないことは、もはやあきらかでした。大勢のアングリが発するいくつものほかの異星人、ほかの世界、都市、宇宙船のイメージが束の間あらわれては消え、二人の知覚をよぎっていきました。どうやらアングリは何年もかけて銀河のなかをあちこち旅しては、さまざまな人や物と出会っているようでした。

アングリ自身の母星については――かれらが火星人だという考えはかなり早いうちに却下されていました――G0型太陽の近くにある、地球に似ていなくもない、ただし地球より緑の濃い惑星のイメージが伝わってきました。近くの星座から判断すると、オリオンの剣のところにある星雲のそばに位置しているものと思われました。クローズアップされた景色は、緑あふれる大地に泡ドームの都市がある魅力的なものでした。

そこにいたのは、アングリだけではありませんでした。もうひとつべつの知的種属が住んでいたのです――あ、ちょっと待って、住んでいたことがあるのです――〝多くの時、前に〟。足のあるイルカのような生き物のイメージはぼやけていて、多くの精神から精神へと受け継がれてきたもののようでした。「かれら、いく」――というのですが、かれらがどこかへ去っていったのか、死に絶えてしまったのかは、はっきりしませんでした――たぶん、このアングリたちにもわからなかったのでしょう。いまは、そこにはアングリしかいません。

最後に明かされた事実は、衝撃的なものでした。トッドとジムがいる〝泡〟は、それ一隻だけではないというのです。半ダースほどの宇宙船やらなにやらが、月《ルナ》に、地球からは見えない月の裏側に停泊しているということでした。そのうちの一隻、あるいはそれ以上には、ほんとうに有望な惑星が見つかるまでひたすら寝ていたいと希望する大勢のアングリが乗っている。（「着いたら、起こしてくれ！」ってことでしょうね。）そのなかでは、とても若いアングリもぐっすり眠っている。そしてまたべつの一隻――あるいはそれ以上――には、ほかの種属が乗っているということでした。住んでいた惑星に問題が起きて、アングリがあたらしい惑星を見つけてやろうと救いの手をさしのべた種属です。（かれらの経験からいって、銀河系にはありとあらゆるタイプの惑星があふれていて、発見されるのを待っているのだそうです。）この種属は水が豊富な環境を必要としているようでした。

さらにべつの宇宙船には何種類もの種や備蓄品が乗せてあるらしい――アングリはのんびりしているようでいて、じつは肝心なことにかんしてはとても実際的な考えの持ち主なのです。また、少なくとも二隻は空《から》の状態でした――一隻には、異種属が乗っていたのですが、アングリが無事に移転させたので、いまは空《から》ということでした。そして最後の一隻には、まもなくわたしたち地球にいる人間が見ることになる、あっと驚くような貨物が入っていました。

（もちろん、ほかにも船があることを知った将軍たちはすぐさま、アングリが戦艦とか軍事的機能をもった船も停泊させているのではないかと疑いはじめて、ひそかに月の裏側に入りこんでようすを窺う極秘計画がいくつも用意されました。しかしそうした計画はすべてむだに終わりました。敵対的なものはいっさい見当たらなかったのです。）

ひとつ質問が出ると、そこから一ダースの質問が生まれて、一時間が一分にも感じられるほどでした。空腹には勝てず、ついにトッドとジムは質疑応答のさなかに、休憩を呼びかけざるをえなくなってしまいました。

「このへんで食事にしないか？」

どうやらアングリも、この質疑応答に心を奪われて、いつまででもつづけるつもりでいたものの、じつは疲れて空腹を感じていたようで、ジムが声をかけると、下にいる子どもたちから歓声があがりました。アングリはすぐに堅パンのようなものが入った大きなバスケットをとりだすと、それをもって会議場内を回り、各列に容器を配っていきました。アングリはそれぞれひとかけとって、身体のまんなかにある外套膜のひだの下に器用に押しこんでいきました。トッドとジムは、そこに口なり、くちばしなりがあるのだろうと考えました。

「性別の問題をはっきりさせておかないといけないな」口いっぱいに食べ物をほおばりながらトッドがいいました。「ああ、まいったな。どうすればいい、ターザン？」

「ほんもののジェーンを出してみせないかぎり、無理だろうな」というわけで、一件落着。それでもトッドはとりあえず人間の性別を説明しようと試みて、それは一定の反応を得られたようでした。「ジムやわたしのような人間は」——彼は性器を指差しました——「〝男〟と呼ばれている。そしてコブが、ここ、ではなくここにある人間——それは〝女〟と呼ばれている。そして子どもをつくるには、その両方の種類が必要だ」トッドはさらにつづけました。「アングリはどうやって子どもをつくるのか？」

ところが、この質問にたいしては理解できているという印象が薄れてしまい、アングリから「あなたたち、マスロン、なんと呼ぶ？」という質問が出ると、全員が途方に暮れてしまったのです。アングリが水のなかから物を拾いあげるイメージが示されても、理解の助けにはなりませんでした。

……シオドラ・タントンです。ここまでのところはすべて、全体の雰囲気を伝え、問題点のいくつかをお伝えするために、ジムの長い報告からわたしが抜粋して、まとめたものです——一部は昼食後のやりとりじゃないかな、と思います。それから、女性のみなさん、性別の話とか、〝コブ〟なんていい方のことで、わたしを非難したりしないでくださいね。あれは、あの人がいったことなんですからね。わたしは、かれらのやりとりのほとんどを、いちいちこれはテレパシー、これは声に出していったこと、というふうに説明せずに、ふつうの会話であるかのように表現しています。二人の人間とアングリは、半音声／半思考、とでもいうような特殊言語を生みだしつつあり、それがうまく機能していたのです。

午後、といってもどれくらいの時間が残されていたのかわかりませんが、とにかく午後も午前同様あっというまにすぎてゆき、まもなく中央の大ドームに射しこむ陽光は目に見えて赤みを帯びていきました。火星特有の日暮れの色です。

「申し訳ないが、われわれはもう帰りたい」とトッドとジムはいいました。「仲間がたいへん心配している」

「オーーー・ケーーーイ！」とユリゼルがいい、全員が大笑いしました。ひとつ、トッドとジムが驚いたのは、アングリの笑い声がとても人間的だということでした——そしてアングリのほうは、わたしたちの笑い声が信じられないほどアングリ的だと思っていたのです。

というわけでアングリがドアを閉じ、人間がスーツを着ると、ダンベル型の船は音もなく溝から上昇して、きたときとは逆の経路をたどりはじめました。トッドとジムはふたたび——一日中、何度も話題にしたあげくに、また——船の動力のことを理解しようと奮闘しましたが、返ってくる答えはいつもおなじで、二人は困惑するばかりでした。「身体でする。こんなふうに」——そういうと話し手は、いかにも楽々と数メートル上昇し、またおりてきました。「あなたたち、できない、うん？　われわれ、できない種属たくさん見つける。できる種属、ひとつだけ見つける」二人の頭に、エイのような恰好をした生き物が異星の大地の上を滑空し、羽ばたく光景が入ってきました。アングリは残念そうに頭をトントンと叩いていいました。「きれいに飛ぶ。しかし頭脳、あまりない。あとでふえるかもしれない」

帰りの旅では、二人は友人たちが船に乗っているときのようすを見ることができました。すると、かれらは単純に船を内側から押して動かしていることがわかったのです。テーブルの下に入った人間が背中でテーブルを押してもちあげるのとおなじ要領です——ただし踏ん張る必要はないのです。見るかぎり、疲れる作業でもなさそうでした。

「いちばん可能性が高いのは反重力だろうと思います」と、ジムはあとで地球に報告しています。

もうひとつ、アングリが見せてくれたものがありました。両端の小部屋にはどちらにも床に窓があって、その脇にずらりと外を照らすライトが並んでいたのです——そのなかには赤外線照明も含まれていました。動力源は小さなバッテリーでした。

「すぐなくなる」とアザゼルが顔をしかめました。そして、つぎにライトをつけたのは地球の着陸船の上空に着いてからのことでした。この装置は、トッドとジムがはじめて目にした、金属や電線を使った構造物で、見たところ手づくりのようでした。「特別な人たちから手に入れた」とアザゼルはいい、見るからに作業場らしいところにいる異星人らしき姿の映像が、ほんの一瞬、伝わってきました。「われわれの故郷ではない」

「われわれ、光もつくる」ユリゼルが伝えてくると、彼の（あるいは彼女の）外套膜の下から突然、やわらかな青い光があふれてきて、一定の明るさになると、ふっと消えたのです。

「ちゃんとつく」大柄なアングリが感慨深げにいいました。あきらかに、この光は緊急時専用のものと思われます。アングリはすばらしく夜目がきくようでした——トッドとジムは、着陸船に接近したときにアングリが投光照明を使ったのは、おそらく地球人のためだったのだろうと推測しています。「あなたたち、暗いなか、よく見えない」「昨夜、自分たちが近づいてきたのが見えなかったらしいと知って、驚いたんじゃないかな」とジムはいっていいます。

やがてアングリに別れを告げて自分たちの小さな船にもどるときがやってきました。そしていよいよミッション・コントロールへの報告です。「何時間も何時間も通信を切るのを許してもらえないのはまちがいないな」とトッドはいい、けっきょくそのとおりになりました。ケヴィンは、カメラが近づいてくるライトをとらえたとき、ミッション・コントロールに大歓声があがったことを鮮明に覚えていました。そのあと、わたしがここに残したこと、プラスわたしがはぶいた大量のくりかえしや混同を伝え、記録するのに深夜遅くまでかかっています。

ああ――ひとつ大事なことを忘れていました。ドームを離れるときに、年長者らしいアングリがアザゼルを通して二人にメッセージをよこしたのです。

「彼はいう、われわれ、あなたたちを地球に連れて帰る、どうか？　すぐいける。あなたたちの日、三十か四十。わたしたち、いま、人間を空に連れていく。あなたたちの船、ここに残す。あなたたち、あとでとりにくる。そしてあなたたち、わたしたちが地球にハローといい、友だちになること、助ける、どうか？」

なんとすばらしい申し出！　「しかも最後は軟着陸だしなあ」トッドがうっとりとつぶや

きました。

「イエスと伝えてくれ、とてもうれしいと」ジムが返事をしました。「ところで——彼はあなたたちのリーダーなのか？」

さあ、ここでもちあがったのが、わたしがこれまで先送りにしてきた、もうひとつの問題——かれらの統治体制の問題です。これまで判明しているかぎりでは、かれらには政府のようなものは事実上、存在しません。年長のアングリがゆるやかな評議会のようなものをつくっていて、入りたいものはだれでも入れますし、たとえば、つぎはどこへいくとか、この問題をどうしよう、といったことは、形式ばらない精神融合で解決してしまう。みんなが意見を出し、合意が得られるまでみんなで考え抜くのです。深刻な意見の対立が生じたときはどうするのか？　しかし、これまでそういう事態が生じたことは一度もないようなのです。

「ああ、わたしたち、交替でする」アザゼルはどうでもよさそうに、そう答えました。

……とにかく、こうして大成功をおさめた火星ミッションの一行は、NASAの支配権がおよぶべくもない異星人の宇宙船で帰還することになったわけです。ただしアングリは、儀礼上の配慮でしょう、地球側の交信を全面的に受け入れてくれました。かれらは、ミッション・コントロールの管理が事細かな点にまでおよんでいることに驚いているようでした。どうやらかれらの母星では、人びとはあちらこちら、月へでもどこへでも、ぶらっと出かけているようなのです。

かれらの世界では、成長儀礼のひとつに、宇宙船（まさに巨大な乾燥した莢）をつくって、長距離航行用に艤装するというのがあるようでした。長距離をカバーできる精神話法があれば迷子になる心配はないし、かれらの世界は危険とはほとんど無縁ですごしてきたようなのです。遠出する若者が遭遇する可能性がある危難といえば唯一、かれらの存在やおしゃべりが鬱陶しいと、年長者などから評議会に苦情がもちこまれてしまうこと。そうなると一、二週間、地上に留め置かれてしまうのです。若者はいずこもおなじで可動性を重んじ、四六時中、船の改良にかかりきりなので、船は実質的にもうひとつの家の役割を果たしているということでした。気候は、非常に温和と思われます。

のどかな世界、という気がします。そんなところを離れたのはいったいどうしてなのか、疑問に思いはじめたのはわたしひとりではありませんでした……。

かれらが地球に到着した日のことは教科書にも詳しく書かれているので、つけ加えることといったら些細なことがいくつかあるだけです。たとえば、ある騒動のこと。最初はすべてが順調に進んでいました——巨大なベージュ色の泡の巣が、最後の何マイルか、空軍があったけのものを注ぎこんだような編隊にエスコートされて、大群衆のまんなかにぽっかりとあいた空間めざして、軽やかに降下。弾むように着陸すると、まだ上下動がおさまらないうちに、上のほうにいるアングリはドアをあけて外をのぞきだしました。三人の宇宙飛行士をエスコートしてきたアングリは、三人とともに外に出て、歓迎式典の演壇がある区画へつづく、絨毯を敷いて装飾をほどこした通路へと舞い降りたのでした。

三人に同行していたのはユリゼルとアザゼル、そしてトッドとジムがいっしょにくるよう

に と説得した年長の評議員が二人。かれらのやり方はきわめてざっくばらんな形式ばらないものでした。宇宙飛行士たちが軍隊式にスマートに最高司令官に報告するつもりなのはだれの目にもあきらかでしたが、アングリに慣行をまもらせるのは無理な話でした。かれらは公人たちの頭越しに、一般の人たちに向かって思考を送信しはじめました。そして拡声装置に接続して、「ハロー！　平和！　友だち！」とやったのです。船のそばにいた報道各社は、たちまち列を乱して四方八方へ潜りこんでいきました。NASAの報道関係者代表団といっしょにいたというケヴィンは、とっておきの話をいくつか披露してくれました。そして年長のアングリは、地球人はだれも彼もおなじように見えたのでしょう、わさわさ揺れる群衆を押しとどめようと船に背を向けてスクラムを組んでいる警察官やシークレット・サービスにまで挨拶しはじめました。しかも宇宙飛行士たちがゆっくりと演壇に向かって進んでいるあいだに、アングリはつぎつぎに船から出てきて、群衆の頭上を飛びはじめたのです。

なにか事が起きそうなお膳立てが整い、実際に起きてしまいました——まず、濃いブルーの若いアングリが五、六人、両腕いっぱいになにかを抱えて出てくると、おりる場所を探して右手の群衆の上空を飛びながら「友だち！」と呼びかけ、あのいかにも人間的な笑い声をふりまいたのです。かれらが手にしていたのは、船で水栽培した花で、その大きくて芳しい香りを放つ茎は、不運なことに少しばかり手榴弾に似ていました。群衆の密集具合があまりにもすさまじかったので、かれらは花を上からばらまいていきました。するとそれをきっかけに、下にいる人間たちが右往左往しはじめたのです。警戒してあとずさりする人もいれば、なんだろうとまえへ押しよせる人もいる、という具合です。若いアングリは人間の頭上をぐるぐる飛び回って、笑いながら花を投げつけていました。

そんなとき、だれかが突然に恐慌をきたして、一部の人たちが先を争ってアングリから逃げだしはじめたのです。周囲の人たちは、ほかの人が走るのを見、自分たちが押されるのを感じて、おなじようにあてもなく走りだし、押し合いへし合いの渦をひろげていきました。怒声があがり、圧力はまたたくまに強まっていき――ついにひとりの女性が悲鳴をあげて倒れてしまいました。

けれどそれもテレビ・スクリーンでは、端のほうで起きているわさわさした動きでしかなく、宇宙飛行士とアングリは依然として、大統領一行が待つ演壇に向かって飾りたてられた通路をばらばらの足並みで進んでいる最中でした。スクリーンの外で叫び声があがったのは、ちょうど海兵隊バンドが威勢のいい行進曲を演奏しはじめたときで、切実な悲鳴やわめき声に大音量が重なって、混乱に拍車かかりました。

事態に気づいたユリゼルはトッドの腕を放し、若いものたちを船に追い返すつもりで、ごたごたが起きているほうへ飛んでいきました。ところが、若者たちよりずっと大きなモンスターがやってきたものですから、さらに多くの人があわてふためくことになってしまったのです。倒れた女性は群衆に踏まれて金切り声をあげはじめました。女性を見つけたユリゼルは、彼女を救いだそうと長い触腕をのばしてその場所に飛びこみました。近くにいた人たちは、心底、ふるえあがっていました。

ちょうどその頃、パトカーのサイレンが鳴りだし、救急車が一台、甲高い音を響かせて群衆を押しのけ、現場に近づいてきました。するとこれが原因で、騒ぎの中心から少しはずれたところにいるさらに多くの人たちが騒ぎだしたのです。家族を集めて逃げだそうとする人もいれば、騒ぎのほうに向かって駆けてくる人もいる。叫び声がパニック状態の不吉な唸りへと高まっていきました。その一方で赤い絨毯にいる人たちは、依然として、演壇にいる大統領に向かってゆっくりと歩を進めていたのでした。

ここにおよんで、テレパシー能力をもつ種属は全員が、伝染性のパニックが起きる危険性が高まっていること、精神の嵐の脅威が迫っていることに気がつきました。船のなかでも外でも、アングリはいま起きていることを把握し、それがさらに悪化するであろうことを悟ったのです。かれらは無意識のうちに反応していました。

かれらは完璧な共時性を見せて、いっせいに、いましていることをやめ、一心同体となって、最高出力で、ある命令を送信したのです――「静かに！　落ち着いて！　眠りなさい！……**静かに！　落ち着いて！　眠りなさい！**」広場全体を打ちのめす激しさでした。

この思考命令はほんとうに強力で、最初のくりかえしが終わる頃には、わめき声や叫び声は人びとののどの奥で死に絶えていました。騒ぎはしだいにやんで奇妙な静寂が訪れ、バンドの音楽も数小節まとまりなくつづいたあと、やはり命令に圧倒されてしまいました。駆けていた人たちはスピードを落として歩きだし、やがて足を止めました――みんな頭を垂れ、地面に目がいくと、地面がいかにも心地よさそうで、のんびり寝転がれと誘っているように見えました。そして強力な命令がくりかえされたほんの短時間のうちに、わさわさと揺れ動いていた群衆は、いきなり、広場いっぱいにすやすやと眠りこける集団に変わってしまったのです。すわった姿勢で膝に頭をもたせかけている人もいれば、大の字になって、そばの人を枕代わりにしている人もいました。

もちろん警察官やシークレット・サービスも影響を受け、つかのま勇ましく抵抗したものの、すぐに先に眠ってしまった保護対象の人たちの上に倒れこんでいきました。

バンドも拡声器装置も沈黙していましたし、歓迎式典の演台では、高官たちが椅子にすわって眠っていました。くずおれる前に、かろうじて手近な椅子を探し当てるだけの意識は保っていたのです。大統領はすでにまどろんでいました――口をあけて二度、三度、鼻を鳴らしたのは、深い眠りに入りつつある証拠で、その隣では大統領夫人が気品ある寝姿を見せていました。迷いこんできたカモメが一羽、国務長官の上に舞い降り、そのまま一本脚で眠りこんでしまいました。

騒動の中心になっていた場所のすぐ上には、ユリゼルが浮かび、その触腕には、救いだされた女性が眠った状態でしっかりとつかまれていました。彼は立ち往生している救急車を見つけました。救急車からは身体をケアして助けるイメージが放射されていたのです。

「起きて」ユリゼルは救急隊員にいいました。「傷ついた人間、いる」救急隊員は目をこすりながら、はっと目を覚まし、飛び起きて、ストレッチャーを用意しました。

「ここに乗せて」

そばにいたある新聞社のカメラマンも目を覚まし、無意識にカメラを手にして、生涯随一のトップ全段抜きショットをものにしました――ユリゼルが深く前かがみになって女性を触腕で抱えている。女性は意識を失っていて、だらりと手を垂らした写り映えのする姿。そしてユリゼルの大きな目は思いやりと懸念をたたえて光っている。見出しは「**異星人、群衆から女性を救出！　抱きかかえて救急車へ搬送！**」

（わたしは、その場にいて早くに目を覚ましていたケヴィンから、幸いなことにカメラマンはもっとセンセーショナルなショットを撮りそこなっていた、という話を聞きました。自分が抱えている人間が宇宙飛行士たちとはちがうことに気がついたユリゼルは、この機会をとらえて、トッドがいっていた〝コブ〟の位置と性質を確認したのですが――その過程で、女性の服の乱れを直していた、というのです。）

その女性はミセス・C・P・ボイントンと判明。軽い打撲傷だけですんだのですが、彼女は報道陣にたいして、うっとりとつぎのように語りました。

「ほんとうに怖かった。何百人もの人に踏まれて殺されてしまう、と思いました。だから『助けて！』とひたすら神さまに祈ったんです。そうしたらいきなり、あの大きな青い人が天使のようにわたしのところへ飛んできて、手をのばして、たくさんの足の下からわたしを引っ張りだしてくれたんです！　ああ、彼、ほんとうにすてきな匂いだったわ！」

わたしがお伝えしたいのは、アングリがまさに第一日めからたいへん好意的に報道された、ということなのです。

さて、演壇のほうでは、大統領にたいする、そして大統領による公式の挨拶がようやくはじまっていました。ペリーが気を利かせて、ぼうっとしている大統領に、「閣下、そろそろひとことご挨拶されるお時間だと思いますが」とささやきかけると、大統領は反射的に立ちあがってスピーチしはじめました――船にもどろうかと思いはじめていた高齢の評議員たちの気を引き止めるぎりぎりのタイミングでした。バンドも演奏を再開しましたが、いささか調子はずれのぎくしゃくとした演奏ぶりでした――ただし、このときも、またほかのいかなる機会にも、『主よ御許に近づかん』が演奏されたという事実はありません。とにもかくにも、歓迎式典は進んでいきました。

やがてトッド、ジム、そしてペリーが一カ月以上にわたる長旅のあいだ親しくすごしてきた異星の友人たちと別れるときがやってくると、いっきに感動的な空気が高まりました。地球に帰還するまでのあいだ、ペリー師がとくにアザゼルに親しみを抱いているようすが観察されていました。演壇では、アングリの青い巨体が踵《きびす》を返しつつあります。あとは人類の好きにまかせて、船にもどろうとしているのです。かれらがうしろ側の触腕で立っていると、その頭はあらゆるものの上に高くそびえ立ってしまうのですが、それでもかれらは大統領、大統領夫人、そして国務長官（いまはカモメなしです）に礼儀正しく挨拶をすませました。と、ペリーが静かに近づいていきました。そして突然ひざまずくと、アザゼルが体重をかけている触腕に、長い腕をまわしてひしとしがみついたのです。（ちなみにペリーは大柄な人でした。）一瞬、何事が起きたのかとざわつきましたが、すぐに彼はただ異星人に抱きつき、アザゼルの脇に顔をおしつけてすすり泣いているのだとわかりました。また、ペリーはなにかとても個人的なことをつぶやいていたのですが、その言葉を聞きとったのはケヴィンひとりでしたし、彼が巨体の異星人の友に思考話法でなにを伝えたのか、また異星人からどんな言葉を受けとったのか、知る人はいません。

風変わりな劇的情景は、ほんの一瞬で終わりを告げ、ペリーは威厳あふれる態度で立ちあがると、トッドとジムの横にもどりました。そのあとは全員が順繰りに手と触腕を握り合って、またいっときがすぎていきました。

演壇のすぐそばにいたケヴィンは、最後にペリーがはっきりといった言葉をわたしに教えてくれました。「アングリではない、アンゲリだ《ノン・アングリ・セド・アンゲリ》」——ちなみにアンゲリというのはラテン語で天使のことです。この引用はちょっといただけないとお思いの方、もう少し聞いてみてください。

ここで異星人がどんな印象をもたれていたか、おおまかなところをお伝えするために、わたしがはじめて目撃者に話を聞きたいと広く要請したときに返ってきた手紙を紹介したいと思います。差出人はコーラ＝リー・ブーマーさん。八十九歳の女性です。

「もちろんテレビで見ただけです。そのほうがよく見えたんじゃないかと思いますよ。軍隊があのだだっぴろい、なんとか乾燥湖とかいう砂地をきれいにならして、そこらじゅうに歩哨が立っていました。それでも人でいっぱいになっていました。午前十一時頃でした。どうして覚えているかというと、赤ん坊だったドナルドにミルクを飲ませる時間だったからです。

空からあれが降りてくるのを見ました。なんだか、柄のところがない大きなブドウの房のようでした。

少しずつ少しずつ、とてもゆっくりと降りてきました。なにも傷つけないように、そうしたのではないでしょうか。すぐにヘリコプターが一機、まわりを回って写真を撮っていました。タン皮色みたいな色で、触覚が突きでていました。このまるいものがぎゅっと集まった形はどこかで見たことがあるという気がしました――蜂の巣に似ているのです。クローズアップの写真が送られてくると、たくさんの青い目が外をのぞいているのがわかりました。とてもきれいでした。うまく伝えられなくて、ごめんなさい。

ふだんはほとんど考えないようにしてます。いまだに、ただ見るだけです。でも、あの頃いっしょだった人は自分は頭がいいと思っていました。わたしは若くて、愚かで、なんでも亭主のいうとおりにしていました。これはよくないといっていました。白人がらみのことにはかかわるな、といったんです。亭主は、ごめんなさい。ほんとうに若かったもんだから。

でも、かれらが着陸してあの三人といっしょに出てきて、あの目が大写しになったのを見たら、亭主はまちがっているという気がしました。とてもきれいだったんです。思いやりがあって、ものわかりがよさそうで。微笑んでいました。自分の目を信じればよかったと思います。

だから最初のところしか見ていないんです。わたしが見ていると亭主が入ってきて、テレビを消してしまいました――どのチャンネルもおなじのをやってましたからね――そして亭主は『おれの昼飯をつくれ』といいました。だからそのあとは、ほとんど見ていないんです。もちろん、出かけるわけにもいきませんでした。

いまでは、亭主はまちがっていた、頭がどうかしていた、と思います。かれらはほんとうにりっぱでした。でもわたしは若かったし、赤ん坊に手がかかったし、仕事も忙しかった。いま、この年になって、人生にはもっといろいろなことがあるのに、と思います。どんな人生があっただろうと考えます。ジョージは、ずいぶん前に亡くなりました。

あの大きな、愛情のこもった目のことだけはちゃんと覚えています。ときどき、泣けて泣けてしかたないときがあります。

これが、あなたが望んでいるものだといいのですが。敬具、コーラ＝リー・ブーマー」

またまたシオドラ・タントンです。まあ、地球とアングリとの初の出会いは、こんな感じだったわけです。『白書』には、あの騒動のことも、ケヴィンが目にした些細な事柄も入っていなかったことは承知しています。でも、人びとが異星人にたいして一定の感情を抱くようになった経緯を示すうえで、またあとあと起こったことを部分的にでも解明するうえで、重要なことなのです。

みんな失望していた可能性も、あるいは、うんざりしていた可能性もあったのです。異星人は、ハードウエアはなにひとつもってきていません。昔から、映画でも小説でも、**異星人**との遭遇は、見たこともない夢のようなテクノロジーを山ほどもたらしてくれる、あるいは少なくともふつうの風邪の治療法ぐらいはもたらしてくれるものと相場がきまっていました。

なにかいいもの、です。しかしユリゼルの話では、アングリがもってきたのは平和と友情だけだということでした——少なくとも、一見したところ、ほかにはなにもなさそうでした。かれら独自の反重力やテレパシーといった〝いいもの〟は、かれらの身体のなかにあるものでしたから、わたしたちが嗅覚を譲り渡すことができないのとおなじように、かれらもそういう力を解説したり、知識として伝えたりすることはできなかったのです。

そしてその後、さらに報道陣が興奮する出来事が起こりました。驚いたことに、翌日、巨大な宇宙船があっさりばらばらになり、アングリが操縦する小さな船が四方八方に飛び立っていったのです。たちまちのうちにNASAの警備の輪のなかに残ったのは、支柱と鉢植えだけになってしまいました。

「**異星人、世界観光へ！　異星人、大聖堂巡り！　異星人、宗教を学ぶ！　各国語話者を要求！　異星人、世界観光へ！　異星人は読み書きしない！　異星人は世界中の人と会いたがっている！**」（こうしたものは、報道陣と気安く話すようになったアングリの子どもたちの発言の可能性もあります。最初のうちは、子どもかどうか区別するのに苦労したようです。）

というわけで、アングリは少人数のグループで、あるいはまったくひとりで、昼夜を問わず、ありとあらゆる場所に姿をあらわしたのでした。当然ながら、各大国の治安部隊は頭を抱える事態となりました。

しかし、けっきょくのところ、アングリの安全にかんしてはそう心配する必要はないことがわかったのです。（かれら自身の保安体制はまたべつの問題ですが。）テレパスを暗殺するのは容易ではありません――犯人が行動を起こすずっと前に、敵意が警戒信号を鳴りひびかせてしまうのですから。『白書』に載っているかどうかわかりませんが、ひとつの例をご紹介したいと思います。

ある日の午後、何人かのアングリがリビアのハイウェイのわきにある市場で、現地の人としゃべっていました。家畜やなにかのまんなかを車が高速でびゅんびゅん通りすぎていくような場所です。突然、アングリたちがそばにいる人間をそれぞれひとりか二人つかんで、いっきに二十メートル上空まで飛びあがりました。それと同時に、べつのアングリが二人、一台の車をつかんで飛び立ち、あらかじめつくっておいた空き地にひょいと投げ落としたのです。つぎの瞬間、車のなかで爆弾が炸裂して、数人が切り傷を負いました。爆弾犯と思われるものたちは死亡しました。

あっというまの出来事だったので、みんな混乱していましたが、あとになってみれば、頭のおかしい連中がアングリを吹き飛ばそうとしたのだろうと考えるしかありませんでした。アングリはかれら自身のため、そして近くにいる人たちのために、あらかじめ防衛対策をとっていたのです。この話は広く伝わり、アングリは自動的に人を助けてくれる、という印象が人びとの心に深く焼きつくことになったのでした。

もうひとつ、これは『白書』に載っているかもしれません。大きなエピソードです。ガヴリルと呼ばれるアングリがフランスのコルニッシュという絶景で知られる断崖道路へ観光ドライヴに案内されたときのことです。ガヴリルは汚い地中海を見るのにうんざりしていました――瀕死の魚や海鳥の思考が聞こえていたんじゃないかと思います。彼は考え事にふけりはじめました。

つぎに彼は、幌をあげたコンバーティブルから宙に舞いあがり、少しのあいだ車とスピードを合わせて飛んでから、道路と交差する鉄道に降り立ちました。鉄道が道路の下を走っていたのです。案内役がそこまでいくと、彼は目を閉じて立っていました。見るからに深く集中しているふうだったので、案内役一行は待つことにしました。

そのとき、遠くで列車の警笛音が響き、ガヴリルが目をあけました。

「よし、オーケーイ！」と彼はいいました。「人びとが人びと、見る」彼は車にもどってきましたが、なんの説明もしようとはしませんでした。案内役は、当然、あれこれ質問を投げかけました。線路の先のほうでなにか騒ぎがもちあがっているらしいとあっては、なおさらです。

いったいなにが起きたのかというと、ガヴリルは下のトンネル内で双方向から接近してくる二本の列車の乗客たちの思考をとらえていたのです。たまたま線路が単線であることに気づいた彼は、心配になって車から飛びだし、確認に向かいました。

そうです、彼は悟ったのです。このままでは正面衝突の惨事が起こると。ガヴリルは双方の列車の運転士に向けて、強力な精神波を発射しました――高速で双方向から進んでくるターゲットを同時に狙うのは容易ではありませんでしたが、とにかく、「危険！　**止まれ！**」と送信したのです。いまもいったとおり、これはむずかしいことなのです。やっと両方を止めるのに成功したときには、列車は互いのヘッドライトが見える位置まで接近していました。

案内役は彼がなにをしたのか了解すると、報道各社に連絡を入れ、その結果、感謝の気持ちを伝えようと何百人もの乗客が押しよせる騒ぎになってしまいました。機関車の上でホヴァリングするガヴリルの写真が〝慈悲の天使《アンジュ・ド・メルシー》〟の見出しつきで、その日の全フランス主要紙夕刊に掲載されました。彼がいなければ、まちがいなく六百人近くの犠牲者が出るところだったのです――おそらくはテロリストかなにかが自動スイッチや警報システムを破壊したのでしょう。

それからというもの、報道の勢いはとどめようもなく、真偽とりまぜ、無数のエピソードが紙面を飾ることになりました。そしてしだいに、アングリは善意や幸運のシンボルであり、アングリに会えたらしあわせ、という雰囲気が強まっていったのです。実際、アングリの身体を引っ張る人たちがあらわれました。たぶん、〝具足〟のかけらでも破りとって、ウサギの足のように身につけたいということなのでしょう。でも、もちろんアングリは具足などつけていません。生身です。かれらがテレパシーで警告しなければ、危険かつ痛々しい事態になっていたところでした。そんななか、二人の若いアングリがひっかき傷を負うにおよんで、かれらは全員、ゆったりとなびくスカーフを身につけるようになりました。スカーフなら切りわけて配れるからです。「少しクレイ・ジー、あなたの世界の人たち」ユリゼルがそういったと、トッドは語っています。もちろん、関係当局はひらあやまりでしたが、群衆の行動はコントロールのしようがありませんでした。そしてアングリは、ただの興味本位や野次馬根性で寄ってくる人間とはまったくちがう、非常に熱狂的な、手がつけられないほど興奮した群衆、いわば暴徒を引きつけるようになっていったのです。

　この時期、まちがいなく『白書』には載っていないがゆえに、わたしとしてはぜひとも皆さんにお伝えしたい事態が進行していたのですが、何分にも調査がすんでいません――というか、まだはじまってもいません。調査するには、十余りの国の残骸に足を運んだり、ソヴィエト連邦共和国に入って、いくつかの病院を探さなくてはならないのです。というのもアングリは、NASAに話すのは適当ではないと思われる地域を訪問したり、その種の人びとと話をしたりしていたからです。かれらは、いわば公式のエスコート役をつとめていたトッドやジム、ペリーにさえ、そのことは話さずじまいでした。

　調査してもいないのに、どんな裏話を知っているんだと疑問に思われるかもしれません。が、調査というのは、わたしが手に入れた実話のつけたしにしようと思っていた、その程度のものなのです――待って！

　さっきいった病院というのは、推測です。大学の研究室とか民間企業の施設の可能性もあります。要点をいいますと、アングリは人間の生理機能にかんして最新の科学的調査ができるちょっとした方法を発見していて、報道が厳しく規制されている場所を嗅ぎつけた、ということのようなのですが、これもあとになってわかったことです。

　当時わかっていたことは二つあって、どちらも圧倒的な関心を呼びました。

　ひとつめは、かれらが出発する計画を立てている、という知らせでした。

ってこないのか？　出発する？　銀河系のどこかほかの場所をめざすのか――そして二度ともど

　これは衝撃でした。上のほうの人たちは、どういう幕引きになるのか真剣に考えていたのかもしれませんが、一般には寝耳に水の話でした。小説や映画では地球人／異星人が遭遇すると、そのあとはなにかしら永続的な関係がつづくのが常です――異星人が地球占領を企てるとか、地球人が大挙して宇宙へ出ていくとか、それからも関係がつづくことを匂わせる、あるいは少なくとも恒久的影響が残るようななにかがあるものです。アングリが考えているらしい、「ハロー、はじめまして、バイバイ」的な話は聞いたことがありません。ちょっときてみた。それだけのことだったのでしょうか？

　答えは、どうやらイエスのようでした。

　なぜ？　だれもかれらが永遠にとどまると本気で思っていたわけではありませんでしたが、それにしてもなぜ、そんなにすぐに、いってしまうのか？

　答え――用事があるから。ビーバーだかクロコダイルだかなんだかが月で寝ながら、アングリが水の惑星を見つけてくれるのを待っているのです。そして――神よ、月ではほかのアングリが、かれらがほんものの惑星を見つけて起こしてくれる日を待っているのです！　もちろん、地球では用が足りません。アングリはそのあたり気を遣ってはいましたが、地球ではだめなことはすぐにあきらかになりました――地球はかれらにとっては汚染がひどくて、不潔で、くたびれていて、ごみごみしていて、とても住めたものではない、いわばスラム惑

星だったのです。「ちょっと
きてみるにはおもしろいところだけれど——」

もちろん、どこかの政府が実際に土地の提供を申し出たというようなことはありませんでした。（ただ個人が何人か、とくに地球上で途方もない広さの土地を所有しているらしいテキサスやオーストラリアの人たちが、〝興味を示したアングリの家族たち〟に土地提供を申し出た事実はあります。）

一般の人たちはみな、アングリが月に、でなければ比較的近いところに落ち着いてくれればいいと考えていました。金星か火星はどうだろう？　なにか魔法の惑星造形ツールでも使って、改造することはできないのだろうか？　そして近くに定住するというわけにはいかないのだろうか？

答え——たいへん残念だけれど、われわれは魔法の惑星造形ツールはもっていないし、あなたたちがいるこの太陽系のほかの場所は、とてもとても住める環境ではない。ほんとうに残念。

事態は急速に展開していき、多くの人がアングリに、あっと驚くような仕事の話をもちかけたり、かれらが地球で暮らしていける手立てを提案したりしました。なんとマフィアまでが、例のテレパシーを使った警報システムを生かして警護の仕事ができるのではないかと、かなり本気で考えていたということです。見知らぬアラブ人が、夜、訪ねてきたこともありました。大きな教会がいくつか、かなりの額を提示して、客として滞在して礼拝を執り行なってくれないかと申し出たり、相当数の国の諜報機関や保安部門からも仕事のオファーがあったそうです。

それにたいしてアングリは、つねに愛想はいいものの、あいまいな態度で耳を傾けていました。ある晩、地球経済を論議している場で、あるアングリがココナツくらいの大きさの莢をとりだしました。なかには最上のカラーの五〜十カラットはありそうなダイヤモンドがびっしり詰まっていました。「こういうもの、よい？」と彼はたずねました。「われわれ、あっちで拾う」——触腕でアルファ・ケンタウリのほうを指して、そういうのです。「すぐい く、とる」詳しい説明がされる頃には、プレトリアからチューリッヒまで、ダイヤモンド市場では底値が大崩れする騒ぎになっていました。しかも話のようすでは、かれらは金をはじめ、地球人が貯めこみたいと思うようなものはなんでも、資源としてもっているようなのです。

かれらがほんとうに好きなのは、花でした。とくに大型のタンポポ。これ以降、アングリにたいする個人からの申し出は、それまでとはがらりと様相のちがうものになりました。

しかしそんなことがあっても一般の人びとはなんら影響を受けることなく、依然として、かれらは奇跡をおこなう善意の存在であり、慈悲深い天使だと考えていました——というか、話はいよいよ核心に近づいてきているのですが、ただ単純に、かれらは天使だという思いが一般的になっていたのです。大きな悲嘆の声があがり、涙に暮れる日がくることは目に見えていました。かれらが去ればこの世は闇。そんな日がくることなど考えられない、それが人びとの思いでした。

そして二つめの出来事が起き、人びとはまたしても衝撃を受けることになりました。

アングリは、わたしたちの文化、とくに宗教にかんする研究を終えようとしているようでした――かれらはただ質問していただけですから、〝研究〟という言葉は堅苦しすぎるかもしれません。かれらは、わたしたちがすることには、なんにでも強い興味を示しました。ペンキ工場の運営でも、ノートルダム大聖堂での礼拝でも、なんでもです。ただ、かれらはいつも、信仰について、というか神あるいは神々について質問していました。そしてかならず出てきたのが、「あなたの神は、どこにいるのか？」という質問でした。

たとえばヒンドゥ教の神々の一覧や解説書などを受けとったりすると、最後にはかならず、「かれらはどこにいるのか？　かれらは、いまどこにいるのか？」とたずねるのです。

もちろん、出てくる答えは腑に落ちないものばかりでした。人びとは天を指差したり、ウェストミンスター寺院や金閣寺を指差したり、なかにはかれらをグランドキャニオンに連れていった男性もいました。でも、その神あるいは神々の姿を〝見る〟という話になると――人びとは〝精神的〟とか〝超越的〟とか〝内在的〟といった言葉と格闘しなければなりませんでした。かれらは、失望したというのとは少しちがいますが、とても深刻に考えこんでいるように見えました。

そしてついにある日、トッドが形勢逆転とばかりに、かれらにたずねたのです。「あなたたちにも神はいるのか？」

「ああ、はい。たくさん」

「ではその神々はどこにいるんだい？」

そのときかれらはモーラミャインの月に照らされた大パゴダを見おろすベランダで話をしていました。アザゼルが月のほうを蝕腕で指していったのです。「あそこに」

「神々は船とともにいるということかな？　気持ちとしては、ということかい？」

「ちがう。神々──あそこ！　たくさん。ほとんど、中くらい、とても古いも少し、ひとり、あたらしくて大きい、いまいちばん偉大。船のなか」

まあ、だれもが、彫像とか絵とか聖遺物のたぐいがあるのだろうと思いました。ところがアングリは、その神々は生きている、まちがいなく生きている、とはっきりいったのです。ただ、ほかのアングリとおなじように眠っているのだ、と。

うーん、あー、ええと……かれらを見ることはできるのだろうか？　われわれがそこへいって、少しでも見ることはできるのだろうか？

でも、かれらは眠っている、とアザゼルはくりかえしました。そしてユリゼルとなにやら相談しはじめたのです。

「一度だけ、起きる、よいかもしれない」ユリゼルが結論を出しました。「旅、眠り、長い。かれら、ここ、連れてきて、見せてほしいか？」

ぜひとも！

その場には記者が三人、同席していました。

「アングリには実在の神々がいる。月で眠っている」「アングリの神々、地球訪問へ！」

　というわけで、アングリ代表団一行は神々の支度をととのえるために月へと出発していきました。一方、合衆国の官僚たちは超自然的訪問を受け入れるための準備にとりかかりましたが、もちろん当初は超自然的な存在がやってくるなどとはだれも考えていませんでした。極端な話、派手な衣装をつけたアングリがくるのではないかと想像した人もいたくらいです。

　しかしアングリはこの話を非常に重く受け止めていました。全員が世界中からもどってきて、もとの巨大な宇宙船が再構築されたのです。これを見た歓迎委員会は、こちらももう少し真剣に考えたほうがいいと判断して、地球宗教指導者会議の面々に歓迎式典に臨席するよう召集をかけました。その当時のローマ教皇はたいへん旅好き、流行もの好きの方で、絶対に出席すると主張。当然ながら、これは異教を是認するものとして、公式の教会組織界に大混乱が巻き起こりました。しかし教皇は、「ナンセンス。ひとり残らず参集して、かれらにはどのような神がいるのか見るべきだ」と発言。ギリシャ正教会首座主教が、このときばかりは賛意を示し、英国国教会のカンタベリーおよびヨーク両大主教も、当然、出席を熱望。新教諸派も参加することになりました。そしてこのキリスト教徒の前例のない世界教会的集合ぶりに刺激されて、ほかの宗教の指導者たちも参加を表明し、単なる異星人の偶像見物的雰囲気ではじまったものが、ありとあらゆる宗教団体が一堂に会する大規模な世界サミットへと変貌し、わたしたちみんながテレビで見ることになったのでした。これを取り仕切るには特別な超党派委員会が必要で、プロトコル作成はまさに悪夢だったといいます。

　実際にはどんなふうだったかというと、数日後には、全地球宗教界と異星人宗教との対決というような構図ができあがっていました。しかしこの対決は、最初からわたしたちの負けと決まっていたようなものでした。わたしたちにはさまざまな凝った衣服をまとった人間の公人たちがいて、りっぱな式次第がありましたが、かれらには――神々がいたのですから。

それからまもなく、そう一週間ほどたった日の夜のこと、わたしたちは目撃したのです――もう一隻の巨大な泡宇宙船は、まばゆいサーチライトに照らされて、蛾のように音もなく舞い降り、広々とした着陸地点に落ち着きました。（担当の役人たちは、最初の大失敗から学んでいました。歓迎委員会が控えているところまで赤い絨毯が敷かれているのはおなじでしたが、船のそばの、アングリが気ままに飛び回りそうなエリアも人の立ち入りが制限されていました。群衆は、船からかなり距離のある、ずらりと並んだ有料の仮設席のうしろまでしか入れませんでしたが、頭上には巨大なスクリーンがあって、きた人全員が、式典のようすを見られるようになっていました。）

そしてかれらがやってきました！　観客席はすぐに満員になり、そこらじゅう人があふれかえっていました。

宇宙船が着陸すると、こんどの船は前のより巨大で、〝泡〟のひとつひとつも大きくて、中央には巨大な泡というかドームがあることがわかりました。アングリは全員が外に出て、ぐるりと囲む警戒線のなか、いつになくきちんとした態度で一列に並んでいました。そのそばには、地球を訪れた神々に捧げる花を両手いっぱいに抱えた地球人の子どもたちがいました。

外側のドアが開いてよろめき出てきたのは、大柄な、どこかよぼよぼのアングリを思わせる姿で、大きな涙がちのひとつ目をまぶしそうにしばたたいていました。全身に、生き物の遺骸らしきもの、とくに目立つのは魚の頭や尻尾でしたが、そういうものを花綱のようにつなげたものをかけていて、頭には未知の動物の大きな仮面をのせていました。

「これは――ええ――古代のアニミズムのトーテムです」説明役のアングリの声が流れました。「驚異的長寿を保っています」アングリの付添いが種属の小さき神になにか汁がしたたる食べ物を手渡して、ロープで仕切られた、休憩用のカウチがあるエリアへと案内しました。その神は、直立歩行ではなく触腕で這っていましたから、あきらかにアングリが半水生だった時代の名残りでしょう。

つぎにあらわれたのは、布でくるまれた樽型の肥満体で、いくらか年をとっているかなという感じ。目をぐるりと回すようすに敵意と困惑が感じられ、よたよた歩いていくあとには、ぬるっとした濡れ跡が残っていました。

「古代の豊饒の神です」と説明役――急遽、呼びだされたアングリの学者――が紹介しました。「つぎに登場するのは、この古代の姿の化身ということになるでしょう。文化的に複雑さを増していることにお気づきになると思います」

(報道機関でも目端の利くところは、これまでのなりゆきを見て、人類学者、民俗学者、その他、この事案の解説ができそうな専門家に緊急呼びだしをかけていました。)

「これは」と、そうやって呼びだされたなかのひとりがいいました。赤い絨毯の上を一列になって、さまざまな歩き方でえっちらおっちら進んでいるのは、これまでよりも背が高くて堂々としたアングリの神々でした。「地球でいえば、フェニキアの豊饒の女神アシュタルテもしくはイシュタルに相当する神です」

ベールをかぶり、全身を波打たせて進むアングリの女神が、彼のまえを通りしな大きな目をくるりと彼のほうに向けて視線を送ると、彼は思わずメモ帳を取り落としてしまいました。

この頃には、新来者たちの背丈やその振る舞いからして、かれらがふつうのアングリが衣装をつけただけのものではない、ましてや彫像とか動く偶像などではありえないことは、だれの目にもあきらかになっていました。そうです、あの夜、群衆のまえに姿をあらわしたのは、まったくべつの種類の存在だったのです。群衆は妙に静まりかえっていました。いまでも、かれらがなにものだったのか、わかっていません。わかっているのは、わたしたちは神々を見た、ということだけです。

この第一グループの最後のひとりは、地球人の目から見ても燦然と光り輝いていて、宗教界のお歴々が居並ぶスタンド席を意識しているように見えたのは、彼女ひとりだけでした。目が眩むような照明、彼女自身のきらきらと光り輝く身体、そしてベールの効果があいまって、彼女は――なぜ〝彼女〟かというと、地球人ならだれが見ても〝彼女〟だからです――いま風変わりな魅惑に満ちた異星人に見えたかと思うと、つぎの瞬間にはとびきりの地球人の美女に見えるのでした。彼女が優雅に絨毯の上を歩きながら空色の触腕を一本、さっとふりあげると、頭上の闇のなかからヨタカが舞い降りて、彼女の触腕に止まり、どこからともなく耳慣れない音楽が聞こえてきました。

うっすらと尊大な空気を漂わせて、彼女は付添いにうながされるまま向きを変え、ロープで仕切られた待機エリアに入っていったのですが、その際、鮮やかな色でメイクした目で、まっすぐ教皇聖下に向かってウインクしたのです。けっして見まちがいではありません。そして、その魅力に圧倒されてまごついている子どもから両腕いっぱいの花を受けとると、指定エリアに進み、端が渦巻装飾になった特大のカウチに寝そべったのでした。

いま通ったのが愛と美の女神アフロディーテであることは、コメンテイターがわざわざ口にするまでもありませんでした。

彼女のあとからやってきたのは、巨体の灰色がかった姿で、地球の火と鍛冶の神ウルカヌスのように足をひきずっていました。少しあいだをあけてやってきたのは、威嚇するような態度が人目を引く、長身の堂々たる姿。異星の武器を高々と掲げて、慇懃無礼に進んでいきました。ただ、全身から戦いと憤怒の気を発しているのに、その目は少年のように澄んでいて、軍神マルスが母親のまえに出るときもかくや、と思わせるものがありました。

つぎにあらわれたのは、こちらがうろたえてしまうほど着飾り、宝石をじゃらじゃらつけた一団で、なにかを象徴する楽器を抱えている姿もありました——下級の神々でしょう。たとえばギリシャ神話のミューズや海の精、山の精、木の精、あるいは各国の神話に登場するペリやアルゲリトやインダスといったような。この一団が虹の下、笛を吹き、歌い踊りながら先触れをつとめ、いよいよ登場したのは、年を重ね、白髪を頂く堂々たる面々、おさだまりの無限の力と権威を誇る年配の男たち。ゼウスかジュピターかヴォータンか、はたまたエホバか、といったところでしょうか。雲ひとつない晴れた夜だったのに、遠くの空からはゴロゴロと雷鳴が轟いていました。

こうして行列がつづくなか、アングリのあいだからいつのまにか歌声が湧きあがっていました。人間がアングリの歌を聞くのはこれがはじめてでしたが、聞いた人はみな、奇妙だけれど心地よいと感じていました。

行列はさらにつづき、西洋人の目にはまったく馴染みがないけれど、イランやインドや中国の人にはどこか見覚えがあるような神々がつぎつぎに通りすぎていきました。風変わりな、かさばるコスチュームを着て、蛇を思わせる飾りをつけていたり、大きく捻じ曲げて羽根飾りをつけ、威圧するような笑みを表現したかぶりものをしていたり、目が長く引きのばされて現実にはありえない大きさになっていたり。みんな、宗教的伝統にのっとった定型ポーズで所定の位置まで進んでいくのですが、そばには使者である動物たちもつきしたがっていました。空中には気まぐれに火花や炎があらわれ、それがときには花のように見えたり、雪のように見えたり。でもそれがあちこちで踊ったり、集まったりするようすは、それ自体に命があるかのようでした。

こうしてさまざまな種族あるいは国家の神々の家長集団らしきものが進むなか、ついにあらわれたのが、長く白いローブをまとった、見るからに強大な力の持ち主とおぼしき神でした。彼にはなぜか、かわいいきらきら輝く目をした異星人の子どもの格好の小さな機械仕掛けのおもちゃがいくつかつきしたがっている、と最初は見えたのですが、それらはおもちゃではなく、ちゃんと生きていました。

「教父の最高位にある神です」説明役が解説しました。「自分の息子のなかで何度も生まれ変わってきています。数は少ないものの、まだ信者はいるようです。そしていまは――」説明役はアングリのコンサルタントたちとなにやら小声で相談しはじめました。

するとき説明役の声が止んでいるあいだに、全員が見ているまえで、小さな息子の姿をしたひとりの歩くスピードが落ちて、立ち止まってしまったのです。混乱しているのか具合が悪いのか、といったようすでした。でも、近くにいたアングリがかがみこんでやさしく身体を叩いてやると、すぐに元気になって駆けだしていきました。

この光景にいささか心を揺さぶられたコメンテイターがアングリに質問しました。「あなたがたはどうしてこういう――ええ――遥か昔に廃れてしまったような宗教の生きた神々をいっしょに連れて歩いているのですか？　実在する神はひとり、あるいは一組で充分ではないかと思うのですが」

「ああ」アングリがいいました。（この頃には、何人かのアングリは地球の言語をいくつか流暢に操れるようになっていたんです。）「しかしですね、ああいう神々を崇拝していた人びとの心、精神は、まだわたしたちのなかに残っているのです。表面は文明化していても、その奥に残っているのです。文明は滅びることもあります。ああいう古い神々のなかのどれかが元気になる、活力を増す、ですか、そういう傾向が出てきたら、それは警告が出されている、ということなのです。わたしたちのなかで、そういう特質を崇拝するものが多くなりすぎている、ということです。そうなったら」——彼はなにかを踏みつけるような動きをしました——「小さな火のうちに、すぐに消すのです。わかりますか？　でも、いまは——」

いつのまにか歌声が止んでいました。そして数呼吸のあいだだれひとり動かず、〝なにか〟が起こるという空気が高まっていきました。

静寂のなか、歩みでてきたのは、というか期待に応えてあらわれたのは、それまでの神々の倍はあろうかという背丈の、ローブをまとい、ベールをかぶった姿。まちがいなく女性でした。彼女は歩みを進めながら、高位聖職者たちが居並ぶスタンド席のほうに顔を向けました。ただそれだけなのに、お歴々がいっせいに息を呑んだのです。あえいだ、といってもいいくらいでした。彼女は隻眼をすっぽり覆うドミノ仮面をつけていて、仮面の穴の奥底では、くすぶるような赤と金の深淵な火花がきらめいていました。が、顔のほかの部分も頭もフードの下で、空虚な闇が見えるだけでした。まとった衣服は、ひょろ長い身体を覆い隠すように動いていて、手も足もまったく見えません。彼女が通りかかると、子どもたちは花に顔を埋めてしまいました。ずらりと並んだアングリは、音もなく吹きつける風になびく柳のようにつぎつぎと頭を垂れていきました。

彼女の横には、彼女が輪縄式首輪で制御しているらしい異星の動物が歩いていました——彼女の長い袖のひとつが、その動物の頭におりていったのですが、手は見えませんでした。動物のひとつ目の下には、もつれて絡まった大きな牙と恐ろしげな尖った歯。足には粗末な当てもの、そして剣呑《けんのん》な拍車。その表情は、冷酷さと憎しみとが入り混じったものでした。一度だけ、彼女が歩いているときに、それが頭をもたげて長く尾を引く吠え声をあげると、遠くで雷鳴が轟きました。

この不可思議な存在がスタンド席に近づいていくと、ほかの神々から離れた場所に、彼女用に大きくて風格のある椅子が用意されているのが見えてきました。その椅子に、彼女はごくあたりまえのように腰をおろしました。まわりにいるアングリは、人間でいえばひざまずいたような形に腰を沈めていましたし、近くの人間は無意識のうちに視線をそらせて頭を深く垂れていたのでした。

「わたしたちがいま崇拝しているのは、彼女です」説明役の隣にいるアングリがいいました。「呼び名はいろいろありますが、根本はひとつです。あなたたちには、〝因果の法則〟と呼んでいただきましょう」

「あれはなんですか……あの動物は？」

「あれは彼女の手先です。故意であろうとなかろうと、彼女の掟を破ったものに報復します。ほら、聞いて！」

ぐるりの地平線から、吠え声のこだまが返ってきました。

「ああ、気の毒な地球の友人たち――あなたたちは彼女を崇拝してはいませんが、あなたたち種属は彼女の法則を破っているのではないかと思います。罪のない人びとにも恐ろしい罰が用意されているかもしれません」

勇敢にも、人間のコメンテイターがたずねました。「それはつまり、原子力をもてあそんだというようなことをさしているのでしょうか？」

「いいえ。そういうことではありません。種族の神々のうちで、ひとりくらいは、そのことで機嫌をそこねているかもしれませんが。〝因果の法則〟はどんな質問にも異議は唱えません。かならず答えてくれます。彼女の報復を受けることになるのは、結果を考えずに原因をつくってしまうものたちです。たとえば、限られた地表の上で、繁殖を加速させる結果を予想しそこなうというようなことです」

「しかし――」

「静かに」このややこしいやりとりにはほとんど耳を貸さず、ざわざわしはじめた群衆に向かって、彼は声を張りあげました。「どうか席を立たないでください。まだ、あとひとり、登場しますから」

けれど、巨大な宇宙船からは、なにも出てくるようすはありませんでした。ただ船のすぐそばにいるものたちだけが、まるで冷たい風が吹きすぎたかのように、突然ぶるっとふるえたのです。なにが動いたわけでもないのに。それは歓迎陣が居並ぶスタンド席への階段までいくと、上にあがっていったようでした――宗教界のお歴々が何人か、肘を抱えてぶるぶるっとふるえたのです。

遠くで一度だけ、稲妻が光り、それですべてが終わりました。

「いまのは〝きたるべき神〟の影でした」説明役がはっきりと告げました。「しかし、それが何なのかは、あなたたち同様、わたしたちも知る由《よし》もありません……」

教皇が十字を切るところ、ご覧になりましたか？

さて、あとはぜんぶご覧になったことと思いますが、ロープが取り払われ、神々と交流したい人は自由にどうぞ、ということになりました。（幸いなことに警備陣は、アングリ的な形式ばらない行為にたいする準備を万端、ととのえていました。）

「現在の肉体をもった形態では、神々はきわめて無害です」説明役がいいました。「しかし、退屈したり、不満を抱いたりすると、非物質化して純粋なエネルギーになり——あなたたちの言葉でいうと、おそらくこういう表現になると思うのですが——、その形態になると非常に危険な存在にもなりえます」

そういっている間にも、高価なクリスタルが割れたようなカシャーンという甲高い音が、アフロディーテが横たわる寝椅子のほうから聞こえてきて、女神がパッと消えるのが目撃されました。あとに残ったのは鳩か長いひれのついた魚のような白い小片の雲で、小片はブラウン運動そのままに踊りながら空中に散って消えていきました。

それからすぐのこと、古代部族のアニミズムの神が、小さなブーンという音と、正体不明の小片の舞を残して、いましがたまでいた場所から姿を消してしまいました。

でもこのあたりのことや、アングリが生気をとりもどした神々を朝のうちに月にもどして、それからすぐ出発の準備に入ったくだりなどは、みなさん、ご覧になっていますよね。

かれらの旅立ちの準備もまた、じつに形式ばらないものでした。なにしろ、それまでに集めたお土産をもって、さっさと泡に乗りこんでおしまいでしたから。（かれらが好んで集めたのは、大聖堂と海水浴場の絵葉書、それにドライフラワーでした。）

この急展開に仰天した地球側は、このすばらしき訪問者の旅立ちを涙で見送る覚悟を固めていました。そしてその折も折、あの重大発表があったのです。みなさんも当然、覚えていらっしゃるでしょう。年長のアングリが、あっさりとたずねましたよね。「いっしょにきたい人、いますか？　わたしたち、よい場所、見つけます」

そうです、かれらは本気で、そうたずねたのです。人間たちよ、いっしょに放浪する気はあるか、と。知りあったばかりの親しい友と別れずに、澄んだ空と青い海の汚れのない地球を見つけにいく気はあるか、守護天使とまったくあたらしいスタートを切る気はあるか、と。

ほんとうに？　**ほんとうに？**

ほんとうでした！！！――さすがのアングリも、空《から》の船に眠った状態で収容できる人数として百万人という制限を設けなくてはなりませんでしたが。ちなみにその人たちは冷凍睡眠状態にあるあいだ、年をとることも死ぬこともない、ということでした。

ほかのこととおなじで、かれらの選考手順も単純明快、ざっくばらんなものでした。合衆国では、アングリが駐車場を貸してほしいと頼み（全国のショッピングモールのオーナーが協力を申し出ました）、だれにとっても便利な場所にアングリ自身がフットボール大の、片側に穴があいた莢形の容器を持って常駐しました。応募者は片手を莢のなかに入れるよううながされ、一、二分、アングリがじっと見ているだけ。容器のなかは空っぽのようでした。

応募者はなかで指をくねくねさせたり、じっとしていたり、内側をさわったりしていましたが、なにをしても結果に変わりはなく、容器に変化も見られないようでした。それがすむと、ほとんど間髪いれずに、アングリがイエスかノーかだけ答えて、それでおしまいでした。同行を認められた人は、好きな恰好で（ただし重量三キログラム――六・六ポンド――まで）船に向かうようにといわれましたが、推奨されていたのは――これは紙に印刷してありました――リラックスできるスポーツウエアに作業用手袋、サンバイザー、スニーカーといういでたちでした。

このきわめて重大な旅に同行するものとして選ばれた基準はなんだったのでしょうか？

「好みの人間、選ぶ」とウェフィエルはいいました。

「でも、あの莢みたいな容器は？」

「そうすれば、文句が出ない」考えてみれば、かれらはテレパスです。アングリは人が容器に手を入れているあいだに、その人の心の奥底まで読むことができたわけです。

でも、ウェフィエルってだれかって？

ええと、わたしにもアングリの特別な友だちがいたことをお話するのを失念しておりました。ここから先の話のほとんどは、彼から聞いたことです。彼と知り合いになったのは、ほかの人もたいていそうですが、ケヴィンを通じてでした。ウェフィエルは高齢の評議員の使い走り《ゴーファー》をしていて、大規模なレセプションなどで人間に会うのが大好きだということがわかったのです。高齢の評議員が、水や例の堅パンのようなもの、かれらの唯一の食べ物を所望して、ウェフィエルがとりにいった。そして人間のお偉方にコーヒーをもっていこうとしていたケヴィンと出会ったわけです。

詳しくいうと、ウェフィエルは若い成人で、男性——かどうかはクエスチョンマーク。そのところは、けっきょく**なにひとつ**わからないままですから。そして、アングリですから、親切で、とにかくやさしい人でした。でも、いくらやさしい人でも、莢形容器テストに落ちたわたしを同行組に入れてはくれませんでした。わたしはもう一回、挑戦しました——だめとはいわれなかったんです——何度も何度もやってみましたが、答えはいつもノー——そしてそのうちに百万人に達してしまったのです。

「ウェフィエル、わたしのなにがだめなのかしら？」

そうたずねると、彼は肩をすくめました。タコがやると、なかなか印象的なんです、これが。

「たぶん、知りすぎているから」

「わたしが？　でも、あなたたちは頭のいい人が好きなんじゃないの？」

「はい、わたしたちは好き。ほかの人間に殺されてしまうような、頭のいい人だけ」

「ああ」……それしかいえませんでしたが、彼のいいたいことはよくわかりました。

とはいえアングリは、ぼんくらばかり百万人選んだわけでも、なにかひとつのくくりで百万人選んだわけでもありませんでした。わたしが船までいってこの目で見たかぎりでは、ほぼ無作為抽出といってもいい感じでした。（選出者のなかに、赤毛が大好きなアングリがいたことはまちがいないと思いますが。）ただし、見るからにだめそうな人間やジャンキー、極端に能力が劣る人は除外していたようでした――ほんとうに、定員になるまで、だれも彼もが挑戦したんです。それから、わたしが個人的に見た目がいけすかないなと思うような人も除外されていました。

いくことになった人たちは、おでこにスタンプ器を押しつけられました。目に見えるような印は残らなかったのですが、その場所を洗ってもなにしてもかまわない、といわれたそうです。（質問攻めにうんざりしたアングリは、これも印刷しなくてはなりませんでした。）船のところでは、その場所をひとりのアングリがちらっと見ただけでおしまいでした。

わたしがウェフィエルに、思考の刷り込みではないのかとたずねると、彼は笑って、「必要ない」といいました。わたしは心のなかで自分を蹴とばしました――いうまでもなく、テレパスがそこを見たら、見られた人間の思考が、スタンプを押されたかどうか、自動的に答えてくれるのですから。

ああ、もうひとつ、選ばれた人のことですが、船では男性だけなにかをスプレーされて、注射を打たれたそうです。

「なんのために？」

わたしがたずねると、ウェフィエルはくすくす笑いました。

「生殖能力のため。あなたたち、子ども、たくさんつくりすぎる。教育できない」

「みんな生殖能力がなくなるってこと？　それじゃ、死に絶えちゃうんじゃないの？」

「あなたたちの時間で二十年だけ。そしてまた二十年。そしてまた二十年」彼の頭にあったのは、サイクルという概念でした。「そう――それなら、学ぶまで、なにもだめにしない」

「どうやってやるの？」

ここで、わたしが聞いた、最新の研究についてお話ししておきます。どうやら生命科学をあれこれいじりまわすのが好きなアングリが、人間の男性の免疫系に作用して自分の精子を破壊するというか不活性化するバクテリアを遺伝子組み換え技術でつくりだす機会に恵まれたようなのです。抗体だかなんだかは二十年たつと消えてしまう、するとその男性は生殖能力のある精子を二、三回射出できる。でもそのシステムは自己修復して効力がぶり返し、また二十年、生殖能力がない状態になる。そしてそれをくりかえしていく。しかもそれが優性遺伝する。

よくできているでしょう？

二十年という期間については議論があったようです。四十年にすべきだというアングリもいたのですが、わたしたちの現状にたいする嫌悪感で過剰反応しているだけだと説得されて、折れたのだそうです。

あとのことは、もちろん、みなさんご存知ですよね。

わたしはウェフィエルに、地球全体にそれをやってもらえないのは残念だといいました。でも男性陣の反発はすさまじいだろうから、と。すると彼はまた、くすくすと笑ったのです。

「あなた、夕陽、見えない？　きれいなグリーンの光、見えない？」

「それは見えてるわよ。でも当局の説明だと、あれは――」

「わたしたち、もうやった」と彼はいいました。「いま、空気のなか、降りてきている。たいへんな手間、ヒュー！　たくさんつくること。あなたたちのバクテリアも増えるの早い、よいこと」

「えええっ？？？」

くりかえしになりますが、みなさんこのことはご存知ですよね。ただ、最初に知ったのは、わたしだったんです。主よ、あの騒動のことはつまびらかに覚えています。不妊治療クリニックに人が押しよせて――もちろん、最初は女性のせいにされました。でもやがて、どうあがいても無視することはできない状況になっていきました。とくに近縁の霊長類数種の一部に影響が出たのが決定打でした。人間の男たちにも兆候が出ていました――活発な精子が大量に抹殺されると、ひりひりして、腫れぼったくなるのです。

でも、みなさん、おわかりですよね――いちばん上の世代、わたしより上の年代ですね、その世代はいろいろな年齢の人がいるのですが、そのつぎの世代はみんな四十歳前後で、そのつぎはみんな二十歳前後なんです。そしてそのあとは、ひとりもいませんが、いま妊娠中の女性が何人かいます。（〝**母性ふたたび！**〟〝**人類、ふたたび誕生！**〟〝**こんどはこのままつづくのか？**〟……つづきません。断言します。）

これはかれらの置き土産だったんですよね。

「わたしたち、よいこととする、あなたたちに」ウェフィエルは、そういうふうに表現しました。「たぶん、もう、ひどいトラブル、あまりひどくならない」

　たしかにそのとおり、ですよね？　あわや戦争かという瀬戸際までいったこともありましたが、世界中のだれもが子づくりのことで頭がいっぱいだったので、事態は早々と沈静化しました。もちろん、終わりなき成長という愚かな考えに基づいてすべてが回っていた経済は、大打撃を受けましたが、息の根を止められてしまうよりはずっとましです。五百億の人間が縦に積み重なって住むような惑星を本気でめざしていた人たちは、がっくり肩を落としていました。でも、妊娠しっぱなしのお腹から赤ん坊が滝のように生まれ落ちて絶えず轟音が鳴りひびいていたものが、二十年に一度の小雨程度に変わったおかげで、環境問題は、汚染も資源の浪費も汚水処理も生態の崩壊も、すべて解決可能になりました。

　わたしたちは遅かれ早かれ、静態経済という考え方を見据えなくてはならなかったのだと思います。まだ生きている海があるうちにそれができたのは、アングリのおかげです。

　が、そんなことはどうでもいいんです。

　わたしとしては、同行組に選ばれなかったトラウマを乗りこえたあとも――いえ、泣いてるみたいに聞こえるだけですから――前からずっと気になっていた、あのちょっとした問題が頭を離れなかったんです。ほんとうにどうして、アングリは天国のような故郷の惑星を離れたのか？　どうしてなんでしょう？

「わたしたち、あたらしい場所、見たい」とウェフィエルはいいました。「わたしたち、退屈」

でも、それは正確な話ではありませんでした。テレパスは、その気があってもなくても、思いを伝えてしまうのかもしれません。

「ウェフィエル――あなたの惑星に住んでいた人たちは、ほんとうはどうなってしまったの？」

「かれら、出ていくかもしれない、死ぬかもしれない。かれら、死ぬ、思う」

　こんどは正直に話している感じでした。

「もしかして、かれらを絶滅させたなんてことはないわよね？」

「いや、ない！　**ない！**」

　あのショックの受け方は演技ではなかった――と思います。

「じゃあ、あなたたちは、とにかく出発したわけね、神さまたちを連れて……。まだ故郷にいるアングリはどうなの、神さまなしでもいいの？」

「残るアングリいない、みんなここ。月にいる」

「ふーん。少数種属なのね、あなたたちは」

「三、四百万。充分」

「それと神さまたちね。ねえ、あの神さまたちはほんとうに生きているんでしょ？」

　わたしたちは、ヴァージン諸島にある島のこぢんまりした浜辺で寝そべっていました。ウェフィエルが飛んで、連れてきてくれたのです。（もしあの堅パンだけで生きられたなら、どんなにすばらしい旅ができたことか！　試してみたけど、ゴム長を乾燥させたみたいな味でねえ。）

「もちろん、生きている」と彼はいいました。「かれら、人びとのためになること、する。神々、みんな、する」

「わたしたちのは、してくれないのよ」わたしは、眠気に負けそうになりながらいいました。

「ねえ、ほかの人たちのところにも生きた神さまがいるの？」

「はい」彼の大きな目は、どこか悲しげでした。「あなたたち以外、みんな。わたしたち、はじめて、見つけた。ここ、生きた神、いない」

「ねえ、ほんとうなのよね……あたし、神さまって、頭のなかで考えるだけのものだと思ってた」

「いや、ちがう、ほんとうのもの。気をつけて、あなた、熱くなりすぎている」

「ほんとね、ありがとう……。どうしてあなたたちの神さまは、すてきな惑星を離れる気になったの？」

「わたしたちといく」

「神さまは、信じている人たちがいくところへいかなくちゃならないってこと？……ねえ、ほかの人たちの神さまはどうなっちゃったの、絶滅しちゃった人たちの神さまは？」

「ふつう——あたらしい言葉、ね？　ふつう、神々もいく。空中に消える、終わる。ときどき……消えない」彼の大きな目が、また暗く沈んだ色を帯びました。悲しげなのではなく、とても真剣なのです。「わたしたち、なぜか、わからない」

「死んだ人たちの神さまは消えてしまうのね。悲しいわね。うーん。でも、ときどき、消えないことがあるのね？　信じてくれる人がいないのに生きつづけている神さまって、どうなるのかしら？」

「わたし、わからない」彼は身体を起こしました。「ほら、ここ、あなたに熱すぎる。肌、焦げる音、聞こえる」

「ごめんなさい。音が聞こえるほど日焼けするつもりはなかったのよ」でも、わたしは気づいていました。なんだろう？　なにかある。ウェフィエルは話題を変えたがっていました。もしかしたら退屈していたのかもしれない。でも、わたしにはそうは思えませんでした。なにか彼が隠しているものをつついてしまったのだと、直感的に思いました。なにかアングリが隠したがっているものを。

「あなたたちの神さまが、あたらしい惑星を気に入ってくれるといいわね。あなたたちも人間といっしょにそこに住むんでしょ？」

「ええ、はい！」彼は微笑みました。「わたしたち、よい、大きい惑星、見つける。たくさんの空間。たくさんの花」彼はわたしがつくってあげたタンポポの首飾りに触れながらいいました。（そうなんです、ヴァージン諸島にもタンポポはあるし、メヒシバだって生えてるんです。）

「人間はまちがいなく石器時代にもどっちゃうわね」わたしはけだるい声でいいました。（いっしょにいけていたら、暁新世にもどったってかまわなかったんですけどね。）「ねえ、もしかしたら、あなたたちの、あの大昔の動物トーテムを崇拝するようになるかもしれないわよ」

「かもしれない」無意識にでしょうが、彼は夢見るように目を細めました。

「もう少し進歩したら、あの大昔の豊饒のシンボルを崇拝するのもありね。たぶんその気になるんじゃないかしら。そして美女軍団のほうへ移っていく。よくできてるわねえ！　地球には、わたしたちのものといいえる神さまはいない。そこへあなたたちが、出動準備オーケイでお持ち帰りできる神さまをひとそろい、提供してくれるんだもの！　ウェフィエル、どうしてわたしたちには神さまがいないんだと思う？　わたしたち、おかしいのかしら？　ほかではみんな、実際に、自分たちの神さまをつくっているんでしょ？」

「そう、思う。はい……。あなたたち、なにがおかしい？　わたしたち、わからない。あなたたち、毒、あるかもしれない、神さま、死ぬかもしれない！」彼は笑いながら触腕の先でわたしの髪を――その頃は、きれいな髪だったから――いじっていました。「でも、わたし、そう思わない……。賢い人たち、あなたたちが神々の悪いパターンつくった、と考えている。一部の種類、失われた、そして、つづけてつくること、できなくなった。〝欠陥シリーズ〟これ正しい？」

「ぜんぜん正しくない……わたしたち、なにをはぶいちゃったのかしら？　なんだかわかる？」

「いいえ……でも、あなたたち、戦争の神、多すぎる、と思う。守り神、たりない」

「それはいえるわね」わたしはうとうとしはじめていました。さざ波がピンクの砂浜を洗う美しい風景、隣にはすてきな友だち……。

「もう、なかに入ろう。テレー・ビー、見よう。わたし、あなたを運ぶ」

「ああ、ウェフィエル」（詳しい話は期待しないでください。でもわたしたちのあいだに、ある種の肉体的交流があったのはたしかです。とくに、あのときはね。でも、みなさんが想像するようなものじゃありませんよ。）

　さて、ホテルには、ある人物が滞在していました。まじめそうな年配の男性で、なにかの研究者のようでした。その日、わたしたちはテラスに出て夕陽を見ながら、みんなでおしゃべりしていました。たしかに、たとえようもなく美しい不思議なグリーンの光が見えていました。舞い降りる、うるわしき生殖不能の光。この件をめぐる騒動は、まだはじまっていませんでした。とにかく、その年配の男性が天使について話しはじめたんです。ちょっとあてつけがましい感じもありましたが、わたしは、おもしろい話題だなと思いました。

「天使は、神聖な存在のなかではいちばん下の階級だということは、ご存知かな？」と彼がわたしにたずねました。「なにか、なされるべきことがあると、炎の剣をふりまわすとか、だれかに警告するとか、メッセージを届けるとか――とくにメッセージだがね――そういう用事があると、天使が呼ばれる。天使は使役馬であり、メッセージの配達人ということなんだよ」

「はい」なんの警戒心も見せずに、ウェフィエルがいいました。古い神話の天使の話に彼がどんな興味をもったのか、わたしにはわかりませんでした。ただ英会話のレッスンを楽しむ、くらいのつもりだったのかもしれません。彼、好きでしたから。

「使い走り《ゴーファー》みたい」とわたしはいいました。「神さまの使い走り《ゴーファー》」

当然、ここでゴーファーの説明をしなくてはなりませんでした。（年のいっている相手でしたから。）地面を走りまわるジリス《ゴーファー》と、とりにいく、呼びにいくという意味のゴー・フォーをかけた、あたらしい造語なのだと説明すると、ウェフィエルもよろこんでいました。彼がはじめて出会った英語のだじゃれ（でいいのかしら？）でしたから。

「天使はどうやって生まれたんですか？」とわたしはたずねました。「あの小さいケルブたち、じゃなくてケルビム？　あれはどうなんですか？　子どもの天使なんですか？」

「いや」くだんの男性が答えました。「ケルブと子どもを結びつけたのは後世のことで、あれは堕落だ。天使がどうやって生まれたのかについては、わたしも知りたいね。天使の母親とか父親とかいう話は聞いたことがないからね」

「空中のエネルギーから」驚いたことに、ウェフィエルがそういったのです。「四元素の精霊」

「空中にエネルギーがあるの？」とわたしはたずねました。

「あなた、見た。神々が非物質化するとき、まわりにたくさんある。四元素の精霊」と彼はくりかえしましたが、すぐに、まるで自分に腹を立てているかのように顔をしかめると、口をつぐんでしまいました。

つぎの日には、帰らなくてはなりませんでした。八月二十三日のことです。一夜明ければ二十四日。その日なにがあったか、あなたがたもご存知ですよね。

かれらは旅立ちました。

いいえ、その件についても、感想は求めないでください。

わたしはただ立ち尽くし、空を見あげて、小さな点が最後にきらりと陽光を反射して消えるのを見つめていました……。わたしと、二百万、いえもっと大勢の人たち——ただその場に立ち尽くして目から心が流れでていくにまかせ、永遠に空っぽになってしまった空を見あげていたのです……。

でも、少なくともわたしは知っています。とてもよくしてもらったけれど、わたしを抱きしめたあれは、いったいなんだったのか。ウェフィエルは、嘘にだけはならない程度に、そっと明かしてくれました。もう、だいたいおわかりでしょう？　それとも説明が必要でしょうか？

わたしは、最後にウェフィエルにぶつけてみたのです。

「あなたは、わたしみたいな動物じゃないわよね、そうでしょ？　あなたはエネルギーから生まれた、死に絶えた種属の心から生まれたものなのよね？　あなたたちアングリは、人のふりをしているのよね？」

「きみは賢い」

「寄生生物みたいに。ああ、ウェフィエル！」

「いいえ。共生生物——わたし、言葉、知っている。あなたたち、わたしたちによい、わたしたち、あなたたちによい」

「でも、自分が生きのびるために百万人の人間をわなにかけて連れていくなんて！」

「かれら、わたしたち、必要。かれら、しあわせ」

もう、おわかりですね。かれらをつくった種属が死に絶えてしまったときに、かれらは生まれたのです——そして最古の神から最新の神、いちばん高位の神からいちばん下の〝使役馬〟まで、すべてそろった完璧な万神殿が出現したのです。かれらを必要としてくれる、あるいは支えてくれる生きたエネルギーが消えてしまった惑星で永遠に生きなければならない運命。死んだも同然です。

そこでかれらはどうしたか？　かれらというのは、つまり、いちばん上のほうのほんとうに偉大な神々のことですが、その神々はどうしたか？　信じてくれる人のいない、用なしの、孤児のような神々の大放出にどんな手を打ったのか？

そこはもちろん、忠実なる使役馬、役職のいちばん下っ端、アンゲリに——（ちなみに、音がアングリと似ているのは、よくある宇宙の偶然にすぎず、かれらにとってはなんの意味もありません）——ええと、かれらはアンゲリに宇宙船をつくって、かれらをどこかへ連れていくようにと命じたのです。神々を必要としている種属を見つけて、かれらをそこへ連れていけと！

そしてついに、かれらはここにたどりつき、神をもたない人びとを見つけた……。

——というわけで、わたしたちの一部の人は、いずれまた神々を崇めることになり、神々は信者をもつことになるでしょう。それはそれでいい——うらやましいとは思いません。わたしの唯一の望みは、使い走り《ゴーファー》がひとり、もどってきてくれること。

わたしの、神々の使い走り《ゴーファー》が。

悪魔、天国へいく

Our Resident Djinn

小野田和子訳

神が死んだので、魔王サタンは彼よりしばらく長生きすることとなった。

　葬儀は感動的だったし、やたら長引くこともなかった。長年の敵に敬意を払って、サタンは、ひときわ燃えさかっていた地獄の炎をいっとき埋《い》けるよう、また悲鳴のうるさい罪人にさるぐつわを噛ませておとなしくさせるよう指示した。さらに上級職には半日、休みをとるよう、行政命令を出した――が、地獄には昼も夜もないので、これはまったくの気まぐれで古代の習慣をなぞってみただけのものだった。

　ケルビムが歌う哀歌調の合唱は、地獄にいてさえ、はっきりと聞くことができ、その最後の一音が神の住まいである最高天を突きぬけて消えていくと、サタン（またの名をルシフェル）は恥知らずの心が妙にざわつくのを覚えた。なにかわけのわからない、あらたな責任がのしかかってきたような気分だった。あきらかに、事態は未知の新時代に突入しようとしている。

じかに最後の敬意を表するのは、自分らしくないだろうか、と彼は考えた。いまなら、おそらくできない相談ではないはずだ。

しかし上へのフライトは時間がかかりそうだった。下にくるときは急行便だったが、それでも途中で朝が昼になり、昼が露に濡れた夜に変わっていた。彼が身ぶるいすると、雷鳴が小さく轟いた。彼は思い出していた。堕ちてくる途中で、雪のように白かった羽が漆黒の蝙蝠の翼に変わり、足は鉤爪のついた蹄になり、輝かしく美しい天使の顔が、いまの強面《こわもて》（とはいえ、つねづね、威厳があると思っているのだが）に変貌してしまったことを。長い道のりだった……しかも、いまでは彼も年をとっている。

まずはメディカル・チェックを受けるのが分別というものではなかろうか？

そう考えた彼は、ゴブリン作業隊を呼びつけて、地獄中から活きのよさそうな医者を至急、捜しだしてこいと命じると、みずからの畏怖すべき城の正面の胸壁にもたれかかって、医者を待つことにした。

〈煉獄の原〉の高みからの眺めは、いつ見ても心が和む。平原のなかほどには、そこここに噴気孔があって炎があがり、火の粉がはじけ、そこから流れでる血と溶けた金属とが混じった真っ赤な川はシューシュー音をたてて〈苦痛の海〉に注いでいる。灰まみれの平野には下級悪鬼が住む黒焦げのバラックやテントがしみのように点在し、そのすべての背後には〈地獄山脈〉を支える黒い迫台《せりだい》が高々とそびえ立ち、山脈をなす山々にはそれぞれとっておきの恐怖が用意されている。山脈の中央の上のほうにぼんやり見えている場所に、彼は雪に覆われたりっぱな頂を据えつけていた。あれは楽しい作業だった。そこでなら、例外的に熱に耐えてしまう罪人を責める方法をいろいろ工夫できるのだ。その尖峰のてっぺんは、焼け焦げた平原の上に年がら年中あざけるように低く垂れこめている灰色の雲に隠されてしまっている。

この絶景の手前には〈地獄の穴〉が大きく口をあけていた。詩人たちが七層の地獄界と謳いあげたのは、まさにこの穴のことだ。サタンは感傷から、ここ何世紀か、そこのものにはほとんど手をつけていなかった。七層の下には恐ろしい〈沈黙の深淵〉が横たわっているのだが、その深みになにがあるのかは、彼も知らなかった。時折、並はずれた大声でわめく罪人を放りこんで、その声が狼の遠吠えのようにしだいに細くなっていくのに耳を傾けてみるものの、報告しにもどってきた者はひとりもいなかったし、そこからなにかがあらわれるということもなかった。

ルシフェルは折に触れて、人間の鎖のようなものをつくって深淵の深さを測ってみようかと考えたりするのだが、いつも判決や地獄の階級制をめぐるつまらない口論やらに時間をとられてばかりで、いまだにその暇がない。

かつて、いまどきの科学者で、マスコミへの露出が多すぎたということで短期滞在を宣告された男が、ここではエネルギーと物質がべつの法則にしたがっているから、これは生成途中のブラックホールなのかもしれない、といったことがあった——しかしこの男はサタンの注意持続時間を長く見積もりすぎていて、自分の理論を半分も説明できないうちに穴に放りこまれてしまった。この一件を思い出したルシフェルは、大きく身をのりだして暗いまなざしでもっと暗い穴を見つめた。これが新時代にふさわしい新事象が出てくる門ということはないだろうか？　しかし闇はただ闇と出会っただけで、見たところなんの変化もないようだった……。いや、ずっと底のほうで、なにかゆっくりと動いているような、ほんのかすかな燐光が光ったのでは？　彼は渾身の力をこめて凝視したが、それでも確信はもてなかった。

そうこうしているうちに医者たちがやってきた。肉屋あがりの外科医やら、うぬぼれを叩き潰された輩やら、焼け焦げた薬乱発医者《ドクター・フィールグッド》やらのボロボロの一団で、若いトロールどもに噛みつかれ、ギャンギャンがなられながら、進んでくる。ルシフェルはふりむいて、見るからに恐ろしい両のまなこで一団を見渡し、いま使わずにいつ使うとばかりに、事実だけを見る第三の目を開いた。彼はこうして、ほんものの医師免許をもっているひとりを見つけだした――この男は、妊婦たちの出産時に麻酔を使ったというような、いまではすっかり忘れられてしまった罪で教会の不興を買って地獄にきてしまった気の毒な人間だった。サタンが用件を説明すると、男はうめくのをやめて、健康診断を受けるのは堅実な考え方だと思うと答えた。ところが、男がもちあげた両手は切り株のようになっていた。罪を犯した手として、検邪聖省が残してくれたのはそれだけだったのだ。

「とりもどしてやろう――わたしが無事、もどってきたらな」サタンがそういうと男の目に切なる希望の炎が燃えあがり、ゴブリンたちが忍び笑いを漏らした。

「問題は心臓《ハート》でしょうな」と医者はいった。「しかし、そのう、陛下――陛下は心臓《ハート》をおもちなのでしょうか？」

「もちろんだ」サタンはぴしゃりといった。「ただちに検査せい！」

というわけで検査機器の説明がなされ、その説明どおりに地獄の鍛冶屋と熟練工たちが機器をつくりあげて、いよいよ医者が仕事にとりかかった。地獄の王にストレステストを受けるよう説得するのに多少難渋したものの（また、うかつなことにテストの際、そばにいた悪魔数人が灰になってしまったものの）、結果はすべて満足のいくものだったので、強靭な患者はすぐに、長期にわたる上へのフライトに問題なしというお墨付きを得た。

「呼吸循環器系は若いトラのように健全です」と医者はサタンにいった。「しかし、たとえそうであっても、ええ、心的外傷の影響については保証しかねます。超自然的なものに起因するストレスですな、ええ、たとえば――」

「おまえがおたおたすることはない。余のトラブルは余が片をつける」とサタンはいって手をふり、全員をそれぞれの責め苦の場所にもどらせた。と、ここで、上級の部下たちの何人かがやたらうれしそうな顔をしているのに気づいたサタンは、地獄で野心を抱くことの愚かさについて、短いながらピリッと刺激のきいた説教をたれた。彼が離陸用の塔に向かって大股で歩きだすと、軽食の用意を託されていた小鬼たちが包みをもって、ちょろちょろと彼のあとを追っていった。

気分は上々、食べ物も充分。ルシフェルは大きな黒い翼を羽ばたかせて離陸すると、たちまち地獄の壮大な熱気流にのり、ぐるぐると円を描きながらみずからの領土の遥か上へと昇っていった。薄暗い小さな斑点のなかのどれに、上から届いてくる約束の真実の光が宿っているのか、彼にはわかっていた。

　下のスモッグが濃くなり、空のかすかな光がゆっくりと明るさをましてきた頃、彼は気がつくと球のなかにいた。どうやら上も下もないようで、針路の目印になるようなものはなにひとつない。熱気流はいつしか衰え、消えていった。西も東もわからなかった——しかし本能が彼を正しい方向へ導いてくれていたし、彼自身、すぐにここから抜けだせると確信していた。

　しかし、力強い羽ばたきにのって上へ上へと昇りながら、彼は案じずにはいられなかった。どんなふうに迎えられるのだろう、はたして事態は自分の想定どおりなのだろうか、そう考えると、どうにも落ち着かなかった。神は死んだ、もしくは能力を大きく削がれている、それは知っている——というのも、取り乱した使者にうまく手を、というか鉤爪をかけることができたからだ。哀れな天使はとらえられてもなにひとつ抵抗できず、ただ力なくキーキー泣くだけだったので、魔王自身、仰天して、天使を責めぬいて真実を絞りだすところまでいかずに、一握りの羽根をひっこぬくだけで満足して放してしまったのだ。天使はあいかわらず金切り声で、むなしく〝神の助け〟を求めていた。それでサタンは、メッセージが嘘ではないと確信したのだった。なぜなら、もし彼の〝敵対者〟がまだ生きているなら、失敗に終わったとはいえ、自分の可愛い配下が襲われれば、不興をあらわす花火ショーがくりひろげられるはずだからだ。

しかし、ほかのことはどうなっているのだろう？　前には、いろいろとおかしなことが起きた。たとえば、〝神の子〟とその運命をめぐるあれやこれや。絶え間なく翼を羽ばたかせながら、サタンは首をふった――あの抽象的論議は、なにをどう考えても、彼の実用主義的精神には手に余るものだった。処女の息子の〝父〟？　磔刑が勝利のしるし？　それにあの鳴り物入りの〝復活〟騒ぎ――われに触れるな《ノリ・メ・タンゲレ》の一幕なんぞ、奇術まがいのわけのわからない話だし――復活させるか、させないか、それはサタンが決めることだ。

彼はイエスという男を純粋な狂信者として尊敬している――だから、みずから誠意をもって骨の折れる〝荒野の試み〟に踏み切ったのだが、あとはなにからなにまで話にならない。サタンにいわせれば、年寄りどもがインポを隠すために考えだした策略の匂いふんぷん。上では、またこの種のことが起きているのだろうか？　向こうに着いたら、愚にもつかない〝再生〟と、よそから借りてきた神との抱き合わせでも見ることになるのだろうか？　たとえば、あのヴィシュヌとかいうやつ、あれはまだいくらか元気がある。全知が無知あるいは全老に変わる可能性もある――彼は、この苦労の末に出会うのが、やたら抽象的な大法螺でなければよいが、と念じた。九分どおり、引き返す気になっていた。

が、そのときふいに空が明るくなり、なじみのある標識を見たとたんに懸念はどこかへ吹き飛んでしまった。今回は下から通り抜けているが、なんと書いてあるかはわかっていた――**汝ら、ここに入るもの、いっさいの希望を捨てよ。**昔、上から堕ちたとき、光輪の最後の一片が光を失って地獄から立ちのぼる焦げそうに熱い噴気にヒューッとさらわれていったのは、ちょうどここを通過した頃だった。くそっ、まったくとんでもない日だったぞ、あれは！

彼は素早くあたりを見回して、なにか異常はないか、〝御言葉〟を聞き逃していて彼の行く手を塞ごうとする守護者がいないかどうか確認した。問題なし。

彼はひんやりとした天国の太陽のもと、さらに上へと昇りつづけた。太陽は、この上なく青い空で光り輝き、そのまわりには真珠色に染まった小さな雲が浮かんでいる。ずっと下には、彼の広大な領土を覆い隠す、しみのようなものがぼんやりと見えるが、鼻をくすぐる硫黄の芳香はここまでは届いていない。ずいぶんと速くこられたじゃないか！　思ったよりずっと体力があるのか、それとも宇宙そのものが縮んでしまったのか？　それはだれにもわからない。

そしていま天空の高みに、輝く島が見えてきた。雲とはちがってどんどん濃くなってくる。なんと、天国そのものが見えている――もう半分までできていたのだ！　さあ軽食の時間だ。

小さな雲が一片、そばを通りかかった。「空っぽの空のなか」とそいつはいった。「物質の王は椅子をご所望」そいつは身動きしたと思うと、楽しげにぎゅっと縮まって豪華な空に浮かぶカウチになった。なるほど、世のなか変わったわい、と彼はひとりごとをいった。もし彼の〝敵対者〟がまだ生きているとしても、ここでは悪魔の単純な呪文は使えそうにない。

小鬼が用意した昼食はいつになくまともなものだった。嘘つきの舌の焙り焼きをはさんだ、心のこもったサンドイッチ。（なかに、いちばん小さい小鬼が一匹はさまっていたので、キーキーいうやつを引っ張りだして放り投げた。チビの人食いめが！）そして強姦された処女の涙を詰めたビン、よしよし——それからバイク乗りの局部のピクルスが少々、今風でなかなかいいアイデアだ。彼は満足げにむしゃむしゃ食べながら、もどったら忘れずにほめてやらんといかんな、と考えていた。肥えた政治家をひとり、やつらだけで拷問してよしといえば、よろこぶだろう。もちろん、地獄で感謝などという言葉は聞いたことがない——しかし優秀な行政官は部下を働かせつづけるコツを知っているものだ。

　涙のビンをもちあげながら、もう引き返せないところまできてしまったな、と彼は思った——〝天の都〟が見えるということは、立ち入り禁止の限界点を越えてしまったということだ。またあそこを目にすることになる。もう少しで支配者になれるところだった場所、仕えることを拒否した場所。これまで一瞬たりと、みずからの選択を後悔したことはない——が、いつのまにか彼の心に郷愁にも似た、妙に物悲しい思いがひろがっていた。

　消えてしまえ！　寒くなってきているせいにちがいない。上がとんでもなく寒かったことを、彼はいまさらながら思い出していた。「火よ！　君主として命じる、燃えあがれ！　わが休息所は冷えきっている。ここへきて余を一、二時間、温めるのだ——ただし焼き尽くすなよ」彼が神秘的な合図を送ると、カウチと彼の身体を縁取るように聖エルモの火に似た炎がパッとあらわれ、心地よい小さな灼熱地獄をつくりだした。

　彼は機嫌よく食事を終えると、立ちあがって火のついた身体を大きくのばした。ふりむくと、ひどい汚しようだ。手をひとふりして、きれいに消す。怪物めいた振る舞いをする必要はない！　彼はバサリと力強く翼をひと打ちして宙に舞いあがり、ふたたび上昇の途についた。その目は、しだいに大きくなる頭上の光輝にひたと据えられていた。

おそらくほんの短時間と思われるが、炎に縁取られた彼の黒い翼の影が、〝都〟の門に通じるはね橋の上に落ちた。すると橋がおりて、大きな門が少しだけ開いた。あたりにはだれもいない。

なかに入って着陸しようとホバリングしていると、門のそばの花に彩られた緑の芝生から眠そうに起きあがってきた者がいた。ペテロが叫んだ。ペテロだった。

「待て！」目をこすりながらペテロが叫んだ。「立ち去れ、汝、黒い浮きかすよ！　ここでなにをしている？——おっと、すまない」ペテロはあわてて口調を変えた。「ちょっと、わ、わからなかったんだ」哀れな聖人があまりにも情けないありさまなので、サタンはいい返すのを控えてやった。

「そうか、きみもきたのか——まあ、入りたまえ」ペテロは門を大きく開けようとしたが、到底、力がおよばないようだったので、ルシフェルは真珠光沢を焦がさないよう気をつけながら手を貸してやった。

「わたしの悔み状は受け取っていないのか？」と彼はたずねた。

「ああ、そうそう——いうつもりだったんだ、一同、きみから悔み状をもらって、深く感謝していると。それに美しい錬鉄の花もありがとう。まあ、花輪はちょっと温かくてな」——

ペテロはてのひらの火傷の痕をちらりと見た――「まずは少し冷やさなくてはならなかったよ。しかし、みながこうしてときどき集まるというのは、よいものだな」

　魔王はのどの奥深くでクックッと笑った。「みんながどう落ち着いたのか、ちょっと見にいこうと思ってな」そのとき、〝天の都〟の全景が目に飛びこんできて、彼はぴたりと足を止めた。

「なんとなんと！　これは――これはまた、ずいぶんとよくもちこたえているじゃないか！　この維持ぶりは、すばらしい――容易なことではなかったろうな……。あれからだいぶたつが、あたらしいものはないのかな？　なにかつけ加えたとか、拡張したとか？」

「ああ、あるとも」ペテロはいくらか元気を取りもどした。「何世紀たとうと、時勢に遅れるわけにはいかない。それにここにはすばらしい芸術家がたくさんいる。とはいえ、正直なところ、最近の芸術家は――いや、わたしは美術評論家ではないからな」

「あれはたしかコールダーだな」サタンはきらきら光る巨大なモビールを指差した。「しかしあっちのは、率直にいって――」彼が指しているのは、青空を背景にした大きな牛の頭蓋骨だった。

「オキーフのオリジナルだよ」ほんの少しきどった口調で、ペテロはいった。「彼女はすぐに製作にとりかかってね……。なんなら――なんなら少し案内しようか？」

「ぜひとも」サタンは答えた。「それにしても、みんなどこにいるんだ？　いまごろは〝福者〟であふれかえっていると思っていたのに」

「ああ、みんなその日のうちに帰ってしまったんだよ。ウリエルが――彼は実務家肌だからね――彼が、なにか空気がぱっと明るくなるようなことをしたほうがいいといったんだ。それで、彼やラファたちが至福の地エリュシオンにピクニックにいく計画を立ててね。昔のやり方が多少、役に立つこともあるんだよ。おもしろいもんだな。それで、みんな出払ってしまったというわけさ――つまり、個性が充分に残っている者はみんな、ということだが」

「個性？　どういうことだ？」

「わからないのか？　ええとだね、つまり、仲間の多くが、時を経ると大きな抽象的な存在に溶けこんでいってしまうんだよ。澄み切った空気のせいではないかと思うんだ。それからあの始終聞こえている歌と。きみのところはどうだい？　うーん、いわば逆の意味合いで」

「いや、それはないと思うな。うちのほうは、みんな個性がありすぎるくらいだ。しかし、いまの話を聞いて、思い当たることがなくもない。たしかに、うちにいる連中の何人かのまわりに、あまりまとまりのない渦巻ができつつあるのは気がついている。ヒンクルとか、ヒットルとか、そんな名前のやつらだ。それにニッカーソンだったかな？　あと、フェイルウエルとか？」

ペテロがうなずいた。「最初はそんな感じなんだ。それからどんどんまわりを吸いこんでいって、臨界質量みたいなものに達すると、ボワンッ！　あとに残るのは光輝だけだ」

「その話だと、なんだか残るのは悪臭という気もするな」とルシフェルはいった。「しかし、まじめな話、うちのほうでその融合が少ないのは、罪には山ほど種類があるからではないかな？　それにひきかえ、ここに、ああ、入るにはたったひとつの方法しかない」

「きっとそれだな！」ペテロは叫んだ——とてもうれしそうだった。そういえばペテロは神学論議が好きだったな、とサタンは思った。「悪は単調といわれているのにな。まあいい、それよりきみにはあたらしいソン・エ・リュミエール（照明と音響を用いて、史跡などの由来を語るショー）を見てもらわんと。これ、まともに発音できたためしがなくてな。ショーはすべてコンピュータ制御なんだよ」ペテロは控え目なプライドをにじませて、そうつけ加えた。「それから、あれはスポーツ・パレスだ」

かれらは印象的な円形競技場のそばをぶらぶらと歩いていた。スタンドの上にスコアボードがそびえ立っていたが、その形式を見てサタンは首をひねった——勝者を表示する欄しかないのだ。

「ああ、敗者を出すのは好ましくないからね」ペテロはいった。「試合の目標は、可能なかぎり最高のスコアで、完璧な引き分けを達成することだ。どれほどスリリングな試合になるか、きみも見たら驚くと思うよ。両チームがお互い、相手が勝つのを避けようとするのを助け合うんだ」

「なるほどそれはすごそうだ」ルシフェルは礼儀として、相手の言葉を否定するようなことはしなかった。そしてかれらは、ふっと黙りこんだ。〝福者アヴェニュー〟に入ったからだ。この堂々たる並木道から、昇天してきた魂たちははじめて〝神の光輝〟を目にすることになるのだ。その光輝はいまだ衰えず、そちらに向かって進みながら、ルシフェルはルネサンス様式の壮麗な建物の下にまだあの粗野な〝御座〟があるのを目にして、いたく胸を打たれた。だが、わかっていたこととはいえ、視線をあげて、その〝御座〟にも台座にもだれひとりいないことを見てとると、身の内に衝撃が走った。

「見てくれ」

ペテロが口笛を吹くと、ちょうど通りかかった一羽の鳩が彼の手にとまった。聖人が鳩の胸にこぢんまりと並んだボタンのようなものを押すと、たちまち光輝が十倍の明るさになって、色とりどりの光が扇形に開きながらあがっていく。台座からなにから、すべてがせりあがって、きらめく日の出のなかに入っていくように見える。光は回転し、色が変わり、見る者が途方に暮れるほどの美しさだ。同時に音楽が鳴り響き、ささやくように低くなったかと思うと、クレッシェンドで盛りあがる――すべてがあいまって、目の覚めるような効果をあげている。

「すばらしい！」と魔王はつぶやいていた。「ブラボー！」

「きみにも見てもらいたかったなあ。あの――あの――」気の毒に、聖人は涙に暮れて、先をつづけることができなかった。サタンは察しよく顔をそむけたが、気づいてみれば、自身もこみあげるものを感じていた。先刻感じた郷愁が、ふたたびよみがえってきた。さっきより強烈に心の琴線に触れてくる。とにかく残念でならなかった。なぜ物事は永遠につづいていかないのだろう？

主の崩御のようすやら、三位一体の複雑な状況について詳しく聞こうと思っていたのだが、彼は気づくと慰めの言葉を口にしていた。「まあまあ、旧友よ。たんなる彷徨《さまよ》える荒野の神からはじまって、彼がどれほど栄《は》えある生涯を送ったか、けっして忘れないことだ」

「そ、そうだな、そのと、とおりだ」ペテロはすすり泣いた。「許してくれたまえ。ただ、どうしても——うわあああ」彼はまたひとしきり涙に暮れた。

「いいから、いいから」魔王はぶっきらぼうにいった。「わたしも気持ちはいっしょだ」老いた聖人がひどく取り乱しているのを見て、彼はやさしい声でたずねた。「しかし教えてくれないか、この先、ここのことはいったいどうするつもりなんだ？」

ペテロは涙をぐっとこらえて、鼻をかんだ。「それが、最初はこれまでどおり維持していくつもりでいたんだ。なんといっても、つねに、か、か、可能性は——か、か、可能性は——すまんね。そう、これまでどおりに維持していくと……と、ところが、あれ以来、上層部から、今後もっとスペースが必要になるという意見が出てきて。なんのためなのかは、わからないんだが。しかし、けっきょくのところ、われわれは、いわばいちばん大きい分け前をぶんどっていたわけだから、それも正当な要求かなと。それでいま、芝地セールみたいなことをしているんだ。

アラーの一派は音響システムを欲しがっている——かれらは祈りの量が多いし、まただいぶ流行ってきているようだからね」彼はうなずいた。「うん、それに植木類も欲しいらしい。とにかく花が好きなようだ。それから、神道一派が面会を求めてきている。トピアリー（植木の装飾的な刈り込み）に興味があるのだろうと思う。もちろん舗道も。それはいいんだ。しかし、あとは——それに——ああ、どうしていいかわからないのだよ、なにもかも忌まわしいことばかりで——ケルビムのなかにはほかの、かん、環境では自活できない者もいるし……」彼はまたしても泣き崩れてしまった。

老聖人の嘆きぶりに心を動かされたサタンは、自分が無意識のうちに、花が咲き乱れる芝地から鉤爪で土をえぐりとっていたことに気がついた。彼は土を埋めもどしながら考えた。

「すべてがばらばらになってしまうのは、たしかにひどく情けない話だな」と彼はいった。

「ええと——ちょっと計算してみているんだが……一キュービットはメートル法で何センチだ？　いや、いい——充分なはずだ。なあ、友よ、うちのいちばんいいところに、かなりの空きスペースがあるんだ。べつに罪人が不足しているわけではない。だが、覚えているか、〝乳幼児地獄行きドクトリン〟（洗礼前に亡くなった乳幼児は地獄に落ちるとする教義）？　まあ、あれのせいで大規模な保育所みたいなものをつくらなくてはならなかったんだ——と思ったら、ありがたいことに取り下げになった。そこで非常に良物件の土地が空いているというわけなんだ。完全に更地だし、暑すぎることもないし、空気の汚れ具合は大気汚染物質除去装置を相当数置けば、問題ない程度だ。しかし困ったことに、いま現在のエネルギー・コストと誘惑の価格がばかばかしいほど高騰しているせいで、現金収支があまり芳しくない状況なんだ。たぶん支払いを開始できるのは——」

「いやいや」ペテロがサタンの言葉をさえぎった。「値段は問題ではないのだよ。なにしろ、まとめて維持してくれる御仁《ごじん》がいれば、無料で進呈するつもりなんだから！」

「ほう、じつはそうならいいと思っていたんだ。労働力ならいくらでもある。やつらの汚れた手が悪さをしなければ、の話だが」一瞬、彼は猛々しい顔つきになり、尻尾をシュッとひとふりした。「わたしの心積もりを話そう。きみたちが同意してくれるなら、ここのものをまるごと下に運んで、このうえなく魅力的に設置してみせよう。移転などしなかったかのように、もとどおりに。外の眺めは、そうはいかない部分もあるかもしれない――しかし地獄の亡者が焙られるのを福者が壁の上からのぞいて楽しんでいたこともあったよな？」

「ああ、たしかに、大昔にはな――原始の昔には」聖人はあわて気味にいった。「しかし、ほんとうにすばらしい話だ！　ほんとうにそのつもりなんだな？　能天使たちも主天使たちも大よろこびするにちがいない。セールの件では、ひどく気落ちしていたからね。ああ、これがどれほどの意味をもつか、言葉にできないほどだよ！」

「みんな下にきて、ゆっくり滞在するといい。そうすればわれわれの維持管理ぶりも見てもらえるし」

「ああ、そうだな――ああ、たしかにそうだ――」

「もちろん」魔王は思慮深げにいった。「新参の福者のなかには、自分が下へ、地獄へ向かっていると知って多少困惑する者もいるかもしれない」

「あの福音伝道者連中のことをいっているんじゃないだろうね？　われわれは、かれらがここにくるとは思っていない」

「きみたちにしてみれば、それはそうだろう」魔王は、楽しげにいった。「いや、わたしが考えていたのは、ふつうにここにくる者たちのことだ。たとえば、博物館のようなものだと、はっきりいっておけば――いや、それでもだめだな。ああ、まあ、なにか考えてくれたまえ」

「ああ、考えるとも」ペテロはいまや幸福感に近いものを覚えていた。

「ところで」サタンはいった。遥か彼方の光のショーがフィナーレを迎え、かれらが踵を返したときだった。「〝御座〟のそばの、あの妙なところは何なんだ？　光がずいぶんとこう――」

「いいたいことはわかるよ」ペテロが答えた。「覚えていないのか？　あれは〝聖処女〟がいたところだ。それから〝マグダラのマリア〟も。しかし、このところ、非常に不可解なことが起きていてね。つまり、彼女たちはたしかにいたんだよ、つい――ついこ、このあいだまでは――」

「まあ、まあ」魔王はいった。「心を静めたまえ、旧友よ。大きな問題がひとつ片づいたところなのだから。ご婦人方の居場所になにが起きているのか、なんとなくわかる気がする――われわれにいくらか問題があったんじゃないかと……。

しかし、現実問題にもどろう。そうだなあ」彼は考えながら先をつづけた。「事が順調に運べば、うちの者どもは、きみの命令一下すぐに動きだす。しかし、だれかが常時、入場管理の任務に当たるべきだとは思わないか？　〝命の書〟はどうするか、決めたのかな――それとも、そっちも自動化したのかな？」

「ああ、まいったな、答えはノーだ！」老聖人は力強く断言した。「いや、というか、イエスだ！——やってはみたのだよ。いまはほとんど全員に番号がついている時代だから、きっとうまくいくと思って、試験用にインストールさせてみたんだ——まずは数百万程度の氏名をね。するといくつか解明すべき——〝バグ〟というんだったかな？——それが見つかった。といっても、そこらの天使でもわかるような単純なものだった。ひとりの人間が複数の社会保障番号をもっている、というようなね。ある高徳な女性など十七もの番号をもっていたんだ。信じられるかね？　彼女はひとりである郡区の半分の民を養っていたんだ。そして、それとは逆にひとつの番号が複数の氏名に割り当てられているケースもあった——作家とか、ああ、ショービジネス界の人間で何十も名前をもっているとか。しかし、こういった問題はすぐに解決できた。そして、その過程で、かなりの数の若手の者たちがこうした装置の扱いに精通していることがわかった。そこで、われわれはそういう若手を集めて、記録管理チームを組織したんだ。かれらは音楽づくりに代わるものを得て、大よろこびしているようだったよ。わたしも心安らぐ日々だった——しばらくのあいだは」彼は追憶にふけって、にっこりと笑みを浮かべた。

「だが、問題が起きたんだな？」

「まあ、そうなんだ……。意外な人たちの受け入れがつづいたんだよ。地球で小規模な災厄が頻発したようでね、劇場火災やらなんやら——日本のタケワラ女子バレーボール・チームがひとりも欠けることなく全員そろってやってきたのを思い出すよ。といっても、それはたいした問題ではなかった——しかし、そのあとに、こんどはカリフォルニアのテハチャピの近くにある女子矯正施設の職員、入所者、全員がきたのにはなあ。ところで——きみ、合衆国のペンタゴンという機関のことは知っているかな？」

「よく知っている」サタンは舌なめずりした。

「ふむ、どうやらわれわれの、ああ、コンピュータが、どういうわけかそこの個人データやら、ほかのデータやらに接触したようで、それ以来、もっともすばらしいはずのものがおかしくなりはじめてしまったんだ。けっきょく、うちの若き天才たちが少々、ああ、変化を求めたことが原因だと判明したんだが。そこへもってきて、非常に崇敬されている大司教の管区に議会の調査が入っていることがわかって……」彼はためいきを漏らした。「ついにすべて中止して、もとの手書き方式にもどるしかなかったんだよ」

「なるほど」サタンはうなずいた。「いやあ、聞かせてもらってよかった。おそらく、うちが一時期、混乱して困ったことになったのもそれが原因だろう」

「きみのところもか？　ああ、そうか——おそらくそれにまちがいあるまい。大変、申し訳なかった……。お、ほれほれ」——彼は開いている門のほうに向かって手をふった——「ピクニック組が帰ってきたぞ。遠出で元気をとりもどしていてくれよ！」

福者の光り輝く行列が外の橋を渡っているところだった。先導しているのは熾天使《してんし》の一団と〝天界ガールスカウト〟たちだ。そのうしろにはさまざまな翼が入り乱れているのがちらちらと見える。スワンボート、乗用グリフォン、ヒッポグリフ、その他、天のハーネスから解放された空飛ぶ使役生物たちだ。しんがりでひときわ堂々たる風格を見せているのは、ミカエル率いる大天使たち。

「いくらかふつうにもどったようだな」じっと見ていたペテロがいった。何台ものハープがポロンポロンと鳴りだして、空気をふるわせている。「さあ、きみのすばらしい申し出を伝えるとしよう。やあ！　みなさん方！　天使長ミカエル、ここにいるのはだれだと思う？」

　偉大なる天使がかれらのほうを見て訪問者に目を留めたとたん、その表情が変わったのは、かれらにもはっきりとわかった。

「敬意を表しにきてくれたのだよ」ペテロがあわてていった。「しかも、このうえなくすばらしい計画を思いついてくれて――」

「きみの計画なるものは、以前に聞かせてもらった」ミカエルはつっぱねた。が、ほかの面々は話を聞こうと集まってきていた。

「計画というのは、きみらの――このすばらしい創造物の処分にかんすることだ」サタンはあたりを手で指し示した。「ペテロの話では、これをばら売りしてしまう考えだということなんだが、それを聞いて、ひどく心が痛んでね」みずからの提案を説明するうちに、彼は自分が是が非でもと思っていることに気づいた――その思いがあまりに強かったので、彼はもうひとつべつの理由を思いついてしまった。「なんといっても」彼は勢いよくたたみかけた。「将来、入ってくる顧客のことを考えてみてくれ！　二つの世界のあいだを彷徨わせておくわけにはいかんだろう？　けっきょくどっちにいくことになるのか、だれにもわからんのだから」

「それはいえるぞ、ミック」ラファエルがいった。「ヴァルハラが一部、運用を再開するらしい」

「ふうむ」偉大なる大天使はいった。先ほどの敵意は少し薄れている。「しかし、そうはいってもだな、どうするんだ、かれらがここに入ってきて〝御座〟を見たら――あんな状態のを?」

「ああ、それについても考えはある。といってもきみたち流というより、わたし流ということになるんだが。うちの女夢魔の若手にはなかなかいいのがいてねえ、きれいに磨きあげれば、けっこういける見た目になる。そのなかの選りすぐりを、福者のなかに配置して、もちろん外で待っているあいだにだが、主はむずかしい創造の仕事にかかりきりだという話をひろめさせる。そういう噂はすぐにひろまるし、福者はみんな納得するはずだ。実際のところ、いわば内情を知らされたということで、よろこぶと思うね。こういうことは、いわぬが花だ。で、そのあとは――ほとんどの連中は頭がぼうっとなって、忘れてしまうとか、まあそんなものだろう。それから、こっちのアーティストに、あのソン・エ・リュミエールとかいうやつでなにか工夫してもらえれば――」

それを聞いて若手の天使たちは息を呑み、ミカエルは見下したような口調でいった。「たしかに、きみの流儀だな。われわれのではない」しかし実務的なウリエルはうなずいていた。

「ミック、これなら、たしかに福者が当然抱く不安を大幅にやわらげてくれそうだぞ」

「それに、ことによると」ガブリエルが喇叭《らっぱ》をいじりながらつぶやいた。「ばかばかしいほど楽観的に聞こえるかもしれないが、しかし、そのう、仮定の話だが、〝再来〟とか？　そう、いい、なったら、このままだとどんなひどいことになるか――」

ミカエルはうなずいて、ため息まじりに重々しく賛意を示した。というわけで、これは決定事項となった。

〝天国の門〟へと向かいながら、ルシフェルはあることを思いついた。「いやでも気づいてしまったんだが」彼はペテロをちらりと見ながらいった。「ここは、外も驚くほど草木が青々と繁っていて、美しい。ところが、わが領土では、きみらの壁の外は、どう転んでも暗くて殺風景ということになりそうでね。光合成には好ましくない環境だ。そこで提案なんだが、火の精霊を一小隊、出動させて――連中、最近、話にならないほど暇でね――壁の外側の割れ目沿いに駐在させるというのはどうだろう？　そうすれば草木が育つのに充分な光が得られる。だれかがときどき見回って、連中が任務を忘れないようににらみをきかせれば、なおさらいい。連中にはボスはいないし、うってつけの仕事だ。それが非常に魅力的な最終結果を生むことになるんだよ。どうだろうか？　もちろん、きみらの同意なしに、実際に接触が生じるような場所にうちの者を駐在させるつもりはない」

「控え目にいっても」ラファエルがいった。「とてもいい考えだと思うな――〝都〟が枯れ果てた大地にぽつんとある光景など、だれも望まないさ」

「では、合意ということだな！」サタンは叫んだ。気分が大いに高揚するのを覚えていた。

彼は大きく息を吸いこみ、門に向かって歩きだした。「作業員の第一陣をすぐにここにこさせよう。もちろん、わたしも立ちあって監督する……。まず壁を下へおろすということでいいかな？　そうすればしっかり囲いをつくったうえで――よりデリケートな手工品類の到着を待つことができる。短期間なら、周辺の警護はきみらでできるだろう？」

「ああ、できるとも」熾天使の一団が声を合わせて答えた。

「この壁をまるごと、どういうふうにおろすつもりなんだ？」ウリエルが興味津々といったようすでたずねた。

「使役ドラゴンを使う。的確にコントロールしてやれば、きれいに切断して、順次、下へ運ぶことができる。もちろん、ここへもどってくるときはそうはいかないが」サタンは陽気にクスクスと笑った。「しかし、そうはいっても、なにがしかはもって上がれるだろう」二、三の天使の顔に影がよぎるのを見て、彼はいい添えた。「さてと！」彼は巨大な黒い翼をひろげて門の敷居へと踏みだした。「なあ、また一大事業にとりかかれると思うと、気持ちがいいなあ！　もしかしたら、きみらを説き伏せて手伝ってもらうこともあるかもしれんぞ。たとえば、好きな花の種を集めてもらうとか、な」彼はいかにも親しげに、こうつけ加えた。

「昔からいうだろう、悪魔は閑人に仕事をくれる（小人閑居して不善をなす）って！」

多少はうけたようで、年長の天使たちが数人、クスクスと笑った。そして「さらばだ、諸君！」という言葉とともに、彼は真珠色の小さな雲の合間に勢いよく飛びこんでいった。

「われわれの判断が正しければよいのだが」心配性のガブリエルがいった。

「もうひとつの選択肢のことを考えてみたまえ」ウリエルが冷静に述べると、全員がため息を漏らした。そろって踵を返して門のなかへ入りしな、ラファエルがつぶやくのが聞こえた。

「わたしのエクスバリーアザレアは、イスラム教徒にめちゃめちゃにされてしまって……ドラゴンが慎重に扱ってくれるといいんだが」

「大丈夫、心配ない」ペテロがいった。

ルシフェルは大きくひとっ跳びして、雲がほとんどない場所までいった。なんともいい気分だった。帰りはまっすぐ下りていくだけだ。そこで彼は、最後にもう一度、天国全体を見渡せるところまで上昇したら気持ちがよかろうと考えた。高く舞いあがりながら、彼はじっくり噛みしめていた。いまや余の天国だ。余の領土に無料で避難所を提供するなど、狂気の沙汰だろうか？　もちろん、いろいろと問題は生じるだろう……。時代がどんどんおかしな方向に進んでいるせいで、もはや自分の目的が正しいのかどうか判断がつかない……。しかし、これでなんらかの純粋な悪が生じるのはまちがいない。彼の災いを嗅ぎつける本能はまだまだ衰えてはいなかった。

「相手に勝つことも、仲間になることもできないなら――相手より長生きすることだ！」彼が得意の底意地の悪い笑いを漏らすと、近くにきすぎた小さな虹が溶けて消えていった。

彼は着実に上昇しつづけ、鉄床《かなとこ》で鍛えたらしい頑丈そうな雲を見つけると、その上にぴゅんと飛びあがって、縁に着地した。

ああ、まさに――なんたる絶景！　黄金色に燦然と輝く道路、宝石をちりばめたような公園、大から小まで、豪邸が数知れず立ち並ぶ居住区。

彼は魔法にでもかかったように、ひとしきり黙想にふけると、あらためて先刻の見積りを計算しなおす作業に入った。すべてがきちんと収まるか、適切に美しく配置できるだけの面積はあるか、確認しておかなくてはならない。〝天国の門〟の門衛のことも考えなくては――ペテロは、戦争や天災があると大行列ができるといっていた……。老ペテロが気の毒にもコンピュータの列と格闘しているところを想像すると、おかしくてつい気が散ってしまった。しかし、これはいい教訓ともいえる。彼自身、自動化の誘惑に駆られないともかぎらないのだから。

よし、面積は充分だし、余裕もある、と彼は結論した。これは、指数関数的な出生率の上昇を計算して彼にその重要性を認識させた数学屋のおかげだ。その男が出した数字に基づいて乳幼児受け入れエリアを整備したのだから……。コップ一杯の水でも届けてやるとしようか。部下がどう思おうとかまうことはない。やつらも天国への旅で余がやわになったわけではないことをすぐに知ることになる！

「わたしの子ども部屋でなにをしているの？」

うしろからいきなり澄んだ小さな声が聞こえた。驚いた彼は、ふりむいた拍子にバランスを崩して思わず翼をひろげていた。

そこにいたのは、裸の女の子だった。きわめて無頓着に彼を見つめて立っている。なんだこれは、福者が迷子にでもなったのか？

が、ちがった。彼女には光輪がなかった——光輪など必要なかった。全身が光を放っているのだ。そして、その冷たく落ち着き払った笑みと明るいグレーの瞳に宿る氷のような冷気は、彼が見ているのはたんなる天界の住人とはまったくの別物であることを物語っていた。

「もっと大きい声でいってくれなくちゃ」と子どもはいった。彼はひとこともしゃべっていなかったのだが。「あたし、ほとんど耳が聞こえないの……。あなたは、あたしが前に見た夢のひとつでしょ？　あなた、引っ越さなくちゃいけないって、聞いてる？　ここはもうすぐ、ぜんぶあたしのものになるのよ。あたしの耳が完全に聞こえなくなったらすぐに——あともう少しいろいろあるけど」

「申し訳ない。勝手に入りこむつもりはなかったんだ」ルシフェルがあまり大きな声で叫んだので、雲が苛立たしげに共鳴しはじめた。「ここはきみの子ども部屋だっていうのかい？」

「そうよ。でもあたしはいま、すごい速さで大きくなっているの。そうでしょ、お母さん？」彼女はうしろに立っている人影をふりかえったが、その人影はすっぽりとベールをまとって微動だにしないので、雲の峰にしか見えなかった。

「そうですよ。でもいったでしょう、耳が聞こえなくなるだけではだめ。準備ができるまでには、ほかにもいろいろ条件があるのよ」

子どもはサタンを観察していた。

「あなたのこと知ってるわ」と彼女はいった。「あなたがこれからなにになるのかも。あなた、マーフィーでしょ！」彼女はクスクス笑った。

悪の帝王がこれほど軽々しく話しかけられたのは、久々のことだった。しかし彼は、この人を小馬鹿にしたような口をきいているのは、天界の無邪気な子どもなどではないと確信していた。むしろ、あたらしい悪魔の類にちがいない。第二のカーリーだろうか？　彼はかすかに身ぶるいした。ふだんは元気いっぱいの尻尾が、妙な角度に突きだしている。これに比べたらカーリーなどなにほどのこともない、と彼は感じていた。

「あそこをどうするつもりなのかも知ってるわよ」彼女は下を指差して、いった。「きちんとしてるわねえ……。でもお母さんは、きちんとしたものをいいなと思う気持ちも克服しなさいっていうの。あたしがだれだか、絶対、知らないわよね」

「ああ、まったくわからないね」とルシフェルはいった。「しかし、推測したところ――というか、思うに――きみは、これから居場所がつくられようとしている種族のひとりだろう？」

「のひとりじゃないわ」彼女はクスクス笑ったと思うと、急にぞっとするほど大人びた表情に変わった。「あたしが、種族そのものなの。お母さん、教えてやって」

「人間はかつて彼女のことを〝フュシス〟（ギリシャ語で自然の意）と呼んでいたわ」とベールをまとった女がいった。「いまの呼び名は〝自然〟、〝母なる自然〟」彼女はカモメの鳴き声のように冷えびえとした、一音節だけの笑い声を発した。「それがこの先どう変わるかは、わたししたちにもわからないし、気にしてもいない……彼女があなたたちすべてをつくったのだから。夢のなかでね。彼女が意識的に創造できるようになったとき、すべてを支配することになるのよ」

少女はまたふいに子どもにもどって、ふくれっつらをした。「これまであたしがしてきたのは、寝ることと、夢を見ることと、大きくなることとだけ」と彼女はいった。「もうすっかり飽きちゃった」

彼女の目の色が薄くなり、じっと一点を見たまま動かなくなった。まるで耳が聞こえないだけでなく、目も見えなくなったかのようだった。彼女が不服そうに足で雲の床をこすると、雲に切れ間ができた。間近にいたサタンは、自分の身体が熱を発していることも忘れ、思わず手を出して彼女を支えてやった。彼女が背筋をのばした拍子に、小さな胸が当たって、サタンはその冷たさに愕然とした。骨の髄まで――そして、ほかのなにかも――冷えきって消滅してしまいそうな冷たさだった。

「きみ――この子の心臓、動いていないぞ！」彼はベールの女に向かって叫んだ。

「自然なことです。彼女には心臓《ハート》はないんだから」女は平然と答えた。「心臓《ハート》があるのは、彼女の夢だけ」

サタンは凍えそうな肩をさすりながら、首をふった。「たしかに、きたるべき新秩序にのっとって、すべてが様変わりすることになりそうだな」それだけいうのがやっとだった。

女は黙ってうなずいた。サタンは、深い水の底に沈んでいくような感覚を覚えていたが、それでもしつこくもちこたえていた。これは一度きりのチャンスかもしれないのだ。

「ところで、ご婦人、あなたのお名前をうかがってもよろしいかな？」

「それが、しっくりくるものがなくてね。昔の人間は、わたしの恩寵をテュケ（ギリシャ神話の運命の女神）と呼んでいたわね。いまは〝チャンス〟と呼ばれているわ。わたしも力はあるのよ。でも夢のなかだけ。わたしが彼女を夢見たの。またそのうち夢を見ると思うわ」彼女はかすかに身じろぎした。「そろそろお帰りの時間ではないかしら」

「いや、まさに」サタンは尻尾を定型どおりにくるりとまるめて、最大限うやうやしくお辞儀をした。「お会いできたのは特別に恵まれたことと思っておりますが、もうひとつ、おたずねしてもよろしいかな？　あなたがたにかかわりがあるかもしれない出来事なので」

　女がベールの奥で首をかしげた。

「わたしの、ああ、つましい領土に深い穴がありまして、それがあまりに深すぎて、なかになにがあるのかだれも知らんのです。それが最近、その奥底でなにかがかすかに動くのを見たような気がしましてね。あれは、ひょっとして、わが片田舎にもあなたの新秩序の一端が届いたということなのでしょうかな？」

「あたしはそんな夢は見なかったわよ、お母さん、ほんとよ」子どもが大声で主張した。

「届いた、といったわね？」女がいった。「あらわれた、といったほうがいいでしょう。もしそれが、わたしが考えているものだとしたら、彼はどこにでもいるのでね。そう、それはわが主人、わが夫、〝エントロピー〟の化身かもしれないわ。彼はすべてに内在するものだから、化身は必要ないのよ――でも、もし彼が気まぐれを起こしたとしたら、あなたの領土はそれにうってつけの場所でしょうね」

「なるほど……。それで、ええ、もしあれが彼だとしたら、彼はなにをする気なのか教えてはもらえますまいか？」

「あたらしいことはなにも」彼女は冷たく答えた。サタンはその口調が気に入らなかった。

「ひょっとして彼がわたしの――わたしの居場所も使いたいと思っている、というようなことは？」

「ああ、だめよ、お母さん！」子どもが話に割りこんできた。「だって、あそこは地球へ移そうと思ってたのよ、忘れたの、お母さん？」

「その計画は、もう一度よく考えるという約束でしょ。忘れてはだめよ。楽しく遊べるおもちゃを残しておきたいなら、よく考えなさい」と母親は返答した。

「しかし」サタンは必死にくいさがった。「陛下も、わたしのところのような場所、サービスを必要とされるのではありませんか？　あなたの法則を破った者とか、罪を犯した者に究極の罰をあたえるところが？」

「ああ、それは、前のとき、複雑につくりすぎちゃったの」子どもが深刻そうな口調でいった。「力をもったら、ぜんぶ単純にするつもりよ。わたしの法則は絶対に破ることができないものになるわ。そして罪はたったひとつ。だれもが償わなくてはならない罪よ」

「わが尻尾に誓って申し上げよう」小さな存在の堂々たる指揮官ぶりに感銘を受けて、サタンは叫んだ。「絶対に破ることのできない法則！　まちがいなく前代未聞のものですな。そしてだれもが犯す、たったひとつの罪。それはいったいなんですかな？」

「生まれることよ」子どもの氷のまなざしが、凍えよとばかりに、しっかりと彼に向けられた。そして彼女のうしろに立つ長身の人影が意味ありげに身じろぎし、彼は、もう下がれといわれていたことを思い出した。

彼はふたたびお辞儀をしたが、なんの反応も返ってこなかった。少女は母親に向かって何事か小声で話しかけ、母親はじっと耳を傾けている。彼の存在そのものが、すでに忘れ去られていた。

翼をひろげて雲の縁から踏みだす刹那、彼は子どもがこういったのを聞いたような気がした――「ああ、お父さんがきてくれたんだといいなあ。やっとお父さんに会えるのね」

その言葉に、母親はこう答えたようだった――「きっと気が合うわよ。あなたのなかには彼がたくさん入っているから」これまで聞いたことがないほど寒々とした口調だった。

二人から遠ざかるために、彼は大きく羽ばたいて翼に空気を打ちつけ、矢のように飛んでいった。前回のときとほぼおなじスピードで、慣れ親しんだ心安らぐ下へと急ぐ。これほど心底、地獄をわが家と思えたことはなかった。

雲が蒸発するのを防ぐために少しスピードを落としながら、彼は思った。ああ、またほんものの〝地獄の火〟の匂いを嗅ぐのはさぞいい気分だろうな。あの二重に呪われた穴からなにが出てくるのかについては、考えていてもしかたがない。溶岩をひと山、ふた山、投げこんで、ようすを見るとしよう。いや、それより確実に爆発する火山を差し向けてやるほうがいいな。その一方で、天国の一件もこなさなくてはならない。

　ついに硫黄のかすかな香りが鼻に届いて、心がぬくもった。が、肩の痛みはまだ消えていなかった。考えてみると、今回のことはなんの不調を感じることもなく、じつによくやりおおせたという気がした――あの医者は、まちがいなく優秀だ。あやつの手をとりもどして、みなを驚かせてやろう。あやつはけっきょく、ローマ教会のおべっかつかいなどではなかったわけだからな。そうだな――どんなキャッチ（輪唱形式のざれ歌）がいいだろう？　ああ、そうだ――黒い光輝に包まれて目も眩むスピードで下降しながら、彼はひとりごとをつぶやいていた――「時の砂に埋まった手、ピクピク、パタパタ、動いてる。罪を犯した邪悪な手――きょうこそちゃんと元どおり」

　よし、これならあの小賢しいゴブリンどもにもわかるだろう。ボスの意向をしかと心得るよう、叩きこんでやる。万が一、彼が天国にいってやわになったなどと考えるあやまちを犯す者がいたら、すぐにまちがいに気づくことになるだろう。

　あの上の世界にいた、冷たいギリシャかぶれのいかれた夢マニアがいっていたことが真実であろうとなかろうと、かまうものか。あの二人がほんとうに彼とこの大いなるサイクルのすべてをつくったのだとしても、地獄は依然として彼のものだし。彼の力は依然として衰えていない。

　……その力が残っているあいだはね、と冷たい声がむせぶようにこだました。

肉

Morality Meat

小野田和子訳

冷たい霧雨。日暮れが迫る。トラック運転手のヘイゲンは、遅れを取りもどそうと、十八輪トレーラーで州間高速道路を飛ばしている。行き先はボヘミアクラブ・ノースで、カーライルから先は道路が片側一車線のアスファルト舗装に変わり、うねうねと山をのぼっていくことになる。州間道路の北の端は今年できあがったばかりだ。カーライルまでのびていてくれたら、と思わずにはいられない。

ますます暗くなってきた。ライトを点ける。一マイルばかりうしろに、二つのライトが見える。あのグリーンのセリカ・スープラはずっとあとをついてきている。だが、道路のぎらつきに気がいって、後続車のことは頭から消えてしまった。窪みにたまった雨が凍りはじめている。しかも、ブレーキの効きがあまりよくない。二、三キロ、スピードを落とす。

うしろの車のライトが、つかのま明るくなって、また徐々にもとにもどった。なるほど、ペースを合わせているらしい。貨物を狙っているのかもしれない。襲うタイミングを計っているのか？……だが、前にもこのへんでおなじことがあったのを彼は思い出した。そのときは、なにも起きなかった。なんの問題もなかった。ボヘミアクラブにはいろいろと妙な噂があるから、これもそのひとつなのかもしれない。

一風変わったところだからな、あそこは、と彼は思いにふけった。全員、男で、大半は年寄りだ。ホモじゃない。それはない。だが、女はいない。ひとりもいない。じいさんたちはみんなおなじ恰好だ。半ズボンみたいなのを穿いて、記章をつけている——まるで年とったボーイスカウトの一団だ。だが、スカウトじゃない——あそこは金《かね》の匂いがぷんぷんする。ヘイゲンの見立てでは、かなりの大金だ。なにしろ専用の空港がある——プライベートジェットが何機か駐機しているのを、ちらっと見かけた。メインロッジのそばに停めてある車のなかには、目の玉が飛びでるようなのがあった。隠さなければならないほどの大金があるにちがいないと、ヘイゲンは思っている。隠すなら、海図にのっていない島か、所有地がどれだけあるのか神さましか知らないような、ああいう山のなかのプライベートクラブだ。なんの表示もないゲートには守衛の詰所があって、番犬がパトロールしているし、ゲートからロッジまで十キロもある。金持ちのオールドボーイたちが子どもにもどったふりをして、偽物の原野でキャンプ。ばかげてる。

だが連中は都市生活の贅沢さをご所望だ——ああ、そうとも。トレーラーの大半を占めているボヘミア専用冷凍モジュールのなかにはステーキ用やらチョップやらロースト用やら、肉が詰まっている。あきれたもんだ。一ポンド、四十ドルだぞ。干ばつと穀物の病害が原因で合衆国内での肉の生産がほぼストップして以来、ヘイゲンは牛肉らしきものなど、もう五年も口にしていない。ベジバーガー、ソイなんたら――それにあのミリーと二人で結婚記念日に食べたステーキと称する腐った肉片、なんと五十ドルもした。例の伝染病で鶏も全滅したし、まともな魚にはめったにお目にかかれない。そもそもヘイゲンは魚がきらいだ。それがあそこの年寄りどもは定期的に牛肉を食っている。

ヘイゲンは、なんていやなやつらだ、と嫌悪感を燃えあがらせた。が、すぐに彼が届ける荷物を受け取るサプライ担当のボスのことを思い出していた。あいつはいいやつだ。まだいれば、従業員用の区画にひと晩、泊めてもらえるかもしれない。ひょっとしたら、ほんもののベーコンが一切れついた朝食にもありつけるんじゃないか？　そうなったらこの高地にあるスキー・ロッジ王国での残りの配達も気分よくスタートできるだろう。

そのとき、車が滑りだした。まずい、凍結している。最悪だ。氷の薄膜はずっとのびて、カーヴした橋までつづいている。くそ、あの橋の上は完全に凍りついているだろう。澄んだ空気が、ほんの一瞬、彼をあざむいた結果がこれだ。しかも路面がまずい方向に傾斜している。橋を渡った右手にある出口に向かって、カーヴの外側方向に傾いているのだ。ああ、くそ。二度シフトダウンして、思いきりブレーキを踏む。

巨大なトレーラーがカーヴを半分曲がったとき、彼は運転台のタイヤがその外向きの傾斜に沿って動きだすのを感じた。くそ、くそ――このまま乗りきって、インターチェンジのほうへ曲がっていけるだろうか？　急すぎる、無理だ。彼は横滑りするトレーラーをなんとかカーヴの内側の高くなっているほうへもどそうと格闘した。遅すぎる――もう手遅れだ。うしろの重量は運転台の動きどおりのコースをたどっている。あの胸の悪くなるようなつるつる滑る氷の感触が伝わってくる。

パニックを起こして、ハンドルを切りすぎた。コンクリートの分離帯がすぐ目のまえに迫っている。

―悪夢が現実になろうとしている。ブレーキがキキーッと金切り声をあげる―

トレーラーが折れ曲がって、彼の上にのしかかってくる。

そして、ぞっとするような、永遠とも思える一瞬――ゆっくりと横転し、激突、回転する――ありえない角度だ。腹にハンドルがくいこみ、額が氷のように冷たいフロントガラスに押しつけられて動きがとれない。と、うしろの野獣にふりまわされて運転台が宙に浮き、うしろへ引っ張られ、横ざまに地面に打ちつけられて、ガシャン、バリバリッという凄まじい轟きとともに、ヘイゲンは暗黒の世界に叩きこまれた――

――なにひとつ動かない。

が、ヘイゲンはまだ生きている。

どこか下のほうから、パチパチという音が聞こえだした。火だ！　彼は片足をてこにして運転台のドアを力一杯、押しあげた。反対側の肋骨と腕が折れている。やっとドアがあいた。激痛に苛まれながらも、地面を見ようと運転台の横腹にのりだす。トレーラーが運転台の端にのしかかっている。横腹がぱっくりと裂け、壊れた冷凍モジュールから冷たいつるつるするものが彼の頭まわりにたれさがって、混乱の極みだ。彼はよく見ようと、目をしばたたいた。

どこからか光が近づいてくる――あの、後続の車だ、とぼんやり思う。スピードを落とした。こっちが見えているはずだ。火がはぜる音がだんだん大きくなってくる――ここから出ないと。なんとしても、出なくては。

冷たいものを押しのけて、外に出ようとしていると、後続車のヘッドライトに照らされて、その物体が闇に浮びあがった。もう一度、見ようと激痛に耐えて身体をひねり、ふりむく。頭がおかしくなったのかと思った――が、よく見ると端っこに小さなくるっとまるまったものがついている。尻尾だ――豚の尻尾。わかってみればなんのことはない、冷凍された子豚の骸《むくろ》だ。運転台の横腹を滑り、這いおり、大きなフロントタイヤに向かって片足をいっぱいにのばす。届いた。身体を安定させ、地面までいっきにいける場所を選んで転げ落ち、地面にくずおれる。オイルパンが割れていて顔も頭も油まみれになってしまったものの、動くことはできる。

油ごしにグリーンのスープラが見える。火明かりの輪のなかに停まっている。男が二人、おりてきた。ヘイゲンは、肋骨が折れたほうの側を下にして、二人のほうへじわじわと地面を這いずっていった。どうして助けてくれないんだ？　うしろのトレーラーが爆発しそうなのがわからないのか？　自分たちも危険だということがわからないのか？　のたくり、這いずり、何度も何度も助けてくれと呼びかける。事情が呑みこめれば助けてくれるだろう。助けてくれるはずだ。

同じ日、何時間か前のこと、遥か離れた街で、赤ん坊を抱いたひとりの少女が人込みにもまれながらL9のバス停に向かっていた。ふだんめったにくることのない山の手側だ。年は十六歳、名前はメイリーン。小柄でグラマー、肌は漆黒、疲れた足取り。Kマートの苦情受付センターで仕事をして、家へ帰って赤ん坊の身なりをととのえて、ここへくるまでの長い道のり。もうくたくただ。

バスはいつもながらだいぶ遅れている。L9路線のバスはもう二台も止まらずにいってしまった。

街はホームレスのダンボールハウスだらけだ。当局はこのあたりに消防車を出動させることにあまり積極的ではない。メイリーンはホームレスを気の毒に思っているが、同時に恐れてもいる。ホームレスが焼け出されるのを見たくはない。このあいだの火事騒ぎでは、ダンボールハウスの奥のほうにいた老女がひとり、逃げ遅れている。

風が氷のように冷たい。メイリーンは、いくらか風をよけられるドラッグ・フェアの店舗入り口のほうへあとずさった。ペインゴンのディスプレーの金色の光が降り注いで、彼女のやわらかい髪に、そしてやや浅黒い肌の乳児の頭に淡い黄金の輝きを添える。赤ん坊の細い髪の毛は、彼女が入念にコーンロウに編み上げて、黄色いリボンを結んである。

ドラッグ・フェアの副店長が、バス待ちの人々を追い払おうと外に出てきて、彼女をちらっと見たと思うと、もう一度、見直した。彼女の細い肩に当たる光、そしてひとりで暮らすのがやっとの給料で親子二人、食べていかなくてはならない、その苦労からきている頬骨の下の窪み、さらにはおそらく他人には見えない狂気じみた希望を見つめているようなとても大きな茶色の瞳が、彼の記憶をそっとつついたようだった。担当している九番通路の馬槽《まぶね》の中の幼いキリスト像のクリスマス飾りを今夜のうちに仕上げてしまわなくてはならないのだ。

　ちょうどそのときL９のバスが到着した。混んでいたが、運転手はバスを停めた。メイリーンはいつものようにいちばん最後に力ずくで乗りこむ。冷たい手にメモを握りしめている。赤ん坊は、小さいとはいえずっしりと重く、彼女は両足でふんばって、座席の角によりかかった。しっかり見ていなくちゃ、と自分にいいきかせる。こっちのほうにくるのははじめてだ。白人のテリトリーにくるのは。いいのだろうか？　メイリーンにはわからなかったが、目を閉じて、お導きを、そして幸運を、と祈った。が、いくら偉大だからといって、男の神さまに自分の幸運などという些細なことを願ってはいけないような気がした。そして彼のお母さんならもっとよくわかってくれるかもしれない、と考えて、あらためて祈りなおした。

　彼女がよりかかっていた席にすわっていた女が急に立ちあがると、ひょいひょいと人をよけながら通路を遠ざかっていった。すると窓際にすわっていた黒人女性がメイリーンの腕に手をのばし、やさしく引っ張って、横の男がすわらないうちに、彼女をあいた席にすわらせてくれた。座席が温かい。メイリーンは無意識にため息をついて、心地よさに笑みを浮かべた。

「何カ月？」女性がメイリーンの赤ん坊に微笑みかける。赤ん坊は大きな目をぱっちりあけて、天使のように微笑んでいる。

「二カ月です」メイリーンは、女性がそれ以上話しかけてきませんようにと祈った。女性はそれを察したかのように――あるいはただ疲れきっていたからかもしれないが――座席に深くすわりなおすと黙ってバスに揺られ、「それではね」とだけいって降りていった。

バスは街はずれにさしかかっていた――ブルドーザーが住宅をなぎ倒したあとに出現した、低層のオフィスビルが並ぶ小ぎれいな小規模工業団地があるあたり。いわゆるスラム撤去の成果だ。メイリーンは握りしめていたメモをひらいて、窓の外に目を凝らした。７００５……７１００……つぎのブロックのはずだ、７２０５は。

あった。看板が見えた。高価なキャンディの箱みたいな白地に金文字の看板。センターは小さなオフィスビルの一階にあり、ビルの隣は大きな駐車場になっていた。半分くらい埋まっている。

メイリーンがバスを降りてセンターの入り口に向かって歩きだしたときだ。トラックのギアチェンジの音と、男が悪態をつく声が聞こえてきた。駐車場からバックで出てきた大型トラックが闇雲に向きを変えて歩道を突っきろうとしている。車列の向こうに目をやると、すぐにトラブルの原因がわかった――７２０５の二階から太い大きなパイプが隣の小さな工場にのびていて、〝注意：十三フィート七インチ〟と書いてあるのだ。スチームかなにかかな、とメイリーンはぼんやり考えた。頭は目のまえのもののことでいっぱいだった。

風に抗して赤ん坊をしっかり抱きよせ、メイリーンは急ぎ足で通路を進んでいった。両開きのドアに金色の筆記文字で「どうぞ中へ！　どうぞ中へ！　ようこそ！　生を授けし者は幸いなり」と書いてあり、下の隅のほうに**「生きる権利・養子縁組センター第7支所」**とあった。

メイリーンは足を止めた。あまりきつく抱きしめていたので、赤ん坊がむずかる。入っていけない。だが、うしろから女性がやってきた。メイリーンはこれに力を得てドアをあけ、うしろの女性のために押さえてやった。白髪まじりでやつれた顔の白人女性は、エンジニアキャップをかぶった大柄なふくれっつらの幼児をなんとか抱えて、なかに入っていった。そのうしろにはセンターに向かってくる人たちの姿が見える。たいていは赤ん坊を抱いているが、子どもを連れていないカップルも一組――いや、二組いる。養子縁組を希望する人たちだろうか？　どちらかのカップルがこの子を連れて帰るのかもしれない、と考えながら、メイリーンはため息をついてなかに入った。

彼女は暖かくて明るい部屋に入り、ビニールパッドで覆ったカウンターに向かって立っていた。カウンターの向こうでは白衣の看護婦たちがいったりきたりしている。壁紙は服を着た小さな動物――たぶん、ハツカネズミ――の柄で、カウンターのそばには空っぽの子ども用食事椅子が並んでいる、とここまで見たところで、メイリーンともうひとりの母親のそばに看護婦がやってきた。

「逆のほうへきてしまわれたようですね」看護婦――目につくかぎり、全員、白人――がメイリーンたちを外へと追い立てた。「もうひとり、かわいい赤ちゃんを養子にしたいとおっしゃるならべつですけど」

メイリーンの顔にも、もうひとりの母親の顔にも笑みはない。エンジニアキャップの幼児が大声でわめく。

〝赤ちゃん受け入れ〟と記されているのは、彼女たちが入った部屋の隣のドアだった。なかはやはり暖かくて明るくて、ビニールパッドで覆われたカウンターがある。壁紙の柄は異国の花々だ。

メイリーンのまえには数人の母親たちがいて、それぞれの赤ん坊のことをカウンターの向こうの看護婦たちに説明している。カウンターには、銀行の窓口のようにプライバシーをまもるための小さな仕切りがある。看護婦たちは親切そうだし、まめに面倒を見てくれそうだ。けれどメイリーンは、わが子があの食事椅子にすわれるかどうか、それが心配でならなかった。娘はいつもメイリーンの腕のなかでお乳を飲んでいるし、いずれにしろ食事椅子を買う余裕などあるわけがない。怖がらないだろうか、寒くないだろうか？

わが子──ああ、手放したくない。赤ん坊は、メイリーンがはじめて自分だけのものにできた存在だった。二人のあいだには、まるで川の流れのように愛情が通いあっている。これから先のひとりぼっちの日々のことなど、考えたくもなかった。

だれが父親なのかは、一生わからないだろう。兄弟のひとりが彼女の居場所を突き止めて、ある晩、酒をもってふらりとやってきた。少なくとも十人以上の不良仲間がいっしょだった。なかのひとりか二人が白人のようだった。兄は彼女の首を押さえ、鼻をつまんで、力ずくで酒を流しこみ、彼女はゲーゲーいいながら飲みこむしかなかった。そのあとはだんだん記憶が薄れて、最後はなにも覚えていなかった……気がつくと朝になっていて、たったひとりで、裸で、気分が悪くて、部屋中めちゃくちゃになっていた。

当然、避妊具は使っていなかった。ボーイフレンドはいなかったし、欲しいと思ったこともなかった。彼女に声をかける男もいなかった。厳密にいえば処女だったわけではない。おじとの恐ろしい午後のことがある。八歳のときだ。そしてもちろん、吐き気に襲われたとき、それがなにを意味するのかもわかっていた。

だが彼女はすぐに、自分が切実にこの子が欲しいと思っていることに気づいた。娘が生まれる前から、娘のことを見知っているような気さえしていた。出産は、どちらかといえば安産のほうで、それから二人ですごした数週間は、彼女がそれまでまったく知らなかった、ありとあらゆるよろこびをもたらしてくれた。

ところがその後、仕事中に倒れたりするようになり、Kマートの医者に説教されてしまった。赤ん坊の栄養補助食品は買えなかったし、自分もろくに食べられないありさまで、わが子の健康を害してしまうかもしれない状況だった。

「養子縁組すれば、至れり尽くせり面倒を見てもらえる」と医者はいった。「子どもが欲しくてしかたない人たちなんだから」

というわけで、彼女はいまここにいる。ひどく疲れきって。

そんな物思いが一瞬にして吹き飛んだ――メイリーンのうしろで待っていた白人の少女が、

足音も荒く彼女の横を通りすぎてカウンターに近づいたと思うと、赤ん坊をドサッと置いて、いきなりどなりだしたのだ。「好きにしなさいよ！　あんたたちのせいで、この子を産むはめになったんだから。さっさと受け取って！　あんたたちのものなんだから」彼女はくるっと踵を返してドアのほうに向かった。

「あの――でも。あの、ミス――ちょっと、あなた――だめですよ！　権利放棄証書にサインしていただかないと！」看護婦があわててカウンターの端を回って、少女をつかまえようとした。

しかし少女は大柄で、その顔には決意がみなぎっていた。「権利放棄証書？」看護師の口調をまねている。「知ったこっちゃないわ！」勢いよくドアをあけて出ていった。

奥のほうにいる年長の看護婦がインターホンで呼びかけている――「グリドリー先生？　あのう、グリドリー先生！」外から車が荒っぽく発車する音が聞こえてきた。と思うと、加速していってしまった。

奥の壁にあるドアから、医者の白衣を着た背の高い男が出てきた。「また、置き去りか？」

「そのようです。いまちょっと混雑していたものですから」

「じゃあ、オレンジのラベルに〝X〟を貼っておいて。あとでちゃんと診るから」医者はため息をついた。「まったく」

カウンターに置かれた赤ん坊は静かにしていたが、急にのどをゴロゴロ鳴らしてメイリーンのほうに顔を向けた。なにかがおかしい。ひどくおかしい。上唇がないようだし、ほっぺたに、べつの口というか顔の一部みたいなものが溶けこんでいる。それに両足と片手が短くてねじれていて、上着の代わりに汚れた包帯のようなものが巻きつけてある。それでもその子は、看護婦がベビー毛布でくるんで車輪付きのサークルベッドに寝かせるあいだ、とてもしあわせそうにグルグルのどを鳴らし、よだれをたらしていた。看護婦はサークルベッドの取っ手に大きなオレンジ色のラベルを結びつけると、年長の看護婦が印をつけやすいようにもちあげた。

「先生、それほどしっかり診る必要ありませんよねえ、これじゃあ」若い看護婦がうすら笑いを浮かべながらいうと、ここの婦長らしい年長の看護婦が不機嫌そうに首をふった。

メイリーンは、赤ん坊を寝かせたばかりのベビーサークルにはみんな色鮮やかなラベルがついていることに気がついた。ラベルによっては、〝CS〟、〝DF〟、〝S〟、〝BF〟といった文字がでかでかと書いてある。看護婦たちが、ベビーサークルを押して奥の部屋へ移しはじめた。

メイリーンのまえの少女が急にくるっとふりむいて、メイリーンにぶつかった。ああああ——あたしの番だ。

彼女はゆっくりとカウンターに近づいていったが、腕が固まったまま、いうことをきかない。なにもできず、ただ黙って婦長の顔を見つめるだけだ。

婦長はボタンつきのボディスを着たメイリーンの華奢な身体を見下ろすと、わかったわ、という顔つきになった。「母乳で育てているのね」

「え？　ああ、はい」メイリーンは消え入りそうな声で答えた。「それだと、なにか……」

「心配はいらないわ。ここには二人、りっぱな乳母がいるから」婦長はうしろを向いて呼びかけた。「ねえ、ミセス・ジャクソン！　お手すきかしら？」

「いま、いきます！」

　ミセス・ジャクソンは大柄で目を見張るほど巨乳の、赤銅色の肌をした笑顔の暖かい女性だった。メイリーンは気がつくと一も二もなく、腕に抱えていた大事なものを、その女性の親しげで包容力あふれる腕のなかへとゆだねていた。ミセス・ジャクソンがボディスのまえをはだけると、コーンロウに編みこんだ小さな頭が、いいことばかりが湧きだしてくる源泉に猛然と突っこんでいった。

「あたし……あたし、あんまりお乳が出なくて……」

「かわいそうにねえ」ミセス・ジャクソンは小声で歌うようにいった。たしかにそのとおりだった。

「いずれ、お乳を飲んでいるときに温かい哺乳瓶をすべりこませることになるわ。信じられないくらい、あっというまに覚えてくれるものなのよ」婦長がメイリーンに教えてくれた。

「さあ、この書類のここにサインするだけだから。このペンを使って」

　腕のなかは空っぽ。なにも感じられない。そんな状態で外に出ると、道の向こうに希望に満ちた夫婦数組がひとかたまりになっている姿が目に入った。メイリーンはふと思いついた

──どこか風がよけられるところを見つけて、そこで待っていれば、だれが自分の赤ん坊を連れていくか、わかるかもしれない。遠くからでも、あの黄色いリボンなら目につく。

センターの通路をやってくる六人の中年男女は、どう見てもこれから親になろうという人たちではなかったが、全員、養子縁組の部屋のほうへ曲がっていく。じつはかれらは〝生きる権利委員会〟の面々、もっと正確にいえば、妊娠した赤ん坊の出産が法的に強制されるようになったあとも、他人の赤ん坊にたいして関心をもちつづけている、〝生きる権利〟運動の数少ない生き残りなのだ。かれらの訪問は予定されていたことだった。

かれらはぶるぶるふるえながら明るい部屋に入ってきて、コートのまえをかきあわせ、寒い寒いと大声でいいながら、左の壁際に手招きするように並んでいる六脚の安楽椅子に目を留めた。ティリー婦長がカウンターまわりに集まった人たちのあいだを抜けて、急ぎ足で一行を出迎えにやってくる。食事椅子は、いまはぜんぶ埋まっていて、カウンターの上には白いプラスチック製のベビー・バスケットが数個、興奮気味の三組の親候補たちの陰に見え隠れしている。バスケットからはときどき揺れ動くピンク色の爪先が顔をのぞかせ、未来の親たちがやさしく声をかけている。

〝委員会〟は女性四名、男性二名からなり、みな、ティリー婦長とは顔なじみのようだった。かれらが腰をおろし、看護助手たちが熱々のコーヒーやココア、紅茶を出しおえると、婦長は経理のファイルを取りだして、〝委員会〟の経理担当であるミセス・ピルビーに提示した。

彼女に目を通してもらうのだ。ほかのメンバーは赤ん坊たちを、そして進行中の養子縁組を笑顔で見まもっている。

食事椅子にすわっているのは、絵に描いたようなかわいい赤ん坊ばかりだ。みんなセンターの白いロンパースを着て、ふわふわの前髪にそれぞれちがう色のリボンをつけている。三人はあきらかに白人で、ひとりは黒人、そしてもうひとりはうっとりするほど魅惑的なブルネットで、目のさめるような青紫色のリボンをつけている。肌は透けるように白くて、何系の人種なのか判断がつかない。

「考えてもごらんなさい」委員会のリーダーであるミセス・ダンソーンがいう。「もしわたしたちのこの活動がなかったら、この愛すべき、かわいい赤ちゃんたちは殺されていたかもしれないんですよ。人道にもとる母親たちによって、子宮のなかで殺されていたかもしれないんですから！」声を詰まらせ、レースのハンカチで目元を押さえる。「憲法修正条項」敬意をこめていう。「妊娠中絶という恐ろしい罪が永遠に禁じられたんですものねえ！　ああ、ほんとうにあなたのおかげですわ、ミスター・シーモア。あの冷淡で無慈悲な人たちと、あなたほど激しく戦った人はいませんわ」

彼女はくしゃみをして立ちあがると、バスケットのなかの赤ん坊のようすを見にいった。すぐに、ミスター・シーモアの反対隣にすわっていた女性がやってきた。

「あれを洗濯してくれさえすればねえ」ミセス・ダンソーンがささやきかけた。ミスター・シーモアのトレンチコートのことをいっているのだ。彼のコートからは強烈なホルマリンの匂いが漂ってくる。友人も鼻を軽く押さえながらうなずいた。「あまり余裕がないんじゃないかしら」

「それにしても、冬中ずっと、あれですごすつもりなのかしら？　わかってるのよ、あれほど高貴な心の持ち主はいないし——まあ、なんてかわいらしいおチビちゃんなんでしょう」

看護婦が通りかかったので、ミセス・ダンソーンはあわてて話題を変えた。

　ティリー婦長もミスター・シーモアを好奇のまなざしでちらちらと見ていた。怒れる男としての姿は前々から知っていた。彼は議会の公聴会で、妊娠期間の三分の一をすぎた胎児が入った数本のビンを取りだし、小さな顔や指まで見えるようテレビカメラに向かって突きだして、この〝美しい小さな人〟を殺したり故意に引き裂いたりできる人間がこの場にひとりでもいるのかどうか知りたいものだと啖呵を切った人物だ。

　だが、アラバマでの最後の承認公聴会で熱が入りすぎてポケットのなかでビンが一本割れてしまったときのようすは、テレビには映らなかった。そのとき彼は、「これをとってくれ！」と叫びながら廊下へ飛びだしていったのだ。

　すぐにミセス・ダンソーンたちが彼を取り囲み、それ以来、だれもそのエピソードには触れていない。だが、そろそろだれか——おそらくはあらたに男性メンバーになったミスター・ジョージ？——がそれとなくコートの洗濯の問題をもちだすべきなのはあきらかだった。

　そのミスター・ジョージはいま、ティリー婦長に質問している。ミセス・ピルビーよりも数字や細かな事柄への関心が強いようだ。婦長は満面の笑みで応じている——彼女は委員会がセンターの全体的な事業内容、すなわちセンターの存続を可能にしている事業内容をどの程度まで知らされているのか、把握しきれていなかったので、質問には慎重に答えていた。かれらはまだ、ぽつりぽつりと成立する養子縁組と任意の寄付金とですべてがうまく回っているという幻想を抱いているのかもしれないのだ。

「そのとおりです」婦長はいった。「前回お見えになって以降、養子縁組に適切と判断された乳幼児百三十四人全員に両親が見つかっています。プラス六人は長期入院になっています。ひとり、軽度のダウン症のお子さんにも家庭が見つかったことをご報告できるのは、わたしどもにとってもうれしいことです。その子の母親は、お腹の子がダウン症の可能性が高いといわれましてね、中絶はできないと知って、何回か自分で中絶を試みたそうです。その後、食事をとることを拒否して、命にかかわる状態にまでなって、けっきょく強制的に食べさせる処置がとられて。それでもお腹の子は生きのびて、ここにやってきたんですよ。養父は児童心理学者で、ダウン症の赤ん坊は大いに改善する可能性があると考えている方です」

満足げなつぶやきがひろがる。

「まあ、それはそれは」ミセス・ダンソーンがうれしそうな声をあげる。「ミスター・シーモア、このセンターがどんな仕事をしているか、もっと宣伝しなくてはいけませんわね！　そうすれば、あなたがたも助かるでしょう？」

婦長が多少の疑問を感じながらも同意すると、ミスター・ジョージが口をはさんできた。

「婦長さん、ちょっと伺いたいんだが。あなた、適切と判断された子の養子縁組成功率は示してくれたが、トータルの数がわからんのだよ。適切、不適切、両方合わせて、ここに残っている子の総数が」

ティリー婦長はさらに大きな笑みを浮かべた。「ああ、その数字でしたら、計算すれば何日の時点でこれこれと出せますよ。何日の何時でも、大丈夫です」慣れた手つきで書類をあちこち入れ換える。「でも、正直申し上げて、その数字が役に立つとはいえないんですよ。なにしろ期間がまちまちですからね。たとえば、ここにきて身体検査を受けて、二時間後にはもらわれていってしまう子もいれば、鼻風邪をひいているような子は二週間、滞在することになりますし。感染性の小児病の疑いのある子がいれば、集団感染を避けるため隔離することになります。一部の母親たちの予防接種にたいする認識といったら……」口調が辛辣になり、まるで彼女が〝生活保護を受けている黒人の母親たち〟と書かれたカンペを掲げたかのように、ため息が返ってきた。

「それに週末は――ご存知のとおりラボはお休みですが、それでもみなさん、いらっしゃいますからね。時間によってもちがいが出てきます――」彼女は惰性で話しながら、彼女の人生につきまとう、まぶたの裏に焼きついて離れないイメージを消し去ろうとしていた。容赦なく生まれつづけ、ここやほかのセンターに仮借なく押しよせてくる赤ん坊、赤ん坊、赤ん坊。ときどき、赤ん坊の洪水で溺れてしまいそうな気がすることがある。赤ん坊は最初はひとりひとり痛ましい存在なのだが、最後にはただの数字になってしまう。委員会に示した百三十四人とはなんの関係もない数字に。詮索好きなミスター・ジョージの目から真実を覆い隠すという彼女の仕事のよりどころとなる数字に。

「――責任のある仕事をしている方たちは養子を引き取りにくるのがどうしても日中の遅い時間になりがちで、夜になってしまう場合もありますし。ここは二十四時間あいています。そんなわけで人数の変動が大きくて」大きな笑み。彼女はこれでミスター・ジョージが口をつぐんでくれることを期待した。が、彼にはもうひとつ、聞きたいことがあった。

「つまり、そういったことすべてを前提として、預かっているということですな?」

「ええ、はい。奥にひろいスペースがありますし、さいわいなことに上の階にも一時的に使えるスペースを確保することができましてね。もちろん、小児科専門スタッフをそろえていますし、調理人がひとり、それからまだ乳離れしていない子のために乳母も二人、おります。ちょっと失礼、ミス・ファウラー、なにか問題でも?」

彼女が話しているあいだに数組の夫婦が選択を終え、法的手続き部門で確認をすませ、帰っていった。ところが、一組、もめている夫婦がいるのだ。女がヒステリック気味に声を張りあげている「でも、絶対にいるはずだわ、看護婦さん。ちゃんと電話したのに」

カウンターの看護婦が事情を説明した。「あちらのご夫婦、金髪で青い目の子でないとだめだとおっしゃって」

「うちの家族はみんな」女が叫ぶ。「みーんな金髪で青い目なのよ。見せてあげて、ヒューゴ!」どこかおどおどしたようすで連れの男が毛皮の帽子をぬぎ、赤みがかった金髪を見せる。男の目は、女とおなじく鮮やかな青だ。

「かわいい赤ちゃんなのはわかってます」――女がバスケットを指す――「でもね、目が薄茶色なんですもの。しょうがないわ、ヒューゴ。帰りましょう」

「あの、ちょっとお待ちください」ティリー婦長が声をかける。「どうやらちょっとした秘密をお話ししなければならないようですね。まずは、いい、ほんとうに内密なことなので、秘密をまもっていただけるものと思ってよろしいでしょうか？」

わけがわからないまま、夫婦はうなずいた。

「ありがとうございます。ミス・ファウラー、青いラベルのバスケットをとってきてもらえるかしら、予備の――」あとはささやき声だった。ミス・ファウラーはうなずいて去っていく。待っているあいだに、婦長は事情を説明した。

「じつはですね、特段の理由もなく金髪で青い目の赤ちゃんを欲しがる方がたいへん多いので、そういう子をふつうにお見せすると、本来ならもっとかわいくて元気なほかの赤ちゃんが、見てももらえないことになってしまうんです。ときには、そういう子をめぐって口論になってしまうこともあって――ひどい話です。それで、わたしどもでは、そういう数少ない赤ちゃんを、あなた方のような特別な事情がある方のために予備としてとってあるんです。ところで、わたしがお見せしようと思っているのは女の子なんですが、それではまずいでしょうか？」

「ああ、いえいえ！　ああ――それこそわたしたちが――」

婦長がくちびるに人差し指をあてて微笑むと、夫婦は口をつぐんだ。

まもなくミス・ファウラーが白いベビー・バスケットをもってもどってきた。婦長はなかをのぞきこんで、そう、この子、とうなずいた。バスケットが、待っている金髪の夫婦のまえに置かれ、ミス・ファウラーがディミティ（浮き縞のある薄手の綿織物）の掛け布をあけて、赤ん坊を見せる。無遠慮に見物していた委員会の面々が目にしたのは、大きく息を呑み、表現のしかたこそちがうものの、ともによろこびを爆発させる夫婦の姿だった。ミセス・ダンソーンとミセス・ピルビーはよく見ようと、にじりよっていった。

センターの白いバスケットのなかにいたのは、ピンク色のすべすべした肌の、すばらしい赤ん坊だった。前髪はまさにイエローゴールドで、小さなグリーンのリボンが結んであり、見あげた大きな瞳は、女性たちがこれまで見たこともないほど深みのあるリンドウ色。そのまなざしには人を魅惑する好奇心のようなものが宿っている。赤ん坊が微笑んだ。えもいわれぬかわいらしさだ。

「授乳したばかりなので、あまり活発に動きたい気分ではないでしょうね」すっかり虜になってしまった未来の両親に、婦長が説明した。赤ん坊のまぶたが閉じて、輝かしい青いまなざしが隠れる。赤ん坊は子猫のようにあくびをすると、また目をあけて、いとおしげにどんどん迫ってくる大きな顔を見あげた。

書類の空欄が埋められていき、幸福の絶頂にいる養父母がペンを置いて、しぶしぶかわいい赤ん坊の手を放すまで、婦長は終始、笑顔を絶やさなかった。無意識のうちに機械的に微笑んでいるのだ。看護婦の仕事を長くつづけていると、子どもの発達状況にかんする知識もふえる。彼女はこの天使のように美しい子どもを注意深く観察しつづけてきた。彼女が注目していたのは、いわば——遅さ、だった。たぶん徐々に消えていくだろう。だが心の奥底で、彼女はあることを予見していた。あの青い、青い、弱々しく問いかけるようなまなざし、そしてあの笑顔は、最初の何年間かは魔法の力をふるうことだろう。おそらく運動機能の発達も問題ないはず。だが、十歳になる頃には、あの笑顔の魅力は薄れだし、読み書きや計算に少し問題が生じて、それがしだいに大きくなっていく。そして思春期を迎える頃には、周囲の反応は苛立ちから悲劇に変わる。そしてそのあとは……婦長が思い描く未来図は、つねに一定の明るさに保たれたどこかの施設のデイルームで終わる。そこにいるのはグレーがかった金髪の女性だ。彼女は、あの生まれたときとおなじ、輝かしい、ぽかんとした、問いかけるような笑みを浮かべて写真誌から顔をあげる。そしてピンク色のすべすべしたおでこに、しわをよせるのだ——どうして〝ママ〟とか〝パパ〟とか教えてくれたあのやさしい人たちは、ちっとも会いにきてくれないのかしら……。

婦長は身ぶるいした。まちがいという可能性もある——まちがいにきまっている。それにあの夫婦は青い目の金髪の子を望んだのだ。かれらが得たのは、それ以上でもそれ以下でもない。外から高価な大型車が静かに動きだす音が聞こえてきた。婦長は、最低限、あの夫婦には金銭的になんの問題もないことだけはチェックしていた。

「奥には、ああいう子が何人も隠してあるのかしら?」女性陣のひとりがたずねた。

「いえいえ——とくに欲しがる方がいそうな特別なタイプがきたときだけなんですよ。あら！　あの、ミスター・ジョージ！　奥へは立ちいらないでいただけませんか」

しかし無口なミスター・ジョージは、ものもいわずにドアを抜けて奥に消えていき、婦長はあわててあとを追った。

婦長はすぐにミスター・ジョージを連れもどした。

「説明しておくべきでした。わたしどもは、できるかぎり無菌状態を保とうと努力しているのです。もちろん、完全な無菌状態ではありませんが、たとえば奥ではカウンター業務とはちがう靴をはいているんです。それに食事が終わったばかりですからね。もし、知らない人が入ってきてひとりの赤ん坊が怯えでもしたら、それこそ部屋中でウェーッとなって、食べたものをもどしてしまいかねません。ちょうど、ドクターたちも回診中ですし。ご覧になりたかったのなら、ここをあけておくべきでした——」

彼女が縦型ブラインドをあけると、壁に切られた大きな板ガラスののぞき窓があらわれた。車輪付きのサークルベッドが、ずっと奥までずらりと並んでいるのが見える。「よろしかったら、紙製の靴カバーがありますので」

委員会の面々が靴カバーをつけて、すり足でガラス窓に近づく。と、ミスター・ジョージが冷淡に指摘した。「あの赤い帽子の血だらけのシーツをもっている人物は、わたしにはどう見ても無菌状態とは思えないんだが」

「ええ、もちろんです。すぐにいって、事情を聞いてきます。ちょっと失礼いたします——」婦長は、のぞき窓に集まった面々から離れていった。

委員たちがのぞいている窓からは、グリドリー医師と同僚二人がすぐそばのサークルベッドの列を診てまわっているのが見える。赤ん坊たちの熱を測っている。ミセス・ピルビーが顔をそむけた。鼻のあたりが少しピンク色になっている。部屋のまんなかあたりで、ティリー婦長が怪しげな男をつかまえた。男は作業着姿で、血で汚れたシーツをケープのように身体に巻きつけ、前腕でもう片方の前腕を押さえている。グリドリー医師が婦長に歩みよって話しかける。医師は男の足もとを指差している。見まもる委員たちが目をやると、男は靴下姿だった。ほどなく、婦長が笑顔で一行のもとにもどってきた。

「緊急事態でした」彼女が説明する。「ほんとうに死ぬか生きるかの。隣の工場の作業員が刃物で手を切ってしまって、ほとんど切断に近いような大怪我だったんです。もちろん、ひどく出血していました。それで仲間が止血帯をつくって、こっちへ連れてきたんだそうです。ここにドクターがいることは、みんな知っていますからね。ここに入る前にブーツをぬぐだけの分別はあったようです。かわいそうにねえ。指の機能は失わずにすみそうです。ドクターがすぐに処置してくださいましたから。でも、もし救急車を待たなければいけないような状況だったら、出血多量で命にかかわることになっていたかもしれません。ミスター・ジョージ、保証します。こんなことはしょっちゅう起こるわけじゃないんですよ！　さて！　まだお調べになりたいことはありますでしょうか？」

「向こうのほうは黒人の子ばかりですな」まだなかをのぞきこんだまま、ミスター・ジョージが指摘した。「隔離している、ということですか？」

「まあ、まさか、ちがいますとも。今夜はたまたまそうなっているだけです。ほら、ちらほら白人の赤ちゃんもいますでしょう?」

たくさんの目がミスター・ジョージの視線をたどって、大きな部屋の右奥のほうを見つめる。小さな黒い頭がのぞくサークルベッドがずらりと並んでいる。なかの数人の頭には色鮮やかなリボンがつけられている。部屋の奥の壁は段壁になっていて、医療ステーションでもあるのか、処置を待つかのようにサークルベッドが一列に並んでいる。

小さな注射器がいっぱい入ったトレイをもった医者がひとり、その列のところに立っている。

「あれはなにをしていらっしゃるの?」ミセス・ピルビーがたずねる。「予防接種かしら?」

「いいえ、そうではないと思います。予防接種はふつう、ひとりひとり、べつべつに行ないますから。あれは夕方の注射だと思いますよ。ビタミンと小児用鎮静剤です。ここでの心配事のひとつは、落ち着きのない子が就寝時間直前に騒いで、部屋中の赤ちゃんが泣きだしてしまうことなんです」ちらりと腕時計を見る。「いまやっているのは、それだと思います――眠りにつかせているんですよ」

「DFって、どういう意味なんですか?」べつの女性委員がたずねた。婦長は顔をしかめている。

「DF……DF……いやだわ、思い出せません! BFは〝母乳《ブレスト・フィード》〟、CSは〝お目見え《クリアード・》準備完了《フォー・ショー》〟で、オレンジ色のタグはデータなし――つまり母親が置いて逃げてしまったケースなんです。DF……たぶん予防接種関係のものだと思いますよ」

「赤ちゃんを養子にしたいという黒人家庭って、ほんとうにそんなに多いものなんですか？」はじめて口を開いた女性からの質問だ。

「そのようですよ！」婦長は笑いながらいった。「もちろん、ぱったりいなくなってしまう可能性もあります。でも、わたしどもは人種のちがう養子縁組は、例外なく思いとどまっていただいております」表情を引き締めていい添える。「子どもにとってフェアではありませんからね。ひとつ、黒人の養子縁組についていえることは、すでに二人、三人、あるいは四人、お子さんがいる方たちが、さらにひとり、場合によっては二人、養子をとるケースが非常に多いということです。白人の場合、お子さんのいないご夫婦が養子をとります。ほかになにか？　ございませんか？」

コートやマフラーに手がのびる。

「もちろん、受け入れ側のほうもいつでも見にいっていただいてけっこうですが、正直いって、おすすめはしません。ここではいくつかのささやかな物語のハッピーエンドをご覧になれたと思いますが、インプット側では、つねに気の滅入る場面の連続です。もちろん、みなさん、あたらしくきた子どもたちを隔離状態に置く際のデリケートな手法に興味をおもちになるかもしれませんし、わたしもあちらのスタッフをたいへん誇りに思っております。すばらしく思いやりにあふれた仕事ぶりで、それもすごいスピードでこなしていくんです。思いやりがすぎてうじうじしていては、心が折れて、正しいことをするんだという覚悟が失われてしまいますからね。非常に才覚を必要とする仕事です。わたしは彼女たちを誇りに思います。でも、みなさんは最終的にほとんどのことがうまく収まっていると、その目で確認されたわけですから、いまさらわざわざ気の滅入るようなことをされても、あまり意味がないように思いますが、いかがです?」

委員会の面々にまったく異論はなかった。

おもてでは、風がさらに冷たくなってきていた。メイリーンは、入り口がよく見えて風が避けられるような場所を見つけられずにいる。

隣の工場は夜間シフトで操業をつづけているが、近くへいくと二台の大きなトラックに視界をさえぎられてしまう。が、ついにバーガーキングのトレーラーが出ていったので、メイリーンは温かい空気が出てくる通風口のそばに立つことができた。養子縁組センターのドアがちゃんと見える位置だ。真上には工場からセンターへのびるあのパイプがある。パイプは、いくらか熱を発しているようだ。

ところが、ようやく身体が温まってきたと思ったら、守衛がやってきた。彼女に向かって叫んでいるが、頭上のパイプのなかの、スチームではなくベルトコンベアーが通っているようなゴロゴロ、ガリガリいう音がうるさくて、なにをいっているのかわからない。が、身ぶりを見れば一目瞭然だった——そこからどけといっているのだ。彼女のことをホームレスだとても思っているのかもしれない。とにかく、どこかへいくしかない。それに、どちらにしても通風口からの排気とゴミの匂いがひどい。そこで彼女は、ただセンターのまえを速足でいったりきたりしはじめた。

　寒さで凍えそうになってきた頃、少女が静かに呼びかける声がした。「ドアを見張ってるの？」

「うーん――そうだけど」

「そっちじゃないわ。こっち側よ。横から出てくるの」少女がひょいとかがんで駐車場に引っこんだので、メイリーンはそのあとを追って、古いバンの陰に身を隠した。そこからだと横手のドアがよく見える。ドアの上に明かりが灯っているのだ。と、そのとき、カップルが出てきた。抱えているプラスチックの貝殻型バスケットには赤ん坊が入っている。メイリーンは赤ん坊の頭に目を凝らした。リボンはない。

「ねえ、赤ちゃんの頭にリボン、つけた？」

「うん。赤よ。ちょっと金色が入ってるの」

「あたしのは黄色」

「はずされちゃうかしら？」

「それはいわないで」

　また、カップルが出てきたので、二人はうしろにさがった。この白人のカップルも、赤ん坊が入ったあの貝殻型バスケットをもっている――センターはバスケットごと、渡しているにちがいない。赤ん坊の髪は淡い麦藁色だ。女性のほうがバスケットを抱えていて、カップルがバンを通りすぎるときに、メイリーンは彼女がこういうのを耳にした──「たいへんなお天気ねえ。寒い、寒い。でもね、きっと好きになるわよ。ちっちゃいソリを買いましょうね──ああ、チャールズ、なんてかわいいんでしょう！　まさに夢に見ていたとおりの子だわ」

男性が立ち止まってふりかえる。「ああ、ああ」しあわせそうにいう。「まったくだ……早く車に入れてやらないと、ちっちゃいタマタマが凍っちゃうぞ」

「もう、チャールズったら！」女性がくすくす笑う。

疲れた顔をした中年の白人女性が、正面ドアのほうから角を曲がって、ゆっくりと歩いてきた。バンの運転席側で立ち止まり、キーを差しこもうとするが、なかなか入らない。そのとき彼女が二人に気づいた。

「ああ──ほんとうに、ご、ごめんなさい──」そういうとバンに頭をもたせかけて、人目もはばからず泣きだしてしまった。よくわけがわからないまま、少女たちは車をまわって彼女のほうへ寄っていった。

「ああ、ごめんなさい……。き、気にしないで、ま、まちがいだったの、ひどいまちがいだったのよ」彼女は声を殺し、身をふるわせて泣いていた。その激しさにバンまで揺れている。

「こんな状態で運転なんかしちゃだめですよ」メイリーンが知り合いになったばかりの少女、ネオラがいった。「なにか、あたしたちにできること、あります？」

「い、いいえ」自棄気味にぶんぶんと首をふる。「まちがいだったの──あたしを見てよ！

生理がなくなってもう四年もたつのよ。完全に終わったと思ってたから、もう危険はないと思って、あたしたち、なんにも——そうしたら、お医者さんがべつの検査をして、赤ん坊に障害があるって。重い障害が。歩けるようにするだけで三万ドルはかかるだろうって。うちには三万ドルなんてないもの。あるのは娘の大学の費用だけ。だから中絶しようと思ったら、いまは違法だっていわれて。う、産むしかなかったのよ。おかげで身体はボロボロ。年をとるとね、娘時代のようなしなやかさがなくなってしまうのよ」顔をあげて絶望的なまなざしで二人を見つめ、低い声でつけ加えた。「見る角度によってはね、障害があるようには見えないの。一瞬だけだけれど、とってもかわいく見えるの。あたしがこんなに年をとっていなければ、それが本来の姿なのよね。うう、う、う……ああ、あなたたちに悩みをぶちまけるつもりはなかったのよ、あなたたちだって問題を抱えてるんでしょうから。最初に病院にいったときにね、父親も含めて四人の男にレイプされた女の子がきてたの——でも、その子も助けてもらえなかった。あとで聞いたんだけど、そのあとどこか違法なところで中絶しようとして亡くなったそうよ。それこそ大問題よね。あたしなんか、めそめそしてちゃいけないわよね」

彼女は、ここはどこ、とでもいうようにあたりを見回し、手のなかのキーに目を落とした。

「あたし、このボロ車、出さなくちゃ。あなたたち、どこかいい場所ありそう？　あのドアを見張ってるんでしょ？」

「ええ。でも、どこか見つけます」

「いうのは簡単だけど。風はあばずれ女より冷たいわよ」自分の言葉をあざけるように笑う。

たしかに風をよけられるようなところはない。バンより奥の車はみんな車高の低い小型車で、例外はいちばん奥にあるトラックだけだ。

「あそこにいきます」

「あそこじゃ、ドアが見えないじゃないの。困ったわねえ」女は向かい側の車の列を見わたす。「あそこからだったら、ドアが見えるんじゃない?」

突然、すぐ向かい側で軽快なクラクションの音がして、女たちは飛びあがった。車のドアがあき、すばらしくおしゃれで若い、浅黒い肌の黒人女性が身をのりだした。

「お子さんを見張ってるの?」アクセントはまちがいなく〝白人〟のものだ。

「ええ」メイリーンは、この目を見張るようなゴージャスな女性に、圧倒されていた。

「わたしもよ。よかったら、なかでいっしょにどうかしらって聞こうと思っていたところなの。なかなら暖かいし。外のようすもしっかり見えるし」

「ああ、はい、ありがとうございます」

「これで問題は解決したわね」障害のある子を産んだ白人の母親が、苦労してバンに乗りこんでいく。

彼女がいってしまうと、メイリーンと、知り合ったばかりの少女は、おずおずと女の車に乗りこんだ。暖かい車内はベロア地張りで、二人ともこんなおしゃれな車に乗るのは生まれてはじめてだった。

浅黒い肌の女がいう。「ひとつだけ問題があるの。もしわたしの息子を連れた人が出てきたら、わたし、あとをつけるつもりなの。だから、車を外向きに停めてるのよ。あなたたちには、急いでおりてもらわなくちゃならないかもしれない――でも、間に合うと思うわ。あなたたちを誘拐するつもりはないから」

「あとをつける？」メイリーンは驚いてたずねた。

「そう。その人たちがだれなのか、どこでどんなふうに暮らしているのか、たしかめたいの。ああ、おかしなことをする気はないのよ。向こうは、わたしが知っていることを、一生、知らないまま――ただ、できるだけ長いあいだ、消息をつかんでいたいの」

「ああ、そんなこと考えもつかなかった」メイリーンは悲しげにいった。「でも、どうせ車もってないし」

「ううーん」見知らぬ若い女は、あきらかにあれこれ考えていい方法を見つけようとしているふうだったが、けっきょく名案は思いつかなかったらしい。「タクシー、とかは？」

メイリーンは思わず笑ってしまった。見知らぬ女が本革の財布をとりだす。「ねえ――」

「ああ、だめよ。絶対だめ」メイリーンは頑として拒んだ。

若い女はしぶしぶ財布をしまった。「赤ちゃんは、あなたが連れてきたの？」

「ええ……あの子、娘は、あのう、母乳育ちだから――」

「ああ、そうなの」女がほっとしたようにいう。「こういうとがっかりするかもしれないけれど、娘さんはきょうは出てこないわよ。センターでは、まずミルクに切り換えるから」

「もう長いこと待ってるんですか?」ネオラがたずねた。

「六時間。どうしてだか、自分でもわからない。どうかしてるわよね。でも、出てくるような気がして……」

「はっきりわかるようにリボンとかつけました?」

「ええ。大きな青いカチューシャ」

「あたしの子は赤と金のリボンで、彼女のは黄色いリボンなんです」ネオラがいった。「あたしたち、話してたんですよ、はずされちゃうかしらって」

若い女はため息をついた。「そうね。それも問題よね。すぐに見せるのなら、そのままじゃないかな。でも今夜には、はずされちゃいそうね。チャンスがあるとしたら最初の日だけよ、きっと。よほど近くで顔を見られるならべつだけど。出てくる気がするって、たぶんそういうことなんだわ、そうよ——最初で最後のチャンスなのよ」

暖かい車内に沈黙がおりる。数組のカップルがバスケットをもって出てきたが、リボンをつけている赤ん坊はひとりもいなかった。

「ねえ、いろんな話、聞いてるでしょ?」浅黒い肌の女が、なにか考えこんでいるような口調でいった。

「ええ」

「あなたたちは、悲劇的な話のほう? へんなこと聞いてごめんなさいね。わたしは記者みたいなことをしてるの。記事を書こうと思ってるのよ。信じて」

「あたしはちがいます」メイリーンが悲しげに答える。「二人では食べていけないから、それだけの理由よ。あたし、Kマート・カンパニーの研修生で、お給料はこれこれっていわれてたのに、そこからごっそり差っ引かれちゃうんです」

「あたしも」ネオラがいう。「仕事は航空会社で、コンピュータ予約業務を教わってるところだけど。噂では、仕事が上達して一人前のお給料をもらえるくらいになると解雇されて、会社はあたらしい研修生を入れるんですって。そのほうが安上がりだし、新入りの子は必死で頑張るから仕事の質はほとんど変わらないって話よ」

「すばらしいわね」女性記者が皮肉たっぷりにいう。彼女はノートを出して二人からさまざまな事実関係や数字を聞きだした。そのあいだも彼女がつねにドアのほうに気を配っていることに、メイリーンは気づいていた。

「あなたはどうして赤ちゃんを手放すことになったんですか？」メイリーンは、ノートを置いた女に思いきって聞いてみた。

「どうしてもそうしなくちゃならないわけじゃなかったの。それでも手放したかったのは、息子の父親を憎んでいるからよ。彼のことは、友だちだと思っていたの、つまり結婚とかじゃなくて、長くつづく、ほんとうの深い友だち関係みたいな、ね……彼、すばらしい人だったのよ、政治的には」彼女は、二人がぽかんとしているのに気づいた。「つまりね、女性を全面的に支持しているように見えたの。男女平等権修正事項《ERA》とか、真の平等とはなにか、とか、あれやこれや。ハッハッハッ。ある日の午後のことよ。受話器をとったら、たまたま彼が同僚の男の人と内線でしゃべっているところでね、わたしはあっというまに、すごくたくさんのことを学んだわけ。なかでも彼のアドバイスがすごかった。つきあっている女たちはつねに妊娠させておけっていうのよ――〝ちょっとだけ妊娠〟なんていい方もするけど、ありえないって話よ。〝女たち〟っていうところも聞きのがすわけにいかない。複数なのよ。タフガイを気どってそういってたんじゃないの。本気で、友だちに人生のアドバイスとしていってたの。とにかく、わたしは家へ帰って、枕を二つ三つ、涙でぐしょぐしょにしたわ。それから、なんとか中絶しようと、いろいろやってみた。あなたたちもよく知ってるわよね……」ため息を漏らす。「いっしょに赤ちゃんを育てられないかなって考えたりもしたのよ――ああ、家事をやってもらおうとか、そういうことじゃなくて。わたしたち、いっしょに住んでたわけじゃなかったから。ただ、彼がいっしょにいてくれたらな――みたいな、ね。ところがどうやら、彼には街中に、まだ見ぬわが子がいるみたい。たいした革命家よ。女は家にいて妊娠してるのがいちばん、と思ってるんだから」彼女は声をあげて笑った。メイリーンは、これほど奇妙で険しい笑い声を聞いたことがなかった。

「ああ」苦痛以外のことはあまりよくわからないまま、メイリーンとネオラはそろってうなずいた。

「でも、あなたの赤ちゃんを手元に置いておくことはできたわけでしょ？」メイリーンがたずねた。

「訂正させて。彼の赤ちゃんよ。彼がちょっとだけ妊娠させた赤ちゃん。どうやったか、わかる？　コンドームに小さい穴をあけてたのよ。それなのにわたしは、ちゃんと使ってくれて、思いやりのある、やさしい人だと思ってた。わたし、医者に、ピルは心臓によくないといわれてたから。穴よ、穴！　女の子のペッサリーに穴をあけたこともあるんじゃないかと思うわ。そんなのでできた赤ちゃんなんて、いらないの。以上」

メイリーンにはとても納得がいくとはいえない話だった。

そのとき、女が外をよく見ようと急に背筋をのばしたので、フロントシートが大きくはずんだ。

「あの子だわ！　あの子！　あの人たち、わたしの赤ちゃんを連れてる！」

通りの向かい側で、明るい褐色の肌のカップルが白いベビー・バスケットをのぞきこんで笑っている。バスケットからは、大きな青いカチューシャをつけた小さな頭がのぞいている。

女は静かにエンジンをかけた。

「あなたたち、悪いけど、ここまでだわ。ああ、神さま、あの人たち、ベンツに乗ろうとしてる。ねえ、あなたたち、こうしなさい。あの横手のドアからまっすぐ入っていって、部屋に出ている赤ちゃんを素早く、しっかり見るの。それからだれかを待っているような顔をして椅子にすわるの。なにか名前をでっちあげて、たとえば――ミセス・ハワード・ジェリコーとか。で、その人に待つようにいわれたっていうの。わかった？　あなたたちの赤ちゃんが今夜、その部屋に出てくるかどうかたしかめるくらいのあいだなら、だれも出ていけとはいわないでしょう。もし出てこなかったら――こんなこと、いいたくないけど――もうだめだと思う。急がなくちゃ。もちろん、いつだって法的に居所を追うことはできるのよ、相続する遺産があるとかなんとかいって」

少女たちはもう車をおりていた。女はブレーキをはずす。列の端のほうから、シルバーの車が静かに彼女たちのほうにバックしてくる。

「じゃあね。幸運を祈るわ。わかってるわね、まっすぐ入っていくのよ！」

シルバーの車が、奥の出口から出ていく。いっとき、二人に恩恵を施してくれた女は、スムーズに加速してあとを追っていった。

「ねえ」ネオラがいう。「あの人、自分の息子のこと、それほど嫌ってなんかいなかったわよね」

メイリーンはうなずいた。凍りつきそうな風が吹きつけて、みずからの苦境が胸に刺さる。

「あたし、怖い」メイリーンはいった。

「あたしだって。でも二人いっしょなんだし、最悪、帰れっていわれるだけよ。あたしたち、法律なんか犯してないもの。さあ、いこう。頑張ろう」

二人は養子縁組センターの入り口に近づき、なかに入った。何時間か前に見たのとおなじネズミたちが壁ではねまわっている。メイリーンはすっかり動転していて、ミセス・ハワード・ジェリコーがどうのという話のことなどきれいに忘れてしまった。だが、ティリー婦長は事情を察し、外が凍えるほど寒いことも承知していたから、かなり長いこと二人がなかにいるのを許してくれたし、壁の窓から奥の部屋までのぞかせてくれた。

　サークルベッドの長い列に、二人はうろたえ、意気消沈した。窓から離れようとしたときだ。看護婦がサークルベッドのそばの床からなにかを拾いあげた――なにかが一杯詰まったビニール袋だ。

「きっと、あの工場の人が落としていったんだわ」看護婦が袋をもちあげてそういうのが聞こえた。「でも、いったいなにかしら？」

　医者のような恰好をした男性たちのひとりが近づいてきて、袋のなかを見る。

「豚の尻尾だ！」鼻を鳴らす。「子豚の尻尾だよ！」首をふりながら、いってしまった。

「いやだわあ」看護婦は横のドアへと向かう。

　最後にもう一度だけ見わたして思いを断ち切り、メイリーンとネオラは踵を返した。今夜、養父母候補に見せるために並んでいる赤ん坊のなかに赤や黄色のリボンをつけた子がいないのは、あきらかだった。


　ヘイゲンは見知らぬ二人の男の足元にぶざまに手足をのばして倒れていた。男たちは黙って、潰れたトラックを眺めている。

「助けてくれ！」動くほうの手で男の足をつかみ、なんとか起きあがろうとする。うしろでパチパチいう音が激しくなってきた。こいつらいったいどうしたんだ、と朦朧とした頭で考える。自分たちもあぶないってことがわからないのか？　あのタンクが爆発したら――。

「助けてくれ！」彼は呻いた。「あぶない……火が！　引っ張りだしてくれ！　たのむ、助けてくれ……」

足をつかまれた男は助けるでもなく足蹴にするでもない。ただ、連れの男に話しかけている。なにをいっているのか、ヘイゲンには聞こえない。

ヘイゲンの頭にふと、ある考えが浮かんだ。こいつら、貨物の強奪が目的で、狙っていた獲物が炎上するのを眺めているのにちがいない。

ヘイゲンは必死に力をふりしぼって、男たちにいった。「肉だ。ただの肉。肉のために死ぬことはない」苦しくて咳きこむ。

顔のすぐそばの地面に、奇妙なものが落ちている。血まみれの白い豚の尻尾だ。それに糸がついている。糸の先にあるのは、尻尾がついていたはずの凍った尻。

漠然とした理解が、大きな手でヘイゲンの首根っこをつかんだ。吐しゃ物が口と鼻から噴きだして、見知らぬ男の靴にかかる。

靴があとずさる——ああ、神さま、置き去りにする気か？　ああ、そんな——。

「聞いてくれ」残り少ない力をふりしぼって、あえぎながらいう。「金庫の場所を知ってる。金庫——金だ。助けてくれたら教えてやる。爆発したあとで。だが、後生だから、い、い、いますぐここから引っ張りだしてくれ！」

ついに、男が身をかがめた。

「よし。助けてやる。だが、その前にこっちを向いてもらおう」男はヘイゲンの耳のうしろで指を鳴らした。「やってみろ」

激痛で頭が混乱し、いぶかしむ余裕もないまま、ヘイゲンは男が指を鳴らしたほうへ顔を向けた。ふりおろされるバールは、彼の目には入らなかった。ヘイゲンは男が指を鳴らしたほうへ顔を
生きていたら、ヘイゲンは自分の頭になにが起きたのかわかったはずだ。彼は以前、ちょうどそんなふうに潰れた頭蓋骨を見たことがあった。トラック運転手の治療をしたことがある医者なら、ヘイゲンの頭蓋骨に深い溝が刻まれた理由をすぐさま思いつくにちがいない――ロールバー（転覆に備えて車の屋根にとりつけてある金属棒）に激突したな、と。

彼が死の淵に沈むが早いか、得体の知れない男たちは彼の死体をトラックの車体の上に引っ張りあげて、運転室に押しこんだ。

せえの――それっ――バタン――男たちはトラックを離れ、まだどうにか油の流れにひたるのをまぬがれているセリカ・スープラに向かっていく。冷静なやつらだ。

スープラがロケットのように猛スピードで引き返して橋を渡りきったとき――

ドカーン！　ぐしゃぐしゃに潰れていた九軸トレーラーが宙に跳ねあがり、赤と青の炎の海に崩れ落ちる。

だが、スープラはそのまま立ち去らずに、道路の片側に停車した。ヘッドライトを消して、炎が冷たい湿った風に悪臭を送りこみながら赤く黄色く猛り狂うあいだ、じっと待っている。ほどなく、炎は巨大なもつれた残骸のそこここに散らばる火葬の薪程度のものになった。ほかの車は一台もこない。

スープラは素早く残骸のそばにもどる。男たちが懐中電灯を手にして降りてきた。凄まじ

い悪臭だ。ひとりが、残骸のまわりをシステマチックに歩きはじめた。地面に落ちているなにかを注意深く探している。もうひとりは熱対策に片手にハンカチを巻いて、黒焦げになった運転台によじのぼっていった。そしてヘイゲンがもっていた金属製のカバーがついた送り状のつづりが焦げて黒い粉になっているのを見て、満足げにうなずく。そこにはつぎの配送先が記されていたはずだ。男はさらに懐中電灯であちこち照らして、ヘイゲンが隙間にでも差しこんでいたような書類を見落としていないか確認した。二人とも金庫を探そうとする気配はまったくない。

ふいに、地面にいる男がウウッと唸って、冷凍モジュールの一部を拾いあげた。〝ボヘミアCL〟という文字が読みとれる。溶けかかった氷の塊がもたらした、稀有な偶然だ。詮索好きな連中の興味をひかないともかぎらない。

高齢の寡頭政治の施政者たちは、詮索されるのをひどく嫌う。かれらは、自分たちがなにをしようが、なにを食べようが、一般大衆の知ったことではないと思っている。スープラの男たちのような人間を雇って、慎重な扱いを必要とする荷物に付き添わせているのは、百万にひとつの災難を未然に防ぐため。かれらの仕事は、なんであれボヘミアクラブにつながるきっかけになる可能性のあるものを取り除くことだ。

というわけで印字のあるボードをはじめ、見つかった破片はすみやかに、まだ燃え残っている炎のなかに放りこまれた。そのなかには、爆発を生きのびた、もとの形がわかるような有機物の断片も数個、含まれていた。

まもなく男たちは満足し、断熱材の破片で足跡を消しながらスープラへともどった。破片は車のトランクに入れる。

運転役が車に乗りこむと同時に、高速道路前方の低い丘のあたりからチカチカ瞬く光がやってくるのが見えた。パトカーのライトだ。見えたり見えなくなったりしながら、下り坂をのろのろと進んでくる。残骸の赤い輝きに気づけば加速するだろう。

男たちは、つかのま前方に目を凝らした。ライトは必要なさそうだ。飛びすさぶちぎれ雲の合間から月が顔をのぞかせている。これだけの明かりがあれば、樹の多い曲がり角のところまでいくのはたやすい。そこに隠れて警察をやりすごせばいい。それから慎重に州間高速道路にもどって、あとはスープラの最高速度でぶっ飛ばす。雇い主は、予定の食料品は届かないので注文しなおさなければならないという連絡を即刻、受けることになるだろう。

車は助手席側の男がドアを閉めきらないうちに動きだした。フロアライトが、男の踵についた泥の塊を照らしだす。これは見落としていた。

「停めろ」塊をすぐさま叩き落とす――なにか光沢のある黄色いものがくるっとまるまって、そのまわりに燃え残りの湿ったおがくずがくっついている。まるで胸が悪くなるほどおぞましい生き物のようだ。男はそれを懐中電灯で外に叩きだし、かがみこんでまじまじと見る。ただの、おがくずまみれの黄色い布の切れっ端だ。なんの問題もない。びくついていた自分をののしって、男はバンッとドアを閉めた。つぎの瞬間には、二人の姿は消えていた。

なんの問題もない。〝神の母〟に幸運を、と祈った小柄でグラマーな少女以外の人間にとっては。彼女がそう祈ったのは正しかった——彼女の正式な神は、だいぶ前から成体進化の度を増していたからだ。神殿から両替人を追い払った、すべすべの顔をした理想主義の若き神は、しかめっ面の、雄牛のように太い首の神に変貌し、ＩＭＦの約定に照らした国家経済における通貨換算率の影響と、ほかの同種の神々との外交関係、領土関係により大きな関心をよせるようになっている。つまり、〝彼〟自身の〝父〟の、より文明化したバージョンになっているということだ。

しかも〝彼〟はかなり耳が遠くなっていて、とくに女性や子どもの高い、かぼそい声が聞こえにくい状態だ。〝彼〟が最後に小鳥のさえずりを聞いたのは千年前のことだし、雀はもうずいぶん長いこと、顧みられることもなく、地に落ちつづけている。

〝彼の母〟はもちろん、そういう声を聞くことができるし、その声に大きく心を揺さぶられることもしばしばある。しかし、雄牛のような神々が支配者となったときのあまたの女神たち同様、〝彼女〟にも力はほとんど残されていなかった。が、メイリーンの幸運といったような小さなことなら、ときには力になってやることができる。だから、あの破けた血まみれの黄色いリボンが、メイリーンが目にする可能性のある肉の加工工場のゴミの山から何百マイルも離れた炎上するトレーラーに移動していて、メイリーンの大きな茶色の瞳にまったく非現実的な希望の光が宿りつづけることになったのは、とてもありそうもない段階を踏んで幸運が働いたせいではない、とはだれもいえないのではないだろうか？

すべてこの世も天国も

All This and Heaven Too

小野田和子訳

冷えこむ夜、家族が保熱器のまわりに集まったときに、小さな子どもたちに語り聞かせる物語があります。男の子たちのひとりが、どうしてもケーキがほしい、ケーキが食べたいとだだをこねたりすると、その子はたいてい、こういわれることになります――「王子さまの結婚式の夜のことを考えてごらんなさい！」

　ではそのお話を。と、その前に、物語を充分に楽しむために、舞台設定をととのえなくてはなりません。

　まずはエコロジア＝ベラ（うるわしき生態系の意）という小さな国のことから。なにもかもがすばらしい国です。男はみんな強くてハンサムで思いやりがあり、女はみんな才能豊かで愛嬌があって、背が愛し合うのに理想的とされる五フィート三インチ。（これは一般投票できめられました。）住民は全員がおなじ人種というわけではありませんが、おなじ文化を共有しています――だれもが暮らせる十全の場所であり、防ぐことができる災難はけっして起きることはありません。

エコロジア＝ベラの風景は豪勢なもので、雪を頂く山々から豊かな森、湖、花咲き乱れる草地、どこまでもつづく熱帯のピンク・ホワイトの砂浜、そして驚異に満ちた珊瑚礁まで、楽しめるところがなんでもそろっています。

エコロジア＝ベラにはいくつか産業がありますが、どれも意図的に、非常に労力を要するものになっています。（だから、だれにでも仕事の口があるのです。）ほとんどの女たちは精緻な刺繍をほどこした極薄の毛織物をつくっています。これはほかの国々でたいへん珍重されていて、お金持ちや趣味のよい人、あるいはそれを気取りたい人にとっては、かならず一枚はもっていなければ、という必需品です。代価は金《きん》で支払われます。国際的な流行を創りだす人たちはそれぞれお気に入りのデザイナーがいて、彼女たちの織機《しょっき》から生まれるものならなんでもかんでもわしづかみ。そしてエコロジアの女たちは賢明にも毎年のように色や様式を変えるので、だれもすべて集めることはできないのです。

エコロジア＝ベラの男たちは、木を育てて、それを順番に切っては美しい透かしが入った最高級の中性紙をつくっています。これは裕福な手紙好きの人たちが先を争って買い求めたりもしますが、主な用途は国の公文書で、肩書だけでパッとしない人物の発言でもこれに記録されていれば他国の政府はとても大切にしてくれます。この紙にかんしては、代価は純銀で支払われます。ちなみに木を切るときは、植林地に鳴子などのガラガラ音を立てるものを設置して、ふたたび安全になるまで鳥や小動物が巣をつくらないようにしています。

機織《はたお》りや紙漉《かみす》きの仕事を選ばなかった男女には、ほかにいくらでも仕事の門戸が開かれています。街角で音楽を奏でるとか、煙突掃除とか、羊を育てるとか、生ごみで堆肥をつくるとか、政府を運営するとか。こうした仕事にかんしては、代価は新鮮で栄養満点の食料品と小銭で支払われます。

こうしたことはすべてエネルギーが必要ですが、エコロジア＝ベラにはエネルギーが豊富にあります。河川が高所から滝となって流れ落ちていて、景観がいまひとつのものは、制御されてクリーンな電力を生みだしているのです。電力の一部は海水から水素をとりだすのに使われていて、その水素は金属の微粒子と混ぜられて、爆発の危険のない水素化物になります。水素化物はパイプラインを通じて、あるいは缶詰にしてトラックで、国中のスタンドに供給されます。わたしたちの世界の石油製品とよく似ています。旅行者は、容器に入った水素化物のなかの水素を使い果たすと、使った金属粉末を返却してあたらしい容器にとりかえて走り去ります。水素車から出るのは純粋な水蒸気だけ。そして金属粉末は工場に戻されて、再利用されます。

この全過程にかかるコストは非常に低くおさえられています。なぜなら、主な構成要素――海水と電力――がいくらでも供給可能だからです。しかも水素エネルギーはありとあらゆる方面で利用されています。工場や機関車からもくもく出ている白い煙は、夏の雲とおなじで、きれいな水の粒子でできています。水素の燃焼もしくは酸化で生じる副産物は、唯一、水だけですから。エコロジア＝ベラでは交通渋滞は春の日のような甘い香りがしますし、高速道路の路肩には花が咲き乱れ、生い茂る木々が大きな緑陰をつくっています。都会の道路で遊ぶ子どもたちが一酸化炭素や鉛を吸いこむことはありません。子どもたちが吸いこむのは、髪をカールさせ、さまざまなウィルスの活動をおさえてくれる湿気だけです。

さて、少々暗い面に目を向けると、エコロジア＝ベラは、もちろん統合軍《IAF》をもっていて、兵士は日曜日には羽飾りがついた白と金色の制服を着ています。平日にはたいへん効果的な迷彩服を着用し、すさまじい破壊力を発揮する装備を用いて大演習に励んでいます。装備は金銀で購入したものです。通例、購入するのは各品目のプロトタイプをひとつか二つだけで、すぐにそれに改良を加えた複製品をつくっています。兵士は全員がガンシップであれなんであれ、使用説明書の読み方を知っているだけでなく、必要とあれば書くこともできます。戦闘力としては、数からいえばありえないほど手強い存在です——頭には必要な知識が詰まっているし心は純粋なので、ひとりひとりが十人分の力を発揮できるのです。

エコロジア＝ベラの兵器やほかの機械類の製造方法には興味深い側面があります。十代の若者たちの多くが、ある種の移動手段を分解してまた組み立てるのがなによりも好きなことは、よく知られています。そこで高校に入る年頃になると、このエネルギーをジープやバンやオートバイの分解、組み立てに無為に費やす代わりに、希望する少年少女全員に放課後、たとえば戦闘機や戦車などを組み立てる仕事を紹介しているのです。自分たちが手がけた爆撃機が格納庫から出て飛び立っていくとき、若き熟練工たちが覚える満足感は、それはそれは大きなものです。

もちろん、その結果、破壊的威力をもつ機械類にしてはちょっと妙な名前がつくことになりますが、ロケット弾発射装置に〝ワイルドフラワー中学校〟と書かれているのを見れば、操作係は、なんのために戦いに備えているのか、あらためて心に刻むことになるわけです。

　こうした若き好奇心は、IAFのコンピュータや電気通信装置の製作にも活用されています。スタンダード・モデルに組みこむ価値ありと判断される新機軸の多くが若者の手になるものです。

　エコロジア＝ベラがこうした歓迎すべからざる軍事活動をとらざるをえないのは、ひとえに近隣諸国、わけても山地側にある大国プルビオ＝アシダ（酸性雨の意）の国柄のせいです。

　プルビオ＝アシダの地形は、総じて低地で起伏が多いといわれていますが、空気に独特の濁りがあるため、もう何世代にもわたって、実際に目にした者はいません。またかつては表土があって木が生えていたと噂されていますが、いまは、前に穴を掘った連中が見逃していたものを求めて人びとが穴を掘りまくっているため、地面は激しく侵食され、ひっかきまわされてしまっているので、沈下でひび割れた舗装路以外の地面に踏みだすと、硫化水素の匂いがする乾いた汚泥のようなものにずぼっとはまってしまいます。

　プルビオ＝アシダの国民は、ほかの分別ある人びと同様、エネルギー源として化石燃料つまり石油を使い、当然の結果を生んでいます。動物相は豊かですが限定的で、ドブネズミ、ゴキブリ、二種類のイエバエから成っています。またメヒシバの一種はいまだに野放図に繁茂しつづけています。

大金持ちは、プルビオ＝アシダにはたくさんいますが、その人たちは汚泥がひろがる所有地を巧妙につくられたプラスチックの草木で美化して、そこそこ満足のいく効果をあげています。それ以外の階級、貧困層もしくは労働者階級は、数はずっと多いわけですが、国営テレビで富裕層がつくった景観を眺めています。国営テレビはかれらに、賃金の使い道も教えています。

プルビオ＝アシダでは、二十歳から三十五歳までの健常男子の就業率は非常に高くて、現在は百五パーセントとなっています。（百パーセントを越えているのは、国勢調査の調査員のなかに、ある種の労働者とロボットとを見分けそこなった者がいたためです。）失業者がいても問題にはなりません。なぜならかれらはふだんは姿が見えないからです。労働者はみんな製錬所や機械工場、鉱山、鍛冶工場、圧延工場、化学プラントなどで長時間、しゃにむに働いていますから、国民総生産は莫大な数字になります。

プルビオ＝アシダの労働者の典型的な朝食は、生《き》のアルコールにひたしたシュガードーナツで、昼食はそこからドーナツをはぶいたものです。出生率は高いのですが、〝あちゃあ〟と呼ばれる不可避の労働災害がうちつづくため、人口過剰にはなりません。なおこのことは、三本足や六本指、脊椎披裂、頭蓋開放の子どもが非常に多く生まれていることとはなんの関係もないと考えられています。

プルビオ＝アシダの輸出品目は多岐にわたります。製錬所や鍛冶工場などが輸出するのは融液、インゴット、銑鉄、厚切り金属塊、ズルズル、グルグルなどで、代価はダイヤモンドのティアラや血液、費用がまかなえる患者向けの移植用臓器で支払われます。

　軍隊は強力ですが、正統派ではありません。複雑な兵器を操れる少数の技術兵が中核となり、あとは多数の、そんな技術をもたない、カラシニコフを支給されているだけの兵士という構成です。かれらの心はあまり純粋ではないので個々の力は十人力というわけにはいきません。しかし不幸なことに、エコロジア＝ベラの兵士ひとりにたいして、こちらには十一人の兵士がいるのです。

　プルビオ＝アシダでは、〝あちゃあ〟が多発しているにもかかわらず、核産業が栄えています。もっとも啓発が遅れている地方のもっとも辺鄙な一隅では、ときおりキノコ形の雲が湧きあがるのが見られます。

　それはそれだけのことなのですが、プルビオ＝アシダ情報伝達サービス（ＰＩＴＳ）――これはイエバエさながら、いたるところに存在しています――が伝えるところによると、エコロジア＝ベラの沖にある荒涼とした小島から奇妙な形の雲がいくつかあがるのが観測され、しかもそれは厳重な警備のもと、ジェット気流が南に向かって吹いているときにかぎって見られる、というのです。（南の方角にはトンマ国がありますが、そこの住民は慣れっこになっていて、それが放射性かどうかなど頓着していません。）こうした雲を専門家が調査した結果、〝核融合《フュージョン》〟という恐ろしい言葉がささやかれています。ですから、プルビオ＝アシダ戦略深謀本部は慎重にかまえているのです。

　しかしながら、ＰＩＴＳがもう少し周到に観察していれば、その小島は式典用花火製造業者のフュージョン夫妻が賃借して、エコロジア＝ベラの王室祝賀会のために、これまでにないほどすばらしい秘密のサプライズ・プログラムを製作中だったということがわかったはずです——花火業界は競争が激しいところですから、島は競争相手の目が届かない安全な場所として都合がいいのです。

しかしそろそろ物語のほうに移りましょう。

まず登場するのは、プルビオ＝アシダのハンサムな若き王子です。ちなみに、プルビオ＝アシダでは、単純に富の多い人が王位につきます。さて、この王子が十八歳になったときのこと、すぐ隣のエコロジア＝ベラの支配者である国王夫妻が非業の死を遂げ、美しい十五歳の娘が女王となりました。

若き女王アモレッタは、いかにもエコロジア＝ベラらしい事故で孤児となってしまったのでした。両親は結婚十四年にして依然、熱々の仲で、王室のスワンボートに乗りにいこうということになりました。このボート——実際は、水面をゆくダブルベッドのようなもの——は飼いならされた十七羽の白鳥が引っ張ります。白鳥は首に金のハーネスをつけていて、正面にある平鍋に入ったトウモロコシを食べようと水をかいて、王室の船を進ませるのです。

湖の対岸に着くと、国王夫妻はともにすごした年月に起きたあれやこれやについて語り合い、十四年があっというまにすぎてしまったことに驚き、お互い、ちっとも変わっていないことを確認しあいました——いや、ほんとうにそのとおりだったのです。そして、潟湖《せきこ》のいちばん人目につかない場所にいることに気づいた二人、もっとも自然な形で結婚記念日を祝い、二人の愛を祝福しようと思いついたのでした。

そこで、そのとおりにいたしたわけです。

すると、日頃から人間のすることに興味をもっていた白鳥たちがおなじことを考えついて、二人をさらに盛大に祝福しようと、派手に水飛沫《しぶき》をあげて追っかけっこをはじめたのです。さらに住処の土手にいたビーバーがそこらじゅうで起きている愛の爆発に影響されて、かれらに加わり、いっそう激しく身体を揺らし、尻尾でバシバシ叩き、ということにあいなりました。やがてどういうわけか、この愛の激発のさなか、ボートが押されたり引っ張られたりするうちに湖の端にある低い滝の上に出ていて、ひっくりかえってしまいました。そしてなんということでしょう、湖に投げだされた国王夫妻は、あまりにも熱く抱きあっていたため、泳ぐことを怠ってしまったのです。

この悲劇の顚末を聞かされたアモレッタは、悲しみにうち沈みました。エコロジア＝ベラの全国民同様、両親を愛していたからです。まだ言葉もしゃべれない幼い弟トゥルーハートまでが、泣きだしてしまいました。

涙ながらに復讐心を燃えあがらせた庭園管理人は、こんなことは二度とあってはならないと固く心にきめて、雄の白鳥を、一羽を残してぜんぶ、獣医のところに運びこみました。もどってきた白鳥はみんな鳴き声がソプラノになっていました。一羽だけ残った去勢されていない白鳥は、雌の白鳥は入っていけるけれど、彼は出ることができないようになっている黄金の囲いのなかに閉じこめられてしまいました。

庭園管理人の妻は、白鳥は生涯、おなじ相手と連れ添うのだから、これはひどすぎる、といいました——が、少し観察していると、雌たちは黄金の囲いへ定期的に通うことを許されていさえすれば、ソプラノの配偶者ととてもしあわせに暮らしていけるようだと、認めざるをえなくなりました。しかも白鳥たちは縄張り争いをすることもなく、すばらしいヒナたちを産み育てたのです。

ラプソディア王妃とアクソール国王の死は、当然のことながらプルビオ＝アシダの支配者——つまり国一番の金持ち夫婦——の耳にも入っていました。夫婦には二人の息子がおりました。長男のアドレスコ王子は、どこぞの高貴な血筋への先祖返りで、ととのった目鼻立ち、瞳はブルー、春のような温顔の、雄々しい若者で——両親はうろたえていましたが——心は高邁な理想で満ちていました。いずれ自分が支配することになる国にたいする考えられないような批判を口にしたり、やがて変革のときがくるだろうとほのめかしたりすることもしばしばでした。アドレスコの父親が鼻風邪をひくと、プルビオ＝アシダの平均株価は十五ポイント下がります。

弟のスリモルディ王子はまるでようすがちがいます——ずんぐりむっくりしていて、どこかキノコ風、顔立ちはフェレットみたいで、心もそれに見合ったもの。プルビオ＝アシダ人から見れば、彼はすばらしい若者で、兄よりもずっとよい、ということになります。しかしながら、つぎの事態にどう対処すべきなのか、どう対処できるのかは、はっきりしていません——兄はどうやら不死身のようで、王位継承者を変更しようという努力はことごとく水泡に帰しているのです。ワイヤを張って罠を仕掛ければ、馬が察知して飛び越えてしまうし、青酸カリ入りのスープは物乞いにやってしまうし、狙撃手を雇えば一週間の休みをとるし、という具合です。

　さて、この物語がはじまる頃、アドレスコ王子は旅に出たい気分になっていました。二つの理由で、エコロジア＝ベラにいきたいと思っていたのです。

　第一の理由は、結婚相手となるにふさわしい——あるいは、ふさわしいと勝手に吹聴している——独身の貴族たちが、ぞくぞくとエコロジア＝ベラの方角に向かっていることに気がついたからです。美しい処女の後継者が魅惑的な王位に就くというニュースがひろまっていたのです。未成熟な男子を連れた皇太后たちがプルビオ＝アシダを通ってエコロジア＝ベラをめざし、よぼよぼの貴族がコルセットをきりりと締めあげて、いざ結婚へと旅立っていく。そんな人びとの大群のなかに数人、たしかに候補者として適格と思える者がいることに、アドレスコは気づいたのでした——凍えるほど寒いとはいえ裕福な北の国を統《す》べる豪胆な若き国王、南方の熱帯の楽園からやってきたハンサムな王位継承者、そして西洋人の耳に自国のハーレムがいかに魅力的なものか説いて聞かせるすべを知っている、東洋の帝国の、人当たりのよい慈父のような君主……。アドレスコは、クロスカントリーがもっとも得意な馬——雪のように真っ白な、すばらしい去勢馬——の手入れをしながら、顔をしかめました。わたしがもっていないもので、あの求婚者たちがもっているものなどあるだろうか？　わたしの——わたしの——隣人に求愛しにくるとは、どういう根性をしているのだ？

彼を駆りたてた第二の要因は、親がらみのものでした。われらが若き王子は、婿取りとは逆のプレッシャーを受ける年齢に達したばかりでした。書き物机の上に、唖然とするほど美しい跡継ぎ娘たちのホログラムが忽然とあらわれたり、両親が国で二番め、三番めに裕福な夫婦をかわいらしい娘たちともども招待して盛大なパーティをひらいたり、遠方の宮廷から細密肖像画が入った香りつきの封書が舞いこんだり。やがてアドレスコは、もしここで行動に出なければ、両親にどこのだれともわからない相手との縁組をきめられてしまうと思い至ったのです……。それにしても、おもちゃの王国の見目麗しいと噂される未婚の女王の肖像がまったく出回っていないのは、たまたまのことなのだろうか？――と、そんな疑問も頭をよぎりました。

彼はたずねてみました。そして、エコロジア＝ベラが軽んじられているだけでなく、大いに嫌われていることを知ったのです。

「わが国民が共産主義の考え方を仕入れるのは、もっぱらあそこからだ」と父君は唸り、「おそろしく無知な輩です」と母君がいい添えました。「だって、キャピタルゲインのことも知らないんですもの」母君は飛びでた目玉をくるっと回しました。見る者をたじろがせる光景でした。

二週間後、配達証明付きのうやうやしい書状が届いたのを受けて、若きアドレスコはたったひとりでエコロジア＝ベラめざして旅立ちました。（愛馬は酸素供給器付きコンテナで、山中の国境に送られていました。）

彼は国境で自分と愛馬のエコロジア＝ベラ夜行特急乗車券を買い、エコロジア＝ベラ監視局の目に触れることなく峠を越え、トンネルを抜けると、列車をおりて馬で美しい森やら林やらを進み、途中、いくつものささやかながら心躍る冒険に出会いました。

宮殿に到着したのは美しくも肌寒い春の夕暮れのことで、白馬は湖畔の小道をたどっていました。夕陽が馬と金髪の乗り手の周囲に後光を投げ――鞍の前橋《ぜんきょう》には宮殿の料理人の末娘がすわっています。寒いなか、重い足取りで家に向かっているのを、王子が見つけたのです。

船着き場のそばのカエデの木立のところで、馬が急に歩みを止め、ぴたりと動かなくなってしまいました――バラ色のカエデの花のあいだに銀色の人影が見えます。それは若い娘で、白鳥のヒナたちに餌をやるのに夢中で、王子が近づいてくる音が聞こえていなかったのです。王子は一瞬で娘の完璧さを見てとり――そのとたんに娘がふりむいて、子どもが高貴な名を呼ぶと、驚いた表情を浮かべました。

「まあ」彼女は叫びました。「ひとりになりたかったのに！　おおぜいの人がやってきて」

彼はただちに立ち去ろうと、くるりと向きを変えましたが、子どもをおろすには自分もおりなくてはならないようだと気づき、そのあいだに彼女は、彼がパラディシオの王子とはちがって拍車をつけていないこと、北の国の残酷な大勒《だいろく》はみではなく水勒《すいろく》はみだけを使っていることに気づきました。

というわけで、いま、白鳥のヒナたちも満腹になり、黄金の髪の二人は駿馬をひいて厩舎へと歩きだしたところです。夕陽はますます芳醇な輝きをまして二人を包んでいます。

……わたしたちがこのあとのなりゆきを事細かに追う必要はまったくありません。というわけで、しばし幕をおろすことにいたしましょう……。

幕がふたたびあがると、あれから早、二カ月、互いに身分を明かした美しく若い二人は、熱に浮かされたように、魔法にかかったように、災難を呼びよせかねないほどに、愛し合っています。

「彼はちがいます」若き女王は顧問たちにいいました。「ほんとうにすべてを変えたい、和睦したい、よいことをしたい、と思っているのです」

「彼女に夢中だ」と若き王子は親友に宛てて書きました。「そしてこの国はまさに天啓だ。そうだ、もしひとつの国になったら、きみもここに土地が買えるぞ」（ちなみにエコロジア＝ベラでは、三代つづいている国民以外に土地を売ることは禁じられています。）王子は、自分ではなかなか実現できそうもない理想をいくつも現実のものにしているエコロジア＝ベラにすっかり魅了されていました。そしてまず考えたのが、エコロジア＝ベラをプルビオ＝アシダのディズニーランド・アネックス的なものとして手つかずで――変えるとしたら、屋外広告にかんするいくつかの法律ぐらいにとどめて――残そうということでした。

先ほど、女王の顧問の話が出ましたが、これはエコロジア＝ベラ顧問団を構成している顧問官たちのことです。顧問団の規模は小さく、報酬はスズメの涙で、年配の男女によって自発的に設けられたものであり、なにか国の安定をおびやかすような要因や緊急事態が生じたときに集まることになっています。いまはあきらかに、見まもるだけでなく行動を起こすことが必要な状況だといえるでしょう。

というわけで、女王がたいへん気に入っているある婦人が、こう指摘しました。「もしあなたさまがアドレスコ王子とご結婚ということになりますと、わが国はプルビオ＝アシダの一部になり、あちらの法律にしたがうことになります。あちらの人びとは石油を求めてエコロジア＝ベラ中の地面を掘り返し、木を切り倒し、川をさらい、ドリルで穴をあけることでしょう」

「いいえ」アモレッタは夢見るように、けれどはっきりと答えました。「彼は、なにひとつ変えないと誓ってくれました」支配するのはわたしということになるはずです」

婦人はアモレッタのようすを見て、十八歳から三十歳の男の決意というものがいかに変わりやすいものか話し合っても無駄だろうと悟りました。

「彼は法律で認められた、あなたさまの王になるのですよ」とだけ、婦人は述べました。

「あれをしろとか、これをするなとか、いわれるのは、お嫌ではないのですか？」

「ああ、それはわたしも考えました」アモレッタは黄色い髪に花を編みこみながらいいました。「ボリス王やラウール王子にいわれたら、嫌でしかたないでしょうね。でも、いとしいアドレスコはちがうわ。彼はほんとうにわたしを愛しているんですもの。彼は絶対にわたしの望みに反するようなことはしないわ」

婦人はため息をついて御前をさがり、ほかの顧問官たちに甘い理由ではどうにもならないと報告しました。女王はもっと甘い毒に侵されてしまっているのだから、と。

おなじ頃、アドレスコも両親や顧問団とのあいだに問題を抱えていました。が、こちらの問題はそれほどきびしいものではありませんでした。昔からの癪《しゃく》の種エコロジア＝ベラを穏便に併合するという話は、なかなかに魅力的だったからです。そして国王の顧問団が指摘したとおり、もしこの結婚が認められなかったら、王子がつぎにどんな突拍子もないことを考えだすかはマモン（富と強欲の化身）のみぞ知る。というわけで、とりあえず王子に遠出をさせないようにして落ち着かせ、プルビオ＝アシダの経済をいじくりまわす以外のことに専念させるのがよかろうということになりました。貴族のなかには、自邸のプラスチックの木々を眺めて、エコロジア＝ベラに土地をもつのもいいかもしれないと考える者もではじめていました。

一方、弟のスリモルディ王子の顧問団は、アドレスコが王国を継いだのち、もしエコロジア＝ベラ関連の職務に一定の割合以上の時間を割くようなことになった場合には、スリモルディにプルビオ＝アシダ支配権の一部を与えるという結果が生じるような、狡猾な文書を作成。世継ぎの王子は愛に目が眩んでいたうえに、この文章があまりにもややこしいものだったので、異議を唱えることもなく署名に応じたのでした。

かくして、エコロジア＝ベラ－プルビオ＝アシダ両家婚礼にはなんの障害もないこととあいなりました。沖の岩だらけの小島では、フュージョン夫妻が史上並ぶものなきロケット・ショーを心に描き、若くてハンサムな理想の王子と、若き女王のよろこびあふれる姿しか目に入っていないエコロジア＝ベラの国民もこの縁組を手放しでよろこんでいました。

しかしエコロジア＝ベラ顧問団は、反駁《はんばく》されてもそうやすやすと引き下がってはいませんでした。

質素な身なりの年配の男性、女王は昔から彼のことを少しばかり畏《おそ》れているのですが、その男性が女王に会いにやってきました。あの国が誇る最上等の、もっとも耐久性のあるパーチメント紙にエコロジア＝ベラの法律が記された大きな本を抱えています。

「アモレッタさま」すすめられた香り高いワインを快く受け入れてから、彼は切りだしました。「われらが君主――つまりあなたさまですが、その結婚には法律的側面もあるということを、あなたさまはお気づきでないように見受けられます」

アモレッタが獅子の石像をも溶かすような顔《かんばせ》を、つとあげると、彼はきりりと心をひきしめました。

「ああ、そのことならわかっています」と彼女はいいました。「国民も賛成してくれるはずだわ。国民投票をせよ、というのですか？」

「いえいえ、その必要はございません」彼は手をふって国民投票を追い払いました。「国民が、とくに若い者たちがあなたさまの計画をよろこんで受け入れていることは、わたくしも満足に思っております。しかし、それとはまたべつの考慮すべき問題がありましてな。それはあなたさまの若さゆえに生ずる問題です」

「いったいなんです？　年をとってしわだらけになるまで待てというの？」

「そう、十六歳になれば、ほんの少し、しわができるかもしれませんな」顧問官はにっこり微笑みました。

「十六歳？　まだ一年もあるじゃないの」

「まさに」彼は法律書をひらきました。「『君主が十六歳未満の場合、顧問団はその日まで君主の結婚を延期する権限を付与される。ただし緊急事態が生じた場合はその儀にあらず……』いまは、そのう、緊急事態ではございませんな、アモレッタさま？」

「緊急事態――？」

「王国の、そのう、お世継ぎはまだおられませんな？」

小柄なアモレッタ女王は、五フィート三インチの身体をぐっとそらせて居ずまいを正しました。「エコロジア＝ベラの女王は動物ではありません！」

「すばらしい」と顧問官は大きくうなずきました。しかし内心では疑問に思っていたのです――王家の隠し子は、どうしても厄介事の種になるものだが、もしそれを避けることができるなら、経験からいって、いっきに燃えあがった恋の炎を落ち着かせるには、なんの制約もなしに睦みあうのがいちばんなんだがな。

彼はオホンと咳払いをしました。「わが国の法律には、もうひとつ問題な点がありましてな、アモレッタさま。これをいわねばならんのは残念至極。しかしながら、われわれにとって非常に役に立つこの法典を編みだしたご先祖さまは、恋の道にも通じていましてな。ご先祖さまが定められたところによると、君主の結婚がエコロジア＝ベラの独立を危うくする危険性がある場合には、結婚が成立する前に顧問団の全会一致の同意が必要とされております。しかも、エコロジア＝ベラの独立が危機に瀕しているかどうか判断するのは、君主でも国民投票でもなく、正規の顧問団なのです。

悲しいかな、義務として申し上げねばなりませんが、顧問団は、このたびのあなたさまのご結婚は、あなたさまの国家の独立をおびやかすことになると判断いたしましたので、ご結婚をとりやめられますよう勧告申し上げます」

「それはつまり、あなたたちはわたしとアドレスコとの結婚を禁じられる――禁じる――ということなの？　わたしが人生のよろこびを得るのを禁じるというの？」若き女王の瞳にはめらめらと怒りの炎が燃えあがり、女王は足を踏み鳴らしました。「ありえないわ！　だれがそんな法律を通したの？　そんな法律、わたしが変えます！」

「そう早まらずに、アモレッタさま」顧問官はどっしりと椅子にすわったまま、なだめるように手をふりました。「落ち着いて。禁じる、とは申しておりません。しかし、われわれがそうできるということは受け入れていただかねばなりません。女王といえども、基本法を変えることはできないのです」

アモレッタはゆっくりと歩きまわっています。

「そうだわ！」彼女は吐き捨てるようにいいました。「わたし、退位します！　そうよ、退位すればいいんだわ。そうすれば、なにをしようとあなたたちに禁じられることはないものの！」

「ああ、アモレッタさま、たとえ王子ご自身が平民と結婚する気になったとしてもですなあ――」

「そうにきまっているわ！　絶対にそうよ」彼女は断言しましたが、根が正直な娘なので、「まちがいないわ」とつけ加えた顔は、どこか物思わしげでした。

「なるほど。しかし、たとえそうだとしてもですぞ、アモレッタさま、エコロジア＝ベラの国民が許すとお思いですか？　われわれとて、そのような政情不安を引き起こすお振る舞いを許すわけにはまいりません。お考えください。国民は、最愛の父君、母君を失ったばかりなのですぞ。弟君はまだ赤子だ。かれらを見捨てるおつもりか？——まったくの自分勝手な都合で？」

「それは……できないわ」

「いかにも女王らしいお答えです」

「ああ！」アモレッタは、急に女王というよりは子どものようになって、椅子にくずおれてしまいました。「アドレスコと結婚できないくらいなら——死ぬわ！　死んだほうが、ましだわ！」

「本気でそんなことを？　さあ、よくお考えください」

彼女はいわれたとおり少し考えました。そして、「本気よ」とゆっくり答えて、顧問官を少々驚かせました。「愛する人と結婚できないなら死んだほうがましですもの。なんの生きがいもないし……。あなたたちは女王を殺す〝権限〟ももっているのかしら？」彼女は苦々しげにたずねました。

彼は挑発には乗らず、ただおだやかに、こういいました。「よくわかりました。しかしまずは、時がたつとどうなるか、見てみようではありませんか。結婚式はいまから一年後、十六歳になられたときに、ということでご納得いただけませんかな？」

「わたしの誕生日に、ということね」彼女はきっぱりといいました。「どうしてもというなら」

……それからの一年は、さまざまなよろこびの嵐のうちにすぎてゆきました——ただひとつのよろこびをのぞいて。それは、若き女王にとっては悩ましい問題でした。ほかにいろいろとやることがあるアドレスコが、とりきめに服従したのです。

とはいえ、顧問官たちから見れば、時がたっても処女王の情熱は一向に冷めやらず、かれらはがっくりと肩を落としていました。あの年配の顧問官は、折に触れて女王のもとを訪れては、役目としてたずねています。

「いまだに、若きアドレスコ王子なしの人生は耐えられないとお考えですかな？」

「ええ、そうです」と彼女は答えます——ときにはにっこり微笑んで。

しかし、時がたてば、なにかしら成し遂げられるものもあるのです。

顧問団の多種多様なメンバーたちは、エコロジア＝ベラの経済や社会をめぐるさまざまな問題について女王に意見を求める機会を得ました——どの問題も些細で解決可能なものばかりでしたが、これまで国はなんとなく自然にうまくいっていると思っていたアモレッタにとっては教えられるところが多々ありました。いまや彼女は、国家を一定の方向に進めていくには、ここをそっと押して、あそこをぐっと引いて、といった微妙なプロセスが必要で、計画のなかの計画が欠かせないのだということに気づいたのです。そしてまた、将来を見通す洞察力や社会人口動態的変化を見据える鋭いまなざし、なにかこれまでとはちがうもの――たとえば、ある地方の織り手たちのあいだに突然出現したミニマルアートの流れ――を漏れなく見つけようとする真摯な態度に感銘を受けることにもなりました。

さらに、なによりも多くを学んだのがプルビオ＝アシダ訪問の旅でした。彼女は厳重に、しかし目立たないように警備されて、プルビオ＝アシダを公式訪問したのです。

「弟君はずいぶん……あなたとはちがうのね」彼女は愛情をこめてアドレスコにいいました。

「スライミーは変わり者なんだ」

「もっとひどいと思うわ。彼は無慈悲な人よ。目を見ればわかるの」

そのとき彼女は若き恋人の瞳のなかに、なにかこれまで見たことのないものがきらりと光ったのに気づきました――怒りです。ほんの一瞬で消えてしまいましたが、まちがいなく見えたのです。自分の兄弟を変人よばわりするのと、他人に家族を批判されるのとは、べつの話なのです。

アモレッタはそれ以上なにもいわず、子猫のひっかき傷をキスで癒したのでした。

「愛してるわ！」

「ぼくもだよ。ああ、辛い――いっしょに逃げよう」

「女王は逃げたりしないわ――王さまも」彼女はあわててつけ加えました。「それに、あとたったひと月よ、ダーリン。たったの三十日！」

「三十日という永遠だ」彼の瞳は食い入るように彼女を見つめていました。

……そしてついに、公正に、爆発的に、すばらしい日の夜明けが到来したのでした。

公正というのは、アモレッタが生まれたのが洗礼者ヨハネの祭日の前夜だったからです。爆発音は峠を抜けてかすかに聞こえてきたのですが、これは山の向こうのプルビオ＝アシダの国境警備隊が、国境近くで野営してプルビオ＝アシダとエコロジア＝ベラがひとつになる瞬間を待っていたプルビオ＝アシダ国民を足止めしようとして起きたものでした。群衆の先頭にいたのは、エコロジア＝ベラの狙い目の不動産をいち早く手に入れようと小切手帳を握りしめて詰めかけた貴族たちです。

日の出の爆発音には、宮殿の広場で撃たれた空気銃のポンという音も加わっていました。(空気銃は軍隊以外での使用が許されている唯一の弾道兵器なので。) 狩りのいでたちのアドレスコ王子が、餌を期待して集まってきた太った雄鹿とまるぽちゃの雉数羽の群れに向かって空気銃を撃ちまくっているのです。空気銃の弾は地元製なので、当たってもちょっと鬱陶しい程度です。

「くそっ、悪魔にとりつかれてしまえ！」王子は空に向かって怒声をあげ、さらに彼のポケットに鼻を突っこもうとしている太りすぎの鹿に向かって、もっとずっとひどい呪いの言葉を浴びせました。と、そこへアモレッタがやってきたので、王子はあわてて声をひそめました。アモレッタは特に親しい友人たちと、お別れに朝の散歩をしていたのです。王子としては、彼女よりずっと強い緊張状態を、もっと強烈な方法で、なんとか解消したいと思っていたのです。

女王が駆けよってきました。「どうしたの、ダーリン？　怪我でもしたの？」

「なんでこいつら――この動物たちは逃げないんだ？　いけ、この忌まわしい鳥め！　飛び去れ！　この動物たちはどうしようもない腑抜けだよ、エイミー、まったくどうしようもない！　どうして逃げようとしないんだ？」

「気にしないで、いとしいアドル――逃げるように訓練すればいいわ！　稲妻みたいに素早く逃げるように！」

王子は複雑な挫折感をにじませた唸り声をあげ、空気銃を遠くへ放り投げました。そして自分をとりもどすと、女王の友人たちに会釈し、愛する人の手に口づけして、大股で歩み去っていきました。

アモレッタはそのうしろ姿を見つめて、やさしく微笑んでいました。その微笑みをじっと見ていた友人のなかの年長の婦人は、ひやりとするものを感じていました。アモレッタの微笑みには彼女の運命が示されていたのです。それはたんなる恋にのぼせあがった少女の笑みではありませんでした――そこには、この一年のあいだに培われたあらたな要素が秘められていました。なにものにも屈しない母性の衝動の閃きです。アモレッタはいまや恋人のすべてを知っているのです。多くの人が自分のことを無分別だと思っていることも充分に承知しています。でもそれで彼女の情熱は冷めるどころか、逆にますます燃えあがってしまったのです。アドレスコはいまや、すべてが許される息子のような存在になりつつあるのです。彼女は彼の欠点を目の当《ま》たりにしても、たいしたこととは思っていません。自分が面倒を見てやれば彼は成長して欠点など克服してしまうと確信しているのです。母の揺るがぬ自信のなせるわざです。

婦人はジレンマを感じて、ため息を漏らしました——もしアモレッタにほんとうの赤ん坊がいて、そちらを甘やかすことができていたなら、こんなふうに誤った方向に母性が暴走することはなかったかもしれません。でも、もう手遅れです。

ああ、そうなのです——エコロジア＝ベラにおいてさえ、母性が強すぎる少女は、ろくでなしをよろこんで受け入れてしまい、のちに生まれてくる正当な権利をもった子どもたちが就くべき座をそいつに奪われてしまうものなのです。アドレスコがろくでなしだというのではありません——ただ彼はまだとても若くて形が定まっていないので、のちにはっきりとした形に結晶化した場合、それが魅力的なものではないかもしれない、というだけのことです。

しかし、このへんで彼の結婚式当日のことにお話をもどさなくてはなりません。

昼前後は、アドレスコ王子の両親はじめプルビオ＝アシダの支配者たちが出席する、そこそこフォーマルなブランチに費やされました。かれらはその日の朝、王室のジェット機でやってきたのですが、燃料はもちろんしきたりどおりエコロジア＝ベラ側が提供しています。プエルコ・ヴォランテ国王とポルセラーナ王妃、そしてスリモルディ王子の姿を見ようとかなりの人数が空港に集まりましたが、客人たちは控え目ながら、やたらくしゃみをしたり、鼻をつまんだりしていました。

ポルセラーナ王妃は、くしゃみと鼻つまみを交互にくりかえしています。

「いったいなんなの、このひどい匂いは？」彼女は、一行を出迎えに弾む足取りでタラップをあがってきたアドレスコに詰め寄りました。「毒ガスのようだわ。まあ、どうしましょう！　まさか――」

「落ち着いてください、母上。ただの新鮮な空気ですよ。最初はそういう反応が出る人もいるのです」

王妃はクンクンと鼻をひくつかせました。「だからみんなマスクをするのね。あの恐ろしい木のせいだわ。あなたが最初にすべきは、あの木を一本残らず切ってしまうことです。環境汚染の原因だという話ですからね」

そしてプエルコ・ヴォランテ国王とその家族は、若き女王アモレッタが待つ宮殿に到着する頃には、酸素の香気にすっかりあてられて、ろくにまともな話もできないありさまでした。かれらはブランチには出席したものの、ポルセラーナ王妃がめまいを起こしたために早めに切りあげることになり、一家そろって、よろこび勇んで国賓用スイートへと退出していきました。

ほどなく、残る出席者たちも、このあとの祝い事にそなえてひと休みし、準備をととのえるために退出していきました。結婚式は夕方に執り行なわれることになっています。アモレッタが生まれた時間帯だから、ということなのですが、夏の太陽はまだまだ高い位置にあります。

そしていま、あの年配の顧問官が最後の目通りにやってきました。

若い女王は部屋着姿で夢見るように、新婦付添いの女性たちがつける花の冠をととのえています。

「アモレッタさま」彼はきわめて厳粛にいいました。「あなたさまの望みが——すべて——叶うときを迎えるお覚悟はできましたかな？」

彼女は明るく答えはじめたと思うと、急に口ごもってしまいました——ふつうの話しぶりではありません。「ええ……まあ、そうね」

「では、わたくしといっしょにおいでいただきましょう。そのときが間近に迫っておりますのでな」彼は腕にかけていた見事な薄いベールのマントをひろげました。

彼女は一瞬、彼を見つめたと思うと、鏡とブラシをひっつかんで、大慌てで化粧をなおしはじめました。「まあ、でもまだ——まだ鼻を——待って！」

「その必要はございません。すべておまかせくだされればよいのです」彼は、あとにつづいてそっと部屋に入ってきていた年配の婦人とその小間使いに向かってうなずきました。二人は女王のクローゼットや鏡台からあれこれ選んで、大きくて質素な鞄に入れていきます。「この品々とはすぐに再会できますからな。いまはこれをお召しになって——そうそう、それで顔が隠せます——では、わたくしといっしょにおいでください。だれにも話しかけてはなりませんぞ。だれにもわからぬように、いかねばなりませんのでな」

彼女は彼のあとについて部屋を出ると、宮殿の裏手の廊下を進んでいきました。彼女もよく知っている廊下ですが、大勢の見知らぬ者たちがなんだかわからない用事でいったりきたりしているので、そこにひとり加わっても、だれも気がつかないのです。小さな中庭に出ると、低くて長い地味な車が一台、停まっていました。運転手は平服を着ています。顧問官は女王の手をとって、車に乗せました。全員が乗りこんで車が動きだすと、彼はオホンと咳払いをして話しはじめました——。

「さて、アモレッタさま。あなたさまには、とある時間のことを知っていただかねばなりません。大雑把に申し上げると、それは歴史上には存在せず、エコロジア＝ベラの時計で告げられることもない時間です。こんな比喩的ないい方をしますのは、その時間のあいだにとられた行動、なされたことは勘定に入らないということをお伝えするためです。その行動、行為は、公式には存在しないのです。そしてその時間というのは、王家の結婚の儀式直前、つまりいま、ということになります」

「でも、なんなの——？」彼女はたずねました。ここ何週間か、疑問がふくらんでいたからです。彼女は、あらゆることがアドレスコとの結婚を指し示しているにもかかわらず、アドレスコとは結婚できない、結婚することにはならないといわれていたのです。彼女は希望をもつほど愚かではありませんでした——が、それでもほんの少し、希望を抱いていたのです。とはいえ彼女がなんとなく想像していたのはもっと公的なもの、でなければ大災害のようなもので、こんな妙な話を聞くことになるとは夢にも思っていませんでした。

「わかったわ——わたしを誘拐する気ね！」

顧問官は片手をあげました。

「いいえ、ちがいます。先をつづけさせていただきます。この不在の時間がなぜ存在するかといえば、その昔、エコロジア＝ベラの科学者たちが、結婚式当日はパレードやらスピーチやら酒宴やら、騒がしいことが延々とつづくがゆえに、その晩は新婚夫婦にとって最良の結果がもたらされることにはならないとの結論を出したからなのです。人びとが注目するなか、やっと二人きりになれたときには、二人とも疲れているし緊張もあるし食べすぎているしスピーチの聞きすぎで耳にたこができているし、という状態ですから。ここまで、おわかりいただけましたかな？」

「ええ、ちゃんと！　じつは――」

また彼の手があがりました。

「そのようなわけで、二人が元気溌剌としているうちに、二人きり、この世に存在しない時間に、二人の生涯でも屈指の愛にあふれるひとときにふさわしい、どんなガイドブックにものっていない場所で、完全にプライバシーが保たれた状態で、心のおもむくままにすごせるよう、手配するということになっているのです。これからどこへ連れていかれるのか、女王として乙女として当然おもちの疑念も、いずれ晴れましょう。というのも、これは古くからの慣習だからです。一から十まで年季の入った計画ゆえ、なにも気をもむ必要はございませんん。ただ、なさりたいことだけをなさればよいのです。ゆっくりすごされたあと、時がきましたら、まちがいなく祭壇の前へお連れいたしますから。民衆はパレードを見物し、テレビ番組を楽しみ、なにもかもとどこおりなく行なわれることでしょう。あなたさまの母君がこの道をたどられたときとおなじように。ここまで、おわかりいただけましたかな？」

「ええ、ちゃんと！　ええ、ほんとうに！　なんてすばらしいんでしょう！　でも――」

「でも、あなたさまの場合はですな、アモレッタさま」彼は断固として先をつづけました。

「ひとつ、ちがう点がございます。わたくしは以前、あなたさまの望みはすべて叶うだろうと申し上げました。あなたさまは、その人生最良のときに、あなたさまのものになる。それはいまお話したとおりです。しかしあなたさまは、もしアドレスコさまと結婚できないなら死にたいともおっしゃられた。それは依然として真実なのです。あなたさまのご結婚は許されませんし、ありえません。したがって、これはあなたさまの人生最良の時間であるだけでなく、最後の時間でもあるのです。

　時がきましたら、あなたさまは二つの水薬びんを渡されます。ひとつは苦い薬、もうひとつは甘い薬です。第一のものは、乙女の初の性愛体験のよろこびを最小にしてしまいがちな身体の緊張や不具合をとりさり、あなたさまのしあわせな時間が完璧にしあわせなものとなるようつくられた薬。これは苦杯にございます。甘いほうは、人としてあたうかぎり完璧な充実感を得たあと、かすかな悪寒《おかん》をもたらすものです。苦痛はございません。悪寒を覚えただけで、あなたさまは気絶してしまわれます。しかしその気絶は致命的なものなのです――あなたさまは、アモレッタ女王は、二度と目を覚まされることはありません。ありていに申せば、逢引きのあと死ぬ、ということですな。それでも、お覚悟は変わりませんかな？」

「ええ」若き女王は、つんとあごをあげ、かわいいくちびるをきっと結びました。

「わかりました。それでは、ひとつやっていただかねばならぬことがございます。王子は、あなたさまが腕のなかで息絶えるのを見れば、当然、悲しみにうち沈み、取り乱し、なにをすべきかまともな判断もできなくなってしまうことでしょう。そこで、そのう、事の最中にですな、どこかの時点で、王子に、わたしは替え玉だと告げていただきたいのです――そのように、王子を納得させていただかねばならないのです！　女王は疑念を払いきれず、替え玉を送りこんだのだと――じつのところ、どちらにもその権利があるのです。なぜこうする必要があるかは、おわかりでしょうし、才気煥発なあなたさまならうまくやりおおせることと思いますが、いかがですかな？」

「ええ、もちろん――でも、彼はその事情を知らないままなの？　そのままほかの人と結婚してしまうの？　ああ、それは――嫌よ、嫌！」

「気をお静めください。欺くのはほんの一時間だけのことです。王子はだれとも結婚なさいません――プルビオ＝アシダにもどられて何年もたてば、それはなんとも申し上げられませんが。それに王子はすぐに、替え玉の話がたわごとだったと知ることになります――この特別な時間をともにすごしたのは女王その人だったと知ることになるのです」

「それならば、まあいいわ。話はそれでぜんぶなの？　早く考えなくては……。あら、わたしたち、大聖堂に向かっているの？」

結婚式は、首都屈指の大建築物、〈出生率抑制の女神大聖堂〉の大祭壇のまえで執り行なわれることになっていました。

「はい。ただし、そのなかのごく少数の者しか知らない場所に、ですが」

「わたしの骸は正装安置されることになるのね」若き女王は勇敢にもいいました。

「御意。一日は。〈すべての人の大聖堂〉に」

「では、お願い、ドンナに髪を結ってもらえるようにして」

「承知いたしました」年配の顧問官はメモ帳を引っ張りだして、ていねいに書き留めました。

ひと息、二息、沈黙が降ります。

「かわいそうな国民たち」ついに女王が感慨をこめていいました。「みんな、わたしのことが好きだったわよねえ、そうでしょ？　ささやかだけれど、わたしもいろいろ努力したわ……でも、若すぎた」

「好きなどという言葉では追いつきません。みな、悲しみのさなかに、弟君がすばらしい資質をおもちであることを知らされることとなりましょう……。ではここで、顧問官として勧告申し上げます。すぐ目のまえにあるよろこびのことだけ、お考えください。王子が両手をひろげてあらわれ、あなたさまはお気持ちのままに応える、そのときどう感じるか、それだけを考えるのです」

「ああ。わかったわ」そして彼女はそれ以外なにも考えず、車は大聖堂の裏手にある人目につかない古い通用口に横づけされました。二人につづいて車からおりてきたのは、年配の婦人と鞄をもった小間使いでした。

「アモレッタさま、こちらはヴァーダント夫人。ご存知ですな。夫人がなにもかもお世話いたします。つねにお声が届く場所におりますので」

これを最後に、顧問官は去ってゆきました。

しかるべきのち、彼は王子の部屋のドアをノックしていました。

「ああ、どうぞ」

顧問官が入っていくと、王子はきょう七回めのシャワーを浴びたあと身体をふいている最中で、プルビオ＝アシダの紋章が色鮮やかに描かれたパンツ姿でした。両親が結婚式用にもってきた装身具のひとつ、儀式用の剣を不機嫌そうに研ぎながら、ちらちらと模造金箔の時計に目をやっています。時計が止まっているのではないかと疑っているのです。彼にとっては、それほどこの午後の時間の進み方が遅く感じられてならないのです。

「こいつはいくら研いでも刃が立たない」彼は大声でいいました。「混じり気なしのブリキだ。これもまたエコロジア＝ベラの愛すべきところです――貴国のものは、なにもかもすばらしく高品質だ。作業要員になにをしているのか知りたいものです」

「おそらくなにもしないのがよろしいのでしょうな」顧問官はにっこりと微笑みました。

「さてさて、親愛なる殿下、殿下にはこれからエコロジア＝ベラの古《いにしえ》よりの風習にご参加いただくことになります。殿下には、この地上のどのようなものよりもおよろこびいただけると信じております」

「おお、なんと、もう身支度をととのえなければならないのかな？」

「その必要はまったくございません」顧問官はまたしてもあの薄いマントをはらりととりだしました。「ああ、できましたら、見場のよい部屋着などおもちいただければ——あそこのゴールドのものなど、よろしいかと」彼はあとから入ってきた従者に身ぶりで合図しました。

「それと室内履きも。古い石は冷とうございますのでな」

「冷たいのは足だけではないと思うが」と王子はつぶやきましたが、好奇心をかきたてられているのはたしかで、とくに従者がさまざまな品とともに香水瓶とブラシを鞄に入れたのにはぐっと興味をひかれたようでした。

「そのあたりのご不満はすぐに解消されるものと存じます」全身をすっぽり隠してしまうマントを王子に羽織らせながら、顧問官はいいました。「さあ、いっしょにおいでください。なるべく人目につかぬように」

あとは裏階段を通り、車に乗り、顧問官の説明があり、と、とくにアモレッタ女王向けの話を省いて、おなじことがくりかえされました。

王子の反応は、顧問官にとってそれ以上望みようがないものでした。

「なんとすばらしい国だ！」アドレスコは落ち着きなく足を組み換えながら、何度も叫びました。「なんと開けた国なのだ！——ほんとうなのだな？　彼女がそこにいるのだな？　まさか冗談ではあるまいな？」

「名誉にかけて。さあ、ご覧ください——」顧問官はアモレッタのマントについていた花を一輪、拾いあげました。「アモレッタさまはつい先ほど、このおなじ道のりをたどられたのです」

「おお、なんということだ！　なんとすばらしい国なのだ！」王子は、それが天国の扉をひらく鍵ででもあるかのように花を握りしめて、また足を組み換えました。

　陽射しがあふれる午後の駐車場から目立たないドアを抜けて大聖堂のなかに入ると、そこは冷えびえとした薄暗く古い通廊でした。左手の壁には大理石の大きな迫台《せりだい》が並んでいます。椅子に腰かけた女神像の巨大な台座の裏側なのです。その壁龕《へきがん》にスライドする鏡板がはめこまれていて、それをあけると、やわらかな光を投げるランプのもと、磨き抜かれたクルミ材のドアがあらわれました。顧問官はアドレスコに、身ぶりで止まれと合図しました。

「ドアの向こうには部屋がございます。恋人たちが望むものがすべて備わっております。部屋は数室ございます――奥の一室には従者を控えさせておきます。のちほど儀式用の正装にお召替えになられるときにお手伝いするためでございます。お出ましいただくときには、充分な余裕をもってお知らせいたします。

　最初にお入りになられる部屋にはベッドがございます。そしてベッドのなかには若き処女王がおられます。女王は、生きている殿方の裸身をご覧になったことはございません。またご自身のそれを殿方の目にさらしたことも、手を触れさせたこともございません――ご誕生以来、医者にすら触れられたことはないのです。そして、アモレッタさまは連綿とつづく王家の血筋を継ぐ女王でもあるということをくれぐれもお忘れなきよう。殿下のお振る舞いには細心の繊細さが必要とされます。殿下が繊細さをもちあわせておられることは承知しております――殿下には純血の馬の怒りや恐怖を回避する才がおありだ。それはこの目でしっかりと拝見いたしております。いや、女王が動物だなどというつもりはございません。しかしわれらはみな、基本的な感情においては動物なのですし、そうした繊細さはすべてに通じるものではございませんかな?

わたくしはこれにて失礼いたします。気を落ち着かせてノックを。もし答えがなければ――答えがなければ、です――なかにお入りください。しかし、もし拒否する答えが返ってきましたら、けっしてお入りにならずに、わたくしをお呼びください。ただちにお迎えにまいります。そんな不幸が起こるとはとても思えませんがな。では、これにて。殿下の愛に値する幸福に恵まれますように」

顧問官は変装用のマントを受け取ると、王子を残して立ち去りました。

アドレスコは深々と息を吸いこんで、魔法がかかったドアに近づきます。ノックをすると、彼にはその音が銃の発射音のように聞こえました。できるだけそっと叩いたのに、です。彼は無意識のうちに息を止めて、耳をすましていました。ドアの奥からはなんの音も、もちろんなんの声も、聞こえてきません。

極度の緊張でのどを詰まらせながら、彼はノブを回してドアをあけました。

目のまえの部屋にはやわらかな光と色彩があふれ、すべてがぼんやりとかすんでいます。はっきりとは見えぬまま見回すと、絹物がかかった大きなベッドが目に留まりました。

ピンと張った絹物は、若い娘の小柄な身体とはっきりわかるラインを描いており、高く掲げられた上端の上、豊かな金髪の下に、これまで見たこともないほど大きな二つの瞳があり、その瞳が彼を探し求めているではありませんか。

二人の視線がしっかりと互いをとらえました。彼はおずおずと一歩進み……また一歩……。

「エイミー？」

――これほど激しいものは稀とはいえ、人類誕生以来くりひろげられてきたドラマをくわしくなぞる必要はありません。

ここは、なにもかもうまくいったと報告するにとどめておきましょう――最後に起きた嵐、つまり自分は替え玉だとアモレッタが告白する一幕も、首尾は上々でした。

「最後の最後にこういうことになったのです――おかわいそうに女王さまは礼節とあなたさまへの愛のあいだで引き裂かれて具合が悪くなって――ほんとうに気分が悪くなってしまったのです。そして、これではちゃんと最後までお相手できない、あなたさまをがっかりさせてしまうことになると悟ったのです。でも、あなたさまを拒否する言葉を口にして、あなたさまを失望させ、そのまま帰らせてしまう、そう考えると耐えられなくて、わたくしをお呼びになった――じつは、わたくしが提案したようなものなのです。わたくしは処女性ということにかんしては、女王さまほど厳密にそうというわけではなくて――あ、わたくし処女です――いいえ、処女でした――」彼女はじつに魅惑的な笑い声をあげました。なにやらアモレッタをより陽気にしたようで、王子の心はうずいたのでした。

（じつをいうと、アモレッタは茶目っ気があるほうでしたから、この役どころをおおいに楽しんでいたのです。）

「でも、わたくし、女王さまのために守りとおしてきました。だって、女王さまとわたくしはそっくりおなじでなくてはならないのですから。わたくし、仕事には真剣に取り組んできました。つねに女王さまを観察しているのです。わたくしがしてきたことをお聞きになったら、驚かれますよ！　大きな、時間のかかる儀式はもちろん――かなりきわどいことも何度か。でもだれにも疑われたことはありません。じつは、プルビオ＝アシダへもごいっしょしたのです――プルビオ＝アシダ陸軍、海軍、空軍、その他いろいろ観閲したとき、お気づきになりませんでした？」

「あれはきみだったのか？」嵐はとうの昔に溶け去っていました。

「ええ、わたくしでした。女王さまは時間がかかるとおわかりになっていたし、わたしは軍隊の派手な式典が女王さまよりずっと好きなので。ほんと、ずいぶんと大規模な軍隊をおもちなんですね。それに、ああ、どうしましょう、あなたさまはそれはそれは凛々《りり》しくて」

「そしてきみはとても美しかった……。しかし、きみは宮殿にいたということだろう？　どうして会わなかったのだろう？」

「あら、お会いしましたわ。スリル満点でした。でもあなたさまは一度ちらりと見たきりでした。ほかの人もです。わたくし、髪の色も目の色も変えてしまいますし、あごにピンクのテープを貼って、顔全体を変えてしまうこともできるんですよ。ああ、テープと、あちこちに詰め物をしたりして。そっちをユニフォームBと名づけています。女王さまになっているときが、ユニフォームAです」

王子はびっくり仰天。彼女の全身に愛撫するような視線を走らせて、じっくりと検分しています。「それにしてもそっくりだ……信じられないほどよく似ている——なあ、きみたち二人でまたわたしをだますことがあっても、わたしには知りようがないということだよね？」

「ああ、それはありえません。この先は二度と。でも秘密をお教えしましょう——ほら！」

彼女はなんの気取りもなくくるりと寝返りを打って、桃色のお尻を見せました。「大きな茶色いホクロがあるでしょう、左の、うーん——」急に、彼がだれでなにが起きているのか思い出して彼女は真っ赤になり、バラ色に染まった桃を隠そうとしました。

王子は彼女をしっかりつかまえて笑いながらのぞきこんでいます。「この、かろうじて見える、ちっぽけなかわいいホクロのことをいっているのかな？」

「ええ、そう。でも女王さまは完璧ですから。それがわたしのしるし。いつでも見分けられます」

「公式行事の場では、問題になりそうだな」

そしてクスクス笑いとくんずほぐれつをくりかえしながら、二人はほどなくからみあって古典的な和解に至ったのでした。王子にとっては、がっかりするどころか、いまやすべてが快い刺激に思えるのです。健康すぎるほど健康な若い男が、結婚式当日に美しい極上の処女に愛の手ほどきをする。これを侮辱と感じる男などいるものでしょうか？　エコロジア＝ベラのすばらしいシーフード・サラダを口にすれば、不都合もたちまち解消するもの。これは、そこまで考え抜いたうえで準備されたことだったのです。

かくして彼はぐっすりと眠ってしまい、彼女も、最後の死の悪寒がそっとしのびよるのを感じながら、いまにも眠りに落ちようとしていました。彼女は最後の力をふりしぼって、さようならとささやきましたが、あまりにもか細い声だったので、彼が目を覚ますことはありませんでした。部屋着をもった顧問官が脇に立ってはじめて、アドレスコはふらつきながら立ちあがりました——もしかがみこんで彼女にお別れのキスをしていなかったら、不都合が起きたことなど知らぬまま、せきたてられてその場をあとにしていたことでしょう。

しかし、彼女の身体が冷たく、まったく動かないことに気づいた彼は、驚きのあまり、眠気などどこかへ吹き飛んでしまったのでした。

「ああ、なんということだ——いったい——助けてくれ！」

「助けはここに。わたくしどもは、これを恐れていたのです」白衣を着た二人の見知らぬ男が彼女に近づけるよう、王子を引きもどしながら、顧問官はいいました。

「彼女には心臓の持病がございまして。しかしこの二人はわが国最高峰の心臓病専門医です。かれらがありとあらゆる手を尽くしてくれましょう。さ、あなたさまには、ほかにお考えいただかねばならないことがございます。このチャーミングな女性は医者にゆだねて、まいりましょう——あなたさまは女王と結婚されるのですぞ！」

というわけで王子はしぶしぶ別室に移り、風呂に入って、いちばん美麗な真紅の軍服を着ました。そしてふたたび寝室にもどってみると、寝室のドアには鍵がかかっていました。しかし、長い鏡に映った真紅と金に包まれた自身の勇姿を見ると気分が明るくなりましたし、けっきょくのところ、彼にはなにもできないのだし、これはまたべつの話だということで、彼は上向いてきた気分を目のまえに迫っている義務を果たすことへとふり向けたのでした。

どうやら予定より少々遅れてしまっているようです。

「お急ぎください」曲がりくねった通廊へと案内しながら、顧問官はいいました。「この通廊をずっとお進みください、時間がございません――その先のことは、向こうの端にいる者たちが、お教えいたします」

さてこのお話、ひとつのお話ながら、ここからは込み入ったことになってきます。というのも、三つの舞台で同時進行していくからです。まずは大聖堂の外でなにが起きていたのか見てみましょう。

宮殿から出発した結婚祝賀パレードは世に比類なきすばらしさでした。先頭を切ってやってきたのは第一の楽隊で、その音楽はかつてないほど明るく、聞く者を奮い立たせ、夏の沈みゆく陽光を浴びた制服はかつてないほどにきらめき、楽器はかつてないほどに輝いています。

マーチングバンドにつづいてやってきたのは、エコロジア＝ベラの人びとの集団で、全員、純白のひだ飾りと明るい色の絹地とブレードを多用した民族衣装をまとっているのですが、それがみんなすばらしく似合っています。この人たちはみんな、一年中開催されているなにがしかのコンテストの優勝者です——樹木伐採、タペストリー刺繡、チェス、体操、溶接、花作り、煙突掃除、コンピュータ製作など、考えうるあらゆるコンテストの優勝者たちが、楽しげに小躍りしつつ花を投げ、なんのコンテストに優勝したわけでもないけれど、とにかくみんなに愛されている人たちとともに進んでゆきます。

そのあとにやってきたのは、華麗なフロートです。大量の花を使い、凝ったつくりで、高貴、自由、楽しさを象徴するありとあらゆるものを表現していて、あたりは花の香りにおおわれています。

そのあとには、えんえんと馬車の列がつづきます。どの馬車もたくさんの旗で飾られ、引いている馬は馬車ごとに、輝く栗毛、象牙色、黒檀色、まだら、赤毛と毛色がちがっています。最初のほうの馬車には来賓と年配の人びとが乗っているので、馬たちはけっして勇みすぎず、馬具や頭の羽飾りのきらめき、上下動もゆるやかです。そして、いまやってきたのはポニーが引く蒸気オルガン。きちんとテンポを維持しています。そのうしろからくるのはプルビオ＝アシダからやってきた王室マーチングバンドで、プルビオ＝アシダの国歌を演奏しています——が、幸いなことに、蒸気オルガンのおかげでほんのちょっと聞こえてくるだけです。

バンドのあとからくるのは二台の馬車に分乗したプルビオ＝アシダ王家の人びとです。慣れない乗り物に乗っているせいでしょう、群衆におざなりに手をふるとき以外は手すりをしっかり握りしめています。

そしてそのうしろからくるのが——あああ！——花嫁花婿一行の馬車列の先頭です。真紅と金の馬車には、アドレスコ王子の付添い役をつとめる若き貴族たちが乗っています。そしてそのうしろからは、パステルカラーの巨大なブーケのようなビクトリア（二人乗りのオープン型軽四輪馬車）が三台。乗っているのはアモレッタ女王の付添い役の女性たち、とくに親しい友人たちです。そしてついに、ついに、やってきました。ウエディングケーキのような、荘厳な白と金のランドー（座席が前後に二つ向き合っているオープン型四輪客馬車）。ベールと花にすっぽりとおおわれて、女王がすわっています。（というか、人びとはそう思っています。アモレッタにはほんとうに替え玉がいたのです。）彼女とともにいるのは古参の女官がひとりと、リボン飾りをつけた乳母に抱かれた、やはりリボン飾りをつけたトゥルーハート王子だけで、女王は彼女を崇敬する群衆に向かって熱心に手をふっています。しかし浮ついたところはありません。きょうは厳粛な日なのですから。

　そして女王のあとからは、このすべての原因となったすばらしくハンサムな王子が、体高の高い雪のように白い馬に乗ってやってきます。白馬はブケパロス（アレクサンダー大王の軍馬）さながら、優美に雄々しく高等馬術の技を披露しつつ進んでいきます。王子がいかにハンサムかは、見るというよりは感じとるしかありません。なぜなら礼装の兜についている羽飾りがあまりにも華麗で、王子の顔はちらりとしか見えないからです。しかし、その雄々しい姿と馬術の腕のみごとさは、王族であることの充分な証拠といえましょう。

　王子のうしろにつづくのは、金と白の制服にたっぷりの羽飾り、騎馬姿が凜々しい宮殿の衛兵の一団です。駿馬たちはぴたりと歩調を合わせています。そのあとからくる最後のマーチングバンドがプープードンドンと馬たちのペースをととのえます。しんがりをつとめる集団は、今年生まれて賞を勝ち取った動物たちと、その誇らしげな飼い主たち――その多くは少年少女――で、先頭に立っているのは大きな黒い雄牛です。

そのすべてのあとをついていくのは、ストリート・シンガーやジャグラー、竹馬にのったダンサーなどがごたまぜになった一団で、美しいメロディーを奏でながら進んでゆきます――そして最後の最後にやってきたのは、非常に機能的な、白と金のゴミ収集車の車列でした。

また、この行進の列の最初から最後まで、道の両脇には風船や白い鳩（上空を何度か旋回してから小屋をめざすよう訓練された鳩）を空に放つ（そして配る）人びとや、花模様のペナント、ピーピー笛、紙吹雪を配る人びとが配置されていました――それから礼装の警察官もちらほらいましたが、かれらの主な仕事は、まちがってパレードに入りこんでしまった子どもたちを連れもどすことでした。

さらには、王子の出身地が出身地なもので、群衆のなかにはやけに目立つ私服姿の宮殿衛兵たちも少なからぬ数、配備されていましたが、幸いにもその日は特殊技能を披露する機会はありませんでした。

パレードの終点は大聖堂の正面です。そこには美しい草地の広場があって、パレードに参加していた一般大衆の集団はそこでばらけて、そこそこ整然とそれぞれの居場所を見つける一方、馬車に乗っていた人びとは大聖堂の巨大な身廊に入るべく正面階段に並んでいますが、身廊はすでにかなりの人で埋まっています。

花嫁花婿一行は角を曲がって姿を消し、横手にある公式の入り口からなかへ流れこんでいきます。入り口を入るとすぐに控え室や化粧室が並ぶ広い通廊があり、一行はそこで式にそなえて整列することになります。

さてここでしばし、一行から離れることにしましょう。

広間では、美しいことで有名なオルガンがさまざまな祝典曲をおだやかに奏でていました。それがいま壮麗な和音をいくつか鳴り響かせると、一同しんと静まりかえります。その静寂のなか、頭上でフルートの音色が湧きあがりました――これから執り行なわれる式典の繊細さと奥深さを象徴する、やわらかく魅惑的ながら荘厳な独奏曲です。演奏しているのは世界的に著名なフルート奏者――プルビオ＝アシダの代表団さえ、ガサガサ動いたり文句をいったりするのをやめて聞き入っています。

これにつづき、エコロジア＝ベラの慣習どおり、ベールをかぶった〈出生率抑制の女神大聖堂〉の女司祭が側面を花で飾った祭壇に進みでて、適切な祝福を願う言葉を適切な数だけ美しく詠唱。彼女の詠唱が終わると、エコロジア＝ベラの全教会を監督する大司教が祭壇のまえの、彼女のいる位置に進みでます。

ところがこのとき、女司祭は花々のまんなかで灯るはずの緑色のライトが灯らないことに気がつきました。遅れているという合図です。儀式経験の長い女司祭が、用意してあったコーダを本来の祈りにつけ加え、しばし静かに瞑想する時間をおくと、ライトが灯りました。

彼女は踵を返して歩み去ります——ちょうどこの頃、王家の花嫁花婿の一行に異例の事態が起きているところなので、お話をその端緒《たんしょ》にもどすことにしましょう。

一行は控え室がある通廊へ入ったところにいます。身廊とはベーズ（フェルトに似た、やわらかい生地）が張られた重い観音開きのドアで隔てられています。

人びとはグループごとにそれぞれの控え室へと消えてゆきます。長時間のパレードで疲れていますから、化粧直しをしたり、ひと息入れたりする必要があるのです。プルビオ＝アシダの王族には軽食が供され（プエルコ・ヴォランテ国王は断るということを知りません）、花婿付添い人の部屋と花嫁付添い人および友人たちの部屋では、強壮剤が配られました。

しかしアモレッタ女王とアドレスコ王子の姿は、それぞれひとりきりになれる王族用の部屋へとあっというまに消えていました。その二つの部屋は巨大な女神像の台座の脇にあり、ごく一部の者しか知らないことですが、奥にあるもっとプライベートな空間、先刻このお話に出てきた部屋へと秘かに通じています。

かくして、女王の馬車に乗っていた若い娘は女王の控え室に入り、ただちに王冠やローブやベールから解放されて肩の荷をおろし、花嫁付添い人の仲間たちにまじって楽しくすごしています。仲間はだれひとり、入れ替わりに気づいていません。そして秘密のドアがあき、小さな冷たい身体が運びこまれます。残ったのはヴァーダント夫人ひとりきり。ついさっきまであれほど生きいきとしていた小さな身体に、皮肉にも花嫁衣裳をまとわせます。

隣の部屋では、もっとしあわせな交代劇がくりひろげられています。いっとき王子役をつとめた若者は、部屋に入るとよろこび勇んで、羽飾りがつきすぎた兜やアドレスコの剣、その他もろもろからわれとわが身を解放します。このハンサムな金髪の若者は、じつは王室の厩番《うまやばん》で、王子のすばらしい白馬に乗っている時間を――羽飾りを除いて――なにからなにまで楽しんでいたのです。

彼が花婿付添い人の姿にもどると同時に、秘密の通廊からアドレスコ本人があわてたようすで入ってきました。かろうじて代役に礼をいうだけの落ち着きは保っていて、時間が許すなら去勢馬の右後脚の繫《つなぎ》の問題について話し合っていたかもしれませんが、そこへ年配の男――王子もほかの多くの人も見たことがない人物――があわただしく入ってきて、王子の腕をつかんだのです。

「お急ぎください！　遅れております！　女王さまは祭壇のまえに立たれ、大司教もお待ちになっておられます！」

だれとも知れぬ文官は王子を主通廊へと追い立てます。不吉なことに通廊に人気はなく、かれらは大きなベーズ張りのドアへと急ぎました。王子のエスコート役がなかをのぞきます。

「お急ぎください！　女王さまが待ちきれなくなっていらっしゃる！　やや、これは一大事――立ち去ろうとしていらっしゃる！　説明しているひまはございません、若君――女王さまを抱きあげるだけの力はおありですかな？」

「もちろん！　しかし――」

「では、いっきに駆けよって女王さまを抱きあげ、祭壇に連れもどして結婚なされい！」年配の男は熱く訴えます。「おいきなされ！」

　若き王子は、朝から一日じゅう感情を揺さぶられる出来事がつぎつぎに起きて西も東もわからなくなっていたので、こんな奇妙な指示にも従い、さらに奇妙な結果へと突っ走っていきます——ベーズ張りのドアから出て、ベール姿の女性が歩み去ってゆく側廊へと突進し——彼女を身体ごとひっさらって祭壇にもどると、少々近眼の大司教が自動的に結婚式文を詠唱しはじめました。女性がなにをいっても頭上からふりそそぐ合唱に呑みこまれてしまいます。聖歌隊がいきなり大音量で歌いだしたのです。

　会衆はびっくりして凍りついたように押し黙ります。が、合唱が比較的静かなパートに入るやいなや、女司祭がベールを脱ぎ捨てて叫んだのです。「すぐにわたしの手をお放しなさい、この愚か者！　わたしは女王ではありません！」

　たしかに、だれが見ても女王ではありえません。女司祭はシバの女王のように美しい人ではありましたが、その肌もまたシバの女王のように浅黒かったのです。

　この宇宙的困惑の瞬間は、顧問団とスリモルディ王子が率いる保安隊の到着によって終止符を打たれました。かれらは力を合わせてアドレスコをベーズ張りのドアの外に追いだし、会衆に落ち着くようにと声高に呼びかけました。

　女王の亡骸《なきがら》が発見されるのはもはや時間の問題ですから、そのあと控え室でなにが起きるかは想像がつくでしょうが、ここでいったんお話を止めて、このただ道化芝居としか呼びようのない出来事が、悲劇の直前、どのように起きたのか探究してみなければなりません。

まず、アドレスコにばかげた指示をした年配の男の正体については、満足のいく答えは出ていませんし、男も姿を消してしまっています。マキャヴェリ流の策士的考え方をする人は、その男はスリモルディ王子の顧問団のひとりかもしれないと示唆していますし、あれはたんに大聖堂に召しかかえられている高齢の従者で、興奮のあまり気が動転して状況を誤解してしまっただけという見方をする人もいます。一般大衆は、アドレスコが女王の死を知って一時的に錯乱し、この国の慣習に無知だったこともあって、逝ってしまった恋人が待っていると思いこんでしまったのだろうと考えている向きが多いようです。

説明はどうあれ、このエピソードによって、エコロジア＝ベラで輝きを増しつつあった若き王子のカリスマ性はいっきに消滅。愛する人の死を知って女司祭との結婚に走るという行動は、どう考えても好もしく語られることはないのです。エコロジア＝ベラ国民がこの話をするときは、ため息をまじえて大笑い、クスクス笑いしながら、ということになります。

しかし、これは洞察力にすぐれた顧問団の面々が待ち望んでいた結果ではないのでしょうか？　小国にとって、敵対する隣国の支配者に国民が心を寄せることは危険な要素とはいえないでしょうか？　そして、つまるところ、潜在的危険性を取り除くのが顧問団の役割なのではないでしょうか？

というわけで、クイ・ボノ（ラテン語で、だれのためになるのか、の意）の法則にのっとって考えると、顧問団自体は、王子の反応にそれほど驚かなかったのではないか、ただ思った以上にうまくいっただけなのではないかと推測する人もいます。エコロジア＝ベラ国民でとくに気のいい人たちでも、あんな振る舞いをする若者は自国の王として理想的とはいえないという説に賛同しているのです。

しかしここでまた大聖堂の控え室にもどらなくてはなりません。大聖堂では、女王の身になにか恐ろしいことが起きたという話がひろがりはじめています。パレードに参加していた人びとが出てきて一列に並び、女王の部屋のまえには白衣の男性が立ち、外からはまぎれもない救急車が到着する音が聞こえてきたからです。

「女王さまは重病です。結婚式は……延期されます」

「いま車がまいります。みなさんを宮殿なりなんなりお望みのところへお送りしますので」顧問官が一同に告げ、その手助けをすべく、にわかに侍者があらわれます。

ところが王子は人垣を押し分けて女王が横たわる部屋に入っていってしまいました。使いもせずに置かれている器具類をひと目見て、王子は愕然。

「なぜなにもしていないんだ？」と、医師団とヴァーダント夫人に詰めよります。「彼女を生き返らせろ！　どけ――わたしがやる！」

王子は制止されますが、その寸前、指がかすったものは石よりも冷たく、言葉よりも雄弁に事実を物語っていました。彼は悲しみに沈んで、じっと女王を見おろします。

しかし、突拍子もないとはいえ、ひとつだけ、希望が残されていました。きょうはあまりにも狼狽する出来事が多すぎました。

「五分だけ、二人きりにしてくれ！　わたしの権利として要求する！」

「承知いたしました、殿下」ヴァーダント夫人はそう答えて、ほかの者たちに部屋を出るよう手で合図しました。しかし彼女は、踵を返してほかの者たちにつづこうとする刹那、静かに、悲しげに、王子にこういったのです。「お気の毒な王子さま、あざとかホクロとか、そのようなものはお探しになりませぬよう。あなたさまがご覧になったものは取り除いてしまいました。わたくしがおつけしたものですから。女王さまは、礼節をいくばくかなりと守るために替え玉の話をお考えになったのです。あなたさまといっしょにいらしたのは、女王さまご本人です」

王子は黙って夫人を見つめます。最後の希望はついえました。王子は、アモレッタを深く愛していたことに、そしていまはより深く愛していることに気づいたのでした……。

王子としての尊厳と悲しみに免じて、ここはしばし彼をひとりきりにしてあげることにしましょう。

しばしののち、顧問官が部屋に入ってきました。そしてある提案をします。

「押しつけがましくお悔みの言葉を述べるつもりはございません。わたしもなかば死んだような思いでございます。しかし、まだ現実的な問題が残っておりましてな。あなたさまは、いまからしばらくはお国ですごされたほうがよろしいのではないかと推察いたします――どうかおわかりいただきたいのですが、いま、あなたさまの、そのう、当地での印象は幾分、複雑なものがございます」

王子が、どういうことだというふうに眉間にしわをよせると、老人はひとことつけ加えました。「ミズ・ヴィクトリア・ントゥトゥ」

「だれ？」

「女司祭でございます。あなたさまが結婚しかかった」

「ああ」王子は平手でパシッとおでこを叩きました。「どうすればいい？　まさか家族に――――」

「お聞きください。エコロジア＝ベラ国際夜行特急がほどなく発車いたします。あの列車での旅を楽しまれたことは覚えておりましたので、勝手ながら先頭車両に王室専用車両を接続させてございます。そうしろと命じていただければ、内密に車輛までお連れいたします。お荷物はそちらへ運ばせます。長い夜と平和でおだやかな朝をすごされたのち、明日の昼にはお国の首都にご到着とあいなります。いかがでしょうか？」

　王子に否《いな》やのあろうはずもありません。

　というわけで、アドレスコ王子は列車内で結婚式の夜をすごすことになりましたが、それは――状況を考えれば――あたうかぎり心和らぐ快適な時間でした。そして奇妙なことに、その夜は王子として最後の夜となったのです。

　また、エコロジア＝ベラ顧問団もこれ以上改良の加えようがないほどの偶然の賜物《たまもの》で、王子の母、ポルセラーナ王妃が本格的に具合が悪くなってしまいました。酸素の過剰摂取と、非常に依存症になりやすい、ある食品添加物の欠如が組み合わさった結果です。王妃はこんなひどいところからは一刻も早く離れたいの一点張り。

そこでプエルコ・ヴォランテ国王は、女王の死に際して天候が崩れ、山は嵐が吹き荒れているという事実もものかは、王室専用ジェットを飛ばすよう命じたのです。かてて加えてパイロットは少し早すぎる祝い酒で浮かれ騒いでいる最中でした。

山越えの空路が猛り狂う雷と強風の渦とわかると、パイロットは賢明にも遥か上空を飛ぼうと考えました。ところが、雲から雲へと走る凄まじい稲妻が機体を直撃して電気系統がやられてしまったとき、彼は六百八十五あるスイッチのどれを押せば問題が解決できるのかすぐには思い出せず——一行にパラシュートで脱出しろと指示したのです。

しかし、ああ、なんたることか、プルビオ＝アシダの動物園から逃げだして生きのびていたヤマアラシの最後の一家族が、パラシュートに隠れ住んでいたのです。穴だらけの絹地は高度二千メートルでずたずたになってしまいました。哀れプエルコ・ヴォランテ国王はその名に背くこととなりました——彼はまったくヴォラーレ（飛ぶの意）できなかったのです。もちろんポルセラーナ王妃もスリモルディ王子も。

かくして、すっかり生気をとりもどして首都に到着したアドレスコは、自分がプルビオ＝アシダ国王になっていたことを知り、それからの年月、山ほどの仕事をこなすことになりましたとさ。

というわけで、子どもが欲張ったことをして、「王子さまの結婚式の夜のことを考えてごらんなさい」といわれると、「うん——でも王子さまは王さまになったんだよ！」と答える子どもがいたりするのです。

この答え、案外正しいのかもしれません。


このお話には結びの章があります。いまエコロジア＝ベラで生きている人で、この結びを知っている人はひとりもいませんが――。

アモレッタ女王の悲劇的な死から数日後のこと、うっそうと木々が茂る山中の高所にある、古びた、蔦のからまる、石とモルタルづくりの女子修道院で、茶色い髪に茶色い瞳の少女が目を覚まし、ここへきてからはじめて、ゆっくりと静かに言葉を発しました。

「わたしは……生きて……いるの？」

少女の上にかがみこんでいた老人が答えました。「あなたはね。アモレッタ女王は生きてはおられません」

「なんて……悲しい」

「イエスでもありノーでもありますな。なにかお飲みになりますか？　数日間、昏睡状態でしたからな」

「そうなの……。事故で？」ぼうっとしていた表情が少ししっかりしてきました。

「いいえ。特殊な状況にそなえて試験中の希少な低体温剤で。この特殊な状況には、救助困難な場合も含まれます」

「ふうん……」少女は微笑み、すぐに一心不乱にスープを飲みはじめました。

さあ、ここからはこれまでのお話に欠けていた部分です。シスター・アンコニュ（未知の人の意）――と、自分で名前をきめるまでは呼ばれていたのですが――彼女は徐々にすべての記憶をとりもどしていきました。その一方で勉強もしはじめました。最初に学んだのは、エコロジア＝ベラのあらゆる動植物にかんする知識でした。修道女たちは教育者階級で、優秀な生徒たちは世界中の大学を修了して帰国し、国を豊かにしています。

「なにもかも夢だったような気がするわ」定期的に訪れてくる顧問官に、ある日、彼女はいいました。「とても悲しくて、ちょっとばかげた夢。でも、どうしてなの？」と彼女は真剣な面持ちでたずねました。「お願いだから、どうしてなのか教えて。なにか、うーん、ほかのやり方はなかったの？」

「ございませんでした」ヴァーダント夫人はそういって刺繡糸を噛みしめました。

「よろしいですかな」顧問官は説明しました。「顧問団全員で熟慮を重ねた結果、二つの結論に至ったのです。ひとつは、わが国のような弱小国家には美しく若い処女王を擁する余裕はないということです。宮殿にどのようなものが集まりつつあったか、おわかりでしょう――あのままでは切りもなくつづいていたはずです。嫉妬、争い、ありとあらゆる厄介事。そして遅かれ早かれ、国の自由がおびやかされることになっていたでしょう。弟君でしたら、そのようなことは起こりえません。弟君が支配者を国にもたらすことはありえないからです。国際相続法は、いうまでもなく古臭いものです――犯罪です。しかし、それを変えることはできません。

もうひとつわかったことは――これもおなじくらい重要なのですが――あの黄金の巻き毛の下にある脳味噌をほろぼすことは罪であり、女王としての象徴的行為のみに費やすのは恥であるということです。いまのように懸命に勉強なされば、いずれはエコロジア゠ベラの顧問官になられることも可能かもしれませんし、お気づきのとおり、それこそが――」

「わたしが自分の国だと思っていたものがもっている本当の力なのよね」彼女は少し皮肉っぽくいいました。

「まさに。危険なシステムではありますが、われわれが発見した最良のものです」

「なるほどね……」彼女はじっと思案するかのように、あらぬ方に視線を投げました。「どうかしら。わたしがもっと年をとって、もっとずっと賢くなって……べつのを提案したら、あなたをあわてさせることになるかしら？」

ヤンキー・ドゥードゥル
Yanqui Doodle

小野田和子訳

　もちろん病院訪問は欠かせない。関心をもっていることを示すためだ。しかしどの病院にするのか？　大規模基地の病院ではだめだが、かといって前線基地もまずい——上院軍事委員会の委員たちはかけがえのない方々であるからして、実弾が飛び交う場所へいかせるわけにはいかない。ボデグァの前線の実情視察に同行する六人の将官の重要性はいわずもがなだ。

　もってこいの病院が見つかった。ボデグァの国境のすぐ手前にあるサンイスキエルダの町は、数回にわたってリブラに蚕食《さんしょく》され、そのたびにゲバリスタがリブラを追いだし、という経緯をたどってきたが、ついに米軍によって解放されたところだった。六度、敗北を喫したのちに米兵《GI》が送りこまれて最終的に町を——とりあえず残っていたものを——手中におさめたのだ。現時点で前線は、どこの地図を使うかによってちがいはあるものの、二十五キロから五十キロ程度前進し、独裁者の友人が所有していた豪邸のひとつが、いまは中間リハビリ施設に転用されている。患者のＧＩは任務に復帰する予定の者もいれば、怪我や病気が重くて傷病兵として基地へ、さらには故国へ送還されることになる者もいる。

そしていま車列は、遅れをとりもどそうとサンイスキエルダに向けて急いでいるところだ。ここでのイベントが上院議員の日程最後のものになるが、オナ基地で遅れが生じていた。オナ基地では、戦闘教官による障害物通過訓練のデモンストレーションと訓練中のリブラ軍兵士によるパレード、そしてスピーチがおこなわれたのだが、そこで問題が生じた――スターンヘイゲン将軍までが感動して長々と演説してしまったのだ。

軍事委員会のトップに位置するビラー上院議員は、フェンダーに米国旗を二本つけたベンツのストレッチリムジンの後部座席に乗っている。そのあとにつづく二台の九八年型キャデラックの新車にもおなじように米国旗がつけられ、残りの委員会メンバーと将官たちが分乗。あとの護送車すべてには、米国旗とリブラの公式旗がかかげられている。リブラの旗はいささか性急にデザインがきまったため、どこでだれが見てもまちがいなくそれとわかる、というわけにはいかない。

ビラー上院議員は、シェール将軍と通訳のあいだにすわっていた。通訳は感じのいい官能的な雰囲気のうら若い女性で、ビラー上院議員は、たとえば〝建国の父〟というような話の根幹にかかわる語句の意味をきちんと把握しているのかどうか、少々心もとない、できることなら彼女にアメリカの――いや、合衆国の――歴史を講義してやりたいと思っていた。

パレードのあとで話をしたリブラの兵士たちのことも気になっている。〝自由の戦士〟。平均的な〝自由の戦士〟は、M18ライフルをかかえた十五歳くらいのチンピラという印象で、どうにも痛ましい。

「ゲバリスタはきみになにをしたのかな？」と彼はひとりの少年兵にたずねた。「きみはどうしてここにいるんだね？」少年は地面を見つめ、ついで宙を見つめた。「ゲバリスタ、とても悪い」と少年が通訳にいうと、通訳は「ひどい弾圧」と拡大解釈して彼に伝えた。

ビラーはなおも質問を重ねた。「かれらはきみになにをしたんだね？　どんなふうに弾圧したんだね？」少年が腹立たしげになにかいうと、通訳が「彼を軍隊に入れようとした、といっています」と説明した。

「しかし、きみはいま、こうして軍隊に入っているじゃないか」不本意ながらビラーはいった。

「ゲバリスタの軍隊、とても悪い！」通訳は心とろかすような笑顔でいった。「ここのほうがいい」

オナ基地のしっかりした兵舎や少年兵の新品の制服、靴、ベルトの下のわずかだがはっきりそれとわかるふくらみを見れば、うなずける話だった。

少年は爪先で地面をこすりながら、なにかひとことつけ加えた。

「ひとつだけ心配なのは、ママのこと」通訳がいう。これはビラーにもよくわかる。彼は少年の肩を軽く叩いて、微笑んだ。

「ママがオートバイを売ってしまうのではないかと心配しています」と通訳は締めくくった。

数人のリブラ人がこのやりとりをきいていた。ビラー上院議員は、若いかれらの顔を見回しながら話しかけた。きみらはじつにすばらしい若者たちだ、きみらは民主主義のためにマルクス・レーニン主義者を追いだして国をまもっている、これはすばらしいことだ。通訳はこれを相当はしょって少年たちに伝えているようだった。

と、銃声が一発響き、全員がびしっと気をつけの姿勢をとって無表情にもどった。ビラー上院議員は先へと進んでいった。

一方、彼の同僚たち——なかにはスペイン語を話す者もいる——もおなじように兵士と言葉を交わし、自国が武力と息子たちの血を送りこんで援助している国の人びとがなにを考え、なにを思っているのか、きわめて貴重な直接的印象を得ようとしていた。後刻、ムーヴマン上院議員は声を大にして、「すばらしく勇敢な少年たちだ！　もしわれわれが武力供与していなかったら、素手でソヴィエトのガンシップと戦っていたにちがいない！」と語った。

またべつの議員は、キューバ人を大勢、捕虜にしたのかとたずねた。すると、たずねられた者たちの顔にひどく用心深い表情が浮かんだ。「カストロ主義者、とても悪い。とても悪い兵隊」よく聞くと「とても危険」という意味だった。

「かれらはどこにいるんだね？　捕虜にしたキューバ人に会うことはできるかな？」

短い話し合いがあり、だれかが「カストロ主義者！」といって笑い声をあげた。その胸に一物ありそうな笑い方に、にわかに強い不安を覚えた。ビラー上院議員はジュネーヴ条約に反するようなことはないだろうかと、ソヴィエトの地政学に基づく政策で他国に送りこまれて死んでいく、べつの制服を着た青少年たちを思うと、ふと国賊的な考えが脳裏をよぎったが、彼はそれを無視した。戦争は悪だ。共産主義者の圧政に甘んじるのは、もっと悪だ。

ベテラン議員のロングマストが、集まっているリブラと米国の兵士たちに向けてスピーチしたいといいだしたのは、ちょうどその頃だった。彼は〝きみたちはなんのために戦っているのか〟について手短な説明をしはじめ、それが遅れを決定的なものにしてしまった。彼は、このあと病院訪問の予定があると告げられると、「当然の義務だ」とのたまって、話をつづけたのだった。

そしてその遅れをとりもどそうと、穴だらけ障害物だらけのサンイスキエルダへの道を急いでいるときのこと。一行は山道の右も左も急斜面という場所にはまりこんだ痩せこけた畜牛の群れに出くわした。

車列は止まり、一行は車をおりて手足をのばした。眼下には、ほぼ無傷の大聖堂を中心にひろがるサンイスキエルダの町が望める。夕陽を浴びて、それはすばらしい眺めだった。両側には松が生い茂る尾根が黒々とのびている。ビラー上院議員は、ほかの面々同様、カメラに手をのばした。

かれらがいるのは小さな十字路だった。もう一本の道には古ぼけた田舎のバスが止まっていて、やはり乗客がおりてきている。じつに平和な光景だ。熱帯の鳥たちが異国情緒たっぷりに夕べの歌をうたっている。べつの道路からは遠くの重量級トラックの低い唸りがきこえてくるだけだ――おそらく軍用車隊だろう。

ビラー上院議員のすぐ横から、自力で進む大きな枯れ枝の束のようなものがあらわれた。

よく見ればなんのことはない、小柄な老女が頭の上に山ほどの枯れ枝をのせているのだった。考えてみれば、この老女も町も、ほんの数週間前にはゲバリスタの軍靴の下にあったのだ。彼は、じろじろ眺めている老女の目をとらえ、満面の笑みで、「リベルタード（スペイン語で自由の意）！」と声をかけた。

「シー！　シー！」老女は大きく歯を見せて笑い、顔を輝かせた。暮らしは上々——けさ、十二歳の娘を三人のヤンキーに四百ペソ、約二十ドル、で売ったばかりだから。

ビラー上院議員は、運転手に老女の荷をもってやれといいたくなるのをぐっと抑えた。（みんなこうしているのだ、ここではこうやって暮らしているのだ。）彼はふたたび眼下の町のスナップショットを撮りはじめた。

前方では畜牛の群れが散りはじめている。一行はそれぞれ車にもどりだし、脇道のバスもエンジンがかかった。

「ほらあれ——病院！」運転手がくるっとふりかえり、数キロ前方の眼下にちょうど顔をのぞかせている庭園のなかの大きな建物を指差した。

その病院で、ドナルド・スティル上等兵は二週間ほど前に意識をとりもどした。最後の記憶は、偵察隊長の叫び声と太腿の奥に信じられないほどの激痛を感じて倒れたことだった。自分たちがたどっている尾根の背後の道は地雷を埋めるのにうってつけの場所だとわかっていながら、あまりに爽快で異議を唱える気にならなかったことも覚えていた。かれらは、尾根のすぐ背後の道をひらりひらりと巧みに身をかわして疾走していくゲバリスタの一団を追跡している最中だった。前方に木が生えていないひらけた場所が見えてきた。ドンはもう一段、気分を高揚させようと、またBZを口にほうりこんだ。

いま彼は仰向けに寝ている。気分は最悪だ。足は包帯でぐるぐる巻きになっている。ベッドには鉄の手すり。見あげれば、高い丸天井の凝った装飾がほどこされた窓からふりそそぐ午後の陽射し。あたりはおおむね静寂が支配していて、銃声も駆けまわる足音も聞こえない。ここは前線応急救護所ではない。どこだかわからないが、ヘリでここまで運ばれてきたにちがいない。ここにきてからずいぶん長い時間がたっているような気がする――戦闘の夢を、自分が叫んでいる夢を、何度も見た。

口と目がひどく乾いているし、頭が痛い。内蔵が弱って、薄くてぺらぺらになっているような気がするし、足が凄まじく痛む。彼は無意識のうちに〝メインテナンス〟錠に手をのばした。が、錠剤セットはなかった。彼は病院のパジャマ姿だ。ポケットもない、錠剤もない、なにもない。

「おい！　だれか！」

くらくらするほどきれいな女の子の顔がすうっとまんまえに出てきた。いや、よく見ると、それほど美人ではない。ただかわいくて、とても清潔なだけだ。

「ここはどこなんだ？　おれの足はどうなってるんだ？」

彼女はクリップボードをとりだした。「ここはサンイスキエルダ第十五中間リハビリ施設です。あなたの足は大丈夫。あすにはギプスがとれて、歩けますよ。幸運でしたね。大量出血だけですんで」彼女は意味ありげに微笑んだ。「とても幸運」

「Mが欲しいんだが」

「あらあら」彼女は顔をしかめた。「ええっとですねえ、あすから解毒がはじまるんですよ」

「いまはまだきょうじゃないか！」彼はいきなり襲いかかってきたパニックを克服しようと、無理やり笑顔をつくった。

「ええっとですねえ、それじゃあご自分が辛くなるだけですよ」

「でも、まだきょうのうちだ。解毒はあすからだろ。たのむ」

彼女は無言で立ち去ると、貴重な黄色い錠剤をもってもどってきた。彼はどうにかそれをわしづかみにして、水なしで飲みこんだ。彼女がチッチッと舌打ちする。

「そういう錠剤探しのくせをやめてもらうのがわたしたちの仕事なんですけどねえ、兵隊さん」小生意気な態度で、彼女はそういった。

気持ちとは裏腹に、彼は彼女に向かってにこやかに笑いかけていた。いや、彼女にというよりは、すぐに血管のなかを駆けめぐるであろう、ありがたい安堵の波に向かって微笑んでいたのかもしれない。

「充分に堪能してくださいね、兵隊さん」彼女はそういって、去っていった。

人のことを〝兵隊さん〟と呼ぶやつは大嫌いだが、必需品の供給源を敵にまわすつもりはない。もうMが効きはじめている。かすかな高揚感があり、すべて大丈夫という感覚がひたひたと全身にひろがるのが感じられる。Mなしでこんな戦争をやれるやつがいるか？　知るかぎり、ひとりもいやしない。

「おい、ほかの連中はどうなったんだ？　うちの部隊の連中は？　ジャック・エリンとか、ベンジーとか？」後刻、彼女がとおりかかったときに、彼は聞いてみた。

「お友だち？　さあ、わかりません。運ばれてきたのは、あなたひとりだったから。生き残ったのはあなただけだったって、聞きましたけど。もしかしたら、お友だちは損耗人員（交戦で死亡、負傷、行方不明、捕虜になった兵士）なのかもしれないわねえ。でなければ、みんなたいした怪我はしていなかったか」

友だちか、と彼は思った。たしかにジャックのことはなんとなく好きという部分もあったし、ベンジーはいいやつだった。しかし、彼女はこの戦争では友だちなんてできないってことを知らないのか？　Mを飲んでいるときは友だちなんか必要ないし、BZなら、そんな言葉を思い出しもしない。

「あすから解毒って、どういうことなんだ？　おれになにをするつもりなんだ？」

「あなたは帰国することになるんですよ、兵隊さん。故郷に帰るの——あなたは幸運だっていったでしょ。どうして中間施設にいるんだと思います？」

なんの考えも浮かばなかった？

「あんな恐ろしいものを詰めこんだままの身体で帰国させるわけにはいかないでしょ？　だ

から二、三週間かけて解毒しなくちゃならないんです。そうたいへんなことじゃありませんから。家に帰れると思えばね」

　彼はまた横になった。頭がくらくらする。Mがもたらすほどよい高揚感が身体中から心配事をとりさってくれる。あすはまだずっと先だ。

　だが、家に帰れると思えば、だと？　彼はとくに帰りたいと思っていたわけではなかった。ジェリと別れてからは、故郷のことなんかたいして気にもならない。だが、じつをいえばジェリのこともほとんど覚えていない。どっちにしろ、あれは召集令状結婚みたいな駆け込み婚だったし、知るかぎり子どもを残してきてもいない。ジェリの手紙は短くて字も読みにくかったし、最初は実録ポルノみたいなのではじまって、最後は去年の秋の「あたしたちはもう一度すべてを考えなおしたほうがいいみたい」というやつで終わった。ジェリはサンディエゴで彼の家族といっしょに暮らしていた。すばらしい人生とはいえない。実質、彼の母親と離婚したようなものだ。そう思うと苦笑が漏れた。

　となると、どこへ帰ればいいんだ？　まずはサンディエゴにもどって、それから考えるってことか。なにか思いつくだろう。いま心配してもしかたない。じつをいえば、いまは心配しようと思ってもできない状態だ。

　彼ははじめてMを支給された週のことをよく覚えていた。驚くほどの変化だった。無許可《AW》外出《OL》のことばかり話していた連中が、そんなことはいっさい口にしなくなった。いったいなにが入っているんだ、とよく話したものだ。コカインではない。聞いたこともないようなものだった。現代科学の奇跡だ。

いや、待てよ——最初に支給されたのはBZだった。彼が目のまえにいるゲバリスタではなく宙に向けてM18を撃ったのをだれかが目に留めて、彼だけ特別に支給されたのだ。なんのことはない、おなじことをしていた連中はほかにも大勢いた。かれらが殺した相手はずいぶん幼かったが、がむしゃらに撃ってきた。共産主義のゲバリスタは身長十フィートの凶暴なやつだと思っていた。それがまさかベビーフェイスの十二歳とは。もちろんその十二歳が地雷を埋めて不運な歩兵を吹き飛ばしていたわけだが……が、しかし……まともに顔を見てはらわたを吹き飛ばすとなると、やはりなにかがちがう。やつらは逃げ足が速かった。それでよかったんじゃないのか？

しかし軍の考え方はちがっていた。殺せ！　殺せ！　彼は訓練をうけ……いつのまにか赤いカプセルを与えられて、発砲する状況になったら一錠飲めと指示された。BZ——戦闘地帯《バトル・ゾーン》——は、人を吹き飛ばすことへのためらいを一掃し、爽快感を与えてくれた。じつをいえば、なにをするにもためらいというものがなくなっていた。だが幸いなことにBZの影響下での行動の記憶はあまりはっきりしていない。かれらは小さな集落をいくつか掃討し、火を放った。ほかにも断片的な記憶がある——女の肌、あふれかえる悲鳴、そしてずっと彼を悩ませつづけている、ある場面——いまはそのことは考えたくなかった。

そしてつぎに支給されたのがグリーンの錠剤、スリーパーで、それ以降、夢は見なくなった。問題は、兵士たちが偵察中にライフルをかかえたまま居眠りしてしまうことだった。そこで全員にM――メインテナンスのM――が支給されるようになったのだ。こうして理想的な組み合わせが完成した。

それにしても解毒だと？　帰国前に解毒？　そんな話は聞いたことがなかった。なにかまた魔法の一服があって、なんというか、ゆるやかに終わるものと思っていた。まあ、大丈夫だろう。大丈夫なはずだ、と思いながら彼は眠りに落ちていった。だれもそう無茶なことはしないだろう。

だれかにトレイを押しつけられて、彼は目を覚ました。「軟食です」

食べようとしたが、気分がよくなかった。Mの効果が切れかけている。ここにきてから、ろくに投与されていなかったにちがいない。血中濃度が低くなっている。

当番看護婦は前とはちがう、もっと年上の黒髪の女だった。Mが欲しいというと、なにもいわずにもってきてくれた。

「あしたから解毒がはじまりますからね」と彼女はいった。だが、前の看護婦よりやさしそうで、彼のことを案じているような気がした。

「そんなに大事《おおごと》なのか？　たいへんなのか？」

「そうですねえ……どれくらい使ってました？　一年くらい？」

「そんなもんかな」

「あなたのような長期使用者の受け入れは、まだはじまったばかりなんです」

「どうなるんだ？」彼は食い下がった。

看護婦は顔をしかめた。「なんにしても解毒は、簡単ではありませんよ。また体内で化学物質をつくれるように、身体をつくりなおさなくちゃならないんですからね。方法はただひとつ、薬をきっぱり断ち切ることです――少しずつ量を減らしていくのは、親切心で犬の尻尾を一インチずつ切っていくようなものですからね。でも、あっさりできちゃう人もいますよ。たいていはそう。そのこと、忘れないでね」

彼はべつに心配してはいなかった。だが、どうなのだろうと気にはなっていた。「なにか、それ用のがあるんだと思ってた。だって、こっちは飲まされたわけだからさ」

「飲むように命令されたってことですか？」

「ああ、いや……でも強くすすめられた。だってさあ……だって、いろいろあったわけだから……」もうしゃべるのをやめて、Mの快感を楽しみたかった。

「まあ、スロバクティンがありますから。けっこう効きますよ。いくらか処方されるはずです」

「ありがとう」彼は夢見心地で答え、看護婦はいってしまった。

横になって、ぼんやりとあたりを見回す。部屋はどこかの邸宅の一室のようだ――ボールルームだろうか。ここにあるベッドはほんの数台だけ。話をするには遠すぎる。ベッドが一台、ゴロゴロと入ってきた。まわりに騒々しい一団がくっついている――手術室からきた新来者だろうと彼は見当をつけた。ここは一種の中間地点なのだ。首をのばすと、鉄格子の出入り口が見えた。あきらかに軍が増設したものだ。その向こうは廊下だろう。技術者だか看護兵だか、筋骨たくましそうな男が二人、デスクについて、あたりに目を光らせている。なんと平和な——銃声が聞こえないのは、ずいぶん久しぶりのことだ。

就寝時間になると、かわいい小柄なブロンドの看護婦がきて明かりを消し、薬を配ってよこした。黄色とピンクのカプセルだ。まるっきりちがう。

「看護婦さん、軍の睡眠薬が欲しいんだけどな。おれのNDが」NDはノー・ドリームの頭文字だ。

「これもおなじ効果がありますから」看護婦はおだやかにいった。

彼は頭から疑ってかかっていた。「いつものNDが欲しいんだ。おれには権利があるはずだぞ、まだきょうのうちなんだから」

「あなたにはお薬を指定する権利はありませんよ、兵隊さん。あなたには、わたしたちに治療をさせる権利がある、だからわたしたちはこうして治療をしているんですよ」

彼女の声には意地の悪いとげとげしさがあり、その笑顔はまじりけなしのプラスチック製だった。

「そりゃあ、おかしいだろう！　NDを飲むのには、そのう——特別な理由があるんだ」夢のことはいえなかった。「——たのむ。今夜はおれのを飲ませてくれよ。まだきょうのうちなんだから」

「ちゃんとあなた用の睡眠薬があるんですから。さあ、静かに寝てください。ほかの患者さんの迷惑になりますよ」

「ちゃんとしたやつをよこさないと、一晩中、みんな眠れないことになるぞ！」

「それはやめておきましょうね、兵隊さん」彼女は鉄格子のほうに向かって微笑んだ。二人の巨漢看護兵が、じっと彼を見ている。

彼は憤懣やるかたない思いで、横になった。そして看護婦はいってしまった。夢を見ると叫んでしまうという意味だったのに。まあいい、そのうちわかるだろう。

「彼女のくそったれリストにのっちゃったな、やばいぞ」タイル張りの鉢置台をへだてた隣のベッドの兵士がいった。

「いや、あっちがいったんだ——」

「やばいぞ」男はくりかえした。

驚いたことにちゃんと眠気がさしてきたし、見たのは昔飼っていた犬の無害な夢だけだった。

夜中、肋骨の奥をナイフでえぐられるような痛みを感じて、目が覚めた。前にやった胃潰瘍の痛みだ。ＮＤ錠を飲みはじめてから一度も痛くなったことがなかったので、ほとんど忘れていた。もうひとつトラブルだ。足のギプスの下がむずむずする。どういうわけかゴキブリかなにかが入りこんで、もがいているのにちがいない。ギプスを叩いてもどうにもならず、ついに声をあげた。

ミス・プラスチックが懐中電灯片手にやってきた。

「シーッ！　どうしました、兵隊さん？」

「胃潰瘍が痛いんだ。胃薬をくれないか」

彼女はクリップボードにメモを書きこんだ。「先生に伝えます。朝になったら処方してもらえると思いますから」

「朝になったら？　なにいってるんだ、いますぐ欲しいんだ、胃に穴があきそうなんだから」

「すみません、わたしはお薬の処方はできないので。でも朝一番で先生に診てもらえるようにしますから。約束します」かわいいお人形さんの笑顔。

「いや、胃薬は処方薬でもなんでもないだろう！　なにいってるんだ、マーロックスだってマイランタだって、店でいくらでも買えるじゃないか。ここにだってあるだろう。痛いんだ」

「お食事以外のものはすべて処方が必要なんですよ、兵隊さん」彼女は懐中電灯を消した。

「待てよ！　こんなクソみたいな対応でいいのか？」

「そういういい方はやめてください」

「とにかく、ちょっと待ってくれよ——包帯の下に虫がいるんだ。虫が。ごそごそ這いまわってるんだ」

彼女は慣れた手つきでシーツをずらし、懐中電灯でギプスの先端を照らした。

「虫なんかいませんよ。落ち着いてください、そうすれば虫はどこかへいっちゃいますから」

「でも、感じるんだ！　むずむずするんだ！　せめて、掻けるようにそいつを切ってくれないか？　あすには、はずせるっていったじゃないか」いってもむだなことはわかっていた。

「なにかその下に噴きかけるやつはないかな？　殺虫剤とか」彼は弱々しくたずねた。

「すみません、兵隊さん。その包帯の下には虫もなにもいませんよ。ぜんぶ、頭のなかで起きていることなんです。さあ、お互い、いい子になって眠りましょう——それとも、まだみなさんに迷惑をかける気ですか？　ここにはあなたよりずっと重症の人もいるんですよ」

薄暗い光のなかで、彼は彼女を、五フィート三インチのかわいい子が怪物にもなれるという生きた証拠を、見あげた。

「おれのＮＤをくれさえすれば眠れるんだ。まだあしたじゃないじゃないか！」苦しみのあまり、声が裏返っていた。看護婦はなにも答えず、懐中電灯を消して、いってしまった。

部屋を出る前にほかのベッドの住人たちのようすを見ている。これで二人が目を覚まして、短い悲鳴をあげ、手足をばたつかせた。戦闘地帯ではこんなふうに起こされるのは悪い知らせにきまっている。あの看護婦は知らないのだろうか？　そんなことも知らないのか？

「落ち着いて、兵隊さん」という声がきこえた。そして彼女は部屋を出ていった。

横になると、存在しないはずの虫が狂ったように彼の足をひっかくのが感じられた。一匹の脚が膝の裏のやわらかいところをこすっている。くそっ。ベッドの手すりでギプスを壊そうと頑張ってみたが、どうにもならなかった。そのとき、ふとあることを思い出した。

ある小説に、こういう〝虫〟は麻薬を断つときの症状のひとつだと書いてあった。麻薬患者は狂ったようにわれとわが身を引き裂き、血まみれになる、と。麻薬常用者の振顫譫妄《しんせんせんもう》。解毒というのは、そんなふうになるものなのか？　ああ、ちくしょう、ああ、ちくしょう。

なんとかリラックスしようとしたが、とても眠れたものではなかった。潰瘍の痛みはもはや無視できないものになり、深く食いこんでいく。胃薬を飲まずにいるのは危険だと、以前かかった医者はいっていた。胃に穴があいてしまうこともありますから、と。むしろそうなってくれと祈りたい気分だった。そうなればミス・プラスチックも思い知るだろう。薬！……故国のドラッグストアの店内が見える。すぐ手にとれるところに、いい薬がずらっと並んでいる。マイランタ、マーロックス、オルタナジェル、タムズ――一市民だった頃には、そのあたりぜんぶ、よく買っていた。だが、ND錠が痛みを止めてくれた。ここから解放されたらすぐに大量に手に入れなければ。しかし、もしもあれが戦闘地帯だけで支給されているのだとしたら？　だとしたら、なんとしても、もどってやる。戦闘にもどる？　いいじゃないか。快適でぐっすり眠れるなら。この解毒とやらは、どれくらいかかるんだ？　二、三週間といっていたか？　耐えられるだろうか？

彼は寝返りを打ち、また寝返りを打ち、のたうち、痛みが少しはましになる体勢、虫が少しはおとなしくなる体勢を探し……明け方近くになって、意識を失ったようだった。

解毒は朝食直後に正式にはじまった。まず、はじめて顔を見る看護兵が二人、なんの前触れもなくベッドにやってきて手すりをチェックすると、封鎖された廊下のほうへゴロゴロとベッドを押していった。彼はやっと心地よくうつらうつらしはじめたところで、あたりのようすはほとんどわかっていなかった。看護兵が鉄格子に鍵をかけたところで彼ははっきり目を覚ました。起きあがってみると、そこは軍が増築した棟だった——質素なベニヤ板の壁、低い天井、それがずっとつづいていて、左右にはドアが並び、突き当たりは窓のない壁になっている。まずくぐったのは、ふたつめの鉄格子だった。何百もの手が握ってきたかのように、まんなかが磨かれている。それを抜けると、最初のドアに手書きの文字が書かれているのが目に入った——拘束室。ドアには金網入りの強化ガラスがはめこまれた小さな窓がついている。そしてその奥から、かすかな音が聞こえてきた——遠くで動物が弱々しく鳴いているような叫んでいるような、くすんだ音。それからなんの特徴もない閉じたドア、二〇五と二〇七のまえをとおりすぎると、看護兵は二〇九のまえで立ち止まり、ドアをあけて、彼をなかへ押しこんだ。

二〇九は一辺が四メートルほどの正方形で、網戸と桟がついたすりガラスの窓がひとつ、ついていた。なかにはすでにベッドが入っていて、看護兵たちはそれを外に出そうと四苦八苦している。

ドンはいった。「きょうから歩けるといわれてるんだ。ギプスをはずしてくれることになってるんだが、医者は？」

「なにも聞いてないぞ」看護兵がドアをあけながら唸るようにいった。

とたんにパニックに襲われた。ここに閉じこめられたが最後、みんな彼のことなど忘れてしまって、重いギプスをつけたまま動きがとれず、飢えて死ぬのではないかという気がしたのだ。

「医者はどこだ？　医者にきてもらいたいと伝えてくれよ。胃潰瘍なんだよ、なあ」部屋を出ていく看護兵の背中に向かって、彼は愚かしくいいつのった。ドアがしまる。

と同時に彼は身体を起こし、必死になって、どうにか片足を手すりの上にのっけたところで、ギプスがどうしても動かない理由に気づいた。ギプスの上下がベッドの手すりに留めつけられているのだ。うとうとしているあいだに、やられたにちがいない。限界まで手をのばして、上のバックルははずしたが、足首のほうはどう頑張ってもむりだった。彼は肩で息をしながら、ベッドに横になった。両手が、風に吹かれる木の葉のようにふるえている。

「機能不良だ」と彼は思った。くそっ、Mが一錠ありさえすれば。たった十日前には有能な戦闘員で山のなかを跳びまわっていたのに、こんなことがありうるだろうか？

彼は室内を見回した。簡素な椅子、キャスターのついた小さな整理ダンス、そしてふたのない便器。人を呼ぶ手段はなにもない。

と、ある考えが浮かんだ。正当な必要性があればいいのだ。

彼はためしに声をあげてみた。「看護婦さん！」返事はない。外にはだれもいないらしい。彼は精一杯、大声で叫んだ。「看護婦さん！　看護婦さん！　助けてくれ！」

ほとんど間をおかずに足音が聞こえてきて、ドアがあいた。ミス・プラスチックだった。

「看護婦さん、トイレにいかなくちゃならないんだ。どうしてギプスをはずしてくれないんだよ？　きょう歩けるっていったじゃないか。医者はどうしたんだ？　胃潰瘍のことは知ってるのか？」

彼女はにこりともせずに彼を見つめていた。「そんなふうに大声をあげるのは厳禁ですよ、兵隊さん。ほかの患者さんが不安になります。ここにいるほかの人たちのことも考えていただかないと」

「じゃあ、人を呼ぶときはどうしたらいいんだ？」

「昼夜とおして、十五分ごとに見回りがきますから、用があったら、その人にいってください」

病床用の便器を使ってお定まりの作業をすませると、看護婦は彼がはずしたバックルを締めなおして去っていった。

昼に向かって、時間はのろのろとすぎていった。看護婦がいったとおり、十五分ごとにドアがあいて、だれかが顔をのぞかせた。あの黒髪の看護婦のことが多かったが、彼は彼女の手をわずらわせることもなく、一度、ギプスはほんとうにはずしてもらえるのかと聞いただけだった。「ええ、いますぐ。先生が回診中ですから」

見えない虫は、その存在を忘れるくらいおとなしくなっていたが、かわりにそこらじゅうに痛みと不快感が出現し、その数を増していった。ほとんど忘れかけていた、戦闘時に負った傷が痛む。すべてMのおかげでこれまで気にならなかったということなのか？　苦痛を忘れようと、彼は呻いた。こんな狂った場所に、ほんとうに医者がいるのか？

医者は正午にやってきた。ミス・プラスチックもいっしょで、昼食をもってきてくれた。

彼女はトレイを彼の手の届かない整理ダンスの上に置いた。医者はドンの父親くらいの年配で、やたらにウウーッと呻いてばかりいた。彼は電動のこぎりでギプスと戦った。ミス・プラスチックはひたすら医者にものを手渡すのに徹していた。指示にしたがう姿は甘くやさしく、目の保養になった。

「きみはずいぶんと（唸り声）運がよかったな。ふうむ。いま抜糸するが（唸り声）三日間、歩いてはいかん。わかったね？」

「そこのトイレにいくのはいいですよね？」

「ふううむ。なるほど、そうだな、トイレはいい――しかし、いってもどるだけだ、わかったね？　ううん。食事はベッドでな」

「はい」

「それから看護婦、動きまわらないように見張っていてくれたまえ」

「いつもそうしています」

「そうだな（唸り声）。骨はピンで固定したから、足が短くなることはない。ゆするのは厳禁だ（唸り声）、しっかり治したいからな。できるだけ動かさないようにすること」

「はい」

「ううん……あれ、うまそうじゃないか。ひと口いいかな？」

医者は返事を待たずにトレイからなにか小さなものをつまみとると、うなずいて、部屋を出ていった。つづいて出ていこうとする看護婦に、ドンは声をかけた。「看護婦さん、飯に手が届かないんだけど」

「すぐにだれかきますから」

彼は横になって、昼食が冷たくなっていくのを見つめていた。ここの食事は熱々でもぞっとするほどまずい。彼は必死になっていいほうの足の膝でじりじりと動き、その足を下におろしてかがみこむと手をのばしてトレイをつかみ、手前に引きよせたが、そこで倒れこんでしまった。なんてことだ、身体が弱っている！

身体を起こして落ち着くと同時にドアがあいて、赤毛の看護婦が入ってきた。はじめて見る顔だ。

「あらあら、そんなに待ちきれませんでした？」

「こっちの足は下につけてないよ」彼はいいわけがましくいった。

「それはよかったわ」看護婦は真顔で彼を見つめていた。「いまあなたがどう行動するか、それがこのあとのあなたの一生を左右することになるんです。先生はずいぶん苦労されたんですよ。先生の指示にはしたがってください」

どういうわけか、この言葉はすとんと胸に落ちた。この看護婦は役職の上のほうなのだろうという気がした。考えてみると、ずっと子どもじみたことばかりしてきた。昔は我慢強くて明るい性格で知られていたのに。いったいどうなってるんだ？　ぜんぶ薬のせいなのか？　それとも薬を飲んでいないせいなのか？　やっとトレイを手にしたというのに、まるで食欲がない。それどころか気分が悪い。ふるえているし、汗もかいている。

「看護婦さん、すごく気分が悪いんだ。なにか効くやつがあるっていってたけど、もらえるかな？　なんとかバクティンとかいうやつ」

「スロバクティンね。ええ、処方されるお薬といっしょに出してもらえますよ」

「それから、先生にいうのを忘れてたけど、胃潰瘍があるんだ。それが再発してて。胃薬ももらえるかな？」

看護婦はクリップボードにメモした。「ええ、回診が終わりしだい、先生に伝えておきます。ほかになにかありますか？」

看護婦は寝具をなおしていた。そしてシーツを叩きながらふと、これはまずいとでもいうように顔をしかめたが、なにもいわずに出ていった。

彼は昼食を食べるのも忘れて、汗まみれのまま眠りに落ちてしまったが、男の声で起こされた。「寝返りを打って。こっちへ寝返りを打つんだ」

「え？」

二人いる巨漢看護兵のうちのひとりだった。なにかをベッドに置こうとしている。なにかずっしりとして、冷たいと同時に温かいものだ。

「こいつをひろげられるように、ベッドの端によってくれ」

もがきながらいわれたとおりにすると、やっと看護兵がなにをしようとしているのかわかった。ゴムシートをシーツの下に敷こうとしているのだ。寝返りを打ってもとの位置にもどると、ひんやりしていて硬くて、傷にひびいた。

看護兵がいってしまうと、ドンはにわかに恐ろしくなってきた。こういう準備をするということは、なにかコントロールが効かないくらいの重病になるということなのか？　吐き気がやけに強くなってきた。おまけに、くそっ、ここにはもろい真っ白なプラスチック皿がのった手つかずのランチ・トレイ以外、ゲロを吐けるものがない。看護兵はトレイを彼の胸の上にもどしていった。彼は肋骨の痛みを感じながら深呼吸しようとして、そんなことにならずにすめばいいが、と思わずにはいられなかった。

つぎの見回りがきたときに、嘔吐用の汚物受けが欲しいといい、トレイを下げてくれとたのんだ。顔を出したのはミス・プラスチックだった。彼女は食事が手つかずなのを確認した。

「そろそろはじまったのね、でしょ、兵隊さん？　時間かかってますね——長いこと飲んでいたんだわね、きっと」

「一年だ」

「まあ、まあ……兵隊さん、どうやったら自分の身体にそんなことができるのかしら？」

本気で知りたいのなら話してやるが、どこから話をはじめればいいんだ？　そのかわりに、彼は質問した。

「看護婦さん、胃潰瘍になったことは？」

彼女は笑った。そしてあごを少しつんとあげたすまし顔で、こういった。「わたし、これまで一度も病気で仕事を休んだことはありません」いわんとしていることはあきらかだった——病気になる人間は、自分で病気を招いている。

「一度、ためしてみるといいよ」彼は急にはじまったふるえで歯をカチカチいわせながらいった。

「けっこうです!」彼女は明るくいって出ていった。トレイはもっていったが、汚物受けのことは忘れていた。

午後はさんざんだった。またむずむずしはめじて、両腕を血が出るほど掻きむしった。ミス・プラスチックはシーツに血がついているのに目を留め、彼の爪を見ると舌打ちした。

「マリーはまだここにきていなかったのね」

まもなく、看護兵がやってきた。彼に案内されてあとから入ってきたのは、ピンクの上っ張りを着た小柄な混血の娘だった。

「爪のお手入れの時間です」

娘は小さな手で驚くほどしっかりと彼の手をつかんだと思うと、もう爪を切りはじめていた。深爪になっている。彼が文句をいうと、看護兵がすぐそばまでやってきた。「きまりで、こうすることになっているんだ」ドンが口をつぐむと、看護兵は映画雑誌をとりだして椅子に腰をおろした。爪切りはどんどん進んでいき、ドンはこのままではいっさい気持ちよく掻けなくなってしまうことに気がついて、一本だけそのままにしておいてくれとたのんでみた。

「だめ、だめ!」とマリーはいった。

「いいじゃないか。一本だけ、たのむよ」

看護兵が雑誌を置いて、またのしかかるようにすぐそばに立った。「きまりでやってるんだといったろうが。ぜんぶやるんだ。だれでも……トラブルを起こしたいのか？」

ドンは看護兵を見あげて、それはやめておこうと判断した。娘はやすりをかけおえると、驚いたことに上掛けをめくって専用爪切りで足の爪切りにとりかかった。

「うわ、うそだろ！」

「うわ、ほんとです！」娘がふざけていいかえす。看護兵は、ドンが黙って切らせるのを無表情に見届けると、けばけばしい雑誌に視線をもどした。「ちゃんと感化されたな」看護兵はいった。

作業が終わると、ドンは爪を抜かれた猫か牙を抜かれた狼にでもなったような気分だった。くそ、ここまでして人を無力化するとは！

それで終わりではなかった。マリーと看護兵が出ていくとすぐに、ミス・プラスチックが混血のポーターをともなってやってきた。ポーターが運んできたのは、驚いたことにドンが駐留地に置いてきた雑嚢だった。これも軍隊の不気味なほどの能率のよさのひとつだ。雑嚢がほうりだされると、小柄な看護婦が手際よくあけて中身を床に出しはじめた。探し物をしている。まず狩猟用のナイフがビニール袋にほうりこまれた。つぎに煙草。そして彼女は髭剃りと洗面用具が入った巻きこみ式のケースをあけた。

「これはもっていっていいですよ」彼女は歯磨きと歯ブラシをとりだすと、くるくるとケースを巻いてビニール袋にほうりこんだ。

「ちょっと、それももってっちゃうのか？　要るんだけどなあ」

「金属やガラスはだめです」彼女はきっぱりといった。「液体も。それと分厚いプラスチックも」

ドンはかなりきちんと荷造りするほうだった――清潔な制服や洗濯物は、それぞれビニール袋に入れてあった。それがぜんぶ床に出されて、ビニール袋が没収された。

「なんでそんなものまで？」

「ビニール袋はだめなんです。それで自分を傷つけようとする患者さんもいますから」

「バギー（ビニール袋の商標名）で？」

彼女は答えなかった。たぶんビニール袋で窒息死できるということなのだろう。ウウッ――

――なんという死に方だ。ぞっとして、ふるえが全身を走り抜けた。ここにいる連中はそれほど絶望しているのか？

「そういえば――時計はどこだ？」

「事務のデスクのほうにあります。認識票といっしょに。退院のときにお返しします」

また一段と裸に剝かれたような気がしたが、ふたたび吐き気に襲われて抗議することもできなかった。看護婦はこんどは汚物受けをもってきてくれて、彼が液体を吐くのを見まもっていた。そのあと、はらわたを抜かれた雑嚢に残った荷物を詰めこんでジッパーを閉じると、戦利品の袋をもって出ていった。

彼は横になった。汗をかき、ぶるぶるふるえている。両足にどこからくるとも知れない奇妙な痛みがある――どんな体勢をとってもやわらいでくれない。またむずむずしはじめたが、爪を切られてしまった指でこすっても、かゆみが増すだけだった。ついに彼は必死になってベッドからおり、窓台から歯ブラシをひったくった。歯ブラシでひっかくといくらか楽になったが、すぐに血まみれになってしまった。見つかったら、とりあげられてしまうだろう。部屋には便器以外に水はないので、歯ブラシをしゃぶってきれいにしたが、自分の血の味で胸が悪くなった。

こうして終わりの見えない時間がすぎていき――ついに投薬の時間がきた。ビタミンらしい丸薬とともに小さな茶色っぽい錠剤が二粒――薬物を除去する薬か？――それとマーロックスが入った小さい紙コップ。赤毛は忘れていなかったわけだ。彼はマーロックスをいっきに飲み干し、ほしくてたまらないあの美しい黄色のMを思い浮かべながら、錠剤を飲んだ。

夕食が出され、手つかずのまま下げられ、やがて夜がやってきた。腹立たしいことに、天井の電気はついたままだった。あっちを向き、こっちを向き、最後は小さい枕で目をおおった。

そして本格的な除去作用がはじまった。手当たりしだいに出現して彼を悩ませていた痛みは十倍に悪化し、腕を足をはらわたを容赦なく突き刺した。頭がずきずきするし、口と目が乾いてひりひりする。耐えられないと思っていた肌のかゆみは、手が届かない関節のなかに移動した。白蟻の大群が小さな脚をカサコソ動かして毛細血管をとおり骨髄にまでむずむずと行進していく絵柄が浮かんだ。関節をぐいっと動かすとむずがゆさから解放されるが、すぐにもっとむずがゆくなるので、また動かすしかない。リラックスしようとしても、内側からくるいまいましいむずがゆさは一時もおさまらず、とても眠れそうになかった。天井の明かりはぎらぎらと照りつけ、彼は汗みどろで身体をよじり、ゆがめ、ひくつかせ、ベッドに敷かれたゴムシートはそこらじゅうにベタベタと貼りついた。はっきり覚えてはいないが、看護兵が二人きて彼をベッドにもどしたりもしていた。また一時は熱気がひどくて、ベッドから出て椅子をもちあげ、網戸ごしに閉じた窓のガラスを割ろうとした。身体はひどく弱っていた——が、それでもどうにか椅子の脚で強烈なジャブをかますことはできた。ところが、その網戸はふつうの網戸ではなかった——椅子は金網に打ち跡すら残さずに跳ねかえってきた。挫折感に襲われて泣きながらもう一度やってみても結果はおなじで、ふるえながら汗まみれでよろよろとベッドにもどった。鼻がかゆくて鼻水が止まらなかった。拭くものはパジャマしかなかった。

夜のあいだのことで彼が覚えているのは、ほんのわずかな部分だけだった。明け方近くにうとうとしたようで、いくつも悪い夢を見た。最悪なのは丸太小屋のなかの静止画だった。彼の足元に女が横たわっている——彼はその女を見たくないと思っている。だが、彼の目のまえには雲のような赤茶けた塊が浮かんでいる。彼はとくにそれを見たくないと思っている——はっきり見ると死んでしまうような気がするのだ。彼はびくっと跳ねて目を覚ました。全身がぶるぶるふるえ、ひくついていた。

日中はいくらかほっとできたが、多少はましという程度で、ずっと泣きながら吐いてばかりいた。身体を汚さないようにするのはとうにあきらめた——ベッドはぐしょぐしょだ。骨は白蟻だらけのゼリーと化し、痛みが彼を齧《かじ》り、突き刺す。一度は、最悪のときはすぎたと思ったが、すぐにまた骨の髄のむずがゆさがぶりかえして彼を責め苛み、一時の休みもなく、ただむなしく身体をひくつかせるしかなかった。

拷問に等しい苦しみに視界もぼやけたまま、時間がすぎていった。見知らぬ連中が部屋にきては意味もなくしゃべり、なんの助けにもならないことをして出ていった。何度か、自分がわめき、大声をあげていることに気づいたが、だれになにをいっているのかは、さっぱりわからなかった。薬が配られても、飲むとすぐに吐いてしまった。食事が出されては下げられ、ベッドの上でトレイをひっくりかえしてしまったことも何度かあった。

やがて嘔吐が抑えのきかない下痢に変わりはじめた。最初はベッドから出て便器でしょうとしたが、体力がないのですぐに倒れてしまい、つぎの見回りがくるまで床で自分の汚物まみれになっていた。

窓の外が暗くなり夜の帳《とばり》がおりると、すべての症状が悪化していった。彼はある時点で手首、足首がベッドの手すりに縛りつけられているのに気がつき、抗議の叫びをあげつづけたが、やがてのどがカラカラになり、声がかすれてあきらめるしかなかった。ベッドの横に点滴スタンドがあった――針を引きぬいてしまって、だれかにしかめ面で叱られた。

明け方近くになり、疲れ果ててやっとうつらうつらしはじめると、ふたたび悪夢がはじまった。彼は偵察隊の一行とともにゲバリスタの集団を急襲していた。隣にいる男が悲鳴をあげて倒れる。彼は藁葺きの屋根に向かって火炎放射器をかまえている。屋根に火がつき、炎が唸りをあげる。そしていつものように、あの小屋のなかで女が仰向けに倒れている恐ろしい静止画。何度も見るうちに、女が腹に傷を負っていることがわかった。目のまえに浮かんでいるもやもやした塊は見ないようにしていたが、それでも細かいところが見えてきた――塊から尖った光るものが突きだし、なにかが下から駆けのぼっていく。そしてその塊が動き、叫んでいる。悲鳴をあげて目を覚ますと窓の外が明るくなっていて、彼は夜明けがもたらすらしい奇妙なつかのまの安堵感を覚えた。

昼がきて夜がきて、何度それをくりかえしたのかわからぬまま、時がすぎていった。また点滴があらわれ、手足をベッドに縛りつけられた。もう抗《あらが》う力もなくなっていた。

ついにある日の午後、内側のじつに厭わしいむずがゆさが、それよりもずっとしのぎやすい純粋な痛みに道を譲るときがきたことに彼は気づいた。つぎに薬を飲んだときには吐かずにすんだし、水をコップ一杯飲んでも吐き気は起きなかった。だが、彼の気分は変化していた――怒りと混乱から抜けだせたと思ったら、とてつもない物悲しさと絶望感にとらえられていたのだ。なにを考えていても、最後は恐怖と死で終わる。身体はいくらか解毒されたのかもしれないと彼は思った。が、心はちがった。もしこれが現実なら、現実と距離を置ける魔法の錠剤がのどから手が出るほど欲しい。その錠剤のイメージが頭のなかをふわふわと漂っている。そして欲しいという思いが募ったあげくに、彼はそれが部屋のどこかにあるという妄想にとらわれた――そうだ、雑嚢のなかだ。三度、ベッドから這いだして探したが、もちろん見つからなかった。彼は泣いた。涙の奥で、鉄のように硬い決意が固まった――なんとかそいつを手に入れて、人生を耐えられるものに、いやそれどころか楽しいものにしてくれる体制をとっている世界にもどるのだ。前線ならあの錠剤はどこにいても、いくらでも手に入る。おれの居場所はあそこだ。故郷ではない。あの安心感にくらべたら、故郷がなんだというんだ？

その夜、彼はほんとうに深い眠りに落ち、それとともにあたらしい悪夢があれこれごちゃまぜで押しよせてきた。彼自身が小さな混血の少年の顔めがけてまっすぐに飛んでいき、その子の頭が爆発するのを見ている。ゲバリスタが夜間、弾薬庫に急襲をかけてきて、小隊が叩き起こされる。そしてふたたび小屋のなかで彼が傷ついた女のそばに立っている、あの静止画。いまは女の傷がはっきりと見える――腹全体がぱっくり割れて、皮膚と脂肪が厚ぼったい果物の皮のように空っぽの空間からめくれあがっている。女がかすかに身悶えする。ナイフで裂いた傷だ、あれは。そして彼の目のまえの不定形の塊が、容赦なく――ああ、まさか！――長いマチェーテ（中南米諸国で用いる大型ナイフ）の刃で串刺しにされた血まみれの新生児に変わった。刃の根元のほうもはっきり見えている。柄を握っている手がある。だれの手だ？　おれのではない――いや、おれのだ。身の毛のよだつ重荷がもがいて足を動かすたびにバランスが移動するのが感じられる。それが、死に物狂いで金切り声をあげている。

彼は純粋な意思の力で自身を眠りから引き剝がし、あえぎながら目を覚ました。窓の外が白みはじめていた。そして明るさを増していく光のなかで彼は悟った――これは悪夢ではない、記憶だ。おれがあんなことをしたのだ。おれが臨月の妊婦の腹を切り裂いて、赤ん坊をナイフで串刺しにしたのだ。そのあとどうなったのかは、わからなかった——その所業だけで充分だった。彼はバトル・ゾーン錠を飲んで残忍な獣と化し、見るものすべてに、腹のなかの子にさえ、敵を見いだしていた。おれがやったのだ。ほかになにをしたのかは、神のみぞ知る。そしてそれが顔を出そうとするのをスリーパー錠が押しとどめていたのだ。ああ、あの薬が欲しい！

陽が高く昇るにつれて、正気らしきものがもどってきた。何日ぶりかで、ものを考えることができるようになった。彼は、この行為を思い出したいま、自分の人生はどうなっていくのだろうと考えた。そんな人生などありえない。彼の魂は、いまや巨大なわななきの塊だった。なにをどうしようが、悲鳴が聞こえ、さらに細かいところまで目に浮かび、はらわたの異臭が鼻をつく。ありえない。とにかく終わりにしたかった。死んでしまいたかった。

死ぬ——この血も凍る恐怖をあの世にもっていく、永遠に終わらせる。そうだ。生きているかぎり、時々刻々こうした場面に責め苛まれ、このうえない恥辱と胸の悪くなるような自責の念に苦しむことになるだろう。ほかになにを思い出すのか、恐れながら生きなければならない。それは耐えられない。この生々しい記憶をガンのように身の内にかかえたまま故郷に帰る？　ありえない。ここで死のう。なんとかして死のう。

答えが見つかって少し楽になったような気がした。だが、ふたたびうつらうつらしだすと記憶がもどってきた。マチェーテを押しこむ彼の手に、血まみれの小さな手が一瞬触れる感触。彼は悲鳴をあげて目を覚ました。

それからしばらくして、あの小柄なブロンドの看護婦が顔をのぞかせた。「よくなりましたねえ！」ひと目見て、彼女は明るくいった。「さあ、きょうは廊下に出ていいという許可が出ていますよ。立ちあがって、外へ！」

やっとの思いだった——看護婦の助けを借りて壁によりかからせてもらい、手をひかれてカニの横這いでどうにか廊下に出た。彼は目をしばたたいた——すっかり忘れていたが、世界にはあの苦悩の部屋以外のものがあったのだ。

「食事時間にまにあうように練習しないとね。きょうから食事はデイルームで食べてもらいます。ベッドにはもっていきませんから」どうにかこうにか廊下の端の鉄格子にたどりついた。彼は鉄格子にすがりついて、その向こうをぼんやりと見やった。

「食事の準備ができると、ここをあけてくれますからね」と看護婦はいった。「だれかが声をかけてくれますから」

食事と聞いて、また吐き気がしたが、なにもあがってこなかった。看護婦に付き添われて、またカニの横這いで二〇九号室にもどった。「練習してくださいい！」彼女は明るくくりかえした。部屋に入ってすぐ便器にたどりつこうと頑張ったが、まにあわなかった。痙攣が落ち着くと、ミス・プラスチックは彼に手を貸してベッドにもどしてくれた。そしてどこからかモップをとりだした。

「これが最後。これからは部屋はきれいにしておいてくださいよ。しばらくは、モップをこの隅に置いておきますからね」彼女は手際よくモップを便器のなかで絞り、タンクのなかで手を洗って水を流した。前にもこの光景が何度もくりかえされていたことが、ふいに脳裏によみがえってきた。

なにか食べるのはもちろんのこと、どうやってまたあそこまでいくのか、見当もつかなかったが、食事時になるといちばん大柄な看護兵が顔を出して外に出ろと命じた。よろよろと廊下に出ると、何百人もの人間であふれかえっているように見えた。二〇七号室から出てきた男は頭から肩まで包帯でぐるぐる巻きで三つだけあいた黒い穴から目と口がのぞいていた。困惑しながら壁伝いによろよろと歩き、人波とともに開いている鉄格子に向かって進んでいくと、トレイが積まれた大きな台車があった。横の男が、「名前が書いてあるから」と教えてくれた。ドンが困惑しているのを見ると、男がたずねた。「おまえの名前は？」

「スティル」

「スミス？」

「いや……スティルだ」

見知らぬ男はいきなり棚に手をのばした。「これだ。これをもってテーブルについて食え。でないと片づけられちまうぞ」

「どうもすいません」

ドンはふるえる手でトレイをもって、あいている席に向かった。スープがバシャバシャはねて、そこらじゅうにこぼれた。具合が悪いにもかかわらず、どうにかスープ皿をもちあげて、いくらか飲むことができた。驚いたことに、うまくて、ぜんぶ飲み干した。どのトレイの皿も格安航空会社が使っているような白いぺらぺらのプラスチック製だった。金属製のものはひとつもない。

立ちあがっていこうとすると、だれかが袖をひっぱった。

「トレイをもどさないと、どやされるぞ」

「ああ、どうも」彼はこの地獄での奇妙な友情に感謝して、鉄のように重いトレイをもちあげた。この連中もミス・プラスチックとその手下の用心棒どもに服従してきたから、なにをすればいいか、よく知っているのだ。ふと見ると、二、三人、リズミカルに膝をがくがくさせたり、足でコッコッと音をたてたりしている兵士がいる。かれらがなにを感じているのか、彼にはよくわかる――あの、止めることのできない、ぞっとするようなむずがゆさ。いつかは消えてくれるのだろうか？

二〇九号室にもどると、あの感じのいい黒髪の看護婦がベッドのシーツをとりかえてくれているところだった。

「ああ、ありがとう」彼はどさりと椅子に腰をおろした。

「ここにきれいなパジャマもありますからね」彼はいまさらながら、汗臭い、排泄物のしみがついたパジャマで動きまわっていたことに気がついた。くそ、ひどい匂いにちがいない。

「洗濯室にいつでもきれいなのがありますから、使ってください。シャワー室の向かい側です。デイルームの先の」

「シャワー室？」

「そう。でもシャワー室に入るときはかならず看護婦にいってくださいね」

「うれしいな。ありがとう……問題は、身体が弱ってることだ。よれよれだよ。ちょっと前まで敵と戦ってたなんて信じられない」

「それはね、アンフェタミンを飲むのをやめた影響。スーパーマンになるには、もう少し我慢しないとね」

「どれくらいつづくんだ？」

「動いて追いだすんです。治療法はそれだけ。身体を動かすこと」

「でも、毎日、悪くなってるみたいな気がするんだ。どんどん身体が弱ってきてる。ここで死ぬんじゃないかって気がする」

「そんなことというもんじゃありませんよ。解毒で死んだ人はいないし、死ぬはずもないんだから。これからよくなる一方ですよ」真剣なまなざしで彼を見つめて、彼女はつづけた。

「あなたはここにいれば絶対に安全なの。なにも怖がることはないのよ」

彼女の口調のなにかがひっかかった。ここで死ぬという意味がちがう、と彼は思った。彼女たちは自殺の心配をしているのだ。安全というのはそういう意味だ。おれは逃げられないんだ。彼は痛切な思いで、静かに微笑んだ。以前の彼にとって、〝安全〟という言葉はまったくちがう意味をもっていた。ゲバリスタに攻撃される恐れのない、充分に距離をとった場所にいること、それが〝安全〟だった。

「ゲバリスタはいまどのへんにいるのかな？　おれ、なにも知らないんだ」

「戦争はうまくいっているそうですよ。前線はあなたがいたときよりずっと遠くに移っています」

「もどらなくちゃな」

「あら、そんなことはないわ。あなたにとっては、戦争は終わったんですよ！」彼女は汚れたシーツをまるめて出ていった。

「どうもありがとう」彼女の背中に、彼は声をかけた。だが腹の奥深くから不安が襲いかかってきた。彼女はたしかにいった。彼にとっては、もう終わった、あの小さな黄色い錠剤のケースとともにあった心地よい戦闘の世界は終わったのだ、と。故郷でなにをする？　闇取引のMを求めて夜の街をうろつくのか？　冗談じゃない。もどらなければ。あっさり死ねる手立てがあるということも含めて、前線にもどることこそが彼の望みだった。

　ベッドに横になると、憂鬱と吐き気がいっそう激しく襲いかかってきた。瀕死の女と苦しむ赤ん坊の姿がまた浮かんでくる。この先ずっとこんなふうに生きていくことはできない。絶対にむりだ。自己嫌悪が有毒な霧のように頭のなかにたちこめている。霧は夜までずっと晴れなかった。

　その夜、トレイの台車にたどりついた彼は、あるものを見つけた。だれかがミスを犯したのだ。バターとケチャップがのったトレイに本物のきらりと光る金属製のナイフが置かれている。彼のトレイの真上だ。

　だれも見ていない。一瞬の早業で、彼はその美しいナイフをパジャマのなかに入れ、足に巻かれた包帯に突っこんだ。

食べているふりをしながら、ほかの連中が出ていくのを待った。そして戦利品とともによろよろと二〇九号室にもどった。ほっと息をつく。出口が見つかった。しかし決行するのは夜が更けてからだ――それまでどこに隠す？

完璧な場所を見つけた――窓の上の縁にある飾り帯の一部が浮いている。端っこが少しのぞくだけで、するりとおさまった。いったん隠したのをまたとりだす――刃がなまくらだ。研がなくては。網戸でなんとかなるだろう。

彼は用心しながら、見回りの合間にせっせと研いだ。そこそこ鋭くなった。手首でためすと、細い赤い線ができて、端から赤いしずくがにじみでてきた。よし。彼はナイフを隠し穴にもどしてベッドに横になり、どこを切るのがいちばんいいのか思い出しながら手首をまさぐった……安らかな出血死。ただ寒くなるだけだ。ベッドの端から手をたらしておけないのは残念だ。それをすれば見回りに見つかってしまう。ベッドのなかの身体の下なら手遅れになるまで血を見られずにすむだろう……。動脈からどくどくとあふれつづけるように、深く切らなくてはならない。痛いだろう――だが、頭のなかのものほどではない。あれに苦しめられることは二度となくなるのだ。

廊下でちょっとした騒ぎが起きていたが、気にならなかった。彼にはかかわりのないことだ。もう二度と、なにに関心をもつこともない……。隣の部屋が騒々しい。包帯男の部屋だ。だれかが、あの男はコックで、レンジで火傷したのだといっていた。解毒がすんだら何度も整形手術を受けることになっているという。その男がドンの部屋のすぐ外で、だれかに向かって怒鳴っている。「おれの部屋からさっさと出ていけ！」いっても効果はないようだった。ドアがバンと閉まる音がした。

こんどはドンの部屋のドアがあいて、ミス・プラスチックがつかつかと入ってきた。ブロンドの巨漢《ウント》看護兵を二人、引き連れている。ドンはこの二人に心のなかで名前をつけていた。ハンスとクラウス。

「起きて椅子にすわってください」

「椅子に？　どうして？」

「とにかく起きて、ベッドを見させてください。きまりですから」

彼が椅子のほうにいこうとすると、ハンスが立ちはだかって素早く、しかし効果的にボディチェックをした。パジャマの上からぽんぽんと足のほうまで叩いていく。それがすむとハンスはドンの手をつかんでひっくりかえし、唸り声をあげた。彼はつかんだ手をさしだして、看護婦に手首の切り傷を見せた。彼女は重々しくうなずき、いっそう綿密な捜索がはじまった。

クラウスはベッドを丸裸にしている。シーツ、ゴムシート、枕カバー、すべて床におろす。つぎに手際よくマットレスをひっくりかえしてスプリングを露出させ、底や手すりも調べる。

ここまでくればドンにもはっきりとわかった。かれらはナイフを捜しているのだ。彼の大事なナイフを。最初はスプリングの横桟に隠そうと衝動的に思ったのだが、そうしなくてさいわいだった。

クラウスは壁の裾板を調べながら、ぐるりと部屋を一周していた。そして整理ダンスのところにくると、看護婦と二人で引き出しを抜いて、ひとつひとつ底を調べていった。それがすむと彼は便器のまわりとタンクのなかを徹底的にチェックし、ミス・プラスチックは整理ダンスの引き出しをもとにもどしていった。ハンスはシーツや枕をベッドの上に積んでいる。

「では、ベッドに腰かけてください」彼は無言でしたがった。かれらは椅子を念入りに調べ、ついでクラウスとハンスは裾板にもどり、看護婦は雑嚢の中身をどさっとあけた。

ハンスは部屋を一周しながら、上へ上へと視線を移していく。ドアの両側の柱とコンセントを素早く調べる――そしてこんどは窓のそばにいった。ハンスが窓の下枠に沿って手をすべらせているあいだ、ドンは身を固くして息を詰め、そっちのほうを見ないようにしていた。クラウスはドンの持ち物を雑嚢に詰めている。ミス・プラスチックはしかめ面でドアのところに立って、足でコツコツと床を叩いている。

「よし」やっと出ていきそうだ。ほっと安堵して、ドンの心臓は高鳴った――が、突然ハンスが踵を返して窓の上の飾り帯に沿って、手をすべらせはじめた。ああ、だめだ！――カサカサッという音、そして、くそっ、ちくしょう――ハンスが隠し場所からナイフを引きだしてまじまじと眺め、ドンが研いだ刃の切れ味をためしている。

ミス・プラスチックとクラウスが、なにかキャンバス地のものをもってドンのほうに近づいてきた。

「このなかへ、両手をすべりこませて」

「何なんだ？」

「タキシードだ」ハンスがいって、ヒヒッと笑った。ドンがなんの反応もできずにいるうちに、両手は袖のまんなかあたりまで差しこまれていた。だが、袖口がない。そこではじめて彼は気づいた――拘束衣を着せられているのだ！

「よせ！　やめろ！」

「さあさあ、兵隊さん、落ち着いて。拘束室でひと晩、すごしてもらいますからね」

「ええ？　おれはなにもしてないのに、なんでこんなこと――」

もがいても手遅れだった。もうベッドにうつぶせに寝かされ、ハンスが背中にのって押さえつけ、クラウスが拘束衣の長い袖をドンの身体に巻きつけている。彼は足をばたつかせたが、むなしく宙を蹴るばかりだった。クラウスが彼の足に膝をつき、頑丈なジッパーを引きあげた。

それからすぐに彼はなすすべもなく廊下へと追い立てられた。それでも訓練のおかげで二人をふりまわし、クラウスの股間を狙って痛烈なキックを見舞うぐらいはできそうだったが、最後の瞬間で思いとどまった――いまは勝ち目はない。クラウスのタマをつぶしたりしたら、どんな腹黒い仕返しをされるかわかったものではない。

拘束室に入ってまず感じたのは熱気と消毒薬の匂いだった。窓はひとつもなくて、ドアに小さな分厚いガラスがはめこまれたのぞき窓があるだけだ。便座なしの便器。床に斜めに敷かれたマットレス。ほかにはなにもない。

マットレスにどさっと放りだされると、最後の恥辱のときがやってきた――パジャマのズボンを脱がされたのだ。彼は抗議し、叫んだが、自分の声がまったく響かないのがよくわかった。拘束室はしっかりと防音されている。前にこの近くで聞いたかすかな泣き声は、だれかが腹の底からふりしぼっていた声だったにちがいない。

「いつまでだ？　いつまでなんだ？」彼はすがるようにたずねた。

「なんともいえません」ミス・プラスチックがぴしりといい、かれらはさっさと出ていった。重々しい音を響かせて、ドアがしまる。

彼は立ちあがってドアのガラスに顔を押しつけた。マジックミラーだった。自分の顔のうしろに天井の明かりがぼんやりと見えるだけだ。彼はがっくりと肩を落としてマットレスにひっくりかえった。しかしまったく楽にはならなかった――拘束衣の下でまた目に見えない虫がカサコソと動きだしている。

その夜のことを彼は覚えていなかった。思い出そうとも思わなかった。

彼は、歯を折りそうになったりしながら、いろいろなことをためした。便器の縁のザラッとしたところを見つけてよりかかり、キャンバス地をゴシゴシとこすりつけた。ところが結果は、金属の縁がなめらかになっただけだった――拘束衣はただのキャンバス地ではなく、なにか特別なものでできているようだ。ドアのガラスに顔を押しつけて一時間すごしたりもした。一度、頭が近づくのがぼうっと見えたので、力のかぎり「助けてくれ！」と叫んだが、頭はそのまま遠ざかってしまった。

　また下痢がはじまって便器を使おうとしたが、失敗してしまった。虫のむずがゆさは信じられないほどひどくて横になることもできず、熱気がこもった小部屋のなかを歩いて、歩いて、歩きまわった。

　ついに疲れ果てて倒れこみ、マットレスまで這っていって、びくっびくっと身体を痙攣させながら、ゴムボールのようにまるまった。そして一時間、また一時間と苦痛に苛まれつづける時がすぎていき……。

　その永遠とも思える時間のどこかでドアがあいて、黒髪の看護婦が入ってきた。水が入ったコップと冷たい濡れた布をもってきていて、その布で顔を拭いてくれた。信じられないほど気持ちがよかった。

「あと……どれくらいなんだ？」

　彼女は眉をひそめた。「もうすぐですよ。だれかにいっておきますから」

「これは何なんだ……よくある、いいデカいやなデカってやつか？」

　意味は通じず、彼女はただ首を横にふった。

「おれはわめいてない……もうわめかない……おとなしく……する」

　彼女は静かにいった。「ある患者さんが教えてくれたんですよ、少しは楽になる方法を。自分の身体のなかで痛くないところを見つけるんですって――左の耳とか、どっちかの手とか、舌とか。痛くないところならどこでもいいの――そしてそこだけに神経を集中させるんですって。そこのことを考えるの。そうするとずいぶんいいそうですよ」

彼女はいってしまった。

彼は彼女の勧めにしたがってみることにした。ひょっとしたら効き目があるかもしれない。ドアの窓の明るさが変わりはじめた頃、ハンスとクラウスが入ってきた。かれらはドンを勢いよく立ちあがらせて拘束衣の結び目をほどいた。腕がこわばってしまって、袖から抜くのに苦労した。

汚れ放題、しかも裸という姿で、彼は人気のない廊下を歩かされ、ベッドに寝ころがされた。思慮深く口をつぐみ、どんなかたちでもいっさい抵抗しないようにした。いろいろと考えた結果だ。

大事なのは、ここから出ること。ここで人生を終わらせることは不可能だと、かれらは確信させてくれた。彼は〝絶望的に〟安全なのだ。よくわかった。

だからかれらに面倒をかけてはいけない。かれらに逆らってはいけない。にっこり笑って、よくなっているふりをして、何事も我慢だ。なにも欲しがらない。マーロックスも。段階的解毒のことは口にしない。ミス・プラスチックにも笑顔を見せる……。

できるか？　ええい、くそっ、ちくしょう、Mが四分の一錠でもあれば！　力が出ない。よれよれだ。それだけのことがちゃんとできるのか？　もちこたえられるのか？

いいいい、やるしかない。

なにはともあれ連中は、彼が故郷に帰るものと思っている。ここに永久に置いておくわけにはいかないとわかっている。それに、見たところ患者が多すぎる――彼が目を覚ました丸天井の広間にベッドがずらずら並んでいるのが鉄格子ごしに見えた。連中としては彼に〝治癒〟のしるしをつけて縁を切りたいにちがいない。荒っぽいやり方が功を奏して〝解毒〟が成功したと思いたいにちがいない。

彼は汚物と恥辱にまみれて横になったまま、残忍な笑みを浮かべた。思いどおりになったと信じたい観客相手に演じればいいのだ。

そこで彼は頑張った。倒れそうになりながらも、トレイをテーブルまで運び、必死に食べ、隣の男たちと愛想よく話し、部屋にもどってぜんぶ吐いたことはだれにもいわなかった。眩暈がして世界がぐるぐる回っているというのに、両手を大きくふって廊下を歩いた。「運動だ」黒髪の看護婦が微笑んでくれた。ミス・プラスチックが十五分ごとに顔をのぞかせたときには、笑顔で迎えた。一度など、ずいぶん面倒をかけたとあやまりさえした。彼女は微笑んで、こういった。「わたしたちはそのためにここにいるんですよ、兵隊さん」彼女がなんのためにここにいるのか、もしチャンスがあればそうしたいと思う光景を心に思い浮かべながら、彼はにっこりと笑顔を返した。チェックが入るときにはモップで部屋をきれいにしておくよう努めることも忘れなかった。

しかし問題は、身体の内側が少しもよくなっていないことだった。夜は悪夢の記憶に苛まれる地獄だ。彼は強くなるどころか弱っていった――弱さは鉄のくびきのように肩にのしかかり、なにかするたびに眩暈がして息が荒くなった。たまに転ぶのを病院のゆるいスリッパのせいにして、彼は不調を極力、隠した。ある日、なんとかシャワーを浴びたときには、気を失ってあやうく溺れるところだった。リネン室できれいなパジャマは見つけたものの、棚によりかかって着るのに三十分もかかるありさまで、着終わったときには失神寸前になっていた。身体は日に日に弱っていった。

どうなるはずなんだ？——身体が代わりのものをつくる方法を覚えなおさなくてはならない、とだれかがいっていたが、そういうことなのか？　もし身体がそうならなかったら、もし引き返せないところまでいってしまっていたら、どうなるんだ？　体内のメカニズムのことなどよくわからないし、気にしてもいないが、人によってちがいが大きいことは知っている。もし治らないとしたら？　アドレナリン腺だかなんだかが完全にだめになっているとしたら？　なんだか、日々、エネルギー供給が少なくなっていくような、切れかけのバッテリーで動いているような気がしてきた。けっきょくごまかしきれずに、耐えがたい記憶をかかえて永遠にここで立ち往生したままになるのではないかと、心底、恐ろしくなってきた。

だが、奇跡的に事はうまく運んでくれた。解毒病棟が超満員だったおかげだ。気がついてみれば一週間もしないうちに、ふたたび部屋を移れといわれた。こんどは椅子が並べられた廊下のほうで、鉄格子のあいだの〝デイルーム〟と呼ばれる場所に自由に出入りできるところだった。その廊下の突き当たりはふつうの両開きのドアで、緑が植わった庭のような場所に通じていた。部屋の広さは変わらなかった——が、テーブルがあって、窓は網戸がついているものの透明なガラスで、カーテンもある。窓辺にいくと、壁と鬱蒼《うっそう》とした庭が見えた。

しかもガラス戸は網戸ごしにハンドルをまわせばあけられる！　彼はふるえる手で窓を大きくあけて椅子に沈みこみ、あえぎながら新鮮な空気を吸いこんだ。ああ、神さま！　しばらくのあいだ、ほんとうに気分がよくなった。

そこに移って二日めには、庭に出てよいという許可がおりた。ハンスがやってきて廊下の突き当たりのドアの鍵をあけ、なんの手入れもされていない庭の小道を指差した。「歩いてこい！　一日三回」それだけいって、ハンスはなかに入ってしまった。

最初の数分間は信じられない思いだった。外の空気！　この解放感！　彼はひらきすぎた大きな赤い薔薇に顔を埋めた。ワインの香り、自由の香り……。

おずおずと、ゆっくりと、彼は小道をたどっていった。かたわらには高さ八フィートの金網フェンスがあり、フェンスのてっぺんには有刺鉄線が三重に張られている。彼にはとてものぼれない。フェンスは庭とそのすぐ外の木々が生い茂る地帯の一部を囲いこんでいる。

と、急に下っ腹が痛くなった。また下痢だ。彼は庭の生垣を押し分けて小さな松の木立に向かった。フェンスはこの木立の外側に設置されている。理由はあきらかだった——木立の縁が肩ぐらいの高さまであるイバラの藪になっているのだ。彼は苦労してその藪を抜け、まんなかのいくらか開けたところにたどりついた。が、そこで足が止まった。なじみのある臭いがしたのだ。臭いの原因はすぐにわかった。松葉の毛布の下に、それはあった。

フェンスを設置した連中はこの木立を調べる手間をはぶいたにちがいない。松葉のなかに、GIの死体が横たわっていた。のばした手のそばにM18がある。その手はほとんど白骨化している――防弾チョッキをつけた身体は乾燥して、妙に縮んでいる。ついにサンイスキエルダを制圧したときに死んだのにちがいない。だがドンはそんなことを考えて立ち止まったわけではなかった――彼はのどを詰まらせ、声にならない叫び声をあげて死んだ男の横に身を躍らせると、硬い防弾チョッキの内ポケットに手をさしこんだ。

そして――ああ、神さま！――あったぞ！

彼は信じられない思いで小さな黄色いケースをとりだし、ほとんどいうことをきかない指でふたをあけた。すると――満杯だ！　ああ、ありがたい、ありがたい――彼はずらりと並んだMの列を、BZがおさまった枠を、スリーパーがつくる直線をみつめた。ここにあるんだ、この手のなかに。慎重に、慎重に、彼はMを一錠とりだし、ケースのふたをしめてから飲みこんだ。なんという信じがたいほどの幸運、まさに力尽きる寸前に救いにきてくれるとは！

そのとき、またもよおしてきたので急いでパンツをおろした。しゃがんでいて気がついた。死んだ男もおなじ用事でここにいたらしい――防護服のズボンがおろしてある。だれかが見ていたか、待ち伏せしていたか。死体の下半身の一部が吹き飛ばされていて、灰色の骨盤の破片が、死後かなりたった肉から突きでている。大きな水たまりのような黒いタール状のものひろがり。汚物。古いので、蠅もほとんどたかっていない。ここでは死はすみやかに完了する。しかし彼の手に貴重な薬物パックを残してくれたおかげで、彼の血管にかすかな高揚感がひろがりはじめている。

どこに隠す？

足の包帯の下。彼は立ちあがって、注意深く小道に引き返し、ひとまわりしてドアのところにもどった。途中で、金網のフェンスに何カ所か出入り口があるのに気がついた。どこも鎖と南京錠で固定されていた。

ドアのガラスをノックすると、すぐにハンスがなかに入れてくれて、また施錠した。

「散歩はいいいな」彼はハンスにせかせかと話しかけた。「もう気分がよくなってる」

部屋にもどると、彼はじっくり考えた。ここでは十五分ごとの見回りはないが、いつだれが入ってくるかわからない。けっきょく錠剤をケースから出して、一、二錠ずつ、カーテンの裾やコンセントの縁の下、便器のうしろのひび割れのなかなど、あちこちの隅や隙間に隠した。隠し場所は忘れない、絶対に！　空《から》になったケースは判別がつかないようにねじって、食事の時間にトレイといっしょに出される残飯入れの缶にしのびこませた。

その日の夕食は至福の時間だった。衰弱しきっていたはずが軽い疲労感を覚える程度に変わり、あらゆる痛みが消えてなくなった――Mは以前同様の効果をもたらして、輝かしい敏活さがもどり、あらゆる問題を遠ざけてくれた。彼は人に話しかけ、質問し、その答えに耳を傾け、解毒廊下からきたゾンビがトレイを見つけるのを手伝ってやったりもした。その男は彼に向かって唸った――目をよく見ると、BZの影響の赤みがとりきれていないのがわかった。片腕は包帯でぐるぐる巻きで、脇腹から突きでている。「よくなるから」とドンはやさしくいってやった。

「辛くても我慢だ」男はふたたび唸った。

ドンはミス・プラスチックに会うと陽気に挨拶して、庭の散歩はほんとうに身体にいいと話した。気をつけろ、と彼は自分にいいきかせた。これじゃ酔っ払いみたいだ。にやにや笑いをトーンダウンする。

彼女は渋い顔をしている。「兵隊さん、外に出るなら服を着たほうがいいわ」

「服？」

「洗濯室に作業服がありますから。外に出るとき用に置いてあるんですよ」

ますます好調だ。部屋にもどる途中でボタンやなにかがちゃんとそろっていそうなのを一組、選びだした。ここじゃ砕岩機で洗濯してるのかよ。浮かれ気分だった。すべて順調と思うと、うれしくてしかたなかった。

その夜はスリーパーを飲んで、ここにきてはじめて、夢も見ずにぐっすりと眠った。なんにせよ戦争がもたらしたものは、遥か彼方の他人の話だった。

眠る前、最後に考えたのは薬を計画的に飲まなくてはならないということだった。前線にもどるまでもたせなくてはならない。中毒になっていることはもうはっきりしている——錠剤があれば正常でいられるが、ないと病んだ亡霊だ。そして薬があるのは前線。脱走して前線に向かうのはそうむずかしくはないだろう——AWOLで戦闘地域に向かうやつは、そうそういるもんじゃない。それに、うまくいいくるめれば、どこの部隊でも受け入れてくれるはずだ。

つづく日々は、水に漂う花のようにすぎていった。あまり上機嫌にふるまいすぎないよう何度も何度も自戒しなければならなかったが、不審に思う人間はひとりもいないようだった。あの黒髪の看護婦でさえ、庭を歩いて花を見ることがいかに身体にいいかという彼の話を受け入れて、やさしく微笑んでくれた。

やがてある朝のこと、翌日にここを発つ予定だということがわかった。解毒がすんだ四、五人といっしょだということだったが、どうやらこのことを知らなかったのは彼だけのようだった。

そしてその日の午後、彼はもうひとつ、あることを知った。計算をまちがえたのか、それとも忘れたのか、どちらにしてもMが見つからないのだ。いくら探してもだめだった。NDとBZは大丈夫だが、メインテナンスがない。それがどうした、前はあれなしでやっていたんだ、どうにかなる。

が、時間がたつにつれてまた虫が顔を出しはじめると、決意は弱まっていった。彼は赤いBZ錠を指先でもてあそんだ。これは敵との実戦の場で飲むものだ。前線から遥か離れたここで飲むとどうなるのか？　爆発的な力が出るということ以外、おかしな影響が出た覚えはなかった……。

実在しない白蟻の隊列がウエストバンドの下を這い進んでいる。彼は身をよじって掻きむしった。一分もすると、おなじことをしなければならなかった。ああ、神さま、これだけは……自分でよく気をつけていれば、人にじっと目を見られたりしなければ、大丈夫だ。

彼はBZを口にほうりこんだ。

……思ったとおり、一段と注意深くなったのと虫が消えた以外、何事も起こらなかった。色がより明るく鮮やかに見えるという変化はあった。なんだ、BZはただの強力な覚醒剤みたいなもんじゃないか、と彼は思った。だが、これまでだらしなさすぎたという気がした――彼は窓のまえに立っていた。外からまる見えだ。だれでも外からのぞけば彼の姿が見える。いい標的になってしまう。彼はうしろにさがってカーテンをひいた。

心は最後の戦闘の日へとさまよっていった。一三・四〇・七高地。彼らはそこを制圧しようとしていた。ここでは山のことを〝高地〟という。いまでは前線はそこからずっと先へ移動しているという話だ。しかし敵はいま、どこにいるんだ？

彼は心配そうにあたりを見まわし、カーテンの隙間から外をのぞいた。なにも動くものはない。廊下にもだれもいない。いや、待て――聴覚が鋭くなったようだ――デイルームの奥から足音が聞こえる。小さなコツコツという足音。

耳を澄ませていると、だんだん大きく、鮮明になってきた。こっちにくる！かすかにジャラジャラいう音も聞こえる。なるほど、あれはミス・プラスチックが手首につけている大きなキーリングの音にちがいない。

敵の音が壁沿いに近づいてくる。おれのところにくる気か？

彼は無意識に両手を曲げのばしして、てのひらの外側の縁にできているたこに触った。やわらかくなってしまっただろうか？　いまなら倒せると思われてしまったのか？　彼はドアにじりよって耳を澄ませた。

足音はひとりだけだった。

小柄なブロンドの看護婦は、その日の午後、また早めに勤務についていた。彼女はかなりの量の時間外勤務をこなしている。サンイスキエルダではなにもすることがないという事情もあるにはあるが、やはりやむにやまれぬ義務感から、というのが大きい。彼女は、もどってきてからもう二度、施錠しておくはずのドアがあいているのを見つけた。みんな、だらけている。たとえばいまも看護兵が二人いっしょに昼食休みをとっている。これは規定違反だ。彼女はデイルームを見てまわった——大きな問題はない。だが、庭へ出るドアは施錠されているだろうか？　最近、庭に出る許可がおりている患者が多いので、看護兵たちはとくにそのへんがいいかげんになってきている。

彼女は解毒病棟にいく前にそっちを確認しておくことにした。

仕事に必要なキーリングを革ひもで手首に結びつけて、彼女は人気のない廊下を歩きはじめた。コツ、コツ、コツ。

もうすぐ庭への出口というところで、あるドアが静かに開き、陰になった顔が彼女の目のまえにぬっと出てきた。

ぎくりとしたのを隠そうと、彼女は明るく微笑んで、「こんにちは、兵隊さん」と声をかけた。

それが彼女が発した最後の声だった。

なにが彼女ののどを一撃して繊細な咽頭を打ち砕き、声帯を押し潰したのか、彼女が知ることは永遠になかった。軍隊でいう歩哨倒しチョップだが、人間の手がそこまでの破壊力をもつ一撃をくりだせることも、悲鳴をあげる前に声が出なくなってしまうことも、彼女には想像もつかないことだった。

激痛でかがみこんだ彼女は、部屋のなかに引きずりこまれた。服がめくりあげられる。彼女は人間離れした強靭な手をむなしく叩く。だみ声がささやきかける。「けっきょくあとで殺されるってわかってるんだろう？」

彼女の顔面を強打が襲い、歯が折れる。そしてまた一発。

「あんた、かわいい死体にはなれないな」

彼がハンスと呼んでいた看護兵がベッドを調べたときのことがヒントになった。いまドンはマットレスをもちあげて、たわんだスプリングの上に小さな死体をたいらに置いているところだ。返り血は浴びていない。どこにも血はついていない。マットレスをもとにもどす――ほんのわずか、ふくらみができている。それをごまかすために、ベッドをきちんとととのえる。これなら、だれがのぞこうと、きれいな空っぽの部屋だよ、兵隊さん。

さあ、あと少し細工して、錠剤を集めて出発だ。キーリングはまず最初に預からせてもらった――南京錠用のが二個ついている。

廊下には人気がなく、ハンスもクラウスも姿が見えない。庭に出るドアは施錠されていたが、最初にためした鍵ですんなりあいた。するりと外に出て錠をかける。すぐにあの小さな松の木立に入りこむ。

死体の顔にのっている松葉の数が少しふえただけで、あとはなにも変わっていない。最初は銃と弾薬と思っていた――が、待てよ、身分証明が必要だ。彼は死んだ男の認識票をつかんだ。すかすかになった首の骨のあいだを鎖がすりぬける。イジドア・ウエスト――彼はいまからイジドア・ウエストだ。サンイスキエルダはサンイジーともいうから、サンイジーのイジドアだな。ウエストは身分証明書のたぐいはもっていなかった。出てきたのはしわくちゃになった若い女のスナップ写真だけだった。まあいい、どこへいっても歓迎されるだろう。

防弾服もいいかもしれない。しぶしぶ死人をすべらせて防弾チョッキを脱がせたが、汚れたズボンに触る気にはなれなかった。防弾チョッキから大きな黒い甲虫をふりおとして、作業着の下に着こんだ。これがふつうの着方だ。弾薬ベルトはいちばん上。

よし、フェンスの外へ出るぞ。M18は作業着のゆったりしたズボンのなかに差しこむ。最後の最後にウエストがもっていた手榴弾二個をつまみあげてベルトにおさめた。

二つめの鍵でフェンスの出入り口の南京錠をあけ、だれも庭に出てこないうちにまんまと外に出る。よし――死体を隠すのにぴったりの場所とはいえ、これ以上のごたごたは避けたい。彼はふたたび鎖に南京錠をカチリとはめた。

外は砂利道だった。サンイスキエルダ方向を示す標識にバスのシルエットがついている。よし。いま必要なのは移動手段だ。おまけにGIはバスにただで乗れる。

だが、できれば地図が欲しい。前線は北のほうのどこかだ――方角は太陽の位置で判断がつく――しかし北のどこだ？　そこまでの距離は？　彼は中隊で使っていた地図を思い浮かべた。きれいに線が引かれて、ゲバリスタの推定位置や推定勢力、彼がいた中隊の情報まで書きこまれていた。合衆国のどこかの平穏そのものの部屋で、男たちがああいう線を引いている。高地に番号をつけている。入ってきた情報どおりに、小さな錫の兵隊たちをこの地域からあの地域へと動かしている。

彼はしかるべき場所からはずれたところにいる小さな兵隊だが、地図をつくっている連中はそんなことは知らない。彼とイジドア・ウエストのことなど知る由《よし》もない。

うしろからシュッシュッという音が聞こえた。素早くふりむくと、なんのことはない、サンイスキエルダのバスだった。町からきたやつだ。バスは計ったようにいいときにきてくれて、彼の横で止まった。若い女がひとりおりてきた。一瞬、爪を切った子ではないかと思った。が、もうそんなことはどうでもいい――彼はバスに飛び乗って、よろよろとうしろのほうへ進んでいった。銃は隠したままだ。ＢＺの効果が薄れてきているような気がする。彼はいちばんうしろの席にすわると、一錠とりだして飲みこんだ。

乗客は少ない――赤ん坊を連れた女が三人、かなり年とった男女が数人、子どもが二、三人、カゴに入った鶏が何羽かとうしろ脚をロープで縛られた豚が一匹。

彼はバスが病院から充分に遠ざかるのを待って、銃をとりだした。ひどい汚れ方だが、機能に問題はない。銃を片手でかかえて、彼は運転手のところまで歩いていった。

「ゲバリスタはいまどこにいる?」たどたどしいスペイン語でたずねる。

「ナーダ、ナーダ」運転手はうれしそうだ。

「だが、どこで戦っている?」ドンは食い下がった。「おれは迷子なんだ《アイ・アム・ロスト》」そういいながら、これでは死んだ《ロスト》といっていることになってしまうと気づいて、いいなおした。「メ・エキボカード——まちがえた。ドンデ——どこにいる? ミス・アミーゴスがいるんだ。友だちのところへいかなくちゃならない」

「ああ!」運転手は大きな動きで行く手を指した。「北のほう《アル・ノルテ》——遠く、ムイ・レホス、とても遠く」

「ああ」こんどは彼がそう答える番だった。「グラシアス。おれはあんたといっしょに北へいく。サンイスキエルダにはもどりたくない」

「シー」

彼は踵を返して、豚につまずきそうになりながら、もとの席にもどった。

つぎの停留場で鶏をもった老女がおりて、松葉杖をついた少年が威勢よくくるっと身体をまわして乗ってきた。片足の足首から先がない。汚れたソックスがヒモでくくりつけてある。とても若い。十六歳くらいか。ドンは、席に腰をおろした少年が仕事着の下にはいているのはゲバリスタの制服のズボンであることを見てとった。片足にはいているブーツはゲバリスタの戦闘用支給品だ。負傷して退役した兵士にちがいない。前線が移動したときに置いていかれたのだ。少年は彼に鋭い視線を投げると、ついとそっぽを向いた。

ドンはたじろいで、またBZをとりだした。だがその効き目が出る前に、つい故国で気楽にやっている連中のことを考えてしまった。作戦室で地図に線を引き、錫の兵隊を動かしている連中のことを。

バスは北に向かって走りつづけ、ときおり止まっては客をおろしていく。みんなサンイスキエルダで一日すごして、家に帰るのだ。森のなかのそこここにこぢんまりとしたマヤ様式の家《カシータ》が点在していて、どの家にも狭いながらトウモロコシとメロンと豆を植えた区画があり、たいていの家に、屋根によりかかるようにして立つパパイヤの木がある。

バスが集落にさしかかった。ほとんどすべての家が焼け落ちて破壊されつくしていたが、二人の老人がおりていった。松葉杖の少年はまだ乗っていて、中年の女としゃべっている。声の調子では、腹を立てているようだ。

ドンは少年を見つめずにはいられなかった。アドレナリンが少しふえてきたのが感じられる。こいつ、一三・四〇・七高地の手前でB中隊に奇襲をかけたやつらのなかにいたのか？　あのときは大勢の仲間が命を落とした。あれはかなりボデグァに入りこんだ場所だったが、正確な距離はだれにもわからなかった。ここでは国境はあいまいで、山の稜線に沿っているらしいが、稜線は二つに分かれ、また二つに分かれていくものだ。ここはかれらの国だ、という声が頭のなかで響く。声はずっとそういいつづけてきた。あの少年がはいているズボンだって、この国の軍隊の正式な軍服なのだ。どんなにお粗末な政府だろうと、かれらの政府なのだ。侵略して若者を撃ち殺している彼の政府ではない。だが、こいつは敵だ。国際無神論赤色共産主義の手先だ。が、いまはいかにも敵とかなにかの手先というふうには見えない。

少年はなにか女のいったことにたいして鋭い笑い声をあげ、ドンのほうをちらりとふりむいた。「ヤンキー」小声でいった、いや、いったように思えた——バスの騒音がうるさくてはっきりしない。「ヤンキーの暗殺者」彼はドンをじっと見て視線を合わせたが、ふいになにかが彼の気分を変えたようだった。彼は席に沈みこんで、隣の女に何事かささやいた。女は鶏が入ったカゴをまとめて、つぎの停留所でおりていった。

ドンは思った。たぶんＢＺのせいで彼の目が血走っていたのだろう。少年はそれを見て、ドンが狂戦士《バーサーカー》だと思ったにちがいない。なるほど、かれらはＢＺのことを知っているわけか。

バスが幹道からはずれた。ここからぐるっとまわってサンイスキエルダにもどるのだろう。おりて、北へ向かう車を見つけなくてはならない。

ふいに少年が首を傾げた。なにか聞こえるらしい。バスが止まって、ドンにもその音が聞こえた——六輪駆動トラック隊の重低音だ。すぐに、さっきバスがはずれてきた道路を進んでくる車列が見えた——迷彩柄のトラックと武器運搬車が長々とつらなる軍用車隊だ。トラックにはＧＩが詰めこまれていて、テールゲートから足をぶらさげている。前線に向かう補充兵と補給物資だろう。これこそ彼が望んでいたものだ。それに、あの道が前線に通じる幹線道路にちがいない。ここでバスをおりて、もどって、車列を待つとしよう。

乗降口に向かう途中だった。またべつの音が聞こえてきた。松葉杖の少年がなにか独特な口笛を吹いた。ドンにも聞こえる——軍用車隊の走行音とバスのエンジン音の下に響く、規則正しくビートを刻むバタバタいう音――ヘリだ。車隊の護衛にあたっているのだろう。が、待てよ――音がおかしい。体をひねってうしろの窓から外をのぞくと、ちらりと見えた。

まちがいない――不恰好なクラスヌイ16の四角い先端から銃が突きだしている。車隊を追ってきたゲバリスタの戦闘ヘリだ。

と、彼には見えないどこか前方から銃声があがった。戦闘ヘリはきれいに横すべりして稜線の向こうに姿を消した。すべての音が止んだ。

一瞬、ドンはとびきりの快感を覚えた――BZを飲むと、ときどきこういうことがある。ここは平和そのものだ。静かな田舎道に止まったふつうのバスのなか。そよ風を受けて松葉がカサコソと鳴る。彼は、どうしようもなく場ちがいだ、と感じていた。そのとき、稜線の向こうでヘリのブレードが陽光を受けてきらりと光り、どこか右手のほうから激しい銃声と鈍い衝撃音が響いてきた。バスの乗客がいっきに乗降口に殺到した。バスが恰好の標的になることを知っていて、ばらばらに藪のなかに隠れたほうがいいと考えたのだ。豚がキーッと鳴く。

だが、運転手は屈せず、「サンイスキエルダ、サンイスキエルダ」と叫んで、バスを急発進させた。乗客はドアを叩いて、止めろと怒鳴っている。ドンは運転手のそばに駆け寄って非常ブレーキをつかんだが、なんの効果もなかった。足をブレーキにのせると運転手が押し返し、彼を殴って追い払おうとした。ドンも殴り返す。バスは蛇行して停車した。ドアがあいて乗客がどっとおりていく。松葉杖の少年もおりた。そして最後の最後に運転手が何事か叫んでドアに突進し、乗客のあとを追った。車内に残ったのは、ドンひとりだった。

　息をはずませながら、彼は運転席に腰をおろして考えた。さあ、これで移動手段が手に入った――Uターンしてガソリンがなくなるまで車隊についていけばいい。

　すぐ前方は十字路だった。が、見ているうちに道路がふさがっていく。最初にきたのは畜牛の群れで、つぎに民間のものらしい車列。車列は畜牛がとおりすぎるのを待っている。フェンダーに旗をつけたぴかぴかの高そうな車ばかりだ。護衛のジープまでぴかぴかで、小さい旗をつけている。このあたりを見てまわっているお偉いさんの一行かなにかだろう。彼の背後のゲバリスタのヘリには気づいていないらしい。年配の民間人や光り物だらけの将官、それに女がひとり、車からおりてあたりの景色を眺めている。すぐ下に見えるはずのサンイスキエルダの町でも見ているのだろう。驚いたことに、何人かがカメラをとりだして写真を撮りはじめた。旅行者だ。まちがいない。

　が、彼はすぐにその考えを訂正した。旅行者ではない――あいつらは夢に出てきた気楽に生きている連中だ。でかい地図のまえにすわって、線を引いている連中だ。そしてやつらの副官が小さな兵隊や旗を動かしているのだ。

　やつらがおれをここに送りこんだのだ。

　なにも考えずに、もう一錠、BZを口にほうりこむ。

　なにも考えずに、バスを発車させる。無意識のうちに二発の手榴弾のピンを抜いて発火準備状態にする。銃床でフロントガラスを念入りに壊し、銃をくるりとまわして外に狙いをつける。

前方の男たちが車に乗りだした。ひと塊になっていく。

よし。

これまで経験したことがないほどの猛烈な怒りが、轟音を立てて全身を貫く。こいつらは自分が動かしているちっぽけな人形が生身の男、生身の少年、血を流す少年だと知っているのか？　想像する神経があるのか？

前線は、ゲバリスタは、遥か彼方にかすんで消えていった。彼の足がアクセルを踏みこみ、古ぼけたバスが激しく車輪を回転させて前進する。速く、もっと速く。ドンはいまやなかばうずくまって、なにもなくなった窓からライフルを突きだしている。アクセルを踏み、片肘でハンドルをあやつり、狙いをつける。バスはさらにスピードをあげて、連中のどまんなかめがけて突っこんでいく。手榴弾がカチカチと音を立てる。標的を見つけて最初に火を噴いたのはかれのライフルだった。そしてつぎなる攻撃。悲鳴。

――ドン・スティルはアクセルを踏んで栄光の突進を敢行し、撃って、撃って、撃ちまくる――ついに照準内に敵をとらえたのだ。

いっしょに生きよう

Come Live with Me

伊藤典夫訳

わたしは火を覚えている。

いまから四季節まえ、土地が乾いて、上流の森がおぞましい熱風に呑みこまれたことがある。そのあとには変な臭いのする雲がかかり、雲の下側はぞっとする赤い光に照らされていた。岩場からわたしの淀みに流れ落ちる水が温かくなった。つぎには恐ろしい火が正体をあらわすと、はじめは梢が燃え、やがて下の森を駆けた。吼え、はじけ、わたしの小川を飛び越えると、両岸で燃えあがり、倒れる木々のズシッズシッという音があたりに満ちた。

わたしはふるえあがった。川床にはりつくと、水を透かして、荒れくるう火の渦を見上げた。この先生きていられないほど熱くなるのだろうか？　何もわからず、ただおびえるばかりだった。わたしの使い子たちのなかには、いっしょに逃げてきた者もいた。幾ひきかは傷ついていたけれど、わたしは何もしなかった。とはいっても、彼らの苦痛は焼けつくようだった。

永遠のように思えた恐ろしい時が過ぎ、火の明るさが弱くなった。雨が降りだすのを感じた。大騒動のなかに、雷と稲妻も加わった。けれど、これは幸いだった――火を消したのだ。ものすごい量の白い息が、地面からシューシューと立ちのぼった。孤立した火がいくつか残っただけだった。

夜が明けると、おそるおそる身のまわりを調べた。九枚の葉のひらがすっかり萎《しお》れているほか、新しく伸ばした一本の花柄《かへい》が焼け死んでいた。

あくる日、地面が冷えてくると、わたしは二ひきの使い子を使って火の通った跡を調べに行かせた。わたしの最大の悩みとなるものに気がついたのはそのときだ。――わたしのたったひとりの連れがいる川上とのあいだに、焼けた木が倒れ、わたしたちの交配袋が流れてくるのをせき止めているのだ。

そのとき以来、わたしはあらゆる手を尽くして倒木をどかし、袋を通そうとした。だが水に住む使い子たちは、倒木を動かすにはひ弱すぎた。それに木の倒れた場所は、わたしの力がとどく限界に近い。彼らの能力を束ねることも、ひとつ方向に彼らの気を保たせることもできない。道を断たれてもう三季節、わたしの花々はむなしく咲き、卵入れはずっしりと重く、いまにもはじけそうになっている。わたしの葯《やく》はほてって痛い。三季もの不用状態！もう気が気ではない。行き詰まりとパニックで考えがまとまらず、使い子をあやつる技もくるいだしている。願わくば、また洪水か何かの自然現象が起こって、倒木をどかしてくれるといいが、そのようなことは期待できそうもない。気がふさいでいるときなど、こんな生き地獄で腐り果てていくだけなら、火事で焼け死んでいたほうがよかったと思うこともある。

だが今夜は新しい火がやってきた。いままでとは全然ちがう。火は空にあった。空飛ぶ目から見まもるうち、それはたちまち一本の太い火の筋となってかけおり、暗い空を引き裂くと、火のしぶきを上げて地平線の森のなかに消えた。一瞬ののちには、ふつうの嵐とは全然ちがう雷のような音がやってきた。川岸がかすかに揺れた。このあとにはまた野火が起こって、いくつもの森を荒らすのだろうか？

わたしは空飛ぶ使い子を見に行かせた。やはり地上に火が円く燃え広がっているが、まだ小さい。その真ん中に、岩のような、莢《さや》のようなものがころがっていた。使い子が見下ろすところでは、その莢から白く泡だつものがまわりの火に向かってまき散らされ、火を消している。雨が降るときとおなじようだが、もっと力が強い。

いっとき、あたりは静まりかえった。使い子を解き放って、また食物さがしに行かせようとしたとき、その莢というか岩の面に動きがあるのに気づいた。開きはじめている！　ちょっとのあいだ内側から光がさし、何か動くものが現われた。何だろう？　大きい。わたしたちのどれよりも大きく、妙に縦長の姿だ。

ちょっと遠すぎる気はしたけれど、わたしは力をのばしてみた。

驚いたことに、その生き物だかなんだかは反応を起こした。縦長の姿勢のまま、わたしのいるほうへ動きだした。わたしは呼びかけを強めた。

だが使い子は、腹をすかせて反抗的になり、あやつりにくくなっていた。わたしはそれを放し、別の一羽を呼んだ。

また目がきくようになると、そいつは川岸に近づいて——まちがいなく動物だ——わたしのいる方向に進んでくるのがわかった。触れあい感がぐんぐん増してきた。この動物はいままでないような形で生きいきとし、込みいっていた。わたしはそいつが惹かれる偽餌《こいねが》を、フェロモンを読み取ろうと根をつめた。ここでまた驚き。この生き物の心には何かを希う気持が長いあいだ強く働いており、それがわたしの思いとよく似ているのだ。倒木の壁がなくなってほしいとわたしがいつも願っているように、これも何かを求めている。

その異質な心から世界が感じとれるようになるにつれ、ひとつの思いつきがうかんで、気持がときめいた。これは使えそうな使い子だと気づいたのだ。丈が高く、力があり、前足は抜け目ない。油断なくがっちりと取り押さえる必要がある。これは幼稚なダスミットではなく、単純な食い気だけではとても釣れない。その欲求を調べ、似姿をこしらえ、おびきださなくては……

そんなことを考えるうち、莢から意識の巻きひげが伸びだしたのが感じられ、わたしは気をひきしめた。莢がまた開き、似たような生き物がまた現われた。そちらには注意をすこししか向けられないので、これまた異質な込みいった心だというのを確認しただけだった。そのときわたしの使い子がその叫びを聞いた。何のことかわからないけれど、いちおう記憶にとどめた。

「ケヴィン！　どうぞ、ケヴィン。ケヴィン、どこにいるんだ？」

方向性があるので、あとから現われた生き物が最初の生き物を呼んでいるのだとわかった。そして最初のものには〝ケヴィン〟という名前がある。こんな生き物に出会うのは、フロレインを別にすればはじめてだ。だが、これは〝食べ物をくれるケヴィン〟とか〝行くえ知れずのケヴィン〟のような欲求と結びついたフロレイン名前ではなく、どういう状況とも離れた固定的な名前だ。どういうことなのかと考えるうち、その二番めの生き物が、長い棒のつきでた小さな物体を持ち、それに向かって話しかけるのが見えた。「ケヴィン！　ケヴィン、どうぞ、こちらはジョージ。おい、ケヴィン！」

生き物は動きだし、燃えなかった森へ向かった。このまま進めば、何かの動物と出会うに決まっている。そうさせたくはない。わたしは動きを妨害した。

だがそうしたとたん、反抗心が、拒否する感情の波が、打ちかかるようにわたしを襲った。わたしの意識は触れあいを断ち切られた。どうしたのか？　この生き物はわたしがいるのを感じて、わざとわたしの意識を押しのけたのだろうか？　こんなことははじめてだ。

「おれの心から出ろ！」生き物は大きな叫びを上げた。そして、もう一度すべりこもうとするわたしを壁のようなものが押し返した。がんがんひびく繰り返しの多い音で、ぶつかると痛いほどだった。わたしは巻きひげを引きとってつぎの機会を待つことにきめ、わたしの住みかのほうにやってくる〝ケヴィン〟に注意を集中することにした。

制動噴射がおさまると、ジョージの見ているまえで、ケヴィンはすかさずシートベルトをはずし、新惑星の地表へ出る準備にかかった。ジョージは小躍りしていた。ここより三つまえの惑星でクレアが死んだときから、ケヴィンはゾンビー同然になりさがり、ジョージやジューンの指図におとなしく従うだけで、それ以上のことは何もしなくなっていた。この惑星に降りるのは二度め。前日まではこうではなかった。もし北へ向かってまっすぐ岩石の大きさを測っていけとジョージが命じたなら、ケヴィンはこの惑星の曲面に沿って、ずっと律義に岩の大きさを測りつづけていたことだろう。だが、いまでは回復に向かって大きな一歩を踏みだしたようで、大好きだった任務にいくぶん興味を取りもどしたかに見える。通常なら、最初に出ていくのはケヴィンの役目なのだ。

　ジョージがわきを見ると、ジューンが目をかがやかせ、しゃべるなと口に指をあてる仕草をしていた。愛しいおせっかい焼きのジューン――おれがそんなことをするか！

　二人は黙りこくって、ケヴィンが山林スーツを着こみ、必要な道具を選ぶのをながめた。ひょっとしたら――ひょっとしたら、本部基地に引き返さないというのは正しい選択だったかもしれない。

　規則によれば、彼らはもちろん帰還しなくてはいけないのである。竜巻でクレアが死に、ケヴィンがやる気をなくしたのは、ＦＥＳがはじまって間もなくのことだった。だがＦＥＳ――一次調査ならびに標本採取《ファースト・エクスプロレーション・アンド・サンプリング》――は比較的たやすい仕事である。各ミッションにはふつう二組の夫婦が割り当てられるが、これは仕事にそれだけの労力が必要というより、健全さとツキを高めるためである。ジョージとジューンの先任カップルが、自分たちの分担のほかにクレアとケヴィンの仕事をこなすのは、多少時間は食うけれどむずかしいことではない。そんなわけで彼らは、ケヴィンのためにも本部基地にもどらない方針をとったのだ。FESの仕事はケヴィンにすれば、クレアのつぎに大きな生きがいであり、もし彼に回復の見込みがあるものなら、新しい世界をいくつも見て刺激を受けるほうが、本部基地で怪しげな施療を受けるより精神衛生上いいことは明らかだった。だが幾週間かがむなしく過ぎ、ケヴィンが口もきかずふさぎこんでいるのを見るにつけ、二人は当初の決断に疑問を抱きはじめていた。だが、どうやら賭けは成功したらしい。

標準的な〈温暖森林世界〉の用具を手に、ケヴィンは声もなくエアロックに近づいた。以前のケヴィンなら窓という窓からおもてをのぞき、クレアといっしょに興奮気味にあれこれと推測をめぐらし、ジューンの大気テストが終わるのを待ち切れないようすでいたものだが、いまのゆっくりした無口な動きぶりからは、かつての姿は想像もつかない。だが、ここ七回の着陸のときのぐったりした、目もうつろなケヴィンに比べれば天と地の開きだった。

ジューンが大気にAオーケイの保証を出した。「文句なし。酸素はきれいで濃いわ」

ジョージがエアロックをあけ、いまは闇のなかにある焼け落ちた空き地へタラップを下ろした。消火泡のおかげで、いまは残り火がくすぶっているにすぎない。ケヴィンがタラップをぼんやりと降りていく。二人はその後ろ姿をながめ、ケヴィンがとなりを行くクレアの軽い足音をどんなに恋しがっているか想像することができた――そのクレアはいま、冷凍室で冷たい骸《むくろ》となり果てているのである。

「船のエンジンを切ったら、すぐ追いかける」ジョージは彼に呼びかけた。たとえ標本を運ぶだけでも、ケヴィンにはまだ手助けが必要だ。干渉する気はジョージにはなかった。出かけただけでも、いまは充分なのだ。

聞こえるか聞こえないほどの声で、「わかった」とケヴィンが答えた。

ジョージがタラップを降り、未踏の地の新鮮でさわやかな大気のなかに出たときには、ケヴィンの姿はどこにもなかった。船からの観測でみとめたように、今回の着地点は、惑星の裏側に降りた前回と大してちがわなかった。ここはおなじエコロジー・マトリックスが広がる単一大陸の世界のようで、地質学的には安定していた。ジョージは前回出会った数種の樹木をここでも見つけた。

ケヴィンは、下り斜面に半円状に広がる焼け落ちた土地をつっきって、行跡を残していた。彼らの降りたところは大きな河川流域の源流に近いところだった。標準的な作業手順は、本流を見つけ、その上流下流をまんべんなく調査することだ。ケヴィンはおそらくまっすぐ川へ下りて、そこから上流をめざしたのだろう。

あとを追いながら、ジョージは、通信器をオンにしておけとケヴィンにいえばよかったと思った。森は深くて暗い。数回呼びかけてから、自分のライトをつけ、行くえをさがしはじめた。

歩きだしたとき、妙な感覚がかすめた——まるで一枚の羽根が心をなぶったよう。ジョージはこれを黙殺し、ケヴィンの通った跡をさがして、あたりを見まわした。行跡が見つけにくいのは、ケヴィンに斥候《せっこう》の才能があるためだった。ケヴィンのヘッドライトの光が見えないのは、べつにどういうことでもない。この若者はおどろくほど夜目《よめ》がきき、夜歩きが趣味なのだ。ジョージの足では追いつくのは無理で、すぐにあきらめ、通信器を肩から外した。

「ケヴィン、おれは迷ったよ。どうぞ！」

すぐさまの応答はなかった。彼はケヴィンが行ったはずの方角へふたたび歩きだした。そのとたん、またあの羽根のような感触が起こった。今度はその正体がわかった。彼の心がテレパスに探られているのだ。アルカブ9の支配的種属は、精神力の強い気むずかしいテレパスで、ジョージはそのときの教訓を忘れてはいなかった。彼は受信器のボリュームを上げた。

「ケヴィン、どうぞ！　こちらはジョージ。ちょっと問題が起こった。応答してくれ」

返事はない。また歩きだしたところで、つかのま意識がかき乱された。混乱が晴れると、いましがたの進路から九十度向きを変え、川の流れとおそらく平行に、それも下流に向かって歩いているのに気づいた。

頭をふり、練習したとおりに雑念を掃きだすと、はじめのコースにもどって斜面を下った。何が干渉してくるのか？　高度なテレパシーからすると、かなりの力をそなえているようだが、文明や知的生命が存在する形跡はどこにも見当たらない。

しばらくして横やりがまたはいり、ジョージはまた進路をはずれた。とうとう腹を立て、思考をかきまぜると、大声で叫んだ。「おれの心から出ろ！」

きっぱりと心を閉ざし、ふたたびもとの進路にもどると、強迫《カコネ》唄《モニックス》をくりかえしはじめた。

今度は相手がしりぞくのが感じられた。さらに数歩進むと、通信器がピーッと鳴った。

「ジョージか？」ケヴィンの声だが、気だるく、感情に欠けている。

「どこにいるんだ、ケヴィン？」

「川のほとりだ。これから上流へ行く」

「ケヴィン、待て。向きを変えて、二、三ヤードあともどりしてみろ」

通信器から聞きとれない物音。やがてケヴィンの声がはっきりとひびいた。「いやだよ、ジョージ」

干渉はしないという決心も忘れ、ジョージは問いただした。「いやだとはどういう意味だ？　何かが見つかったのか？」

「いや……だけど、上流に何かおもしろいものがありそうだ。そこへ行くところさ」

「上流に何があるか教えてやろう、ケヴィン。テレパシーで呼んでいるやつがいるんだ。きみはそいつに捕まったらしい。ケヴィン、これは命令だぞ。向きを変えて、こっちへもどってこい！」

通信器からふたたび妙な音がひびき、とつぜんプツッと接続が切れた。

「ケヴィン！」ジョージはどなり、肉声がとどくことを願った。「ケーヴィーン！」

静かな森から返事はない。ただ、意識して聞いていたわけではないが、小動物の鳴き声が三つ四つ、いつのまにか止んだ。

ジョージはしばらく黙って、どうするか自問自答していたが、やがて船のジューンを呼びだして経過を説明した。話している最中、ケヴィンの声が割りこんだ。

「ジョージ……クレアがここにいるんだ。おれは見た」

「そんなものが見えるわけがない」ジョージは通信器にどなった。だがケヴィンの声はまた聞こえなくなった。

「くそっ、くそっ」とジョージはジューンに。「きっとケヴィンの心からイメージを盗んだんだ。ちくしょう、万有の諸神よ、こいつはけっこう高度な生き物だぞ。ひとりで追いかけていっていいものかな？」

「テレパシーの有効範囲がどれくらいかが問題ね」とジューンの声。

「それと相手の数だ」

「ええ……ジョージ、この船の壁はテレパシーを通さないようよ。なにかヘルメットみたいなものをかぶってみたらどうかしら？」

「ジューニー、きみは天才だね。このミッションのまえに、それに近いことを考えていたんだ。しかし非現実的もいいところのような、つまり、テレパシー生物にはまだ一種属しか出会っていないのだし。これから船に帰って、何か工夫してみるよ」


　わたしが〝ケヴィン〟に意識を添わせるうち、彼は流れに沿ったけもの道をたどってやってきた。だんだんわかってきたのだが、これは生まれてはじめて経験するむずかしい作業で、いまある以上の技が必要になりそうだ。わたしは若く、まだ成熟しきっていない。ずっと下流のほうに、わたしと同類の群れが住んでいるが、そちらはもっと年取っていて賢い。何季節かまえ、流域全体に居住地を広げようという目的で、群れは壮大な卵輸送計画を実行したが、わたしと川上にいる交配相手だけがようやくのことで最初の成功例となった。輸送には空飛ぶ使い子を利用し、胚をほお袋や鉤爪につけて運ばせた。これはたいへん無駄の多い方法だ。使い子たちは、こちらがあやつれる範囲から外れると、卵を陸地や都合のわるい場所に落としてしまうのだ。わたしたちは共生生物なので、胚が育つためには、若い宿主の植物を見つけなければならないのだ。まちがいない場所に落ちたのは、わたしたち二人だけだった。

いまケヴィンの目を介すると、わたしたちの宿主植物があちこちに小さくかたまって生えているのが見えた。彼の目には、花弁の多い、香りのいい花々はたいへん美しい。だがわたしには、空っぽで不完全のまま生えているさまは脳のない植物であり、見ていて悲しかった。生まれた卵がたくさん流れを下り、彼らに取りつき、なかにすべりこむか否かは、わたしとわたしの連れの力にかかっている。けれど、わたしたちの努力は空しかった。がんこな倒木一本のために、彼の花粉袋はわたしの卵へ流れつかず、彼の受精卵が散らばっていくこともない。わたしには信頼できる使い子が二ひきいて、花粉を彼のところへ運んでもらえるが、あの木がどかされないことには、彼の卵は囚われのままなのだ。腹をすかせた魚の群れがわたしたちの胚原質を食べている。なんとかケヴィンの心をつかまえなくてはならない。たとえ木をどかせなくても、連れの受精卵を持って木をまたぐことはできるし、わたしの花粉を彼のもとへ運ぶこともできるだろう。使い子たちよりはるかにじょうずに。

　さて、どうしたらよいのか？

　まずケヴィンをわたしにしっかりとつなぎとめ、他の生き物が引き離そうとしたとき、逆らう力をつける必要がある（うしろのほうでは、わたしたちをさがす〝ジョージ〟の腹だたしげな思考が感じられる）。そのためにはケヴィンのなかにあるいちばん強い欲求を利用して、失った〝クレア〟と引き合わせるのが近道だ。イメージは彼の心にあり、けもの道の曲がり角でわたしはクレアの幻を彼に見せた。ぼんやりとしたもので、すぐに消えたが、これは効いた――「クレア！」と叫び、走りだしたが、角を曲がったところで見失った。

　だが彼がわたしの洞穴にはいったとき、クレアはそこに立っていなければならない。わたしにできるだろうか？　わたしは彼の記憶に残る目に、髪に、肌のきめに、四肢の動きに意識を集中した。思いがけない記憶の再現にケヴィンは驚いているが、仕方がない、知る必要があるのだ。わたしはつかのま彼女の立ち姿を岩の上に置き、それから洞穴にかけこませ、曲がりくねったトンネルの奥に消した。洞穴のなかでは、ほの暗い光がゆらめいているが、これは光が洞穴の外にある滝をくぐってさしこんでくるからだ。もしかして、運がよければ……

　けれど彼女に話をさせることができるだろうか？　少なくとも相手の名前くらいはいえなくてはならない。いいえ、もっとか――たとえば「待て」とか。わたしはジョージがこれをいうのを聞いた。これを彼女の声音に合わせられるだろうか？　わたしは彼女が話しているときの記憶を見つけ、意識を集中した……

だが新しい考えがひらめいた。ケヴィンに洞穴を出ていく意欲をふきこみ、もっと川上に行かせ、倒木をどかすように仕向けなければならない。そうするには、似姿が何かことばを発するほうがいい。もちろん、いままで使い子たちにやってきたように、心に作業イメージを植えつける手もあるが、ここは彼がクレアを見つけたと思いこんでいる場所だから、出ていくにはよほど大きな意欲を与える必要がある。彼を動かすのはクレアのことばだけだ。ケヴィンの使っている言語をもっと知らなければならない。川上へ行く途中の時間を使って、わたしは学ぶことにした。

歩きつづけるうち、何ともいえない心地よさ、納得した気分がうちにあることに気づいた。どうしたわけか、これがわたしの正しいあり方のように思えるのだ。わたしという生き物のなかには、使いみちのない機能がいっぱいそなわっている。一例として、わたしの本体には、ものをいうとき使う息も、喉も、唇もないのに、なぜことばを認識する能力があるのか？使い子たちのかけ離れた不確かな目でものを見るしかないのに、なぜ視力というものがわかるのか？　この不思議についてはよく考えてきた。ところがここに、ことばも視力も聴力も持ち、意図をもって行動する生き物がいる。もしかしたら、これは定められた使い子――木がどかされたあとも離れない、ずっといっしょに生きていく使い子なのだろうか？

だがわたしには、ケヴィンがその場しのぎの用事をこなすたんなる使い子のようには思えない。ある意味では、わたしの分身なのだ。なのに、わたしはこの宿主植物、この洞穴につなぎとめられている。彼といっしょに自由に動くことはできない。彼が新しい宿主になる運命なのだろうか？　だけど、それはありえない。すべりこむ方法がないのだ。どうすれば、何をしたらよいのか？　はるか遠い川下にいる賢者たちのところへいっしょに相談に行けたら！

そんなことを思っているとき、ケヴィンがためらい、立ちどまるのを感じた。滝壺のそばの岩場に着いたところで、道はここから大きく迂回する。じかに命令することもできたけれど、代わりにわたしは、川岸の高い岩場の上にクレアの似姿を見せることにした。似姿は彼をさし招くと、滝の方向にそっと立ち去った。ケヴィンははじかれたように走ったが、彼女の姿は滝壺のわきに見えただけ——つぎの瞬間、岩棚にそって歩きだし、水のカーテンのかげにすべりこんだ。

「クレア！」

ケヴィンは彼女を追って洞穴へ飛びこんできた。あまりにも早かったので、彼女が岩棚にすわり、ほほえんでいる姿を急ごしらえするだけで精いっぱいだった。さあ、いまからわたしの技を結集し、相手の出方に彼女を対応させなければならない。立ちあがって抱擁を受け入れ、それから彼をそっと押しのけていう。「あとで。待って。この流れの上の障害物をどかさなければいけないの！」そして彼から離れると、洞穴の深い暗がりに消えていく。ケヴィンはもちろん追いかけるが、川上への狭い出口が見つかるだけ。そのすぐ先、物陰に隠れた倒木のイメージを、使い子たちから受け取ったまま彼の心に送りこもう。花粉袋と卵莢《らんきょう》がせき止められ、魚たちに食われるままになっている。このながめを見ておぼえる一種の割りきれなさ。彼には理解できないかもしれないが、うまくいけば、彼女のいうとおりに動くはずだ。


その間、洞穴のかなたでは、ジョージとジューンが船で舞いあがり、インペラー動力により音もなくゆっくりと、ケヴィンの上流への旅を追っていた。やがてジューンがいった。

「ほら、急流がある。滝もあるわ。見て、道が迂回している」

「ほんとだ」ジョージは船の向きを変え、あとを追った。「ジューニオ、どうもここはエコロジー的に奇怪だと思わないか？　動物も植物も最初に着陸したときとほとんどおなじなのに、ここに来て、とつぜん得体の知れないテレパシー生物が現われる」

「どうやって進化してきたかということ？」

「そうだ。たとえばアルカブ9では、優占種属だけに強いテレパシーがあったが、何種類かの下級動物にも弱いのが認められた。ある形質が優占種属に見られるときには、その途中の生物にもそれらしいものが見られるということさ。人類のテクノロジーもそうだ──何種類かの動物種は荒削りの道具を使う。おなじことは言語にもいえる。ところがこの形質はぽつんと飛び離れて現われている、まるで空から降ってきたみたいにね」

「はっ！」とジューン。「そういう話だとすれば、あの小山のてっぺんを見て。わたしが何を見ているかわかる？」

「万有の諸神よ、ほんとうだ」ジョージがスコープに飛びついた。「ジューニオ、きみは目がいいぞ。なるほど、これでパズルに新しい奥行きができた。だけど、あれが何であれ、起こったのは昔のことだし、目下の問題はケヴィンだ。おいおい、流れがこの上でせき止められているぞ」

「木が倒れているだけよ。この地域はすこしまえに火事にあっているようね。でも、その向こうに何かある、いま視野にはいってきたところ。池いっぱいにスイレンみたいな花が群生してるでしょう？　あそこに例のテレパスがいるのかもしれない。どっちにしても、わたしたちが動きだした時間から見て、ケヴィンが行けるのはこの辺までね。降りてさがしたほうがいいわ」

「同感だ。しかし例のやつが——やつらが——いるとすれば、取り憑かれないようにするにはどうするかな？　なにか強迫唄《カコネモニックス》を知ってるかい？」

「何ですって？」

「聞いたら忘れられないナンセンスな歌を学問的にそういうだけさ。いったん頭にはいったら、耳にこびりついて離れない。アルカブ９のときに、すこし仕入れたんだ。頭のなかにノイズががんがんひびいているから、テレパスが手を出せなくなる」

「ああ」

「もちろん鳴りひびいているあいだ考えごとはできなくなるが、ケヴィンを捕まえるとか、そういう単純なことはできる。こんなのが昔あったな。〈十セント運賃は切符がピンク——

八セント運賃は切符がブルー——パンチ、パンチはお客さんのまえで〉——出だしは忘れちゃった」

「十セント運賃は何だっけ？」ジューンが眉をしかめた。

「待った、もっと簡単なのがある。昔の小説家(原注)がひねりだしたやつだ——〈緊張、変徴、乱調のはじまりや〉」

「それならできそう」

「よし。それでだ、きみの考えを——何でもいい——何かが邪魔するのを感じたら、歌をはじめるんだ。これはこっそり襲ってくる——ぼくのほうがたぶん最初に気づくだろうから、大声で歌いだすよ。そうしたら、きみも歌うといい。悠長に構えてはいられない。何かがいそうだと疑りだすまえに、もう見当違いの方向に歩いていた。待て——船の通信装置に歌詞を入れておくから、いざとなったらスイッチを入れて、いっしょに歌えばいい。頭のなかにいつも鳴りひびいているというのが肝心なんだ。さて、新考案のメッシュのヘルメットをかぶって出撃しようじゃないか」

　話しながら、ジョージは池のほとりの斜面にそっと船を下ろした。池は緑の草地のとあるくぼみにできている。岸辺で唯一目立つものは、彼らの側にある巨大な丸石だった。

　エアロックを開けると、池に咲くスイレンに似た花の香りがキャビンに満ちた。

「これ、催眠ガスじゃない？」

「いや、ちがうだろう。ケヴィンを見失ったあたりにも、これがいっぱい咲いていたが、べつに眠気もなかった……よし、行こう」

　タラップを降り、スイレン池の方角にほんの二、三ヤード進んだところで、ジョージがジューンの腕をつかんだ。「さあ歌うんだ——来たぞ！　緊張、変徴、乱調のはじまりや……つづけて！」

　ジューンはぼんやりと夫のほうを向くと、見た目にも苦労して唄をくりかえしはじめた。歌ううち、声にはりが出てきた。

「ヒューッ」と彼女は一息ついた。「いまのがそれ？　だけどあんなに軽くて、手ごたえなくて！　緊張、変徴、乱調のはじまりや！　緊張、変徴、乱調のはじまりや——ジョージ、何も考えられない！」

「わかるよ、ぼくはもっと練習を積んでるから。いいか、船にもどれ——歌いながらだ。そして無線でモニターしてくれ。ケヴィンの居場所ぐらいはこっちで見つけるようにする。緊張、変徴、乱調のはじまりや——」

　ジョージは池に向かって歩きだし、彼女は唄をくりかえしながら船にもどった。船にはいると、観測窓のところへ行き、ジョージが見まわしながら立つ平坦な岸辺をながめた。ジョージはやがて草地づたいに歩きだした。巨石のかげに消えると、ジューンは受信器のボリュームをいっぱいに上げた。ジョージの姿がふたたび現われ、手で合図した。収穫なし。ジューンはつかのま夫から目を離し、川の上流下流にすばやく目を走らせた。そして通信器のボ

（原注）アルフレッド・ベスター『破壊された男』（ハヤカワ・SF・シリーズ／一九六五年）

リュームを下げると、ジョージに叫んだ。「もどってきて！　ケヴィンは下流だわ。わたしたち追い越しちゃったみたい！」

ジョージが船にもどった。「たしかにテレパスはいる。だがケヴィンは、まるで水中に引っぱりこまれたみたいに影も形もないよ。岸辺に足跡もない」

ジューンが望遠鏡を指さす。ジョージは金属メッシュのヘルメットを脱いでのぞきこんだ。

「よくやった。どうやら木を引っぱりあげているようだ。船をもっと下流にもどして、彼を追っかけよう」

船はケヴィンからすこし離れて斜面の上をささやき過ぎた。ケヴィンは見あげようともせず、一心不乱に流路を作ろうとしている。いちばん大きな倒木がはずれ、勢いあまってケヴィンは水中にひっくりかえった。ふたたび足を踏みしめたところで、ジョージとジューンが船から飛びだし、こちらに駆けてくるのに気づいた。ケヴィンはためらわず岸に飛びあがると、川下の滝に向かって走りだした。回り道に目もくれず、滝口のごつごつした岩場をつっ走っていく。ジョージとジューンはあとを追った。

「ケヴィン、ケヴィン――もどってこい！　きみのことを心配してるんだ！」

だが濡れた岩の上で足をすべらせながらも、彼は止まらなかった。左側では川が深い峡谷に向かって落下している。姿が巨石のかげに隠れた。

ジョージが巨石のかげにまわると、そこには向き直ったケヴィンがいた。すぐうしろは峡谷のふちだ。ジョージは足をゆるめた。

「ケヴィン、頼む！　もどってきてくれ！」

だがケヴィンはしりぞき、危なっかしく岩場のふちに立っている。見ていると、あとじさるたびに濡れた靴底がすべっている。

「いやだ」ごうごうという水音をついて、ケヴィンの叫びがひびいた。「ほっといてくれ、ジョージ。帰れ！」

そのときジューンが巨石のうしろから現われ、二人に合流した。ケヴィンは追い払おうと両腕をふりあげ、そのままバランスを取ろうともがきはじめた。ジョージが突進したが、ケヴィンは身をかわし――息をのむ二人のまえで、崖っぷちの姿がぐらついた。

「ケヴィン！」

うめき声が上がり、とつぜん足が離れた。体がうしろ向きに倒れ、ばたつく両足が最後に消えた。不意におりた静寂のなかで、重い果物の割れるような音が聞こえた。

二人はふるえながら、岩のふちに這いだし、見下ろした。真下では、沸きたつ激流のなかから岩石が伸びあがっていた。ケヴィンの体はここからは見えない。

「わ、わたしたち、彼をこ――殺したようなものだわ」とジューンがささやき声で。

「いうな。降りていって見つけなくちゃ」

二人は意気消沈して、滝のかたわらの岩棚にたどり着いた。滝の下は深い淵となり、周辺にスイレンが咲いていた。ケヴィンの姿はない。

「おい、滝のうしろに洞穴があるぞ。あそこに打ち寄せられていると思うかい？」

「調べてみて……足をすべらさないでね」

二人は岩棚づたいにそろそろと滝の裏側にまわった。水のカーテンの奥に進むにつれ、道は広がった。洞穴のなかでは水面は鏡のようで、入口の付近、平らな岩が水中にかしいでいるところで、すこし波立っている程度だった。

「あああああ！」

ケヴィンの頭と片腕が平らな岩のそば、スイレンがかたまって生える水ぎわから突き出ていた。見つめるうち、地球の大型ビーバーに似た動物が、ケヴィンの首のわきに現われた。動物はケヴィンのシャツにかみつくと、彼の体を平らな岩の上に引きあげようとしている。

「ジョージ、彼を食べる気かしら？」

ジョージは一歩踏みだし、立ちどまった。ケヴィンの体のわきに、ひときわ大きくて丈夫そうなスイレンの茎が一本伸びているのだが、それがゆっくりとケヴィンの頭のほうに曲がっていくのだ。ジョージの金属ヘルメットは肩にずれ落ちていたが、ジョージはかぶりなおそうともしなかった。「手を出すな」とくぐもった声でいった。

〝ビーバー〟は、ケヴィンの体を岩にもたせかけた。割れた頭から水っぽい血が流れ下っている。動物のほうは満足したように平たい岩の遠い隅にすわり、身づくろいをはじめた。丈高のスイレンが茎を大きくたわませ、ケヴィンの頭とおなじ高さに降りた。その花びらが彼の耳に乗った。見まもるジョージたちは、それが花茎ではないことに気づいた。先端にある大きな葉芽《ようが》なのだ。

花びらを思わせる葉の重なりが開き、ケヴィンの頬をめざしてそり返った。洞穴のなかでドラマはひっそりと展開していく。

いちばん内側の葉が開き、およそ植物とは見えない何かが現われた——象牙色をした球状の物体で、それが植物の分裂組織の成長点のあたりにもぐりこんでいるのだ。二人の目のまえで、球状部が揺れだした。はじめはゆっくりとだったが、しだいに速くなり、まるで振り切ろうとするように激しくなった。その下側には、物体を植物につなぎとめている巻きひげが見える。巻きひげは長く、おそらくはその水中根にまで伸び、枝分かれしているのだろう。見つめるうち、最初の巻きひげがほどけ、さらに数本がほどけると、その先端がのたうちながらケヴィンの頭を横切り、無残な傷口に接近した。

ゆらめく薄明かりのなかで、巻きひげは血にまみれた髪のなかに分け入った。はじめの一本につづいて、何本かが、いちばん大きな傷口のなかにすべりこんだ。

ジューンは発作的にジョージの腕をつかんだが、彼は動かない。

「待て、ジューン。彼は死んでいるんだ」

いまや球状体は巻きひげに引っぱられながら、植物から離れ、ケヴィンの首に乗っかっていた。血の流れが弱まり、したたるだけとなった。

「小さくなっていく、ジョージ。ケヴィンのなかにはいっていくわ！」

「たぶんね」

だがその異質の物体は、疑いもなく小さくなっていた。まるで巻きひげを通じて、ケヴィンの頭のひび割れに吸い込まれていくようだ。

ジューンは目をむいたまま、うわの空でフードを脱いだ。

「まあ、こちらに話しかけてくるわ、ジョージ。頼んでる——手だしをしないでくれって」

ジョージはうなずいた。

何時間にも思える短いひととき、二人はそのグロテスクな過程に目を奪われていた。どのような神秘的な変化が起こっているのか、物体はゆっくりと死者に作用していく。やがてケヴィンに変化が現われた。青白い顔に血の気がよみがえるように、ようすが変わり、不意にまぶたがひくついた——いや、気のせいか？　まちがいない——ひとつのまぶたがまた震えた。もうひとつのまぶたも震えだした。見えるか見えないかというほどかすかに、不思議な寄生体の殻をぶらさげて、全身がひくつき、首が左右に動いた。口が声もなく動いた。

ふたたび身じろぎがあり、驚いたことに、死者の唇が明らかな意志をもって動きだした。

「あんたはジョージだ」と力ない声で。「きみはジューンだ。おれはケヴィン。こんにちは」その目が開き、二人を見つめた。

「お、落ち着け、ケヴィン」ジョージはようやくいった。「きみは岩から落ちたんだぞ」

「わかってる」一息おき、ケヴィンはもっと張りのある声でいった。「もうだいじょうぶだ。そう思う。おい、あんたたちの心が読めるぞ！　静かにして、のぞかせてくれ——」

二人はとつぜん心のなかに何かが存在しているのを感じた。ジョージにとっては、それはひどく力強く粗野なものに感じられ、以前の羽根のような触れあい感にはほど遠かった。生まれたてのテレパスが自分の能力を探っているというところか？　これはきっとケヴィンが異星の寄生体を通して学んでいるのだ。とすると、伝達は一方通行ではないことになる。

　ケヴィンが眉をひそめた。「おれはケヴィンだが、別の誰かでもある。だがこれは何だ？　誰なんだ、頭のなかにいるのは？」

　と、二人の見つめるまえで、口がゆがみ、ケヴィンのものとはおよそ異なるたどたどしい軋《きし》るような声が流れでた。

「わたしの……名前は……ない……まだ。わたしは……いま……あなたといっしょにいる。もうあなたは……死なない。あなたがよければ……わたしの名前を……つけてほしい。わたしは……あなたの体に……合っている」

「ケヴィン？」ジューンがおそるおそるきいた。「あなたまだいるの？　だいじょうぶ？」

「うん、いるよ」ふだんのケヴィンの声がひびいた。身動きすると、なんとかすわる姿勢をとった。だが苦痛に歯を食いしばっている。

「気をつけて」と二人はいった。

「心配しなくていい。ただ頭が猛烈に痛い。おい、テレパス、共生体、何だか知らんが、この頭を直せるかい？　痛くてたまらん」

「ええ、直せると思う」ケヴィンの口から異質な声がもれた。「それに、これはわたしたちの頭……いっしょにいるからには。いままでこわれたところを直していた。これから痛みを……消すようにする」寄生体の話し方はよどみなく、はっきりとしてきた。

一拍、二拍、何も起こらなかった。やがてケヴィンの表情がゆるみ、口が開いて、にっこりと笑みをつくった。「ほう、これはすばらしい。ありがとう……ほかにおれの体でどこかおかしいところは?」ためしに手足をつぎつぎとゆさぶり、片手を上げて頭にさわろうとしたが、すぐに下ろした。「だめ——まだだめか?」とたずね、「まださわらないほうがいい」と自分で答えた。「まあ」とケヴィンの声で、「ともかくおれはちゃんと存在するようだ。どうやら頭から落ちたらしいな。ちがうかい?」異星生物の外皮を耳のうしろにぶらさげたまま、ケヴィンは同僚たちのほうを向いた。

「さて、どうするか? きみたちが並みの驚き方ではないのはわかるよ」昔の陽気なケヴィンとすこしも変わりない声なので、ジョージとジューンはあきれて首を振るばかりだった。

「あなた——あなた、死からよみがえったのよ」とジューンが教えた。「あの大きな植物のおかげで」指さすところに茎があり、いまはゆっくりと直立した姿にもどろうとしている。頂芽と見えたものは、開いてはじけていた。「というか、植物のなかにはいっていたものがやったのね。あなたのなかに引っ越したみたい」

「テレパシー能力もいっしょにか」とジョージ。

「ふむむ。で、きみはどういう計画を立てているんだ、植物フレンドくん? それとも、もと植物といったほうがいいか? おれを乗っ取るつもりかい?」

「まだちがう……わたしの感じでは」異質の声が答えた。「わたしはまだたいへん若い。あなたの力になれそうだし、わたしのほうもあなたの目とことばと動く能力が使える。当面のところ、あなたといっしょにいるしかない。それだけは確か」

「きみの気にいる体をわれわれが別に見つければ、そちらに移ってくれるのか？」

「ああ、もちろん。それに、わたしたちに似合った体たちがどこかにいると思う。だけど、それを知っているのは賢者たちだけ。はじめの計画では、あなたが……落ちるまえは……何とかあなたを使って賢者たちに相談しようと思っていた」

長い時間をかけた説明が終わり、先輩衆に会いに行く案にみんなが賛成したところで、ケヴィンが急に大声をあげた。「待った！　テレパス・フレンドくん、きみの同類は近所にほかにはいないのかい？」

「ひとりだけ、わたしの交配相手が川上のほうにいる。彼のいる淀みは、もしかしたらあなたたちも見ている」

ケヴィンが勢いこんでいった。「こちらの船に――もうひとつ体がある。おれの妻の死体だ。おれとおなじように頭を打って死んだ。いまは変化を起こさないように冷たいところに置いてある。きみの交配相手は、きみがやってくれたようなことをおれの妻にできるだろうか、というか、してくれるだろうか？　きみの連れも目や運動能力をほしがっているのか？」

ジューンが息をのんだ。

「それはいうまでもなく」と軋り声が答えた。「けれど、できるかどうかは実行してみないことには」

「よし、やろうぜ!」ケヴィンが叫んだ。跳ね起きようとしたが、よろめき、洞穴の壁につかまった。「こ、これでは道案内は無理だ。しかし彼女を折りたたみカートに乗せて、あの入り込んだ池まで連れていってくれないか? 場所はわかるだろうし、やってみてくれ」

「ああ、いいとも、土地はけっこう平らだからね」

「そうしたら、おれは川上まで這っていって、そちらで落ちあうよ。フレンド、案内とちょっと手助けもいいかい?」

「できると思う……」

「おーい」とケヴィン。「いまのは名前にどうかな——フレンドというのは? 親切にもおれを生き返らせてくれた。もしこれでクレアが生き返るなら——おおっと、あんまり興奮しないほうがいい」

「落ち着け、ケヴィン。まずぼくらが先に行って、彼女を運びだす」

「すばらしい。そうしたら、こっちも動きだそう。ジョージ、ジューン——池で会おう。ここを出るいちばんの近道はどちらだ、フレンド?」

「トンネルを逆戻りするといい。出口がある——ほら、あなたがクレアの姿をさがしているときに見つけた穴が」フレンドの声がいっそうなめらかになった。

ジョージが、もっと長く休んだらという意味のことをいいかけたが、ジューンが黙らせた。

「いま彼は人生の瀬戸際にいるのよ、ジョージ。彼が危ないことをしようとしても、フレンドが止めてくれるわ。あなたできるわよね、フレンド? 眠らせるか何とかして」

「はい」

「やったら、ただじゃすまんぞ」うなり声でいうケヴィンは、よろめきながらすでに洞穴の奥に歩きだしている。二人も手探りでつづくうち、行くてに光がさし、外世界へ通じる割れめが見えてきた。洞穴から出ると、斜面の高みに船の姿がくっきりと見えていた。

「ジョージ、ジューン、もしびっくり箱がはじけるようなことになったら、きみたちには百万回お礼をいっても足りない」ケヴィンは喉を詰まらせた。「それから……いいか、気をつけて運んでくれよ。馬鹿だな、わかりきったことなのに。オーケイ、さあ行け」

ジョージとジューンが船の方角に向きを変えると、ケヴィンは苦しげに流れのほとりの道を歩きだした。ふりかえった彼らは、ひとりとぼとぼと行くうしろ姿を奇妙な思いで見送った。〝フレンド〟の印象があまりにも強烈だったので、人間が二人いるように思いこんでいたのだ。

「池のそばであのテレパスに気づいてよかったと思うよ」とジョージ。「でなければ、こんなことクレージー過ぎて信じられない」

船に着き、冷凍室を開けると、クレアの死体が霜におおわれ横たわっていた。

「やっぱりこれはわたしにはクレージーだわ」ジューンが声をあげた。「手のほどこしようがないんじゃない？」

「約束したんだ」ジョージが念を押す。「彼が待っている……ぼくがいちばん心配なのは、これが失敗したときのケヴィンへの影響だ」

「そうね……フレンドが力になってくれるかもしれない」

ジョージが何事かうなった。二人はカートを広げ、冷凍死体をそっと移動させた。

カートは大きな一輪車の付いた旧式のもので、二人の人間が重い荷物を載せてでこぼこの土地を進めるようにできていた。丘の斜面を下りはじめると、霜がいっそう厚くクレアをおおった。異星のテレパスは彼らの心をひと撫でしたが、それ以上妨害はしてこなかった。

「フレンドが死体とコンタクトしたようね」とジューン。

二人は池のほとり、巨石に近いところに出た。

「むらなく溶けるように日陰に置いたほうがいい」

ジューンは白大理石さながらの彫像を見つめた――服も何もかもまっ白で、頭にだけピンクがかった染みがある。「わたしたち狂ってるわ、ジョージ」とささやき声で。「そう思わない？」

「どうだろう。ぼくらはいま未知の領域に踏みこんでるんだ」

「そうなのね。あっ、あそこにフレンド――ケヴィンがいる。まあ、つまずいてる。助けに行ってやって」

「わかった」だが池に背を向けて歩こうとしたとたん、ジョージは足が動かないのに気づいた。「くそっ！　つかまった。出ていけ、きさま――仲間がここへ来るのを助けるんだ。おまえの相棒もいっしょだ、手助けをほしがってる。離してくれ！　緊張、変徴、乱調の――」ジョージは首や足をゆすり、ようやくぎくしゃくと踏みだしたが、進むにつれ、しっかりした足どりとなった。

ジューンが見まもるうち、二人は出会い、ジョージが若い男の腕を持ちあげ、肩を貸した。ジューンは入り込んだ池の周囲を見わたし、カートを置くのに都合のいい小さな泥地を選んだ。クレアの死体をここから水辺に下ろすのはたやすい……が、フレンドの交配相手が住む植物だか何だかは、ここから遠くないところにあるのだろうか？

「あなたは近くなの？」ジューンは呼びかけた。「あなたにおみやげを持ってきたの」

これに答えるように、水に浮かんだスイレンの葉が分かれ、巨大な葉芽《ようが》がひとつ水中から現われた。フレンドの宿主植物よりずっと大きくたくましく見える。

「待って、おねがい。仲間が来るから待っていてね」葉芽はジューンのことばの意味をつかんだようで、それ以上の動きは見せない。

男たちが見えない相客を連れて到着すると、ケヴィンが叫び声をあげ、クレアの上にかがんだ。「こんなに氷漬けでどうやって助けられるというんだ？」

「表面の霜ははがれだしている」とジョージ。「早く地面に下ろしたほうがいい。解凍が進むままにしておくと、皮膚が破れるおそれが出てくる」

三人は慎重にカートを傾け、なめらかでぬかるんだ岸辺にそっと死体を下ろした。

「フレンド、きみの友だちはここから彼女の頭に乗り移れるのか？　ケヴィン、彼女の頭を見つめて、フレンドに傷口が見えるようにしてくれ」

「だいじょうぶそう」とフレンドの声がした。

「どうなのかわからないが、ひとつ重要な話をしておくよ。フレンド、人間というのは――そう、ぼくらは人間といって――」

「ニ、ニンゲン？」

「そうだ。つまりだね、ぼくらは二種類の型に分かれる。男性、ぼくやケヴィンのような型と、女性、ジューンやクレアみたいな型だ。これはぼくらの生殖方法とかかわりあっている。きみたちにはそういう型のちがいはあるのか？」

「いいえ。わたしたちはひとりひとりが花粉と卵をつくる」

「よし。それなら適合性などということは考えなくていいわけだ」

「そんな、ジョージ、やめてよ！　いまはクレアの命を救おうというところなのよ！　脳の共生体が、学問的に見て男性か女性かなんて、何の関係があるの？」

「そういうことが関係するかもしれないと考えただけさ」ジョージがかたくなにいった。

「ひょっとしたら」とフレンドの声がした。「わたしたちの正当な宿主は二つの型に分かれていたかもしれない」

「正当な宿主――？」

「それは賢者たちしか知らない」

「この結果がどうあろうと、きみのいう賢者たちのところを訪ねるのは最優先になりそうだな」とジョージ。

「そのとおり」

「クレアが温まってきた！」ケヴィンが叫んだ。「きみの連れにこっちの目的もまだ話してないぞ。いってくれないか、フレンド？」

「もちろん。もっとも、用件の大半はもう送ってしまったけれど。しゃべらないでほしい、お願いする」

日のあたるぬかるんだ岸辺が静まりかえり、ジョージとジューンはこの狂気じみた事の成行きをいまさらながらに噛みしめた。だがケヴィンの憑かれたような顔を見るにつけ、二人は沈黙するしかなかった。

テレパスたちの意思の交流がはじまると、みんなの見まもるまえで、異様な芽茎《がけい》がするすると伸びてたわみ、クレアの頭に近づいた。だが死体が冷たかったのだろう、下りかけたところで、わずかに後退した。

「連れがいっている、時間がかかると」フレンドが報告した。

「たしかに」

「あなたの連れは、行き場所がないときには、もとの植物のところに帰れるの？」ジューンがきいた。

「それはできる。ゆっくりと……これは静かに待つしかないから」

そしてうららかな日ざしと花の香りのなか、不気味な情景がふたたびくりかえされた。芽茎の外側の葉がめくれ、今回は金色の球、というか塊が現われると、ひとりでに揺れだし、植物構造から離れた。やがて黄金の触手、というか巻きひげの群れがクレアの頬に伸びあがり、頭蓋骨の割れ目に向かって這いつづけた。巻きひげの群れの先端が傷口にすべりこんだ。

「あなたにもこれが起こったのよ」とジューンがケヴィンにささやいた。「わたしたちにできるのは干渉しないことだけ」

「シーッ！」

だが侵入は中断されたようだ。

「冷たい――冷たすぎる」フレンドの声がひびいた。「これは待つしかない」

ケヴィンが絶望の叫びをあげ、クレアのそばに身を投げると、死体をかき抱いた。それから彼女のこわばった衣服を脱がせ、引き裂き、美しい裸身を日なたにさらした。つぎには自分の濡れた衣服を脱ぎ捨てると、抱いて素肌を合わせ、両手で彼女の背中をなでさすった。

ジューンは泥の上にすわり、クレアの足をマッサージした。

永遠のように思われた時が過ぎ、触手の群れがふたたびふくらみ、規則正しくひくつきながら動きだした。

とつぜんケヴィンがまた叫びをあげた。「腕が動いた！　効果が出てるんだ！」

「そうともいえる」とフレンド。

だがまた何事もなく、長い時間が過ぎた。ジョージも二人に加わり、冷えた体を傷つけないよう、命を吹きこむ手助けをした。日ざしが強くなった。テレパス生物の金色の外皮は、目に見えるほど小さくなっていた。たるんだ顔にすこしでも生のきざしが見えてきただろうか？　何ともいえなかったが――やがて片方のまぶたが震えた。

「クレア！　クレア——いるのか？」

もう一方のまぶたが震えながら開き、胸がかすかに持ちあがり、また下がった。

「ケ、ケヴィン？」羽根が舞い落ちるような弱々しい声。

「うん、ここだ——ああ、おれのかわいい、かわいい恋人——」

「何……起こったの？」

「きみは竜巻で飛んだ木の枝にやられた。静かに、ダーリン、休んで力をつけるんだ」

彼女は目を閉じた。ジョージとジューンは奇跡にかたずを呑み、顔を見合わせた。

「連れが彼女と連絡をとっている」フレンドの声がした。

やがて彼女の目がふたたび開き、別の声が彼女の口から流れだした。「いいな……はっきり……見えるというのは」第二のテレパスの声がひびいた。「あなたの……いう意味が……わかった」

「そう」とフレンドの声。「ぴったり合う感じがしないか？」

「ああ、感じる」クレアの目が不思議そうに周囲を見まわし、頭蓋のなかの異質の生物はじかにものを見る喜びにひたっている。使い心地をためすように、片方の手が上がって落ちた。だがクレアの体力ではそれ以上の運動はできなかった。ほどなくまぶたが閉じ、手足の力が抜けた。

「眠っている」とフレンド。

「クレアを船にもどそう」とジョージ。「きみの連れは動く心構えができているのか？」

ちた。

　彼らはふたたびクレアをカートに乗せると――手にふれる命のぬくもりが、一時間まえの氷の塊だとは信じられない――ジューンのパーカを体にかぶせた。頭の傷はすこし出血したが、いまは目に見えてふさがりはじめ、ぶらさがっていた金色の外皮はからっぽになって落ちた。

「クレアを癒しているんだ！」とケヴィンが叫んだ。

「そう、あなたにやったように」フレンドの声がした。「けれど、冷たくて手間どった。さいわいわたしの連れはとても力が強い」

　カートを押して斜面を登る道すがら、ジューンが声をかけた。「ねえ、あなたの友だちにも名前があるといいわね。その彼だか彼女だかを呼ぶ名前がなければ、メイト（連れ）というのはどう？　わたしたちの言語では、とてもいい含みのあることばなのよ」

「〝メイト〟？　ああ、メイトはとても似合っている」

「行く途中、きみたち二人はぼくの心をのぞくといい」とジョージ。「ぼくらの船がどういうものか、どこからやってきたか、ぼくらがふだん何の仕事をしているか――そういったことに気を集中するから。そうすれば、つぎの行動計画を立てるのに都合がいい。きみたちと出会ったおかげで、いっさいがっさい変わってしまったからね」

「ええ、もちろん」

　わたしたちは実行し、ジョージの心をのぞいた。いまメイトと名前のついた交配相手がこれをどう受けとめたかは知らない。だがわたしにすれば、ケヴィンの心の助けを借りて知ったいろいろな事実――彼ら人間が別の世界からわたってきたこと、夜空に見える光の点ひとつひとつがわたしたちの太陽とおなじものだということ、この人間たちが世界から世界へと探険の旅をつづけていることなどは、すこしも驚きではなかった。また、わたしたちと出会って「いっさいがっさい変わってしまった」結果、他の知的生命を見つけたという報告のため、本部基地に帰らなければならないというのも納得できた。けれども、これといっしょにまた別の謎が浮かび、まもなくこれはもっとはっきりした形をとって現われた。

船にはいると、ジューンとジョージが養分をこしらえ、わたしたちは口からこれを取り入れた。ケヴィンは温かい〝スープ〟の殻を手にクレアのそばにすわり、自分と彼女に替わるがわるスープを与えた。そうするうち、わたしたちの表情に変化が起こり、それがなんとも内密で優しいものだったので、わたしは注意をほかにそらさなければと感じた。これにはびっくりした。この反応は、きっとわたしの種属がほかの生命体と結びついていたときに発達したのだろう。ケヴィンに共感したために、それがまた働きだしたのだ。

共感能力はどんどん強まっている。すこしわかってきたことがある。この人間たちは別の心が侵入してくるのを決して拒みはしないけれど、ある種の状況では、自分だけになりたいという深い欲求をおぼえるのだ。わたしは考えこんだ。

そうするうちクレアがメイトにたずねた。「このスープのおいしさがわかる？　わたしたちにどんなに力をつけてくれるか」「ああ、もちろん」とメイトが不慣れなことばで応じた。

「植物と暮らしていたときは、どうやって食べていたの？」と眠たそうにクレアがきいた。

メイトはこう答えを返した。根は単純な溶液を取り込んで葉に送り、その葉からもっと複雑な溶液が彼のところに流れこむが、これがその〝スープ〟に似ている。「ああ」とクレアはいったが、そのまま眠気におそわれ、ケヴィンが彼女の口もとにあげたスープの上でうとうとしはじめた。わたしもいままでをふりかえり、植物と暮らした記憶がずいぶん薄れているのに気づいた。けれど、ひとつ思いついたことがある。

「メイト」とわたしはケヴィンの口を使ってきいた。「わたしたちが植物をあやつっていたときの能力は、まだ使えるのだろうか？」

「つまり――」とメイト。考えを受けとめたのはわかったが、わたしはことばでケヴィンに伝えたかった。

「そう」とわたし。「植物たちが活動をやめる時期、わたしたちも意識を切って、深い眠りにはいることができた。思いついたのだけれど、人間の宿主も、ときどき自分たちだけの時間をほしがるかもしれない」

「試してみよう」とメイト。

「そうね。だけど、いまはだめよ」ジューンが割りこんだ。「それはすばらしい考えだわ。ケヴィン、いまフレンドがいったことを聞いた？　でも、これからは大忙しの時期がはじまるの――クレアが食べおわったいまではね」

「きみのいう意味はわかるし、感謝するよ、フレンド」とケヴィン。「船を離昇させる段になったら、クレアのベルトはおれが留めに行くからね」ケヴィンはかがむと、彼女の頬をかるく唇でなぶった。感触は——すばらしかった。植物にこうした心の動きはない。わたしたちは遠い昔の感覚をとりもどしかけているのだろうか？　だが植物と暮らすまえには、そもそも何があったのか？　わからない……でも、何かあるような気がするのはなぜだろう？

疑問の答えはまもなく返ってきた。というか、もっと大きな疑問のなかにのみこまれた。

ジューンとジョージは軽やかに船を舞いあがらせたが、空を飛ぶ快感も味わわないうちに、船は先輩衆のいる川下ではなく、斜面の上をめざした。見下ろす行くてに、ふしぎな形が見えてきた。いままでも空飛ぶ使い子たちの目をとおして、ときどき見てきたものだ。とても大きい割れた卵が、茂りすぎた蔓草や藪《やぶ》のなかに埋もれているように見える。わたしたちの船はゆっくりと上空をめぐってから、そのわきに降りた。

「ここは何だ？」とケヴィン。

「体に負担じゃなければ、出てきて見てごらん」

「案内してくれ」

船から出ると、物体の外側の壁が目のまえにそびえ立ち、つやつやした硬い平面が葉むらのあいだから光を反射していた。クレアとメイトは船に残った。眠る彼女の口から、メイトが声をかけた。「気をつけて！　ここは痛みと害悪に満ちている！」

「わたしも感じる」とわたしは答えた。「でも、それは昔のことだと思う」

ジョージとジューンはびっくりするような道具をまたひとつ出し、蔓草に攻撃をかけていた。手に持った筒から火が噴きだしているのだ。火を見てちょっとこわくなったが、二人はじょうずに火をあやつっている。まもなく輝く壁にある入口らしいもののまわりが切り開かれた。分厚くて、わたしたちの船への入口と似ていた。この物体の壁は頑丈なのだ。こんなにつぶれているところを見ると、相当な力がかかったにちがいない。切り開かれたあたりには、わけのわからない印がたくさん見えた。

ジョージとジューンの手を借りて、ケヴィンも入口によじ登った。わたしたちは奥をのぞいた。内部の蔓草はそんなに多くなかった。大きな閉じた容器だったものが、こわれて裂けているのだ。でこぼこしたものがいっぱい突き出し、ケーブルや不思議な物体がちらばっている。

「やっぱり船だ」とケヴィン。「破損がひどい。これに心当たりはないか、フレンド?」

この情景を見たとたん、自分のものではない遠い記憶が心の奥底でよびさまされたが、はっきりした形にはならなかった。わたしはそう彼にいった。「もしかしたら先輩衆なら——」

「うん、ぼくらもそう思った」とジョージ。「ただちょっと聞いてみたくてね」

ここでは害悪のひびきが強く伝わってくる。——火と痛みと混乱。だけど、それも遠い昔のことだ。

「そこの下を見て」ジューンが指さした。「全員が逃げたわけじゃないんだわ」

難破した〝船〟の内部に、なにか白い物体が見分けられた。棒きれのようなものと丸いもの、それにぼろぼろの服地。

「骨だ」とジョージ。「これはあとで専門家に調べてもらおう。ホロ撮影をしておけばいい」

また新しい器械が出てきた。——この人たちは驚くほどたくさんの道具を持っていて、これはどうやら視覚的な思い出をつくる道具！　これをあちらこちらに向け、ときには木の葉をどけて光を入れた。

「焼け焦げがひどい」とジョージ。「フレンド、これは勘なんだが、この人びとがきみの祖先だとすると——」

「何——？」わたしは驚きのあまりケヴィンの口をぽっかりと開けた。

「そうさ。というか、この事故を生きのびた者たちが祖先ということか。墜落したとき、この人びとは焼け死ぬか、火だるまのまま逃げた。動ける者は川まで行って、火を消した。だが体はひどいやけどで——」

「——だから、最初に出会った大型生物に乗り移ったのよ」ジューンがあとを受けた。「それがスイレンだった。ところが、そのほかに手ごろな動物や植物がいないことがわかった……そういう仮説はどうかしら？」

動転して返事もできなかった。

「もしかしたら賢者のあいだに伝わる伝説があるかもしれない」とジョージ。「よし、行って聞いてみよう」

船にもどってからもいろいろな考えが渦巻き、メイトに筋道だった説明をするのに苦労した。メイトはわたしよりももっと冷静に受けとめた。クレアを起こさないように声をひそめ、人間たちにたずねた。「本来わたしたちは二重生命体だと考えるのか？」

「宿主と共生体とのね。寄生生物ではないと思う」

「その――うう――宿主がどんな生物だったか、なにか想像がつきそうか？」

「そこまではね。体の大きいじょうぶな生物だったと思う。頭蓋骨も大きかった。それに、前肢が小さかったような印象を受けたけれど、きみはどう思う、ジューン？」

「そ、そうね」ジューンもわたしに似て、この埋もれたドラマの感情的というか悲劇的な面に心を奪われているように見える。

「その植物だか、きみたち生物の卵だかは流れに押し流されて、川下のほうでやっと着床した」とジョージ。

「だから賢者たちはもっと上流のこのあたりでコロニーを再出発させようとした」わたしも考えを述べた。

「ありそうなことだ……ヒューーッ！」ジョージとジューンは離昇の準備をはじめた。「ということだと、われわれの今後の仕事がはっきり見えてくる！」

「今後とは？」

「だってそうでしょう。その人たちがどこから来たのか、生来の宿主がどこにいるのか、それをつきとめて、あなたたちみんなを送り返すのよ」ジューンが代わりに答えた。

「ほんとうか？　あなたたちがやってくれる？」メイトとわたしは同時に叫んだ。

「ぼくらの義務だからね。道に迷ったり漂着した宇宙の旅人を助けるという規則がある」ジョージが淡々といった。「ただし先輩衆がデータを残していなければ、いくらか探偵仕事もやることになるかもしれない。調べがつかなくても、本部基地の誰かが山ほどの星図をあさりまわすことになるだけだ。もちろん、きみたちの星系が知られていればと仮定してだがね。知られていない星系なら——ぼくらが捜索に乗りだす」

メイトとわたしはあっけにとられるばかりだった。

「ケヴィン」わたしはゆっくりといった。「まったくの戸惑いをどう表現したらいいか教えてもらいたい」

「それから感謝の気持もだ」とメイト。

「そうそう」

船は舞いあがった。

クレアが身じろぎすると、メイトはその機会を逃さず、まわりをながめた。わたしはケヴィンの目を観測窓に釘付けにしていた。わたしたちの眼下には、いままで使い子たちの目からかいま見るだけだった世界が広がっていた。わたしたちがそれまで〝全世界〟だと信じていたもの——わたしたちの暮らし……それがこんなにも小さいとは！

流れは下るにつれて、広い河になった。ほどなくわたしたちは、ジューンのいうところの〝河口域〟の上を飛んでいた。曲がりくねるゆったりした流れと沼がいっぱいある平らな地帯だ。ところどころにスイレンがかたまって生えているが、めあてのコロニーにしては小さすぎた。遠くには広々とした光り輝く平面があって、ケヴィンの見るところ、これは河が最後に流れこむとんでもなく大きい水たまり――〝海〟らしい。

やがてもっとはるかに大きい水草の集団が見えてきた。池があり、岸のあたりにはたくさんの動物の足跡が見える。

「まちがいなさそうだ」とわたしはケヴィンにいった。「先輩衆はたくさんの使い子を使うだろうから」

「そうだ」とメイト。「ごらん、鳥たちがこちらを見張っている。それに……この船の壁をとおしても、精神活動の中心が感じられる」

「右手に手ごろな着陸場所が見える」とジョージ。「しかし先輩衆にどうアプローチしよう？　気がついたんだが、テレパスたちの大要塞にすっぱだかで突撃をかけるようなものだ。もし向こうが敵対してきたら？」

「ああ、敵対はしないと思う」とわたし。だがジョージのことばを聞いて心配になった。ケヴィンを見つけたときのわたしの最初の反応が、この生き物は使えるという思いであったからだ。メイトがわたしの気がかりをことばにした。

「人間を使えそうな使い子としか見ないかもしれない」とクレアの口を使っていった。「やりたいような事業があるときは特にそうだ。フレンドとわたしが木をどかそうとしたときみたいに」

「ふうむ」とジョージ。

ジューンが割ってはいった。

「卵のころに川上に運ばれたのなら、どうしてことばを覚えられたの？」

「わたしたちの卵は植物の胚に植えつけられたので、本能的に植物とコンタクトをとっていた。いっしょに置かれたので、すこしぐらいは彼らから学んでいる。テレパシーで話すことはできると思う。条件がいいときには、メイトとわたしもそうやっていた」

「まあ、きみがいうのなら」とジョージ。「しかしドアを開けるまえに、保護用のフードはもうすこし作ったほうがよさそうだね」

「それがいい」とメイト。「船が開いたときには、質問がなだれこむだろうから」

というわけで、ジョージとジューンは船を滞空させたまま、金属メッシュの繊維でフードを作り、わたしたちの頭にかぶせた。つぎには自分たちの頭にもかぶると、ジョージが選んだ着陸場所に船を下ろした。近くにはスイレンの大きなコロニーがあり、大きな頂芽がつぎつぎと水中から顔を出すのが見えた。

ケヴィンとわたしを先頭にエアロックが開くと、メイトの警告どおりに興奮がなだれこんできた。フードはある程度しか効かなかったが、押し入ってくる思考の巻きひげがまとまりもない混乱状態なので、対処するのに苦労はしなかった。

「おれにぴったり付いて」ケヴィンの声とともに、わたしたちはタラップに踏みだした。

その瞬間、心がもみくしゃにされるような怒濤が押し寄せた。ケヴィンがよろめくのを感じた。わたしは死にもの狂いで呼びかけた。「待って！　わたしはみなさんとおなじ一族。

なければ」

共通部分をいっぱい持っている。だが、みなさんが静かにして、わたしの考えを聞いてくれ
怒濤は弱まらなかった。心底恐ろしいことに、メイトのことばは間違いではなかった。——この集団は、わたしたちのいうことなどに興味を持ってはいない。彼らだけにしかわからない目的のために、わたしたちを支配しようとしているのだ。

「待って！　待って！」訴えたが、容赦ない攻撃のもとで心はずたずたにされていた。なお悪いことに、彼らに捕まったのだろう、ケヴィンがタラップを下っていく。「助けて！」とわたしは叫んだ。

あとのできごとはほとんど記憶にない。かたわらで「緊張、変徴、乱調のはじまりや」とくり返す声が聞こえただけで、ケヴィンが急にうしろに引っぱられるのを感じた。入口で誰かが叫んでいる。「ケヴィン！　向きを変えて——わたしのところへもどって！」

これが夢遊の状態を破ったらしい。ケヴィンはふりかえり、入口に立つクレアに気づいた。と同時にわたしは、心なごむ力強い波がメイトのところから打ち寄せるのを感じた。

ジョージの助けを借り、わたしたちはかろうじてタラップを上がると、入口に倒れこんだ。ジョージがうしろでロックを閉め、恐ろしい攻撃を遮断した。

ジューンの操縦で船は飛びたち、わたしたちの震えは止んだ。

「さて、これはもういい」とジョージはいい、たっぷり距離をとったところでフードを脱いだ。「連中はとても先輩や賢者だとは思えないぜ」

「ひとつ仮説を思いついたわ」とジューン。「ほら、下を見て。あの暴徒の集団からずっと離れた上流に、植物コロニーの跡らしいものが見えるでしょう？」

わたしたちは目を向けた。スイレンがほとんど死んで腐りかけている地帯が見える。

「海の近くでは、水に塩分が含まれていると思うの。植物にはよくない影響が出るわ。もしかしたら、あれが先輩衆の本来のコロニーで、子孫たちはもっと川下に行って根づいたんじゃないかしら？　それで川上に行こうと躍起になっている説明がつくはずよ。ああ、生き残った長老をひとりでも見つけられたら、相談することもできるのに！　そしたらその長老から、みんなの機嫌のいいときに事情を話してもらうこともできるわ」

「生き残りがひとりいる」とわたしはいい、ケヴィンの目を旧コロニーに向けた。そのはずれにひときわ大きいスイレンがある。元気そうには見えないが、生きてはいた。

わたしたちは船を下ろし、慎重にロックを開いた。心騒がす怒濤はまだ遠くに感じられるが、もう危険ではなかった。老スイレンはその小さな蕾《つぼみ》を上げた。

ケヴィンとわたしが外に出ると、思考の巻きひげがやさしくわたしの心を探りはじめた。さっきの乱暴な侵入とはまったくちがう。

「あなたは長老衆のひとりですか？」とわたしはきいた。

「そうだ。初代の者ではないが、初代の先祖たちを覚えている最後のひとりだ。おまえはどこから来た、それに、その見たこともない宿主は何者だ？」

わたしは老スイレンのまえに心を開き、難破船を見つけたこともいっさい伝えた。

「ああ、そうだった……みんな夢だと思いはじめていたところだよ……われわれがここに来た由来も聞いたが、だいぶ忘れてしまった」

「こちらにいる星の旅人は、わたしたちの生まれ故郷を見つけ、そちらへ運ぶ計画を立てています。けれど、見つけるには時間がかかるといいます。仲間たちに聞いてもらおうとしましたが、捕まえようと襲ってきただけでした」

「そうだ。彼らは動物並みに落ちぶれている。もしかしたら、わたしのほうから話せるかもしれん。下流に友人がひとりいるが、まだ生きているなら、その者を介してな。残念ながら、おまえたちが救済されるころには、わたしはもういないだろう。しかし知らせを聞けただけでも幸せだよ」

「初代の先祖たちは故郷の話を何も残していないのですか？」

老スイレンの思考には灰色の霧がかかっていた。「ああ、みんな忘れてしまった……待て、教えてもらった歌がある——」いいかけ、水中からさらに茎を乗りだすと、驚いたことに小さな葉をすりあわせ、聞いたこともない音を奏ではじめた。植物の体でこんなことができるとはわたしは思ってもいなかった。

「聞きなさい」老いた葉が、韻律の整った音色や調べをひびかせた。「ことばが乱れても、歌なら残ると先祖たちは考えたのだ」

「でも、それはどういう意味なのですか？」

「なに、これこそが先祖のことばなのさ。訳してみよう。第一行は」——と葉をすりあわせ

──「意味だけをとれば、〈黒い夜空に、赤、黄、白の三つ星が一列〉」

「待った！」ケヴィンがさえぎった。「これは記録したほうがいい。ジョージ、ジューン！レコーダーを持ってきて！」

またまた器械！　準備が終わると、老スイレンはふたたび歌いだした。「〈黄色い光をめぐって世界がひとつ。日の出の方に、大きな赤い星とほか三つ〉」つぎには数字が、ある種の韻律をふんで歌われた。「──ゼロ、四、五」歌が終わった。

「いまのは座標だろう」とジョージがささやき声で。「だが、もちろん彼らの星系内での話だ。ほかのいろんな世界についても知っているかとたずねてみてくれ」

「ああ、知っているとも」と答えがテレパシーで返ってきた。「この連中は自分のことをニンゲンと呼んでいると？　一度だけその名前を聞いたような気がする」

わたしが通訳すると、ジョージがいった。「それなら、いまの星々がこちらの星図に載っているということもありうる」

「祖先のことばのサンプルをもうひとつ、翻訳付きで何かいってもらいたいと伝えて」とジューン。「たとえば、〈わたしたちはここに漂着した。故郷に帰る手伝いをしてもらいたい〉とか。みなさんの宿主に出会ったときに、音声を聞かせればいいと思うの」

老スイレンは厳粛にこれを実行した。

わたしたちはさらに二つ三つ質問した。だが老いた者は疲れるのも早かった。わたしとメイトにこう伝えてよこした。「おまえたちは考えもつかぬほど幸せなんだぞ、若いの。おまえたちが星々の偉大な種属の仲間入りをするころ、わたしはこの未開の惑星で、故郷も見ることなく死んでいくのだ」

わたしは泣きたいような気持だったが、見ればクレアとメイトもおなじようにしんみりしていた。

「出発するまえに、わたしたちにしてほしいことはありませんか？」

「ああ、ありがたいが、何もいらない。使い子たちがそばにいて、星がのぼるのを見てくれる」

「わたしの頭にはいって、いっしょに行きます？」ジューンが唐突にいった。

「たいへんありがたい申し出だね、ニンゲンさん。だが、わたしは乗り移るには年をとりすぎた。それに何にしても、その骨の殻を割らないことには、はいりこめやしない。しかし、あんたの度量の広さにはわたしは根っこまで温かくなってくるよ」

「ヒューーッ！」と、船に乗りこむところでジョージがいった。「きみの温かいハートにはひやひやしたぜ！　頭をたち割らずにすんでよかった！」


——こうして物語は終わる。わたしはいまスターシップに乗り、異星の友人とともに故郷さがしの旅に出たところだ。長い一日が過ぎるうちに、わたしの境遇は水草の身から大きく変わった。わたしの祖先はみずからの船で宇宙をわたってきた種属であり、いまのわたしは、未知の星々のどこかに故郷を持つ生き物なのだ。故郷はわたしの一生のうちには見つからないかもしれない。だがジョージたちは、メイトとわたしが人間といっしょに住めば、治療者としてたいへんな信望を得るだろうといってくれている。わたしは故郷が早く見つかり、ほんとうの宿主と会う日が来たらいいと思う――その日がどんなに待ち遠しいことか！　だがもうひとつの道もいやではないし、わたしにはメイトがいるのだ。子をつくり、この人びとの世界に住みついて、いろいろな体を着こむというのも悪くない。

いまわたしは彼らから〝レコーダー〟というものを借り、記憶がまだ鮮明であるうちに、これまでのいきさつをすべて記録にとどめようとしている。もちろん、使うのは人間のことば――ほかの音声言語は何も知らないのだから。それに、この記録の落ち着き先などを心配して何になろう？　故郷の惑星で波瀾万丈の伝説として語られるのか、それとも人間世界に残され、わたしたちのコロニーの誕生秘話となるのか？

唯一の悔いは、老いた者にわたしたち種属の名前を聞かずに終わってしまったことだ。だから、わたしはこう始めるしかない。「未知なる種属の歴史。その第一日……」

昨夜も今夜も、また明日の夜も

Last Night and Every Night

小野田和子訳

彼にも詩的なところがないわけではなかった。女が出てくるのを待つあいだ、街灯の光のプールのなかに彼がつけている黒い傷や、一条脱色して明るいブロンドにしたつやつやの髪をためつすがめつして楽しんでいたのだから。夜、雨、人気のない街路、遠くから聞こえてくる車のいきから音――古い映画みたいだ。スケはいったいどこにいる？

そのとき、女が出てきた。高級マンションの広々とした入り口でぐずぐずしている。バカ女が、と彼は思った。きょろきょろあたりを見まわし、やたらあちこちさわっている。彼は素早く左右に視線を走らせた。だれもいない。タバコを投げ捨て、女めざして濡れた道路をわたりはじめる。

こうして見ると、かなり若くて小柄だ。彼より背が低い。なんて服を着てるんだ、寝間着か？　スピードを落として近づいていく。ちょろい。こんなのは朝飯前だ。これまで何回やった？　百回か？　いやいや千回近くだろう。にっこり笑ってお持ち帰りだ。こっちはプロだぜ。

　女は顔をあげて彼を見つめた。大きな濡れたバカっぽい瞳、薄い上唇、薄いドレスの下の尖った貧乳。ねんねだな。アンナには少なくとも十五は出してもらわないと。

　彼はとびきりの表情をつくった。少年ぽい、心もとなげなやつ。感じよさそうに仕上げた髪の下の青い瞳を、女に思う存分のぞかせる。自分がなにをいうか、相手がなにをいうか、注意を払う必要はなかった。おさだまりのくだらないやりとりだ。最初はためらいがちに、抑え気味に――それからぽつりぽつりと泣き言を並べる。立ち退《の》きにあった、とか。あら、あなたも？　追いだされちゃったの。だれも話しかけてくれないの。これからどこへいく？

　かれらは静まりかえったビルが立ち並ぶ街路を歩いていて、彼はときどきなにかいいながら、アンナとホンキーはどうしていつもわかっているんだろうとぼんやり考えている。たぶん使用人だな、と彼は結論した。こういうところには使用人が大勢いるもんな。さあ、口説きの時間だ。

「ねえ」彼はいった。「どこかなかへ入ったほうがいいよ。ぼくはいいけど、きみは――」

女の濡れたドレスを指差す。

「お財布が」女が空っぽの両手を見てつぶやく。なんてアマだ。

「その友だち」彼はいった。「いい人たちなんだ」

「あら、こんなでも？」女がいう。「でもやっぱり……」

彼はまた女に勝手にうだうだいわせておいて、きき流す。夜、雨、人気のない街路。遠くから聞こえてくる車の音。どうしていつもこんなに人も車もいないんだ？　スケが静かになって、ぎょろ目で見つめている。彼はしかたなく女の細いやわらかな腕をなでる。女がびくっと縮みあがった。

タイミングが悪かったせいだとわかってはいたが、怒りで首まわりがかっと熱くなる。びくつくってのは、どういうことだ？　彼はきれいな瞳の奥で女をよりまじまじと見つめながら、むなしく悲しげに手をおろした。ねえちゃん、またこんどって線もある、と彼は考えた。それとも手間ひまかけて、マジックミラーのついたアンナの特別室でおまえを眺めることにするか。おれはウキウキ、おまえはキャーッ。あのキューバ人の女みたいに、ほかの女たちみたいに。

キューバ人の女、と彼は唐突に思った。あれはいつだったか？　ちょっとここがごちゃごちゃしてる。頭が。彼は頭をふった。見ると、女が彼の嘆きぶりを見つめている。やさしさが彼に向かってじわじわとにじみでてくる――怒りが熱く静かな唸りをあげて、ふたたびめらめらと燃えあがる。

「あなたがそう思ってるなら」女がいっている。

彼は怒りで吐きそうになりながら、このうえなくやさしくいった。「絶対、大丈夫だから」

この女がヴァージンのわけはないから、アンナに文句はいわせない。たまにはおれにだって権利がある。さて、相手が笑っていないときはどうするんだった？　傷つけるのは禁物だ。

彼は、女たちが好むやり方で、女と視線を合わせた。二人のあいだで微笑みが揺れる。

「ねえ」彼はそっとささやいた。彼の両腕が静かにあがってくる。女には触れない。街路は静まりかえっている。彼は女のうしろの濡れた石壁に両手をついて、女を囲いこむ。女がしなだれかかってきた。嫌悪感を甘い微笑みに託して、どこから痛めつけてやろうかと考える。おっぱいだな、そうだ、それからケツに蹴り、いいね……。雌犬の臭いがきつくて、わずかに体重を移動させる。女の唇が彼の唇をそっとこすり、突然——

——背中にバシャッと水がかかって、彼は飛びあがった。タイヤの軋る音が耳をつんざく。彼は面食らってふりむき、悪態をついて、平手で足をピシャピシャ叩いた。女があえぐようにキャッキャッと笑っている。車は——いったいどこから現われたんだ？——スピードを落として隣のブロックに駐車した。

「さあ、いこう」女の腕をつかんで、彼はいった。女がまた縮みあがる。彼は手をはなして、つとめてやさしく話しかけた。

「きみ、びしょ濡れだよ、家のなかに入らなくちゃ」

怒りは木《こ》っ端《ぱ》微塵《みじん》に砕け散った——怒りではもちこたえられない。なりゆきでいくしかない。彼はうんざりしながら少年ぽい笑顔をつくった。頬骨がねじれる。

「あなた、ふるえてるじゃないの」女がいって、いきなり彼の手をとった。されるがままにしておく。アンナの家ってどっち？　あっち。二人は水はねをあげながら進んでいく。

「遠いの？」

「いや」

おれ、いったいどうしちゃったんだ？　彼は機械的にアンナの部屋にいる女を思い浮かべ、機械的に女が笑顔になるようなことをしゃべった。ついに大きな門をとおってりっぱな車寄せの屋根の下に着いた。

「ここなの？　お友だちの家？」

「そうだよ」彼は答えて、チャイムのボタンをごく軽くこぶしで押した。女は口をぽかんとあけて玄関ポーチを眺めまわしている。ホンキーがドアをあけた。

「こんばんは、ミスタ・チック、こんばんは、お嬢さん」ホンキーの暖かくて深みのあるつくり声。「おやおや！　さあ、お嬢さん、入って入って。ミス・アンナをお呼びしますから」

まだ目を見開いたまま、バカ女はなかに入って煌《きら》めくシャンデリアの下の絨毯にしずくを垂らし、目をいっそうまんまるにして壮麗な曲線を描く階段をおりてくるアンナを見つめ、まるで包みこんでくる母親のハグのような握手を受け入れた。

二人の女のうしろで、ホンキーが彼に手をさしだした。彼は唾を吐きかけるジェスチャーを返す。女がアンナに導かれて階段をのぼりながら、いっている。「でも、でも、まあ、なんてご親切な」

あの階段の先になにがあるのか、彼は知っている――閉じたドア、防音室。何度もいったことがある。いついってもいいことになっている。それも取決めの一部だ。

スケがふりむいて彼に手をふった。

「すぐいくよ」と彼は声をかけた。どうしてあいつらはああいう顔をするんだ？　まったく、あの顔にはうんざりだ。ほんの一瞬、この忌まわしい場所全体が特異な様相を帯びた。なんというか……陽の光があたったような？　彼はしかめっ面で、階段をのぼっていくアンナの姿に目を凝らした。アンナがスカートのうしろでこぶしをつくり、ぱっと五本の指をひろげ、それを二回くりかえした。

「十五」彼はホンキーにいった。「彼女、ニッコニコだぜ」

「ボスを見たろうが」ホンキーはそういって、札を二枚はぎとった。そしてカードを一枚つけたす。「ほれ。つぎのだ」

「これはないよ、とっつぁん」カードを見ながら、彼はいった。町の反対側だ。「雨、ふってんだぜ」

「雨なんざ、いつものことだ。とっとといってこい」

「風邪ひいたみたいなんだよな」といいながらも彼は踵を返してつかつかと外へ出ていった。

ドアがカチッとしまると、プランターの陰のゆったりした肘掛椅子にすわっていた男が立ちあがった。

「あそこにはもうあまり残っていないぞ」男が注釈する。

「おれたちの仲間だってたいして残っちゃいない」ホンキーがいった。くるりと男のほうを向く。「なんでおれたちをこんな目に遭わせるんだ？　なんでちゃんと死なせてくれないんだ？　遊びはよせ。もうやめてくれ！」

「悪いな」男はレインコートを手にした。「知ってのとおり人手不足なんでね。年間死者数の割り当てがこの町だけで三百というのは、知ってるだろう？　ひとりでも欠けちゃまずい。そのあたりをうろつかせておくわけにはいかないんだ。身よりや友だちがいる連中はわれわれでなんとかできるが、だれもいない連中はどうしようもないだろう？　天使の楽隊にキャロルを歌いながら一軒一軒まわらせろとでもいうのか？」男は苦労してレインコートに袖をとおしている。

「あんたらのせいでおれたちはまるで犬だ。ゾンビだ！」ホンキーは呻いた。

「とんでもない」男はレインコートをひっぱりながらいった。「われわれはきみらが生きているときにしていたことを引き続きやらせてやっているだけだ。それのどこがいけないんだ？　きみら三人は友だちのいない女をだますのに長けている。だからわれわれはその技能を利用させてもらっているということなんでね。もちろん、いくらか——ああ——必要な修正は加えているわけだが。慰めになるかどうかわからんが、きみらの人格はそう長いことひとつにまとまっていられるわけではない。チックはそろそろでね。代わりを探さにゃならんと思っている。そもそもたいしたやつじゃなかったからな。だが、おおいに役に立ってる、それはまちがいない。アンナはいまのところ万全だ。きみもな」男はドアに向かって歩きだした。

ホンキーがその肩をつかむ。

「いかせてくれ」彼は嘆願した。「死なせてくれよ！」

「悪いな」男はふたたびいい、肩をゆすってホンキーの手を払いのけた。

「地獄に落ちろ！」

「それは方針にないんでね」と男はいった。ほのかに輝いて、男は出ていった。

もどれ、過去へもどれ

Backward, Turn Backward

小野田和子訳

当日のこと。

両方の当日のことだ。

大きなダブルベッドのなか、裸の老女がその革のように硬いしわしわの腕で裸の老人を抱きしめている。時間は午前十一時。

「もうすぐだぞ」彼がくぐもった声でいう。

「やっぱり三十分後だったと思うけど」彼女が異を唱える。

「そんなことどうでもいいじゃないか。ここで心地よくしていられるんだから。ああ、ねえ、きみ、ふしぎなことになりそうだねえ。自分がどこに勤めているかも、これまで二人でどうすごしてきたかも知らないなんて。友だちのことだって、ぜんぜん知らないって、わかってたかい？」

かつてはかわいらしかった彼女のクスクス笑いも、いまはカッカッという老女のかすれた笑いだ。「でも、あなたにはあたし、あたしにはあなたがいるんですもの。それに、すぐにフレッドがきて手伝ってくれるわ……たいへんだとは思うけど——経験者だから」

「ああ……なあ、ビーチ行きのコンボイに乗れると思うかい？」

彼女が老化で変わり果てた自分の身体を見おろす。「もう水着も持ってないわよ！」

「だったら買えばいいさ」彼は片腕を引きぬき、ぶるぶるふるわせながら上にかざして眺める。ありえないほど細くて凝り固まり、かつては筋肉だったものが骨からゼリーの濾《こ》し袋みたいにぶらさがっている。「ああ、まったく……こんなこと、ほんとうに信じられるかい？」

「あなた、科学者でしょ。でも、そうね、あたしは絶対ほんとにありって信じてるほうね。ああ、あなた、あなた！」

「一度も会ったことがないものとして、きみに会うことになるんだな」

彼女がそれとわからぬほどに、かすかにたじろぐ。「あなた、わたしのこと見てたわよ」

「まあ、それは魅惑的なプロム・クイーン・タイプの存在は知っていたし、友だちといっしょになって、まわりをちょろちょろしてたさ。でもきみをちゃんと見たことは一度もなかった——だって、見てもしょうがないだろう？　きみは人気者で大忙しだったんだから。ところで、女友だちはいたのかい？」

「女友だち？」彼女は不愉快な遠い過去をみつめているようだった。「ええ、いたわ……温かい友情をはぐくんでいたわよ、そう、あたしみたいな子たちと。それに、あたし、あなたのこと気づいてたのよ、あなただけ遠く離れている気がしたわ。冷たい感じだったし」彼女はふたたび笑った。より野太い笑い声だった。

「ぼくはニキビだらけだったしな」彼も笑う。「まったく、ひどいニキビ面《づら》だった」

「ええ、まあそうね」彼女も否定はしない。

「水曜日にニキビの薬を買ったんだ。店員がぼくの顔をそりゃあまじまじと見ていたよ」

彼女の笑い声がぴたりと止まる。かすかな猫の鳴き声のような音が聞こえてきたのだ。

「あら！　はじまったみたいよ！　ああ――忘れてたわ――」彼女の手が口へと動き、入れ歯をはずして下に落とす。

「しっかりつかまって」彼がもぐもぐという。

二人はそのまま意識を失った。


そのときからちょうど五十五年前のこと、セントアンドルーズ短大二年の学生たちは奇妙なトンネルのような構造物のなかに列をなして入っていき、服を脱ぎはじめていた。

両側の壁には詰め物をした簡素なベッドがずらりと並んでいる。シングルもダブルもあり、メタリックな素材で覆われている。ヘッドボードにはツマミやダイヤルがついていて、それぞれのベッドの横には服をしまうロッカーがあり、鏡のまえに白いタオル地のバスローブがかかっている。

ダイアンとジェフリーはいちばん奥のダブルベッドを選んで、服を脱ぎはじめた。

ずっと離れた入り口のそばでは、ドン・パスカルがシングルベッドに腰かけて慎重にヘッドボードの表示を合わせてから、履き古したジョギングシューズを脱ぐ。いつもどおり、ひとりだ。嫌われているわけではなく、彼がいることに、まわりが気がつかないだけということらしい。いつもAをとっていることも、ひどいニキビ面もあまり役に立ってはいない。彼はジョギングシューズを脱ぐとほかのものもぜんぶ脱いでまとめてロッカーにほうりこみ、ミイラのようにまっすぐに寝て天井を見つめた。にっこり微笑んでいる。

入り口の、金庫室の扉のようなどっしりとしたドアが不吉なガシンという音とともに閉じられた。

ダイアンの頭がジャンパーから飛びだす。彼女は横にいる裸の若者を見つめた。「ああ！……なんだかほんとにちょっと怖いわ、ジェフ」

「なにもびくつくことはないさ、これまで数えきれないほどの人がやってきたことなんだから。まいったな、きれいだよ。わからないのは、どうしてきみがぼくを選んだかだ。だって、お互い、ほとんど知らないわけだし」にっこりする。いい笑顔だ。

「まあ、ジェフ……あたし、前からあなたのこと好きだったのよ」

彼は目を細めて彼女を見る。「ばかいうなよ、プリンセス」

「ああ、わかったわ。あたしね、いやだったの……あたしのことをよく知ってる人に会うのが——つまり、あとで会うのが。あなたは気にもかけないだろうから」

「なるほど。昔のイメージを壊したくないってことだな？　きみが年とったらどんなふうになるか見た人間は、きみのことを好きにならないと思ってるんだ」

「ちょっと待って。それはちがうわ。人はね、あとで会ったときには、どうしたって前の姿を思い出さずにはいられないものなのよ。あたしはひどい傷痕があるとか、目が見えなくなってるとか、そういう可能性もあるんだもの」

「わかった、わかった。どっちみち、だれもなにも覚えてないわけだけど、それがまちがいかもしれないという可能性に賭けるのはきみらしくないと思うよ。なあ、もうダイヤルをセットしたほうがいいぞ。きみはどうするんだ、ふつうの四週間？」

「それ、ちょっといやなのよね、つぎの週がプロムなんだもの」

「プロムなんかクソくらえだ。これは大事な問題なんだぞ……」彼は経過時間を四に合わせている。「きみはいつに出かけるつもりなんだ？　つまり何歳のときに？」

「七十五」

「ぼくは遠慮しとくよ」彼はダイヤルを五十に合わせた。「ぼくは、ぼくがなしとげることを楽しみたいと思ってるんだ」

「なしとげること？」

「そう。ぼくが未来の驚異にぽかんと見惚れて、そのへんをうろうろして、女の子を追いかけるだけだと思う？　ぼくはこれまで、レバレッジを入れた商品先物取引とか株価指数オプション取引とか、みっちり勉強してきた。データを得られれば、すごーい大金持ちになれるはずなんだ。きみみたいなかわいい女の子が束になって飛びついてくるような大金持ちにね」

「頭いいわね」彼女は彼を見つめた。その美しい瞳には、にわかに彼を値踏みするような輝きが宿っていた。「そうよね……でも、データはどうやって持って帰るの？　なにも覚えていないし、裸の身体以外なにも持って帰れないんだとしたら……」

「わかってるさ。皮膚に書いてもだめなんだ、インクやなにかはあとに残していくことになっちゃうからな。ちなみに、きみもその口紅なしで向こうに着くことになるんだぜ……。でもね、傷痕みたいなものはそのままいけるんじゃないかと思うんだ。たとえばすごく切れるメスで、刺繍で字を書くみたいにして皮膚の下に糸を埋めこむんだよ、大事な数字とか日付だけ——そうすれば糸は抜けても傷痕は残る。たとえ顕微鏡で見ないとわからないくらいのものでもね」

「ふうん——」

コンピュータの音声が告げる。「四分」

彼女の大きなやさしい瞳が感嘆の色に輝く。「あたしもあなたみたいにずっと先を見通せる力が欲しいわ！」

彼は、彼女をまじまじと眺めた。その美しさ、あまりの近さに、不本意ながら身体が反応しはじめている。「きみ、ビジネス・コースをとったこともないだろ？　ダメな子だなあ！」少しだみ声で笑う。「どこかの男が一生養ってくれるのをあてにしてるんだ」

彼女は目をそらせていたずらっぽくつぶやいた。「まあ、それも悪くないと思ってる人もいるわね……でも、あたしだって古い記録を見て、ダービーの勝ち馬の名前を覚えようと本気で思ったのよ――ダービーがずっとつづいてれば、だけど」

「だめだよ。覚えてないんだから。それに一回くらい当てたって税金を払ったらたいして残らないぞ。少なくとも一ダースのデータをぼくのやり方で埋めこまないと」

彼女は腕をあげて、傷ひとつないなめらかな肌を眺めた。「で、全身に馬の名前が書いてある姿でもどってくるわけね！」彼女は笑った。「でも形成外科があるんだし……ありがとう、ジェフ、いいこと教えてもらっちゃったみたい」

「三分」コンピュータがいう。

「ああ……ジェフ、六十とか七十とか八十になるって想像できる？　いくら待っても若くはなれないのよ！」彼女自身、八十歳の自分を具体的に想像することはできない――が、大好きな伯母がしわがふえて背中がまるくなり、あごがたるんでぐちっぽくなったのは目の当たりにしてきた。しかもそれだけではすまない。いくら楽しみに待っていても若さという魔法の休暇はやってこないのだ。絶対に。

「二分」

彼女は彼の腕に手をからめる。「ああ、ジェフ、あたし――あたし――なんだか――」

彼は彼女を抱きしめようとして、びくりと身を引いた。「やばい、やばい――ややこしい状態でその瞬間を迎えるのはごめんだよ」

「ああ、ごめんなさい……ねえ、ジェフ、あなた、目が覚めたらどんなところにいると思う？」

「そうだなあ……これがあることはわかってるわけだから、どこかに横になってるだろうな。もし計画どおりにいってれば、ペントハウスのプライベート・ジムにいるかな。執事が軽食と飲み物がのったトレイを持ってそばに立っててさ、かわい子ちゃんが——きみみたいな子が——三、四人、ぼくのおでこをなでてたり、スリッパを持ってたり……。下じゃ、お抱え運転手がメルセデスを磨いてて、いやアルファ・ロメオかな——専属パイロットが地図を見てる。それから部屋の隅には隠し金庫があって、バハマ音楽のCDがしこたま入ってる。そんな感じかな……きみは？」

彼女の視線が彼を通り越して遠くを見つめる。「うーん、夏だから——そうね、ハイアニスポート（マサチューセッツ州にある避暑地）とかにいるかな。すてきなベッドルームのなか——花が飾ってあって、家具は白いヤナギ細工で、壁はシルク張り、色はアプリコットね。——それから鏡台には家族の写真、ハンサムな男の人とかわいい子どもが二人——か三人——いちばん下はまだ赤ちゃん……。波の音と木の葉がサラサラ揺れる音が外から聞こえてきて。化粧室ではメイドがおニューのドレスをひろげてる。夜、ヨットで軽いパーティを開くから、それ用よ。車のキーがいくつかあって、町のほうの家の鍵があって——そっちの家は、そうねえ——うわ、はじまってるわ、うわあ——」

「じゃあ、また一カ月後に——」ジェフの声は甲高くなって消えていき、頭ががくんとベッドに落ちた。彼女はもう意識を失っている。

トンネルのような室内の照明が電力不足に陥ったかのように薄暗くなった。若者たちの身体はじっと動かないが、どこか奇妙な様相を帯びている。なにかが動いているような、ひそかに変化が進んでいるような、ふしぎな空気をまとっているのだ。装置が作動するハム音が大きくなる。周囲では巨大なエネルギー・フィールドが脈動し、そのパワーを強めていく——時間という空間のなかで、想像を絶する精密探測装置が不可思議な向性をもとに、遥か遠くで提示されている同一物を探しはじめる。未来の時間にいる、構成が最大限同一の人物、つまり彼あるいは彼女自身を探すのだ。

両者がつながると電光石火の早業で変移、すなわちあらたな方向付けがおこなわれる——若い肉体が占めることになる時空内の位置、つまり老いた肉体が見いだされた位置でこの変移が起こり、自然は対称的なものだから、老いた肉体は過去のここで目覚めることになる。

そしてこの交換は、前もって設定された帰還の時がくるまで継続する。

もちろん、これは真のタイムトラベルではない。まだだれも達成していない本物のタイムトラベルにいちばん近いもの、というだけのことだ。行けるのは一方向だけ、自分自身にだけ。そして未来へも過去へもなにも持っていくことはできない。記憶さえも。これが、軍がこのテクノロジーの管理権を手放した理由だ。なにも思い出せない、なんの記録も持ち帰れないスパイになんの価値がある？　素っ裸で武器も持たない部隊を未来に送りこんでなんの益がある？

というわけで、このテクノロジーは徐々に世の中に浸透していき、まずは大富豪たちへ、つぎにふつうの金持ちだが、いわゆる特権階級へとひろがり、そしてついにダイアンやジェフやドンの時代には、授業料の高い全寮制の学校で上級生向けの特別アトラクションとして提供されるまでになっていた。

さて、もとのトンネルでは照明の明るさがもとにもどったところだ。エネルギーの脈動は消え、奇妙な空気も感じられなくなっている。

ダイアンとジェフが横たわっていたベッドでは、グレーの口髭をたっぷりたくわえた五十歳の禿頭の男が目をあけた。隣にいる女の身体はやつれた老女のそれだ。彼はできるだけさりげなくあとずさる。ダイアンが目をあけた。

「こ、こんにちは」ふるえ声でいう。「あなた、だれ？」——起きあがってそばにかかっているローブに手をのばす。ローブをとって鏡に映った自分をじっと見つめる。「ああ、なんてこと——！」彼以上に混乱している。

「ジェフリー・ボウだ」無理やり落ち着いたふうを装って、彼も起きあがり、ローブをとる。

「なるほど、ほんとうに起きたんだな。痛っ、背中が。ひどい気分だ……悪いが、わたしもきみの名前が思い出せない」

「ダイアン・パスカルよ。旧姓はフォートナム。ダイ・フォートナム……あたしたち、親しい仲だったのかしら？」

「いや、ただの友だちで」彼が話しているのに、彼女はもう聞いていない。

「ちょっと！　ドンはどこなの！」ごったがえすトンネル内を白髪を振り乱してあちこち見

まわしている。「ドニーはどこ？　ドニー・パスカルはどこにいるの？」

「さあ、わからないなあ。どこか、あっちのほうじゃないかな。彼とはどういう関係？」

「夫よ。愛する人、あたしの命――」やっと落ち着きをとりもどした。「どこかにいるはずなのよ、いっしょのクラスだったから。出口のほうへいったほうがいいわね、彼が出てしまわないうちに――ああ、ジェフ、ごめんなさいね、でもとっても大事なことだから」

彼女は裸足のまま全速力でよろよろと、不安げに右往左往している年寄りたちをかきわけて進んでいった。嗄れ声でドンの名を呼ぶのが聞こえてくる。

ベッドには何人か、力なくもがいている人たちやじっと横になったままの人たちもいる。あきらかに具合が悪くて起きあがれない病人だ。ジェフが見ていると、医療チームと担架を持った人たちが駆けつけてきた。トンネルの入り口のドアがあく。

スピーカーから若い女の声が流れてきた。「歩ける方は全員、ただちに部屋から出てください。外で車が待機しています」

アナウンスはさらに、個人手配をしているのでないかぎり、学校の寮に送り届けられることになると告げた。「みなさんは、厳密に解釈すればまだセントアンドルーズの学生であるということを忘れないでください。食事は提供されますし、いつもの部屋で暮らす権利は保証されています。ここに滞在したい方のために一連の講義や短期コースも用意してあります。いちばん人気があるのは、初等数学や外国語を一からやりなおすコースです。希望者は寮に着いたら登録してください。職員がお手伝いします。

また、寮のA棟には臨時医療ステーションが設置されていますので、各人、健康診断を受け、日常服用している薬を入手してください。重篤な病気が発見された場合にそなえて、常設診療室には老人医学の専門家が配置されています。不適格と判断された場合はまず常設診療室に送られ、そこから適切な医療施設に送られることになっています。

なお、これらのことが、指定された学生時代のあなた自身への帰還に影響をおよぼすことはありません」

ジェフは現実感と非現実感を同時に覚えていた。

ぞろぞろと出口に向かう人たちにまじって進んでいくと、だれかが大声で泣きだした。若い女の子だ。ベッドの上でローブを抱きしめてひざまずいている。ジーンなんとかいう子だったと思うが、名字は思い出せなかった。

「なにも起こらなかったわ！」泣きながら訴えている。「あたしだけ、取り残されちゃった！　あああん――なにがいけなかったの？」

係員がやってきた。「さあ、落ち着いて。落ち着いて。またチャンスはありますから」

「でもどうして？　どういうことなの？」

「何歳にセットしました？」

「八、八十五歳です」

「なるほど。残念ですが、探測装置があなたをとらえられなかった理由は、あなたがそこにいないからなんです。つまり、あなたはそれ以前に亡くなっているということです。ほんとうに残念だけれど、八十五といえばかなりの年ですもの。月曜日につぎのグループといっしょにきて、もう少し若い年齢をセットしてください」

「あたし、八十五になる前に死んじゃうの？」彼女がふしぎそうにいう。

「ええとですねえ。たとえば、だれだって、あした交通事故で死ぬかもしれないでしょ？すべては平均値の話ですからね。上流階級、上位中流階級は原則、長生きするものですが、そうではない人もつねにいるわけですから」

若い男がひとり、話に加わってきた。「ぼくもはじかれちゃったよ。八十で。最悪だよ。ほんとにもう一回できるの？」

「ええ、できますよ」

「まただめだったら？　もう一回できるわけ？」

「必要なら。何回でも、必要なだけ」

「ちぇっ。ああ、どうせなにも変わらないんだよな」

「この区画から出てください。この区画から出てください」スピーカーの声がいう。

ジェフは、だれにともなくつぶやくジーンの声を聞きながら進んでいった。「あたしは死んでる……八十五になる前に、あたしは死んでる……」

ジェフが入り口のドアを抜けると、ダイアンの残骸らしきローブ姿が、ぼさぼさの白髪頭の案山子《かかし》みたいなローブ姿と人目もはばからずひしと抱き合っているのが目に入った。

彼は理解に苦しみ、嫌悪感を覚えて眉をひそめた。彼の概念世界にこの老境の熱情に呼応するものはいっさいない。彼は口髭をいじりながら、うんざり顔で唸った。彼としては、霧のなかの未来のどこかにいる若い自分が少しでも幸運に恵まれることを祈るのみだ。

そこから五十五年後の未来、ダイアンはちょうどその美しい瞳を開いたところだ。隣にだれか寝ているのは感じられるが、まだそちらを見てはいない。

ベネチアンブラインドがおりたベッドルーム。薄暗くて、部屋の一部しか見えない。だがハイアニスポートとかそういった場所のベッドルームでないことはすぐにわかった。見苦しいわけではない——モーテルを思わせるこざっぱりした感じだ。壁はたしかにアプリコット色だが、ペンキ塗り——カーテンとブラインドは白。でもシダの鉢植えもエレガントなヤナギ細工の家具も大きな鏡もない。シアーズ・ローバックのカタログから抜けでてきたようなシンプルな化粧台。長椅子も照明器具も見えるものすべてがその類《たぐい》だ。テーブルには小さな香水瓶がひとつ置かれているが、写真はない。淡い色のカーペットはすりきれている——長年、人が暮らしてきた部屋という印象だ。

氷のように冷たい失望、言葉では表現しきれないほどの違和感が心臓のあたりで大きくふくらんでいく。

彼女は耳を澄ませた——聞こえるのは海と木の葉が奏でる音ではなく、エアコンのウィーンという作動音だ。

ここにいることを否定して、完全にじっと動かずに横になっていればすべて消え去って、本来あるべきものに場所をゆずるかもしれない。そうにちがいない。彼女は目を閉じ、耳を閉じた。

が、声が聞こえてきた。若い男の声、いまにも声変わりする前の少年期にもどってしまいそうな声だ。

「驚きだな……なんてきれいなんだ」

彼女は答えようとしなかった。答える気はなかった。この現実を認めることはできなかった。

だれかの手が彼女に触れた。ふるえる手がおずおずと彼女の脇腹をなでている。

「ダイアン――ダイアン・フォートナム！　ここにぼくといっしょにいるって、どういうことなんだ？」

彼女は心ならずもささやいていた。「だれ――あなた、だれなの？」

「ドンだよ。ドン・パスカル。おなじクラスだった」

「ドン……パスカル？　ドン・パスカル？」驚きと嫌悪とで、つい大声になってしまった。

「そう。ドン・パスカルだよ、ガリ勉の。二年生の女王、なにもかもいちばんのダイアン・フォートナムとベッドにいる。男ならみんな夢に見ることだ……それがどうやらぼくらはかなり親密な仲らしい。きみもそう思うだろ？　ダイアン、あえて聞くけど、ぼくのこと覚えてる？」

「うーん、そうね……なんとなく」

「いいんだよ。女王はガリ勉のことなんか知らないさ。それにぼくはひどいニキビ面だったし。ほんとうにひどいんだ。ふりむいて顔を見る前に知っておいたほうがいい」

「あたし——あたし、ふりむかないわ。これはなにかのまちがいよ。あたしはここにいるべきじゃないもの。すぐにもとにもどるわ。そうにきまってる。あたしにはわかるの——」彼女はぶるぶるぶるふるえだした。

「うん」彼は静かにいった。「ダイアン・フォートナムはここにいるべきじゃない。けど、残念ながらきみはここにいたんだと思うよ。装置がまちがえるはずはないから……でも、もちろん、待ちたいなら待つといいよ」

静寂がおりた。ダイアンは目を閉じてじっと横たわっていたが、ふるえが波のように全身に押し寄せてくる。肌に感じるのは綿とポリエステル混紡の平織のシーツの感触だ。エアコンが短くカタカタと鳴って、また落ち着く。

この状況はもうどうしようもないのかと思いはじめた頃、かすかに動物の鳴き声が聞こえた。胸の下のシーツが引っ張られている。彼女がぱっと目をあけると——大きな黒猫がまんまるい緑色の目で彼女を見つめていた。前脚をベッドの端にかけて立ちあがり、彼女を観察している。いまにもベッドに飛びのってきそうだ。

彼女は子どもの頃から猫が好きだった。とくに黒猫が。このクロは鼻づらをのばして彼女の匂いを嗅ぐと、わけがわからないというように顔をひっこめてしまった。彼女は話しかけたくなるのをぐっとこらえる。猫はもう少し彼女を観察していたが、期待していたもの、あるいは望んでいたものが得られなかったのか、くるりと背を向けてゆっくりと長椅子のほうに歩いていった。大きな去勢済みの雄だ。軽やかに長椅子に飛びのり、前脚を下にたくしこんで落ち着く。まだ批評家のような目で彼女を見ている。

「だれかさんも、きみはここの人だと思ってるみたいだね」ドンはそういって、あわてて言葉を足した。「いや、意地悪でいってるんじゃないんだよ……ああ、ほんとに、まいったな、きみの背中、最高にきれいだ……顔のほうを見てもいいかな？」

ダイアンは絶望的なまなざしで猫を見つめていた。エアコンの音とともに猫が低くゴロゴロとのどを鳴らす音が聞こえてくる。この場所のしっかりとした現実感がじわじわと身体に浸みこみ、ハイアニスポートとヨットがみるみる薄れて消えていく。

はらわたがよじれるほどしゃくりあげながら、彼女はドンのほうに寝返りを打ち、枕に顔を埋めた。しゃくりあげ――またしゃくりあげ――ついにこらえきれなくなった悲しみが動物が吠えるような悲痛な叫びになってあふれでた。彼の両腕が彼女を抱きかかえ、彼女は彼の首筋に顔を押し当てて泣いている。

「いいよ、いいよ、泣きたいだけ泣くといい。神さまに、きみがどう思ってるかいってやれよ。人生は卑劣な罠の連続だ。ぜんぶ吐きだしちゃえよ。なんならぼくを殴ってもいいよ」

彼の手が彼女の背中をさする。思いやりと信頼に値する重みが伝わってくる。

激しいしゃくりあげがおさまり、身体のふるえもかすかなものに変わってくると、彼女はシーツで涙をぬぐって彼のほうを見た。ひどいニキビ。「やだ！　触らないで！」ひと声吠えて、ありふれた、なんの魅力もない部屋を見まわす。質素な綿サッカーのローブがベッドの足元にひろげてある。彼女はそれをたぐりよせて大急ぎではおった。「ふん。これがほんとうのはずがないわ。それに、悪いけど、あなたを見てるとぞっとしちゃう。しかもあたしに触ってるし」また涙が顔を伝いはじめる。

「ほんと、ひどいだろ？」彼はたしかめるように自分の顔を触った。「いまならニキビを治す薬かなにかがあるかもしれないな。探しにいってくる」彼も起きあがって、ひろげてある下着に目を留め、それを身につけだした。

「それに、この部屋」彼女がすすりあげながらいう。「こ、こんなひどい安っぽいところ、大嫌い。大大大嫌い。絶対になにかのミスよ！」

「いいこと、教えようか？」彼はベッドの端に腰かけてソックスをはいている。「もしきみがそんなにかわいい天使みたいな顔でなかったら、自己中心的で物質主義で欲張りで無作法なガキって感じだったと思うよ。これみたいに」――ソックスをふって見せる――「きみは悩ましいほどきれいで、無作法で、欲張りなガキだ。もうたくさんだよ。ファーストレディとしてホワイトハウスで目覚めるとでも思ってたのかな？　きみはすでに金持ちだ、それくらいはぼくだって知ってる。きみの父親はシカゴの株式仲買人で百万長者じゃないか。それでもきみは大大大富豪になりたかったんだね。先祖伝来の財産も欲しかった。だろ？　きみはミセス夢物語になるはずだった。でも、そうはならなかったんだ。この部屋、ひどくなんかないよ。それに、あのおとなしい猫にどんな態度をとったのか、考えてみろよ！」

この騒ぎにうんざりした猫は、尻尾をピンと立ててゆっくり部屋から出ていった。

「だいたい、きみはぼくにどういう態度をとった？　こっちは目が覚めたと思ったら、顔がむかつくって理由でヒステリーを起こすような女といっしょだったんだからな。ぼくは人間なんだぞ、わかってる？――この世にはいろんな人間がいるって考えたことある？」

彼女も多少、落ち着きをとりもどしていた。「ええ」堅い口調で答える。「ほんとうにごめんなさい。あやまるわ……でも、やっぱりなにかのまちがいだと思うの。たとえば、たまたまここにきていたとか、ね？」

「で、時間がきてしまった？　まあ、ありえなくはないね。けど、きみが出ていきたいのとおなじくらい、ぼくだってきみに出ていってもらいたいと思ってるんだ。もしきみのいるべき場所が見つけられなかったら、きみの基準に合うホテルを見つけて、そこで待つことにすればいいよ。もし、その金があればだけどね。見たところ、この家の住人は大金持ちとはいえそうもないけど」

「うーん」

「ちょっと探してみよう。どこかに銀行の通帳くらいあるだろう」彼は彼女に長々と冷たい視線を浴びせながら、幅がひろすぎるスリッパをつっかけて立ちあがった。質素なローブは彼女が着るとこぎれいに見えるし、彼女の顔には無垢な悲しみがあふれている。が、彼はゆっくりと首をふった。だめだ。

そのとき唐突に彼女が「あれ、なに？」といってヘッドボードを指差した。テープで封筒が貼りつけてある。彼はかがみこみ、書いてあることを声に出して読んだ——

「部屋を出る前にこれを読むこと。二人とも読むように」

「きっとぼくらが自分たち宛てに残したんだな」彼はいった。

「あなたはそうかもね」とはいったものの、彼女の声は自信なさげだった——活字体で書かれた文字が、彼女自身の筆跡によく似ていたからだ。

「ああ、まあね——」彼は封筒をはずして、物珍しそうにひっくりかえした。上等な紙質で淡いアプリコット色。裏にエンボス加工の文字がある。「22206。ヴァージニア州アーリントン郡リッジウェイプレイス91225。第47居留地。ここのことだろうけど、〝第47居留地〟?……世のなか、変わったみたいだぞ」

彼は封をあけた。「ぼくの筆跡みたいだな。読むからね、いいかい? すわったほうがいいな。さあ、いくよ。

『若き日のわたしたちへ、やあ、こんにちは! きみたちが学校を出てからのことをなにも覚えていないのはわかっている。なぜなら、きみたちの現実では、それはまだ起きていないからだ。きみたちは、自分がどこにいるのかもわからないだろう。そこでわたしたちは、基本的な疑問にたいする答えを用意しておくことにした。

いま、きみたちは愛しい我が家にいる。三十年前から住んでいる家だ。抵当に入ったりはしていない。ローンは払い終えている。

きみたちは結婚して三十五年になる』」

ダイアンが首でも絞められたような声をあげ、目をこぼれそうなほど大きく見開いている。いきなりあえいだと思うと、いっきにまくしたてた。「でも、あたしの名前はいってないわ！　あなたは奥さん宛てに書いたかもしれないけど、それはだれかべつの人よ！　あたしだって、いってないもの」

彼は彼女を見、手紙を見おろし、ため息をついた。「いいとこ突いてるよ。でもねえ、残念だけどこの便箋を見てごらん。いちばん上、ほら――」彼は彼女にアプリコット色の便箋をわたした。

上のほうにもエンボス加工で住所が記され、その上にくっきりと、エンボス加工の名前が浮きあがっている――ダイアン・パスカル。

彼女はそれをじっと見つめ、小さな、なんとも表現しようのない声を出して便箋を膝に落とし、まばたきして信じられないというようにまた手にとって見つめた。呼吸が荒くなっているが、泣いてはいない。また便箋を落として、ゆっくりと部屋のなかを見まわしている。その表情はあまりにも物悲しく、たよりなげで、彼は憐みを覚えずにはいられなかった。欲張りで――身勝手で――あさはかで――無分別――それでも苦しんでいる人間だ。彼女は夢を失った苦しみのまっただなかにいる。

彼は立ちあがって彼女のそばにいき、肩を抱いた。が、彼女はぶるっと肩をふるわせて彼の手を払いのけ、また彫像のように固まってしまった。彼はニキビのことを思い出した。

「元気を出せよ。たった四週間じゃないか。きみなら乗り切れるさ」

おずおずと、ひとりごとのように彼女がいった。「これ……が……あたしの……未来なの？　これが？　ああ、でもいったいどうしてそんなことになるの？　まるで疑ってなかったのに、ぜんぶうまくいってたのに――」

彼女にたいする怒りがぶりかえしてきた。「いったいこれのどこが、そんなにひどいっていうんだ？　家があって、旦那がいて、老人ホームにいるわけでもないし、食べるものに困っているわけでもない。そういう人はいっぱいいると思うよ。それに、これを書いたとき、きみは自分の名前を恥じてはいなかったみたいじゃないか。うん？」

「でも……」煮え切らない返事だ。

「中流だよね？　そしてきみは上流だった。しかしそれでも満足できなくて、超超超上流になろうとしていた。結婚で黄金の人生を手に入れるつもりだった。でも失敗した。理由はわからないけど、きみは、自分でもいってたとおり、着々と準備していた……聞いた話じゃ、ずっとヴァージンをまもってたっていうじゃないか――最高に魅力的な女を演じるために」

彼女はかすかにうなずいた。

「まあ、そのことはそういうことになったときに話し合おうじゃないか」

彼女は痛烈な軽蔑のまなざしを投げたが、彼は気色《けしき》ばむこともなく、ただ笑っただけだった。

「絶対にそんなことにはならないわ！」彼女はぴしりといった。「やっとわかった。これはありうる未来なのよ。ここに書いてあるとおり、まだ現実には起きていないの。そうよ、起きるもんですか！　あたしが変えてみせる、なにかちがうふうにすればいいのよ――」

「なにも覚えていないんだよ」

「しっかり覚えてるわよ！　絶対に！」

彼は眉をひそめた。ほんとうにイカレてるのか？

「この超超上流って話、きみにとってはほんとうに大事なことだったんだな、そうだろ？」

彼はしみじみといった。「神々の黄金の王国、彼と彼女のリアジェット（リアジェット社製のビジネスジェット機）、なんでもかんでもデザイナーもの、そこらじゅうに持ち家、召使の集団――完全無敵。きみはそうなれる切符を持ってると思っていた。そういう世界からきた連中とつきあって、連中をクラクラさせてた」

黙ってじっとすわっていた彼女の身体がぐらついている。顔面蒼白だ。

「ちょっと待った。こっちで横になったほうがいい。ショック状態みたいだ。さあ――」水差しがあった。「水を飲んで」

彼女はいわれるままに水を飲んだ。そしてまだ自分が手紙を持っていることに気づくと、くしゃっとひねって破こうとした。

が、彼にいち早く止められてしまった。「だめ、だめ。大事なことが書いてあるはずなんだから。ぼくらは大事なことだから書いておこうと思ったわけだからね。きみはおとなしく横になっていればいい。ぼくが読んであげるから。いいね？」

彼女は肩をすくめた。少し顔色がよくなっている。

「よし――『三十五年になる』ちなみに、これだと結婚はいまから約二十年後ってことになるな。『しかし肝心なのは、わたしたちはこの年月を深く愛し合ってすごしてきたということだ。深く。年を追うごとに深く。きみたちがまだ知らない深遠な愛。わたしたちはそれを見つけた。たいていの人は経験したことがないだろうと、わたしたちは思っている』」

彼はちらりと彼女を見た。彼女はすべてを理解しつつあるようで、問いかけるようなまなざしで彼を見ている。

「『最初はどちらかというと便宜上の理由でいっしょに住みはじめた。いわゆるジェームズ大恐慌のころで、情けないことに老いたジェームズ大統領はなんの手も打つことができなかった。一九三〇年代初めの大恐慌よりひどかったといわれている。ひとつには暴力という問題があった――が、それはまたあとで書くことにする。ダイは失業してしまったが、ドンはTCKというマンモス製薬会社で仕事をつづけていた。（ドン、きみの仕事については後述するが、いまは一カ月の有給休暇中だ。）……とにかく、彼は路上で彼女を見つけて家に連れて帰った。彼の給料で二人で食べていくのはきびしかったが、きみはやりとげた。彼はその後、彼女にTCKの研究所での仕事を見つけてやっている。

少しはましな暮らしになりはじめたころ、わたしたちは二人のあいだに育っていた感情が真剣なものだと気づいた。それ以来わたしたちはずっといっしょだ。数日以上離れていたことはない。正式に結婚したのは、そのほうがこの居留地に入りやすいという現実的な理由からだ。

子どもはいない。昔の病気が原因で、ダイの卵管が閉塞してしまっているせいだ。養子をとっても満足できないだろうと、わたしたちは判断した。後悔はしていない。

ダイはいろいろな技術関係の仕事をしたり、医院に勤めたりしたあと、五年前にリタイアした。彼女は仕事がおもしろくなって、いろいろな講習を受けた。ドンは医学博士号《MD》を持っているが、医師として働いたのは、生化学研究者としてTCKに勤めるまでの短い期間だけだ。いまは上級顧問で、週一回の勤務になっている。

わたしたちは年をとった。相当な年寄りだ。ダイは目が悪くなっているし、ドンは男のカリカチュアだ。わたしたちはこの若き日の一ヵ月を何年も何年も楽しみに待っていた。どれほど待ち焦がれていたか、たぶんきみたちにはわからないだろうが。どうか、この一ヵ月を忘れられないものにしてほしい。いまはお互い相手のことをあまり好きではないと思っているだろう――ダイは、自分がどれほど思いあがったいやなやつだったか忘れないように、といっている。ドンはひどいニキビ面が嫌われて、友だちも数えるほどしかいないやつだった。たしかにわたしたちはこれまでも、そしてこれからも、まったくちがう種類の人間だ。しかしそのちがいは互いを補い合うものだとわかり、わたしたちはさまざまなことを乗りこえてきた。きみたちは暴動に巻きこまれ、餓死寸前の状態を経験し、互いに命を救い合うことになる。絶望することもある。（キッチンのテーブルにホーキンズの現代史の本が置いてあるから、かならず読むこと。）しかしわたしたちのちがいは、互いの相手にたいする誠実さにくらべれば、二人の愛にくらべれば、たいしたものではなかった。いままでは、わたしたちは一心同体だ。ひとりが苦しんでいれば、もうひとりも一瞬たりとしあわせな気持ちにはなれないし、相手が晴々としていれば、もうひとりも不幸とは無縁でいられる。これは人生が与えてくれるもっとも高価な贈り物のひとつだ。しかし、いまのきみたちには理解しきれない。わたしたちは理解できなかった。最初は、こういう愛は、罠みたいなものだと思っていた。こんな、きみたちの現実ではまだ起きていないことを書いても、きみたちがなにひとつ思い出せないというのは信じがたい気がする――しかし、この幸福感は少しは伝わるかもしれない』」

彼は読むのを中断して、ちらっとダイを見た。彼自身の顔にもうっすらと当惑の色が見える。彼女はすっかり落ち着いたようで、天井を見つめている。

「『手紙のここから先はダイにバトンタッチする。なにがどこにあるとか、この時代の暮らし方といった実用的な情報だ。友だちの名前も書いておく。いちばんの親友、フレディ・ティラムが、きょうの午後やってきて、いろいろ手助けしてくれることになっている。まず電話が入る。きみたちにとっては彼はただのおしゃべりな年寄りに見えるかもしれないが、どうか――たのむから――彼を傷つけたり、不快な思いをさせたりしないでほしい。彼はわたしたちにとって言葉ではいいあらわせないほど大事な存在だったし、いまでもそういう存在だ――なにしろ、わたしたちの命の恩人なのだから。ダイにバトンタッチする前にひとつ警告しておく――**これを最後まで読んでフレッドと話をするまで、家から出てはいけない。これは絶対にまもること。**』」

「ふう、声がかれちゃった」彼は水を飲んだ。「バトンタッチするよ、ダイ。読めるようになってからでいいから……。それにしても妙な気持だろうな、自分宛てに手紙を書くなんて。代名詞が、どれがどっちだかわけがわからなくなっちゃったよ。それに解説文の模範とはいえないな」彼は残りのページをぺらぺらとめくっている。「きみのは見出しがついてる。ずっとわかりやすいな。あ、あったあった——猫の名前はヘンリーだって。ヘンリー・キャットか、あるいはアンリ四世《キャトル》。かっこいいな。六歳だって……」

ダイアンがなにもいわずじっと横になったままなので、ドンはベッドの反対側にまわり、とりあえずそっとスリッパを脱いで、端っこに横になった。

「受け入れなくちゃならないことがたくさんあるよね」彼は静かにいった。「大恐慌……暴動……餓死寸前の状態……絶望……」声がわずかに変化した。「愛」

彼女の視線はまだ天井をさまよっている。と、急に唸るような声をあげて、ヘッドボードを指差した。

なにか小さなものがぶらさがっている。手紙のうしろに隠れていたのだ。彼が手にとってみると、それはメモでくるんだチューブだった——「これを塗ればドンのニキビは一日、二日で治る」

「やった！」彼はふたをとって、クスクス笑いながら顔と首筋に塗りはじめた。ダイまで少し笑顔になっている。彼は起きあがって鏡のまえにいき、きれいに塗り終えた。

「腹がへったなあ。ミルクでもあれば、きみもぼくも助かるよね。探すの、手伝ってもらえるかな？　未来でもミルクは冷蔵庫にいれなくちゃならないのかなあ？」

彼女はなんらかの結論に達したようだった。「そうよね。あたし……思うんだけど、物事はひとりでには変わらないわよね。しばらくのあいだ、これが現実だというふりをしたからって、現実に近づくってことはないと思わない？」絶望しているとはいえ、事実、お腹はすいていたし、ミルクときいて無視はできなかった。

「ああ、そうだろうね」彼はまじめに答えた。彼女が正気だという兆しが見えて、ほっとしていた。「きみはここに四週間いるしかないと思うよ。ぼくといっしょにしろ、いっしょでないにしろ。できればいっしょでないほうがいいけど」彼は冷たい口調で最後のひとことをつけ加えた。

彼女がじろりと彼を見た。彼はその表情を見て、もしかしたら男に拒絶されるのはこれがはじめてなのかもしれないと思った。が、ただ、「もっと事情がつかめるまで、気をつけて、あまりあれこれ触らないようにしたほうがよさそうだな」というに留めておいた。

彼女もベッドを出て、二人はベッドルームからリビングらしき部屋に移った。奥の隅のほうはキッチンらしき空間に変わっていて、冷蔵庫のような大きくて黄色い四角いものが置かれている。その横にはシンク。そして食器やコップがいっぱい入ったままの水切りカゴ。

冷蔵庫のドアには、取っ手のようなものはついていない。

ドンはピカピカの表面に目を凝らしてみたが、なにも見えない。と、彼はクスクス笑いながら一歩さがって、大声でいった。「冷蔵庫、オープン！」

音もなくドアが大きく開いて、なかの電気が点いた。

なかに物はあまり入っていなかったが、ダイはミルクパックらしきものを見つけた。

「どうしてわかったの？」ミルクをコップに入れながら、彼女はたずねた。「あなたは大きいコップのほうがいいでしょ？」

「ああ、ありがとう」

「ねえ、どうして？」

彼は肩をすくめた。「さあ……ぼくら、未来にいるんだからさ」

「未来」静かに、けれどしっかりと、彼女はいった。

「きみのバージョンだと、執事がなにか持ってきてくれるんじゃないのかな、キャビアのサンドイッチとか？」

「やめて」

「いいかい、ダイ、きみはぼくにひどい仕打ちをしたんだ。このネタで多少冗談をいったって、罰はあたらないと思うけどね」

「あら、ヘンリーのお皿があるわ」彼女は床にあった皿をとって洗おうとしたが、蛇口が見当たらない。

「お湯、オン」ためしにいってみると、すごい勢いで湯が出てきた。「オフ！　オフ！　お湯、オフ！」止まった。

「たぶん強さを調節する方法があるんだと思うけど」ドンがいった。「このへんではうっかりしゃべらないほうがいいな。でないとドタバタコメディみたいになにもかもが動きだしちゃいそうだ」

いつのまにかしぶしぶそばにきていた猫のために、彼女が皿にミルクを注いでやっていると、チャイムが鳴りだした。

「ああ、まずいな、まだ手紙のきみのパートを読み終えていなかった。これって電話かな、それともドアフォンかな？」彼はチャイム音のするほうへ進んでいった。

「ここから聞こえる……このボックスかな？　でも、どうやって出ればいいんだ？」適当にいじってみる。「もしもし？　もしもし？」

「もしもし」壁のスピーカーから声が聞こえてきた。「フレッド・ティラムだが。聞こえているかな？　ドンかダイはいるかな？」

「ああ、ドンです、でもこれの使い方がわからなくて」

「いまみたいに、それに向かって話してくれればいい。便利は便利なんだが、プライバシーはないも同然だ」声は老人のものだが、まちがいなく温かみにあふれている。「きみが入れ換わったことは声でわかる」

「たしかに入れ換わりましたよ。ぼくら、まだぼくらが自分たちのために残したメモを読み終えていないんですが、とりあえずあなたとは連絡がついた。こんにちは、フレッド」

「やあやあ、ドン。ティーンエイジャーのきみを見るのが待ちきれないよ！」

「ぼくよりダイを見たほうがいいですよ。彼女、信じられないくらいすごいから……ぼくもですけどね、逆の意味で。ニキビがすごいんです。ひょっとしたら悪い病気かも」

フレッドは笑った。「やっぱりわたしがそっちへいったほうがいいかな？　バスはそっちに三時に着く――わたしは第55居留地にいるんでね」

「ぜひお願いします。ダイが――まあ、会ってもらえばわかりますが。彼女、ぼくと結婚してここに住んでいるというのがショックで、ろくに口もきけないくらいなんです。これはもうひとつの未来だと思いこんでいるんです」

「ダイが悲しんでる？　しかし――」

「わかってます、わかってます。でも正直いって、いまの彼女じゃ、ぼくもすぐにでももうひとつの未来がほしいくらいなんです。あなたにきてもらえれば、解決策が見つかるかもしれない」

「おやおや」フレッドはいった。「なにができるかわからんが、やってみるよ……では、また三時を少しまわったころに。守衛の詰所から連絡が入るから、わたしの名前をいって、なかに入れてくれ」

「それも知っておかなくちゃならないんですけどね、フレッド。いったいどういうことなんです？」

「話せば長い、悲しい物語だ。ではまた三時に。――そうそう、きょうは外に出ないほうがいいぞ。食べるものはあるかな？　なんならなにか持っていくが」

「大丈夫だと思います。ダイがチェックしてます……ああ、大丈夫です。でも、どうもありがとうございます。ほんとうにあたらしい世界にいるんだって実感しました」

「ほんとうなんだよ！　じゃ、また」

「はい、また……。でも、どうやって切ればいいんだ？」また適当にいじると、こんどはカチッという音がして発信音が聞こえてきた。「どうすりゃいいんだ？」

「それに、かけるときはどうすればいいの？」ダイがたずねる。

「きみの手紙を読めばいい。きみは実用的なパートを書いたんだ、忘れた？」

二人で手紙をとりにもどる途中、ダイが考え深げに話しだした。「前に読んだ小説でね、こういうのがあったの……一匹のネズミがなにかちがうことをするの、なにか些細なこと、なんだか忘れちゃったけど。チーズを食べようと思ってやめた、とか。するとね、それで全世界の未来が変わっちゃうの」

ドンはため息をついた。「きみの寮にネズミはいる？」

「いるっていう子もいるわ」

「じゃあ、早速、餌をやるようにしたほうがいいな」

「ああ、でもこの話はネズミじゃなくたっていいのよ。あなた、わかってない――」

「わかってるさ」彼は憂鬱そうに答えた。「きみの考えていることは百パーセントわかってる」

ふたたび電話のチャイムが鳴りだしたとき、二人はまだ手紙を読んでいる途中だった。ダイがベッドルームの子機に出ると無愛想な男の声が、きょう訪問客の予定はあるか、あるならその名前は、と問いかけてきた。

「ああ、フレッドです。フレデリック、ええと、あのう——」

「ティラム」ドンが割って入る。「第55居留地の人です」

「了解。わたしはジョーダン大尉だ。きみたちは、きょう入れ換わったということだね。できるだけ早く、臨時IDをチェックしたいんだが」

「はい、メモに書いてありました。ただ、すごく疲れているので、きょうは外出しません。あしたでもいいですか？」

「今夜は外出しない？　まちがいないね？」

「ええ、はい、ジョーダン大尉」

ドンも同意した。

「では、あすの朝いちばんということにしよう。午前七時にこっちにこられるかな？　三輪《トライシ》車《クル》はある？」

「メモにはそう書いてあります」

「だったら、かならず車道を走ること。歩道はだめだ。家に居留地の地図はあるかな？」

「ドアの裏に貼ってありました」ドンがいう。「でも、まだちゃんと見ていないんです」

「わかった。東ゲート守衛詰所まできてくれ……わかると思うが、南ゲートはメインの出入り口、西ゲートは救急と一般病院の複合施設、それからショッピング地区のそばにある。北ゲートは閉鎖されている」

「どうしてです？」

「外に放火犯どもがうようよいるんで、だれも使っていなかったんだ。それで投票で当面、閉鎖することにきまったんだよ」

「なるほど。ありがとうございました。よほど迷子にならないかぎり、七時に伺うようにします」

「了解」電話が切れた。

「なんて厄介なのかしら」ダイがいう。

「ああ、きみの清き正しき世界なら、まちがいなくむこうがきみのところにきてくれるね。──いやいや、怒らないでくれよ。きみ、トライシクルは乗れる？」

「七十五歳で乗れるなら、いまも乗れるでしょ」

「ぼくもだ。それはなに？」

「手紙に入っていた古いＩＤ。この写真があたし──と、あなたただなんて信じられる？　悪い夢を見てるみたい」彼女が自分のをひっこめようとすると、彼が止めた。

「いや、ほら、きみ、そう悪くないよ。人生のべつの段階だ。きみがいた──いる──段階としては、すごくいい感じだ」

彼女は、ふんと鼻を鳴らしてＩＤを彼に押しつけた。

またべつのチャイムが鳴った。

「うーんと。どっちが正面玄関だっていったっけ？」

「あっちよ」

フレッドは小粋な身なりの白い山羊髭をはやした老人で、話し好きの肩肘張らない人物だった。そして意外なことに、黒人だった。アフリカ系の黒人だ。なぜかドンでさえ、居留地にいるのは白人だけ、あるいは大多数が白人だと思いこんでいた。

「いやはや、おう、なんと！」フレッドは叫んだ。「よく顔を見せてくれ！　入れ換わったとき人にじろじろ見られたのもふしぎはないな……若さ、若さ——若者は若さをむだにしている、という言葉はだれがいったんだったかな？……しかし、ただ若いというだけじゃない、ダイ——きみはくらくらするほどきれいだよ。もっとよく見せてくれ。おう、なんと」フレッドは彼女に近づいていった。「いいかな？」

彼女が身をかわす間もなく、彼は彼女の顔を大きな両手でやさしく包みこんでいた。そして明るいほうへ向けると、つかのま見つめて、おでこにそっとキスした。「ああ、すばらしい！　驚かせてしまったかな？」にっこり笑っていい添えると、彼はソファのそばのオットマンに腰をおろした。膝がカクッと鳴る音が聞こえた。

「じつは、数えきれないほどやってるんだよ」と彼はいった。「それをいえば、いっしょのベッドで寝たことだってある。きみたちがうちに同居していた頃は、ダイにベッドの半分を明け渡して、ドンとわたしは交代で床に寝ていたんだ」楽しそうに笑う。「きみたちはかけらも覚えていないんだよな？」

「ひとかけらも」

「そう、そういうものだからな」こんどはまじまじとドンを見て、フレッドはいった。「きみも元気そうだな。しかしその、ああ、状態はなんとかしないとな。いいものを教えてあげよう」

「ああ——じつはもう自分で塗り薬を買ってました。もう使いはじめてるんです」

「よかった、よかった——水曜日には効果が出てるぞ」

「待ちきれないな」

「しかし、それ以外はすべてそろっている——すっきりのびた丈夫な身体、よく見える目、素早く動けるし、頭も冴えている。痛いところがひとつもない。ダイ、いまはちゃんと見えているんだろ？」

彼女はうなずいた。

「ああ、なにによりだ。まったく我ながらなんで十年前にしたのか後悔しきりだよ。だが、あのころは用心しすぎていたんだ——黒人の平均余命は短いとか、いろいろあったから、せいぜい六十五くらいがいいところだろうと思ってね……。まあ、きみの身になって楽しむことはできるが。さあさあ、いちばん肝心なことだ、なにをしてさしあげようかな？」

ドンがゆっくりといった。「まだ、政治的・社会的な状況がよく飲みこめていないんです。ダイもおなじだと思うけど……。一定水準のまともな人間は、軍隊にまもられた居留地に閉じこもっていて、街は下層民のものになっている……。もしこの国で階級隔離みたいなものが起きるとしたら、逆になるんじゃないかと思っていたんだけど……」

「ああ、わかるよ。しかしねえ、それは不可能なんだ。社会訓練ができていない、なんの技術も持っていない人間は寄り集まって集団をつくっていたし、古いビルはそこらじゅうにあった。とくに、成長期の子どもはそうだった。われわれが若い頃に赤ん坊だった連中だ。十歳になる頃には、チビッ子ギャング団の一員さ。みんな、なんの技術もなければ読み書きもおぼつかない、われわれがこれぞ社会、われわれの社会と思っているものとなんのつながりもない――だから合法的手段で暮らすこともできない……。それに、もちろん、マフィアみたいな連中もいた。すべてはゆっくりとはじまったんだ。居留地がここにでき、あそこにでき、私設の軍隊がまもるようになり。われわれが学校にいっている頃は民間企業や公共施設がそれぞれ居留地を持っていたんだよ、覚えているかな？

　公立学校が事実上、崩壊して、下層民がバスや電車を襲撃するようになり――集団強盗に身代金目的の人質事件――毎日のように爆弾騒ぎがあって――保護を求める人を保護する以外、手の打ちようがなくなってしまったんだ。とくに年寄りは……われわれの若い頃だって日中でも歩きはもちろん車でも通り抜けられないような地域があったんだからね。公園とか。ああ、まったく」

「どうやって選んだんです？」好奇心をそそられて、ドンはたずねた。

「最初は単純だった。入りたいと希望していて、料金が支払えて、仕事なりなんなり生計を支える手段があって、逮捕歴なし、ドラッグやアルコールの問題なし、という人間なら居留地に入る資格ありということになっていた。グループがつくられて――たとえば、きみたちの47は全員TCKの社員とその家族だ。いまはもう少し複雑になって、心理学的な評価みたいなものも適用されている……だから、いわゆる〝まともな〟人間がみんな居留地に住んでいるわけではないんだ。ゆるい集団をつくって、街の比較的おだやかな場所に住んでいる連中もいる。ほとんどが若くて冒険好きなタイプだな。数は少ないが、机上の空論に奉じる聖人みたいな人たちもいる。子どもたちを救おうとしているんだ。いつまでつづくのか、だれにもわからんがね」彼は悲しげに白髪頭をふった。「残酷だな、残酷だ……」

「残酷って、どういうことですか?」ダイがたずねた。「犯罪者とか爆弾魔とか……」彼女はぶるっと身をふるわせた。

「自然のように残酷ということだよ。いいかい、われわれがかれらを閉めだして飢えさせているというのは残忍な事実なんだ。飢えれば互いを食い物にする。共食い――そういうことがはじまっているのは、周知の事実だ。街では食料はいっさいつくられていないし、受け入れと配給はわれわれが一手に握っている。最少限の食料配給所みたいなものはつくったが、ほんとうに必要としている人間がどれくらい受け取れているのか、受け取ったとしても無事に家に帰れるのか、はなはだ疑問だ。老人、病人、赤ん坊のいる若い母親たち。外にはそういう人たちもいるんだ。女たちはそれでも赤ん坊を産みつづけている、信じられるかい?　生まれた赤ん坊は、生きのびられたとしても教育を受けるチャンスもないから、なんの技量も、生計を立てる手段も身につかない。平穏な中流階級の暮らしなんか望むべくもない。われわれはモンスターが育つのを黙認しているんだよ」

「ひどいな」ドンがいった。「この先、どうなっていくんでしょう？」

「悪くなる一方だろうな。地区内の人口は減ってきているらしい。とくに若い男が。みんなしばらくのあいだはけっこうなことだと思っていたんだ。お互い殺し合って、減っているんだろうくらいに思っていた。ところが、いまあちこちから報告が入ってきていてね。どこもおなじなんだ——武装したギャングが街から郊外へひろがりだしていて、ぽつんぽつんと点在する農場を襲っている。食料目当てだ。女も引き連れているらしい。

いずれ、突然襲ってきて、最後の一滴まで吸いつくして、またべつのところへ移っていく、際限なく放浪しつづける略奪者集団が生まれるだろうと、われわれは予測している。むろん、郊外も武装を進めてはいるが、要塞でもつくらないかぎり、まもりきれるもんじゃない。それに農場は——農地にしろ家畜の群れにしろ、まもりようがないし、攻撃するのも簡単だ。街に供給する食料をつくりつづけようと思ったら、軍隊をまるごとひとつ新設して防備を固めるぐらいのことをしなくちゃならない。もっと悲観的だった頃には、これは終わりのない戦争になる、なんて考えていたもんだよ。ローマ帝国の外に蛮族が住んでいるみたいなものかな……ちなみに、連中の暮らしにはドラッグが深く根付いているんだ。昔の文明は、独自の価値観と文化を持った、略奪あるのみの蛮族、あちこち動きまわる蛮人にたかられ、穴だらけにされてばかりの脆いネットワークだった。極端な無政府状態はそう長くはつづかないものだ。かならず強者があらわれる……。

なんというか、われわれはヴァイキングやデーン人やゴート族の襲撃を恐れながら暮らしていた古代ブリテン島の住人みたいなものだな。日々の暮らしはただつづけていくだけのものになってしまっている――あたらしいものはなにひとつない、なんの進歩も望めない。――いかんいかん！　長広舌《ちょうこうぜつ》をふるってしまったようだな。新顔の聴衆相手にしゃべるチャンスはもう長いことなかったもんでね！　申し訳ない……。

ところで、手紙には、この居留地が三度、大規模な攻撃を受けたことは書いてあったかな？」

「いいえ！　なにがあったんです？」

「まだ州兵が警備していた頃の話だ。十五年くらい前になる。型どおりの攻囲兵器で壁を破ってなだれこんできて、略奪、強姦、殺人、放火。しかしなんとか撃退した。三度そういうことがあって、その後――ほかにもあちこちで起きていたし――正規軍が任務を引き継いだ。いまでも大統領が最高司令官だが、この前の選挙で将軍が、パックウッド将軍が当選したんだ。文明をまもるというふれこみでね……。いうまでもないが、外交政策はお粗末なものだ。なにがどうなっているのか、だれもほんとうのところは知らないんだが、海外から聞こえてくる話だと、それぞれ問題を抱えているらしい。メキシコをはじめ、多くの国でも軍が政権を握っている。つぎはカナダだろうな」

「ひどいなあ」ドンが静かにいった。ダイは信じられないという顔で、黙ってフレッドを見つめている。ドンはふと思いついたことをたずねてみた。

「超上流階級はどうなんですか？　大富豪は？」

「おなじだよ――自分たち用の居留地にいる。しかし、聞いた話だと、かなりの数が島を所有していて、そこで実質的支配者になって、私設の陸軍、空軍でまもりを固めているらしいぞ。むろん、食料問題はある。しかしうまくやっているんだ――人里離れたところから新鮮な作物を船一杯分買いあげるのさ――たぶん、魚も山ほど食べているだろうな。とはいえ、金は少しずつ価値を失いつつある。物々交換経済が幅をきかせてきているんだ……むろん、外ではもう定着しているわけだが……。ちょっと失礼」

彼はシンクにコップ一杯の水を出させた。

これを見て、ダイはつかのま我に返ったようだった。「あたしたち――あたし――なにか用意しましょうか？　食器棚A、オープン！」上の扉が大きく開くと、彼女は不本意ながら満足げににっこり微笑んでいた。なかにはボトルが並んでいる。彼女は一本とりだした。

「ワイン、いかがですか、ティラムさん？　これはリースリングかしらね。みんなでいただきましょうよ」

「いいね」ドンが水きりカゴからワイングラスを三つ引きぬく。「ナッツとかクラッカーとか、ないかな、ダイ？」

彼女はすでに缶入りのナッツをとりだしていた。

「いや、いい、いい」フレッドが固辞する。「ワインだけで充分。だがね、じつはそのナッツ、ダイの宝物のひとつだったんだよ」彼はカラカラと笑った。

「幸運を祈って」ドンがグラスをあげる。「ぼくらには幸運が必要みたいだからね」

「幸運を祈って」かれらはグラスを傾けた。リースリングはすばらしい味わいだった。

フレッドがため息をつく。「ひとつ、隠しきれない傷があるんだ」と彼はいった。「外にいる蛮人は黒人が多いんだ。皮肉なことに、白人の遺伝子が四分の三、八分の七——いや十六分の十五でも——黒人が生まれる。アフリカは、おれの知ったことか、というだろうな！」クスクスッと笑う。「むろん、かれらが悪いわけじゃない——昔の白人が何世代にもわたってかれらを無学で資産も持たない存在に変えてしまったんだ。白人たちに、先を見る目も、きちんと対処しようという決意もなかったせいだよ。そのときにいまの——いや、少し前の——国の福祉予算のほんの一部でもつぎこんでいればすんだことなのにな。当然ながら、いまは福祉なんてものは存在しない。当時の黒人は、きみたちの文化をよろこんで受け入れる気でいたのに。

それでもわれわれが若い頃なら、子どもたちに大量に集中的に投資すれば、まだ望みはあったはずだ。しかし子どもひとりを育てるのは、だれかがかかりきりになる必要がある仕事だ——教育やらなにやらひっくるめての話だよ。まずは母親からはじめなくてはならない。妊娠中に母親が栄養失調だったりドラッグをやっていたりして脳に障害がある子どもが生まれてからではだめなんだ。子どもを育てなおすのは一対一の仕事になる。だれがやるというんだ？　白人の子はすでに問題だらけなんだし……」彼は、二人が生まれてはじめて聞くような悲痛な笑い声をあげた。「さあ——もういいだろう。そうだそうだ——」内ポケットに手を入れる。

「ほうら！」出てきたのは三枚のピンクのチケットだった。

「ケネディセンターでのスーパーイベントのチケットだ！　きみたちがわたしに預けたんだぞ。ガラコンサートだ。現代最高の歌手たちの歌もあればバレエもあるし、いろいろ楽しめる」

「すごいな」ドンはいった。「最高だ。いやあ、ぼくたち、センスあるなあ！」

「すてきね」ダイはいまひとつ乗り切れていない。「でも……いったいなにを――」

「なにを着るかだろう？」ドンが笑いながらいった。

「心配は無用だ」とフレッドは請け合った。「ドレスコードなしだから。仕事着でくる人もいる」ダイはかすかに身をふるわせた。「しかしながら」フレッドはあらたまった口調でつづけた。「ダイにいわれているんだ。特別にきみのために用意したドレスがあるそうだよ。どっちの年齢にも合うらしい……色彩の魔術ってやつだな！」

「すてき」こんどはしっかりと彼女はいった。

「それでだが」フレッドの話はつづいた。「きみたちは、二人だけでいきたければそうしてくれたまえ。大丈夫、わたしはへそを曲げたりしないから。ただひとつだけ、きみたちにきみたちの友だちを紹介しようと思っている。大勢いるんだよ、これが。たとえばだね――わたしはべつのバスでいって、きみたちさえよければロビーで落ち合う、と。それで、好きなだけつきあってもらう。いやいやかもしれんがね。わたしは、こっちのバスに乗るためにどっちみち三時ちょうどにはここにこなくちゃならないんだ——47は投票でケネディセンター行きのバスを走らせるときめたんだが、55では否決された。コンボイを走らせるのはスポーツ観戦用だけなんだから、まったくこんちくしょうだよ。たまたま婦人科医が必要とされていて待機リストの順番がぐんとあがったもんだから55に入ったが、そうでなかったら入っていたかどうか。そう、わたしは婦人科医なんだよ。だから早くに入れたんだ。ちょうどその頃に、きみたちと同居することになったわけさ。その後、わたしのルームメイトは気の毒に三人の友だちとソファをシェアすることになったよ」

「フレッド」ドンがいった。「いっしょにいきましょう。もうばかなことはいいっこなしです。もしダイがいやだというなら、ひとりでいくか、ここに残るかすればいいんですから」

ダイもいろいろと学んだようだった。「あら、もちろんそんなことないわ。みんなでいっしょにいきましょう、フレッド！」魅惑的な笑みをふりまく。

フレッドは関節をきしらせて立ちあがり、にっこり微笑んだ。「では、それできまりだ。会場で、開演前にディナーをご馳走させてくれたまえ。バスはまだ明るいうちにここを出る。五時半頃だ。わたしはここにいる友だちに会っていくから、きみたちと合流するのは五時くらいかな。ああ——イベントがあるのは一週間後だ。一日二日は疲れがあると思うから、そのほうがいいだろう。入れ換えはエネルギーを使うからな……。さあ、ほかになにか役に立てることはないかな？」

「考えてたんですが」ドンがいった。「あなたについていてもらって、玄関から——それと裏口から——外を見るっていうのは問題ないでしょうか？　手紙にはＩＤをもらうまで外に出るなって書いてあるんですが、新聞を見たくて。配達されてるみたいなんですよね」

「大丈夫、大丈夫。新聞は裏口だ。配達は裏通りルートでくるから。しかし、まずは玄関からの眺めを見たほうがいいだろう」

「ええ、ぜひ」三人は正面の玄関へと一列になって進んでいった。「どうぞ」とフレッドがいうと、玄関ドアが大きく開いた。

外には夏の陽光がふりそそぐ緑あふれる郊外のコミュニティがひろがっている。かれらの家は淡いピンクの石造りのテラスハウスだった。ゆったりとした歩道と車道の向こう側には淡いグリーンのおなじようなテラスハウスがある。家の形や窓は昔と少しだけちがっている。なにかあたらしい工法で建てられているようだ。ささやかな前庭には、ほかの家同様、フェンスがない。しかしりっぱなカエデの木が一本生えていて、そこにトライシクルが立てかけてある。

「ゲートオフィスで貸してくれたんだよ」フレッドが指差した。「来客用に予備が置いてあるんだ」

左手から三人が乗ったトライシクルがやってきた。うしろのボックスには荷物がどっさり入っているらしい。

「西ゲートで買い物してきたんだな」フレッドがいった。トライシクルの高齢女性二人と老人ひとりが手をふっている。かれらも手をふり返した。トライシクルのうしろから大きなゴールデンレトリーバーが尻尾をふりながら走っていく。

「楽にいけそうですね」ドンがいった。

「そうとも。さあ、裏へ新聞をとりにいこうか――そのあとわたしはバスに飛びのらないといけない。帰る前にあるご婦人のところへ寄っていきたいんだよ。辛い経験をした人でね。双子だったんだ」怪訝そうな顔をしている二人に、フレッドはそう説明した。

先に立って家のなかをもどっていく。「55の診療所までくる人もときどきいるんだよ。といっても、べつに理由はないんだ。ここのテッド・エンカーリーは優秀な医師だからね……。ひょっとしたらみんな、わたしにもちらっとまじない師の魔法の力があるんじゃないかと思っているのかもしれないな」彼がまじない師ふうの顔をつくってひらひらと両手をふってみせると、一瞬ほんとうに恐ろしげに見えた。

裏口のドアをあけると短い階段があって、おりた先は壁に囲まれた小さな庭になっていた。壁際には物置小屋がある。新聞は階段のいちばん下の段に置かれていた。ドンがとりにいくと、フレッドがダイにいった。「きみたちのトライシクルは、その物置にあると思うよ。正面に出たければ、そっち側の建物のあいだにトンネルがある。でなければ直接、裏道に出てもいい。みんなそうしている。ほら、あそこが出入り口だ」

「かんぬきがはずれてる」新聞を読みたいのをぐっと我慢して、ドンがいった。

「そのとおり」とフレッド。「ドアに鍵をかけないのに慣れるには一日、二日かかるだろうな。居留地暮らしの美点のひとつだ」

「すてきですね」ダイが少し不安げにあたりを見まわしながらいった。

「さあ、もうおいとましよう」フレッドは急いで玄関にもどると、まともに別れの挨拶も交わさないうちに出ていこうとしたが、そこでくるりとふりむいてカードをさしだした。

「わたしの電話番号だ。用があったらいつでもかけてくれ、昼でも夜でも。ほんとうにいつでもかまわないから。じゃあ、わたしが帰ったらすぐになかにひっこむんだよ、いいね？」

「はい……あの、どうもありがとうございました」二人は声をそろえていうと、フレッドがトライシクルを押して車道に出て、ひょいと飛びのるのを見まもった。

「さよなら！」

「バーイ！」

「外はいい感じだなあ」いわれたとおり、おとなしくなかに入ると、ドンがいった。「IDだかなんだかがもらえたら、舞いあがっちゃいそうだよ」

「ねえ、知ってる？　あのお庭のエンドウ、もう収穫できそうよ」ダイがいった。「ベビーキャロットも」

「へえ、きみも知ってることが――いや、家庭菜園のことなんか知ってるんだね」ドンは正直、驚いていた。「ひょっとして、料理の仕方も知ってるの？」

「少しだけならね」ダイはきっぱりと答えた。「でも食器洗い機の使い方は知らないわよ」

「それは当然だよ、当然」ドンは愉快そうに応じて、新聞を開いた。

「あたし、クローゼットを見てくるわ」

「ドレスをチェックするんだろ?」彼はにやりと笑った。「うわあ――こいつ、《ワシントンポスト》だって!」

ドレスは充分すてきと思えるものだった。ラメ入りの紗《しゃ》のように透きとおったカフタン(中東で着られる帯つき、長袖の長衣)調で、セカンドバッグとして使えるおそろいのマフもある。靴は幅がひろすぎるけれど、脱げてしまうほどではない。ドン用にビニール袋をかぶせたタキシードもかかっている。ハンガーパイプにはわずかにグリーンがかった黒の蝶ネクタイがかけてある。ほかの衣類はTシャツとズボンの組み合わせばかりのようだ。色はいい。ゴムぞうりも二足置いてあって、メモがのっている――

「ダイへ――考えたら、足の形がだいぶ変わったように思います。関節炎がひどいの。よかったらこれをはいてちょうだい。追伸　まだだったら、ベッドサイドテーブルの引き出しをあけてみて――できればひとりのときに。読んだら、このメモは破いてください」

彼女はメモをくしゃくしゃにまるめてクローゼットからうしろ向きに出ると、キッチンに向かった。ゴミはキッチンへ、と思ったからだ。

ドンはソファの端で新聞を読みかけたまままぐっすり寝入っていた。これ以上ないくらい、居心地の悪そうな体勢だ。見たとたん、彼女もどっと疲れを感じた。

しかし彼女はメモを処分すると、またベッドルームのベッドサイドテーブルにもどった。引き出しは少しひっかかってからポンとあいた。いちばん上に彼女自身に宛てた封筒がのっている。なんだろうと思ってとりあげると、その下になにか光るものがあるのが目に入った。ハンカチを二、三枚脇によせると、そこにあったのは――拳銃だった。うっとりと見つめながら、四五口径より少し小さそう、と彼女は思った。銃身がとても短い。リボルバーだということは彼女にもわかる。見えている薬室には弾丸が装塡されている。へーえ！　ドンも持っているのかしら？

引き出しをしめ、手紙を持って彼の側にまわった。彼のほうの引き出しには銃はないが、大きな黒いスプレー缶があって、聞いたことのない薬品名と〝合衆国陸軍〟という文字が書かれている。彼女は引き出しをしめた。

手紙を読もうと腰をおろすと、なぜだか急に博愛精神が湧きあがってきた。ドンはあのままだと、首や肩が凝り固まってしまう。彼女は手紙をポケットにしまって、立ちあがった。「ドン、起きて。そんな寝方をしてると、凝り凝りになっちゃうわよ。こっちでちゃんと寝なくちゃだめ。あたしも寝るから」

彼はひどく情けない顔をしたと思うと、やたらうれしそうな笑顔になった。彼女はあせって冷たくいいはなった。「でも、へんなことは考えないで」

彼女は彼をベッドルームに連れていき、身体を押してベッドに寝かせたが、その間、彼はほとんど眠ったままだった。靴を脱ぎ捨てるのさえままならないありさまだ。「ありがとう」枕に突っ伏して、もぐもぐとつぶやく。彼女は彼をそのままにして自分の側にもどり、質素な小さめのローブを着たまま、ベッドのできるだけ端のほうに横になった。そしてドンが深く寝入ったと確信できるまで待ってから、手紙をとりだして開いた。全文、手書きだ——

わたし自身——過去のわたし——へ

あなたのことはよくわかっています。十九歳のころ、どうだったか、よく知っています。もしたいして美人でなかったら、ほかの人にもわかっていたことでしょう——わたしは自己中心的で、金持ちで、欲張りで、野心的で、心の冷たい、ばか娘だった。あなたは人生で手に入れられるものだけに注目していた。そしてそのために必要なものを持っていると思っていた。

ではなにがいけなかったのか？　実際はどうなったのか？　もし知りたかったら、このまま読んで。ドンは、いっしょになる前の空白期間のことは過去に置き去りにすればいいといってくれました。あなたには耐えられないと思ったのね。でもわたしは、あなたなら耐えられると思っています——知っておいたほうがいいと思うし。もちろんあなたの記憶には残らないでしょう。でも、なにかが心に沁みこんで少しだけあなたを変えるかもしれないと思うのです。

あなたはプロムの少し前にもどりました。（あら、なんだか言葉が別世界のものみたい！）そしてそのおなじ週に、エール大学の合格通知が届きました。あなたは有頂天《うちょうてん》でした。熱く照り輝いていました。プロムでは目が眩むほどまぶしい存在だったろうと思います。

その晩、三人の男性――そのときは男の子ね――があなたにプロポーズしました。

わたしが真剣に受け止めたのはそのうちの二人だけ――ブレア・フォーチュンの跡継ぎ、ウォーリー・ブレアとビル・アーミテージ……ウィリアム・アーミテージ三世。ウォーリーはやさしくて陽気でまるまる太っていて、気も狂わんばかりにわたしを愛してくれた。でも資産はビルの半分。ビルは背が高くて肌が浅黒くて、ちょっと寄り目なのを気にしなければハンサム。それにフォーマルな席でのマナーもすばらしかった。すでに自分のものとして何百万ドルもの財産を持っていたし、旧ハント帝国のかなりの部分を受け継いだ企業の後継者。彼はそういうことを表に出さず控え目にしていた――彼がお母さんのプライベートジェット７６７で通学していることをわたしが知ったのも、たまたまだったし。そして彼もエールにいくことになっていた。

わたしはほとんど迷わなかった。あなたは迷わずにきめるわ。

わたしたちは、全員出席の家族会議で労働者の日（アメリカでは九月の第一月曜日）近辺に式をあげることになった。そして、そのことも表には出さないことになったの。わたしは大富豪がどんな暮らしをしているか、誘拐犯をひきつけるような目立つ行為をどれほど恐れているか、そのときに知ったわ。

彼はほんとうにわたしに夢中みたいだった。そしてセックスに飢えていたの。（わたしがヴァージンだということはアーミテージ一族にとても好意的に受けとめられたわ。）式までの何週間か、拒みつづけるのはよくない気がして、わたしはだんだんと彼のところに夜遅くまでいるようになった。そして最後には彼のところに引っ越したの。（ああ、彼によろこんでほしくて、ネグリジェや下着を大慌てで買いまくったことを思い出すわ！）

それからの数週間は、奇妙な感じだった。ビルは天にも昇るような歓喜の表情を見せながら、どこかよそよそしいところがあったの。そして日が経つにつれて歓喜が薄れ、よそよそしさが増していった。でもいつも礼儀正しかった。いまになってみれば原因はよくわかるわ――わたしはお粗末なセックスパートナーだったの。ドタッと仰向けになって彼を受け入れていればそれでいいと思っていたんだもの。オーガズムなんて、あるわけないわ。あとで自分でやっていたんだもの。たぶん彼もそうだったと思う。彼はほとんど未経験だったし、いまにして思えばシャイな人だった。しかも優越感の塊だったし。ちょっと変わった年上の女性だったら彼を救えたかもしれないけれど、ミス・プロム・クイーンには無理だったのよ。

そのあと、引っ越してからひと月後くらいに、あなたは電報を受け取ることになるわ。わたしは〝大恐慌〟のことなんか、ほとんど気づいていなかったけれど、お父さんが株にだいぶつぎこんでいた――いる――ことは覚えているかしら？　とにかくいっきにぜんぶだめになって、すっからかん、一セントも残らなかったの。そして父親は母親を撃って、自殺した。ほんとうなのよ。わたしは一週間ほどセントルイスにもどらなくちゃならなくて、そのあいだ彼は実家に帰っていた。家族と相談するためよね。いまならわかるわ。

　それでわたしがもどった夜、彼はすてきなプレゼントを用意していたの——マークロスの旅行カバン類一式。そしてわたしを〈マイロズ〉へ連れていった。わたしはまだ動揺していたし、彼は緊張してカチカチになっていた。また会えてうれしいはずなのに、楽しい食事というわけにはいかなかったわ。途中でデブラ・バリンジャーというずんぐりした、そばかすだらけのパッとしない女の子がわたしたちのテーブルを通りかかって、わたしたちにまるでちがう二種類の同情の表情を見せたの。その人の父親は株価が総崩れするなか、空売りで切り抜けて、娘にそばかすひとつにつき何百万ドルというくらいの資産を残したのよね。彼女は両親を失ったわたしにたどたどしくお悔みをいっていたけれど、わたしがその先どうなるか、わかっていたんだと思う。それなのにわたしは、ぜんぜんわかっていなかった。

　家に帰ると彼がいったの。「話し合わなくちゃならないのは、きみもわかっていると思う。状況が変わったからね」

「変わったって？」わたしは哀れで無知な娘だったから、まだ手探り状態だったの。彼がいっているのは、両親がスキャンダラスな死に方をしたことだと思っていたのね。

「いまの状況で結婚するのはどんなものかと——分別がないと——思わないか？」

なんといえばよかったのかしら？　あなたはなんというのかしら？　わたしは彼がいますぐ結婚しようとかなんとかいっているんだと、自分をだましていたの。とんでもない。彼は結婚の話はなし、なし、なし、といっていたのよね。それでも自分の耳が信じられなくて、なにかぶつぶつぶつぶやいたけれど、騒がないだけの分別はあったの。だってね、彼が話していたのは、要するにお金のことだったのよ。たしかに、パパの数百万ドルなんて、彼の一族の飛行機の燃料代にもならなかったでしょう。でもパパはその程度は持っていた。数百万ドルとゼロとの差は、ぎりぎり結婚相手として適格かどうかの差だったのよ。エイズにでもなるか、地球からこぼれおちるかしたほうがましだと思ったわ。わたしがとても分別よくふるまっていたので——ただ茫然としていただけなんだけれど——彼はうれしそうだった。そしてわたしが同意するものと期待しているのはまちがいなかった。それがゲームのルールだから。事実、彼は突然、婚約者を失ってしまう自分を、とてもかわいそうだと思っていたし。

彼はわたしがそのとおりと認めるのを期待して、こういったの。「きみは引っ越すわけだから、旅行カバンがあったほうが便利だと思って。そうだろう？」

わたしは、そうねと答えた。彼はすごくほっとしていたわ。ほうりだそうとしている女の子にぴったりの贈り物よね。

「それで、きみは、うーん、経済的に、しばらくは、うーん、たいへんだろうと思ってね、勝手にマーサ・ワシントンの部屋を一カ月、予約させてもらったんだ。つまり」——

ないよね？」

――彼、ほんとうに顔を赤らめていたわ――「支払いはすんでるってこと。気を悪くして

あなたは、大丈夫、と答えるのよ。マーサは、古い中クラスの女性専用ホテルで、無一文の若いモデルや高齢者があふれているようなところなの――ところだったの。

「はあ」と彼は安堵のため息を漏らしたわ。「ありがとう」

そして、セックスしたいとねだった。

さよならをいうために。そんなもんなのよ。わたしはオーケイした。そして朝になって、買ったばかりの服をきれいな旅行カバンに詰めた。彼はタクシーを呼んでくれたわ。なにか忘れていないか、し落としたことはないか、気にしているみたいだったわね。そして最後の最後に、必死になってあやまりながら、わたしのお財布に二十ドル札を五枚、詰めこんだの。現金を持っていたほうがいいからって。（けっきょく、高いタクシー代を払わなくちゃならなくて、腹が立ってしかたなかった。わたしはお腹がすいてたのに！）

最初に考えたのは、というか、ほとんどそれしか思いつかなかったんだけれど、モデルの仕事をすることだったの。運よくちょうど秋のショーのシーズンだったから業界もモデルが必要で、仕事がもらえたし、レッスンもしてくれた。そしてそのまま、ものすごく忙しいクリスマスシーズンまで雇ってくれた。でもそのあとは……。

クビになった日の夜、あなたは人生ではじめて酔っぱらいたいと思って、ふらっとシ

ングルズバーに入るの。わたしたち、飲んだといえるほど飲んだことは一度もないのよ。バーに入ると、奥のボックス席に洒落た身なりのハンサムな中年の男の人がいて、店のなかのすべてに目を配っているの。わたしは、ウエイターに彼がいっしょにどうかといっているといわれてはじめて気がついた感じだったけどね。いっしょに飲みはじめたら、いけないと思うまもなく仕事をクビになって一文無しだということをしゃべっていて。当時はそう珍しい話でもなかったから。

彼はとても思いやりがあったし、すごくいい声で、少しだけ地中海人種のなまりがあったわ。名前はニコ。

それから一週間もしないうちにニコと同棲したの。彼とのセックスは啓示だった。わたしにとってはまさに啓示だったの。彼は想像したこともない感覚をもたらしてくれた。わたしはあっというまに彼に魅了されて、完全にセックスに目覚めたわ。

それが彼の商売だったのよ。彼はわたしを訓練していたの。ニコは高級なヒモだったのよ。

酔っぱらって頭が働かないとき以外は、天国にいる気分だった。

そしてある晩、彼の〝昔からの友人〟だという人が泊まっているホテルの部屋へ、二人で訪ねていったの。ニコはわたしの飲み物になにか入れたんだと思う。いずれにしても、彼は急にわたしを残して帰ってしまったの。「たのむからテッドにやさしくしてやってくれよ、カリッシマ（イタリア語でダーリンの意）。待ってるからな」とだけいって。

それから数週間はその〝芝居〟がつづいたわ。そしてある晩、彼の部屋にいるときに電話がかかってきて、彼がいったの――「カリッシマ、どうも気分が悪いんだ。ひとりでいけるだろ？　いつもの仕事だ」

わたしはいやだといったわ。でもわたしの負けだった。いつだったか、いやだといいはったときにいきなり豹変して、殴られて目のまわりにあざができたことがあったから。手短にいえば、彼はわたしをほかのヒモに売ったんだと思う。それで自分はあたらしい女の子の訓練をはじめたということなのよ。

あのね、いまでもこのあとの何カ月か、何年かのことは詳しく話すことができないの……。だから、本格的に売春婦になって街角で通行人に声をかけていた時代に飛びます――ひどい淋病にかかっていた時代に。そこでは、わたしの容姿は役に立たなかった。そういう客にはあまり受けなかったの。頑張ったけれど、うまくいかなかった――あなたも頑張ることになるのよ――なぜかというと、そのころ仕事を仕切っていた男がお金にきびしかったから。とりあえず稼ぎがないと、食事もさせてもらえなかった。

もちろん逃げようとしたわ。でもどこへ逃げればよかったの？　実際、逃げようとしたら男につかまって、ベルトで下腹をビシビシ叩かれた。

そんなことをしているうちにコカインにも手を出したけれど、お金がなかったので本格的な依存症にまではならなかった。

どうやって死のうかと、そればかり考えていたわ。一文無しだと、それにプライバシーもないと、それすら簡単にはいかないと、あなたは思い知ることになるのよ。そのあとしばらくは、長い悪夢のなかにいるんだと思うようにしたの。そしてふと我に返って、また自殺を考えだす。友だちはいなかった。売春婦には、無神経で嫉妬深い知り合いが何人かいるだけよ。いえ、ちがうわ、なにかと面倒を見てくれる仲間がいる人たちもいた。でも、わたしにはいなかったの。

ダイはふるえながら手紙を下に置いた。この人は、年をとった彼女自身は、彼女の身にこれからなにが起こるのか、書き手の身になにが起きたのか、彼女に教えようとしている。プロム・クイーンから、病気で自殺を考えている街角の売春婦へ。恐ろしすぎて信じられない──それでも信じなくてはならない。「いや！」彼女はドンを起こさないよう、声を忍んであえいだ。「いやよ、そんなことありえない、いい、いい──そんなの、いや──」これはおぞましいもうひとつの未来にちがいないわ。

けれどあまりにも真に迫っている、これはほんものの声、彼女自身の声、年月を越えて話しかけている声なのだ。自分になにができるのだろう？　どうにかして変えなくては、この未来が起こらないように、なにかしなくては。でも、このことをすべて忘れてしまうのだとしたらどうやって？　もうすぐ、あとちょっとしたら現実の時間にもどることになる、きらきら輝いてプロムへいって、すてきなビル・アーミテージがいて──そしてそこから、あのおぞましいシナリオが展開していく……あとほんの何ヵ月かで自殺しようとまで思うようになる。どれだけ辛い思いをすることか。

だめ――なにをするにしても、いましなくては、真実を覚えているいまのうちに……。ふと、あの引き出しの銃のイメージが脳裏に浮かんだ。年とった自分自身が、あれをあそこにしまっていた。なぜ？

彼女はぶるぶるっと身ぶるいして、手紙をとりあげた。

そのとき、膝に重みを感じた――見ると、ヘンリー・キャットが彼女を見あげていた。

「ああ、猫ちゃん」捨て鉢につぶやくと、猫は彼女の横に飛びのって念入りに居心地のいい姿勢をとり、ゴロゴロとのどを鳴らしだした。彼女は小さくすすりあげて片手でヘンリーを撫でながら、ふたたび手紙を読みはじめた――


ダイ、まだ読んでいる？　読んだほうがいいわよ。しっかりと思い描くの。約三年間、あなたはそうやってすごすのよ、かわいそうなおばかさん。おばかさんはそういう目に遭うの。心と身体で、見て、感じなさい。病気で、無力で、お腹をすかせていて、どん底まで落ちている。これは高望みをしすぎた代償だと思うのよ。現実を無視して、たまたま金持ちだというだけで血も涙もない男に運命をゆだねてしまった代償。ウィリアム・アーミテージ三世と旅行カバンの贈り物。――嫌悪をこめて吐き捨てるのにふさわしい言葉があったら、ここに書いておくんだけれど。

それから、あなたにはなんのスキルもなかった。なにも学んでいなかった。あなたが持っているものといったら、身体だけだった。だから、〝おばかさん〟といったのよ。よく考えなさい。

さて。そしていよいよあの夜がやってきました。わたしは雨のなか、立っていた――雨だったことを覚えているのは、その日は両目のあざやほかの傷を隠すために厚化粧をしていたから。雨のなか人影が近づいてきたので、わたしはろくに見もしないで、とにかくつかまえようと思ってまえに出ていったの。客の顔を見たことは一度もないのよ。

そうしたらつぎの瞬間、「ダイアン！　ダイアン・フォートナムじゃないか！　うわあ、驚いたなあ――」という声が聞こえてきたの。だれか知っている人に会ってしまった。心底ぞっとしたわ。

わたしは逃げようとした。でもよろけて転んでしまったの。その人はわたしを立ちあがらせてくれた。そのあとのことは、とにかくタクシーに乗って、半分押され、半分抱きかかえられて、どこかの階段をあがったことしか覚えていないの。

ダイ、それがドン・パスカルだったのよ。彼がわたしを街角で拾って、自分の家に連れていってくれたの。

彼はわたしに食事をさせ、お風呂に入れ、淋病の治療を受けさせせ――エイズにはなっていなくて、ほんとうによかった――一週間くらい、解毒病棟に入院させてくれた。

わたしはほとんど茫然自失の状態だった。夜になると何時間も叫んでいたような気がするわ。そして彼はそばにいて背中をさすりながら歌うように「ダイ、かわいいダイ」

とつぶやいていた。「もう大丈夫だよ、大丈夫……」

いっしょに住みはじめた頃のことを書いたときに伏せていたのは、このことなの。わたしには信じられなかった。いまドンに感謝してひざまずいていたかと思うと、つぎの瞬間には女学生時代の価値観にもどって彼をダサいドンとしてなじった。あたしを助けたのがどうしてほかの人じゃなかったのだろう、彼以外ならだれでもよかったのに、と思った。わたしは、まるで彼がわたしをどこかのパーティからかっさらってきたみたいに激しく非難した。

それから正気がもどってくると、彼を見る目が変わった。強くて、やさしくて、とても知的な男性として見るようになったのよ。（当時、彼はお医者さんだったの。）そしてそれ以来わたしは彼をそういう人として見るようになった。だって、ほんとうにそういう人なんですもの。わたしの人生でいちばん大事な事実は、彼はわたしを愛している、そしてわたしも彼を愛している、ということ。わたしたちは言葉でいいあらわせないほど、あなたには理解できないほど、愛し合っていて、いっしょに生きている、それがいちばん大事なことなの。

ああいう人だからこそ、あなたを助けてくれたし、なにをどうすればいいか、ちゃんと心得ていたのよ。

彼はしばらくのあいだビル・アーミテージの居所を突き止めて、こっぴどくやっつけてやろうと思っていたみたいなの。わたしは、もう忘れてと説得したわ。あの一件全体から落ち穂を拾うように少しずついろいろなことを考え合わせて出た答えを、わたしは彼にいったの——ビルはビルなりの考え方に照らして完璧に合理的な行動をとったのだと。とても人間とは思えない考え方だけれどね。スコット・フィッツジェラルド曰く——「金持ちはちがう」だから大富豪はもっとちがうのよ。貧乏な娘にのぼせあがることはあっても、それはそれだけのこと。結婚はビジネスなの。そしてお金はお金と結婚するの。わたしはただ、結婚可能なランクから勝手にはずれてしまっただけ。そして彼はわたしがそれを当然のこととして受け止めるものと思っていただけなの。

さあ、ダイ。これであなたをドンに結びつけている、そして運命の意思によって、彼をあなたに結びつけている、けっして切れることのない絆の強さがわかったでしょう。彼は中国人みたいなところがあるの——中国人は、だれかの命を救ったら、その人にたいして永遠に責任を持たなければならないと信じているのよ。そしてね、ダイ、それが愛なの。あなたがまだ知らない、愛。ちなみに、彼はおくびにも出さなかったけれど、学生時代からこの感情をあなたに抱いていたみたいよ。

あなたがこれからこのすべてを体験すると思うと胸が痛みます。でも、もしこれを変える方法はもちろんのこと、なにか覚えていられる方法があるとしても、まだ見つかっていないのよね。

かわいそうな娘さんへ、年とったあなた自身から愛を送ります。あなたが渡らなければならない苦難の海の向こう岸にある安寧の地より。

ダイアン・パスカル　七十五歳

そしてその下に、感情に突き動かされたような大きな字で——

ダイ——お願いだからいま、彼をしあわせにしてあげて。彼を愛そうと努力してみて。彼はすばらしい人だし、あなたの人生もよろこびもなにもかも、彼がいればこそなのよ。

手紙を引き出しにしまってふと気づくと、ドンが目を覚ましていた。

「なに、それ？」

「ああ、あたしが自分宛てに書いたメモ。女同士の話よ」

「ふうん」彼はそれ以上、聞こうとはしなかった。「大丈夫？」

「ええ、もちろんよ……ヘンリーがここにいるの」

「ヘンリーは追いだして、少し寝たほうがいい。でないと朝までに死んじゃうよ。眠れないの、ハニー？」

「その呼び方はやめて」食いしばった歯のあいだでそうつぶやいたが、とても低い声だったので、彼には聞こえなかった。彼女は手をのばしてヘンリーをそっと床におろした。たしかにとても疲れている。ドンの息づかいが変わった——もう深い眠りの世界にもどっている。

しかしちょうど彼女がうとうとしはじめたころ、動きが感じられた。ドンの腕が、まるで昔からの習慣のように、彼女の腕にそっと触れてきたのだ。好奇心に駆られて、彼女はそのまようすを見ていた。彼の手が彼女の手を見つけ、握る。彼女の決意を溶かしてしまいそうな温もりと愛が伝わってくる。年とった二人はこうして寝ているのだろうか？　彼女が彼の手を軽く握りかえすと、彼はため息を漏らし、二人はそのまま眠りに落ちていった。

彼女が最後に考えたのは、引き出しの銃のことだった。彼女は銃のことを彼には話さなかった。そのときも、その後も。

日々は夢のようにすぎていった。二人はＩＤをもらいにいき、一等軍曹があたらしい指紋と古い指紋を慎重に比較するのを見まもった。そして無事、照合がすむと、トライシクルの運転を練習した。通りすがりの人たちが手をふるので、二人も手をふって応じたが、あえて止まるようなことはしなかった。

西ゲートのショッピングモールは品揃えが豊富で明るい雰囲気だった。ダイとドンは、もう少しフィットするパンツを探しに入った店で望みのものを見つけた――そしてちょっと変わった珍しいものが満載の分厚いカタログを見せられた。これを見てオーダーできるのだという。どうやら居留地内の店はどこも、少数のベーシックな商品プラス分厚い特別オーダー・カタログという形をとっているようだった。ダイは家でショートパンツを一枚も見つけられなかったので、フレッドに一般的な服装はどんなものか聞いたうえで、ベルトつきで彼女にもフィットするスポーツウェアふうのものを選んだ。年とった彼女自身はショートパンツをはくのをあきらめてしまったにちがいない——きっと静脈瘤がたくさんあるからね、と彼女はしかめっ面で想像した。

支払いは手紙といっしょに入っていた第47居留地のクレジットカードですませた。添えられたメモには「できれば三百ドル以内におさめるように」とだけ書かれていた。

店員たちはみんな二人をじろじろ見て、にこやかに「大いに楽しんでね」などと声をかけてよこした。

大いに楽しむ？

たしかにケネディ・ガラは二人が生まれる前から現在までの曲のメドレーが聞けて、とても楽しかった。あたらしい曲のなかにはいささか面食らうものもあったが、新人のソプラノが二人で高音を競い合う歌合戦のようなものはすばらしかったし、第72居留地の少年のダンスは年齢など関係なくじつに見事なものだった。ケネディセンターそのものは建て替えられて、以前とはちがう姿になっていた——昔、放火されたことがあるのだ。

もちろん、おしゃべりもした。フレッドが老若男女、〝二人の友だち〟という人たちを紹介してくれた。「ダイのドレスで、あなただってわかったわ」リンダ某という女性が笑いながらいった。「でも、ダイがそのドレスを着てこんなふうに見えたことは一度もないわね。彼女にいうのが楽しみ。あら、待って、ホロを撮っておかなくちゃ。フレディ、もう撮ったの？」一枚も撮っていないとわかると、彼女はフレッドを叱りつけ、二人が知らないうちにホロを撮る日にちがきめられていた。どんどん人が寄ってきて、すぐにパーティのようになってしまった。「きっとあのドレスを着ることになにか意味があるのよ。でも、食べるものはわたしたちが持っていくわ！　あなたたちは自分の用意だけして、あとはぜんぶわたしたちでするから。マーリー、あのとびきり美味しいバナナプディングをつくってきてくれるかしら？　でないとたいへんなことになっちゃうわよ」マーリーが承諾すると、ほかの面々もさまざまな料理を持ち寄ると声をあげ、赤毛の男はヘンリー・キャットにラムチョップを持っていくと約束して一段と場を盛りあげた。

「ヘンリーはどう受け止めているの？」だれかがたずねた。

「ああ、いまではぼくらの膝に乗るくらい気さくにつきあってくれてますよ」ドンが答える。「でも、やっぱり本来の飼い主を恋しがっている感じかなあ。いつもふしぎそうにぼくらの匂いを嗅いでばかりいるんですよ」

スポーツの話をしている人たちもいる。八十歳になるテニスの元世界チャンピオンがちょうど若き日々をすごしているところで、現在のウィンブルドン優勝者に挑戦するのだという。現役時代のピークに初の入れ換えをしたうえに、ハードなトレーニングを積んでいるらしい。「すごい試合になるぞ」赤毛の男がいった。「これで全盛期のボリスだったら彼を倒せたかという終わりのない議論に、ついに決着がつくわけだ。わくわくするね！」

「クリーヴランド・オペラ・カンパニーが全員そろって入れ換えをして、いまから五十年後で公演するって話、聞いた？　声が完璧なときのをきかせるんですって」

「あらすごい――でも五十年後にはオペラなんてないかもしれないわよ」

「だったら、こういうものだって、見せてあげればいいのよ」

どっと笑いの渦が起きたが、ドンとダイには明るい集いに影を差す話題のように思えた。五十年後――この世界はいったいどうなっていることか。

「あら、見て、ダイ――あなたとおなじドレス！」クララという名前しか知らない女性がダイに声をかけて、横のほうを指差した。黄金色に輝く階段がカーヴしてボックス席のほうへ上がっていくあたりだ。ひとりで下りはじめた見知らぬ女性がふと立ち止まり、ふりむいて連れの男性に話しかけている。だれからもよく見える位置だ。その女性はたしかに一見、ダイのものにそっくりのドレスを着ている――キラキラ輝くブルーの渦。

しかしダイにはそれがおなじではないことがひと目でわかった――生地の流れやドレープは卓抜なカッティングとあえて手間ひまかけた仮縫いの賜物だし、デコレーションもただのスパンコールではなく、パールと小さいビーズを使った手の込んだ刺繍だ。生地自体、ダイのものより繊細な陰影に富んだ質感がある。〝デザイナー・オリジナル〟といってよさそうなもの――それにくらべたら彼女の一張羅《いっちょうら》は見るからに既製品だ。

「ね？」クララが満足げにいう。「いい買い物をしたっていったでしょ。ほら、19居留地の人たちのほうへいくわ！」

「え、ええ」ダイはかろうじて答えた。怒りでのどが詰まりそうだった。みすぼらしい安物のコピーを引き裂いてここから逃げだしたかった。なぜなら、そのドレスの主を知っていたからだ――デブラ・バリンジャー、自分はもう鼻もひっかけてもらえない存在になってしまったのだと最初に彼女に知らしめた女。

いっしょに笑っている男はウォーリー・ブレアだ。それ以上見ていられなくて、彼女がくるりと背を向け、フレッドの陰に隠れると、開演五分前のチャイムが鳴った。最後にあわただしくシャーベットをかきこんで、一同は席へと向かった。

「忘れないで――木曜の六時よ！」リンダが声をかけてよこした。

「了解――ヘンリーに蝶ネクタイをつけておきますよ」ドンは笑いながら答えた。

美しいアリアとダンスのフィナーレがダイの気分を変えてくれた。しかし夏の宵闇のなかに出てみると、バス47は、横腹に〝19――ウォーターゲート〟と書かれた、より大きくてピカピカであたらしいバスに行く手をふさがれていた。ちらっと見るとシートもちがうことにダイは気づいた――よりくつろげるラウンジチェアふうだ。

ダイはドンの腕をしっかりつかんで47のバスに向かおうとした――ところが驚いたことにドンは彼女の手をはなして、彼女をフレッドにゆだねたのだった。「ごめんね、ハニー、ちょっと気になるものを見つけたんだ」そういうと、彼は19のバスめがけて走っていき、大勢の客に混じってステップに飛びのった。

「足をあげて」しゃれた制服姿の運転手に、彼が大声でいうのが聞こえた。「あげて――早く！　その下にヘビがいるんだ。どいてください！」

それをきいた運転手は足をあげただけでなくシートの上にのぼって、こわごわと床をのぞきこんだ。「ヘビだ！　ヘビ！」乗客たちは叫びながらバスのまえから飛びだし、後部へ逃げた。

「そうそう、場所をあけて！　ヘビを怖がらせないように！」そういうと、ドンはペダルやギアが並ぶあたりめがけて飛びこんだ。ドンが素早く動き、何度かもっと場所をあけてと叫び、そのたびに乗客たちは必死になって場所をあけようと身を寄せ合った。

やがて彼が黒とオレンジのヘビを手にして立ちあがった。ヘビは彼の腕にからんでばたついている。彼はヘビの頭のすぐ下あたりをつかんでいるようで、ヘビは大きく口をあけて舌をチョロチョロ動かしている。

「だれか、予備のバッグを持ってる人、いませんか？」ドンが呼びかけたが、だれも彼も大わらわでできるだけ彼から遠ざかろうとしていて、返事はかえってこなかった。彼は首をふりながら、あいているほうの手でヘビをさすってなだめ、バスからおりて戦利品ともども47のバスのほうへもどっていった。

「まさかそれを持ちこむんじゃないでしょうね！」リンダが激しい口調でいった。乗降口に立ちふさがっている。

「ああ、持って帰りますよ――ワシントンポストに、まさにこの種が動物園から逃げだしたって出ていたの、見ませんでした？　連絡すればすぐ引取りにきてくれると思いますよ」

「どういうヘビなんだね？」リンダの夫が心もとなげにたずねた。

「ボルネオアカニシキヘビの子どもです。毒はありませんよ」

「なんでまたバスのなかに？」

「さあ、なんででしょうね。ロッククリークを通ってきたのかな。新聞には、だれかが二つのケージをあけっぱなしにしたと書いてありました。動物園にはいま一匹しかいないから、こいつは動物園にとってはとても貴重な存在なんですよ」彼は声をはりあげた。「だれか、こいつを持って帰るのに、バッグを提供してくれませんか？　なにも嚙んだりしませんから」

クララが声をかけてよこした。「わたしの持ち物がジョージのポケットにおさまれば、このバッグお貸しするわ」

「よかった、よかった」ドンがジョージのところまでいくと、ジョージはぶつぶつ文句をいいながらポケットに物を詰めこんでいた。「まったくどういうわけで、こんなに大量の物を持ち歩いているんだ、クララ？」

ドンはしばし格闘してニシキヘビを腕からはずし、バッグのなかに入れた。「絶対に口をあけないようにしなきゃな。ダイ、ハニー、どこにいるんだい？　ほんとうにありがとうございます、クララ――もし謝礼でも出るようなら、あなたが受け取れるようにしておきますから」

「まあ、すてき！」

「幸運を祈ります。でも動物園の謝礼といったら、二人分の入場券くらいだと思いますけどね」

「それはまあ、近頃はだれも彼も一文無しですものね」リンダが陽気にいった。

「だれも彼もじゃないわ」ダイは心のなかで苦々しげにつぶやいた。黄金色の階段に映える〝彼女の〟ドレスの本来の姿のイメージが、まだ彼女の神経を逆なでしていたのだ。

バスは護衛の軍用車に付き添われて出発した。バス19の警護のほうが手厚く見えるのはダイの気のせいだろうか？

身体をねじって、警護車輌の数をかぞえようとしているときだった。人混みのなかから黒いフットボールのような形のものが飛びだしてきたのが見えた。その物体はバス47のまえに落下して車体の下に消えていった。

びっくりして身動きひとつとれなかった。が、ほかにも見た人たちがいた――叫び声があがり、インターコムの雑音が聞こえ、人びとが駆けだす。バスがガクンと大きく揺れて、ふつうのバスではありえないほどの勢いでいっきに加速した。運転手が「よし！」と叫ぶと同時に、後部の窓いっぱいに、爆発の光景がひろがった。ダイは警備員の一団が発砲しながら横の歩道を走っていくのを目撃した。

「だれかがこのバスを爆破しようとしたんだ！」ジョージと呼ばれている男が興奮気味に叫んだ。「危なかったな。もし運転手がスピードを落としたり、横によけようとしたりしていたら、われわれはいまごろ蒸発しているところだぞ！」

「パトカーも通してくれたしね」クララが言葉をはさむ。「ああ、運転手さん、お手柄ですよ！」

「お手柄！　お手柄！」ほかの人たちからも声があがる。

「やつら、まだやっているということだな」ジョージが座席に深くすわりなおしながら、げんなりした口調でいった。

「ああ、こないだ、いわなかったかな――」べつの男性が応じて、話はほかの知り合いが九死に一生を得た話題へと移っていった。

クララがふりかえって小声でダイにたずねた。「ドンに話した？――ほら、あの西ゲートのスナイパーのこと」ダイがぽかんとしているのを見て、彼女はいった。「ああ、そうよね――あなたはなにも覚えてないのよね。あのね、あなたも危ないところだったのよ、ほんとに！」

みんな日常のこととしてとらえているらしい、とダイは思った。自慢話のようにすら聞こえる。なんだか、最近受けたぞっとするような手術の記録をくらべあっているおしゃべりなおばあさんたちみたい、とダイは思った。そして考えているうちに、あることに気がついた。かれらは全員、とても恐ろしい経験談の持ち主だということに。生存者。この人たちはみんな生存者なんだわ。そしてあたしも。もし覚えていられればだけれど。あたしとドンも。

南ゲートに着いてバスをおり、そこからトライシクルで家へ帰る段になると、ダイはどっと疲れを感じていた。ドレスの裾をたくしあげるのさえ億劫なほどだ。ドンは彼女のため息を耳にすると、ちらりと横目で見て微笑んだ。「ぼくもだ。もう、おねんねの時間だよ。ねえ、ハイキングのときによく歌う古い歌、なにか知ってる？　なにかしていないと、ペダルをこぎながら寝ちゃいそうだよ」

かれらは声を合わせて「おお、家まで九十九マイル、家まで九十八マイル――」と歌いながら、よろよろと家に向かって走った。ほかのカップルも静かに歌いだして夏の宵の街路は歌と笑い声に満ち、三々五々べつの道へわかれていくにつれて、歌声はしだいに小さくなっていった。二人は、55へ向かうバスに乗ったままのフレッドに手をふることだけは、かろうじて忘れなかった。

この信じがたい未来では、時は夢のようにすぎていく。翌日には、二人は動物園に出かけ――動物園行きのコンボイは毎週出ている――できたばかりの大きな鳥類舎のそばの芝生で、持ってきたピクニック・ランチを食べた。多くの動物が飢えた下層民の手から救いだされたということで、それぞれの動物のケージの前には動物園の職員たちがトラやヌーの子どもを抱っこしたり、大型類人猿に服を着せたりして逃げたという逸話が掲示されていた。そうやって脱出できた動物たちがすっかり成長して仔を産み、いまや動物園はかつての姿をとりもどしつつある。だが一方では、下層民がゾウをめった切りにして殺し、膝まで血まみれの肉に埋まった、身の毛のよだつような写真も展示されていた。

二人は南ゲート分遣隊の兵士たちと親しくなり、マカヴォイ大尉に連れられて、壁の外の荒廃した街のようすが見渡せる見張り塔にのぼらせてもらった。真昼だというのに街路にはほとんど人影はなく、もちろん車もろくに走っていない――ガソリンの供給システムはとっくの昔に崩壊してしまったのだ。

遠くにほかの居留地が見えている――空気が昔よりきれいになっているからだ。二人ははじめて、壁がいかに分厚くできているかに気づいた。てっぺんには道路があり、銃眼付きの胸壁や銃撃ポストでまもりを固めている。そして壁の半分くらいの高さのところにはもう一本道路があって、兵士たちが壁のどの地点へもすみやかに移動できるようになっている。高さは六十フィート以上、基礎部分の厚みはその倍近くありそうだ。

「中世のお城みたい」ダイがいった。「煮えたぎる油はどこにあるのかしら？」

「お気の毒さま。ここにはもっとすごいものがあるんだ」彼は片隅にとぐろを巻いているホースにつながった装置を指差した。「あの威力は破壊的だ。重いから風で飛ばされることもない」ダイは小さく身ぶるいした。

人気のないフロリダ・アヴェニューを錆びた武装車輌が歩くペースで進んでくる。ライフルを持った男たちもいっしょだ。

「あれは地元ギャングのリーダーの手下だ」マカヴォイが二人に教えてくれた。見ていると、男たちは進みながらまだ住めそうな建物を片端から効率的に探索している。と、男たちが三人の男女をひきずりだしてきた――泣き叫ぶ少女と、かなり痛めつけられたようすの若者が二人。

「ああ、マカヴォイ大尉――なんとかならないんですか？」

大尉は悲しげに首をふった。「これまで何度か、試みたことはあった。しかし、りっぱな男たちを失っただけだった。それに近くをうろついているほかのギャングが、われわれが外に出ているあいだに居留地に押し入ろうと機会をうかがっているしな……。しかも、何人か助けたとしても、それはそれで問題なんだ――連中は墓場荒らし集団の一員でね、隠れ家で人の死体を吊るして燻製にしているようなやつらなんだから。連中を受け入れるような居留地はどこにもない……。率直にいって、外でここまで生き残ってきたようなやつらは、なにがあろうとかかわりを持ちたくない類の人間なんだよ」彼は顔をしかめた。「冷酷に聞こえるだろうが……」

ダイもドンも、言葉もなくため息をついて、ならず者たちがゆっくり遠ざかっていくのを見つめていた。あたしも、あのなかのひとりだったんだわ、とダイは思った。

「わかる、わかる」マカヴォイがいった。「乱暴されている連中のなかには、善人もいるかもしれない――やってみる義務があるだろう、と思っているんだろう？　わたしだってやってみたさ。しかしわたしの義務はこの居留地の安全をまもることだし、部下たちはその仕事だけで手一杯なんだ。食料配給が無事におこなわれるようにするだけで。連中は信じられないような罠を仕掛けてくる。先月は、部下をおびきだそうと、少年に火をつけたんだからな」

ドンとダイはふるえながら幅の狭いスチールの階段をおりていった。塔には防弾シールドがかけられていて、散在する銃眼から光が入るだけで、足元が暗い。

「ぼくらにできることは、考えないようにすること」ドンがいった。「そしてマカヴォイ大尉のような人たちに感謝することだけみたいだな」

「ひどい話」ダイがつぶやく。

「ああ。今夜のパーティのことを考えよう」

ところがパーティの話は逆効果だった――驚いたことに、彼女はみぞおちを突かれたような、ウウッという声をあげたのだ。しかしドンはそれ以上なにもいわず、二人は明るい夏の陽射しのもとへ出ていった。

ペダルをこいで家に向かうあいだも、彼女は無言だった。ドンは、マカヴォイの話のせいだろうと思っていた。もちろん、それもあった。が、それはほんの一部でしかなかった――じつをいえば彼女はまだあの黄金色の階段の上の輝かしい限られた者たちだけの世界、彼女が永遠に閉めだされてしまった世界、一瞬、彼女にも扉を開き、もう少しで手が届きそうだった人生の幻にいらだちをつのらせていたのだ。ああ、あのとき目に見えない障壁などものともせず階段をあがって、たとえば、ウォーリーに話しかけていたら、いっときは微笑みと親しげな挨拶を返してもらえただろうに。いっときは――そう、彼女のみじめな境遇があきらかになるまでは。そのあとにやってくるのは無作法なふるまいではない。相手は気づかないほど少しずつ離れていくだけだ――招待客からはずされ、誘いの返事はこなくなる。ドアが音もなく閉まる。彼女がそれ以上踏みこんでこないこと、厄介者と思われるようなまねをしないことを望んでいる、友人関係はもはや存在しないことに気づいてほしい、と暗黙のうちに伝えているのだ。そうした関係は父親の財産とおなじところへ去ってしまった。残された彼女は人生のべつの地平でしあわせになってほしい、とかれらは思っている。善意でそう思っている。真正品のドレスのよくできたコピーや、ヘビ（オエッ）を動物園にもどしてやったり、黒い雑種の野良猫に餌をこれでもかというほどやったりするささやかなよろこびに囲まれた地平。エル・グレコの素描をゲスト用のバスルームに飾るのはちょっとやりすぎかしらとか、ノルウェーでの鮭釣りはもう下り坂かしらというような真剣な悩みとは無縁の単純な悩みしかないところ。そしてなにより、なにかを買う余裕があるかどうか、いちいち考えなくてはならないところ……。

いうまでもなくお金の問題だ。もし彼女の父親が株を空売りしていたら、彼女はあの黄金色の階段で心からの笑顔で迎えられていたにちがいない。ニキビがやっと治ったばかりのまるで人気のない男と、ベッドルームが二つしかないテラスハウスにペダルをこいで帰るなどということにはなっていなかったはず。楽しい無名の人たちとのパーティを前に、シアーズ・ローバックのクッションを洗ったほうがいいかどうか悩むこともなかったはず。だが問題はもっと根深い。クッションはとてもすてきだと思う——本音をいえば、どうしてもパタゴニアで気球に乗りたいわけではないし、ケンタッキーダービーで馬主のボックス席にすわりたいわけでもない。ちがう。はらわたを突き刺すのは、閉めだされているという感覚——いや感覚以上のはっきりとした認識だ。友だちになるどころか、一生、会うこともできない人たちがいるという認識。絶対に立ち入ることができない場所があるという認識。閉めだされている。コピーしか、次善のものしか縁がない。完全な人間とみなされていない。彼女より絶対的に劣る人たちに必要とされていない。完全に永遠に疎外されている。この事実が取り消されることはけっしてない。それが耐えられない。

そしてそれが彼女の未来。一度きりしかない人生。耐えられない。

それとも――ちょっと待って――ほんとうにそうなのかしら？　あたしはまだミセス・ドン・パスカルではない。あと数日で、あたしは自分自身、ダイアン・フォートナムとして、プロムを控えた世界にもどる。この胸の悪くなるような未来は確実なものではない、絶対的なものではない――ありうる無数の未来のひとつにすぎないのかもしれない。もしも細かなことひとつひとつが転写されていまの状態になっているのだとしたら、もう少し確実性は高くなるのかもしれない。でも、変えられる。この吐き気がするようなシナリオをより確実性の低いものにするだけでなく、ありえないものにするために、なにかできるはず。なにかしなくては。……彼女は考えに集中するあまり、あやうく家への小道を通りすぎてしまうところだった。

その夜のパーティは掛け値なしにとても楽しいものだった。みすぼらしい〝無名の人びと〟は、いっしょにいるとそれは気持ちのいい親切な人たちで、驚くような冒険譚を語ってくれた。最悪なのは、みんなが帰ったあと、ヘンリーをラムチョップの骨のほうに追い払ってドンと二人でソファにドサリとすわりこんだとき、家全体がとてもいい雰囲気でくつろげると感じたことだった。彼女は思ったのだ――シアーズ・ローバックでこんなにすてきなものばかりセレクトできるなんて、驚き……。

　だがつぎの瞬間、気分は逆転し、彼女は自分がこの二流の暮らしになじんできていることに気づいたのだった。顔には満足げな笑みまで浮かんでいる。いやだ、ほんとうにこの暮らしに落ち着くことになるのかしら？　価値観がおかしくなって、満腹で、頭をなでてもらえて、寝場所にあたらしい藁があれば満足な動物とおなじになってしまうのかしら？

　彼女は笑みを消した。いいえ。絶対にそんなふうにはならない。あきらめて凡庸な人生に沈みこんだりしてたまるもんですか。あたしはまだあたし自身、ダイアン・フォートナムなのよ――除け者になったりしない、最良のものにふさわしい人間なのよ。

　目のまえに引き出しのなかの銃のイメージが浮かんだ。あれで未来をコントロールできるかもしれない。もし選択肢がないとしても、ひとつ強行できることがある。あきらめるくらいなら死んだほうがまし……閉めだされた人生に甘んじるのは、そのじつ、死んだとおなじこと、もう本来の自分ではないのだから……。

　ドンがキッチンから出てきて呼んでいる。手には温めたミルクを入れたコップが二つ。彼女がこれが好きなこと、これを飲むとよく眠れることを、彼は知っている。

　彼女は二つに引き裂かれるような思いで立ちあがった。ドン――彼のことも問題のひとつだ。いわれたとおりニキビが消えたいま、驚くほどハンサムとはいえないものの、少なくとも形のいい鷲鼻の快活そうな顔立ちの若者とはいえる。目は議論の余地なく美しい――男としては長すぎる睫毛に、情の深そうな、きらきら輝く瞳。知的な顔だし、嫌う人はまずいないだろう。

彼女は、男を顔で判断する女の子たちを軽蔑してきた。〝恋に落ちる〟女の子たちを。じつをいえば、彼女の物事の論理体系で――少なくとも彼女が男を愛するという意味合いで――愛が重要な役割を演じたことはない。愛は男たちを動かすためのもの、彼女に支配権を与えてくれるものだった。自分は情熱的な恋愛はできないと固く信じていたし、事実、知り合った男の子にぎごちなく口説かれても、ヴァージンをまもるのになんの問題もなかった。いまのことをいえば、どんな意味合いでも、ドンを愛していないのはたしかだ――が、いっしょにいると心地よいことは認めなくてならない。彼には気さくで、人づきあいがいいという才能がある。ただこれまではニキビのせいでまわりが気づいていなかっただけだ……。

彼女は写真うつりのいいドレスを脱ぎながら、ふとあることに気がついた。このごろ〝心地よい〟という言葉がよく頭に浮かぶのだ。心地よい家。心地よい暮らし。――心地よさなんて、くそくらえ！　〝心地よい〟ということは、いいかえれば平凡ということ、と彼女は腹立たしく結論し、古いことわざを思い浮かべた――良は最良の敵。

彼女がドンに礼儀正しくミルクの礼をいうと、その口調にどこか気になるところがあったのか、ドンは彼女に奇妙な視線を投げたが、なにもいいはしなかった。二人はいつもどおり、厳格に二つにわけたベッドの両サイドに横になった。

ただ、闇のなかで眠りかけた彼の手が彼女の手を探しはじめると、彼女は静かにその手をかわし、触れさせようとしなかった。

しかし、日が経つにつれてベッドそのものが狭くなってきていることは否定しがたく、二人の人間がいっさい触れ合わずに寝るのは至難の業だった。

そして第三週に入った日、二人はフレッドといっしょに第47居留地が定期的に出しているコンボイでビーチに出かけた。これは、小型のヨットや水上スキー、海の幸のバーベキュー・パーティなどがオプションで楽しめる一大イベントだった――なにしろ、安全を確保するためにほかの居留地から兵士を数部隊、借りるほどの規模なのだ。天気は完璧。警備の範囲内にいなくてはならないにもかかわらず、そこにはだれもがはっきりと気づかぬうちに心の底で欲していた自由の空気と開けた空間とがあり、結果的にだれにとっても――順ぐりに自由時間を与えられた兵士たちにとっても――心浮き立つ爽快な時間となった。少々湿った、砂だらけのバスに乗って、満月のもと、空っぽのフリーウェイをゆく一行は歌ったりうたた寝したりをくりかえしつつ家路を急いだ。一日をだいなしにするような爆弾騒ぎも奇襲攻撃も起きなかった。

その夜は二人とも服を脱ぎながら寝てしまいそうなありさまで、ドンはいつもの距離をとらないうちに早々と寝息を立てていた。彼女も横になって、すぐそばにある枕の上のすべすべの彼の顔を見つめる。と、彼女の顔がほんのわずか彼のほうにすべっていき……彼の息が彼女のほおにかかった巻き毛をそよがせるほど近づく。彼の長い睫毛が眠そうにあがる――二人は互いの瞳を見つめ合い、なかば眠りから覚めながらも、どちらからともなく顔を近づけていった。軽く、遊び半分のようにくちびるを合わせる……。

突然、身を引いたのはドンのほうだった。彼は困惑顔で彼女を見て、いった。「本気なの？」

彼女が答えずにいると、彼は声を荒げた。「人をもてあそぶのはよしてくれよ、たのむから」

彼女はただ、「ああ、ドン、あなた、ほんとにすてきよ……」とささやくのが精一杯だった。そしておずおずとふたたびキスする。彼はビクッと大きく身体を引いた。

「なあ、きみがミスター正真正銘億万長者のためにヴァージンをまもっていることは、ぼくだって知ってるんだ。こんなことに——きみの気まぐれに——巻きこまれて傷つくのは絶対にごめんだからね。いまのは、愛してるってことだぞ」

彼女は自分を抑えきれなくなっていた。怒った彼の美しい目を間近でのぞきこみ、一枚の毛布の下で彼の身体の温もりを感じ——「でも、ドン……なにも覚えていないのなら……これは勘定に入らないんじゃない？」

彼は荒い息をつき、彼女を軽くゆすってまじまじとその顔を見つめた。「きみは——じらしてくれるなあ、まったく。よし。いってくれ——イエスかノーか。ほんとうにいいのか？　そうでないなら、ぼくはどこかほかで寝る。恨んだりはしない。でも、ぼくはきみの兄弟でも女友だちでもないんだからね。ぼくはきみが好きで、きみが欲しいと思っている男だ。いま、そう思っているんだ。でも、きみの口からちゃんといわなくちゃだめだよ、ダイ。『ああ、ドン』とかそういう曖昧なのはもうたくさんなんだ」

思いがけず、目がくしゃっとなった。このままでは泣いてしまいそうだ。彼はたまらず首をふった。「どっちなんだい？　イエス？　ノー？」

「あたし……あたし、ちょっと怖いの……」

「やさしくするよ。さあ――イエス？　ノー？」

あまりに小さな声で、ダイ自身、聞きとれないくらいだった。「……イエス……」

「え？」

「――イエスよ。ああ、ドン――」

「きみ自身の正直な気持ちなんだね？」

「ええ。もう、意地悪。イエスよ！」

それを聞いたドンは長いため息を漏らし、手をのばしてそっとダイの顔をさすった。ふたたびやさしいキス。さらに花のように軽やかにさすりながら手を徐々に下におろしていく。やがて彼の手の下で彼女の身体が燃えるように熱くなる。が、彼女はまだ動かず、ついに涙声が漏れた。「ああ、いいわ、ドン――ドン、お願い――」彼はやさしく手を貸してローブを脱がせ、彼女の裸身を引きよせる。

つぎには熱っぽく触ったり愛撫したりがひとしきりつづくのだろうと彼女は案じていた。これまでつきあった男の子たちから学んだことだ。しかし、そんなことはいっさいなかった。「熟成させるんだ」彼はささやいて両手を彼女のふとももの裏に当てると、彼女の両足をゆっくりと開いて互いの性器を触れ合わせた。「熟成させるんだよ」彼はときおり手を貸して彼女が腰を動かし、彼のものを探るように仕向けた。「お願い」うまくいかないのではないか、痛いのではないかと不安になって、彼女はささやいた。だがそれでも彼は彼女に探らせ、のけぞらせ、そしてついにそのときがきた。二人はしっとりと濡れ、彼はなんとかコントロールしようとふるえている。彼女がうまくとらえ、抵抗を感じながら身体を押しつけていくと、彼がささやいた。「そうだよ！　いまだ！」——突きあげながら彼女の腰をしっかりと支える——ついに彼はほとんど痛みを与えることなく深々と彼女のなかに入りこみ、安堵のため息を漏らした。「そうだ！……そうだよ！……こういうふうにしたかったんだ——ダーリン、ぼくのいとしいダイ」彼はもうしばらく彼女を抱きしめてから、いった。「少し動いてごらん、きみの感覚にぼくが合わせるから」

いわれたとおり動いてみると、わずかな痛みとともに、これまで感じたことのなかった快感が鋭くつのっていった。だがすぐに、彼のほうがそれ以上もちこたえられなくなってしまった。あえぎながら二度、長く突きあげて彼は果て、彼女をきつく抱きしめたままじっと横たわる。

「ダイ、ごめん、いっしょにいけなかったね。でもつぎはなにかちがうやり方をしてみれば、きみもきっといけるよ。ああ、ダーリン——少しはよかった？　痛くなかった？」

彼女はイエスとノーをいっしょにいおうとし、二人ははじめて結ばれた恋人たちらしい睦言を交わすうちに眠りに落ちていった。ベッドはもう少しも狭くはなくなっていた。

夜明け前、彼女はトイレの水音で目を覚ました。もどってきたドンは彼女を起きあがらせてトイレにいかせた。それからベッドに横たわった彼女の上にかがみこむと、彼はいった。

「ダイ、ぼくのいうとおりにしてくれ、いいね？　ぼくはこのままここにいるから、きみは自分で刺激するんだ——したことないなんていわなくていいよ——ひとりきりだと思ってやるんだ、わかった？　でも、いく直前にやめる。できるかい？」

「ああ、で、でも——」

彼は彼女の手をとって外陰に当ててやった。「たいしたことじゃないさ。どうしても恥ずかしいなら、ぼくのことを女だと思ってさ、その子にやり方を見せるつもりですするといい。さあ。やってごらん！」

彼女が手を動かしはじめた。そして急ごうとするあまり身体をこわばらせてしまうと、彼がリラックスさせてやり、最初の大きな収縮がはじまると同時に彼女の手を押しのけて信じられないほど巧みに自分の手をすべりこませて先をつづけた。そして収縮が止まらなくなると、彼は彼女のクリトリスに手を添えたまま、ふたたび彼女のなかに押し入った。めくるめくオーガズムの波が二人をさらってゆく……。

それからしばらくたって冷蔵庫のそばで二人して冷たいミルクを飲んでいたときのこと、彼女は遅ればせながら二つのことに気がついたのだった——ひとつは、ドンがほかには絶対にいないと思えるほど好みが一致する恋人だということ、そしてもうひとつは二人がうっかりヘンリー・キャットをベッドから押しのけてしまったせいで、いまヘンリーはコーヒーテーブルの下から不機嫌そうに二人を見あげていることだ。

二人はヘンリーをなだめて抱きあげ、ミルクを持ったままベッドにもどった。灰色の曙光が窓に射すと、ドンは起きていってブラインドをおろし、電話の呼び出し音をオフにした。しかしダイは彼について気づいたことを話すまで、とても眠れそうになかった。そして十五回ほどおなじ話をくりかえした。ついにベッドにくずおれた二人が目を覚ましたのは午後もなかばをすぎた頃だった。

時は依然として猛スピードで夢のようにすぎていった。フレッドはかれらと多くの時間をすごしていたが、けっして多すぎることはなかった――なにがあったのか感づいたのだろう。そしてつぎの週、彼は二人のもとに、いささか心おだやかでないものをもたらした。それはドン個人への深刻な電話ではじまった。

二人はサイクリングから帰ってきたところで、ダイはゆっくりとシャワーを楽しんでいた。そのあと質素なローブ――だいぶ前から、これはとてもシンプルでおしゃれだと思っている――を着ていると、ドンが話があるといって、彼女をすわらせた。

「ダイ、ぼくが自分で書いたあの手紙のＴＣＫでの仕事の部分、読んであげてなかったよね。じつはフレッドの患者さんにあることが持ちあがって、それがその仕事に関係することなんだ。困ったことに、ぼくは自己解放手段というものを提供する評議員会に参加している医者のひとりなんだよ。自己解放手段というのは、つまり自殺用の薬ってことなんだけどね。正確には錠剤のセットだけど。いまは自殺は合法でね、正当な理由がある人にはそのセットが処方されて、医師立ち合いのもとで自殺できることになっている。フレッドは評議員じゃないんだよ、専門が婦人科だから。正当な理由と問題なく認められるもののひとつが、末期の疾病《しっぺい》、とくに痛みをともなうものだ。

で、フレッドの元患者さんで未亡人の人がいて、その人が肝臓ガンと診断されたというんだ。で、その人が旅立ちたいと望んでいる——無理もないと思うよ。ところがその人が第55居留地の評議員の医者を毛嫌いしていて、フレッドとぼくの手を借りて旅立ちたいといっているんだそうだ。きみとぼくは47ができる前はフレッドといっしょに住んでいたから、その人とも親しい友だちだった、ということなんだよ。けっきょくはだんだんと疎遠になってしまったけれど、フレッドの話では彼女のほうはまだ友人という感覚が強いらしい。それにぼくらのほうも。もちろん、いまのぼくらはなにも思い出せないわけだけど。彼女の名前はマリー・アルヴァレス。フレッドがいうには、旦那はとても愉快な人だったそうだ——きみがよく話題にする、あそこにかかっているリトグラフの作者だよ。彼は八年前におなじ病気で旅立っていて、マリーは完全には立ち直れないままらしい。

それで、さしつかえなければ、ぼくに錠剤セットを用意してもらって、いま死にたい、とフレッドに相談したということなんだよ。いまのぼくらにとっては彼女はまるで知らない人だから、気分的に楽なんじゃないかと彼女は思ったらしい。どう思う、ハニー？　死そのものは、とてもおだやかで、速攻性の強い麻酔剤を使うんだが、それを飲むとすぐに眠りに落ちて、そのあと十五分から一時間程度で呼吸が止まる。でもフレッドがいうには、マリーは喜怒哀楽が激しいタイプだそうだ。となると、まずはちょっと泣いたり、ハグし合ったりということになるかもしれない。それはきついかな？」

「ああ、かわいそう、ほんとうにかわいそう」ダイの声には、つい最近生まれたばかりの、人への同情心があふれていた。「もちろん、あたしは大丈夫よ。彼女に、わたしも答えはイエスだって伝えて——あ、待って——すぐにならっていう条件つきだわ。だって、ほら、あたしたちの、あたしたちの、ああ、ええと——この先のことがややこしくなったりしたら困るから」

「日程的にはすごくうまくいくんだよ、ハニー。彼女はできるだけ早くにと望んでいるそうだ……。薬はぼくが明日の朝、とってくる。ちょうど向こうへいく日だからね。それで彼女には午後でも夜でも、きみの都合のいいときにここにきてもらう。フレッドが連れてきて、立ち合って、救急車の手配その他もろもろやってくれる。それでいいかな？」

「いいわ……ああ、なんてふしぎな世界なのかしら、ここは。自殺の日をきめるなんて。なにか、出す、出したほうがいい？　自殺スナックとか？」声が少しふるえている——ドンは彼女をまじまじと見つめた。

「いいかい、ダーリン。ぼくらはいま大きな感情の揺れと戦っているんだ。いま冗談をいったと思ったら、つぎの瞬間にはヒステリックになったりする。悪夢を見たりするとそうならない？　いまの提案がいい考えとはとても思えないよ……」

「いいえ、ほんとうに大丈夫よ。あなたのいいたいことはわかるわ。でもね、まじめな話、軽いワインを一杯飲むのは悪いアイディアじゃないと思うの。そのう――薬に影響がないなら」

「よくわかった。フレッドに連絡するよ」彼は彼女を抱きしめた――彼女がためらいがちに彼を抱きしめると、彼はフレッドに電話をかけ、シャワーを浴びにいった。

その夜、彼は彼女にいった。「なにか気になることがあるんだろ？　いってごらん」

「ああ、たいしたことじゃないの……ううん、そうでもないかな。あのね――要するにベッドのことなんだけど」

「ベッド？」すぐに察しがついて、彼はいった。「いや、ないない。その人にはぼくらのベッドで臨終を迎える権利はないよ。彼女にはソファを使ってもらう。ぼくらは庭に出ていてもいいし、雨だったらベッドルームでうずくまっていてもいい。ぼくは彼女が意識を失うまで付き添っていることになる。でも、ベッドはないよ。必要なら、彼女にソファにすわった姿勢のほうがいいっていうから」

「ああ、ありがとう」

「うん。そのことはフレッドにも伝えておくよ」

「も、もしかしたらそのうち、特別な、仮設の、ゲスト自殺室みたいなものができるのかもしれないわね――」

彼の手がそっと彼女の口をおおった。「なんて忠告したっけ？」

「ああ、そうよね。そうだったわ」

「そうだ、今夜はちゃんと夜のニュースを見なくちゃいけないな」彼はクスクス笑った。「ニュースでやっていたことが話題になっていろいろ聞かれたりすると、ちょっとあせるよね。考えたら、この一週間、一度も見てないんだから」

彼女はウフフフと鼻唄でも歌うような軽い笑いを漏らした。こっちまで笑いたくなるような笑い声だな、とドンは思った。

ふたりはその夜もニュース番組を見逃した。

翌日は、なにもかもが整然と進んでいった。マリーの居留地にあって、ドンがTCKに提示しなければならない書類の問題も、うまく解決できた――フレッドが朝のバスの運転手にドンにわたすようたのみこんでくれて、無事受け取ったドンはそのままTCK本部にいくことができたのだ。彼は小さな密封されたパッケージを持ってもどってきた。

「なんだかなあ。このいかにも十九歳って顔だとやりにくいこともあるもんだね。まずは髭でも生やすべきなのかもしれないな。ミズ・ディッキーはぼくだと認めてくれなくて、子どものごっこ遊びかっていわれちゃったよ」

「だめよ！」ダイは彼のすべすべのほっぺたをなでた。「あらたいへん――そのパッケージ、ヘンリーから遠ざけておかなくちゃ！　ちゃんとしまっておかないと、目についたらあけるまで追いかけまわすわよ」

二人は死の錠剤を安全な場所にしまうと、フレッドが患者を連れてやってくる三時まで、居留地の大プールですごすことにした。

夕刻のイベントは予定どおりに進んだ。マリーは、ダイアンをどう紹介するかという問題を、ただ彼女をぐいとつかんでハグし合うことで解決してくれた。予想どおり、彼女はすすり泣いていた。実際に会ってみると彼女は魅力的な女性で、悲しみも年齢も病気もその輝きをそこなってはいなかった。ドンの番になると、彼女はやはりハグしてくれた――が、そのハグは意外とあっさりしたものだった。あきらかに、かれら同様彼女も、早く終わらせたがっているのだ。

あっというまに別れのときがやってきた。マリーは粋な人だった。ソファにすわって、パッケージを持ったドンがそばに立つと、ダイとフレッドに手をふり、「あなたたちの幸運を祈るわ。ブエナ・スエルテ（スペイン語で幸運を祈る、の意）」とだけいって、二人を部屋から送りだした。それが二人との別れだった。

ダイとフレッドが家の裏手の小さな庭で待っていると、ドンが出てきて静かにドアを閉めた。彼はワインのほうへ進みながら、二人に向かって重々しくうなずくと、グラスをかかげた。「とてもすばらしい人に」二人も唱和してグラスをかかげた。

南隣の住人が庭のニンジンの育ち具合を見ている。ドンはふと思い出して、いまから三時間くらいのあいだに救急車の音が聞こえても驚かないでほしいと、彼女に伝えた。「フレッドの患者さんなんですよ、エリー。ここから旅立ちたいということで」

エリーの眉がきゅっとあがった。「寛大な方たち、というべきなんでしょうね」わずかに辛辣さのまじる口調だった。「うちでも一度やったけれど、あまりいい経験ではなかったわ」

「それにしてもりっぱなニンジンですなあ」フレッドが言葉をはさんだ。「どういう品種を植えているんです?」

話は、エリーも加わって、ありきたりの雑談に移っていった。

しかし、待っているあいだ、ときおり訪れる墓場のような静けさのなかで、ダイの視線は見るともなしに小さな庭の古びた煉瓦塀や屋根つきの置場に並ぶゴミ箱、低い木製のフェンス、その向こうにこのブロックの端まで連なる一ダースほどのおなじような小さな庭の門柱や壁やガラクタの類へとさまよい——なんとはなしに耳に入ってくるのは遠くのガーデン・パーティで少し飲みすぎた人が騒ぐ声やひどく耳ざわりなだけの音楽——そしていつしかフレッドのハンカチが汚れていることに気づき、ドンがまたミズ・ディッキーと会った話をくりかえしていると思い……歓迎すべからざる声が、これだ、こうなるのだ、彼女を待っているのは、そして永遠につづくのは、これなのだ、と耳元でささやき——ダイアンは、年老いた自分自身が引き出しに銃を入れておいた理由をはっきりと悟ったのだった。彼女が使うためだ。もちろん、どんな形にせよ、ドンを傷つけるためということはありえなかっただろう。ちがう……〝ありえなかった〟ではない。ありえないのだ……なぜなら、彼女はいま、どうすればその未来を変えられるか、はっきりと知ったからだ。未来を確実に変える方法は、たったひとつしかない——彼女がそこにいなければ、その未来は起こりえないのだ。

できるだろうか？

できる。やってみせる。

そしてダイアンは計り知れないほどおだやかな気分に包まれ、それは矢のようにすぎさる残る数日のあいだもつづいた。ベッドのなかでは、これはただのセックスではない、愛だ、真実の愛だ、と静かに思い、ドンはただの恋人ではない、〝最愛の人〟なのだと確信した。おだやかな気分で小さな家の掃除にいそしんでは、たしかにペンキの塗り直しは必要だけれど、これはまちがいなく愛しい我が家なのだと確信した。おだやかな気分でフレッドとしゃべり、冗談をいって笑い、ひとことでいえば、人生ではじめて、単純にしあわせと思えるときをすごした。

黄金色の階段や閉めだされているという恨みがましい気持ちに心を乱されることもなかった——〝永遠〟という言葉は棘を失っていた。なぜなら、すべてを解決する方法を知ったからだ。

彼女は、学校のタイム・ジャンパーのなかではじめての入れ換えにのぞんだとき、勇気を出せばすぐそばに迫った入れ換えを遅らせることができる瞬間があったような気がしたのを思い出していた。今回は、それを実行するのだ。ドンがなにも知らずやすらかに眠りに落ちるのを確認したら、自分はぎりぎりのところで抵抗して、銃を自分の頭に持っていき、発砲するだけの時間を稼ぐ。彼はなにも覚えていないはずだ——ふしぎだけれど、うまくいけば彼は目覚めてもこの人生のことはなにも知らない。ただ、ほとんどつきあいのない、お嬢様気取りのかわいい女の子が死んだ、と知るだけだ。彼が落ちぶれはてた哀れな女を街角で拾って家に連れて帰ることはない。いつかだれかを愛することになるだろうが、そのだれかは彼女ではない。根っから愛情深い彼のことだ。その入れ換わった愛は、より深く、より忠実なものになるだろう。そして自分自身は、年とった自分がくぐりぬけてきた地獄の日々を経験することなく、この現実とは思えない四週間で真実の愛を知ったことになる……。そう——すべて解決。彼女は心やすらかだった。

これで、時間がこんなに速くすぎていきさえしなければ、どんなにいいか！

最後の日の朝、彼女は少しだけすすり泣いた。ドンはそんな彼女をたしなめた。

「きみはぼくらがもう二度と会えないと思っているんだね。いいかい、ぼくらにはまだこの先、長い人生が待っている。そしてぼくらは今夜もこのベッドにいっしょにいるんだよ。ちょっと年はとってるけど。それだけのことだ。たぶんきみはこれをもう一度くりかえしたいと思ってるんだよね。そりゃあ、ぼくだってそうだけど、なにものもこの体験を奪い去ることはできないよ。記憶は永遠だ——ぼくらは二人の記憶のなかにいられて幸運だった、人生屈指の最良のときをくりかえし経験できるときまで生きていることができて幸運だったよ。さあ、元気を出して！」

「ああ、ダーリン、愛しい人……」

「ぼくにとっても、きみは愛しい人だよ……今夜はヘンリーにタラ肝油をあげよう、毛に艶がないから」

「そうね。それがいいわ」（ヘンリーはどうなるのだろう？　その問題は解決していなかった。でも猫だって運にまかせるしかないこともある。もし、だれかがいったとおり現実というのはそうは変わらないものなのだとしたら、ヘンリーはだれかに面倒を見てもらえる可能性が大きいはずだ。）

それにしても、時のたつのがなんと速いことか！

十一時のチャイムが鳴ったとき、二人はまだローブ姿で遅い朝食をとっている最中だった。

「ああ、コーヒーポットはそのままでいいよ、ダイ。年とったぼくらが洗えばいいんだから」ドンは彼女の手をひいてベッドルームに向かった。

「なにかメモでも残す？」

「どうして？　おばかさんだなあ、ぼくらはこのことを覚えていいるんだよ」

「そうよね。あたしったら、ほんとにおばかさんだわ」彼女はベッドのいつもの側に飛びのってベッドサイドテーブルの引き出しをあけ、これ見よがしにクリネックスを一枚とりだした。

「ローブは脱ぐべきだと思う？」

「入れ換えは裸でするものらしいよ。布地の原子が皮膚と混ざっちゃうとかなにかあるのかもしれないな」

「ええ、まさか。でもやっぱり脱ぎましょう」

彼女がローブをベッドの足元へ放り投げると、ドンはこれを最後と、彼女をひしと抱きよせた。そして一分、二分――時は矢のように飛んでいく。彼女は彼を渾身の力で抱きしめた。と、そのとき、彼女はあることを思いついた。

「ドン――いまたのみごとをしたら、こいつ頭がどうかしてるんじゃないかって思う？」

「たぶんね……なんだい？」

「あのね、あたし怖いのよ――あなたの顔が、なにもかもが、変わるのを見るのが。あなたに、わたしが変わるのを見られるのも。このあいだの晩みたいに背中合わせで寝るのは、ばかげてると思う？　あれとても居心地がよかったし。あたし、いわなかったかしら――」

「ああ」彼はいった。「覚えてるよ。未熟児は背中にパッドを当ててやると長生きするって話だろ？　いいよ。見たくないというのは一理あると認めざるをえないからね。でも、ちょっと待って――」彼は彼女にしっかりとキスをした。「いいよ、そっちを向いて」

二人は背中合わせになった。たしかにこの姿勢にはふしぎな心地よさを覚える。彼女は引き出しに手をのばして、もう一枚ティシュをとり、すぐに銃の床尾《しょうび》を握れることをたしかめた。大丈夫。簡単だ……ところが、さっきまで矢のように飛び去っていた時が、いまはのろのろと這い進み、ついに止まってしまった。

「ヘンリーはどこだろう？」

「あら、やだ、ベッドにいたらまずいわ。――でも、起きちゃだめよ、もう時間がないわ」

「待って」彼は首をのばして身をくねらせた。「危険なし。長椅子から尻尾がたれているのが見える。いったい――」

「シーッ！　しゃべっちゃだめ。なんだろうと思って、こっちにきちゃうかもしれないでしょ」

「たしかに。でもやっぱり、どうしても――」

「シ、シ、シーッ！　早く寝ましょう……ああ、ダーリン。愛しい人……」

「ああ……じつをいうと、たしかに感じるんだ……ああ、きみ……」

「ええ。はじまってるわ。おやすみなさい、愛しいダーリン……」

「若いぼくら……じ、自身は……いったい……」彼の声がかすれて消えていった。彼女自身は霧が心を包みこもうとするのを感じ、拳を握りしめた。「ダーリン……」

　彼の身体がかしいで彼女から離れ、呼吸がゆっくりしてきた。彼女はできるだけそっと動いて引き出しに手をのばし……それを手にした。そっととりだして、そう……金属がとても冷たい……。

　部屋が彼女のまわりで液体のように渦巻いている。まるで流れる川の深みから見ているようだ。彼は意識を失っているだろうか？　彼女は腕を自分の頭のほうへあげようとして、うっかり彼のほうへ寝返りを打ってしまった。彼は動かない。なんの反応も見せない。水が腕に、頭に入ってきたような感じがする。自分が流れているような感じが。起きるのよ！　ああ、あたし、目を閉じている！　彼女はビクッと目をあけて、彼の背中だけを見ようと、ふたたび彼のほうを向いた。

そのとき、なにかが起こった――光の具合が変わったようだ。またまぶたを閉じてしまったが、こんどあけたらちがう部屋にいるにちがいないという気がした。学校のタイム・トンネルではない――木の葉がさやさやとすれあう音がきこえる。その向こうには、まちがいなく潮騒も。エアコンの雑音はきこえない。そしてつぎには大きな破裂音――いきなり鳥が鳴きだしたのだ。あれは、カーディナル。第47居留地にカーディナルはいない。

彼女の身体がふるえだし、呼吸が乱れる。彼女は、ありうるほかの未来を通過しているのだろうか？ いま目を覚ませば、ハイアニスポートのようなところでの未来になるのだろうか？ 彼女はいま、時間のなかのまちがった道を通って、若い時代へもどろうとしているのだ。もし彼女にそれがわかっていたら、最初のタイム・トリップでここにとどまることができたのだろうか？ 彼女をこの未来に縛りつけているドンのいない世界に。たとえそうだとしても――いいや、いますぐ旅立たなくてはならない。ふいに、第47居留地以外の場所で死ぬこと、ドンがいない場所で死ぬことがとても大事に思えてきた。

銃を持った手はシーツの下に突っこんでいる。いかなる繋ぎ綱からも解き放たれた世界で、彼女はどうにか銃を動かし、自分の頭のほうへ近づけていく。いま彼女の目がとらえているのは彼の背中だ。とても痩せていて、とても若い……こうして見ているうちに彼は入れ換わっていくのだろうか？ 彼女も？ 彼の肩甲骨のあいだ、どまんなかに、へんなものが見える。彼女は目を凝らす。

汚いニキビだ。

前はこんなものはなかった。ふと嫌悪感を覚える。彼女はあのニキビが大嫌いだった――いまでも嫌いだ。それは彼女の第47居留地での、ひどい、まちがった未来の象徴だった。

黒い影が彼の背中の上を動き、ニキビを横切っていく。なんと、銃身だ。手からすべり落ちてしまったのだ。力をふりしぼって、拾いあげる。が、いまの彼女には自分の頭のほうへ数インチ動かすことすらできない。あえぎながら銃口を憎むべきニキビにもたせかけ、心のなかで自分自身に警告する。動け！　動かなくちゃだめ！

しかし、彼女も入れ換わりつつあった。物理的になのか、そうではないのか、そんなことはどうでもよかった。だが、なにか内なるものがもどりつつある。恐ろしいわけではない――冷たい金属をひたいに押し当てて引き金をひくのが怖いなどということはありえないし、覚悟は変わらない。事実、すぐに引き金をひけるよう、すでに撃鉄を起こしてある。だが、過去の感情的な自分が、憎しみが、尊大さが、もどってきている――あの冷たくてあさはかな女子学生の自分が身体にもどりつつある。それを押しとどめようとする彼女の必死の努力が事象をゆがめている。彼女は完全な存在ではなく、異なる時間の構成要素が混ざり合っている状態だ。

そして愛が消えていった。その記憶さえも。混乱しながらも、彼女はよろこんでいた――あたしが落ちぶれたのは愛のせい、彼の愛があたしを潮騒と小鳥の鳴き声の世界から引き離した。彼への愛があたしをここに引きとめている――とにかく、すべては愛のせい。いま逃れなければ、永遠に迷子になってしまう。いまやらなければ。

しかし、ぐらぐらと揺れながらもやっと彼女のひたいのほうを向いた銃は、あと数インチというところで止まってしまった。最終的な理由がなんであったにしろ、満身の力をこめてドンの背中の赤い膿んだニキビに銃口を向けた彼女の顔は嫌悪にゆがんでいた。必死に最後の力をふりしぼる——彼女は引き金をひき、彼の愛する心を吹き飛ばした。


彼女が意識をとりもどすと、隣でジェフリー・ボウが両肘をついて身体を起こし、ずっと向こうのトンネル入り口付近の騒ぎを眺めていた。

「なん、なんなの？」彼女はまだふらふらしながら、どうでもよさそうにたずねた。

「さあね。だれかが死んでもどってきたみたいだけど」

「ふうん……」彼女が覚えているのは、ここで彼の隣に横になって眠りに落ちたことだけだ——生まれてこのかた、銃を撃ったことなど一度もない。

「ウアー！」彼はのびをして、事故のことなどきれいさっぱり忘れてしまった。「こりゃ、きくわぁ！……ねえ、あたらしくできたあそこ、いったことある？〈マイロズ〉。今夜、あそこでいっしょに食事しないか？」

起きあがってローブをとった彼女は、軽い眩暈を覚えた。ジェフリー・ボウとディナー？いいかもしれない。彼はまだ裸で寝たまま気持ちよさそうに手足をのばしている。ひとりで悦に入っている感じがしなくもない。疲れているといおうとしたとき、彼が笑いながらいった。「おい、プリンセス、七十五年前に、きょうの夜デートする約束をしたなんていわないでくれよ！」

彼の気分は彼女にも伝染した。「あら、大丈夫よ。よろこんで」彼女はそう答えてすぐにまじめな顔でいった。「ひとつだけ、いっておきたいことがあるのよ、ジェフ。あたし、うーん、セックスはしないから。つまり、結婚するまではね」

「ああ、なんだ、そんなこと学校じゅうが知ってるさ。レディ・ダイアン。いいかい、ぼくはただ、どこかあたらしい店で食べたいだけなんだ。きみだってそうだろ？　お望みならシュリンプカクテルにアイスをたっぷりかけたっていいんだよ」彼はロッカーから服を出して着はじめた。「いかがですか？」

彼女も服をとりだした。「興醒めなことをいうつもりはなかったのよ。でも、早めにはっきりさせておいたほうがいいと思うの。これはわたしの哲学のひとつだから」

「ディナーを食べながら、ぜんぶ聞かせてもらおうかな……」彼はクシを出して、髪型をととのえている。「まじめな顔をしているときのきみは、キュートだなあ」

「この区画から出てくださあい」スピーカーから声が流れてきた。

外へ出るときに、二人はストレッチャー・チームに道をゆずらなくてはならなかった。ジェフはそのなかのひとりに事故のことをたずねた。

「やっぱり、死んでるんだって」ジェフは彼女に教えた。「あのダサいドン・パスカルだってさ。だれかがあいつを撃ったなんて信じられるかい？　それも背中からだぞ！」

「やだわ！　いったいなんのためにそんなこと」

「永遠にわからないだろうな……。六時に迎えにいって、早めに食べるっていうのはどう？　これをやるとへとへとになるっていうから」

「うれしいわ」

　こんどのシナリオには、プロムの前にジェフリー・ボウとのなんということもないデートが数回、含まれていた。エール大学からの合格通知は予定どおり届いた。

　プロムでジェフは彼女に四度めのプロポーズをしたが、もちろん彼女はビル・アーミテージを選んだ。そして物事は、電報と〈マイロズ〉での最後の夜とマーククロスの旅行カバンのところまで、シナリオどおりに進んだ。ただひとつちがっていたのは、ビルが財布に二十ドル札を五枚でなく四枚入れたことだった——ここの因果連鎖がどうなっていたのかは解読不能だ。

　そしてマーサ・ワシントン・ホテルがあり、モデルの仕事があり、その最初で唯一の仕事に終わりがきて、ふらっとスウィングルズというバーに立ち寄り——少しなまりのあるハンサムな中年男ニコ（こんどは綴りがＮｉｋｋｏではなくＮｉｃｏ）がいて、彼にまつわるもろもろがあり、口にするのもおぞましい街角での年月へとつづいていく。そこで彼女はときどき、男にしろ女にしろ、まちがいなく人だと思って近づくと、なぜかぎらつく街灯の下で影に変わってしまうという体験をする。目がおかしくなっているのだろうと、彼女は考える。たまに若い黒猫を見ることもあった。

　そしてついに雨の夜になり、急ぎ足の男の腕をつかむ（彼女は立っているのがやっとだ）

と、「ダイアン！　ダイアン・フォートナムじゃないか！　うわあ、驚いたなあ！」

しかしもちろん、ドンが救いにきたわけではない。

それはジェフリー・ボウで、彼女をつかまえると自分の財布やらなにやらとりだし――あわてて百ドル札を一枚だけとりもどすと――すべて彼女の財布に突っこんで、スズメバチの巣にぶつかった男よろしく、一目散に雨の闇のなかへと駆けていく。

うろたえた彼女が金を手にしたまま立ち尽くしていると、一部始終を見ていたヒモがやってきて金をとりあげてしまう。彼女がひどく具合が悪そうなのを見たヒモは、終夜営業の食堂に彼女を連れていき、熱いスープを一杯ごちそうしてやる。

札を数えながら――ぜんぶで五百三十ドルある――ヒモは探りを入れてくる。「おまえ、ああいうやつをたくさん知ってるのか？　電話しろよ」

「だめ……だめ……」彼女はつぶやく。「番号、知らないもの……無理よ」そしてたしかにジェフリー・ボウは彼女の人生から永遠に消えてしまった。

しかしこのシナリオでは、永遠はそれほど長いものではない。

彼女の咳があまりひどいので、ヒモは自分がしけこむときに使うホテルに彼女を泊めてやる。そこは、動かせるものはすべて釘づけにされていて、洗濯はロビーの奥のコインランドリーでするようなところだ。彼女は、ひと晩たつと出ていくようにいわれてしまう。そして、このかよわそうな小柄な人間がまさか、とだれもが思うような凄まじい騒ぎ方をする。

街路に出ると、天気はすこしましになっている。雨は止み、最後まで残っていた雪も融けている。彼女は小さな包みをかかえ、なにか頭痛に効くものがあればなあと思いながら、さまよい歩く。彼女がいるのはあたらしくできた居留地のそそり立つ壁のそばだ。あたりに人はいないし、車も通っていない。黄昏が迫る頃、彼女は使われていない入り口近くのゴミの山にいきあたる。大きな段ボール箱と乾いた新聞紙を見つけて、なかにもぐりこむ。

しばらくすると子どもが三人やってきて、咳をするダンボール箱を見て笑いこける。やがて飽きた子どもたちは段ボール箱にガソリンと火のついたマッチを投げ入れる。

断末魔の苦悶が彼女を突き動かし、彼女は燃えながら、炎をあげて崩れていくダンボール箱のなかでまっすぐに立ちあがる。そして眼球が焼き尽くされる寸前、彼女は見えない目で見る。居留地のどっしりとした門が外のものを拒んで固く閉ざされているのを。そして門の上の47という数字を。あとは無。

地球は蛇のごとくあらたに

The Earth Doth Like a Snake Renew

小野田和子訳

ふりかえってみると――死者がふりかえることができる範囲においてだが――Pがどうして〈地球〉は男だと思うようになったのか、はっきりさせるのはむずかしい。

われわれが最初に見た彼女は、森のなかでは服を脱ぐのが習慣になっている孤独な子どもだった。森は彼女の一族のもので、はじめて訪れた夏から、森はふしぎなところだ、つまりほんものだ、とPは思っていた。街はほんものではないことを、彼女は知っていた。たぶん管や電線があまりにもたくさん埋まっているからだろう――人が多すぎるし。Pにとって、街ですごす冬はどうでもいいものだった。

大事なのは、途方もなく年老いた広大な森をひとりで歩きまわり、積もった落ち葉や根っこや岩や苔に裸で寝そべって、彼女がまちがいなく男性と認識している深い〈存在〉と静かに相和してすごす月日だ。

彼女が、そんな幼い女児が、男性というものをどう定義していたのか？　なんと彼女は、父親とはちがうもの、と考えていた。ああ、そうなのだ！　彼女は感じていた……巨大な硬いものと触れ合うのを感じていた。子どもらしからぬかたちで自分はそのものに属している、そしてそのものは自分にたいして、なにか漠然とした、時間にとらわれない、壮大な意図を持っていると感じていたのだ。

もし家族にその話をしたら、博識なおじは、前に話してやった神話のアンタイオスかアトラスのことを曲解しているだけだといって、とりあってくれなかっただろう。太っちょのおじや天才のおじはいろいろな腺が未発達なせいだといったことだろう。男らしい〈地球〉？　美人の母親はナイチンゲールのようにのどをふるわせて笑ったことだろう——母親はとんでもない才能の持ち主で、〈地球〉は岩でできた球体で、(a)ヒヒと(b)英文学が住んでいると知っていたから。

ただPの父親だけは、ちょっとおかしな家族の暮らしをぎりぎりのところで支えている仕事から目をあげて、ほう、そうなのか、といったかもしれない。彼はピクト人で、そのラベンダー色の瞳には、ヴァイキングによる大虐殺の光景がまだ焼きついているといっていた。たしかにPの抱える問題は、ほんの幾ばくかではあるが、彼のせいといえる部分があった。

Pが十歳のときのある日、彼は笑いころげながら彼女を呼んで、ガレージの裏のムティヌス・カニヌス（和名キツネノロウソク）の群生を見てみろといった。そこにはシダが生い茂っていて、Pはふだんはそこを避けていた。男たちが立小便する場所になっていたからだ。

父親が指差すほうに、Pは目を凝らした。鼻先の苔のなかから突き出ていたのは、二十本の鮮やかなピンク色をしたむきだしのイヌの陰茎だった。どう見てもほんものそっくりで、いちばん小さいのはヨークシャーテリアの、いちばん大きいのはダルメシアンのという感じだ。どのバラ色の亀頭にも黄土色の分泌物がかぶさっていて、アオバエを惹きつけるという目的をちゃんと達成していた。

「毎年、出てくるんだ」父親は首をふった。「すごいだろ？　キノコなんだぞ。お母さんには一度もいってない」

Pはこの古《いにしえ》の肥沃な土壌から呼び起こされたものをまえに、ただ押し黙っていた。そしてその日から〈地球〉は彼女にとって、はっきりと**〈彼〉**になったのだった。

驚いたことに、Pはすでに〈地球〉を女性とする神話に慣れ親しんでいた――家族の面々を考えれば、親しみすぎていたといっていいくらいだった。ギリシャ人もドルイド（古代ケルト族の僧）もゴート族も〈地球〉を**〈彼女〉**ととらえていた、ガイアやフレイアなど、耕され、種を撒かれ、男によって〝有効に利用される〟女体と考えていたという話を聞かされていたのだ。世界各地の原住民もそう信じているし、広大な中国文化圏においてさえ、〈地球〉は女性、暗く湿った受身の〝陰《いん》〟だという考えが根強い、ということも学んだ。無味乾燥な科学も〈地球〉はテラ・マーテルすなわち母なる大地だと認めている――タンパク質も翼手竜もアレチネズミも将軍も彼女自身もグリーンベイ・パッカーズも、その子宮から生まれたのだと。

けれどPは少しも悩みはしなかった。その人たちがいっているのはほかの惑星のことだ。

かれらの〈地球〉は女性だろうと鳩時計だろうと、それがどうしたというのか？　〈地球〉は、彼女の〈地球〉は男性なのだ。彼女の小さな身体をかたちづくる細胞のひとつひとつが、それを知っていた。彼女は、男性としての機能を持つ存在の上に住み、その存在によって星間空間を運ばれているのだ。そして彼女は、その機能がそれ自体をどう定義していようと、その名は〈愛〉だということも知っていた。

彼女と〈彼〉つまり〈地球〉とのあいだに存在する愛はとても深いものだったので、彼女はその愛についてはひとことも口にしたことがなかった。魚が水を信頼しきっているのとおなじことだ。

機能はつねにかたちにしたがうものであり、Pにも急に身体が大きくなって股間のほてりに戸惑う夏がやってきた。彼女は、ハドリー・モートンを彼女の森にいざなった。

ハドリーは非現実的な冬のあいだ、学校で彼女とヘビーペッティングを楽しんで、彼女の気を引いていた。そこで彼女は、最初の相手としてはハドリーがちょうどいい、場所としては森がふさわしいと思ったのだった。ハドリーは、その選択が賢明だったことを証明した。彼は一見、爽やかな顔立ちで礼儀正しいタイプだが、じつはいくらでも勃起する性質《たち》だったのだ。三週めに入る頃には、二人は彼女の森だけでなく隣接するノースランズ国立公園の数エーカーまで二人の営みに捧げていた。

Pの人生初の現実的な出来事が起きたのは、その頃のことだった。

二人は名もない湖のそばに氷河が残していった大きな岩の上で、のんびりと午後のひとときをすごしていた。この岩はPの子ども時代の特別な聖なる避難所だった。彼女はハドリーが足にもたれかかって身体を乾かしているのを感じながら、ぼうっとしたまま起きあがって、二人の営みがなにか景色に変化を起こしはしなかったかと、黄金色のアシの原を見わたした。

するとと彼女の目のまえで夏がみるみる終わっていった。むっとするほど生い茂った木々のあいだにあふれていた緑色のフラッドライトが消えて、秋の最初のストロボが閃く。リスが松ぼっくりを食べるのをやめて埋めようと決断する。空気の芯につららができ、北から飛んできた見えない矢が空を横切って、より荒々しい青に染めあげ――カラスがひと声叫ぶと――もう〈秋〉だった。

これを見て、Pは心もとなさを感じた。クレジットカードがぜんぶなくなっているのに気づく直前のような、なんとはなしに不安な気分だった。視線を落とすと、ハドリーが切り藁のようになったシダのなかで眠っていた。なんの罪もない胴体は陽射しに溶け、膝頭がいくらかすりむけている。

「帰りましょう、ハドリー」彼女は思わず口にしていた。

「うん?」

「帰ろうっていったのよ。遅くなってしまうから」

なんでも快く応じてくれるハドリーは、フィンランド製のハイキング用半ズボンを拾いあげると、彼女とともに岩を這いおりて、やわらかな鹿の踏み分け道をたどりはじめた。Pは、理不尽にもなんとかして彼を追い払いたいという気持ちをつのらせていったが、うまい方法が見つからなかった。彼女は先に立って走り、周囲になにかが姿をあらわしはしないか気配を感じとろうとした。ハドリーは口笛で〝グリーンスリーヴス〟を吹きながら、にこやかにゆっくりとあとをついてくる。Pは左右を、上を、行く手を見まわしながら、彼のうしろを歩くことにした。二人の足元で、ヤマウズラの親子連れがぎょっとして立ちすくんだ。「かわいいな」とハドリーがいった。沼のほとりで二人は不自然なほどにじっと目を凝らしていた。「そいつはきみだ」ハドリーがいった。「きみのほうがいいお尻をしてるけどね」Pはうっすらと恐怖を感じた。

二人がやってきた暗い沼の岸辺は昔からあるドクゼリの群落に占領されていた。安定期を迎えた群落は、古い株がしぶとく長生きして、元気だった子孫たちはいまや下のほうで腐りかけている。Pは、薄暗い小道に囲まれたところに奇妙な青白い槍があるのを見つけて、一目散に駆けよった。

ハドリーがふりかえると、Pは大きな白い勃起した人間の陰茎を手にしていた。すじが入っているところも縁の具合もほんものとしか思えない。長さは彼女の前腕くらいあって、端っこには大きなしわしわの睾丸がひとつついている。

「どうしてそんなものがここに？」ハドリーが陰気な大人の玩具店主よろしく眉をひそめた。

「キノコよ」Pは不本意そうにつぶやいた。「なんとかインピュディクス（スッポンタケ。学名は「恥知らずの男根」の意）。こんなに大きくなるとは知らなかったわ」

ハドリーは信じられないという顔つきでキノコをつついた。

「気をつけて、かなり古いから。ねばねばがすっかり洗い流されちゃってるわ」

まさに幽霊の手袋だ――いかにも脆そうで、ほとんど透明に近い。

「ふつうのスッポンタケよ。ほかにもいろいろ種類があるの」Pは無理して笑いながら、キノコをもとの土に直立させ、二人はまた歩きだした。が、前とはなにかがちがっていた。

それがなんなのか、彼女にはすぐにわかった。悲しみだ。あの〈地球〉の亡霊じみた勃起に込められていた非難の言葉。その悲しみに沈んだ蒼白の面《おもて》は、彼女が裏切りを犯したと告げていた。この〈彼〉の神聖なる森では、彼女にはより多くのものが期待され、多くのものが用意されていた。ここにハドリーを連れてくるのは許されないことだったのだ。

ハドリーのぴっちりとした半ズボンのあとについていく彼女の目は悔しさでかすんでいた。が、身体の奥底からは興奮が湧きあがってくる。〈彼〉がしゃべった！〈彼〉がはじめて愛のしるしを示してくれた！

ハドリーには帰ってもらわなくてはならない――ありがたいことに彼は翌朝には帰らなくてはならないといっていた。とんでもないキノコとの遭遇が彼にも影響をあたえたのかもしれない、と彼女は思った――若いヒヒが、年長のヒヒがその眉弓《びきゅう》の下からじっと自分を見据えているのに気づいて去っていくように。

彼のピーチ色のコルヴェットの振動が遠ざかって消えるやいなや、Pはドクゼリの群落に駆けもどった。男根は消えていた。彼女は服を脱いで黒土の上にうつぶせに倒れこみ、〈彼〉に向かって感覚の波を送りこんだ。なにも返ってこない。彼女の下にひろがる地中の奥底は押し黙ったままだ。Ｐはため息を漏らした――男が気を悪くすると無口になることは知っている。それにしてもなぜ〈彼〉はあれほど時間がたってから非難の言葉を送ってよこしたのだろう？　なぜさんざんハドリーと交わってからではなく、もっと早くに警告してくれなかったのだろう？　答えは返ってこない。まあ、男はいつもちょっとだけタイミングがずれるものだ（ということも彼女は知っていた）。それとも〈彼〉はなにかほかのことに精力を注いでいたのだろうか？

その考えが、彼女に謙虚さをもたらした――彼女は生まれてはじめて真剣に考えはじめた。そのとき――そして短い人生の大半の期間――考えたのは、単純なことだった。人魚に恋したインディアンのように、彼女は自問した――どうやって？

どうやって？　どうやって〈彼〉は彼女のところへやってくるのだろう？　どうやって彼女はみずからを〈彼〉にさしだせばいいのだろう？

〈彼〉――〈地球〉――が彼女の肉体は自分のものだと宣言しているのはまちがいないと、彼女は信じて疑わなかった。また弱冠十六歳にして、〈彼〉の愛は、ほんのわずかスリリングな不安というスパイスをまぶした、このうえなく満足のいくものだと思い定めてもいた。愛撫、挿入、絶頂――神がかり的に精力増強されたハドリーは、彼女の若い夢を満たしてくれた。が、彼女の信義は微塵もゆるがず、一瞬たりと、たとえば石筍《せきじゅん》に貫かれたとか、雪崩に愛撫されているなどと思ったことはなかった。ちがう、〈彼〉は化身となってあらわれるはずだ。エウロパにのしかかったゼウスのように。それともダナエに降り注いだ黄金の雨のように？　Ｐは眉をひそめた――黄金の雨ではものたりない気がする。〈彼〉ならもっとすばらしい方法を知っているにちがいない。でも、どんな？　そして、いつ、どこで？

　こうしてＰの探究の旅の第一段階がはじまった。年頃を迎えた彼女の女性器に宛てて、〈彼〉から素朴な招待状が届いたのだ。

　しかし、人間社会というカプセルに包まれて街の学校ですごす長い冬のあいだはどうだったのか？　ふしぎなことに冬がきてほんものの人生が中断されても、彼女は不快に感じたりはしなかった。それはただの長い夢――Ｐは自分のなかに引きこもって、楽しくフランス国王の名前や三角形の法則を学んだ。彼女は、自分がとても美しくなったことに気づいていなかったし、金持ちの親類がつぎつぎに亡くなっていくせいで大金持ちといえるほど財産がふえていることもほとんど意識していなかった。美貌と金ゆえに彼女をめぐって色恋沙汰が巻き起こっても、彼女はいつもどおり夢見心地のまま気前よく誘いに応じていた。こうした些細な人間社会のひとこまには運命の監視の目は届いていないし、かえって勉強になるかもしれないと彼女は感じていた。

　彼女の人間の恋人たちは、ときとしてＰの稀《まれ》に見るほど激しい、まるで発作のような性的欲求にとまどうことがあった――とはいえ、それもひと夜のうちに消えてしまうのだが。彼女が、力強い一対のふとももや、がさつな男の荒っぽい態度に〈彼〉のオーラを夢想していたことなど、かれらは知る由《よし》もなかった。さして取り柄のない娘だったら精神分裂気味だといわれていたかもしれない――が、所得水準があがる一方の彼女は、うれしくてのぼせあがっていると噂されるようになっただけだった。この分析は、不動産業を営む母親のいとこたちがバハマの海でヨットが沈んで全員亡くなり、ほかに相続人がいないとわかったときにゆるぎないものとなった。

だが、夏には——ああ、ほんとうの人生を生きる夏には、ただひとり〈彼〉をもとめてさまようのだ！〈彼〉とはどこで出会えるのだろう？ ここ？ それともここ？ 彼女は裸身をさらし、なかば催眠状態で、木の葉でできた鹿の寝床に横たわり——陽射しでぬくもった蕨《わらび》の茂みに寝そべって夢を見——なにかのいやな匂いがこもった洞穴でまるくなって眠ることさえあった。あるときは早々と降った雪のなか、青い月光を浴びてふるえながら横たわっていた。あなた、きて、わたしのところにきて、と彼女は心のなかで呼びかけ、切羽詰まった蛾のように若いフェロモンを発散させた。

そして事は起きた——いや、起きかかった。湖の陽の当たる浅瀬で丸太に横たわり、だらりとのばした足をブルーギルの稚魚がそっと齧るのを感じながらうとうとしていると、影が落ちたのだ。あえて目はあけなかった——耐えがたいほどの興奮を覚えながら、彼女は自分の上で巨大な手がかたちづくられるのを感じていた。そして——しっかりとした下半身が、彼女の下半身を開こうとしているように思えた。迎え入れようとうずうずしながら身体をそらし、外にめくりかえし——その〈存在〉が彼女を貫こうとした刹那——彼女は丸太から落ちた。

目から水を払ったときには、なにか大きな黄金色のものが消えたあとのようにハンノキの木立がそよいでいるだけだった。

べつの日、かつてハドリーが神聖を汚した岩にうつぶせになっていると、北のほうで空がひび割れる音がふたたび響くと同時に、岩が生気を帯びた。温かな流れが彼女を侵略し、巨大な生命が彼女の子宮に向かってゴロゴロのどを鳴らしている。身体を開き、硬い岩に身体を押しつけると〈なにか〉が立ちあがり、光を放ち――沈みこんで無に帰し、彼女はなかばいきそうになったまま、ひとり取り残されていた。

失望はしたが、Pの信義はより強固なものになった。そして〈彼〉を探しもとめる旅はより広い範囲へとひろがり、より金のかかる遠方へと修養の場を拡大させていった。フランス・アルプスの水仙の原にはかなりの期待をかけていたし、エーゲ海の小島では〈彼〉の近さにうちふるえた。マルケサス諸島では、ある日の午後、〈彼〉がくるとほぼ確信しながら待ちつづけ、ひどい日焼けをしてしまった。

しかしすべてはむだに終わり、休暇のたびに失望感は強まり、彼女の身の挺し方はますます思いきったものになっていった。ああ、あなた、いったいどこにいるの、と彼女の身体は訴えかけ、〈彼〉を周囲に足元に感じた――彼女がもっとも必要としている場所以外あらゆるところで。あなたが〈彼〉なの、**あなた**がそうなの、と田舎をさまよう放浪者たちと交わるたびに魂で呼びかけたが、かれらは信じがたい幸運をよろこぶばかりだった。この段階の終わり近くには、彼女は足の悪い笛吹きがしぶるのを説得して交わったり、シェトランドポニーまで相手にして試すようになっていた。メリノ種の羊で試して、へとへとになったこともあるほどだ。

こうした極端な試み（と、あとになって彼女は気づいた）はこの段階の終焉を告げるものだった。少女の繭のなかで徐々に成熟していった彼女は、あらたな段階を迎えようとしていた。

しかしその前に、ひとつ幕間劇《まくあいげき》が挿入された。それは悲劇ではじまった——美人の誉れ高い母親がのっていたアエロナベス・デ・メキシコのジェット機がポポカテペトルの山腹に墜落したのだ。葬儀での父親の悲しみように、Pはショックをうけた。おじたちまでが急に老けこんでしまったように見えた。彼女は悲しみのうちにブロンクスヴィルにある、大学の休暇中に使っているアパートメントにもどったが、もどったとたんインフルエンザにかかっていることがわかった。

薬のびんをあけながら、母親が〈地球〉は生命のない岩でできた球体だというおかしな説を信じていたことを思い出して、彼女はまたあらたな涙にくれた。あちこちでささやかれていた、彼女は〝心理学〟のお題目のもとで教育されたという噂の断片がふっと頭に去来して、彼女は突然、凍りついた。薬がバラバラと床にこぼれる。

もし、お母さんのいうとおりだったらどうしよう？

恐怖のあまり、Pの口があんぐりと開いた。この高邁な存在——〈彼〉——を、彼女は生まれてからずっと信じてきた、なんの疑問も抱かずに愛してきた。ほかならぬ〈地球〉を。それがふいに、はじめて、疑いが心をかすめたのだ。自分が狂っているということはありうるだろうか？　たとえば心理学でいう投影による妄想というようなことが自分にあてはまるのだろうか？

茫然としたまま彼女はくずおれて整理ダンスによりかかり、太っちょのおじが〈地球〉は生命のない物質で、さまざまな運動や慣性の法則に支配されているのだと口をすっぱくしていっていたことを思い出した。そのときはにっこり笑って右から左へきき流していた。いまは、恐ろしい可能性に愕然としている。人生の土台となっていたものがまちがいだったなんて、そんなことがあるだろうか？　〈地球〉はほんとうにただの死んだ岩で、そこに住むちっぽけな生きものである彼女は、その〈地球〉に幻想を投影しているだけなのだろうか？

彼女は一晩中、悪夢と格闘し、泣き、あがる一方の熱をさげようと、アンピシリンを何錠も飲みくだした。くしゃみをするたびに、陰鬱な考えがより現実味を帯びていくような気がした。〈地球〉が――恋人？　狂人のたわごととしか思えない。そんなことを考えていたなんて、なんと愚かだったのだろう。

翌朝には、たとえ命を落とすことになろうと、人生の現実構造を解体するのが自分の義務だと、彼女は確信していた。加湿器の湯気に頭を突っこんで、〈地球〉は生きていない、とやるせない思いで自分にいいきかせた。**〈彼〉**は存在しない。抗生物質のせいで朦朧とした頭で、彼女はくりかえした――〈地球〉は生きていない。これまで信じてきたことは、すべて捨てなければならない。

クリネックスの二箱めをあける頃には、この芯の疲れる作業もだんだん楽になり、楽しいとさえ思えるようになっていた。〈地球〉は生きていない、と鼻声でいいながら、**わたしは生きている**、と主張するものが足元に潜んでいるのを、彼女は意識していた。人間世界の雑音をものともせず、その主張ははっきりと感じることができた。〈地球〉は生きていない——そんなふうに〈彼〉を無視するとは、なんと自分勝手なふざけた話だろう！ 〈地球〉は生きて——なんとこれは、バークリーの独我論を信じようとしていた一週間とおなじことだ、と彼女は気づいた。あのときは、いきなり物置部屋のドアをあけてスキー板が再出現する瞬間をとらえようとしたりしたものだ。〈地球〉は……。

広域抗生物質スパンスルの最後の一錠を飲むと、この生命のない〈地球〉というあらたな夢想は、かつてイエズス会士の恋人が彼女に教えようとした処女性の完全性（それともその逆だったか？）という教理と同類の珍説の仲間入りをした。そしてチキンスープの一杯めを飲み干すと同時に、疑念は蒸発して永遠に消えてなくなった。彼女はすっかり生き返った気分で長椅子から起きあがった。あとになって考えてみれば、その週末はいくつもの見解をみっちり検討し、そのどれもが満足のいくものではないとわかった貴重な時間だった。

しかしその経験をしたことで、彼女は変わった。母親の安物の宝石類のなかに合計数百カラットにおよぶカボションカットのエメラルドが含まれているとわかったとき、Pは悟ったのだった。〈彼〉が自分のために用意してくれたのだと。〈彼〉は昔からずっと、実際に自分のことを気にかけていてくれたのだと。うちつづいた親類縁者の非業の死——いまなら、どう考えてもふつうではないとわかる。謎の遭難事故、自然災害——すべて〈彼〉のしわざだったのだ！　なんと冷酷な！　彼女は身をふるわせた。（でも、なんと情け深い！）自分とくらべて〈彼〉の存在がいかに巨大なものか、彼女ははじめて気づきかけていた。この男性の本源ともいえる至高の存在がちっぽけな人間の肉体に化身するかもしれないと考えるとは、なんとあさはかだったのだろう！　ましてやメリノ種とは——彼女は身悶えして顔を赤らめた。それがちょうど法律事務所に足を踏みいれたときだったものだから、事務所のジュニアパートナーの思考回路を乱すことになってしまった。

が、Pはそんなことにはおかまいなしにシニアパートナーの執務室に入っていった。彼に呼びだされて、また遺言書の内容を聞くことになっていたのだ。彼女はうわの空で彼に挨拶すると、窓際の椅子にすわった。心は遥か彼方に飛んでいた。わたしはもう十九歳——一人前の女よ、と彼女は自分にいいきかせた。もう子どもじゃない。そう考えるとわくわくした。おとなの女の愛はちがう。子どもはただファックするだけだけれど、おとなの女は——なにをするのかはっきりとはわからないけれど、なにかもっと複雑な、深みのあることをするはず。弁護士が、会ったこともないいとこが非業の死を遂げたモンタナの冴えない土地のことをだらだらと読みあげるあいだ、彼女はミシガン湖の腐食性の灰色の湖水を眺めていた。と そのとき、ふとある疑問が湧きあがった。

ひょっとしたら〈彼〉はこれまでずっと彼女と遊んでくれていたのかもしれない！　赤ん坊をかまうように、ちょっかいを出したり、ドキドキさせたりしてくれていたのかも！　自分の愛の概念がいかにもお粗末だったことに気がついて、彼女はまた顔を赤らめた。でも、彼女はもうおとなになったのだ。とはいえ、そのことをどうやって〈彼〉に示せばいい？真剣に相手にしてもらうにはどうしたらいい？

彼女の視線がシエラクラブ（米国の環境保護団体）のパンフレットに落ち、窓の外のスモッグや死んだ湖水をさまよい――はたと妙案が浮かんだ。

人間の手で環境がひどく破壊されていることは、もちろんPも知っていた。森林が蹂躙《じゅうりん》され、動物が虐殺され、山々がはらわたをえぐられ、海や大気が汚されている話には当然の義務として目をとおしていた。しかし彼女にとっては――いまでは非常に特別な納税者層に属している彼女にとっては――それも抽象的な罪悪でしかなかった。実際に目にしていたわけではなかったから――金さえあれば、金持ちが集まる遥か遠くの汚染とは無縁の土地にいくことができるからだ。彼女の神聖なる森が手つかずで残っていたのは、そこを取り巻くノースウッズ・パークをパルプに変えていた製材会社を、父親がかなり昔に買い取っていたおかげだった。

Pはいまにしてやっと、自分がなにも見ていなかったことに気がついた。

彼女がのほほんとすごしているあいだに、〈彼〉の身体は毒され、荒らされ、破壊されていたのだ！　〈彼〉は危機に瀕している。おそらく苦しんでいる。それを彼女はまったく理解していなかった。どこまで子どもだったのか、どこまで無神経だったのか！　いったいどうしたらいいのだろう？

年配の弁護士のほうをふりかえると、弁護士の頭の上に光が灯ったかのように、答えが目に飛びこんできた。彼女の義務は——真のおとなの女としての使命は——破壊を止めることだ！〈地球〉を救うのだ！

「そうだわ！」彼女は思わず声に出していた。

弁護士がいらだたしげに顔をあげた。「まだ終わっておりませんが」

Pはため息を漏らして湖に視線をもどした。するとうれしいことに鉛色の湖水の上に突如として虹がかかるのが見えたのだった。**〈彼〉**は聞いていてくれた、そして賛成してくれた！　なんと麗しい！

弁護士が、管理している資産や投資対象の理解不能なリストをぼそぼそと読みあげるあいだ、彼女は辛抱強く待っていた。しっかり聞いていたわけではなかったが、たしかにかなりの資産があることだけはわかった——どうやら何億ドルかにはなりそうだ。よしよし。弁護士の話が終わると、彼女は美と高揚感に満ちあふれたまなざしで、彼を見つめた。

「ミスター・フィンチ、それは全額、〈地球〉を汚染から救うために使いたいと思います。いますぐにはじめたいのですが、この組織が」——彼女はシエラクラブのパンフレットをトントンと叩いた——「どんな活動をしているか知っている方はいらっしゃいます？　どの活動に資金を提供するのがいちばんいいのかしら？」

「ああ、ああ——ああ——」ミスター・フィンチは胸をつかんでしゃがみこんでしまった。

ややあって、ジュニアパートナーが呼ばれた。そしてPはあらたな段階へと一歩、踏みだした——聖戦のはじまりだ。

さてここで一旦小休止して、片手にクレジットカード・ケースを持ち、かたわらに弁護士をしたがえて環境界へと打って出たPの容貌、外観を見ておくことにしよう。

全体的な印象としては、もの静かで、ほっそりしていて、いいところのお嬢様ふう。声はやわらかで、身につけるものは、煙や蜂蜜、雪や柳やヒースを思わせるナチュラルなモノトーン。人はつい見すごしてしまって、ジッパーだけが見えているような奇妙な感覚にとらわれる。一旦いきすぎてもどってきた男の視線は、腰まわりのエレガントな暴れん坊ぶりと、薄い鳩胸をとらえ、そこから上にあがっていくと母親譲りの魔法使いの微笑と父親譲りの澄みきったライラック色の瞳に出会う。あまり長いこと見つめすぎると、挑発的な処女性とでもいうべき身の破滅を招きかねない信号を受けとることになり、ほかの女がみんな悲惨なほど楽隊のバトンガールそっくりに見えてしまう。

彼女の恋人たちは彼女のことをさまざまな女神や天使にたとえた。ハドリー・モートンは雌鹿のようだといい、彼女の下半身について論評した。彼女の下半身のすばらしさは衆目の一致するところだった。ただし怠け者だという点でも意見は一致していた。

さて、数カ月後のこと、このうら若いゴージャスな女性がローマクラブ（人口増加、環境破壊など、全地球的問題を研究している民間シンクタンク）のオフィスから出てきた。同行しているのは例のジュニアパートナーだ。名前はラインホルド。ラインホルドは、気品あふれる別れの挨拶のコーラスにのってドアを閉めると、お抱え運転手に合図した。

「空港へ」彼は彼女の手をとって車にのせると、座席に沈みこんだ。彼は疲れていた。

「ラインホルド」Pが気づかわしげにいった。

「これで組織数はいくつになったの？」「そのほか限定的なものが十六、レターヘッドが二つ、マダガスカルのキツネザルの女性がひとり」「四十二」ラインホルドはシカゴ白人系のきびきびした口調で即答した。「もっと簡単かと思っていたわ。ずいぶんといろいろな脅威があるものね」

「単純な化学毒に複合的な直接毒」彼は指を折りながらすらすらと挙げていった。「相乗的効果、機械による破壊プラス侵食、放射性物質、突然変異生成。獣が死に、魚が死に、鳥が死に、虫が消え、授粉ができなくなり――飢饉が起きる。あるいはプランクトンが死滅し、海が死に――飢饉が起きる。はたまた二酸化炭素による温室効果で海面上昇――溺死と飢饉。でなければスモッグで太陽光が届かなくなり氷でおおわれて――凍死と飢饉。あるいは淡水湖がすべて富栄養化し、嫌気性微生物がふえ、毒素が蔓延――渇きで死ぬ。あるいは土中のバクテリアが全滅して――食べるものがなくなる。あるいは食料がいきわたらず、難民が発生して異常なほどの人口集中が起こり――世界中がバングラデシュになる。またはエネルギー不足に陥り――戦争勃発、飢饉発生。ああ、ウイルス性の伝染病を忘れてた。エトセトラ、エトセトラ、エトセトラ、エトセトラ。いいかい――生物圏の破壊もしくは、なんにせよ取り返しのつかないダメージを受けるまでに残された時間は推定で最短五年、最長で百年。核によるホロコーストは除外して、だ――」

彼はしゃべりながら、こんどこそ彼女が彼とのセックスという話題を思い出してくれないものかと考えていた。

「ひどいわ、ほんとにひどい」とPはつぶやいた。「なにもかも、考えていたよりずっとひどい状態だわ」彼女は〈地球〉の輝かしい友である鳥や獣たちの悪しき運命を思って、ため息をついた。**〈彼〉**の芸術作品が滅びようとしている。**〈彼〉**はどんなに胸を痛めていることだろう。

「しかし、きみ個人にはなんの危害もおよばない」ラインホルドは熱っぽく語りかけた。

「エコドームをつくるというのはどうだい？　いや、きみの財力をもってすれば軌道衛星だってつくれる」

「でも財産は〈地球〉を救うために使いたいの」彼女はいった。もう百万遍もいってきたことだ。ラインホルドは、フィンチやファーブスベリーやクートやトリックルが、彼がどんな障害に直面しているのか理解してくれることを願いながら、ぐっと歯を食いしばった。かれらの最大の投資ブロックは彼女なのだ。

「どうだろう？」彼は軽い調子でいってみた。「避妊リング、十億個なんていうのは？　無料で精管切除とか？　中枢神経系のインプラントとか？　核融合の研究とか？　きみの資産をぜんぶはたいても五十億の心は買えないんだ。あらゆる政府を買うことはできないんだよ」

「ほんとうに複雑」彼女は美しいポーズで自分の肩を抱きしめ、悲しみをたたえたライラック色の瞳で彼を見つめた。「ラインホルド……わたしがなにを考えているかわかる？」

「なにを考えているんだい、ダーリン？」彼は彼女にもたれかかろうかと考えながら足を組んだ。

「たとえそういうことをぜんぶ、ひとつ残らずやったとしても……うまくいくとは思えないのよ」

　彼はよろこび勇んだ。

「みんなわたしよりずっとよく知っている。わたしはほんとうに無知。それはわかっているの。でも、思うのよ。うまくいかないって。どこかで失敗するって。それでね、ラインホルド——」

「ああ、なんだい？」

「ラインホルド、あの人たち、みんな男なのよね。とってもいい人たちよ。繊細だし、親切だし。でもね、ラインホルド、どうしても考えてしまうのよ……張本人はかれらだって。つまり、男たちだって。女じゃないわ。女はただあちこちひっかいたり、ヒモを編んだりしているだけ……」

「おいおい、たのむよ。きみは女で、四百馬力の車にのっていて、これから化石燃料を燃やして大西洋を渡るんだ。きみの総エネルギー消費量がどれくらいになるか、わかってるのかい？　あのかわいいメッシュの室内履きだって——」

「わかってるわ、ラインホルド」いかにも悲しげに、彼女はいった。「ちゃんとわかってます。でもね、それは、それがそこにあるからなのよ。ぜんぶ男が用意してくれたものなの。もし女しかいなかったら、露天掘りをしたり海洋掘削をしたりゼネラル・モーターズをつくったりしたと思う？　鯨を殺していたと思う？」

「ぼくらは精子バンクに置き換えられてしまうことになるのかな？」彼はにやりと笑った。

「それをいったら――」

「わたしがいちばん好きなのはなにか、わかる？」彼女はおずおずとたずねた。

「なんだい？」

「わたし、好きだったのよ……あの反公害の破壊活動をする秘密軍隊を指揮していた小柄な人」

　ラインホルドは不安げに含み笑いを漏らした。本気でないことを願っていたが、Pの場合、絶対にそうとはいいきれない。

　しかし彼女は淡い色の手袋をした両手で顔をおおい、悲嘆に暮れてつぶやいていた。「ああ、どう考えても絶望的だわ、どうしようもなく絶望的――」

「ああ、泣かないでくれ、さあ――ラインホルドのところへおいで」

　彼女はしくしく泣きながら彼の襟元に顔を埋めた。「もうどうしようもないわ、わたしはなにをしたらいいの？　ああ、ああ、ああ、〈彼〉の役に立てなかった」

「いますぐ、家へ連れて帰ってあげるからね。ラインホルドのいうことをよくきくんだ。ストックホルムのほうは、どうせまた中身のない話をもったいぶって話すだけの連中だろう。会っても心を掻き乱されるだけだよ」

「……そうね」

しかし機内での彼女はだいぶようすがおかしくて、ニューヨークのVIPスイートに落ち着くと、彼担当のプログラムの真っ最中に身体を離してしまった。

「ラインホルド、いま、いますぐ世界大戦をはじめられる方法ってあるかしら？」

彼はなにをばかな、と笑いとばそうとして、彼女の顔を見た。ああ、まずい。

「つまりね、いますぐ人があっというまに自滅してしまえば、環境のほとんどは救えるってことにならない？」

「ああ、それはまあ、しかし――」

彼女は飛び起きて裸のまま窓際へ歩いていった。腹立たしいことに、彼女はまたしても彼の存在を忘れているようだった。

「もし爆弾を手に入れられれば……でも、そう簡単にはいかないわよね？　かなりむずかしいでしょうね。わたしはほんとうにちっぽけ。ああ、わたしにはなにもできないんだわ。ああ、ああ、ああ、あ……」

彼は中西部人らしい美しい歯をぎりぎりときしらせた。まただ。これまで何百万回、手ひどいけんつくを食らってきたかわからない。まるで健忘症のセキセイインコだ。万が一、彼との結婚に同意したとしても、それも忘れてしまうにちがいない。もし彼がピルをほかの薬と入れ換えて彼女が妊娠したら、さすがに妊娠していることは忘れないだろう。それとも、それも忘れてしまうのか？

Pがふりむいた。痛ましくもなまめかしい姿だ。

「みじめだわ、ラインホルド。どうすれば〈彼〉を助けられるのかしら？　助けられないのよね。わたしは失敗した。失敗したんだわ。ああ、考えなくちゃ。悪いけれど、ひとりにして」

やっとひとりになっても、胸の痛みは彼女を休ませてはくれなかった。歩きまわり、ばたりとくずおれ、起きあがってまた歩きまわり、夜がすぎ昼がすぎるのも気づかず、電話の音も耳に入らなかった。〈彼〉は病んでいる、毒されている、死にかけている。彼女は考えて考えて考え抜いた。わたしは〈彼〉の役に立てなかった。わたしはだめな人間。

この狂った人間の群れのなかでは〈彼〉の存在を感じることすらできない。〈彼〉が恋しくてならなかった――ひと夏まるまる聖なる交流から遠ざかり、人間に囲まれてすごしたのは、これがはじめてだった。彼女はひどく混乱していた。そのとき手のなかでふたたび電話が鳴り、彼女はなにも考えずに電話に出た。

「知らせておくべきだと思ったので」ラインホルドがあらたまった口調でいった。「ゆうべ、きみのおじさんのロバート・エンディコット氏が亡くなられた。食中毒だそうだ。おそらくトリュフが原因だと思う。お悔み申し上げます」

「ああ、かわいそうなロビーおじさん」彼女は取り乱して泣き叫んだ。「太りすぎだったからだわ。ああ、ラインホルド」

「うん、痛ましいことだね。ところで、それとはべつに、もうひとつ知らせたいことがあるんだ。それを聞けば、少しは気が晴れるかもしれない。西モンタナの郊外の土地のこと、覚えてるかい？　さっき借地人から連絡が入って、掘抜き井戸がぜんぶ吹き飛ばされて、大騒ぎになっているというんだ。どうもかなり高品質の石油が噴きだしているらしい。マーヴィンを現地にいかせた。きいてくれ、いまぼくと結婚してくれないか？　きみには面倒を見る人間が必要だ、きみひとりでは――」

彼女は眉間にしわをよせて電話を切った。石油？　石油？　また〈彼〉が贈り物をしてくれたのだと彼女にはわかっていた（かわいそうなロビーおじさん！）。それにしてもなぜ石油なのだろう？　石油は毒のなかの毒、あれだけの汚染と死の元凶だというのに、なぜ？

彼女は髪の毛を噛みながら歩きまわった。〈彼〉がまだ彼女を愛していて、彼女のささやかな努力に褒美までくれたのはうれしいことだ。でもなぜ、これ以上、石油を？　〈彼〉は自分を殺そうとしているものの正体を知らないのだろうか？　いや、それはありえない。これはなにか無謀ともいえる雄々しさの表現なのだろうか？　それとも、〈彼〉は彼女になにか伝えようとしているのだろうか？

宝石をちりばめたような街が夜明けの薄闇のなかでかさぶたのように固まっていくのを眺めているうちに、彼女はふいに悟った。脅かされているのは〈彼〉の命ではない。まるでちがう。彼女の命だ。

生物圏――それがいかに薄く、いかに脆いものか、数えきれないほどのエコロジストから聞かされてきた。巨大な鉱物の身体にまとった、空気と水と土と命の薄膜。直径、たしか数千マイルの〈彼〉の身体。生命はその上のしみ、〈彼〉の外皮の上で太陽の光を浴びて生じたカビにすぎないのだ！　そんなものが〈彼〉にとってどんな意味を持つというのだろう？　もしかしたら〈彼〉は気がついていないのかもしれない。あるいは、うっとうしく思っているのかもしれない、まるで——ニキビのように！　ひょっとして、彼女がこれほど必死に救おうとしている豊かな生態系を、〈彼〉は取り除きたいと思っている、ということはないだろうか？

その瞬間、日の出がまさにスモッグを貫いて炸裂し、街に林立する塔を黄金色に輝かせた。それが彼女に告げていた——彼女は正しいと。彼女のばかげた聖戦は終わった。

しかしそうなると、〈彼〉にとって価値ある存在になるためには、なにをすればいいのだろう？　もう愚かな子どもではない、おとなの女なのだと〈彼〉に示すためには、なにをすべきなのだろう？

そうねえ、彼女はおずおずと考えた、おとなの女はいろいろと知っていないとね。物事を深く理解できていなければ、ほんものの女とはいえない。とくに大事な相手のことはきちんと知っていなければ。わたしは〈彼〉のことをどれくらい知っているだろう？　ほとんど知らない——それはあちこち旅してみてわかったことだ。わたしの知識レベルは情けないほど低い。

学ばなくてはならない。

ラインホルドに反公害ゲリラに多額の送金をするよう指示すると、彼女は即刻ニューヨーク公共図書館へと急いだ。そしてまもなく大量の講座要覧や講義摘要を抱えて出てくると、そのままバークリー行きの飛行機にのった。
そして機内でリストをつくった――
　自然地理学
　構造地質学――別称：テクトニクス
　地球物理学――地震学、コアプラズマ学、地磁気学を含む
　海洋学も？
これで〈彼〉――ああ、愛しいあなた――の身体のことはわかる。あとは、おぞましいものとして排除していた経済地質学と鉱物検知学。だが、リストはそれで終わりそうになかった。ほんものの女は恋人の対外的利害関係も理解して、〈彼〉の生活に理知的にかかわっていくべきだろう。〈彼〉の親類縁者という、うんざりするような問題もあるけれど、それくらいの礼儀は尽くさなければならない。さらにいろいろ調べたうえで、彼女はつぎの項目をつけ加えた――
　天文学Ⅰ：太陽系
　天文学Ⅴ：局部星団、起源と未来。基礎必須科目――微積分学Ⅲ（ああ神さま、わたしに力を）
彼女は満足感を覚えていた。飛行機からおりると、満足感はさらに強まった――五年ぶりの断層のずれで、空港が激しく揺れたのだ。彼女は自分がついに正しい道を歩みはじめたことを確信した。

かくして、彼女が〝おとなの女性になるための準備〟と位置づけたものが大学ではじまった。(何人かの講師はちがう見方をしていたはずだが。)それは必死の努力とよろこびの日々だった。

発見につぐ発見! 彼の皮膚は彼女のものとおなじようにつねに剝がれ落ち、下から湧きでて、なめらかさを保っていることを彼女は学んだ。地塁や地溝、クリッペなど造山運動の細かいことにはあまり興味が持てなかったし、層理面には失望した。でも〈彼〉の中身そのものの豊かさといったら! 前は〈彼〉の命をおだやかな森や草地や花としてだけとらえていたけれど、いまは鉱物の魅力を身近に感じてわくわくしていた。二千種類以上もあるなんて!

彼女は愛おしげに閃亜鉛鉱や角閃石を持ち、驚嘆しつつ劈開《へきかい》の数をかぞえ、複雑な対称形を成す結晶の種類を数えた。斜方晶系、三斜晶系! 沸石が冷え固まる温度から長石やカンラン石が燃える温度まで、一連の温度選択の妙も学んだ。放射性鉱物には胸が高鳴った――〈彼〉の脈動が感じられたからだ。そして、ああ、X線回析パターンのふしぎさといったら!

ただの砂利も、もはやつまらないものではなく、〈彼〉という人物から出た粉だと思えるようになった。彼女の足は〈彼〉の実体を敏感に感じとり、性的快感すら覚えるようになり、彼女は〈彼〉の状態や変化の過程をつぶやきながら眠りについた――堆積岩……変成岩……火成岩……。

花崗岩から閃緑岩、ハンレイ岩へ、徐々に深いほうへ、原初の玄武岩へと進むにつれて、彼女は自分が〈彼〉の神秘へと近づいていくのを感じていた。餅盤《ラコリス》、盆盤《ロポリス》、と彼女はつぶやく。岩株《がんしゅ》そして、ああ——黒ずんだ深成岩体！　火成貫入岩のさまざまな形態だ。火成貫入？　それこそ彼女の望みそのものだ！

　そしてなによりも壮大なのが、底盤《バソリス》と呼ばれる不可解なほど巨大なマグマの塊だった。はじめての感謝祭休暇を、彼女は雄大なアイダホバソリスの陰鬱このうえない岩場をひとりうろついてすごした。〈彼〉の原初の力を間近に感じる、夢見心地の時間だった。

　さてこのへんで、恋人〈地球〉の本質をPがどうとらえていたかをあきらかにしておいたほうがいいだろう。彼女は当時も、それ以降も、〈彼〉を赤道部分の直径七千九百二十六・六八マイル、質量二十二×十の二十乗トン、中心部の圧力一インチ当たり二万五千トンの扁球と考えたことはなかった。〈彼〉にはこうした属性のほかにも彼女が最近学んだばかりのさまざまな特質がそなわっている。彼女に質量や浸透圧という属性があるのとおなじことだ。しかしそれだけでは〈彼〉を定義したことにはならない——彼女を千三百ccの電気化学的ゼリー内の二十四ボルトの電位パターンで定義できるわけではないのだから。

　では〈彼〉はいったい何なのか、ということについては、彼女はいう必要はないという結論に達していた。あえて答えろといわれれば、（学んだばかりの語彙を駆使して）〝メガ・エネルギー形態〟とか〝重力／慣性構築体〟などについてなにかつぶやいたかもしれない。が、じつのところは、〈彼〉は単純に〈彼〉であり、彼女は単純に〈彼〉のものなのだった。

ほかは枝葉末節にすぎない。彼女の脳裏に最終的に刻まれたイメージは、眠らぬ炎に縁どられた眠れる巨人のシルエットだった。

キャンパスにもどった彼女は火山活動というテーマに耐えがたいほどの興奮を覚えた。そして銀行が相変わらずロビーおじさんの初期のポラロイド作品を換金しつづけていたので、イースターに地質学のクラスメート全員をチャーター便でアイスランドの活動中の火山に招待した。

というわけで、指導教授と総勢四十人の学生たちがスルツェイ近くの海岸にひろがるカルデラの斜面でシャンパン・ランチをとっていたときのこと。この火山は活動が小さな火口内部のみに沈静化していて、非常に安全とみなされていた。カルデラの壁の向こうには凝灰岩と軽石の原がひろがっている――Pはハンドメイドのロスリをはいて、一目散にそこに駆けこんだ。ひと足ごとに小さな噴気孔が活気を帯びてガスを噴きだす――彼女は愛おしげに微笑んだ。仲間たちは尻ごみしている。Pは興奮にうちふるえながらひとりで活動中のクレーターの縁までいき、かがんでなかをのぞきこんだ。

下で泡立っているのは〈彼〉の溶けたエッセンスだ！　奇妙なかさぶたのようなものに縁どられた炎が流れでてくる――もしかしてこれは広大無辺な傷から流れでてくる〈彼〉の血なのだろうか？　それとも、もっと重要な意味を持つ射出物なのだろうか？

彼女はうっとりと見つめながら、このなかに身を躍らせたいという衝動をほんの少しだけ感じていた。（だがなぜか、いまはそのときではないと、彼女にはわかっていた。）

炎がはねあがり、彼女の顔をほてらせる。ああ、愛しい人！　Pはよろこびに満ちて見入っていた。

ふいに、うしろからだれかにつかまれたと思うと、そのまま力ずくで横ざまに抱えられ、でこぼこの石の原を突進した。指導教授のアイヴィンズだった。

「止まって！　おろしてください！」

「走れ！　走るんだ！」彼はどなって彼女を地面におろすと、こんどは彼女の手をひっぱり、岩滓《がんさい》の上をカルデラの壁めざして突っ走った。前方を見ると、みんな走っていた。うしろから、そして下からも、轟音が聞こえてくることに、彼女はやっと気づいた。

「頂上が吹っ飛んでる」外側の斜面に通じる割れ目にたどりつくと、アイヴィンズ教授は息をはずませながらいった。大きな石がいくつか跳ねまわっている。ほかの学生たちが必死で割れ目を駆けぬけていくなか、Pはアイヴィンズの手をふりほどいて、うしろをふりかえった。

連続砲撃のような轟きとともに、さっきまで彼女が立っていた火口の縁が空に向かって吹き飛んだ。爆発——粉砕——まばゆい光の柱。とろりとしたオレンジ色のマグマがカルデラの床からあふれでてきた。熱気が押しよせてくる。炎のなかからなにかが飛びあがって地面に落ち、弾み、白熱に輝き、火の粉をまきちらしながら彼女の足元に落ちてきた。Pはそれが紡錘形なのを見てとった——火山弾。なんてすばらしい！

その火山弾の溶けた表面に、二本の細長いバラ色のものがあらわれ、完全に人間のくちびるのかたちになった。彼女に向かって、にっこり笑っている。

Ｐは言葉にならない叫び声をあげ、その上に身を投げだそうとした瞬間、またしても身体をつかまれて駆けだささざるをえなくなってしまった。そこらじゅう、灰が降り注いでいる。空が暗い。アイヴィンズが学生たちを追いたてて荒涼とした斜面を下るあいだも、山は轟きつづけた。一行がのった飛行機が飛び立つと、Ｐは機内からカルデラの壁全体が赤黒い火炎の砕け波に包まれてゆっくりと外側にそりかえっていくのを目撃した。〈彼〉がさよならをしている！　彼女はそれをしっかりと魂に抱きよせると、ラインホルドに連絡して、生存者に相応のものを支払うよう指示した。

Ｐは上機嫌でふたたび勉学に取り組み——挫折を味わうことになった。授業は彼女を〈彼〉の皮膚の下へ、〈彼〉の巨大な身体へと導いていった。すると〈彼〉の真の大きさが徐々に実感としてとらえられるようになってきた。底知れぬ深海も、〈彼〉にとっては彼女の背中のえくぼとおなじことだ。その下にはなにがあるのか？　彼女は教師に導かれるまま、期待をこめて最上層のシアルを抜け、安山岩線を越え、さらに深くのシマの層へと進んでいった。だがここまできてもまだ表皮にすぎない。モホロビチッチ不連続面探測装置も、〈彼〉にとってはただなにかがチクリと刺さっただけのこと。火山のマグマでさえ地殻の構成物にすぎないようで、皮脂嚢胞程度の深さだ。その下にはマントルという何百マイルにもおよぶカンラン石などでできた層がある。そしてその内側に卵の黄身のように存在しているのが直径二千マイルの〈彼〉の内核だ。ああ！　そこにはなにがあるのだろう？

どうやらだれも知らないようだとわかって、彼女はひどく落胆した。〈彼〉の生命維持をつかさどる領域は、可塑性の程度に差があるだけの同質の軟塊だろうと想像されていた。〈彼〉が放射するオーラに関係がありそうな深くゆっくりとした対流や謎めいた流動にかんする理論に、彼女は熱心に耳を傾けた。いっときは気まぐれに移動する〈彼〉の磁極に興味を持ったこともあった――ああ、そうなのね、〈彼〉はじっとしていられないのね！　しかし、物質の超伝導性が〈彼〉の心臓部をかたちづくっていると推定されるという記述に出会っても、彼女の心にはなにも響いてこなかった。一般的なプラズマについてはいやというほどきかされたけれど、〈彼〉のプラズマにかんしては、なんの言及もなかった。〈彼〉の深奥でなにかが縦波のS波を排除し、疎密な第一波であるP波の速度を速めていることが、いったいなんだというのだろう？

彼女は、教授たちは肝心なことはなにも知らないのだと悟った。かれらの興味が尽きたところから、彼女の興味ははじまっているのだ。地磁気の研究施設に寄付をするだけはして、彼女は天文学者のもとへと旅立った。

いっきになにもかもがうまくいかなくなったのは、ここからだった。

のちに彼女はこの時期を、あれは苦難のとき、試練のときだったとふりかえることになる。それは、ひとり残っていた、おじのヒリアードの死ではじまった。

葬儀は、授業がはじまる二日前にウィネトカで執り行なわれた。たかが人間の孤独と愛に心を痛め胸ふたがれた彼女は、父親の細い腕をとった。父親は富の雪崩にこれまで以上に苦しみ、めっきり白いものがふえていた。葬儀のあと、二人はオヘア国際空港のエグゼクティヴ・ラウンジで食事をした。

「おまえとわたしだけになってしまったな」父親は暗い顔でいった。そしてもう一度、おなじ言葉をくりかえした。

「かわいそうなヒリーおじさん」

「ああ、ひどい話だ。恐ろしい。いったいなににとりつかれていたんだ？　仮死状態だとか、低温なんとかだとか。あれだけの水素で街が吹き飛ばなかったのがふしぎなくらいだ」彼はバター入れをつついた。「これはバターとは思えんな……ロビーのやつはあのキノコを食べたんだったな。ジョージは雷に打たれた。マリオンとフレッド。それにダフネは、あの大波、ツナミだったか？　ハリケーン、地震。岩盤すべり。神のなせるわざだ。一族全滅だ」

彼はため息をついた。Pは彼の手をしっかりと握りしめた――父親が母親を心底恋しがっていることはよくわかっていた。

「おまえとわたしだけだ」彼はもの思わしげに彼女をじっと見つめた。そのラベンダー色の瞳は冷えびえとしていた。いかにもストーンヘンジのドルメンをつくった人びとの子孫と思えるまなざしだった。

「これからすべておまえの名義に書き換えようと思う」あまり大きな声ではっきりといったので、隣のテーブルの弁護士たちは思わずあたりを見まわした。「びた一文残さず。なにもかもおまえに引き継いでもらう」

「まあ、お父さん！　お父さんの面倒はわたしが見るわ」

彼は微笑んだが、希望を持っているようには見えなかった。彼女は、父親はなにを知っているのだろうといぶかしみながら彼の手をぎゅっと握った。

「おまえのお母さんは」彼は低い声でいった。「おまえに話したことはなかったが……おまえが生まれる前に、お母さんはお腹に石の赤ん坊が見つかったことがあるんだ」

「え、なに？」

「そういうんだよ。なんとかいう、ちゃんとした呼び方はある。実際には赤ん坊とはいえなかった。骨と歯だけだ。それと髪の毛。とりだしてもらうしかなかった」

「ああ、なんてことなの、お父さん。なんて恐ろしい」

「そうだな」彼は見当ちがいの愛情をこめて、彼女を見つめた。「おまえも気をつけなさい」


石の赤ん坊？　とPは思った。〈彼〉、なにをしようとしたのかしら？

ゲートで抱擁しあったとき、父親はまた大きな声でいった。「すべておまえの口座に入れるから。わたしには無用のものだ」

しかし彼は手間どりすぎたようだった。その週末、隕石がヴァーモント州エックワノックを襲って十五個めの穴をあけ、父親と通りかかったシマリスが命を落としたのだ。

Pははじめて真の嘆きというものを知った。なんと無慈悲な〈彼〉の愛。他者を切り離していく。彼女はいつになく厳粛な気分になり、さめざめと泣いた――これは子どもの遊びではないと、ようやく悟ったのだ。

彼女は粛々と宇宙論の勉強にとりかかった。地球の幼児期は、彼女とおなじくアンモニア臭の漂う空気が特徴のひとつだったと知って、彼女はうれしくなってしまった。〈彼〉より大きな惑星は、もう一組の親類のおじさんたちのように思えた――木星は謎めいた放送を流しつづけ、土星は太っちょでリングをはめていて、天王星はどてっと横になって旅している。〈地球〉が平均的な惑星にすぎないという説は認めるわけにはいかなかった――彼女にとって〈彼〉はすばらしい存在なのだ。そして登場するのが、黄色い太陽。惑星たちはみな忠実に太陽のまわりをまわっている。

ここで最初の心痛が彼女を襲った。

あの光り輝く天体と〈彼〉とのつながりは正確にはどんなものなのだろうか？　〈彼〉をあそこまで引きつける〝重力〟とはなんなのだろう？

彼女はサイエンス棟の入り口の階段でぴたりと立ち止まり、目を細めて太陽を見あげた。〈彼〉の暮らしの中心、彼のホットなスター。ひょっとして――あのブロンドの星界の存在が〈彼〉のほんとうの恋人ということはありうるだろうか？　だれもが認める正当な〈彼〉の伴侶ということは？

あまりの衝撃に、彼女は階段にしゃがみこんでしまった。閉じた目には炎が燃えあがり、心には屈辱が渦巻いた。当然だわ、と彼女は思った。彼女は〈彼〉と対等だもの。わたしはつまらない存在――オモチャ、彼の気晴らし相手の小動物。彼女――光球部分で華氏一万一千度の彼女こそが〈彼〉の奥さんなんだわ！

その日のそれからあとのことは、セコナール（鎮静・催眠剤）を何錠か飲んだことしか覚えていなかった。

翌朝起きてみると、この最初の悪夢は消えていた。なんてばかだったのかしら、と彼女はいぶかしんだ——こんな単純なゲシュタルトが見えていなかったなんて。小さいものが大きいもののそばにいる——太陽は〈彼〉の奥さんじゃない、〈彼〉の母親よ！

彼女は安堵して授業にもどった。しかしそこでまたあらたな衝撃を受けたのだった。〈地球〉は親星のまわりをとても長いこと回っていると、彼女は教わった。じつに五十億年だ。いくら星の世界のこととはいえ、息子が母親にまとわりつく期間としては長すぎる。どうして〈彼〉は自立しないのだろう？　ほかの惑星きょうだいたちも永遠に母親のそばに残ることになんの不満も感じていないらしい。なんて嘆かわしい！　でも、待って——小惑星はどうなのだろう？　もしかしたらボーデの法則にのっとった五番めの場所に惑星があって、それがどういうわけか爆発して自由になり、卵からかえって飛び去った、そしてそのあとに殻のかけらが残ったのかもしれない。だとしたら〈地球〉がおなじことをする可能性もある！

彼女は教授に質問した。そして希望は潰えた。あのごちゃごちゃした岩石群は、その質量から考えて、生まれなかった、あるいは早くに死んでしまった惑星のかけらにすぎないのだという。早くに死んだって、まるで——彼女は身ぶるいした——石の赤ん坊みたい。

脱出した惑星はひとつもなかった。〈彼〉は永遠にとろとろと母親のまわりを回りつづけるのだ。そう考えると気が滅入った——願いは輝かしく成就すると長いこと信じてきたのに、その確信がすっかりしぼんでしまった。彼女の大いなる愛は、息子が家に花嫁を連れてきて、母親の支配のもと、永遠にものうく回転しつづけるというブルジョア的なフランスの道化芝居もどきの終幕を迎えてしまうのだろうか？　ありえない！〈彼〉がたどるべき運命は、まちがいなくもっと壮大なものだ。〈彼〉はなんとしても自由になるつもりにちがいない。彼女にはその手助けができるはずだ！

彼女はまた教授を捜しだして〈地球〉が軌道を離れて宇宙に飛びだすにはどれくらいの力が必要なのかと質問した。（教授は彼女の若い膝がふるえているのを見て、教職は聖職なりと自分にいいきかせた。）教授の答えはなんだか支離滅裂で、彼女は落胆のあまりなにをいわれたかはっきりとは覚えていないありさまだった。ただ、〈地球〉を動かすなど、人間の能力ではおよびもつかない問題だということはわかっていた。たとえ〈地球〉がロケットのように〈彼自身〉を発進させることができたとしても、軌道が大きくなるだけ。〈彼〉は罠にかかっているのだ！

彼女は〈彼〉の存在を感じたい、支えとしている〈彼〉の深い信頼を感じとりたいと願いながら、とぼとぼ歩いて冬の浜辺に出た。考えてみると、ここしばらく〈彼〉を身近に感じたことがない。いったいどうしたのだろう？　ああ、あなた、あなたはどこにいるの？　わたしに話しかけて、と彼女は心のなかで訴えた。寄せ波がむなしく砕けるだけ。なにも返ってこなかった。

　ふと罰当たりな考えが頭をよぎった。もしかしたら〈彼〉はここがあまりにも居心地がよすぎて、なにも考えず母親のもとにいることに満足しきっていて、離れる気になれないのかもしれない。彼女はそんな考えを追い払おうと、手にしていたもみくしゃの手紙に目をやった。ラインホルドからの手紙だ。また財産がうんざりするほどふえていた。また〈彼〉からの贈り物――でも彼女が待ち望んでいる贈り物ではない。

　海岸沿いの山並みの上に月が昇っていく。それとともに恐ろしい考えが浮かんできた。前に、焼きグレープフルーツに毎度ダイヤのイヤクリップをしのばせるようなことをする年配の男にしつこくされてうんざりだったことがあった。彼女を待ち伏せしてはぞっとするようなみだらなまなざし、そして贈り物、贈り物、贈り物、贈り物……。

　もしかして〈地球〉は……年寄りなの？

　いいえ、まさか！　そんなことはないわ！

　だが、やつれた月を見つめているうちに、そうにちがいないと思えてきた。ああ、そうよ――それでなにもかも説明がつく。こちらが錯覚を起こすようなかわいがり方、くすぐり方、なんのあてもない約束。切りのないむだな贈り物。彼女の一族を皆殺しにして、彼女をひとりきりにしたのは――あれは年寄りの嫉妬？

　五十……億……歳の？

〈彼〉は男盛りの若い恋人ではない、〈彼〉は年老いている――年寄り――老人！

そして夜空にかかるあのくたびれた月――彼女こそじつは長年連れ添った〈彼〉の妻なのではないだろうか？　ああ、それは年寄りだからにきまっている。〈彼〉はなぜ何度も密使を送ってよこすようなことまでしたのだろう？　わびしすぎる。耐えられない。

彼女は砂に崩れ落ち、子どものように泣いた。しかし泣きやんだときには、またあらたな真実に気づいていた。彼女はまだ〈彼〉を愛していた。〈彼〉が年とっているのは、と彼女は辛いながらも考えた、〈彼〉のせいではない。それはそれとして受け入れて、〈彼〉の人生の残照のなかでなにかよろこびを見つけていくしかない。あまりにも長く〈彼〉を愛してきたから、〈彼〉への愛は断ち切れない。わたしには〈彼〉しかいない。

すっかり気力を失った彼女は、ただただどこかへ逃れたいと思うばかりだった。大学を離れ、ヒリアードおじが遺した特許権の主なものを天文台に譲ることはしたものの、自分では二度と星を見る気にはなれなかった。だれかが〝火星の古代の砂〟をネタに冗談をいっただけでわっと泣きだしてしまうありさまだった。

どこへいって、なにをしよう？　彼女は衝動的に〈彼〉の最初の神殿だったあの森に飛んだ――森は縮んで、生気を失っているように思えた。それだけで彼女はあの大岩のところまで歩くこともせず、不動産屋に鍵を送りつけて――かつての彼女なら、とても考えられないことだ――ニューヨークのペントハウスにもどってしまった。

これはまぎれもない彼女の人生のどん底だった。が、ひとつだけ例外的な出来事があった。ひとりになるのが怖くて、彼女は誘いを受ければ手当りしだい出かけていったが、笑い声が耐えられず、やあという声に囲まれただけで逃げ帰っていた。何人か恋人をつくったけれど、ろくに名前も覚えていなかった。ラインホルドは、彼女が〈彼〉に祈っているのを目撃して、精神科医を二人、送りこんできた。彼女がどちらと話すのもいやだというと、電気工に変装したのをよこしたが、その男はヒューズボックスをいじって手に火傷をする始末だった。

こうしたどん底のなか、のちに彼女が〝前兆のとき〟と呼ぶことになる日々がはじまった。だが当時の彼女は悲しみにうち沈み、なにも理解できていなかった。

その日々は静かにはじまった。まず彼女宛ての花屋の請求書がアラスカに誤配された。彼女が自動車修理工場に電話すると、出た相手はカナダのラブラドルに住む子どもだった。春になると、郵便受けに北極旅行の宣伝があふれ、ある旅行代理店は彼女が依頼したといって、ハドソン湾行きチャーター便の詳細なスケジュールをつぎつぎに送りつけてきた。

やけになった彼女はあたらしい恋人にいわれるまま、モンタナの自然保護区にある会員制スキー場に出かけた。朝までに恋人を決定的に怒らせてしまった彼女は、レンタルしたメルセデスとの待ち合わせ場所まで、ひとり、スキーで向かった。動物たちのようすがおかしかった。アンテロープが三頭、触れそうなほど近くまでよってきたり、オオヤマネコがすぐ横を並んで走ったり。休憩しているとコヨーテが一匹近づいてきて、パーカをやさしく噛んでひっぱった。

「あなたもわたしとおなじくらい、いかれてるわね」彼女は悲しげにコヨーテに話しかけた。

メルセデスで空港へ向から途中には、ハクガンの群れが車すれすれに飛びつづけるので、ついに彼女は運転手にいって車を停めさせた。ハクガンは目の高さのところをぐるぐる旋回してしつこく叫んだ。北へ！　北へ！　彼女は飛行機にのるために、やれやれと首をふりながら車を発進させたが、車のコンパスの針がくるくる回っていることがなんとなく気になってはいた。

ついに〈**行動**〉がはじまったのは、その機内でのことだった。

彼女を家に送り届ける付添い役としてきていたのはエイモリーという若い召使だった——弁護士たちは、エイモリーでもつけてやらないと、と感じていたらしい。彼は電話魔の、人畜無害の若者だった。彼女をファーストクラスの座席に着かせながら、彼はなにやらニュースできいた話をぺらぺらとしゃべり、彼女は毛皮にくるまって、なんの意味もない世界に耐えていた。飛行機は闇のなかを飛びつづけた。やがて前方の操縦室で何事かあったようで、人が頻繁に出入りし、スピーカーから緊張した声で、ご安心くださいというアナウンスが流れた。エイモリーはやきもきして駆けまわっていたが、Pは毛ほども気にしていなかった。

ついに飛行機が着陸した。クリーヴランドに。訂正——クリーヴランドではなく、カナダはケベック州のヴァルドールという見知らぬ街に。これには彼女も反応した。ドアがあくと、彼女はエイモリーを走らせて、機長がくるのを待った。

「機長、なにがあったんです？」

機長は、ラウンジチェアから身を起こしつつある青白い贅沢品を鋭い目つきで見やった。

あさはかにも、彼は長いこと見つめすぎてしまった――精神状態がぼろぼろだったせいだ。ドアへと向かいながら、彼は計器類が魔法にかかったとか、ビーコンのゴーストがどうしたとか、無線の混信があったとか、試練の数々をべらべらとしゃべっていた。

「ジェット気流が完全におかしくなってましてね」と機長は彼女にいった。「ここはオハイオの北五百マイルの地点です。すみません。おっ、ご覧なさい！」

かれらはタラップのいちばん上にいた。見あげると夜空にオーロラが光り輝いていた。緑色の炎のロープが輪になり、神秘的な光を放ち、黒い地平線のトーチに矢のようにまっしぐらに飛んでいき、さざ波となって崩れ、すぐにまたかたちづくられていく。

彼女は、矢の中心に北極星があるのを認めた。北……？　彼女の魂の天然磁石がふるえ、失われていた絆の感覚が骨のなかで目覚めた。過去何カ月かのあいだにあらわれた無意味なシグナルが、すべてカチリとかみあった。彼女は機長の腕に手袋をした手をおいた。

「機長、わたしはここでおりることにします」彼女はひきつった笑みを浮かべていた。「どうか……もう一度、計器類を試してみてください。呼ばれたのは、わたしだと思いますから」

エイモリーはちっぽけなチャーター会社のオフィスで彼女を見つけた。彼女は水上飛行機ビーバーをチャーターして、ムースニー経由でチャーチルまでいく契約を結ぼうとしていた。

「エイモリー、あなたは家に帰りなさい。きてもらう必要はないから。それに危険なことになるかもしれないしね」

これがまちがいだった——エイモリーが頻繁に電話をかける相手のひとつが、彼女が入っている保険会社だったのだ。彼が帰りそうもないとわかると、彼女は機種をオター《かわうそ》に変更し、彼に空港内のモーテルの部屋を予約するよういいつけた。

　彼女の足はガクガクふるえていて、部屋までたどりつくのがやっとだった。彼女は明かりもつけずに椅子に沈みこみ、音もなく燃える天空を見つめた。白やバラ色や緑色の冷たい火——宇宙のベールがからみあい、離れ、トーチになり、北へと飛ぶ光の矢になり、それがくりかえされている。ついに彼が呼びかけてくれた、と彼女は何度も何度もつぶやいた。ついに、やっと。全身に密封されていた泉の水が融けだし、目から涙が流れでてきた。愛しい人が呼んでいる、〈彼〉がわたしを必要としている！　年寄りだろうと、病んでいようと、死にかけていようと、それがなんだというの？　わたしはあなたのものよ、いまいくわ、いまいきます……。彼女は一晩中、窓のそばにすわっていた。

　夜が明けると同時に彼女とエイモリーはオターにのり、バッバッとエンジン音を響かせて北に向かった。エイモリーはどうなのかしら、と彼女はいぶかしんだ、彼も必要とされているのかしら？

　ムースニーで答えが出た。電話をしようとせかせか離着陸場を横切っていたエイモリーが、叫び声とともに姿を消したのだ。足元の排水パイプが潰れたのだった。Pはエイモリーを脳震盪とAT&Tのテレホンカードつきでムースニーの診療所に残して、出発した。オターはエンジンフル回転で北上をつづけた。

眼下の湿原は湖と低木林がモノトーンのモアレを描き、雨の島が影を落としている。ときおり見える灰色の部分は、焼失地帯やキャンプのゴミだ。Pは、うねる水のパターンが陽射しが変化するにつれて暗い色から明るい色へと変わっていくのを見つめていた。あなた、いまいくわ——いくわ——いくわ！　と彼女の心臓はピストンの作動音にあわせて歌っている。飛行機は燃料補給のために低木林地の貯蔵所に着陸した。彼女はキャビンに入りこんだブユの群れにも気づかず、黙ってすわっていた。

二度めの燃料補給のときには、パイロットもあからさまに彼女を見るようになった。彼は赤ら顔のベテランで、無口な性質《たち》だった。彼は彼女に虫よけの薬をすすめてくれた。

「いえ、けっこうです」と彼女が笑顔で答えると、彼は首をぴしゃっと叩いて、若い頃には猥褻といわれた曲を口笛で吹きながら、少々荒っぽく離陸した。

一時間後、彼女は航空図を見せてほしいといいだして、パイロットを驚かせた。彼はちびた鉛筆で飛行方向を大雑把に書いてよこした。彼女は航空図の凡例を確認すると、ぱっと顔を輝かせて座席の背にもたれた。

彼女は針路がおおよそ磁針偏差がゼロの地点に向かっていることをたしかめたのだ。あの矢が彼女を呼びだしたのは、地軸の北ではなく〈彼〉の北磁極だった。いうまでもない——神秘的な〈彼〉の光輝の源泉だ。正確にはどこか？　北緯七十五度、西経百一度、ブーシア半島の上あたり。バサースト島でいいはずだ。ああ、あなた、急いでいくわ！　飛行機は悲惨なほどのろかった……。

パイロットのヘッドセットがガーガーいいだした。彼はじっと耳を澄ませ、周波数帯を変え、悪態をついてまた耳を澄ませている。前方にチャーチルの海岸線が見えてきた。パイロットが機首をさげる。長い航跡が二本、カーヴを描いて東へのびているのが見える。港にはタンカーがたった一隻、寂しく残っているだけ。離発着場も空っぽのように見えたのだが、意外なことに二機が離陸して南へ飛び去るまで、かれらは夕陽のなかを旋回して待たなければならなかった。

着陸すると、彼女はパイロットのあとについてターミナルの人込みを抜け、壁に貼ってある大きな航空図を探した。

「北のほうの、ここ、スペンスベイまでいってもらえます？　それからもっと北へもいけるかしら？」

「もちろん」彼はクリップボードの書類に任務完了のサインをした。「来週なら」

「あら、だめよ。あしたでないと。朝一番で」

「いやあ、明るくなったらすぐにチブーにいく予定になっているんでね。ウィニペグから強力な前線があがってきてるし」

「でも、どうしてもいかなくちゃならないの！　だって——だって、とっても大事なことなんですもの。料金は倍でもなんでもかまわないから——」美しい瞳をうるませ、両手で彼の腕をぎゅっとつかむ。

「お嬢さん、わたしなら純金の、うーん、ペロペロキャンディをもらったって、ここにとど

「ああ、お願い——ねえ、飛行機を見つけてもらうわけにはいかないかしら？　どうしても、いかなくちゃならないの、わたしの——大事な人が向こうにいるんです」

彼は眉間にしわをよせて彼女を見おろすと、いきなりクリップボードで壁をバンバン叩いた。「だれか、あしたの朝、スペンスベイにいけるやつはいないか？　お嬢さんが、たんまり払うとおっしゃってる」

気象情報を流す電光表示のまわりにいる男たちがちらっと顔をあげたが、すぐに視線をもどしてしまった。が、ひとつだけ、じっとこちらを見ている顔があった。ヘアスタイルをリーゼントふうのポンパドールできめた痩せっぽちの若い男だ。

「よう、フランス人、おまえまだそのタンクのっけてるのか？」

「おもしろくないね」若い男は一歩まえに出た。Pは淡い藤色のマネークリップをそっととりだして、百ドル札をめくりはじめた。

「フロートがパンクするかもしれない。いや、もっとひどいかもしれない」

彼女は一枚、もう一枚と、男がぺこりとうなずいて近づいてくるまで札をめくりつづけた。

「危険なことはわかっていますね？　マダムは、いいカモの仲間入りをする覚悟はできていますか？」

「お嬢さんはだれかを見つけたいんだそうだ」

「はあ」

「燃料は積めるだけ積んでね」彼女は男にいった。「スペンスベイより先にいかなくちゃならないかもしれないから。わたしの荷物はぜんぶここに置いていきます。何時に出発できるかしら？」

「三時に、マダム」

こうして〈彼〉への旅の最終段階がはじまった。彼女はまだこれを癒しをとどけるという使命をまっとうするための旅と考えていた。

その夜、彼女は一晩中、空港待合室の椅子にすわって防風窓にほっぺたを押しつけ、〈彼〉の輝きを見つめていた。チャーチルはオーロラの名所だ――オーロラ観測所もある。しかしその夜のオーロラは桁外れにすばらしいものだった。色とりどりの円弧、光線、フラッドライトの追いかけっこ、空いっぱいにひろがるたっぷりとドレープの入った炎のカーテン、無音の大火。ときおり、ボトル片手に空を見あげる黒い人影がタール舗装の滑走路にさまよいでてきた。天頂はエメラルドやルビーやジルコンをしたたらせ、ダイヤモンドのスポークのなかで渦を巻いた。

Pは、〈彼〉がなにが必要なのか明かしてくれるのではないかとむさぼるように見つめつづけた。オーロラが太陽のフレアと関係していることは、彼女も知っていた。もしかして、〈彼〉の母親も呼びかけているのだろうか？　彼女はくちびるを噛み、無線技師が大丈夫かと問いかけているのに気づいた。

「ええ、ありがとうございます」

無線技師は空電にのっとられてしまったコンソールの電源をバチンと切って、簡易ベッドへと向かった。ほどなく、いびきが聞こえてきた。と、天空の炎の動きが激しくなった。まるで脈を打つように、官能的なリズムにのってなめらかに動いている。Pの心臓がドンッ、ドンッと鈍い音をたてはじめた。なぜかこの光のショーには弱々しいところがまったくない。助けをもとめているとは思えない……。〈彼〉はいったいなにを伝えようとしているのだろう？

突然、真夜中の虹がぐるぐると回り、無窮のさざ波を立て、ばらけていった。子宮がきゅっとちぢこまるほどあからさまにエロティックな脅し文句が炎の絵文字で示されたのだ。

あのじらし方は年寄りがすることだろうか？

ちがう！　と彼女の身体が答えた。

空の高みで破廉恥なかたちが爆発し、彼女の悲しい思いちがいを運び去ってくれた。〈彼〉は年寄りではない、病気でもない！　〈彼〉は若い！　若くて最高に男らしい。そして、いつかこうなると信じていたとおり、〈彼〉のもとへこいと呼びかけている！

光輝が四方八方に花開いて、いいようのないほど激しい誘惑のかたちをとるのを見ながら、彼女は声をあげて泣いた。ああ、あなた、愛しいあなた、愛しいあなた——。

ついに空が白みはじめて短い夜が明けると、パイロットがやってきた。いよいよ彼女の最後のフライト、婚礼へのフライトがはじまるのだ。〈彼〉へのフライトが。

灰色がかった黄色い空のもと、ふたりは飛び立った。背後に、南へと飛んでいくほかの飛行機の明かりがまたたくのが見えた。前方の北の空はおだやかに晴れている。パイロット——名前はエドワールだとわかった——がヘッドセットをほうりだした。

「気圧があがっている」彼はにやりと笑った。「かの有名な前線は、どこにあるんだ？」

時はのろのろと這うように進んでいった。フル装備の水上機ノースマンは一歩一歩ゆっくりと北上していく。Pは退屈しのぎにエドワールの複操縦装置の説明に耳を傾けた。彼女は、うしろから飛んできた雲の切れ端が機体をかすめて飛び去っていくのを見て、自分の無謀さを後悔しはじめていた。ふりむくと、南の方角に大きな層雲の土手が見えた。すっかり真顔になったエドワールが、ちぎれ雲の上へと飛行機を上昇させる。ちぎれ雲は急速にしっかりとした羊毛の床になっていき、右手からのまだ低い太陽の光を受けて白く光っている。

Pは通気孔からの空気が温かくなっているのに気づいた。熱帯の空気といってもいいほどだ。うれしい驚きに口元がほころぶ。〈彼〉のブライダル・エア！　ノースマンのエンジンまでが、より静かに敏捷に動いているようだ。しかしエドワールの表情は険しくなる一方だった。

「どうしたの？」

「追い風です」彼はDDFトランシーバーのアンテナをゆさぶって、ふたたび無線を試した。「ぜんぜんだめ。確認します」

飛行機が機首をさげて灰色の羊毛のなかに入ると、気温がさがった。ついに雲の下に出ると、眼下には水面がひろがっていた——ハドソン湾だろうか？　イヤホンがキーキーいいだすと、エドワールが悪態をついた。まさか、といいたげな口調だ。彼はノースマンを傾け、Uターンさせた。

「マダム、すみません。もどらなくてはなりません」

「だめ、だめよ！　どうしてなの？」

「あの上空のクレイジーな風、四百キロです。カナダ空軍《RCAF》が全員退避しろといっています。スペンスベイにはもうだれもいませんから、マダム、いってもむだです」

「ああ、だめよ、お願い！」彼女はコンパスの針がゆれて無情にも百八十を指すのを恐怖のうちに見つめていた。南、〈**彼**〉から遠ざかってしまう。

「マダム、選択の余地はありません。残念です」

「エドワール、この飛行機はいくらするの？」

「この飛行機？　ああ、だいたい二十六万から三十万USドルくらい。磁気計はべつです」

彼女は上品な藤色の口座振替ユニットに暗証番号を打ちこんでいた。そして親指で指紋認証し、小さな金色のスタイラスでサインをすると、紫色のクレジットチップが出てきた。

「さあ、エドワール。わたし、あなたの飛行機を譲ってもらいたいの」

彼はチップを見て、また見直し、ピュウと口笛を吹いた。

「受け取って、エドワール、大丈夫だから。証明残高、見る？」彼女はユニットをさっとひっくりかえして九ケタの数字を見せた。「その支店に連絡して、たしかめてくれていいわよ、費用は持つから」

「信じますよ、マダム。でも、この飛行機をあなたに売ったとして、そのあとは？」

「そのあとは、また北へ連れていってもらうわ。わたしの飛行機なら、あなたは心配することないでしょ」

彼は彼女の手をそっと押し返した。「信じてください、マダム、残念ですが、死人に金は必要ない」

「エドワール！　お願いよ、わたしは北へ、愛する人のところへいかなくちゃならないの——わからないの？　いくらでも払うわ！　お願いよ——」

「ほんとうに残念です、ほんとうに」表情はゆれ動いていたが、針路を変える気配はなかった。「ぼくは臆病者ではありませんよ、マダム。じゃあ《ヴォワィヨン》、この嵐が止んだらすぐに、スペンスベイでもどこでも連れていきます！　ただで！」彼はやけ気味につけ加えた。

「だめ、だめ、だめ……」彼女はすすり泣いていた。ノースマンは灰色の空間を骨折って進んでいく。コンパスは無情にも百八十度を指したままだ。それに抗議して彼女の全身が煮えたぎり、北へもどれと疼く。彼女がなすすべもなく連れ去られていく一方、上空では〈彼〉のブライダル・エアがむなしく吹き渡っている。どうしよう？　エドワールに着陸するようたのんで、あとはひたすら歩いて北に向かうべきだろうか？　でもここでは無理な話だと、彼女にもわかっていた。それに靴が。助けて、あなた！　助けて！　しかし、〈彼〉にどう助けろというのか？

飛行機は低く唸りながら、闇雲に南下していった。何時間も、何年も。ついに窓の外が明るくなってきた。雲の上の陽光のなかに出たのだ。エドワールがくるっとふりむいた。

「太陽が！」彼は息を呑み、コンパスをドンドン叩きはじめた。

太陽？　太陽はかれらの左後方にあった。となると、南へ飛んでいたということはありえない！　かれらは北へ飛んでいたのだ――最初からずっと！　〈彼〉に向かって！

あまりのうれしさに頭がくらくらして、彼女は座席の背にもたれかかった。ああ、あ、あなた、あなたの力を疑うなんて、どうかしていたわ。彼女の隣で、パイロットは狂ったように操縦装置を蹴ったり、ひっぱったりしている。ノースマンは片翼をさげ、もう一方の翼をさげたと思うと強風のなかへと上昇し、順調に北をめざして飛びつづけた。コンパスは楽しげにくるくると回りっぱなしだった。

「なんだこいつ、ぶっこわれてる！」エドワールが愕然として、目をぐるりと回した。「なんの役にも立たない！」

彼女はあまりのうれしさに、こういうのがやっとだった。「大丈夫よ、エドワール。ほんとうに。怖がらなくていいのよ」

だがそれは無理な話だった。彼は操縦席で右に左に身体をひねり、〈彼〉が吹かせる途方もない風にのって奇妙なものが飛行機といっしょに飛んでいくのを息を詰めて眺めていた。彼女も、ヤシの木や家の屋根、看板やなんだかわからない破片がからまりあったものが明るい陽光を浴びて、雪のように白い雲の用水路の上をゆっくり回転しながら飛んでいくのを目撃した。大きなハゲワシのような鳥――ひょっとしてコンドル？――も、ぎくしゃくと飛んでいく。

「あ――飛行機だ！」エドワールが双眼鏡をつかんだ。ずんぐりした四発ジェットが斜め飛行で、うしろから近づいてくる。合衆国空軍のマークらしきものが見える。

「ドアがあいている」エドワールがつぶやいた。「放棄したんだ」彼は十字を切って下をのぞきこんだ。「あれがスペンスベイだと思います」前方の雲のなかに、乱れた切れ目がある

――海岸だ。エドワールはフラップ操作ボタンを叩いて、エンジンのスイッチを切った。

なにも起こらない――プロペラは唸りつづけている。

彼はくるりと目を回し、お祈りの言葉をつぶやいた。海岸が近づいてくる。彼女は考えた

――エドワールはどうすればいいだろう？　人生の至高の瞬間に彼がいっしょというのは耐えられない。〈彼〉はどうしようと思っているのだろう？　それともこれも、男が伴侶にうまく対処することを期待している雑事のひとつなのだろうか？

エドワールはもうしゃきっとして、パラシュートをひっぱりだしている。「飛びおりますよ、マダム」彼は彼女にパラシュートをさしだした。

が、彼女はクレジットチップをとりだして彼の手に押しこんだ。彼が顔をあげると、彼女は奥の壁にはりついて、金色の小さな容器を指差していた。

「あなたは飛びおりなさい、エドワール。わたしは残ります。わたしはなんの問題もないから。ばかなまねはしないでね、さもないとこの毒ガスで動けなくしちゃうわよ」

「でも、だめですよ、マダム！」

「エドワール、いきなさい！　わたしは本気よ。これが自然現象だと思う？　いま飛びおりないと、死ぬことになるわよ！」

「あなたも飛びおりないと、ぼくは——」

彼が彼女のほうに手をのばしたそのとき、彼の横の窓が内側に割れて、暖かい空気とパースペックスの破片がキャビンじゅうに渦巻いた。大きな濡れた物体が割れた窓にはりついて、触腕をふりまわしている。

エドワールが、ヒャーと悲鳴をあげた。彼は、いまや聖エルモの火が輝く翼の向こうを見おろし、ふりむいて、狂った美女を見た。そしてフランス魂が支配権を引き継いだ。彼はクレジットチップをポケットにしまうと、ぺこりとお辞儀をしてドアから飛びだしていった。めでたくひとりになれた！　Pはうれしくてうれしくて笑いながら操縦席に移動すると、ドアを閉めた。飛行機は独力で問題なく飛んでいられるようだった。〈彼〉の息の流れにのったオモチャだ。太陽に照らされた眼下の雲の洪水がじっと動かずにいるように見えるほどのスピードで、彼女は北に向かって飛んでいた。イカはいつのまにか吹き飛ばされていた。イエネズミ、でなければレミングの群れがまたたくまにとおりすぎていく。

Pはちらりとうしろを見た。南の空は高くそびえる暗黒の壁におおわれている——その壁は沸き返り、鈍い閃光を放ち、水平線のカーヴに沿って彼女を追ってくる。暖気が凝縮を引き起こしているのだと、彼女にはわかっていた。この嵐の壮大なピストンが、彼女がのっている熱気流のうねりを生んでいるのにちがいない。〈彼〉の腕のなかへと送りとどけてくれるハイヤーだ。それもこれもすべて彼女のため！　ああ、あなた、わたしはついに価値ある存在になったの？

　彼女は有頂天でトーク（小さなつばなし帽）をとって手袋をはずし、髪を梳きはじめた。〈彼〉からの合図を待ち、熱望し、必死に努力しながら、〈彼〉の愛は得られないとあきらめた日々。ところが、こんな日が待っていたなんて！　彼女はブラシをしまい、しなやかに手を動かして買ったばかりのアメジスト色の毛皮をふわふわにふくらませた。そしてチャーミングな下着も……考えてみたら、もう少しであのひどいこげ茶のスエードのをはいてくるところだった！　もちろん〈彼〉はそんな細かいことには気がつかないだろう、と彼女は思った——男はたいていそういうものだから。でもそれなりの雰囲気を〈彼〉もよろこんでくれるはず。最後には……最後にはどんなに美しい花嫁衣裳も無用のものになるように、なにを着ていたって用済みになってしまうのだけれど。

　あそこがみだらにひくひくとふるえている。彼女は希少な香水（あの金色の容器）をつけて座席に深々ともたれた。〈彼〉を受け入れる準備はこれで完璧だ。

　外では太陽が雲に緑とアプリコット色の影を投げて、西のほうへころがっていく。暗くならないんだわ、と彼女は気づいた——きょうは夏至の前夜じゃないの。ああ、なんてすばらしい！　音楽も聞こえてきた。ドキンドキンと巨大な心臓が鼓動するような、骨をふるわせるメロディアスな響き。〈彼〉の心臓の鼓動だろうか？　彼女自身の心臓も高鳴っている——

——飛行機が高度を失い、雲に向かって沈んでゆく。**それ**がほんとうに起ころうとしている！

身の内から温もりが湧きあがってきて、その心地よさに手足が重くなる。〈彼〉があらわれてくれれば、〈彼〉がほんのわずかでも触れてくれれば、無上のよろこびが痛いほどはっきりと感じられることだろう。痛みさえ無上のよろこびになる……些細な考えがちくりと彼女の心を刺した――〈彼〉はとても大きい。〈彼〉――〈地球〉そのもの――は、実際どうやって彼女を抱くのか？

ほんとうに痛かったらどうしよう？

彼女は信義に背く考えを押しもどした。飛行機はいまや雲のてっぺんをかすめて飛んでいる。前方に、なにか光るものが突きだしているのが見える。いったいなんだろう？

ぐんぐん近づいてきた。巨大な氷のペニスだ！　昔、見たキノコのようだけれど、高さは何マイルもあって――ああ――おぞましい！　デフォルメされていて――縁が荒々しく隆起し、ふくれあがっている――獣欲的で――悪鬼のようで――。

Pはじめて恐怖心に襲われ、あえいだ。この先にほんとうはなにが待ち受けているのだろう？　〈彼〉のことを実際どれだけ知っているのだろう？　〈彼〉が彼女の親類縁者を死に追いやったとき、彼女はそれは愛ゆえだと思っていた――だが、もし〈彼〉が彼女を愛していなかったら？　もし〈彼〉が残酷な男だったら？　あるいはまったく異質の存在だったら？

自分の小さな身体がいかに脆弱なものか、彼女ははじめて自覚した。気温が少し変わっただけで、石ひとつ落ちてきただけで、わたしは死んでしまう。〈彼〉は山を吹き飛ばす、

い。わたしは狂っていた。身の毛のよだつような死に向かって突っ走っていたのだ！〈彼〉はわたしが住む世界だ！〈彼〉の愛さえ、わたしを生贄として焼き殺すにちがいな

彼女が泣き叫んでいると、また氷でできたおぞましいものが二つ、飛びすさっていった。まるで、ばらばらになった彼女の血まみれの死体をのぞきこむ巨大な非人間的な顔のようだった。飛びおりることは、脱出することはできるだろうか？　彼女は背後に迫ってくる不気味な嵐の壁を見つめながら、パラシュートを握りしめた。

壁は生きているかのように陰鬱にのたくっている。と、みるみるうちに巨大な乱雲が二つふくれあがり、合体して、なにかのかたちになっていった。それが彼女の恐怖をゆっくりと刺し貫く。目だ！　ただし宇宙規模の壮大な目。神々しい曲線を描く、まちがいなく若くて男性的な目。その目のなかで、やさしく稲妻が飛び交っている。まるで愛の光線のように。

身じろぎひとつできずにいるPのまえで、雄大な上下のまぶたがウインクするように閉じて、また開いた。惑星的やさしさに満ちたウインク。

彼女はどさりと座席の背にもたれた。恐怖は消え去った。いったいどうして〈彼〉を疑ったりしたのだろう？　こんな〈彼〉を感じるのははじめてだったが、〈彼〉が熟考するタイプであることはよくわかった。あの飛行機の機器類のコントロールの仕方、なんと絶妙だったことか！　もちろん〈彼〉は彼女にやさしくしてくれるはずだ。〈彼〉はすべて承知している——なんであれ〈彼〉がプランを立てるのなら最高にきまっている。また途方もなく巨大な氷の男根がとおりすぎていき、彼女はよろこびを爆発させて、声をあげて笑った。ああ、

あなた、あなたの腕のなかへ――。

突然、飛行機が雲のなかに飛びこんで、キャビンが真っ暗になった。飛びこむ角度が急すぎる気がした――彼女は、もしかしたら〈彼〉が手助けを期待しているかもしれないと考えて、おずおずと操縦装置に触れた。人生の目的が成就するときに、フォンデュの泡みたいにはじけてしまうのは、ふさわしくないのでは？　薄闇のなか、なにかがびゅんとかすめ飛んでいって、キャビンがゆれた――遺棄された貨物機だった。前方の薄闇のなかに明るいところが見える。その雲の切れ間の陽光のなかに飛行機が突入すると同時に、彼女はだらけた手足を無理やり動かして、どこへ向かってどう急降下しているのかチェックした。下には冷たい緑色の海がひろがっていた。

彼女がいるのは、ハリケーンの目のような、雲のなかにぽっかりあいた巨大なクレーターだった。氷の高峰がそこらじゅうにそびえていて、開けた海面は細い海峡だけだ。ノースマンは依然としてとんでもない猛スピードで飛びつづけている。着陸の仕方は？　どうでもいい――ここには〈彼〉がいる、すぐそこに〈彼〉がいる、〈彼〉がすぐそばにいるのが感じられる！

彼女は大丈夫と信じてフラップをさげた――すると、期待どおりフラップに真正面から突風が叩きつけてきた。フロートが水面を打つ。飛行機は一度跳ねてからふわりと浮き、水際の氷の斜面に向かってゆったりと進んでいった。光り輝く小道が斜面をのぼって険しい氷山の向こうへとつづいている。

〈彼〉はあそこにいるにちがいない！　〈彼〉がいる、〈彼〉が！

愛に目がくらんで力が入らず、彼女は飛行機からうららかな空気のなかへ、四つん這いで出ていった。かろうじてバッグだけは忘れなかった。黒雲の壁を背景にした氷の塔は、トパーズ色と青緑色の猛々しい彫刻だ。

ノースマンが氷に接岸すると同時に、上からゴーッという大きな風音が聞こえて、貨物機が突っこんできた。彼女は思わず首をすくめていた。貨物機はあたりの峰々をゆさぶるガーンという轟音を響かせて激突した。

轟音がやんでから見てみると、貨物機は氷の斜面の上にある岩山で大破していた。煙はあがっていない——が、雨あられと降り注いで、小道をころがっていくきらきら輝く破片は、いったいなんだろう？

陸にあがってみると——それは花だった！　彼女のとおり道に大量の花がまきちらされている！　息もつけないほど驚きながらも、彼女は小道をのぼりはじめた。足元にはシンビジュウムやバンダ、ハワイのラン。しかも貨物機の残骸からは、生きた小鳥たちまで飛びだしてきた——色とりどりのセキセイインコやボタンインコやフィンチが彼女のほうへ羽ばたいてくる。空気は暖かい。大きな青と黄色のコンゴウインコが、彼女の横の氷の尾根にとまった。日の出のようにまばゆい。

すごい、すごすぎるわ——Pの瞳から涙があふれ、心臓が高鳴った。彼女は息をととのえようと、花でおおわれた氷にしゃがみこんだ。〈彼〉のやさしさ、〈彼〉の愛——。

彼女は気持ちを落ち着かせたくて、コンゴウインコの青い羽根をすっと指でなでてみた。それからインコは足踏みするように体重を移しながら、「ハロー、ポリー」とささやいた。大声で、「くたばれ、海軍」

Ｐはヒステリックな笑い声をあげた。足元は美しいコサージュだらけだ。とくに見事なカトレアの切り花を拾いあげると、その下にリボンがあった――**マル秘。合衆国空軍より、バフルー上院議員、お誕生日おめでとうございます。**

やっと気持ちが落ち着いた――**〈彼〉**の気流が彼女の身体をぞわぞわっと走り抜け、彼女に呼びかけ、彼女を上へ上へと押しあげていく。ああ、あなた、いまいくわ。彼女はカトレアとバッグをしっかり握りしめてよろよろとのぼっていった。目のまえの短い小道が宇宙一長い道に見える。足を無理やりまえに出して、**〈彼〉**への贈り物である彼女自身を運んでいく。あの凍りついた雪庇《せっぴ》のところを曲がったら――なにが待っているのだろう？　目のくらむような神聖な存在？　光輝の嵐、それとも神獣？　**〈彼〉**の愛にきまっている。もしかしたら彼女の死かもしれないが、もうそれならそれでかまわない。ただ**〈彼〉**がそこで待っていてくれさえすれば。

光で目がかすみ、すべてを捧げて生贄になるという甘い恐怖で全身がふるえる。雪庇をまわりこむ彼女のまわりを小鳥たちが飛びまわり、鳩がクックーと鳴いた。

目のまえにあらわれたのは、ステージのような陽の当たる氷の床だった。その上に氷のプロセニアム（客席と舞台をへだてるアーチ形の構造物）がかかっている。大きな暗い洞窟への堂々たる入り口だ。プロセニアムのまえの陽の当たるところに、ぽつんとひとつ明るいオレンジ色のものが置かれている。大きなクッションか寝椅子か。待っている。

視覚と身体とが溶けあって、Ｐはあえいだ。あの大きな寝椅子で彼女が――〈彼〉が――〈彼〉にせきたてられるようにして、彼女は進んでいった。小鳥の歌も耳に入らなかった。ただ生贄を寝かせるためのりっぱな寝椅子が近づき――大きくなり――

心臓が止まった。寝椅子にだれかいる。

オレンジ色のふくらみから突きでているのは大きな金色の足だ。Ｐは目をぱちくりさせて、じっと見つめた。人間の足のように見える。とてもきれいな形をしていて、大きい――といっても非人間的なほど大きくはない。そして反対側の端には赤銅色の手が優雅にのびている……。

彼女はすすり泣くように深々と息を吸いこんだ。恐怖がすっかり消えてなくなった。〈彼〉は、脆弱な彼女に見合う最良の姿に化身してくれた。古典的なかたちを選んでくれたのだ。

彼女は息を詰めて足のほうへ近づいていった。すぐにも〈彼〉の完璧な顔が起きあがり、〈彼〉の目が彼女の目と出会う。ああ、あなた、わたしはあなたのものよ――あなたのもの、あ、あ、あ、あ、あなたのもの！

金色の足はじっとしたままだ。手も動かない。さらに近づいて――彼女は気づいた。〈彼〉はやさしいから、寝たふりをして、彼女に見つけてもらうのがいいと思ったのだろう。

かよわい人間も〈彼〉の無防備な姿をじっくり見れば自信が持てると考えたにちがいない。感謝の念があふれてきた。どんなふうに〈彼〉を〝起こす〟のがいいだろうとあれこれ楽しく空想しながら、Pは寝椅子にたどりつき、〈彼〉の寝姿をじっくりと眺めた。

重大な誤りに気づいたのは数鼓動のちだった。寝椅子に横になっている若いブロンドの裸の男は寝ているのではなく、うっすらと目をあけて、ものうげに彼女を見あげていたのだ。茫然自失の彼女の目に、無精ひげと日焼けの皮むけだらけの顔が刻まれる。男のかたわらにはシーバスリーガルのボトルがころがっている。

「幻覚がちょっとましになってきたな」幻影がぼそぼそとつぶやいた。

彼女のあごがガクリと落ち、魂がむきだしになった。〈彼〉の神聖な寝椅子に横たわる罰当たりな裸体のイメージがいくつもいくつも氷の高峰のあいだで渦巻く。

「ハ、ハ、ハドリー！」かすれ声で彼女はいった。「ハドリー・モートン！　うそ！　うそ！　うそ！　うそ！」金切り声で叫びながら、彼女はがっくりと膝をつき、オレンジ色のビニール地をこぶしで叩いた。「いやあーー！　ダーリン、どこにいるの？　あなたはどこにいるの？」狂ったように頭をふり、目を閉じて身体を前後にゆらす。

だが、叫び声の合い間合い間になにかが内側から彼女に触れて、激情を静めていった。彼女は叫ぶのをやめて耳を澄ませた。〈彼〉の力だろうか？　まちがいない。彼女はゆっくりと目をあけ、ハドリーをよけて上のほうに目をやった。輝く氷のアーチ、小鳥の歌……みんなまだちゃんとそこにある。彼女はふしぎな力でここに、〈彼〉の聖地に運ばれてきたのだ。

そして〈彼〉はここにいて、彼女の昂ぶる心を静めてくれている。これでいいのにちがいない。彼女はとんでもないまちがいを犯していた、〈彼〉のプランを誤解していたのだ。

よりかかっているビニール地にステンシルで文字が記されている——**飛行機からおりてから、ふくらませてください。オシュコシュ安全システム。**その縁から、ハドリーが彼女の顔をのぞきこんでいる。

彼女は決然と鼻をかみ、機内サービスの酒の小びんの山を押しのけて立ちあがった。

「たしか、知り合いだったよね？」ハドリーのひたいにしわがよる。「きみが幻でなければ、だが」

「ここでなにをしているの、ハドリー・モートン？」

彼は妙な具合に肩をすくめた。「きみとおなじだと思うよ。世界の終わりだかなんだか知らないが、とにかく待ってる。あのねえ、申し訳ないんだが、ぼくはずっとひどい緊張状態を強いられていて、どうもきみの名前が思い出せないんだ」

彼女は彼に教えてやった。

「すばらしい」トークショーみたいな口ぶりだ。「いやあ、きみ、すてきだよ。失礼した、だって、着ているものがずいぶんちがうから」

「あなたは変わっていないわね」〈彼〉はわたしになにをさせたいのかしら、と考えながら、彼女は毛皮のよごれを払った。このみすぼらしい男を排除するには、どうすればいいのだろう？　ハドリーはのっていたジェット機が大西洋上で墜落した顚末をしゃべっている。気がついたらひとりで救命いかだのなかにいて、何日間も海流で氷山のなかを運ばれ、どこだか知らないがここにたどりついたのだという。

「きのうはこのあたりぜんぶ海だったんだ」手をひらひらさせて、彼はいった。「世のなか、どんどん変わっていくな。どこもかしこもひびが入っていくしさ」

「どういう意味？」ハドリーの話の謎の海流というくだりが気になっていた。〈彼〉がハドリーをここに連れてきたのだろうか？　なんで、どうして？

ハドリーがしわくちゃになった《ウォールストリート・ジャーナル》を押しつけてきた。

「自分で見ろよ。きょうのだ。あそこの空軍のセイバージェット機にのってた」

見ると、氷山のあいだにかなりの数の飛行機の残骸が散乱していた。

「ブルーポイントのシャム猫が二匹、のってたんだぜ、びっくりだよ」首をふっている。

「飛行機はいっぱいくるけど、人がのってたのは、きみがはじめてだ。しばらくのあいだ、ずいぶん爆撃されちゃったよ」シーバスリーガルをがぶがぶ飲んで、ボトルの口をぬぐった。

「ひと口、どう？」

「けっこうです」彼女は南米の地震の記事に目を落とした……大津波、火山の噴火……オーストラリアで大災害……〈彼〉の表面で不穏なことがつづいていたのだ。なるほど、そういうことなのね——だから〈彼〉は遅れているんだわ。対処が必要な問題があるから。辛抱強くならなくちゃ。

すべて問題なし。彼女は新聞を捨てて、ハドリーのことを懸命に考えた。彼はどうしてここにいるのかしら？　巨大な恋人は、彼女に人間の仲間のようなものが必要だと考えたのかしら？　召使とか？　男が考える特別な贈り物としては典型的だけれど……。

ふとある考えが浮かんだ。

〈彼〉はハドリーがかつてわたしをよろこばせたことを覚えていたのかしら？（まあ、うれしい！）そしてハドリーを利用しようと思っているのかしら？　ハドリーの――彼女は彼をじろりと見た――そう、あいかわらず非の打ちどころのない身体を〈彼自身〉の化身として使うつもりなのかしら？　ひどい日焼けはべつとして、彼の身体は最高のコンディションを保っているように見える。背がのびて、筋肉がついて――前よりいくらか男らしさが増している。ほんとうにすてき……正直いって、これ以上は望めないんじゃないかしら？

そうよ、彼女は心の内でつぶやいた。ほっとして、心が小躍りしている。ああ、あなた、わかったわ！　そうよ、すてきだわ！

彼女はほおを赤らめて、どこか哀れを誘う風情で格子縞のブリーフをはいているハドリーを見つめた。ふしぎだ――少年時代の彼はチャーミングだった。おとなになったハドリーはすばらしい肉体美だし、笑顔はいまだに人をひきつける――それなのに、まちがいなく冴えない凡人。まあ、そんなことはどうでもいい、〈彼〉が――〈彼〉が身体をのっとってしまえば、人間の個性など消えてしまう。ああ、待ちきれない！（ダーリン、急いで、お願い、できれば急いで）……そう思う一方で、運の悪い哀れなハドリーにもう少しちゃんと接してもいいかもしれない、とも思えた。ハドリーはいま、手探りで靴を捜している。

彼女はいかだに腰をおろして、やさしくたずねた。「あなたはこれまでなにをやっていたの？」

彼は黒のブルーチャー（革製の丈夫な編み上げブーツ）をはいた。「ゲーリック・アンド・キース、医療機器の会社。肛門鏡の大手なんだ。きみは知らないと思うけど」彼はどうにか笑顔をつくろうと顔をゆがめながら、ボトルに手をのばした。「引き継ぎで、べ、ベルリン支店にいく途中でさ」

彼のうしろの洞窟から、大きな動物がためらいがちに出てきた。

「ハドリー！　キリンよ！」

「ああ。二頭いる。きのうきたんだ。ほかのも。どこかの動物園の積荷だろうな。こんなところを走りまわったら足を折っちゃうだろうと思って、アルファルファをひきずって洞窟のなかへ入れておいたんだ」彼は両手をふってキリンを追い払った。「シーッ！　シーッ！」

キリンは蹄で氷を蹴って跳ねながら、横歩きで洞窟のなかにもどっていった。

「ダチョウのつがいもいる」ハドリーはボトルの山に手を突っこんで、パンナムの軽食ボックスをとりだした。「ワラビーのつがいも。どこかへ逃げちゃったけどね。食料がいつまでもつかわからないし。食べる？」

サンドイッチの包みをあけている彼は、かつての少年時代にもどったようで、Pは胸が痛んだ。だれかがディナー用にとつまみあげた、生きたロブスターを見ているような気分だった。「いまはいいわ、ありがとう」彼女はやさしく答えた。

「あの鳥もみんな」ハドリーは口をもぐもぐさせながら、あたりを見まわした。「おなじ種類は二、三羽ずつしかいないみたいだ。たぶんあのでかいの以外はね」彼はサンドイッチをふって、氷でくちばしを研ぎながらなにかぶつぶついっているコンゴウインコを指した。

「足がかわいそう、止まり木をつくってあげたほうがいいわね」

ハドリーはうなずいた。「アライグマのつがいもいる。ネコのつがいも」もう一度うなずいて、サンドイッチを飲みこんだ。「で、ここにも、一組」

彼はにっと笑った。

彼女は信じられないというように大声で笑った。「ハドリー、自分がなにをいってるかわかっていないようね！」

「わかってるさ。世界中、なにもかもめちゃくちゃだ。でもぼくらはここにいる。安全だし、暖かい。みんな二人ずつだ。これはなにを意味しているのかな、うん？」彼は気障《きざ》な目つきで彼女を見ながら、もうひとつサンドイッチの包みをあけた。「きみのピルも永遠にはもたないぞ」

「ハドリー、あなた、二匹のカンガルーと一羽のインコからはじめて人口をふやしていけると、本気で思ってるの？　食べ物はどうするの？　土もいるし、植物もいるし――」彼女はまた大声で笑った。「キリンで乳搾りができると思う？」

「ダチョウは卵を産む」彼は頑固にいいはった。

「ああ、ナンセンス」

上空でブーンと音がして、彼女はばかげた言い合いから解放された。また雲の壁から飛行機が飛びだしてきて、洞窟の向こうの氷に激突した。アーチが反響で唸りをあげている。

ハドリーが立ちあがった。「火は出ない。たいていガス欠なんだ。ビールでものっけてないかな？」

「いってみれば」

彼はタータンチェックのブリーフに黒のサップホース（サポートソックスの商品名）とブーツという恰好で氷をよじのぼり、視界から消えていった。〈彼〉が用意した壮麗な風景に似つかわしくない滑稽な姿。彼女たちの周囲をとりまく雲のリングが前よりも高くまでそびえているような気がする。太陽は輝いている――甘い空気のなかで小鳥が歌っている。〈彼〉の魔法の力でまもられた避難所……でも、〈彼〉はどこにいるのだろう？　ああ、あなた、いつきてくれるの？　彼女はがっくりとうなだれた――落胆の大きさはとてつもないものだった。しかし、くじけてはいけない、価値ある存在にならなくてはいけない……。

コツコツという音がして、彼女はわれに返った。またキリンが外に出てきている。オスだった。彼女は立ちあがって洞窟に入っていった。なかは巨大なドームのようで、緑色に光っている。〈彼〉の創造物だ。彼女のためにつくったのだろうか？　もう一頭のキリンがアルファルファの梱《こり》をつついている。こっちもオスだった。シャム猫が一匹、尻尾をぴんと立てて歩いていく――去勢済みだ。

ハドリーのお粗末な理論もこれで潰えた。

アルファルファの梱の奥の薄暗がりで、ダチョウが二羽、あてもなく歩きまわっている。ここにはなにもなさそうだ。**〈彼〉**からもなにもいってこない。いつまで待てばいいの、ああ、愛しい人！　あなたはどこにいるの？

ここだ、洞窟が答えた。**落ち着け。待て。**

言葉にできないほどしあわせな気分で、彼女は洞窟の外に出た。氷水がちょろちょろ流れているところで、アライグマがポテトチップスを洗っている。彼女は笑顔でそれを眺めて、ハドリーの新聞を拾いあげた。

熱心に読んでいると、ハドリーが帰ってきた。

「あのなかに、いったいなにがあったと思う？」彼は両手で山のような冷凍食品とワインのボトルを抱えていた。「なんとセコイアの木。かなりでかくて古そうなやつ。根っこからまるごとラッピングしてあった。すごいことするよな」彼はドサッと腰をおろして、ワインボトルをあけはじめた。

「ハドリー、軌道摂動ってどういうことか知ってる？」

「ああ、地震やなにかが起こるんだ。爆発寸前だって、いっただろう？　南極に隕石が落ちるんだから」彼はじっくりラベルを見ている。「リンゴ、ノウゼンハレン、ヤクヨウニンジン。げっ」

「あのね、ハドリー、軌道摂動が起きているということは、〈地球〉が**〈彼〉**の現在の軌道を離れるということなのよ。記事ではそういういい方はしないようにしているけど、読めばわかるの。それから、隕石じゃないのよ。アレシボ天文台の推定だと、このいわゆるさまよえる小惑星は〈地球〉より質量が大きいそうよ」

ハドリーは彼女を見つめながら、ごくりと酒を飲んだ。

「それにね、ぶつかるんじゃないの。わかる？　すごく近くにくるから、わたしたちはそれにひっぱられて太陽から離れていくことになるの」

彼は口をぬぐった。「そんなにでかいんなら、どうして見えないんだ？」

「近日点が真南だから。あっちにはあまり天文台がないのよ。それにアルベド（天体の、入射光にたいする反射光の比）が低いし」

「ずいぶんよく知ってるじゃないか」

彼女が立ちあがると、小鳥たちが驚いて逃げていった。「ハドリー、〈地球〉が太陽から離れていくのよ。空気が凍りつくわ。なにもかも死んでしまう、なにもかも。地殻が不安定になる。そうなったら、たぶん大陸もばらばらに分解してしまうでしょうね」

「この世の終わりだ」彼はため息をついた。「いっただろう？」

「終わり？　いいえ――はじまりよ！」彼女は恍惚とした表情で、雲の壁の上の低いところで燃えている太陽を見あげた。「**〈彼〉**はついに自由になるのよ。ついに！　ああ、ダーリン！」

「まだご執心なんだ」ハドリーがいった。

彼女は眉間にしわをよせて彼を見た。「なんのこと？」

「きみの、地球神だかなんだかとの霊的交わりのことさ」

「そんな話、いいいいしたことないのに！」

彼はげんなりした顔でクックッと笑った。「おいおい。きみは相当、変わった子だったぞ」彼はまたひと口飲んで、身ぶるいした。「しかし、お尻は最高だった。それは否定しない」

彼女は頭にきてぷいとそっぽを向いたが、すぐに気持ちを落ち着かせた。彼が反発するのも無理はない。「考えてみて、ハドリー。なにかちょっとふつうとちがうなあ、というようなことはなかった？　ぜんぜんない？」

彼は無精ひげがのび放題の日焼けした顔をぽりぽり掻いた。「これだけの災難に遭ったことをどう思ってるんだ、きみは？」だみ声でいう。「いかだにのって、みんな死んじゃって、まるで、さまよえるなんとかだよ。いろんなものを見たけど……きみもほんとうはここにはいないのかもしれないな」

「わたしはここにいるわ。すべて〈彼〉のプランなの。いまにわかるわ」

「完全に狂ってる」彼はブロンド頭をふったと思うと、いきなりにやりと歯を見せて笑った。「ぼくにもプランがある。命あるところセックスあり」

彼女は飛びすさり、突進してきたハドリーから間一髪で逃れた。

「ハドリー！」

しかし彼は動きを止めて、彼女のうしろを見つめていた。

「雲が近くなってる」

ふりむくと、かれらを取り巻く雲の壁が内側に移動してきているようだった——上空がひらけている場所が狭くなっている。彼女は哀れなハドリーを残して、もときた小道を慎重にたどりはじめた。小鳥の群れが洞窟めざして飛んでいく。赤い小さなカンガルーも崩れた氷のあいだをピョンピョン跳びながら、小鳥たちのあとを追っていった。

海の彼方は沸きかえる灰色の霧の絶壁に隠れてしまって、もう見えない。絶壁のてっぺんは夕陽の色に染まって輝いている。すごい……大変動のさなか、〈彼〉は彼女のためにこのサンクチュアリをつくってくれたのだ。すぐそばを通過していく惑星の影響をいちばん受けにくいこの地に。小惑星だかなんだか知らないけれど、〈彼〉がついていこうとしている暗い流れ者の正体はいったい——彼女はそこで考えを断ち切った。焼きもちを焼くのはもうおしまい！〈彼〉の尊い愛の証《あかし》がまわりじゅうにあるというのに、嫉妬なんてだめ。〈彼〉とともに神聖な解放のときを、〈彼〉のあたらしい人生の夜明けを迎えることだけを考えなくては。

なんてすばらしい……ぶらぶらとアーチのほうへもどっていくPの脳裏にふとある考えが浮かんだ。ひょっとすると〈彼〉はすごく若いのかもしれない。五十億歳だったかしら？もしかしたら、いまは〈彼〉の神々しい人生の少年期なのかも！

母性をくすぐられるような快感を覚えて彼女はにっこり微笑んだ。気がつくと、ハドリーがかがみこんで、耳障りないびきのような音をたてていた。ちがう、泣いているのだ。泣きながら開いた札入れを持って、指で写真をなでている。哀れなハドリーが死を待つあいだの慰みに酒を送ってくれるとは、〈彼〉はなんとやさしいのだろう。

「もう少しワインを飲むといいわ、ハドリー」

飲んでいる彼を、彼女はじっくりと観察した。すごい――ほんとうに昔のままの体型を保っている。〈彼〉がなかに入って、〈彼〉の栄光の力で理想の姿に変えたら、あの肉体はどんなふうになるのだろう？　考えただけで身体がとろけてきた――彼女は気をそらそうと、洞窟に群がっている小鳥や動物たちに目をやった。アーチのまえは愛らしい生きものたちでいっぱいだ。どんなものかは想像もつかないけれど、〈彼〉が彼女のために住まいを用意している。そこに、あの動物たちを保護してやろうと〈彼〉は考えているのだろうか？　すてきな考えだ。でも実際には保護ではなくて保存されることになるだろう。冷凍で。かわいそうだけれど、それでもかれらはただの動物だ。

彼女はサンドイッチをひとつとって、パンのかけらを小鳥たちに投げてやった。周囲の氷山のバラ色に輝く尖峰が、雲の壁が迫ってくるにつれてひとつまたひとつと消えていく。コンゴウインコが嗄れ声で「海軍？　ポリー？」といいながら、よちよちと這いおりてきた。光が、この世のものとは思えない深い琥珀色と紫色に変わっていく。

「寒いよう」ハドリーが唸った。

「心配しないで。なにもかもうまくいくから」

空気が冷たくなってきた。巨大な雲の壁は、すぐそこまで迫ってきている。毛皮が電気を帯びてカサカサ音をたてる。彼女は周囲の緊張が高まっていることに気づいた。もうすぐだわ！　もうすぐ、起きる！

「ちくしょう！」ハドリーがだみ声でいった。「きみに会いさえしなければ！」

一瞬、彼の恐怖が伝染して、彼女は沸きかえる雲の絶壁を見あげた。もう少しで太陽を覆い隠してしまいそうだ。また見ることがあるのだろうか、あの青空を？　足元の氷からドドーンという音と振動が伝わってきた。恐怖でのどが詰まる。〈彼〉がやってくるのかしら？〈彼〉の広大さ——その神がわたしを愛している——。

くしゃみが聞こえて、恐怖が吹き飛んだ。コンゴウインコだった。よちよちと洞窟のなかに入っていく。そのあとからゆっくりとついていくアライグマは、一輪の花をくわえている。

「ああ、どうかかれらを助けてあげて」とPはつぶやいた。

最後の陽光のなかに残っているのは、もう彼女とハドリーだけだった。氷が、またドドーンと轟音を響かせた。

「ついにぼくらを迎えにきたみたいだな」ハドリーがいった。声がかすれている。「見ろよ——」

オレンジ色のいかだが音もなくかれらから遠ざかっていく。小さなホッキョクギツネたちがひっぱっているのだ。キツネたちはいかだを薄暗い洞窟のなかへひっぱりこむと、ハーハー息をしながら、ごろりと横になった。

「まちがいない」ハドリーが嗄れ声でいった。「ここは動物園だ。なにかがぼくらを集めてるんだ。あ、あそこへは入らないぞ」

そのとき、のしかかる雲に呑みこまれて、太陽が消えた。そこらじゅうから、なにかが砕けるような音がおぼろげに聞こえてきた。いよいよはじまった。〈彼〉が解放されるときがきた。Pは、いまごろ人間のちっぽけな都市を粉々に打ち砕いているにちがいない自然の猛威に思いを馳せた。〈彼〉の熱情が炸裂し、都市という都市が崩れ落ちているのだ。

突然、なにかが彼女のお尻の割れ目をつついた。くるっとうしろを向くと、小さなシロクマが鼻づらを彼女の股間に向けていた。彼女はよろよろと洞窟のほうへあとずさり、ハドリーにぶつかった。シロクマは長い首を左右にゆらしながらついてくる。

「なかに入れといってるんじゃないかな」ハドリーがおずおずといった。

二人はそのままあとずさって、洞窟のなかに入ったが、Pは憤懣やる方ない思いだった。まったく、こんなときにお尻をつつかれるなんて！ しかし、足がいかだに当たったとたんに、彼女の憤りは溶けてなくなった。なんて子どもっぽいの、〈彼〉は、なんて――なんて土臭いの！ ああ、ほんとうに〈地球〉らしい！ 相手に身をまかせて従順に受け入れるセックス――彼女はドキドキしながらクッションのようにやわらかないかだに沈みこんだ。

シロクマが足を止めた。洞窟に深いひびが入ってギシギシきしりだしたと思うと、さっきまでかれらがいた洞窟のすぐ外に氷のシャワーが降り注いだ。ハドリーの腕がPの腰にまわされ、ぎゅっと力が入った。彼女はそれをふりほどいて立ちあがった。

「ほんとにもう、ハドリー！」

「あぶない！」彼は彼女のうしろを指差している。シロクマが牙をむきだして、また近づいてきている。彼女がすわると、シロクマは足を止めた。

「な？」ハドリーが甲高い、異様な声でいった。

「え？」

返ってきたのは静寂だった。まわりにいる動物たちは不自然に静まりかえっている。緑色の光に照らされたドームのなかで、命のそよぎが動きを止めようとしている。Pはぶるっとふるえた――空気も冷えてきている。この世の終わりを告げるような光線が何本も車輪のように回転しながら洞窟の入り口をよぎり、どこか遠くで氷がきしる音がして、やんだ。ついに〈彼〉が入ってくるのだろうか？

コンゴウインコがギャーーッと鳴いて、彼女は飛びあがった。「クソッ」インコは金切り声で叫ぶと、硬直してパタリと横向きに倒れた。

「ほらね」ハドリーがいった。いかだのまんなかにひざまずいている。「みんな、はじまったときとおなじように終わる、とかなんとか、そういうことだよ。さあ、脱いで」

彼は彼女の毛皮を跳ねあげて乳房をつかんだ。

彼女は身をよじって逃れ、シロクマを気にしてまごつきながら、オレンジ色のいかだの彼から遠いほうの側へまわった。しかしハドリーはまえのめりに倒れこんで、彼女のふとももをつかんだ。

「気でも狂ったの？〈彼〉はわたしに会いにくるのよ――わたしが〈彼〉のものだってこ

と、知らないの？　出ていって、さもないと〈彼〉が——〈彼〉にひどい目に遭わされるわよ」

ハドリーは疲れ果てた犬みたいな身の毛のよだつ形相で、にっと笑った。冷えきった手がぶるぶるぶるふるえている。外で雷鳴が轟く。

「彼はこないよ、プリンセス。彼はいくんだ。ぼくらは死ぬ」彼はくちびるを舐めた。「ぼくもここにきたってことを忘れちゃ困る。そいつはぼくら二人を必要としていたんじゃないかな。さあ、急ごう！」彼は彼女の服をつかんだ。

彼女は必死で彼を蹴とばした——すると、洞窟の入り口にいきなり菫《すみれ》色の光の球体があらわれ、ふわふわと二人のほうへ近づいてくるではないか。彼女はほっと胸をなでおろした。ハドリーは呻いている——と、光が彼のうしろでホバーして、光輪のようになった。

これこそ待ちに待った瞬間！　〈彼〉がハドリーをのっとろうとしている！

空気はすでに恐ろしく冷たくなっているが、彼女の子宮のなかでは潮がうねり、女陰の緊張が高まっていく。ああ、あなた、やっとき
てくれたの？

体内の潮の脈動が強まっていく。目に見えない手のようだ。シロクマが彼女の靴をつかんでひっぱっている。靴が脱げた。と同時にシロクマが氷の上に倒れこんで動かなくなった……あなたなの？

そうだ。

ああ、そうなのね！　そうなのね！　あなたなのね！　彼女はしびれた指でアメジスト色

のシルクドレスのファスナーを荒々しくおろした。目はハドリーの顔を見据えたままだ。あいい、いい、あなた、姿を見せて！　ドレスがはらりと開き、ますます冷気が入りこんできた。ハドリーはゴーレムのようにぎくしゃくした動きで、とんでもない大きさに勃起したペニスにひっかかったブリーフをむしりとろうとしている。

「うう、寒い。さ、さあ」顔はまだ人間のハドリーのもので、口はガクガクふるえ、目は恐怖でかすんでいるが、光輪はさっきより明るくなったようだった。急いで、あなた！

彼女は歯をカチカチいわせながら、男心をそそるバタフライをはずした。するとその瞬間、ハドリーの顔が変化した。しかし――ああ！――それは彼女が期待していた変化ではなく、ただ彼の顔がしわくちゃになって涙があふれだし、あごを伝い落ちただけのことだった。彼がブリーフを引き裂くと、大きくふくれあがった亀頭に涙が落ちて、はねがあがった。彼女の心に恐ろしい疑惑が芽生えた。

「待って！　ハドリー、待って！」

しかし彼は身を躍らせてずしりと彼女にのしかかり、氷のように冷たい手で巧みに彼女を開き、容赦なくいっきに挿入して、彼女の首に顔を埋めた。

彼女は身をよじりながら、希望を持とうとした。これは神が彼女のなかを探っているせいなのだろうか、この冷たい、引き裂かれるような痛みは？　身体は凍えそうだ――それでも、冷たい疼きに突き動かされ、ハドリーの苦悶に満ちた突きあげに応えて女陰が機械的に振動するのが感じられる。このまま死ぬのだろうか？　ふと気づくと、ハドリーがそりかえったりのしかかったりしながら、すすり泣くようになにかつぶやいていた——女の名前だ、ジェニーだかペニーだか。戦慄が走る。わたしのなかにいるのは神なんかじゃない。十年、熟しすぎたハドリー・モートンでしかない。

「助けて！」冷えきった闇に向かって、彼女は叫んだ。「ああ、あなた、ああ、わたしの神さま、あなたはどこにいるの？」

まえとおなじように、巨大な静寂が答えた。

ここだ。わたしはここにいる。

「助けて！」

だが彼女の性器のなかの冷たい肉欲の塊は耐えがたいほどに動きを速め、女陰は焼き網の上でひくつく人形のように、ハドリーに向かって打ちつけられ、こねまわされた。ハドリーの冷たい胸の下で、彼女は悲鳴をあげつづけた。

ようし。いいぞ。つづけろ。わたしはここにいる。

恐ろしい事実があきらかになり、悲鳴はぴたりとやんだ。

〈彼〉は彼女のなかに入ってきてはいない。〈彼〉は外にいる——見物人だ。〈彼〉はこれを、これだけをもとめていたのだ！

氷よりも冷たい悲嘆と落魄《らくはく》の思いとが、心を干上がらせていく。凍りかけたビニールの上で背中がすべる。辛くて、苦しくて、彼女はしくしく泣いた。ハドリーの猛攻もいまはゆるやかになり、彼女自身のおぞましいゾンビのようなひくつきもしだいにゆっくりになってきている。もうすぐ止まりそうなオモチャのように。彼女の涙はハドリーの裸身の上で凍っていた。

わたしたちはもうすぐ死ぬ。そう悟ったとき、長く、身を切られるように辛い痙攣が湧きあがってきて彼女の性器をつかみ、ぴったり合わさった二人の腹をとおって、ふるえながら外へ出ていった。

よーーーーーし、と人間性とは無縁の虚空がいった。

そしてそれとともに彼女の最後の幻想も潰えた。〈彼〉は彼女を愛したことなどなかった。〈彼〉はこれっぽっちも彼女をもとめてなどいなかった。〈彼〉がもとめていたのはこれ——彼女自身とハドリー。遥か昔の夏、どういうわけか〈彼〉の注意を引き、〈彼〉の興をそそったオモチャ、遊び。〈彼〉はそれをもう一度、いっしょにしてみたかっただけなのだ。

あとはすべて、物心ついてからずっとつづいてきた愛の対話はすべて——がらくた。

彼女の涙は眼球の上で氷の石になり、くちびるにも氷が張っている。上を向いたふとももの上で、冷たい火花がちらついた。雪。もう温もりはかけらも残っていない。広々とした洞窟は完全な静寂と闇に包まれている。ハドリーは息をしていないようだ。失われていた人間としての連帯感が彼女を突き動かした——彼女は彼の背中を押そうとしたが、彼女の手は凍りついていた。彼の冷たい身体の下で身動きできぬまま、彼女は死の訪れを待った。

かれらは滑稽なかたちで永遠に結合したまま、〈彼〉とともに宇宙へ出ていくことになるだろう。凍りついた花やキリンや小鳥やセコイアその他、〈彼〉の皮膚の上に住む短命な生きもののなかで〈彼〉の注意を引いたものたちといっしょに。動物園ではない。博物館だ……。

彼女のまわりに雪が積もってゆく。やがて洞窟も雪でいっぱいになる、と彼女は思った。とても静か……とても深い……。彼女の脳神経細胞の冷えてゆく軸索でイオンチャネルが最後のかすかな思考をかたちづくり、永遠に安定させた。

——かつて地球と呼ばれていた非常に若い存在は、自分がいつのまにか、あたらしく見つけた遊び友だちの呼びかけに答えることができるようになっていたことに気づいて非常にゆっくりとよろこびを育み、子ども時代の特別な宝物をいくつか安全なところにしまいこむと、ついに生まれ故郷の軌道を離れ、冒険をもとめて星ぼしの世界へと旅立っていった。

死のさなかにも生きてあり

In Midst of Life

小野田和子訳

エイモリー・ギルフォードの死に至る病の最初の兆候があらわれたのは、彼が四十五歳の春のことだった。

妻は彼が起きだす音を聞いた。見あげると、彼はベッドの端にすわって頭をかかえこんでいた。

「あなた、具合でも悪いの？」

「いや……服を着たくないんだ」

妻は起きあがった。「大丈夫？〈ブレアズ〉にあんなに遅くまでいるんじゃなかったわね」

「そうじゃない。ほんとうに、ただ服を着たくないだけなんだ」

「でも――」

「服を着るのは飽きあきなんだよ。ズボンに――左足を入れて、右足をあげて、入れる。ちょっと計算したんだ。ディナーのときに着替えるのも入れて、年に四百回としよう。十年で四千回――いままでに一万六千回だ。スポーツウェアとか半ズボンに着替えるのも入れると――しめて二万回はズボンをはいていることになる。もう飽きた。うんざりだ！　そうだ、パジャマを忘れていた。パジャマだけでまた一万六千回だ」

「マニュエルに着替えを手伝ってくれるようにたのむわ」

「いや――マニュエルに着替えを手伝ってもらう必要はない。わたしは着替えたくない、着替えはうんざり、それだけのことなんだよ……。このままで会社にいったらどうなるか、わかるか？」

「まあ、あなた……」

「教えてやろう。みんな、おはようございます、ミスター・ギルフォード、というのさ。何事もないかのようにな。わたしはコンピュータのまえにいって適当に二、三銘柄の持ち高をふやす。それから腰をおろして思案中のポーズをとると、なにもいわなくてもトニーがジョージに連絡させる。ほかにはなにも起こらない。あとは午後になって、わたしが釘を刺さないままにしていたリークのせいでその株が少しばかり値上がりするだけだ……釘を刺す気はあったわけだがね。それからミス・ヒューレットがピーターズに電話して服を一揃い持ってこさせるから、こっちは着替えるしかない、ということになるだろうな。いつだったかディナー・ジャケットのままでいたら、まわりが気づいて、彼女が手配したことがあったから……まったく、うんざりだ！」

「服を着るのが？　休暇をとったほうがいいんじゃないかしら」

「いや、休暇なんか必要ない。第一、休暇をとったって服は着なくちゃならないじゃないか」

そうはいいながらも、彼は笑顔になっていて、マニュエルがビジネススーツを用意して待っている化粧室に入っていき、一件落着となった。

つぎに事が起きたのは二カ月後で、こんどはもう少し深刻だった。

「エイモリー！　家でなにしてるの？　忘れ物でもしたの？」

「いや……いけなかったんだ」

「会社に？　でもあなた、会社も仕事も大好きじゃないの。それにあなたが買収するつもりの企業からなにかオファーがあるのって、きょうの午前中じゃなかったかしら？　あなたそういってたわよ」

「そう、そうなんだ……ピッカリング・ドリル。こっちのいいなりになるしかないんだから、全額出すはずさ……。しかしどういうわけか、トンネルのところで急になにもかもどうでもよくなってしまった。それでピーターズ・パリセーズ・アヴェニューでUターンして家へもどれといったんだ」

「あなた、やっぱり休暇が必要なのよ。それにエルズワース先生にも診ていただいたほうがいいわ――いろいろ細かい原因があるのかもしれないし。予約しておきますからね。あなたらしくないわよ、エイモリー」

「わかってる」

彼は手にした朝刊をほうりだして、どさりと椅子に沈みこんだ。「急に、ピッカリングのオファーなんかどうでもいいという気がしたんだ。三、四千万、会社に入ったところでどうということはない。ピッカリングもヤマヒトもエイルマンもフォー・L・ビッツもどうでもいい――勢力拡大なんか、もうどうでもいいんだ！」自嘲的にふんと鼻を鳴らす。「これまで、ぜんぶひとつにまとめようと頑張ってきた――それがどうでもよくなってしまったんだよ」

「トニーにはわかってもらえないでしょうね」妻のマーゴが沈んだ顔つきでいった。

「ああ。だれにも理解できないだろうな。連中はわたしのゴー・ゴー・ゴーしか見ていないんだから」

「またゴー・ゴー・ゴーになるわよ。気分の問題ですもの。でもエルズワース先生ならきっと――」

「いや、エルズワース先生は必要ない……。わたしに必要なのは――いったいなにが必要なんだろう……もしかしたら、ストップなのかもしれないな」

「まあ、エイモリー！」

「いや、本気じゃないんだ……」

「でも、ミス・ヒューレットに電話して、ちょっと用事ができたといっておいたほうがよさそうね」ひと呼吸おいてから、彼女はいった。

「ああ――いや、待った。どうしたもんかな」彼は立ちあがって部屋のなかを歩きはじめた。気分が上向いてきたのだろうか？

そのとおり。それが証拠にしばらくすると彼はピーターズを呼び、いつもどおり街へと向かったのだった。ピッカリング・ドリルは彼に純益三千五百万をもたらす案を提示し、彼はそれを受け入れて、つぎのターゲットへと頭《こうべ》をめぐらせた。そして日々はいつもどおりにすぎていった。

ところが翌週、またあの〝気分〟がもどってきてどっしりと居すわり、彼が書斎へいって引き出しをあけ、古いコルト四五を眺めるということが二度もあった。二度めには手をのばして格子模様の冷たいグリップに触れるところまでいった。が、そこで断固として引き出しを閉め、マーゴのいうとおり、その日の夕食会はキャンセルせず、予定どおり開催することにしたのだった。

夕食会ではふだんどおりにふるまっていたが、数人の客を探るような目つきで黙って長いこと見つめて会話を途切れさせるという出来事があった。そしてその翌日、彼はマーゴが評判を耳にしていたカリブ海の新規オープンのビーチに三週間出かけることに同意した。

その三週間と、その後の四カ月間はエイモリー・ギルフォードが体験したなかでも最悪の時間といってよかった。人生のエンジンが止まってしまって、なにをやっても動きださなかった。なにをしても、なにを見ても、やる気は出ないし、おもしろくもおかしくもないし、ほんのわずかな興味さえ湧かない。ただお義理でこなしているだけだった。文字どおり、死ぬほどうんざりしていた。

　彼とマーゴは、多くの知人たち同様、情熱は抜きにして友人同士のような関係で長いこと生きてきた。子どもは二人とも大学生で、実質的に二人の暮らしの埒外《らちがい》にあるといっていい。彼の情熱が仕事、そして事のついでに会社の新顔を多かれ少なかれ機械的につぎつぎ味見するという調査活動に注がれていることは暗黙の了解事項だった。その彼がマーゴとの往年の営みを復活させようと二度もチャレンジしたことは、彼の絶望の深さを証明していた。

　しかしそんな試みがつづくはずもなく、ほどなく、彼の仕事への興味が再浮上したときにそなえて夫婦合意のもとに連れてきていた若い娘へと、相手役は交代した。が、それもはじまったとき同様、唐突に終わりを告げた。

　セントアントリム滞在が終わる頃には、水着に着替えるのも億劫になり、かつては楽しんでいたスキューバダイビングの道具類をうつろなまなざしで眺めるばかり。マーゴが家へ連れて帰るまで、もっぱら古いパイル地のビーチローブ姿でうろつくだけというありさまだった。

　そのあとの四カ月については、これ以上いうべきことはない。最後は、きょうで四ヵ月めという日の午後にやってきた。彼は書斎にいき、銃をとりだし、無造作に口に突っこんで引き金をひいた。

　まばゆい無音の炸裂。

　と、驚いたことに、彼は自分が立ちあがっているのに気づいた。正面にドアがあり、そこからどっと人が駆けこんでくる。うしろを見ると床に――なにかが――ある。彼は目をそらせた。駆けこんできた連中がそれを取り囲む。

彼はその連中を避けて部屋から出た。軽々と、楽に動ける、痛みはない。俺は歩いている、と彼は思った――これっぽっちも力を使わずに。こんなことははじめてだ。

「いや、しかし――」彼は口のなかでつぶやいた。

騒ぎをあとに、彼は玄関広間に出てきた。そこでふと立ち止まる。終わったという感覚は強い――いま離れてきたものには二度ともどれない。それはなんとなくわかる。それならそれでいい。

彼はすぐに玄関広間を抜けて正面のドアから外に出ると、カーヴした敷地内の車道を歩きだした。タウンカー（前後の座席がガラスで仕切られた四ドアの自動車）のそばにピーターズが立っていて、家を見あげている。

「やあ」とエイモリーは声をかけた。

ピーターズには彼の声も聞こえないし、姿も見えないらしい。エイモリーはそのまま進んで、錬鉄製の門までいった。そしてそこで立ち止まると、最後に一度だけ、ふりかえった。すでに彼と家とのあいだには乳白色の霧のような薄膜がかかっている。

彼はここで完全に、最終的に、自分は死んだのだと了解した。

そしてあきらかに死の国にいるのだということも。

見たところ、たいしたちがいはなさそうだった。門の外には見慣れた二車線のアスファルト道路があり、大きな街路樹が植わっている。空は曇っていて、光はほのかに緑がかっている。

彼は門を抜けて――どうやって抜けたのかは自分でもさだかでないが――道路を歩きだした。

目的地はなかったし、いまのところさだめる必要もない。彼はだんだんとぼやけてくる景色のなかをゆっくりと歩いているだけで満足だった。あたりはしんと静まりかえり、通る人も車もいない。いつのまにか道が小さな町の通りに変わってきた。が、静かな町で、人も車も見当たらない。しばらくすると、また道が変わった――こんどはブロックにわかれた静かな都会の道だ。

ひたすら歩きつづけても、あたりは薄明かりのままだが、もう暗くなる時間だということはわかっていた。腕時計を見ると三時四十八分で止まっていた。

しかしときどき車が音もなく行く手を横切っては脇道へ消えていく。一台がすぐそばを通ったので大声をあげて追いかけてみたが、曲がり角まできてみると、まだ自分の叫び声に驚いているうちだというのに、もう車は姿を消していた。

ぶらぶら歩いていると、なんだか馴染みがあるという感覚がつのってきて、彼はまごついた。この曲がり角、あの建物――前に見た覚えがある。それも何度も、という気がした。だがここではそれらが奇妙な具合にごたまぜになって、並び順がおかしくなっている。

豪奢なコンドミニアムが建ち並ぶブロックにさしかかった。そのなかに有名なのがあって、そこのペントハウスに友人が住んでいる。なかに入って、なにを呼び起こせるか見てみるべきだろうか？　彼は明かりがついたロビーをのぞきこんだ。だれもいない。フロントデスクの向こうに、じっと動かない黒い影があるような気がする。あれは人だろうか？　その人に聞けば、ここはどこなのか教えてもらえるだろうか？　いや、それはないだろう。気がつくとまた歩きはじめていた。

依然として、なにもかもが既視感におおわれている。ただ人気がないだけで、予期せぬものや見知らぬものはなにひとつ見ていない。どこの街にいるのかはさだかでなかった。だが、これは毎日の通勤で通っていた道ではないだろうか？　それとも昔、通っていた道だろうか？　彼には判断がつかなかった。

行く手にスモッグのような霧のようなカーテンがかかっていて、その向こうはあまり遠くまでは見えない。ふりむくと、通りすぎてきたブロックがおなじカーテンに隠されている。

彼は、自分が街から出たがっていることに気づいた。途中にルート番号の標識があったが、馴染みのある数字ではなかった。だがあれはこの道が街はずれでハイウェイに変わることを意味しているのにちがいない。いいぞ。長い道のりになるだろうが、いくら歩いても少しも疲れないし、ほかに選択肢はない。彼はペースを速め、より決然とした足取りで進んでいった。

彼はなんの出迎えももてなしもないことに疑問を感じはじめていた――いや疑問を通り越して怒りを覚えていた。彼はたしかに生から死へと、軽視すべからざる境界線を越えたのだ。

なんらかの承認なり説明なりがあってしかるべきではないのか？　とりあえずは、ここがどこなのか、なにが起きているのか、標示くらいあってもいいんじゃないのか？

宗教もいろいろあるが、こんな奇妙な存在のしかたは聞いたことがない。彼自身は口にこそ出さないが不信心者だ。それでも多少は本を読むし、マーゴに連れられて結婚式や葬式で教会にいったこともある。ここが地獄でも天国でもないのはわかっている——もし審判を受けたのだとしても、通知は受け取っていない。ひょっとして東洋のシナリオの登場人物で、生まれ変わるのを待っているとか？　できれば動物としてではなく、また人間として生まれたいものだが。たとえばゴキブリに生まれ変わらなければならないほど悪いことをした覚えはない。金持ちに生まれてもっと金持ちになろうとしたこと以外、これといって罪になるようなことをした覚えはないのだ。慈善事業に金を出すことが善行なら、いつも進んで協力してきたし、何度か人助けをしたこともある——そっちはマーゴが面倒を見てくれていた。なぜここに足止めされているんだ？

ここはどこなんだ？

彼はふと、教義によっては天国でも地獄でもないリンボと呼ばれる場所があることを思い出した。たしか、疑わしい場合はそこへいくことになる、というようなことだった——たとえば洗礼を受けていない幼児とか。彼はここがリンボではありませんようにと祈った——耐えがたいほど単調で退屈だし、たしか量刑は無期。いやだ、たのむ、リンボは勘弁してくれ、と彼はぶつぶつひとりごとをいった。

そのとき彼は、この世界のすべての辻褄《つじつま》が合う説明を思いついた。ここは、新旧、覚えているものいないもの、とにかくすべての彼の記憶のパッチワークでできているのだ。ここのものはすべて彼の心から生じている――要するに彼は自分の心のなかで生きていて、これまでに見聞きしたこと体験したことのなかをさまよっているのだ。「俺は、わが知の世界をさまよっているのか」彼はつぶやき、哄笑した。その笑い声は狂気の色をおびて、空っぽの街路にこだました。

不愉快な考えだが、ふりはらうことができなかった。もしこれが永遠につづくのだとしたら、永遠に退屈な世界ということになってしまう。いやいや、もしかしたら、いつだったか本で読んだ話のように、延々歩きまわったのも現実の時間ではほんの一瞬のうちに起きていることなのかもしれない。弾丸が頭に入ってから脳が働きを停止するまでの一瞬のあいだの出来事――そして、やがて〝目覚める〟と、ほんとうに死んでいる、とか。彼は、死は無、すなわちエイモリー・ギルフォードが完全に消滅することだと思っていた。そうなることを望んでいたのだ。こんな順不同の記憶のなかをさまよう退屈な旅など、だれも望んではいない。

それに、どうして人がいないのだろう？　当然、彼の記憶には人間も含まれている。いきから車も。これは、おまえが人にたいする関心が薄かったせいだ、という教訓的メッセージのようなものなのだろうか？　それを悔い改めさせるための、陳腐なヒントなのだろうか？なんでまた？　俺はおなじ階級のおなじタイプの人間には充分関心をはらってきた、と彼は自己弁護に走った。こんな仕打ちを受けるいわれはない——こんな隔離状態に置かれるいわれは……。仮に悔い改めたとして、なんのメリットがある？　これは関心をはらう相手もいない場所にいる俺への、意地の悪い天罰だ。

それともほんとうに生まれ変わろうとしているのか？　もう一度チャンスがあるのか？　彼はまた腹立たしげに足で地面をこすった。無力なギャーギャー泣くだけの赤ん坊になるなんて、まるでいただけない。

ここで彼はまたべつのことに気づいて、衝撃を受けた。

道の行く手を閉ざしている霧のようなカーテンが手前に寄ってきているようなのだ。くるりと回ると、うしろもおなじだった。もう数ブロック先までしか見えない！　前方のブロックを数えてみた——五、六、そこから先は見えない。ちょっと前には八、九ブロックは見えていたんじゃなかったか？　彼とともに旅するはっきり見える空間が縮んでいる！

ああ、そんなばかな！　ぎょっとして脈が速くなる。それでも、もしこの空間が縮んでなくなってしまったらどうなるのか恐れながら、これまでより少し速いペースで歩きつづけるしかなかった。この空間がなくなったらと考えるとぞっとする——霧にきっちりくるまれて、あるのは自分の心だけ。

これは、なにか夜の代わりみたいなものなのだろうか？　もう夜になっているはずだから。

わかるはずもなく、彼はひたすら旅をつづけた。もうほとんど走っているようなスピードだ。とにかく街から出て、束縛のないひらけたところへいきたかった。混乱した頭で、ひらけたところならそう簡単には霧に閉じこめられないのではないかと考えたからだ。と、唐突に街から出つつあることがわかった。両側に大きなガソリンスタンドがあり、ショッピングモールも見えてきた——郊外に出てきた証拠だ。彼は先を急いだ。

またべつのことを思い出した。頭を撃たれても死ななかった人たちの話だ。チューブや機械につながれて、植物人間として生きのびたという身の毛のよだつような話。彼にもそれとおなじことが起こったのかもしれない！　彼の肉体はいま病院にあって、人工心肺や代謝維持装置に侵略され、心だけが自由に歩きつづけているのかもしれない。世界がみるみる狭まってくるこの状態は、肉体にもどりつつある兆候、愚か者の〝生〟を再開するきざしなのかもしれない！

「ああ、神さま！」ただの言葉のあやで神の名を出してしまったが、もしなにか〝未知なるもの〟が気を悪くしたらどうしようと、彼は思わず身を縮めた。

まあ、もし死に損なったのだとしたら、やるべきことははっきりしている。いま事を完遂させる。いまここでみずからの息の根を止めるのだ。しかし、どうやって？　ここには武器もなにもない。

彼はいちばん近いモールに出ている店舗を見渡した。もちろん銃器店はない。金物屋さえない。しかもどこの店にも店員の姿はない。なるほど、もし金物屋が見つかれば、すたすた入っていってナイフを手にできるわけだ。汚れるし、痛いだろう。だができる、と彼は思った。

右側のモールを見て歩く。まだ金物屋はない。が、もうすぐあるはずだ。彼ははっきりと思い出していた。

見落とさないよう気をつけて進んでいくと、うしろから音が聞こえて、彼は思わずふりむいた。

まぎれもない州間ハイウェイを走る大型トラックが、高速で彼を追い越そうとしている。あのトラックのまえに飛びだせばいい！　まちがいなく一巻の終わりだ。

そうやって死のうとするやつがいることは話に聞いている。彼の身体は機敏に動くし、筋肉の連携もスムーズだ。試すだけ試してみよう。よし。

彼は大急ぎで車道におりて、茂みの陰にしゃがみこんだ。

巨大な十二輪トラックが恐ろしいほどのスピードで迫ってくる。青と白で、フロントにはピカピカの大きなグリルがついている。フロントガラスの上にちらっと〝リロイ運送〟という文字が見えた。急げ――いまだ――。

彼はトラックのまんまえに飛びこんだ。

が、飛びこみながら、早すぎた、と悟っていた。ブレーキの音が響き、怪物は彼をよけ、彼は激しい風圧のなか、ころころと地面をころがった。

起きあがると、トラックは停車していた。自分でもわけがわからないまま、彼はそのトラックに向かって、むなしくよろよろと進んでいった。

「どういうつもりだ、死にたいのか？」

運転手が運転席からおりてきた。手にはピカピカ光るレンチを持っている。その男が小柄なのを見て、エイモリーはほっとした。とはいえ男は筋骨たくましい。髪は赤毛でだいぶ薄くなっている。互いの距離が縮まると、男はくりかえした。「おまえ、死にたいのか？」

「そうだ」エイモリーは謙虚に答えた。「でも、失敗した」

「ははあ、飛びこみ屋か、だろ？　おまえが失敗したんじゃない、こっちがよけてやったんだ。感謝しろよ。おまえら飛びこみ屋は、リグ（トラック、トレーラー、バス、自動車などのこと）がどうなるか、考えてねえだろ。運転手がどうなるか、これっぽっちも考えてねえだろう！」

「申し訳ない」エイモリーはうわのそらで答えていた。あることに気をとられていたのだ。トラックと運転手のまわりの世界だけ、ほかとちがって見える。景色が明るく、くっきりしていて、霧はかろうじて見える程度にまで薄くなっている。それに周囲の雑音もふたたび耳に入ってくるようになった。前方のガソリンスタンドで男がどなっているし、生身の人間の姿も見える――コンドミニアムのロビーにいたような黒っぽい幽霊のような姿ではなく、生きて動いているほんものの人間だ。おまけに陽も射している。すばらしい！

「リロイっておたくのこと？」彼はゆっくりと運転手にたずねた。

「ああ。あれは俺のリグだ。あんた、あれをぶっ壊すところだったんだからな」

「ほんとうに申し訳ない。あんなでかい丈夫なものが、人間の身体がぶつかったくらいで壊れるとは思わなかったもんだから」

「ああ、考えたことなんかないだろうさ。警察に引き渡したほうがよさそうだな」

　エイモリーは素早く頭を回転させた。トラック運転手に知り合いはいない。リロイはほんものにちがいない。俺とおなじように死んだ人間なのだろう。もしこれがリロイの世界なのだとしたら、俺のとはずいぶんちがう。ずいぶんましだ。この男とのつながりが切れないようにする、それが重要だ。

「いや、どうかそれはご勘弁願いたい。聞いてくれ。わたしの名はエイモリー。車に乗せてほしい。どこか、どこかおもしろいところへ連れていってほしいんだ。乗せてもらえないかな？」

「規則違反だ。人は乗せられねえな」

　エイモリーはポケットに財布が入ったままなのに気づいて、とりだした。中身は数百ドルとゴールドカード。彼は札を抜きだした。

「ミスター・リロイ、これでどうだろう？　銀行に寄ってくれたら、もっと出せる。なにかあったら、頭のおかしなやつがうろうろしていたから拾って病院へ連れていくところだといえばいい……。最初のほうはほんとうだが、病院へはいきたくない。どうだろう？」

　リロイはエイモリーの手を見もせずに、器用に札をとりあげた。

「まあ、いけるんじゃないかな」彼はゆっくりといった。

「すばらしい！」一瞬、エイモリーはほんとうによろこびが湧きあがってくるのを感じた。

「それじゃあ、いこうじゃないか――ああ、リグが大丈夫なら」

「ああ、彼女は大丈夫さ。あんたのお陰じゃないけどな。さあ、乗った乗った」

エイモリーは巨大な鼻づらをまわって手をのばし、よじのぼった。彼がトラックについて知っていることといったら、ギアがたくさんあるということ、それに、だれかにきいたのだが、座席のうしろに運転手が仮眠をとれるベッドがあるということだけだった。ベッドはたしかにあった。空っぽだ。

塗装があたらしいので新車と踏んで、彼はいった。「きれいなトラックだな。〝彼女〟といってたが、名前はあるのかな？」

リロイは作り付けのツールボックスにレンチをしまっている。「デイジー」少し恥ずかしそうに答えた。「ピカいち《デイジー》だから、デイジーと呼んでるんだ」

「いいねえ……で、どこまでいくんだい？」

リロイはギアを入れて、大型エンジンを始動させた。トラックは重々しく道端から動きだし、しだいにスピードをあげていった。

「シカゴ行きの荷物を積んでる」リロイがいった。

「まっすぐいく予定なのかな？　わたしは大型免許は持っていないから、運転を代わっておたくにひと休みしてもらうこともできないと思ってね」

「ああ、心配は無用だ。このルートのときはいつも〝見晴らし台《オーヴァールック》〟に寄ることにしてるんだ。トラック野郎向けのでかいホテル。デラックスだぜ。オーヴァールックには、なんでもある――店も劇場も、そうだ銀行もな。一週間だっていられるぜ」

「ああ、よかった。銀行には、ほんとうに寄りたいんだ。いくらか必要なんでね。この手のカードがあればおろせる」リロイの世界でならまちがいない。ふつうのルールが通用する。とはいえ、なにかを得たら対価をはらう。いくらかでも現実に近いことができれば御《おん》の字だ。エイモリーの気分は上向く一方だった。トラック野郎向けのホテルなんて、まるで縁のないところだ！　彼は思った——ここでは死人に会うのはよくあることなのか？　死んでまもない人間てことなのか？　謎だらけだ……。

「おたくはここにどれくらいいるんだ？」と彼はたずねた。

リロイがくるっと彼のほうに顔を向けた。なんともいえない剣呑《けんのん》な表情だ。エイモリーはへんなことをきいてしまったと悔やんだ——探りを入れるまでもなく、微妙な問題なのだ。

「ここって、どういう意味だ？」

「ああ、いい方が悪かったな。つまりこの運転席にってことだ。運転歴」

小柄な男の表情がゆるんだ。「三月で三十年になる。このリグには一年、乗ってる——なんのしがらみもなく完全に俺のものになった最初の車なんだ」

「それを壊しそうになったんだものな、あれだけ怒るのも当然だ。しかしほんとうにそんなことになるとは思っていなかったんだ」

「みんなそうだ」リロイはむっつりといった。彼の目がまたエイモリーの表情を探っている。

「なあ、あんた——あんた、ペンシー・ドックでの騒ぎを調べてる調査員なのか？」

「騒ぎって？　ペンシー・ドックなんて聞いたこともないぞ、リロイ。それに、わたしは調査員なんかじゃない——見たとおりの人間だ」

リロイは徐々に信じはじめているようだった。「ふうん。まあ、調査員はあんなふうに飛びこんだりはしないわな。わかった」

しかしエイモリーはピンときていた。その荷下ろし場でなにか事故があったのだろう。そしてリロイは死んだ。だが彼はそれを認めていない。自分の身に起きたことを否定して、幽霊世界で生きている。どうしてトラックを運転していられるのか？　それはトラックが彼のイメージ、人物像の一部になっているから。エイモリーの服とおなじことだ。エイモリーはどこからきたかといえば、あの書斎からだ。スーツ姿で。つまり服も幽霊服のはずだ——彼はベストに触ってみた——が、申し分なくしっかりとした感触があるし、ポケットには財布が入っている。したがって、ペンシー・ドックでいつ、なにが起きてリロイの命を奪ったにせよ、リロイは、エイモリーがスーツ姿でその場から歩み去ったとおなじように、幽霊トラックでやすやすとその場から走り去ったのにちがいない。

エイモリーとしては、この小男がこれはすべて現実だと信じている、その思いをおろそかにしてはならない。でないと、エイモリーにとって非常に心強いこの世界が崩壊しかねない。だが、どうやらその恐れはなさそうだった——もしリロイにおまえは死んでいるといったとしてもリロイは笑ってこういうにちがいない。「死んでるって、どういうことだ？」そして、エイモリーは思った。たしかに、どういうことだ？

かれらはいつまでも沈まない夕陽のなかをぶっ飛ばしていった。大型トラックがガシガシ道路を食っていく。いまや、道路は空っぽではない。たまに車がすれちがい、追い越していく。運転手はみんなやけに行儀がいい――きっとリロイの楽しい記憶なのだろう。

かれらは、車の構造、運転手の習慣などなど、とりとめのない話に興じた。エイモリーはトラックの話や運送業の話に魅了された。もしもふたたびコンピュータに向かうことがあったら、二、三社、チェックしたいな、と彼は思った。消費者の体験的報告とはまるでちがう！　信じられない気分だった――彼は、自分は死んでいるのだ、だからいくら情報があろうと使いようがないのだ、とあらためて自分にいいきかせた。

彼のいまの状態を暗示する唯一のものは、一向に薄れない黄金色の空だ。夕刻の美しいひとどき、茜に染まる空を背景にネオンとアーク灯の光が咲き競う。そしてそれがいつまでもつづく。昼間の時間が不自然に長いことに、リロイはひとことも触れていない。大規模な三線高架が近づいてくると、小男が前方を指差した。

「あれがオーヴァールックだ！」満足げに彼はいった。

上の道路にしっかりとした建物が建ち並び、屋上に大きな看板が出ている。**オーヴァールック――トラックドライバーのバー&グリル。**その下に、**宿泊、朝食付き、各種設備完備、二十四時間営業、自家用車不可。**

山の上の中世の城みたいだ、とエイモリーは思った。

かれらは高架道からはずれてオーヴァールックの敷地に入っていった。行き止まりが駐車場で、大型トラックやトレーラーで満杯だ。左手にはKマート、右手には二階建てのバー&グリル。道幅もカーヴもすべてトラック・サイズになっている。

リロイはデイジーをゆっくりと駐車場に入れて、制服姿の可愛い女の子から駐車券を受け取った。

「今夜ひと晩たのむよ、パティ」

「かしこまりました、ミスター・リロイ」パティからプロの笑顔が返ってくる。

「俺のことはみんな知ってるんだ」リロイはにやっと笑ってエイモリーに明かし、トラックをバックさせて二台の巨獣のあいだに器用におさめた。トラックからおりたエイモリーは、ずらりと並んでいるトラックの圧倒的な大きさに感じ入り、気分が高揚するのを覚えた。彼にとっては、まさにあらたな出会いだった！

「銀行はこのなかだ」リロイは先に立ってKマートのなかへ入っていった。

「こんな時間に？」

「二十四時間営業さ。見りゃわかる。オーヴァールックにゃ閉店時間なんかないんだ」

衣料雑貨が並ぶ通路の奥の隅のほうに、こぢんまりとした銀行支店の格子窓とカウンターが見える。エイモリーが口座を持っている銀行ではない。彼はむだと知りつつ頭のなかにメモっていた――進取の気性に富む会社。

ここにも可愛い女の子がいて、その子とごくふつうの押し問答をした末に、彼はゴールドカードで五千引き出すことに成功した。彼女が電話で確認をとっているあいだ、エイモリーは電話の先にはいったいだれがいるのか、なにがあるのかと考えていた。リンボ中央銀行か？　このすべてが、そしていま彼女が渡してくれた五枚の札が実体のないものとは、彼の記憶からなる絵空事とは、とうてい信じられなかった。

彼は札を一枚引きぬいてリロイに押しつけた。

「わたしのことを忘れて出発しないように、だ」彼は笑顔でいった。

小男はすんなりとは受け取らなかったが、けっきょくは説得されて札を使い古した財布にしまった。

「今夜は足を向けない場所を教えてやるよ」と彼はエイモリーにいった。「これを持ってちゃ、いかれねえ」

「どこだ？」

「ブラックジャックのテーブルさ」

「へえ、じゃあカジノもあるのか？」

「いったろうが。なんでもあるって」エイモリーを見あげて恥ずかしそうに微笑むと、彼はしかつめらしくいった。「女の子もいる。ホステスがわんさか」

「ほんとか？」

「ほんとさ。この野郎！」リロイは野球帽でパシッと足を叩いた。

かれらは黄金色の光のなかに出てきて道路をわたり、バー&グリルに入った。陽気な浮かれ騒ぐざわめきが高まり、二、三人がリロイに声をかけてよこした。彼は手をふっている。

バーは明るい雰囲気の、木をふんだんに使った内装。オーク材のカウンターとブース席がある広々とした空間で、満杯になりはじめている。客は全員、見るからにトラック野郎という感じで、ほとんどが、車に見合った巨漢だ。

三つ揃いのダークスーツ姿のエイモリーは、リロイの友だちに囲まれていると場ちがいな侵入者になったような気分に襲われた。いや、リロイの想像上の友だちだ、と彼は訂正した。くれぐれも、自分が幽霊で、べつの幽霊の記憶のなかにいるんだってことを忘れるなよ！

とはいうものの、なにもかもがいたってリアルで、説得力がある……リロイの精神世界のこの細部までゆるがせにしない充実具合！

大型画面に映っているのは、ケーブルのスポーツチャンネルだろう。横手の部屋からも音楽が流れてくる。ダンスをしているらしい。

リロイはまっすぐにカウンターに向かった。エイモリーもついていく。

「やあ、リロイ」バーテンがいった。黒い巻き毛のがっしりした男だ。

「ライト、二つ」リロイはいって、野球帽をバシッとカウンターに置いた。

エイモリーはのどの渇きも空腹も、およそ肉体的欲求というものをいっさい感じていなかった。しかし、ビールには心をそそられた。ひと口飲んでみると――風味豊かな味わいだった。リロイはよほどこれが好きなのだろう。その思いがあふれでて、彼にも影響をおよぼしているのかもしれない。彼はさらにひと口飲んだ。

ダンスルームから女が出てきて、プロの目つきでバーのなかを一周したが、だれからも声がかからず、そのまま出ていってしまった。

「ドットは今夜くるかな？」リロイがバーテンにたずねた。

「彼女に会うまで待ってろよ」リロイはエイモリーにいった。「おお、おい——きた、きた！」

背が高くて巨乳の若いブルネットが入ってきた。

「おい、ドット！　ドッティ！　こっちだ」

「あら、ダーリン！」ドットは巨乳をゆらしながら近づいてきた。好奇心いっぱいの目でエイモリーを見ている。

「お友だちなの、ハニー？」

「ああ、俺の連れだ。トラック野郎じゃないけどな」

「そうでしょうねえ」彼女はエイモリーに向かってにっこり微笑んだ。目の高さがほとんど彼といっしょだ。

「こいつに、いい子、見つけてやってくれないか？」

「いや、いい、いい」エイモリーは固辞した。「ありがたいが、遠慮しとくよ——まだちょっと動揺してるもんでね」幽霊だかなんだかとセックス——ありえない、と彼は思った。

「わかった」リロイはいって、ドットに説明した。「こいつ、九死に一生を得たばかりなんだ」

「あらあら、ミスター、いい子とすごせば元気になるわよ」

エイモリーがふたたび固辞して、この話は終わりになった。ドットがビールをたのむと、リロイはじれったそうに二杯めを飲み干した。エイモリーは、バーの奥に二階にあがる階段があるのに気づいた。

「上に部屋があるんだ」リロイがいった。「いいんだ、これが……おい、ジョルジオ、鍵をくれるか？」

彼は百ドル札を一枚出して、二十五ドルの釣りを受け取った。エイモリーはドットとバーテンが目配せし合うのを見た。

「さあ、こいよ、ハニー」リロイはドットをうしろから煽るようにしてカウンター席を立った。

「あたしが好きなのはね」ドットがエイモリーに向かって笑いながらいった。「こういう長期契約なの」

「じゃあな」

そういうとリロイはドットを階段のほうへ急《せ》き立てた。女と並んだ姿が少々異彩を放っているることに心乱れているようすが見てとれる――女のほうが頭ひとつ大きいのだ。リロイのでかいトラックみたいだ、とエイモリーは思った。

二人がいってしまうと、彼は激しい喪失感に襲われた。二人が階段の上の暗がりに向かってあがっていくと、照明が少し暗くなったような気がした。そして室内の音は変わらないのに、全体の動きがどこかゆっくりとしてきたように見える。

まるでリロイがこの場面から遠ざかるにつれてリロイの世界が弱まっていくかのようだ。

彼が遠くまでいきすぎたら、この世界は消えてしまうのだろうか？　パニックに陥ったエイモリーがバーテンを見ると、バーテンは酒を注ぎながらじっと動かなくなっていた。酒はあふれていない。

恐怖がこみあげてきて、エイモリーは階段へと走り、上に向かって呼びかけた。「おい！おい、リロイ！」

二人には彼の声は届かない。もう一度、もっと大声で呼びかけようとしたときだ。だれかが話しかけてきた。耳のなかで聞こえたかと思うほど声が近かった。

「おい、気はたしかか？　哀れな幽霊にもプライベートな時間を持たせてやれよ」

エイモリーはくるりとふりむいた。話しかけてきた男はひとりでカウンター席にすわっていた。その鋭い黒い目には、最前から気づいていた。

「いや――だが――」まさかの事態に困惑しきって、彼はいった。「おたく、だれ？」

「わからないのか？」男がたずねた。「自分で呼び寄せておいて」

「呼び寄せた？」

男は隣にすわるよう身ぶりで示した。男の顔はやけに白くて、目は黒い熾《おき》のように燃えている。エイモリーは背筋がぞっとするのを感じた。彼が腰をおろすと、男はさらりといった。

「わたしは死神だ。もっと正確にいえば、彼の代理人だ」

ヘビに見込まれたカエルのような恐怖を覚えているにもかかわらず、エイモリーは満足感が疼くのを感じた。ついに事の仔細があきらかになるのだ。死神の代理人と自称する男は、目以外、これといった特徴もなく、エイモリーとおなじようなダークスーツを着ている。幽霊ではないし、想像の産物でもない……いったい何なんだ、こいつは？　エイモリーが口を開く前に、相手は先をつづけた。「さて、あんたにやってもらいたいことがある」

また女がひとり、室内をひとめぐりしている。可愛い小柄なブロンドだが、動きがゾンビみたいにのろい。いま部屋のなかで動いているのはその女だけなのに、活気に満ちたバーのざわめきは変わらずつづいていて、階段から上へとあがっていく。ブロンドがエイモリーのほうにかがみこんだ。あいた口から低い唸り声のような音が漏れてくる。テープの回転数を落としたみたいな音だ。

「え？」エイモリーは気もそぞろだった。「ほら、あいつがいないと、なにもかもがおかしくなってしまう。これじゃあ――これじゃあグロテスクもいいところだ。身の毛がよだつ」

「お気に召さないかね？　それはそうだろう」男は片手をあげてパチッと指を鳴らした。とたんに照明がもとのように明るくなり、すべてがふつうのテンポにもどった。ブロンドは笑いながらくるりと踵を返して離れていった。

「いくらかましかな？」

「ああ、うん。いや、どうも」

男はエイモリーをじろりと一瞥した。そのまなざしにはなにかしら冷静なものが感じられた。

「あんたはすべて理解しているんだろう？」とエイモリーはたずねた。

「そうだ」

「じゃあ、ここはどこなんだ？」

「死者の国だ。数あるなかのひとつさ」

「それで、このすべては記憶、ということだな？　だれかの記憶」

「そのとおり」

「だったらわたしの記憶はどうして薄いんだ？　どうして霧がかかっているんだ？」

「それはあんたがまだ生きているうちに、死があんたに触れたからだ」

エイモリーはじっくりと考えてみた。あのときそんなふうに感じたのはたしかだ。死が触れた。そうだ。

「どうして？」

男は直接は答えずに、こういった。「われわれは同類なんだ。あんたが近くにきたとたん、おなじ匂いがした。あんたもそうなる」

エイモリーはまたしばし考えた。「しかし、これが死なんだろう？」

「そうだ」

「わたしが思っていたのとは大ちがいだ。ただ単にピタッと止まるんだろうと思っていた。あとは無。ゼロ」

「その考えだけは、そのとおりにはならないんだ」

「どうして？　だって論理的じゃないか。ろうそくの炎は吹き消されたらどこへいくっていうんだ？」

「たぶん、意識の火花は一度、火がつくと、そう簡単には消えないんだろうな」

「いや、簡単なはずだ」エイモリーは、静かだが熱い、一生かかってたどりついた主張を持ちだした。「いいか、意識は発達段階の最後に生じる。最後に。だからもろいはずだ。実際そうなんだ——何杯か飲んで、頭を叩いたらどうなるか、考えてみるといい。なくなるだろう。パッと！」

「かもしれん」青白い顔の男はあいまいに答えた。

「その考えだけは、そのとおりにならないといったよな」エイモリーは思案深げにいった。

「ということは、ほかのはそのとおりになるってことなのか？　もしわたしが、よくある、真珠の門とか、聖ペテロとか、審判とか、天国と地獄とか、そういうものを信じていたら——そういうものに出会っていたのか？」

「そうだ。ほかの信仰でもおなじことだ」

「もし、まっすぐ地獄行きだと信じていたら？」

「そのとおりになる。本気で信じていたらな」

「いやあ、それは悲惨だな！　地獄に……どれくらいいることになるんだ？　永遠にか？　そもそもこれに終わりはあるのか？　いったいどうなるんだ？」

死神の代理人は自分の手に視線を落とした。「これは死の王国のひとつだといっただろう？　特殊なタイプ用なんだ。不信心者用。わかるか？」

「わたしはまさにそれだ」

「そのとおり。しかしわたしは、特殊だ、ともいった」ふいに声の調子が変わった。「ちょっといっしょに外へ出てみないか？　見せたいものがあるんだ」

リロイがおりてくる気配などまったくない二階のほうに気のない視線を投げると、エイモリーは青白い顔の男のあとについて外に出た。

外はまだ黄金色の陽射しがあふれていた。大型のセミトレーラーが二台、入ってくる。知り合ったばかりの男は、入り口のそばで足を止めた。

「あそこの、空の暗いところを見てみろ。雲に光みたいなものが当たっているのが見えるか？」

エイモリーが目を細めて見ると、下からの光の反射のような淡い輝きが見えた。見ていると、なんにせよ大元の光が動いているのか、その輝きが少し移動したような気がした。

「あそこまで車でいけると思うか、あの光のところまで？」

「もちろんだ。道が通じていればな。何なんだ、あれは、街か？」

「すべての道はあそこへ通じている……。いや、あれはこの地域への最大の到着ポイントなんだ。本来ならもうあそこにいっていなくちゃならないんだが、見逃した新来者をつかまえるのに回り道をしてたもんでね」彼は、ついてくるようエイモリーに手招きしながら建物の角を曲がった。「とにかく数がふえて、ふえて。昔ながらの方針としては、全員、個々に会うということになっているんだが――」どうしようもないといいたげに両手をひろげてみせる。「いまは、強い疑問を持っている人間にうまく対処するだけで手一杯だ。あんたもすぐにそういうやつらを見分けられるようになる。目立つからな。あんたの友だちみたいな連中は目立たない。満足しているからだ。しばらくしたらあの男にも手助けが必要になるかもしれないが、まだ間がある。とにかく、あんたの力を借りたいのは、そのあたりのことなんだ」

「わたしの力？　どういうことだ？」

「ああ、ドライヴしながら対処が必要なやつを見つけるだけだ。見つけたら車を停めて、そいつと話をする。なんの不満もなさそうなやつは、ほうっておいていい」

「つまりあんたは、わたしにあんたの仕事を肩代わりさせようとしてるのか？」エイモリーは、だまされてたまるかと詰問した。

「いやいや、ほんの一部だけだよ、保証する。わたしだって山ほど抱えているんだから。ええと、それがわたしの車だ」

　かれらは白線を引いただけの普通車用駐車スペースにきていた。男は、エイモリーのにそっくりのダークマルーンのＢＭＷを指差して、鍵をとりだしている。

「いっただろ、似た者同士だって。はいよ――」エイモリーが拒む間もなく、鍵は彼の手に押しこまれていた。「あんたに進呈する」

「どうして？　いったいどういうことなんだ？　そんなもの、ほしくはない」

「いやいや、そんなことはない。けっこう快適だぞ、とりあえず最初のうちは。それに、これくらいなんでもないんだ——ここじゃあ、ただほしいと思うだけで、そういうものが手に入るんだから——まあ、しかるべきやり方というのはあるが」

「ええ？　つまり……ほしいと思うものはなんでも手に入るのか？」

「そうだ。実質的には、なんでもといっていい。ただし生きた人間はだめだ。試してみろよ」

「なにかほしいと思えばいいのか？」

「そうだ」

エイモリーは途方に暮れて突っ立っていたが、自分でも驚いたことに、ほしいものが見つかった。若い頃、飼っていた犬、黒のラブラドールだ。願い事の文句を考えるのに手間取りながらも、彼はその犬がほしいと願った。そして最後の瞬間に思いついて、老犬になってからではなく、若いころのドーリーを、と希望をつけたした。

なにも起こらない。

と、突然、犬とおぼしき黒い影が勢いよく角を曲がってきた——ドーリーがいつもそうしていたように、ぱたっと止まっておしっこをすると、エイモリーに向かって一目散に駆けてきた。犬がリアルに生きいきと近づいてくると、これは幻だ、絵空事だとはっきりわかっているのに、エイモリーは犬に向かって両手をさしのべずにはいられなかった——そして片膝をついてラブラドールのあの懐かしい熱狂的な歓迎ぶりを受けとめた。おかしなことに、彼は心が慰められるのを感じていた。

横にいる男が微笑む。「いい犬だ」

「ああ……」エイモリーは立ちあがって膝の土をはたいた。「ドーリー、おすわり」

ドーリーはおすわりをした。

「わかっただろう？」死神の代理人はダークスーツのジャケットを脱いでいる。そして、しばし精神集中しているかのように、妙な具合にあらぬ方を見つめた。一瞬のち、彼の肩から長い黒い翼がのびて、大きくひろがった。「さあ、もう大丈夫だよな」と彼はエイモリーにいった。

「待ってくれ！」エイモリーは叫んだ。「その連中にいったいなんといえばいいんだ？あんた、なにも教えてくれてないじゃないか！」

翼がさらに大きくなったようだった。「知っていることはぜんぶ教えた」と男はいった。「わたしを雇った相手から聞いたのは、あれでぜんぶだ」

彼は試すように翼をはばたかせると、「じつはこれ、簡単に動かせるやつと指定したんだ」とエイモリーにうちあけた。

「いや――しかし――」

エイモリーの横ではラブラドールがのどの奥で低い唸り声をあげ、翼のある男に向かって背中の毛を逆立てている。

「リロイは」エイモリーは力なくいった。「わたしの友だちは――」

「あの男は大丈夫だ」死神の代理人はふたたびはばたいて少し上昇し、宙に浮かんだ。「おっと忘れるところだった」と彼はいった。「これだけは忘れるなよ——死神は侮られることはない（新約聖書ガラテヤ人への手紙の「神は侮られることはない」のもじり）」

新品の黒い翼を大きくはばたかせると、男はすぐそばの屋根の上まであがり——黄昏の空高く消えていった。

エイモリーは啞然として立ち尽くし、男の姿を見送った。手には車の鍵がある。ドーリーが期待に満ちたまなざしで彼を見あげている。しかしバーに犬を連れてもどるわけにはいかないし、かといってドーリーの存在を消してくれと祈るつもりもない。さて、どうする？　ひどい弾圧を受けて押しつけられたこのイカれた仕事にとりかかったほうがいいのか？　あの男はそうなるものと思っているようだった。それにあの男は、このあたりではちょっとした権力者だとでもいいたげな態度をとっていた。ひょっとして、ほんとうにそうなのか？

〝わたしを雇った男〟といっていたが、それはつまり、あの男も幽霊で、無理やり受け入れ委員会に入れられたやつ、ということなのか？　となると、俺はどういうことになるんだ？　死神の代理人の代理人か？　それとももっとその先があるのか？　だれもなにも知らないまま、代理人の代理人の代理人というふうにずらずらつながっているだけという可能性もある……。それに、あれはどういう意味だ、死神は侮られることはないというのは？　不吉な響きだ。この一件を真剣にとらえろという警告のようなものかもしれない。

ドーリーが小さくクーンと鳴いた。エイモリーは、ドーリーが車に乗るのが好きだったことを思い出した。彼はふたたび暗い空を見あげた——あの淡い輝きはまだ見えている。道路はまっすぐそこに向かっているようだ。やってみてもいいかもしれない。失うものはなにもない。

彼は車のドアをあけた。「よし、乗れ」

ドーリーは待ってましたとばかりに飛び乗って、助手席に落ち着いた。車は新車の匂いがした。それに彼はＢＭＷが好きだ。エンジンがかかって、快調な駆動音がブルルと楽しげな歌のように響く。

男は、手助けが必要な相手はすぐ見分けられる、といっていた。どう見分けろというんだ？　霊気だかなんだかわからないが、感じるためには窓をあけておくべきだろう。見分けられたとして、その連中になにを話せばいいんだ？　どうも、好きなことをいえばよさそうな感じだった。しかしあの、死神は侮られることはない、という警告は、ここにからんできそうだ——あまり夢みたいな話はしないほうがいいかもしれない。

とりあえず退屈ではないな、と彼は思った。が、思ったとたん、不吉な予感がした。この仕事も、くりかえしていればいずれ飽きてしまうかもしれない。彼はあわてて自分をたしなめた。そんなふうに考えるな！　そんなことは信じるな。おまえが信じるべきは、いまここで手にしているものだ。

彼は断固として不吉な考えを遠ざけ、おもむろにギアを入れた。

ハイウェイに出《で》しな、ある古い文句が浮かんだ。それをひとひねりしてみる——われ、死のさなかにも生きてあり（祈禱書にある「我ら、いのちの半ばにも死に臨む」のもじり）。鼻先でせせら笑うと、ドーリーが吠えて彼を驚かせた。だれかが笑うと吠えるというこの犬の癖を、彼はすっかり忘れていた。これはつまり、ドーリーはいくらかなりと現実のものということなのだろうか？　ドーリーも〝意識の火花〟なのだろうか？　そうであってほしい、と彼は思った。ドーリーを現実のものにしてくれと願ったら、どうなるのだろう？　とたんに、空に大きなサインが灯った。傾き《ティルト》？

（ピンボールマシンで使用者が不正に台を傾けると、「ティルト」というサインが灯り、ゲームが終了してしまう）試さないほうがよさそうだ。

彼はハイウェイをまっしぐらに進んでいった。実在する〝未知なるもの〟と出会うために。

銃口の先に何がある?

SF&ファンタジイ評論家
小谷真理

本書は、一九八八年に刊行された短篇集 *Crown of Stars* の全訳である。

もし貴方が、年季の入ったティプトリー・ファンなら、原書が刊行された前年の事件を、はっきり覚えているだろう。一九八七年五月十九日早朝、ジェイムズ・ティプトリー・ジュニアというペンネームを使用していたアリス・シェルドンは、当時八四歳にして寝たきりの夫ハンティントン・シェルドンを射殺し、その直後に自分自身にも銃弾を撃ち込んだ。享年七一。責任感の強い元軍人ならではのマッチョな責任の取り方とも、老々介護の果ての夫婦心中とも解釈できる事件であり、本書にもその雰囲気が封じ込められている。

ただし、私小説的な内容をふくんでいるわりには、じっくり読み込めば読み込むほど、変わらずクールで挑戦的なSF作家の本質が見えるところはさすがというほかない。

とくにティプトリーは、第二次世界大戦後のパックス・アメリカーナ、すなわちアメリカ合衆国の帝国主義的戦略を支えたインテリジェンス（諜報機関）のプロとしての訓練を積んだ元CIA職員であったから、そんな前歴を活かした独特な書き方も健在だ。

いくつかの情報の断片を読者に提示して、そこに何が起こっているのかを解読させ、それを物語として思い浮かべさせる。ペンネームが暴露され、男性作家ではなく女性作家だと暴露されたときにも、「名前以外は、実はうそはついていなかった」と書簡に書き記したほどのティプトリーである。その情報操作の方法論をたどって奥深い世界へとふみこんでいくと、SF的な光景の向こう側に、軍部や諜報機関で展開していたであろう陰惨な権力争いやおぞましい行為、権力に弄ばれて殺され埋められていく多くの可憐な生命が、暗い情熱とともに次々と浮かび上がってくる。

ティプトリーの作品には、どれであろうと、高度に政治的な仕掛けがおびただしく施されていて、その謎解きが強烈な魅力になっているのは疑いえない。そんなわけで、もちろん仕掛け解読のヒントは多々あるが、リサーチ好き、深読み好きと陰謀論好きのSF読者のために、ここではごく簡単にふれるにとどめておこう。

「アングリ降臨」Second Going (1987)、テリー・カー編 *Universe 17* (Nelson Doubleday, 1987) 初出。
原題の“Second Going”は、伊藤典夫氏によると、“Second Coming”つまり「キリストの再臨」の捩《もじ》りだろう、とのこと。なるほど、最初の救世主は磔刑のち復活しこの世をあとにしている。ではもし二番目の神がいたらどうなのか。邦題のアングリとは、Angel つまり天使を示唆している。天使は神とヒトの間を媒介（メディア）するメッセンジャーであるということを頭にいれて読むと、面白く読めるかもしれない。しかもその姿ときたら「シーフード型」という典型的な火星人であるし。

「悪魔、天国へいく」Our Resident Djinn〈F&SF〉誌一九八六年十月号初出。
ユーモア・ファンタジーっぽい本作も、やはり宗教ネタをあつかっている。原題は、直訳すると「我々の駐在事務次官・精霊《ジン》」。ジンはイスラム教などの異教における精霊のこと。本篇では、神の座す天国の保護下に置かれた地獄の魔王サタンが、神が死んでしまったので弔問に向かう様子をコミカルに描いている。まるで外地の総督（つまり駐在事務次官）が本国を訪ねる外交弔問のようでかなり笑える。それにしても、冷戦下の外交戦略の多くを目の当たりにした元諜報部員の洞察力にはハッとさせられることが多い。

「肉」Morality Meat ジェン・グリーン&サラ・レファニュ編 *Despatches from the Frontiers of the Female Mind*（The Women's Press, 1985）初出。
ティプトリーのもうひとつのペンネームであるラクーナ・シェルドン名義の作品。発表先は、フェミニズムSFの名作を新旧分け隔てなくバンバン出していた著名な版元。フェミニズム叢書自体のマニフェストとして編纂されたオリジナルのフェミニスト・アンソロジーへの寄稿なので、泣く子もだまる過激なフェミニスト短篇だろうと推測する読者もいるだろう。

それは間違ってはいない。直接的な表現こそないが、本当におぞましいことが現場で起きているので、読者はぜひ非情でえげつない想像力をいくらでも駆使してほしい。非人間的な想像力を駆使すればするほど真実に近づき、そして真実に近づけば近づくほど、自らのおぞましい想像力にゾッとさせられる、そういう罠が張られている。

「すべてこの世も天国も」All This and Heaven Too〈アシモフズ〉誌一九八五年十二月中旬号初出。

自然が美しい国のお姫様と公害に塗《まみ》れた工業国の王子様とのラブロマンス。しかし、ただの童話ではなく、老齢の女性目線は明らかで、かなり突き放して書いている。大国の政治的経済的植民地戦略、防衛戦略のためなら手段を選ばない高齢層、愚かさと紙一重の若さに埋没するカップル、そしてアリス・シェルドン自身がかつてくぐり抜けなければならなかった若き日の過ちなどなど、諸相に共通する基本構造をえぐり出した寓話的作品で、ペシミスティックな姿勢が示されている。

「ヤンキー・ドゥードゥル」Yanqui Doodle〈アシモフズ〉誌一九八七年七月号初出。

南米での激しい戦闘からの帰還兵を描いたミリタリーSF。病院に収容された陸軍兵の狂気が、内面から延々と漏れでてくる。あまりにリアリスティックに描いているためドキュメンタリーのような印象を残し、SFというより現実を描いているのでは、とすら思わされる。

だがしかし、使い捨て同然にされる兵士廃人プロジェクトは、アメリカ的な国家の非情性を外挿《エクストラポレート》したものであろう。

「いっしょに生きよう」Come Live with Me 本書（*Crown of Stars*）初出。〈SFマガジン〉一九九七年十二月号に伊藤典夫訳で掲載された。人類が訪れた惑星で、そこに生息する植物的生命体との接近遭遇が描かれている。かつての「たおやかな狂える手に」のように、エイリアンが地球人と必ずしも敵対関係にあるのではなく、傷ついた地球人の癒し先になっている点がエイリアン＝敵の図式に馴れすぎたジャンルSFでは革新的である。また異星人の視点から地球人を観察する様子を描くという難問に挑戦しているのも読みどころのひとつ。

「昨夜も今夜も、また明日の夜も」Last Night and Every Night〈Worlds of Fantasy〉誌 Volume1.Issue 2（1970）初出。

一九七〇年に刊行されたパルプ雑誌〈Worlds of Fantasy〉に掲載された短篇。ティプトリーの最初期の短篇であり、男性的な匂いが強い。うぶな若い女をたらし込むジゴロの様子が描かれている。ジゴロの内面から情景が描写されているので、そのまま読むと親分に顎でこき使われるちんぴらのナンパ小説に見えるのだが、なにかがおかしい。テレビ・ドラマの『インベーダー』を彷彿とさせるティプトリー流の演出が楽しめる逸品である。

「もどれ、過去へもどれ」Backward, Turn Backward ジョージ・ゼブロウスキー編 *Synergy 2* (Harcourt Brace Jovanovich, 1988) 初出。

疑似タイムトラベルSFだが仕組みが変わっている。自分の生涯の中だけ移動ができ、そして移動先から帰還するときには、記憶もなにも持ち帰る事ができない、という設定なのだ。そんなタイムトラベルが、いったいなんの役に立つのかわからないが、前途洋々の二〇歳の学生が、自分の輝かしい未来がどうなっているのかを見に、五五年先へ飛び、自分自身と入れ替わる。当てが外れた驚愕の未来風景もすごいが、単に未来を体験するに留まらない展開がまた驚きだ。本書で重要な役割を果たす銃弾にも注意する必要がある。

「地球は蛇のごとくあらたに」The Earth Doth Like a Snake Renew〈アシモフズ〉誌一九八八年五月号初出。

ラクーナ・シェルドン名義で一九七三年に執筆されたが、掲載にいたらず、雑誌掲載時はティプトリー名義となった。前述したようにラクーナとして書かれたものなのでイタい内容が約束されている。「雄」としての地球に性的欲望を持つ女の子の脳内妄想が暴走するのだ。老齢の著者が、若気の至りで犯した数々の間違い（単にセックスアピールだけの男と肉体関係をもってしまったとか、ダメンズを甘やかしてしまったとか、家父長制社会を生きていたらだれでもハマる落とし穴のことだ）を地球規模、いや宇宙規模で拡大解釈していく、というSFならではの稀有壮大なトラウマ克服小説と考えられるかもしれない。「一瞬のいのちの味わい」と共有する世界観の作品と言えるだろうか。

「死のさなかにも生きてあり」In Midst of Life〈F&SF〉誌一九八七年十一月号。

ティプトリーの訃報の衝撃の余韻が続いていたころ〈F&SF〉誌に掲載されたもので、銃で自殺する主人公にはいやでも著者の姿がだぶってしまう。原題は、一般的な祈禱書のなかの一節で、「死者の埋葬」時に読み上げられる。「我ら生のさなかにも、死を臨む」の生と死が逆になっている。自分自身が参加できない自分の葬儀のための弔いを、あらかじめ記していたのかもしれないと思うと、胸がしめつけられる。

最後に本書原題についてふれておこう。〝Crown of Stars〟つまり星の冠は、カトリック教会の聖母像にはよく登場している「星の冠をいだく聖母マリア」というキリスト教の図像からきているものと考えられる。ヨハネの黙示録の十二章に「太陽を身にまとい、月を足の下にし、頭には星の冠をかぶっているおおいなる女」の存在が記され、それはキリスト教会そのものとも、聖母マリアとも考えられてきたという。本書はティプトリー没後に出版されているので、だれがこのタイトルをつけたのかは明らかではないけれど、ティプトリーという類い稀なる作家（SF的救世主?）を生み出した処女懐胎の聖母アリスが戴く宝冠という意味合いがあるとしたら、鎮魂の書として、これ以上にふさわしいタイトルはないだろう。

〈訳者略歴〉
伊藤典夫　1942年生，英米文学翻訳家　訳書『猫のゆりかご』ヴォネガット・ジュニア（早川書房刊）他多数
小野田和子　青山学院大学文学部卒，英米文学翻訳家　訳書『火星の人』ウィアー（早川書房刊）他多数

HM=Hayakawa Mystery
SF=Science Fiction
JA=Japanese Author
NV=Novel
NF=Nonfiction
FT=Fantasy

あまたの星《ほし》、宝冠《ほうかん》のごとく

〈SF2055〉

二〇一六年二月二十日　印刷
二〇一六年二月二十五日　発行
（定価はカバーに表示してあります）

著者　ジェイムズ・ティプトリー・ジュニア
訳者　伊《い》藤《とう》典《のり》夫《お》
　　　小《お》野《の》田《だ》和《かず》子《こ》
発行者　早川浩
発行所　株式会社 早川書房
郵便番号　一〇一‐〇〇四六
東京都千代田区神田多町二ノ二
電話　〇三‐三二五二‐三一一一（大代表）
振替　〇〇一六〇‐三‐四七七九九
http://www.hayakawa-online.co.jp

乱丁・落丁本は小社制作部宛お送り下さい。
送料小社負担にてお取りかえいたします。

印刷・中央精版印刷株式会社　製本・株式会社川島製本所
Printed and bound in Japan
ISBN978-4-15-012055-9 C0197

本書は活字が大きく読みやすい〈トールサイズ〉です。